Bernard Simonay

La trilogie de Phénix, III

La malédiction de la Licorne

Gallimard

Depuis *Phénix*, son premier roman, récompensé par les prix Cosmos 2000 et Julia Verlanger, Bernard Simonay n'a cessé d'écrire. Il a abordé avec un égal succès le roman historique (*La première pyramide*, *Moïse le pharaon rebelle*), l'imaginaire (*Les enfants de l'Atlantide*, *La légende de la toison d'or*), le policier (*La lande maudite*) ou plus récemment le roman d'aventures contemporain (*Les tigres de Tasmanie*, *La dame d'Australie*).

Fervent défenseur d'une littérature populaire assumée, Bernard Simonay n'a de cesse, au fil de ses histoires profondément philanthropiques, de questionner l'homme et de nous mettre en garde contre ses pires dérives.

LIMITE DE LA
Mankous
Koparna
HAMBORA
LONODIA
Océan
Atlantéus
Plateaux
Baraves
Cybernia
Koralia
Tours
EUROPAN-
Rives
Toriana
Trenata
Balbio
Tolensa
Garas
Barsalona
Chaîne des Apennes
Grand
Lac du Lion
MÉDHEL-
Palermia
Massif du Géant
Marais du Sirigath
VALATIA
BAHISKRA
Oeil de Sahirat
Al Khandarya
Désert salé du Khamsiat
NOGAFRIKA
El Sahirat
50 marches

N
ANQUISE
ARCTIQUE
NORD
POCZANIE
Lodi
MINISKA
UKRALASIA
Veraska
NIA
Vashlov
Shalbatena
BURDAROMA
Felda
Ursalaya
Rhodioni
Terres
Syrdahar
Bleues
Massif
de
la fôret
Brastalia
Gwondaleya
Skovandre
Danov
Sadonia
Mer des Ténèbres
Tanaleya
Sénopis
Tarinia
Khudara
Kurdia
Salonikos
Calvera
Hauts Plateaux
Marais
de L'Mir
ISMALASIA
Djanea
Scylla
Karana
Clesez
AL TYRBAAGD
Marais
de
Londabakos
Vallée des
Boues de
l'Enfer
Cyprisia
Marais
Salés
Kunta-
Lego
Ras el Shamir
Yphrisios
JERULABAAD
-LENIA
Artikos
Alakhos
Lac de
Cyprisia
Goelstova
Marais
Inconnus
Désert de
Lybiana
Fhed

PERSONNAGES PRINCIPAUX

ALARIKUS : *Theolamane de Gwondaleya.*
ALVINA : *Mère de Sylvain.*
ASTRID : *Esclave de Daena.*
BRENT OLLERONN : *Lonnien.*
CZARTHOZ : *Ancien comte de Gwondaleya* (†).
DAENA : *Chasseresse, amie de Nelvéa.*
DORIAN : *Ancien comte régnant de Gwondaleya, frère et époux de Solyane, père de Palléas et de Nelvéa.*
ELENA DE SHALBATENA : *Première épouse de Dorian, mère naturelle de Nelvéa* (†).
FLORA : *Cousine d'Alvina, et grand-mère d'adoption de Nelvéa.*
KHALED : *Compagnon de Nelvéa et maître d'armes.*
KLESS LORO D'URANN : *Commandant de la base lonnienne.*
LAURYANNE : *Fille de Nelvéa.*
LORIK : *Voyageur.*
LUWANN : *Roi d'Hambora.*
LYOPHÈME : *Suzerain suprême du monde, autrement appelé le Commandeur.*
LYVIE : *Ancienne esclave, épouse de Palléas.*
MARVEL : *Écuyer de Palléas.*
MAASKAR : *Chevalier.*
MYRIAM : *Esclave de Daena.*
NELVÉA : *Fille de Dorian et de Solyane, sœur de Palléas.*
NIELSEN D'HOFFENGART : *Seigneur de Vallensbrück.*

ODIOS : *Demi-frère de Sylvain, capitaine des gardes de Gwondaleya.*
PALLÉAS : *Fils aîné de Dorian et de Solyane.*
PIERRE D'OTH : *Ancien compagnon d'armes du comte Czarthoz.*
PILLAT DE BURDAROMA : *Roi de la ville du même nom, et suzerain de Palléas de Gwondaleya.*
RALPH : *Écuyer de Dorian.*
SALIND BARUCK : *Amie de Nelvéa.*
SHERATT DE BRASTALIA : *Compagnon d'armes de Dorian.*
RONO DE BRASTALIA : *Fils du précédent, et ami de Palléas.*
SOLYANE : *Épouse et sœur jumelle de Dorian, mère de Palléas et de Nelvéa.*
ZOLTAN : *Ancien théolamane de Gwondaleya.*

À vous, mères, filles ou amantes, pour ce que la vue d'une jolie femme réjouit l'âme et ragaillardit le corps, et que l'amour de l'une d'elles redonne celui de la vie.

PILLAT
roi de Burdaroma

PREMIÈRE PARTIE

1

Prenant soin d'éviter les flaques de lumière dont le soleil printanier caressait la mousse, Lorik rampa jusqu'au bord de l'énorme masse rocheuse qui dominait l'étang. Malgré son jeune âge, à peine vingt années, il savait s'intégrer à la forêt, se faufilant silencieusement au creux des arbres afin d'échapper aux maraudiers ou aux garous. Sa vie de petit voyageur sans famille ni attache n'aurait pas pesé lourd pour eux.

Pourtant, cette fois-ci, quel piège pouvait-il redouter ? Et comment ne pas se laisser prendre au charme du spectacle qu'il avait surpris alors qu'il poursuivait un lièvre ?

La fille était magnifique. Il soupira, à la fois ému par sa beauté et tenaillé par le désir qu'il sentait naître dans sa chair. Elle ne l'avait pas repéré. Elle était entièrement nue et nageait nonchalamment dans l'eau bleue, pulvérisant le reflet du soleil en myriades d'étoiles scintillantes. Parfois, la silhouette de l'ondine se dessinait dans la lumière, découpant ses formes parfaites dans le vif-argent des vaguelettes, puis elle plongeait et disparaissait sous l'eau, pour rejaillir plus loin, dans une gerbe éblouissante. Elle nageait comme un poisson. Sa longue chevelure lui tombait sur les seins, se collant telles des algues brunes à leur chair luisante. Chaque fois qu'elle surgissait de l'eau, il devinait leur pointe sanguine érigée par la fraîcheur liquide. Comme il aurait aimé poser ses doigts, ses lèvres sur cette peau qu'il devinait douce et tendre.

Son visage s'étira sur un sourire ravi. S'il n'avait porté son dieu personnel autour du cou, symbolisé par une petite statuette de bois sculpté, il n'aurait jamais osé s'avancer si près. Les légendes évoquaient souvent ces divinités lacustres, ces filles à la beauté extraordinaire qui se baignaient nues dans les lacs des forêts. Il n'était pas recommandé de les aborder, mais comment résister ? Que pouvait-elle lui faire, à lui si misérable ? Il avait repéré un cheval dans les sous-bois, plus loin sur la rive. Mais, à part l'animal, elle semblait seule.

Enfin, la petite naïade sortit de l'étang, ruisselante de perles de soleil. Elle ne portait strictement rien sur elle. À la réflexion, c'était étrange. Une fille seule ne pouvait s'aventurer si loin de toute civilisation. Gwondaleya était à plus de trois marches et une horde de maraudiers ou de garous pouvait survenir. Mais elle ne semblait pas s'en soucier. Peut-être était-elle réellement une divinité de la forêt ? Après tout, le meilleur moyen de s'en assurer était de se renseigner.

Lorik la vit tordre ses cheveux, puis s'allonger avec volupté dans la chaleur d'un matin nouveau. L'odeur de la mousse humide et les parfums aquatiques l'emplirent tout entier. Il respira profondément, puis se risqua hors de sa cachette pour se laisser glisser jusqu'à elle.

— Bonjour !

Elle leva les yeux et eut un sourire amusé.

— Bonjour ! répondit-elle.

Sa présence ne paraissait pas vraiment l'étonner. Décontenancé, il dit :

— J'espère que je ne t'ai pas effrayée. Je m'appelle Lorik. Je suis un voyageur. Et toi ?

Elle ne réagit pas et ferma les yeux.

— Tu es une déesse ? demanda-t-il sur le ton de la plaisanterie.

— Peut-être, suggéra-t-elle d'une voix neutre.

Il s'agenouilla près d'elle et la détailla avec attention. Elle le laissa faire sans mot dire. Effectivement, elle ne semblait pas le redouter. Elle n'avait même pas frémi lorsqu'il avait surgi à quelques pas d'elle. Il hésita un peu, puis s'enhardit :

— Alors, si tu es une déesse, moi, je suis un petit lutin. Lorik, c'est le nom que l'on donne au roi des esprits malins qui hantent la forêt. Tu savais cela ?

— Je le sais. Mais j'ai besoin d'être seule. Si tu veux être gentil avec moi, comme le sont les lutins, alors passe ton chemin.

— Mais je viens à peine d'entamer la conversation…

— D'habitude, les lutins ont du savoir-vivre, affirma-t-elle en le fixant.

Il baissa la tête comme un gamin pris en faute. Puis il se releva et s'en alla en bougonnant. Il n'alla pas loin. Il n'avait pas fait plus de dix pas qu'il revenait vers elle comme si une abeille l'avait piqué.

— Tu es cruelle. Je t'ai vue, tu sais, depuis là-haut.

Il désignait le surplomb rocheux.

— Tu étais si belle que je n'ai pas pu m'empêcher de m'approcher. Je voulais te voir de plus près. Et à présent que je viens vers toi, tu me repousses sauvagement.

Sa bouche avait pris un pli si comique que la jeune fille ne put s'empêcher d'éclater de rire.

— Et tu ris ! Tu ris de mon malheur et de ta cruauté ! Ah les femmes !

Il tomba à genoux près d'elle.

— Tu ne comprends pas ? Je suis amoureux de toi. Tu ne peux me laisser ainsi.

— Que veux-tu que j'y fasse ?

— Mais… que tu m'aimes aussi !

Bien sûr ! C'était évident. Elle gronda :

— Ce n'est pas très joli d'espionner les filles qui se baignent toutes nues, Lorik. Je pensais être tranquille dans ce lac où personne ne vient jamais. Je me suis trompée.

— Je ne suis qu'un petit lutin !

— Petit lutin, je savais que tu étais là. Cela fait plus d'une demi-heure que tu me surveilles.

— Alors tu peux comprendre pourquoi je suis amoureux de toi.

Elle sourit. Il s'obstina :

— C'est vrai ! D'ailleurs, je vais te le prouver.

— Comment cela ?

— En t'embrassant, tout simplement.

— Mais je refuse que tu m'embrasses !

— Et si j'en ai envie ? Tu ne me trouves pas beau garçon ?

— Non ! Tu es tout sale. Tu ferais mieux d'aller prendre un bain.

— Après !

— Après quoi ?

— Après que je t'aurai aimée. Tu es si belle.

— Mais tu ne m'aimeras pas.

— Qui m'en empêcherait ?

— Moi !

— Toi ? Tu n'es qu'une toute jeune fille. Moi, je suis un homme. Je suis plus grand et plus fort que toi !

— Je te préviens gentiment une dernière fois : passe ton chemin. Je veux être seule.

Boudeur, il s'assit à ses côtés.

— Allez, va-t'en, grogna-t-elle encore avant de fermer les yeux.

Il ne se leva pas pour autant et l'observa du coin de l'œil. Elle était encore plus belle de près que de loin. Sa bouche au dessin parfait ressemblait à deux fruits mûrs, qui appelaient une autre bouche. La sienne, pourquoi pas ! L'eau découpait sur sa peau une mosaïque de continents ignorés.

— D'habitude, s'entêta-t-il, les femmes ne me sont pas indifférentes. N'aimes-tu pas les hommes ?

Elle ne répondit pas.

— Ne me dis pas que c'est cela, tu n'as pas le droit. Ce serait un crime d'interdire à un homme de toucher cette peau si douce, si tendre, de poser un baiser sur ces lèvres si attirantes.

Soudain fiévreux, il s'approcha, comme un chat, et se pencha sur elle. Elle ne frémit pas. Il sourit.

— Tu vois, ma présence ne te déplaît pas.

— Dis-moi, depuis quand ne t'es-tu pas lavé ?

— Lavé ? Mais…

— Alors, tu ferais mieux d'y aller. Tu ne sens pas très bon.

Vexé, il se redressa, puis, sans prévenir, il se pencha à nouveau sur elle et la prit dans ses bras. Tout au moins, telle fut son intention. Mais il n'obtint pas le résultat escompté. La fille lui glissa entre les mains comme une anguille, roula sur elle-même, puis riposta. Un coup sec l'atteignit à la mâchoire, et une poigne vigoureuse, inattendue pour ce corps d'apparence si fragile, l'agrippa, le souleva de terre et l'expédia violemment dans l'eau. Il ressortit en barbotant, toussant et crachant. Sur la rive, la fille le regardait sévèrement :

— Je t'avais prévenu. À présent, va-t'en !

— Tu m'as cassé le bras, gémit-il.

— Mais non, tu n'es pas en sucre !

Elle revint s'asseoir. Devant sa mine dégoulinante et ses haillons trempés, elle éclata de rire.

Soudain, un guerrier vêtu de noir et au visage sombre apparut, venant du fond de la forêt, comme une sentinelle imprévue.

— Que se passe-t-il, Aïnah Shean ?

— Ce jeune homme voulait… je ne sais pas. M'aimer, a-t-il dit.

Inquiet, Lorik sentit son cœur lui remonter dans la gorge. Peut-être même sa dernière heure était-elle venue. L'homme mesurait deux têtes de plus que lui. Et il était armé.

— Non ! Non ! C'était juste une manière de plaisanter, seigneur !

Le grand guerrier noir s'avança vers lui et l'attrapa par le col.

— Tu as de la chance qu'elle le prenne ainsi, petit chien de misère. Dans le cas contraire, je t'aurais rompu les reins. Sais-tu seulement sur qui tu as osé lever ton regard ?

— Je ne sais pas, monseigneur. Sans doute une divinité de la forêt, hasarda-t-il.

L'homme le rejeta au loin comme un vulgaire chiffon. Lorik roula sur lui-même et couina.

— Tu as porté la main sur Nelvéa, fille du comte Dorian de Gwondaleya et de son épouse la princesse Solyane.

L'autre s'effondra.

— Ouh la la la la !

Puis il attrapa sa petite statuette et se mit à tempêter après. Nelvéa et Khaled se regardèrent, interloqués.

— Tu le savais, toi, que cette fille était une personne de haut rang. Et malgré ça, tu t'es bien gardé de me prévenir. Tu préférais attendre pour savoir comment j'allais me débrouiller. Tu peux être fier de toi à présent. Tu te rends compte que peut-être ils vont me mener dans une prison, que peut-être même ils vont me tuer sur place parce que j'ai osé lever les yeux sur la plus belle princesse du monde. Et toi naturellement, cela t'amuse !

— Mais à qui parles-tu ? demanda Nelvéa, intriguée.

— À Phrydios ! C'est mon dieu personnel. Je le porte toujours sur moi, parce qu'il me protège. Enfin, c'est ce que je croyais jusqu'à présent.

Il reprit ses lamentations. Tant et si bien que Nelvéa éclata de nouveau de rire devant la mine déconfite du jeune homme.

— Quel âge as-tu ? demanda-t-elle gentiment.

— Je ne sais pas, princesse. Peut-être vingt ans.

— D'où viens-tu ?

— De Salonikos. Avant, j'étais à Toriana. Je suis un voyageur.

— Et de quoi vis-tu ?

— Des histoires que je raconte. J'ai failli devenir conteur, mais mon maître disait que j'étais trop paresseux. Il était dur. Il me battait. Alors un jour, je l'ai quitté pour vivre seul.

— Et tu te promènes dans la forêt ainsi, sans armes ? intervint Khaled.

— Oh, j'ai une arme, regardez !

Il extirpa de sa poche une fronde de cuir satinée par l'âge, mais dont les lanières s'ornaient de fins dessins.

— Elle me fut donnée par le vieil homme qui m'a élevé. Peut-être était-il mon grand-père. Du plus loin que je me souvienne, il a toujours été à mes côtés. Nous suivions les caravanes, au gré des saisons. C'est lui qui m'a appris à chasser. Lorsqu'il mourut des fièvres, en Médhellenie, il me confia cette arme. Je ne m'en sépare jamais.

Il fit quelques pas, silencieux comme un chat à l'affût. Soudain, il se figea comme une statue. D'un geste précis, il arma sa fronde, puis la fit tournoyer. Une pierre jaillit, vive comme l'éclair. Un cri d'oiseau éclata, puis un froissement d'aile, de branches cassées. Une ombre noire s'abattit à distance. Le jeune homme se précipita, puis revint, portant triomphalement sa victime, une poule faisane, qu'il déposa avec un sourire ravi aux pieds de Nelvéa.

— Voici pour vous, princesse, pour me faire pardonner ma conduite.

Nelvéa prit l'oiseau et le tendit à Khaled. Puis elle fixa Lorik.

— Je te pardonne et te remercie pour ton présent. Mais à présent, pars !

Il recula sans cesser de la fixer. Un peu troublée, Nelvéa sentit la tristesse qui émanait de son esprit. Il regrettait qu'elle ne fût pas une simple voyageuse comme lui, avec laquelle il aurait pu passer quelques moments agréables. Mais elle était d'un rang beaucoup trop élevé, une étoile à jamais inaccessible qu'il se contenterait d'admirer de loin en repassant dans sa mémoire les quelques instants où il lui avait parlé en la tutoyant, le moment où il avait cru la tenir dans ses bras. Ses dernières pensées lui furent encore plus limpides. Son visage resterait à jamais gravé en lui. Il se l'était approprié, et son souvenir alimenterait son imagination comme un trésor inépuisable. Il s'inventerait des histoires où toujours elle finirait dans ses bras, et consentante.

Sans doute ignorait-il qu'elle était télépathe. Ou bien il s'en moquait. Ses rêves étaient sa seule richesse, et si elle en faisait partie à présent, elle ne pourrait rien y faire. Elle eut un sourire timide dans sa direction et se retourna.

Nerveusement, elle commença à se rhabiller.

Plus tard, alors qu'ils revenaient vers Gwondaleya, Khaled s'adressa à Nelvéa :

— Ce jeune fou t'a amusée, Aïnah Shean. C'est la première fois que je te vois rire depuis longtemps.

Lorsqu'ils étaient seuls, Khaled aimait à lui donner son nom de guerre. Coutume sacrée, qu'il avait ramenée d'Ismalasie, et qu'il avait conservée, enracinée en lui, malgré les années.

Elle ne répondit pas. Avec lui, c'était inutile. Il la connaissait mieux que si elle avait été sa propre fille. Dorian l'avait confiée à sa garde alors qu'elle avait à peine trois ans. Depuis, il ne l'avait jamais quittée. Il dormait en travers de la porte de sa chambre. À la fois maître d'armes et serviteur dévoué, il avait consacré sa vie à la jeune fille, et pour cela avait refusé la pension et la demeure que Dorian lui avait généreusement octroyées.

Nelvéa eut un léger sourire, puis se referma à nouveau. Malgré le printemps précoce, elle ne parvenait pas à dissiper le malaise qui s'était emparé d'elle plusieurs mois auparavant. Bien sûr, elle n'était pas responsable de la disparition de ses parents, à la fin de l'année précédente. Sa mère Solyane avait donné sa vie pour sauver le monde d'un fléau inimaginable, tellement effrayant que même ceux qui l'avaient accompagnée doutaient encore de ce qu'ils avaient vécu. On parlait d'un démon assoiffé de sang qui avait volé les traits de son père et d'une lueur gigantesque, aveuglante, qui avait pris naissance dans les entrailles de la terre, là-haut, au nord de la banquise Skandianne, et menaçait de dévorer le monde. Dorian était revenu seul de cette expédition guerrière. Nelvéa en avait éprouvé un profond dégoût envers elle-même. Quelques semaines auparavant elle s'était laissée aller à la jalousie. Sous prétexte qu'elle n'était pas réellement la fille de Solyane, mais la fille clonique d'Elena, la première épouse de son père, elle avait refusé de le voir à son retour d'une expédition lonnienne, où pourtant on avait tremblé pour lui. Elle n'avait consenti à le revoir qu'au moment du départ pour Ghandivar. Guidée par un orgueil stupide, elle s'était privée de sa présence. Elena, disparue plus de vingt ans auparavant, portait un enfant au moment de sa mort. Une mystérieuse manipulation génétique avait présidé à sa naissance. Elle ne le pardonnait pas à ses parents. À cause de cela, elle s'était écartée de son père, et aussi de Solyane. Solyane qui l'avait portée, nourrie de sa propre substance, entourée d'un véritable amour maternel. Elle s'était montrée stupide et injuste. Un caprice imbécile, insignifiant en regard de la douleur éprouvée par son père, à jamais séparé de sa sœur et compagne.

À son retour de Ghandivar il était devenu inaccessible. Palléas parvenait encore à lui parler, mais la plupart du temps, il restait seul, enfermé dans son bureau, ou bien errait dans les appartements de Solyane.

Combien de fois avait-elle pleuré en écoutant, accroupie derrière la porte, les notes qu'il tirait de la thamys qu'il avait lui-même fabriquée pour Solyane, répétant inlassablement les airs qu'elle avait composés. Elle aurait voulu lui dire qu'elle était là, qu'elle l'aimait. Lorsqu'il lui arrivait parfois de l'approcher, de se réfugier dans ses bras, elle ne trouvait pas le courage de lui parler. Sa froideur et son indifférence l'effrayaient. Son regard de nuit décourageait les plus familiers de ses amis. Et lorsqu'il tentait de sourire, ses yeux ne participaient pas. Seul Aram, son lionorse à la robe de nuit, connaissait peut-être les secets de sa douleur. Souvent, il disparaissait des journées entières dans la forêt Skovandre, parcourant les sentes forestières comme le vent, pourchassant un rêve inaccessible.

Et puis un jour, il s'était rendu au sommet de la Sentinelle. Il en revint métamorphosé. Une sorte de paix était descendue sur lui. Il avait eu de longues discussions avec Palléas, au secret desquelles elle ne fut pas mêlée. Puis il avait abdiqué en faveur de son fils.

Peut-être n'appartenait-il déjà plus au monde des vivants. À peine un mois après son retour de la Sentinelle, il avait disparu. Des gardes l'avaient vu prendre la direction de la forêt. Il montait Aram, et emportait avec lui Swenna, la pouliche blanche de Solyane. La présence de cette dernière surtout avait nourri les imaginations. Pourquoi l'avait-il emmenée, puisque Solyane était morte dans l'incendie de la cité antique de Ghandivar ?

Ces événements avaient eu lieu à la fin de l'automne dernier, et depuis les esprits survoltés avaient échafaudé toutes sortes d'hypothèses. L'opinion la plus couramment répandue était que Dorian était allé rejoindre Solyane dans leur royaume des cieux. Tout comme Lakor, le dieu fondateur de Gwondaleya, et son inséparable aigle d'or, ils veillaient depuis sur leur cité.

Mais certains, et non des moindres, estimaient que le couple reviendrait un jour. Après tout, on n'avait jamais retrouvé le corps de Solyane, même carbonisé. Quant à Dorian, personne bien sûr ne l'avait vu mort. Nelvéa partageait cet avis, d'autant plus que nombre de chasseurs prétendaient les avoir aperçus, dans les combes les plus reculées de la forêt Skovandre. Et jamais aucun d'eux ne s'était rétracté. Il y avait aussi les songes étranges que faisaient certains familiers, qui rêvaient d'avoir de longues conversations avec eux la nuit, et se réveillaient au matin envahis d'un trouble profond. Cela lui était arrivé à elle-même, et ces songes lui laissaient un mystérieux parfum de réalité. Souvent, lorsqu'elle se retrouvait seule, de douloureuses crises de nostalgie la prenaient et des larmes lourdes coulaient de ses yeux. Elle débordait d'un amour qu'elle ne pouvait plus offrir à personne, hormis peut-être à son frère Palléas.

Celui-ci répondait à sa tendresse, mais il n'existait pas entre eux les liens intimes qui avaient uni Dorian et Solyane, nés frère et sœur. Une secte nouvelle s'était constituée quelques mois plus tôt, qui souhaitait ardemment l'accouplement de Palléas et de Nelvéa, afin de conserver pur le sang des dieux. Ils avaient refusé énergiquement. Ils ne se sentaient aucun goût pour l'inceste et l'amour qui les liait était véritablement fraternel. Palléas avait fait sa première épouse de Lyvie, petite esclave qu'il avait ramenée des pistes d'Europania. Deux mois plus tôt, elle lui avait donné un superbe garçon, Yvain. Depuis, il avait épousé également deux léphénides, Maevia et Chloée, envoyées spécialement par le Commandeur Lyophème. Si l'on ajoutait l'amazone Cyrillia, qui avait quitté le roi Pillat pour le rejoindre, et nombre de maîtresses de passage, le sang des dieux était loin d'être perdu, tout au moins du côté mâle. Car Nelvéa n'avait encore approché aucun homme. Sans doute fallait-il voir là la raison de son trouble lorsque le jeune Lorik l'avait regardée. Elle sentait que son corps sevré de caresses réclamerait bientôt autre chose. Bien sûr, ses prétendants étaient légion. Le plus touchant d'entre eux était peut-être Rono, le fils de Sheratt de Brastalia, qui avait plusieurs fois flirté avec elle au cours des bals. Mais elle n'osait pas vraiment aller plus loin. Sa nature sauvage et son tempérament combatif désarçonnaient ses amoureux.

Certaines paroles de son père lui revinrent en mémoire : « Il n'y a que les inconscientes comme toi pour vouloir apprendre le dur métier des armes. Mais méfie-toi. Une femme qui veut trop ressembler à un homme ne les attire plus. Ton sourire est une arme bien plus dangereuse que le plus tranchant des dayals. »

Elle sourit. Elle se savait belle. Elle s'était regardée tout à l'heure dans l'eau de l'étang. Son reflet lui avait révélé une femme jeune, de cette beauté native que l'on prête aux divinités des forêts.

Ses longs entraînements guerriers lui avaient sculpté des membres fins et élancés et une silhouette que ne déparait aucune graisse disgracieuse.

Cependant, elle n'avait pas conscience de la chaude sensualité qui se dégageait de ce corps magnifique. En fait elle se posait peu la question. Elle n'avait pas de temps à consacrer aux choses de l'amour. Elle souffrait. La disparition de ses parents, et surtout de son père, envahissait son esprit. Pour des raisons obscures, elle s'en tenait pour responsable.

Pourtant, au fond d'elle-même, elle refusait de croire qu'elle ne les reverrait jamais.

2

Jamais encore elle n'avait éprouvé de sensations aussi profondes, aussi voluptueuses. Cela ressemblait au mouvement des vagues sur les rives du Danov, qui toujours revenaient, et revenaient sans cesse, comme arrivées de l'infini pour y repartir l'instant d'après. Une chaleur étrange, à la fois douce et brûlante avait pris possession de son ventre. Des mains impérieuses caressaient son corps, se glissaient en lui, conquérantes, dominatrices. Et elle qui jamais n'avait eu le moindre contact avec un homme se soumettait avec ravissement à cette possession animale, merveilleuse, qui transcendait ses sens. Des gémissements lointains lui parvenaient, comme étouffés, tandis qu'au-delà, elle devinait un univers proche de la démence. Sa sensibilité exacerbée lui faisait percevoir des présences hostiles, hors des limites du havre d'extase, des monstres insaisissables qui menaçaient la vie de son amant et la sienne. D'autres présences également, amies celles-là, dormaient dans la paix relative d'une courte nuit échouée au cœur de l'enfer. Mais elle n'en avait cure. Parce que peut-être demain la vie lui serait ôtée, elle voulait aimer, de toutes les fibres de son corps, de toute son âme, sentir l'essence même de l'homme pénéter son ventre, chacun de ses membres. Lui appartenir totalement, se fondre à lui, jusqu'à l'orgasme final, éblouissant, qu'elle atteignit enfin dans une explosion de plaisir intense. En elle ruissela une liqueur de feu, à la fois suave et acide, dans laquelle elle aurait voulu se noyer, s'anéantir.

Elle aimait, et elle était aimée. Le long engourdissement qui suivit l'union la laissa épuisée, étourdie, offerte, indifférente à un avenir incertain dont elle ne voulait pas entendre parler. Elle sentait contre sa peau moite le corps effondré de son amant, sa chaleur humide encore de l'effort qu'il avait fourni. Elle caressa la longue chevelure bouclée avec amour, laissa glisser ses doigts jusqu'aux muscles du dos, s'égarant sur les flancs puissants. Ses mains fiévreuses lissèrent la trame solide des bras, puis revinrent vers le torse pour se perdre dans la toison drue et serrée qui couvrait la poitrine du dieu qui l'avait aimée.

Car il s'agissait bien d'un dieu. Elle en était intimement persuadée. Un dieu puissant, mais sujet aussi aux faiblesses humaines. Un dieu auquel elle avait offert sa vie.

Peu à peu pourtant, l'onde bienfaisante de l'extase amoureuse s'estompa, et un malaise insidieux s'insinua en elle. La vision voluptueuse s'évanouit. Dans un effort surhumain, elle voulut repousser son amant, pour distinguer ses traits. Elle ne connaissait de lui que sa chaleur, et la puissance libérée par ses reins fougueux.

Mais, lorsqu'il se redressa et la contempla, seul un visage flou et indéfinissable lui apparut. Comme si un voile de brume était venu s'interposer.

Une sorte de sanglot la secoua, et elle voulut se replonger dans son rêve inaccessible. Un rêve qui laissait derrière lui comme un amer goût de cendre, l'odeur nostalgique d'un amour inachevé.

Une sensation d'étouffement la saisit, la tortura. Des bras multiples surgirent de nulle part pour l'enserrer, tels des serpents voraces. Le souffle lui manqua. Une explosion lui vrilla le crâne tandis qu'elle s'éveillait, aspirant avidement l'air de la nuit. Maîtrisant à grand-peine les battements de son cœur affolé, elle s'aperçut que son amant inconnu n'était que sa couverture, dans laquelle elle s'était entortillée.

Une sensation curieuse flotta un instant en elle. Pendant une fraction de seconde, il lui fut impossible de se rappeler son nom, ni l'endroit où elle se trouvait. Puis elle reconnut le décor familier de sa chambre, et le ronflement discret de Khaled qui dormait, comme à son habitude, dans l'antichambre.

Trempée de sueur, Nelvéa se dégagea des draps enroulés autour de ses membres puis s'assit. Lentement, elle reprit sa respiration. En elle subsistait encore un trouble délicieux, une chaleur équivoque au creux de ses reins. Elle ferma les yeux pour retrouver chacune des scènes dont la sensualité laissait dans son ventre une sensation d'inassouvissement.

Ce n'était pas la première fois que ce rêve la hantait. Cependant, il s'était rarement fait aussi précis, aussi présent.

Le plus étrange était cette note triste, mélancolique, qui transparaissait à chaque fois, comme si cette union fabuleuse n'était pas destinée à s'accomplir totalement. Sur elle planait le souffle de la mort. Ou plutôt, elle avait existé jadis, dans un autre temps, un autre univers. Mais l'amant qui avait répandu sa semence en elle n'était plus. Pas plus qu'elle-même peut-être. Comme si tout cela appartenait à une autre vie. Un souvenir dont elle n'était que la dépositaire. L'onde sensuelle ne voulait pas s'éteindre. Sa main glissa jusqu'à ses seins, sur lesquels nulle main d'homme ne s'était posée. Puis elle longea le ventre fin et plat, pour descendre jusqu'à la toison douce et ambrée. Sous ses doigts elle devinait la douceur de la bouche tendre de son sexe, dont l'émoi appelait l'amour. Un amour qu'elle ne voulait, qu'elle ne pouvait pas donner. À qui ? Une trop grande sensation d'absolu accompagnait ces rêves éblouissants. Avec qui aurait-elle pu les vivre ?

Deux larmes coulèrent sur ses joues, qu'elle ne chercha pas à essuyer.

Elle se leva, chancelante, et se dirigea vers le balcon de sa chambre. Il pleuvait. Une pluie violente, faite d'eau et de glace, qui venait marteler la pierre du palais. Elle enfila une chemise de nuit. Elle dormait nue, mais les nuits étaient encore fraîches.

Elle s'avança vers la fenêtre, et contempla longuement le panorama du palais endormi. Malgré l'heure avancée, les appartements de Palléas étaient encore allumés. Sans doute bavardait-il avec l'une de ses compagnes, après une étreinte sauvage, mais bien réelle celle-là.

Elle sourit. Son frère n'avait jamais pu étouffer son tempérament fougueux. Il aimait les femmes. Lyvie en avait souffert au début. Nelvéa le savait, elle qui s'était prise d'affection pour la petite esclave devenue comtesse. Lorsque Palléas avait accepté d'autres femmes dans sa couche, Lyvie avait cru en mourir de jalousie. Puis curieusement, elle avait découvert que cette jalousie n'était en fait que l'angoisse d'être abandonnée. Or Palléas ne s'était pas détourné d'elle. Et peu à peu, elle s'était attachée aux nouvelles compagnes de son mari. Celles-ci lui avaient expliqué que parmi la noblesse, la fidélité à une seule épouse était contraire à la coutume. Et puis, avec gentillesse et dévouement, elles avaient entrepris de l'instruire et de l'éduquer. À leur contact, Lyvie avait appris beaucoup et tenait à présent son rang sans aucune difficulté. Elle les considérait comme des sœurs, mais gardait cependant une préférence pour Cyrillia, d'origine modeste, qu'elle prenait volontiers pour confidente.

Pouvait-on reprocher à Palléas de suivre la tradition ? Il était le soleil, le point de mire d'une ville tout entière. Les Gwondaleyens avaient reporté sur lui toute l'affection qu'ils réservaient au couple divin qui avait régné sur eux pendant plus de vingt années. Et Palléas était bien digne de lui succéder. Il était beau, intelligent, fort capable de dénouer les arcanes des lois financières et les finasseries administratives. Il l'avait prouvé à maintes reprises. Il avait compris qu'il lui fallait reprendre en main toute la noblesse gwondaleyenne, ébranlée par la disparition de ses suzerains. Il avait su le faire, avec charme et fermeté. Les anciens collaborateurs de son père avaient reporté sur lui leur confiance. Il les avait éblouis de fêtes, d'innovations artistiques et commerciales qui les avaient laissés ébahis. Il était le maître désormais et tenait à ce qu'il n'y ait aucune ambiguïté. Nelvéa savait qu'il n'y avait aucun goût du pouvoir derrière tout cela, mais seulement la volonté de maintenir la paix dans un comté que rien n'avait troublé depuis des décennies. Et sa bonne humeur suffisait à faire passer toutes ses exigences. Exigences uniquement orientées vers le bien de la cité. Et si l'on regrettait Dorian et Solyane, c'était seulement de la nostalgie. Le gouvernement avait été transmis en de bonnes mains.

Nelvéa contempla longuement les fenêtres éclairées d'une lueur douce, que les efforts de la tempête extérieure ne pouvaient atteindre. Quelle femme Palléas tenait-il ce soir dans ses bras ? Maevia, Chloée, Lyvie, ou encore cette petite louve de Cyrillia, une amazone qu'il avait connue à Burdaroma, un an auparavant, et dont il avait fait sa quatrième épouse ? Oui, sans doute était-ce elle. Il l'aimait autant que Lyvie.

Cyrillia, superbe blonde aux yeux humides, déjà enceinte, mais qu'il continuait d'honorer régulièrement.

Ou peut-être était-ce Lyvie, qu'il chérissait toujours autant, avec une fougue telle qu'elle ne tarderait pas à attendre un nouvel enfant.

Un pli amer lui tordit la bouche. Jamais elle n'accepterait d'être ainsi l'épouse d'un prince régnant qui la partagerait avec d'autres femmes.

Elle avait tenté de comprendre. Palléas lui avait expliqué une chose étrange.

— L'amour ne se divise pas, petite sœur. Il se donne totalement, ou pas du tout. Il est stupide d'affirmer que l'on préfère telle personne plutôt que telle autre. La relation amoureuse est différente chaque fois. Pourquoi refuser d'admettre que l'on puisse aimer plusieurs femmes, si les sentiments sont sincères ?

— Et tu admettrais parfaitement qu'elles aient d'autres amants ?

— Mais Maevia et Chloée ONT d'autres amants. Et pourquoi leur en tiendrais-je rigueur ? Elles n'appartiennent qu'à elles-mêmes. Et si d'autres hommes savent les rendre heureuses, il serait ridicule de ma part de leur en vouloir. À ce rythme, je condamnerais ceux qui les aiment, et protégerais ceux qui leur veulent du mal, ou qui leur sont indifférents. Tu ne trouves pas que c'est stupide ?

— Alors, dans ce cas, pourquoi n'aurais-je pas moi-même mon harem d'hommes ?

— Pourquoi pas, en effet ? Je t'en crois capable. Mais ne va pas t'imaginer que je « possède » un harem. Mes femmes sont libres. Je ne suis pour elles qu'un membre de leur propre harem.

Elle éprouvait envers la polygamie un sentiment de révolte mêlé de trouble. La tendresse de Palléas envers chacune de ses épouses était bien réelle. Peut-être était-elle destinée quant à elle à un amour unique, une passion exclusive...

Elle le détestait lorsqu'il lui affirmait en riant qu'elle était jeune, et qu'elle ne connaissait encore rien de l'amour.

Mais en attendant, elle aimait un dieu invisible et inaccessible. Quel mortel pourrait jamais venir concurrencer cette divinité ?

Si seulement elle avait pu deviner les traits de son visage…

3

— Tu ne devrais pas trop te tracasser pour toutes ces choses, ma petite agnelle. Moi je sais ce qu'il te faudrait. Un homme jeune et beau, vigoureux et bien fiait.

Nelvéa regarda la cousine Flora avec indulgence. Elle approchait à présent des soixante-dix ans mais n'avait rien perdu de sa vitalité coutumière. Elle menait son monde avec une poigne énergique et souriante. Les songes que Nelvéa lui avait confiés n'étaient pour elle que le reflet naturel du désir.

— Tu peux m'en croire, fillette. Tu as atteint l'âge de l'amour. J'ajouterais même que la plupart des filles n'attendent pas d'avoir dix-huit ans pour y goûter. Mais tu fais toujours tout à l'envers. Tu devrais un peu délaisser les armes.

Elles étaient toutes deux installées dans le patio intérieur de la ferme. C'était une sorte de jardin d'agrément où la vieille dame cultivait des plantes d'ornement, pour le plaisir des yeux. Un tenarte somnolait dans un coin, accroupi contre le mur, attendant un ordre de sa maîtresse.

Nelvéa adorait Flora, qui était la cousine d'Alvina, la dernière épouse du comte Czarthoz. Lorsque celui-ci était parti guerroyer en Ismalasie en compagnie de Dorian, alors son dauphin, elle avait recueilli Solyane, menacée par l'Inquispol. Flora s'était prise d'affection pour la jeune fille, affection qu'elle avait reportée sur ses enfants, et surtout sur Nelvéa. Depuis toujours, lorsqu'elle avait une peine à consoler, ou bien lorsqu'un sujet la tracassait, celle-ci venait à Chonorga. Flora représentait pour elle la grand-mère qu'elle n'avait pas eue. Elle avait une confiance aveugle dans son jugement, parce qu'il était empreint de ce bon sens naturel qui caractérise ceux qui travaillent la terre. Flora trouvait toujours le mot juste, la phrase qui réconforte, qui apaise l'angoisse. Nelvéa se sentait en sécurité auprès d'elle.

La vieille dame poursuivit :

— Je ne te comprends pas, ma petite agnelle. Tu es belle et bien faite. Tu es née pour l'amour. Aurais-tu peur qu'un homme ne te touche ?

— Je ne sais pas !

— Tiens, insista Flora, je suis certaine que cet étranger, ce Lonnien qui s'est installé ici pour étudier la région, celui-ci ferait très bien l'affaire. Il est grand, bien bâti, et j'ai vu les regards qu'il te lançait hier soir au souper. Je m'y connais en hommes. Celui-là est à toi quand tu le désires.

Nelvéa sourit. Elle aussi avait remarqué le manège de l'extraterrestre, visiblement heureux de sa présence.

Elle était venue se réfugier à Chonorga pour fuir les réceptions de son frère à Gwondaleya. Dans le but de développer les relations commerciales que la cité entretenait avec les différents royaumes voisins, et notamment ceux d'Europania, il avait convié les souverains et les notables des compagnies marchandes à une série d'entretiens. Une grande partie de la noblesse ukralasienne et europanienne serait présente.

Nelvéa avait prévenu son frère qu'elle ne désirait pas assister aux festivités. Déjà, en temps normal, elle était la cible de tous les séducteurs. Cette fois, elle passerait son temps à les repousser.

Pourtant, elle devait bien admettre que ses réactions de rejet n'étaient pas normales.

— Pourquoi ne suis-je pas comme toutes les autres ? gémit-elle.

Flora lui prit la main.

— Peut-être à cause de ta passion des armes.

— Je ne suis pas la seule à savoir manier le sabre et les styls. Et je ne suis même pas chevalier.

— Je suis persuadée que tu en serais capable. Peut-être est-ce parce que… tu n'es pas amoureuse, tout simplement.

— Mais alors, tous ces rêves étranges ?

— C'est seulement ton corps qui réclame un homme, petite. Tu sais, cela n'a rien d'étonnant avec cette atmosphère qu'entretiennent les amanes. Pour eux, tout tourne autour de l'amour. Il est à la base de la vie. Et je veux bien les croire, ajouta-t-elle avec un sourire entendu.

Nelvéa soupira. Bien sûr, elle n'était pas amoureuse. Aucun des hommes qui l'approchaient ne l'intéressait. Ils ne désiraient qu'une chose : la glisser dans leur lit. Leurs pensées étaient limpides comme l'eau des roches. Et c'était cela surtout qui la choquait. Ou bien alors, ils étaient tellement amoureux d'elle qu'ils en devenaient stupéfiants de bêtise. Certains lui avaient offert leur fortune, d'autres avaient juré de se tuer s'ils ne pouvaient espérer un mot doux de sa part. Mais quel amour aurait-elle pu offrir, elle qui, à dix-huit ans, vivait déjà dans le passé ?

Parfois de sombres pensées l'assaillaient sans raison, comme si une immense tristesse pesait sur ses épaules. Il lui semblait marcher alors vers un mur de plomb, vers un avenir aride et sans amour. Elle avait imaginé que ces instants d'angoisse et d'effondrement étaient dus à la disparition de ses parents qu'elle adorait par-dessus tout. Mais elle devait bien avouer qu'ils dataient d'avant. Cependant, depuis le départ de Dorian, ils s'étaient multipliés, de même que ses étranges rêves érotiques.

Une force mystérieuse vibrait en elle, insaisissable, un besoin d'absolu que ne pouvait lui offrir un quelconque amant de passage. Une sensation de plénitude que lui apportait le mystérieux inconnu de ses songes amoureux. Curieusement, ces pensées insolites paraissaient venir d'ailleurs. Jadis, elle se souvenait avoir été une fillettte pleine de vie et de fougue. Elle avait oublié le goût de rire depuis… en fait, depuis qu'elle avait découvert qu'elle ne possédait pas les mêmes dons que son frère. Alors sans doute s'était-elle rendu compte, inconsciemment, qu'elle n'était pas la fille de Solyane.

Si le sentiment d'avoir été trahie s'était estompé, il n'en résultait pas moins une grande mélancolie. Elle n'était pas de la même race que ses parents. Elle avait conscience qu'un monde fantastique s'ouvrait là, à sa portée, que peut-être elle n'atteindrait jamais.

— Je suis sûre que ces rêves signifient quelque chose, Flora. J'ai l'impression de connaître cet homme, mais je sens aussi qu'il ne faut pas que je découvre ses traits. Parce que… j'en souffrirais horriblement !

— Tu accordes trop d'importance à des choses qui n'en ont pas autant que tu le penses, Nelvéa. Regarde autour de toi. Jamais le printemps n'a été aussi précoce. Les récoltes vont être magnifiques. Respire les odeurs qui montent du sol et tu sentiras une force invincible t'envahir. Tu vois, lorqu'un chagrin me ronge, je fais une longue promenade, seule dans les champs et les prés, je ferme les yeux, et je respire les parfums des fleurs, de l'argile, des flaques de pluie. Petit à petit, je sens le calme revenir. C'est la terre qui me redonne vie et courage. Elle est notre force, parce que nous sommes nés de sa poussière, et nous y retournerons lorsque sera venu notre tour. Cette année sera une bonne année. Les mauvais esprits ont disparu. Même les garous se sont tenus tranquilles cet hiver. Quant aux maraudiers, nous n'en avons vu aucun.

— Ma mère a donné sa vie pour cela.

— Je le sais, petite, reprit la vieille dame après un silence. Mais je ne crois pas qu'elle y ait réellement laissé la vie. Je suis sûre qu'elle vit toujours, quelque part.

Nelvéa ne répondit pas. De la mort de sa mère, elle conservait une image précise, puisée dans les souvenirs de Palléas. Un océan de flammes, au milieu duquel avançait une jeune femme. Les tornades de feu, pliées sous son indomptable volonté, se tordaient, se déchiraient sans pouvoir l'atteindre. Puis il y avait eu un éclair, un embrasement éblouissant dans lequel le corps de Solyane s'était fondu en une fraction de seconde. On n'avait rien retrouvé d'elle.

Flora se leva et entraîna la jeune fille hors du patio. À l'extérieur de l'enceinte, une petite troupe de bergers se préparait à quitter Chonorga pour les montagnes du massif Skovandre. L'un d'eux tenait trois superbes lévriards en laisse. C'étaient des molosses de grande taille, dressés pour le combat contre les ours et les loups, car les attaques des prédateurs étaient nombreuses. Et l'on prévoyait normalement chaque année un lot de bêtes que l'on sacrifierait à la montagne. Tel était l'ordre des choses. Cela s'appelait le chasse-tribut. D'ailleurs, une cérémonie rituelle voulait qu'un agneau gras soit égorgé dès l'arrivée sur les lieux des hauts pâturages, afin de se concilier les bonnes grâces des divinités. Profondément croyants, les bergers emportaient avec eux toutes sortes d'amulettes et des armes étranges qu'ils maniaient avec dextérité. Comme ces bâtons hérissés de crocs de migas, ou encore ces énormes poignards-scies dont ils aiguisaient les dents chaque jour, et que l'on nommait des « mâchoires de loup ».

Flora et Nelvéa les observèrent un moment rassembler le bétail, dans leur langage rude et parfois sibyllin. C'étaient de solides gaillards portés à croire au merveilleux, et dont la mémoire recelait d'innombrables légendes.

— Dame Solyane ignorait qu'elle était une déesse, reprit Flora. Moi, je le savais depuis qu'elle était venue ici, voici bien longtemps, pour échapper à l'Inquispol. Elle était comme un rayon de soleil qui aurait pénétré la ferme. Bien sûr, elle s'inquiétait pour ton père, parti combattre les Ismalasiens ; mais il y avait une telle joie de vivre en elle. Souvent, on disait entre nous qu'elle était une fée. Et l'on était heureux qu'elle fût parmi nous. Parce que sa présence faisait du bien, et que rien de mauvais ne pouvait nous arriver. Tu vois, Nelvéa, de tous ses pouvoirs, le plus important était ce don d'amour qui rayonnait autour d'elle.

— Je n'ai pas hérité de ce don.

— Ne te mets pas une telle idée en tête, mon agnelle. Je me souviens de toi lorsque tu étais petite. Tu savais rire toi aussi.

Un bref sanglot secoua Nelvéa. Flora l'entoura d'un bras protecteur.

— Ne pleure pas, ma chérie. Je suis sûre que tu possèdes toi aussi ce don merveilleux.

— Non, gémit Nelvéa en regardant la vieille dame en face. Ce n'est pas possible, tu comprends. Solyane n'était pas ma vraie mère. Elle m'a portée, mais c'est une autre qui m'a engendrée.

Flora lui caressa les cheveux, puis dit doucement :

— Je le savais.

— Tu le savais ?

— Tu sais, j'ai eu quatorze enfants, et j'en ai aidé plus de quarante à venir au monde, ici, à Chonorga. J'ai appris à distinguer les traits de ressemblance. Tu as hérité de ceux de ton père, et d'une autre femme. Cette autre femme, je l'ai approchée, lorsqu'elle est arrivée à Gwondaleya, il y a plus de vingt ans. Elle était très belle et très douce. Les Gwondaleyens l'ont tout de suite aimée. Lorsque tes parents t'ont amenée ici pour la première fois, tu n'avais pas deux ans. J'ai été frappée par ta ressemblance avec Elena. Je n'ai pas compris pourquoi, puisqu'elle était morte plusieurs années avant ta naissance. Mais je me doute qu'il y a eu là-dessous une intervention divine.

— Tu le savais ! Alors, tu comprends pourquoi je ne peux posséder les mêmes dons que Palléas.

— C'est ce que tu crois. Tu les détiendras lorsque tu auras chassé le doute de ton esprit.

— Mais que vais-je devenir ?

— Cela, seuls les dieux le savent. Parfois, on veut prendre son destin en main, et l'on s'aperçoit que l'on n'est qu'un jouet entre les griffes d'une divinité qui a des desseins très précis en ce qui nous concerne. Et même lorsque l'on croit lui échapper, elle est toujours là, qui guette dans l'ombre. Laisse faire le sort, ma petite agnelle. Et tâche à reprendre goût à la vie. Qui sait, le destin t'attend peut-être ce soir, autour de ma table.

Elle ne croyait pas si bien dire.

4

Le soir, une agitation fiévreuse s'était emparée de la ferme. Flora avait réquisitionné tout son monde, et Nelvéa n'avait pas été la dernière à mettre la main à la pâte pour préparer le repas, le dernier que les bergers prendraient au village. En effet, ceux-ci devaient quitter Chonorga dès le lendemain afin de gagner leurs quartiers d'été, dans les hautes vallées du massif Skovandre.

Le temps doux s'étant maintenu, on avait allumé quatre feux de camp sur lesquels rôtissaient un daim, deux moutons et des quartiers de bœuf.

Tout à coup, une petite silhouette noire se détacha d'un groupe et courut vers Nelvéa.

— Princesse ! Vous me reconnaissez ?

Nelvéa dévisagea l'arrivant. Un visage mobile, des yeux rieurs et pleins de charme, des vêtements toujours aussi douteux.

— Bien sûr ! Tu es Lorik le lutin.

— C'est gentil de vous souvenir de moi.

— Que fais-tu ici ?

— Dame Flora m'a recueilli. Lorsque vous m'avez quitté, l'autre jour, j'ai dû fuir, parce qu'un migas rôdait dans les parages. D'ailleurs, méfiez-vous si vous y retournez. Je suis arrivé ici, pile à l'heure du repas. On m'a accueilli. Une assiette était déjà là pour moi, comme si on m'attendait.

— C'est une coutume gwondaleyenne que de prévoir toujours un couvert supplémentaire, au cas où un pauvre viendrait à passer.

— C'est une coutume bien agréable. Cela faisait longtemps que je n'avais pas mangé à ma faim. Pour les remercier, j'ai raconté une de mes histoires, et l'on m'a proposé de rester. J'ai accepté.

— Et te voici !

— Me voici ! Je crois que je vais rester quelque temps ici. J'aime cet endroit, et les gens qui y vivent.

Il hésita un peu, puis ajouta :

— Surtout vous, princesse.

Elle se détourna. Il s'approcha et lui chuchota dans l'oreille :

— Je veux être votre esclave, princesse. Et je sais qu'un jour, je le deviendrai.

— Comment peux-tu en être si sûr ? riposta-t-elle.

— Parce que Phrydios me l'a dit.

Il lui dédia un regard si désarmant qu'elle préféra changer de sujet.

— En attendant, aide-moi donc à installer ces pâtés sur les tables.

Il obéit, ravi.

Chonorga étant aussi un pays de vigne, on avait mis en perce un vin de l'année passée qui avait pris du corps et de la chaleur. Chaleur qui ne tarda pas à pénétrer les esprits enfiévrés par le départ imminent.

La bonne humeur ambiante gagna Nelvéa qui se surprit plusieurs fois à rire, à la grande satisfaction de Khaled.

— Ta joie me fait chaud au cœur, Aïnah Shean. Tu es bien ici, lui dit-il, alors qu'elle venait de chahuter avec les plus jeunes garçons de la ferme qu'elle considérait un peu comme des frères.

— C'est vrai. J'aime ce village. Tout y est si... naturel.

Elle ne put en dire plus. À présent, la nuit était tombée, et des rondes endiablées fleurissaient autour des foyers. Une main vint s'emparer de la sienne et l'entraîna dans une sarabande effrénée. Étourdie, Nelvéa vit flamboyer devant ses yeux des visages rougeoyants, éclaboussés de joie, des corsages qu'un vent de folie printanière entrouvrait, des regards brillants d'hommes conquérants. À la ronde de lumière et de nuit se superposait, plus subtile, celle des parfums, fumée du bois crépitant des foyers, fumet des viandes rissolées et des sauces, senteurs des prairies proches, fraîcheur sauvage des montagnes, auxquels venaient se mêler les odeurs chaudes des hommes et des femmes qui tournaient et virevoltaient dans d'immenses éclats de rire.

Nelvéa aimait danser. Certaines danses, disait-on, venaient du fond des âges, depuis l'époque oubliée des Anciens, et la mémoire des hommes les avait conservées depuis des millénaires.

Nelvéa ne se posait pas ce genre de questions. La danse avait toujours fait partie de sa vie. Parce que le corps s'y livrait totalement et sans contrainte. Solyane l'avait initiée à la danse sacrée pratiquée dans le pré d'Arys, la déesse fleur protectrice de Gwondaleya. Sans posséder la grâce inimitable de sa mère, Nelvéa pratiquait une danse souple et empreinte de sensualité qui ne laissait aucun homme indifférent. Aussi furent-ils nombreux à se rapprocher d'elle. Et elle dut s'avouer qu'elle prenait un plaisir trouble à les sentir ainsi échauffés par sa silhouette aux courbes parfaites. Elle était comme une reine adorée par ses sujets, une reine qui pouvait choisir celui avec lequel elle déciderait de passer la nuit. Une étrange langueur lui prit les reins lorsqu'elle s'arrêta, épuisée.

Elle revint s'asseoir près de Khaled, qui, lui, ne dansait jamais. La danse est faite pour les femmes, disait-il. Ou pour les hommes de la Religion.

Bien sûr, en Ismalasie, les femmes dansaient pour leur seigneur et époux, et les prêtres de certaines sectes pratiquaient des rondes rituelles afin de deviner les intentions des dieux.

— Tu devrais essayer, le taquina Nelvéa.

L'Ismalasien lâcha sa pipe pour un sourire.

— Te voir me suffit, Aïnah Shean.

Nelvéa éclata de rire et se servit un morceau d'agneau dans lequel elle mordit à belles dents. Puis elle s'allongea sur l'herbe. Autour d'elle, la fête battait son plein. Au-dessus, le ciel était empli d'étoiles. Peut-être parce que le vin lui montait un peu à la tête, elle se sentit parfaitement bien.

Soudain, un homme tomba à genoux à côté d'elle. Elle ne vit qu'une ombre dans laquelle luisaient deux yeux d'un vert éclatant.

— Hal Weya, petite princesse, dit une voix grave.

Nelvéa se redressa. Khaled s'était éloigné.

— Bonsoir, répondit-elle. Vous êtes le Lonnien.

— C'est ça, je suis le Lonnien. Mon nom est Brent Olleronn. Il est difficile de vous parler seul à seul.

— Il aurait suffi de me le demander.

— Je n'aurais pas eu le plaisir de vous surprendre en pleine rêverie.

Nelvéa sourit. Au moins, ses pensées étaient diaphanes. Il l'avait vue danser, et son souvenir de la veille s'était enflammé. Elle l'observa. Il était beau. Ses cheveux blonds tirant sur le roux lui descendaient sur les épaules. Une courte barbe entourait son visage marqué de petites pattes d'oie ciselées par l'air des montagnes. Pourtant, il n'avait certainement pas dépassé la quarantaine. Un charme indiscutable émanait de son regard d'émeraude. Et il le savait. Il poursuivit :

— Où étiez-vous partie, les yeux ainsi perdus dans les étoiles ?

— Nulle part. Je me reposais. Ces danses sont épuisantes, à la longue.

— Cela, je le sais. Les filles de notre hôtesse m'ont pris au piège. Je viens à peine de me libérer. C'est vous que je voulais voir.

— Pourquoi ?

— On m'a dit que vous saviez manœuvrer un kaïck.

— C'est exact.

Elle se souvint alors que Brent était le fils du lieutenant Olleronn, l'un des assistants de Kless Loro d'Urann, le commandant du Moona. Il faisait partie de cette génération intermédiaire de Lonniens qui avaient vu le jour sur leur planète originelle, mais qui n'en conservaient aucun souvenir. Comme les enfants nés juste après l'arrivée, ils appartenaient à la Terre, et n'envisageaient certes pas de repartir, comme c'était le cas pour leurs aînés. Le sport favori de ces jeunes Lonniens consistait à descendre les torrents tumultueux de Skovandre sur de frêles esquifs de plaste qu'ils nommaient des kaïcks. Souples et résistants, ces petits bateaux juste assez grands pour y glisser les jambes se manœuvraient à l'aide d'une pagaie destinée surtout à s'écarter des récifs. Très rapidement, de nombreux Gwondaleyens s'étaient intéressés à ce sport vigoureux, et Nelvéa, toujours à l'affût de sensations nouvelles, l'avait pratiqué dès son plus jeune âge.

— J'envisage de descendre ce torrent que l'on nomme le Haut Stino, qui prend sa source près du Mont-aux-Loups. Il est gonflé des eaux de fonte hivernales, et cela promet des moments exaltants. Que diriez-vous de m'accompagner ?

— Vous êtes gentil, Brent. Une autre fois peut-être. Je suis venue à Chonorga pour me reposer, non pour dompter les torrents sauvages.

— Permettez-moi d'insister. Il ne s'agit que d'une petite expédition de deux jours.

— Brent ! Vous savez que je peux lire vos pensées. Et vous n'avez pas posé d'écran. Non, je n'ai pas envie, après une journée passée sur le Stino, de finir la nuit dans vos bras, sous les étoiles.

— Hum ! Enfin, j'aurai au moins tenté ma chance.

Il se redressa, un peu triste. Nelvéa lui prit la main.

— Il ne faut pas m'en vouloir, monsieur le Lonnien. Je ne suis peut-être pas encore prête pour ce genre de choses.

— Alors, tant pis pour moi. Mais si vous changez d'avis, je pars demain dans la matinée. Vous pouvez me rejoindre quand vous le souhaitez. J'ai un kaïck pour vous.

Il s'éloigna. L'instant d'après une autre silhouette se matérialisa près d'elle : Lorik.

— Venez voir, princesse. Il se dit de drôles de choses par là-bas. Je crois que cela peut vous intéresser.

Il lui prit la main et l'entraîna à l'autre bout de la clairière. Un groupe de bergers bavardaient, de leur voix rocailleuse. C'étaient des hommes âgés pour la plupart, taillés dans le granit, qui buvaient bien et mangeaient de même. Près d'eux, leurs lévriards attendaient patiemment l'offrande du maître.

— Eh bien ? demanda Nelvéa.

— Ces hommes-là parlaient de vos parents, princesse. Je les ai entendus. Ils prétendent les avoir vus.

Le cœur de Nelvéa fit un bond dans sa poitrine.

— Peut-être ont-ils vu mon père !

— Non ! L'un d'eux affirme qu'il les a aperçus, il y a deux semaines, près du Val-Fendu.

— C'est impossible, dit faiblement Nelvéa.

Parce qu'ils étaient loin du feu, on ne l'avait pas immédiatement remarquée. Mais les conversations se turent dès qu'on la reconnut. Elle s'approcha.

— Bonsoir, bergers.

Gênés, ils la saluèrent d'un vague signe de tête.

— L'un de vous prétend avoir aperçu mes parents, il y a peu, au Val-Fendu, déclara Nelvéa. Pourrait-il me conter cette histoire ?

Ils s'entre-regardèrent, puis un vieux prit la parole.

— Je suis celui-là, princesse Nelvéa. Mais peut-être vais-je vous causer peine.

— Non, au contraire. Je t'écoute, berger.

Alors, dans sa langue rugueuse et fleurie d'expressions étranges, le vieil homme commença un curieux récit.

— Imaginez-vous ! J'étais parti de Chonorga depuis le matin pleurant. Il faut dire qu'il pissait une vase de montagne qui durait de la nuit. J'avais envoyé mon levrard avec moi. Une bonne bête. J'aurais vrai attendu que la drue s'arrête, mais il fallait éclairer la piste. La transhume, c'était pour deux semaines après. Rien à refaire jusqu'au Val-Fendu. Les garous pour dire n'avaient rien brisé de la voie. Les abris étaient encore debout malgré l'hiver. Bref, les relais étaient bons.

Si elle n'avait saisi ses pensées à fleur d'esprit, Nelvéa eût éprouvé quelques difficultés à suivre la narration. En fait, il voulait dire que les garous n'avaient aucunement abîmé les abris relais utilisés par les bergers pour se rendre dans leurs pâturages. Jusqu'au Val-Fendu.

— Au Val-Fendu, tout a viré. Toute la bâtisse cul-versée, et la boiserie broyée. Plus même un tabouret où souffler. J'ai vite compris pourquoi. On avait omis un patard de viande au retour, l'an fini. Et ça a attiré un enflureux couple de migas. Ils auraient pu bannir après, mais ils avaient fait racine à l'endroit, et je me suis retrouvé à gueule avec eux. Par le Grand Cornu, j'étais sûr d'y laisser ma pelisse. Imaginez bien ! Je me suis mis à courir, parce qu'ils étaient deux, et que le plus petit me mesurait deux fois.

« Même mon levrard a eu la bile entre les dents. Il s'est encouru comme un chiot braillant sa mère. Un migas, ça crapatte vite quand ça veut. Et ceux-là, ils voulaient, imaginez bien. Me voilà savonnant au fond d'un ravin, sur la glaise toute pleurante de la fonte neigeuse. Pour finir au bas avec une vilaine tordure au pied. Alors, j'ai pas bien compris ce qui s'advint à la suite. J'étais heurté de partout, les membres tout en douleur, attendant les migas. Et je les ai vus, tout là-haut, qui me guettaient et cherchaient à descendre. Alors, ils ont eu soudain la bile, il faut dire. Parce qu'une femme et un homme sont apparus. Par les dieux qui nous protègent, j'ai cru être tourné folleux. Ils ont approché les migas. Par ma vie, les monstres ont déraciné aussi vite qu'ils ont pu. Jamais vu un migas s'encourir si vite.

« Après, l'homme et la femme m'ont regardé, de tout là-haut. Ils n'ont pas lâché parole. Mais je les ai de vrai reconnus. C'était notre seigneur et sa dame.

Il releva les yeux vers Nelvéa.

— Peut-être imaginez-vous que je suis un vieux mensongeux, ma princesse. Peut-être était-ce le heurt. Mais de vrai je les ai vus. Je les ai vus. Et je me moque de ce qu'on pourra s'apenser de moi. Je suis tout de joie, parce que je sais comme ça qu'ils sont pas morts.

Une larme coula sur les joues usées du vieil homme. Nelvéa serra les dents pour ne pas l'imiter.

— Merci, berger.

Elle les salua, et revint vers les feux, où l'on tenta de l'entraîner à nouveau dans une danse folle. Mais elle se dégagea et revint vers Khaled, l'esprit en déroute. Lorik la suivait comme un petit chien.

Elle prit place près de l'Ismalasien. Le petit voyageur s'accroupit à quelques pas.

Elle connaissait le Val-Fendu. Plusieurs fois, elle s'y était rendue pour chasser avec son père, l'automne venu. Souvent, l'oncle Sheratt les accompagnait. C'étaient des battues solitaires, sans rapport avec les grandes chasses au maroncle ou au cerf. On s'armait seulement d'un arc ou d'une arbalète, et l'on partait avec un suivant, un domesse chargé de porter les gibecières. Nelvéa préférait cette chasse-là à l'autre, parce qu'elle était pleine d'imprévu, et parce que l'on s'enfonçait plus loin encore dans la forêt.

Elle avait sondé l'esprit du vieux berger tandis qu'il parlait. Il disait la vérité. Il avait aperçu un couple juste après sa chute. Peut-être était-ce le « heurt », comme il disait, mais le doute n'était pas permis. Il s'était passé quelque chose là-bas. Il fallait absolument qu'elle s'y rende. Soudain, une idée la traversa. Le Haut Stino franchissait le Val-Fendu juste après avoir quitté le Mont-aux-Loups. Ce serait un moyen rapide de s'y rendre.

— Je crois que je vais accepter la proposition de Brent, dit-elle à son compagnon.

— Quel Brent ?

— Le Lonnien. Il m'a proposé de descendre le Stino sur un kaïck.

— Descendre ce torrent furieux sur l'un de leurs petits bateaux en papier ?

— Ce n'est pas du papier, mais du plaste. Et puis, ce n'est pas la première fois que je me risque sur l'un de ces esquifs !

Elle sourit. Khaled avait horreur de tout ce qui était bateau. Dès qu'il posait le pied sur un pont quelconque, il ne pouvait supporter de sentir le sol bouger sous ses pas. Alors, à plus forte raison, une petite coque de noix qui vous secouait le corps dans tous les sens n'était pas faite pour le rassurer.

— Je te dirai où me retrouver dès qu'il m'aura confié son itinéraire.

Khaled grogna. De toute façon, cela ne servirait à rien de tenter de la dissuader. Pour ce qui était du danger, elle avait bien hérité de son père.

5

Le lendemain, Nelvéa se leva de bonne heure, parfaitement reposée et détendue. Après un petit déjeuner solide, pris en compagnie des bergers sur le départ – sur l'envoyure, comme ils disaient – elle retrouve le Lonnien au bas du village. Face à eux, le Mont-aux-Loups dressait sa masse impressionnante, d'un gris bleuté que l'aube auréolait d'un rosé lumineux. Pour la première fois depuis bien longtemps, Nelvéa trouvait goût à la vie. Le soleil glorieux qui inondait les montagnes l'encourageait. Après plusieurs mois d'inactivité, elle allait enfin peut-être apprendre quelque chose sur la disparition de ses parents. Le Val-Fendu recelait un mystère, qu'elle allait percer. Cela ne faisait aucun doute.

— Hal Weya, princesse ! tonna la voix du Lonnien lorsqu'elle arriva près de lui.

Il commençait à charger son équipement sur un cheval de bât.

— Vous voyez, poursuivit-il, nous vivons de plus en plus à votre rythme. Alors que j'aurais pu emprunter un véhicule tout-terrain à suspenseur, j'ai préféré le cheval.

— Hal Weya, Brent. C'est une sage décision. Est-ce que votre machine à suspenseur vous ramènerait, s'ils vous arrivait malheur ?

— Non, sans doute. Et puis, on peut parler à un cheval, alors qu'à un véhicule…

Il éclata de rire.

— Cela me fait plaisir de vous voir. Vous n'avez pas changé d'avis ? Je crois que nous allons avoir une journée superbe. Et cela me ferait tellement plaisir de vous avoir à mes côtés !

Elle le détailla. Il avait de beaux yeux, aussi verts que les siens. Elle ne put résister à son sourire, et le lui rendit.

— Alors j'accepte, Brent. Mais je souhaiterais que vous abandonniez toute idée me concernant. J'ai envie de me rendre au Val-Fendu, et le kaïck est un moyen rapide. Je voudrais que nous soyons amis. Et rien que cela, n'est-ce pas ?

— Vous avez l'art de la torture raffinée, princesse. Mais soit. Je vais vous faire préparer un deuxième kaïck.

Une heure plus tard, le petit équipage quittait Chonorga.

Khaled chevauchait à côté de l'androïde de Brent Olleronn, qui avait pour mission de récupérer le Lonnien non loin du confluent du Danov, là où les eaux se faisaient plus calmes, et donc moins passionnantes.

Nelvéa et Brent devisaient joyeusement. Le Lonnien faisait montre d'une bonne humeur contagieuse, et la jeune fille s'y laissa prendre.

— Vous devez me trouver audacieux de vouloir séduire la fille d'un prince, Nelvéa.

— Pourquoi ? Après tout, vous êtes un homme dégagé de toute vassalité. Et vous êtes libre d'aimer qui vous voulez.

— Mais je ne suis pas toujours payé de retour, riposta-t-il avec un regard en biais. Vous savez, ajouta-t-il après un silence, je ne repartirai jamais pour Lonn. Je l'ai quittée lorsque j'avais quatre ans, et je n'en conserve pratiquement aucun souvenir. J'ai passé près de trente années de ma vie ici. Et ce que je sais de Lonn ne m'incite pas à y retourner.

— Comment cela ?

— Oh, je suppose que ma planète natale est très belle. Mais je me sens chez moi sur Terre, et surtout dans ce pays. Nous avons appris à vivre différemment à votre contact. Nos principes rigides se sont assouplis. Lonn est un monde terrible où l'être humain n'est pas véritablement à sa place. Nous estimons l'avoir dominé, mais en fait, il nous a façonnés à sa manière. Il n'a livré de lui-même que ce qu'il voulait. Plusieurs continents nous demeurent inaccessibles. Alors, certains Lonniens ont décidé d'aller encore plus loin. Savez-vous que des vaisseaux font actuellement route vers de nouveaux soleils ?

— Mon père m'en avait parlé.

— Je ne sais ce qu'ils découvriront. Mais je me considère quant à moi comme privilégié d'avoir pu redécouvrir la planète de nos ancêtres. Vous nous avez rendu un trésor inestimable, que nous avions peut-être un peu oublié : la sensibilité. Peut-être ce que vos sorciers appellent la setchaya ?

— Parce que vous possédez la setchaya ?

— Certains d'entre nous, oui, je le crois.

— Et qu'est-ce, pour vous, la setchaya ?

— L'art d'aimer la vie, tout simplement. Le don merveilleux de s'émouvoir devant les spectacles que nous offre la nature. Cela ne s'apprend pas. Certains êtres la possèdent à la naissance. D'autres en sont dépourvus. Mais cela se désapprend aussi, à l'aide d'un conditionnement bien spécifique que l'on nomme éducation. Nous devons beaucoup aux vôtres, et particulièrement à votre mère Solyane, d'avoir su nous ouvrir les yeux sur certains aspects de la vie que nous avions oubliés.

— Comme ?

— Comme ce besoin de vouloir traduire tout phénomène en équations scientifiques, alors qu'un peu de cœur suffisait.

Il hésita, puis ajouta :

— L'amour par exemple.

— Brent ! N'oubliez pas votre promesse.

— Pardon, je n'ai rien promis. C'est vous qui avez exigé.

— Et j'exige encore.

— Bien, admettons que je n'ai rien dit. L'amour est une équation scientifique. Rien de plus.

— Laquelle ?

— Je ne sais pas. Par exemple, un homme plus une femme égalent des bébés, plus beaucoup de complications.

Nelvéa éclata de rire.

Ils parvinrent rapidement au pied du Mont-aux-Loups. C'était en fait le dernier contrefort avant les hauts plateaux de Skovandre, qui remontaient loin vers le nord-ouest, jusqu'à la cité de Veraska.

Après une série de cascades infranchissables, dont la dernière se terminait dans un réservoir bouillonnant, le Stino devenait navigable pour les kaïcks. Le petit groupe déboucha sur une rive de sable épargnée par les remous des chutes proches. Un vacarme assourdissant obligeait chacun à élever la voix pour se faire comprendre. L'air était saturé d'une brume stagnante. Un eau limpide venait battre sur la grève faite de sable et de rochers. Sous la trouée des arbres, on apercevait le bas des chutes, noyé dans un brouillard qui devait persister même au plus fort de l'hiver.

— Nous voilà à pied d'œuvre, déclara Brent, qui visiblement piaffait d'impatience.

Il respira profondément l'air mouillé, tandis que son androïde défaisait les sangles du kaïck.

Nelvéa, sans attendre son tour, prépara son équipement, nouant elle-même sa protection de cuir autour de sa tête, et vérifiant chacun des points fragiles de son embarcation.

— Vous connaissez parfaitement le kaïck, princesse, remarqua Brent. On dirait une vraie Lonnienne.

— Merci. Et vous, vous ressemblez à un cheval qui n'a pas couru depuis des lustres.

Il rit de bon cœur.

— C'est vrai. Il y a un peu de ça.

Il vérifia la solidité des attaques métalliques et ajouta :

— Vous savez, je crois que l'homme cherche toujours à se dépasser. Nous avons longtemps cru que nous tentions de vaincre les éléments, le torrent, l'océan, la montagne, le désert, l'espace. En fait, c'est nous-mêmes que nous voulons vaincre. Nos peurs, nos inhibitions, et surtout, nous cherchons à vivre des émotions intenses, de celles qui laissent étourdi, abruti, mais heureux. Être secoué, ballotté par les courants, ne plus penser à rien, c'est vivre intensément le moment présent. C'est atteindre l'absolu. Comme l'extase amoureuse. Une descente comme celle que nous allons tenter est une certaine manière de faire l'amour avec la nature, avec l'eau, avec la montagne.

— Vous ne pensez qu'à l'amour, Brent.

Il fit entendre son rire sonore.

— Bien sûr ! Pas vous ?

Il s'approcha d'elle, et lui prit la main.

— Vous voyez, Nelvéa, je ne sais pas ce que nous ferons ce soir, lorsque nous aurons bien souffert de l'étreinte de ce torrent furieux. Sans doute serons-nous trop éreintés pour penser à autre chose qu'à dormir. Mais je veux malgré tout vous remercier de m'accorder le plaisir infini de votre présence. « Pour ce que la vue d'une jolie femme réjouit l'esprit et ragaillardit le corps. » C'est du moins ce que prétend votre souverain, le roi Pillat.

— Vous ne renoncez pas facilement, vous ! dit Nelvéa en souriant malgré elle.

— Hélas, je n'ai que mon sourire à vous offrir. Je ne pourrais même pas tenter de vous violer toute crue. Je ne serais pas sûr de m'en sortir vivant.

— Me violer à présent ! Essayez un peu pour voir !

Son sourire ravi désarma Nelvéa. Elle préféra pousser son embarcation. Puis elle ajusta le tablier de plaste autour de sa taille et saisit la pagaie pour s'aventurer vers les eaux plus agitées. Avant de s'élancer vers le courant, elle eut un dernier regard pour Khaled, dont le teint avait pris une couleur cireuse. Elle lui dédia un regard encourageant et cria :

— À bientôt, mon compagnon. Sois à Brastalia dans deux jours. Il eut un signe de tête imperceptible et remonta en selle. Décidément, elle n'avait pas fini de lui en faire voir.

Cela faisait plus d'un an que Nelvéa n'avait pas remis les pieds dans un kaïck. Mais les manœuvres ne s'oubliaient pas. Rapidement, elle contrôla les flots tumultueux qui la malmenaient et dirigea son esquif vers les trouées rocheuses. À ses côtés, Brent lui hurlait des encouragements. La sortie du réservoir du Mont-aux-Loups était plutôt calme. En fait, la course véritable commença à peine un quart de marche plus loin, lorsque le Stino s'enfonça entre deux falaises à pic qui dévoraient le soleil. Une pénombre angoissante noyait le défilé saturé d'humidité, tandis qu'un rugissement infernal se répercutait sur les flancs sombres de la roche. On se serait cru entre les mâchoires de Shaïentus. Emportés par les flots rageurs, les deux kaïcks bondissaient, jaillissaient dans des gerbes d'écume. Était-il possible que des êtres vivants, même des poissons, vécussent dans cet enfer bouillonnant ? Et pourtant, Nelvéa aperçut, bien involontairement, de superbes saumons qui évitaient son embarcation avec agilité. Mais elle avait trop à faire pour s'en soucier. Peu à peu, ses gestes retrouvèrent l'automatisme et la rigueur qui lui avaient permis de vaincre les Lonniens sur leur propre terrain. Elle avait eu un peu peur au début, mais c'était passé, et elle se livrait totalement à l'élément liquide qui jouait avec elle. Elle y prenait un plaisir intense, parce qu'il lui faisait oublier tout ce qui lui encombrait l'esprit. Brent avait raison. Ce sport était une manière de faire l'amour avec la nature. Une nature à laquelle il lui semblait se mêler intimement, au travers de l'eau glacée qui pénétrait ses vêtements, jusqu'au moment où une pellicule d'eau se fut infiltrée entre son corps et sa combinaison d'éponge, créant ainsi une protection isotherme.

— Princesse, hurla soudain son compagnon. Je vous propose quelque chose !

— Quoi ?

— Le premier arrivé au bivouac ce soir a le droit d'embrasser le vaincu.

— S'il le désire.

— Mais je le désire !

— Pas moi !

— Qu'importe, puisque je gagnerai.

Nelvéa ne répondit pas. Elle dut mobiliser tous ses efforts pour se décrocher d'un remous qui tentait de l'entraîner sur un énorme récif. Puis elle reprit le courant et quelques coups de pagaie bien ajustés suffirent pour la ramener au niveau du Lonnien. De toute façon, il était sûr de gagner, puisqu'elle voulait s'arrêter au Val-Fendu. Ils devaient l'atteindre au début de l'après-midi. À moins qu'elle ne prenne de l'avance…

Faisant appel à toute sa science, elle se glissa dans la ligne principale du courant, et tenta de distancer son compagnon. En pure perte. Il connaissait le maniement du kaïck aussi bien qu'elle, et s'amusait visiblement de ses efforts désespérés.

— Vous trichez, lui hurla-t-elle enfin. Vous savez que je veux m'arrêter au Val-Fendu.

— Moi je n'y suis pour rien.

Elle renonça à discuter. Elle verrait bien le soir venu.

Au début de l'après-midi, ils débouchèrent enfin dans le Val-Fendu, ainsi nommé parce que les deux falaises qui le dominaient, longeant le cours du torrent, étaient brisées chacune dans leur milieu, presque en face l'une de l'autre. Les Lonniens supposaient que cette cassure de la roche granitique était due aux mouvements tectoniques qui avaient marqué le Jour du Soleil. Les autochtones savaient, eux, que le Val-Fendu était un monstre gigantesque du nom de Vraath, qui autrefois dévastait le massif Skovandre, et que le dieu Lakor avait vaincu, lui brisant les reins et l'énorme collerette double qui ornait son échine. Depuis, il s'était transformé en roche et le Stino s'était écoulé à travers lui, emportant ses entrailles, et même sa tête. Il ne subsistait de sa mâchoire que les récifs dangereux qui mordaient le torrent, tout là-bas, là où la collerette des falaises se resserrait en un défilé étroit et angoissant.

Profitant du calme relatif qui régnait au milieu du vallon, Nelvéa accosta. Son compagnon l'imita, ce qui la chagrina. Elle aurait préféré être seule.

— Vous voulez renoncer à l'avantage que je vous offre, Brent ?

Il hésita imperceptiblement.

— J'ai compris. Vous désirez que je vous laisse.

— Oui ! Mais ne vous inquiétez pas, je vous rejoindrai dès que possible. Je n'en ai pas pour longtemps.

— Ouais. Je n'aime pas trop vous laisser sans défense.

— Sans défense…

— Et que ferez-vous contre un migas ?

— J'ai un gonn, ne vous en faites pas !

De toute manière, il était inutile de tenter de discuter avec elle. Jamais on n'avait pu faire changer Dorian d'avis lorsqu'il avait décidé quelque chose. Alors, sa fille…

Brent reprit l'eau en lui adressant un signe d'adieu. Elle attendit qu'il eût franchi la passe difficile, que l'on nommait la gueule de Vraath, avant de s'orienter. Elle eut tôt fait de repérer le ravin où était tombé le berger. Les sens aux aguets, elle chercha le moindre indice susceptible d'étayer l'histoire du vieil homme. Elle eut rapidement confirmation qu'il avait bien fait une chute en retrouvant, au creux de la ravine, une petite pochette de cuir contenant encore quelques brins de tabac, semblable à celles utilisées par les bergers. Elle remonta la pente, s'écorchant aux arbustes et aux ronces. Sa combinaison protectrice n'était pas faite pour ce genre d'expédition. Parvenue au bord du ravin, elle affina son observation. Sans succès. Découragée, elle s'assit sur le sol couvert de feuilles décomposées, attendant elle ne savait quoi. Soudain, un nuage sombre envahit le ciel à l'occident. Un vent froid se leva, la faisant frissonner. Elle resserra ses bras autour d'elle et se mit à sangloter. Pourquoi avait-elle voulu absolument suivre ce Lonnien ? Qu'espérait-elle découvrir dans ce décor de cauchemar ? En fait, elle avait obéi à une impulsion soudaine, mais elle était folle d'avoir cru un instant à une légende pareille.

Et pourtant, elle refusait de désespérer. Dorian n'était pas mort. Cela, c'était probable, puisqu'il avait seulement quitté Gwondaleya pour une direction inconnue. Mais Solyane n'était pas morte non plus. C'étaient eux, les bergers, les chasseurs qui avaient raison.

Tout à coup, elle se releva. Il y avait quelque chose de nouveau dans l'air. C'était indéfinissable, comme si quelqu'un l'appelait. Une obscure intuition se fit jour en elle. Il fallait qu'elle quitte cet endroit. Elle étudia la gigantesque cassure qui dominait le Val-Fendu. Elle devait passer par là. Elle se défit de sa combinaison de plaste et passa une tenue plus légère de toile blanche, serrée à la taille par une ceinture de cuir dans laquelle elle glissa son shayal. Puis elle tira son kaïck à l'abri d'une crue éventuelle, toujours possible à cette époque.

Passant son gonn en bandoulière, elle se mit en marche d'un pas décidé. Parvenue en haut de la cassure, le décor changeait du tout au tout. La forêt avait repris ses droits, noyée dans une brume épaisse qui la fit hésiter. Mais elle poursuivit. Elle devait savoir. Elle longea une sorte de marais lugubre, éclairé d'un soleil qui fuyait l'orage. Elle se serait crue dans un autre monde. Pourtant, elle ne décelait aucune trace d'hostilité. Ce lieu avait-il un rapport quelconque avec Dorian et Solyane ? Elle en était intimement persuadée, sans pouvoir deviner lequel. Laissant le marais derrière elle, elle déboucha dans une clairière étrange, au milieu de laquelle poussait un chêne immense. Là, adossée au tronc de l'arbre, s'appuyait une bicoque quasiment en ruine. Des chèvres sauvages s'enfuirent à son approche. Elle crut distinguer comme un éclair roux au milieu des broussailles, mais ce fut tout. Intriguée, elle s'approcha de la misérable cahute.

Prudemment, elle poussa la porte branlante. Un grincement se fit entendre.

— Te voilà enfin, grommela une voix.

6

Stupéfaite, Nelvéa se glissa à l'intérieur. Lorsque ses yeux furent accoutumés à la pénombre, elle distingua, sur un grabat, une très vieille femme, qui l'observait d'un regard brillant.

— Approche, petite.

Au prix d'un violent effort, la sorcière se redressa.

— La peste soit de ces jambes qui ne veulent plus me porter. J'aurais aimé te voir à la lumière du soleil. Mais je n'aurais plus la force de sortir à présent.

— Qui êtes-vous ?

— Qui je suis ? Je suis la sorcière, petite. Ta mère ne t'a jamais parlé de moi ?

— Si ! Il me semble me souvenir de cela. Je pensais qu'il ne s'agissait que d'une légende.

— Hé hé ! Je suis peut-être une légende, fillette. Qui peut le dire ? Mais je sais désormais pourquoi j'ai vécu. Ma vie a consisté à vous attendre, ta mère et toi. Parce que je devais vous confier des secrets. Vous aider à discerner la vérité qui brûlait en chacune de vous.

— Ma mère ? Solyane, ou Elena ?

— Solyane bien sûr. Elena n'a fait que te transmettre la vie. Mais tu es la fille de Solyane, puisqu'elle est de la même essence que Dorian, ton père. Des dieux. Voilà ce qu'ils étaient. Toi, tu es… la Licorne. J'ai fait parler les pierres.

— La Licorne ?

Nelvéa, de plus en plus étonnée, s'approcha de la vieille femme.

— Sois gentille, apporte-moi un peu de potage. Hier encore je me suis levée. Mais je crois que je n'en aurai pas la force aujourd'hui. Dès que tu seras repartie, je pourrai mourir en paix. Cela fait tellement longtemps que j'attends le moment de quitter ce foutu corps.

— Il ne faut pas rester ainsi. Je vais aller chercher du secours.

— Si tu m'interromps tout le temps pour dire des bêtises, je n'aurai pas le temps de te parler. Laisse tes secours où ils sont. Crois-moi, je n'ai pas envie de prolonger cette vie-là. Regarde-moi un peu.

Nelvéa préféra ne pas insister.

— Vous parliez de… la Licorne.

— Ah oui ! La Licorne. C'est une croyance très ancienne, que l'on a oubliée depuis longtemps. Mais le mythe demeure, même s'il a fui la mémoire des hommes. La Licorne, autrefois, était un animal légendaire, qui avait le corps d'un cheval, la tête d'un cerf, et une corne torsadée au milieu du front. Enfin, c'est ainsi qu'on la représentait le plus souvent. C'était un animal que l'on consacrait souvent à la femme. Parce que la Licorne « est » la femme par excellence, comme le Lion personnifie l'homme. On donna ce nom aux reines exceptionnelles qui conservaient le sang des dieux, afin de créer de nouvelles dynasties. Des reines qui ne régnaient pas toujours. Certaines ne furent que de simples esclaves. Avec le temps, le sang des dieux anciens s'est perdu. Il est réapparu au travers de tes parents. C'est toi qui détient ce sang dans tes veines à présent. Ton destin est d'engendrer une dynastie nouvelle.

— Mais, Palléas ?

— Il engendrera sa propre dynastie. D'ici quelques générations vos descendants s'uniront, et domineront le monde. Pour cela, il te faudra redécouvrir des secrets oubliés depuis la nuit des temps. Palléas, lui, les connaît. N'a-t-il pas choisi le lion pour emblème ?

— Si !

— Ne s'est-il pas rendu, il y a peu, au sommet de ce mont que vous nommez la Sentinelle ?

— C'est vrai ! Et mon père avant lui. Et avant, ma mère. Dois-je m'y rendre à mon tour ?

— Non ! Pour toi, le chemin est différent. Ton sang n'est pas seulement celui des dieux. Un autre s'y est mêlé, par accident. Celui d'Elena.

— Par accident ?

— Elena n'aurait jamais dû épouser ton père. Elle n'était responsable de rien, mais elle y a laissé la vie.

La sorcière se mit à tousser.

— Par la langue putréfiée du Grand Migas Cornu, tu vas voir que je ne vais pas avoir la force d'aller au bout.

Nelvéa lui tendit un peu de potage froid.

La vieille en avala une cuillerée, puis se laissa aller en arrière.

— Souviens-toi, petite licorne. Ta mère a franchi les limites de la mort. Tu devras l'imiter. Cependant, ton destin est autre. Il existe, loin d'ici, un peuple qui attend ta venue, qui te couronnera comme reine, comme Mère de la dynastie. Avant cela… tu devras traverser des cercles de feu. La légende prétend qu'il y en avait sept.

— Les songes qui me hantent actuellement ont-ils un rapport avec ces cercles ?

La sorcière resta un moment silencieuse.

— Peut-être le plus terrible de tous. Car il risquera de te détruire.

J'ai fait parler les pierres de lumière. Je sais qui est ton amant de la nuit. La seule manière de comprendre sera d'aller au bout de la folie qui te saisira alors.

— Sinon ?

— La mort se dressera sur ta route. Mais elle ne sera rien à côté de l'abaissement et de la déchéance qui te guetteront. Ainsi est le lot des licornes, petite. Si elles ne peuvent être reines, elles ne seront rien. Pas même des esclaves. Pis encore, elles peuvent verser du côté des Forces du Néant. Ta mère les a vaincues il y a peu. Mais elles renaîtront. Elles renaissent toujours. La mort sera préférable à cela. Car si tu devais t'opposer à la dynastie de ton frère, le monde connaîtrait une nouvelle période de chaos, dont cette fois il ne se relèverait jamais.

— Dites-moi ce que je dois faire !

— C'est impossible ! Comme ta mère, comme ton père, tu devras te battre seule, chercher la voie sans aucune aide. Parce que là où tu iras, personne n'est jamais allé. À part les dieux.

La sorcière eut soudain un hoquet.

— Non ! Ne me laissez pas ! hurla Nelvéa.

La vieille femme ouvrit un œil.

— Souviens-toi ! Franchis les limites de ta folie ! Comme eux ont franchi la leur.

— Qui est-il ? Dites-le-moi. Il faut que je sache.

Mais la sorcière ne parut pas avoir entendu. Elle se souleva ; ses yeux brillèrent d'un éclat intense. Elle répéta encore :

— Bats-toi, ma fille. Si tu échouais, ce serait terrible. Bats-toi même lorsque tu croiras avoir tout perdu, même l'honneur peut-être ! Bats-toi encore ! Au-delà... de tes propres forces.

Puis elle retomba, inerte.

Affolée, Nelvéa lui prit les mains. Elles étaient déjà froides. Sans prendre garde aux larmes qui s'étaient mises à ruisseler sur ses joues, elle se leva, recula, et sortit de la baraque. Que devait-elle faire ? Incinérer le corps de la pauvre femme, ainsi que le voulait la Religion ? Mais rien ne brûlerait ici, à cause de l'humidité des sous-bois.

Soudain, elle eut l'impression que la nuit tombait. Elle leva les yeux. Les nuages s'étaient encore épaissis. L'orage était sur le point d'éclater. L'esprit en déroute, elle marcha au hasard, tandis que la forêt s'enfonçait dans la pénombre. Un calme surnaturel avait étouffé tous les bruits, comme si le monde s'était peu à peu arrêté de respirer. Tout à coup, un fracas assourdissant fit éclater le silence. Un éclair l'aveugla, et elle fut projetée à terre, tandis qu'une haleine de feu noyait la clairière.

Il n'était que temps qu'elle sortît de la bicoque. La foudre venait de s'abattre sur le chêne dont les hautes frondaisons dépassaient celles de ses voisins. Le bel arbre se transforma rapidement en une torche géante qui engloutit la misérable cahute et sa défunte occupante.

Abasourdie, Nelvéa se traîna à l'écart. Une pluie diluvienne s'abattit peu après, combattant férocement l'incendie. Combien de temps dura cet affrontement titanesque, hors de portée de la compréhension humaine ? Nelvéa n'aurait su le dire. Elle ne sentait pas la pluie qui détrempait sa veste de toile légère, dessinant sous le tissu sa poitrine encore vierge des baisers d'un homme.

Elle tourna les yeux. Une tache rousse se matérialisa, à quelques pas de l'endroit où elle s'était écroulée. Un renard magnifique qui l'observait de son mystérieux regard d'or.

— Tu t'appelles Wynloo, murmura-t-elle. Cela me revient à présent.

Mais bien entendu, l'animal ne répondit pas. Il se contenta d'observer la bicoque qui flambait encore, malgré les efforts de l'orage. Puis, lorsque les flammes diminuèrent, il disparut comme il était venu.

Étourdie, Nelvéa se leva, tituba et reprit le chemin du retour. La brume avait disparu, mais la visibilité n'était pas meilleure pour autant. Elle se fia à son instinct autant qu'à son raisonnement pour retrouver son chemin. Sans doute ne saurait-elle jamais retrouver cet endroit. Tels avaient dû être les sentiments de Solyane. Enfin, au cœur d'un ciel déchiré d'éclairs, elle repéra la trouée du Val-Fendu et se mit à courir. Elle retrouva son kaïck intact, mais menacé par une crue soudaine qui avait grossi le torrent. Hâtivement, elle se défit de ses vêtements. Avant de passer sa combinaison de plaste, elle laissa l'eau de l'orage ruisseler sur sa peau nue. Elle aurait voulu se fondre à la nature environnante, s'y noyer, ne plus sentir les limites de son propre corps. L'autre, le Lonnien au cœur d'amadou, devait commencer à s'inquiéter. Elle se rhabilla, ajusta le kaïck autour d'elle et se lança dans le Stino, heureuse de se livrer à la fureur des flots après les moments surnaturels qu'elle venait de vivre. À demi inconsciente, elle franchit comme dans un rêve la barre des crocs de Vraath, et se laissa couler vers la basse vallée, ballottée au cœur des eaux tumultueuses et des rochers tourbillonnants.

Il faisait presque nuit lorsque enfin elle atteignit des eaux plus calmes. Là où devait s'établir le bivouac. Une silhouette inquiète se dressait sur la rive caillouteuse. Un hurlement de joie l'accueillit.

— Nelvéa ! Par ici !

Elle dirigea son embarcation vers la berge et l'échoua, heureuse de retrouver enfin la bonne odeur d'un feu de camp. Elle eut à peine le temps de s'extirper de son kaïck qu'elle se voyait déjà saisie, et emprisonnée au creux d'une paire de bras vigoureux.

— Tu es là ! Tu es là, ma petite princesse. Que s'est-il passé ? Pourquoi as-tu été si longue ? Déjà avec cet orage qui a éclaté sur les hauts plateaux… Et toi qui ne revenais pas !

Elle se dégagea gentiment. Il n'y avait dans le geste de Brent aucun désir, aucun calcul. Il avait tremblé pour elle tout simplement. Et il tremblait encore. De joie cette fois. Parce qu'elle était là. Parce qu'il l'avait crue morte, déchiquetée par le torrent. Alors, pris d'une fougue soudaine, il la reprit dans ses bras et posa ses lèvres sur les siennes. Interdite, elle eut un mouvement de défense. Mais cet attouchement nouveau était si doux, si réconfortant… Elle lui rendit son baiser.

Lorsque enfin ils se séparèrent, le Lonnien un peu hagard la contempla, et reprit ses distances.

— Pardonnez-moi, princesse. J'ai eu si peur. Ce… ce n'était pas le baiser du vainqueur que je vous ai volé

— Alors, vous me le devez encore, Brent, murmura Nelvéa. Mais je voudrais manger d'abord, ajouta-t-elle avec un sourire.

Peu après, enveloppée dans une chaude couverture qu'un logement étanche avait gardée au sec au fond du kaïck, Nelvéa contemplait la danse des flammes, fascinée. Deux superbes saumons que Brent avait pêchés en l'attendant grillaient, répandant une odeur appétissante.

Lorsqu'il lui tendit la chair encore grésillante, elle y mordit à belles dents, s'éclaboussant du jus frais des baies qu'il avait fait cuire avec.

— Enfin, ce fut une belle aventure, dit le Lonnien. J'ai

les muscles tout endoloris. Vous comprenez à présent pourquoi j'aime ce pays sauvage.

— Oui, je le comprends.

« Fonder une dynastie. » Qui était-elle pour cela ? Bien sûr, elle était la fille de Dorian de Gwondaleya, et de Solyane. Des dieux, aux dires de la sorcière. Cela, elle en était persuadée. Dans ce cas, où était son royaume, où était son peuple ? Devait-elle épouser un prince régnant pour accomplir la prophétie ? Elle en doutait. À moins que cela ne constitue le franchissement du premier cercle de feu.

Mais non, ce n'était pas cela. Alors, quel pouvait être ce premier cercle ? Elle contempla Brent qui aménageait le feu pour la nuit, et commençait à sortir les éléments de sa tente de couchage.

— Laissez cela, dit-elle soudain.

— Vous savez, sur Lonn, nous savons aussi ce qu'est la galanterie.

Elle sourit. Sa voix se fit moins assurée. Pourtant, elle se força à poursuivre, mue par son instinct :

— Non, ce n'est pas ce que je voulais dire. Vous... vous me devez encore le baiser du vainqueur. Je voudrais dormir... sous votre propre tente.

— Nelvéa...

Stupéfait, il s'approcha d'elle, n'osant vraiment croire à ce qu'il venait d'entendre.

— Vous savez ! Ce n'était qu'un jeu. Je ne suis pas...

— Taisez-vous, Brent. Soyez seulement attentionné. Je.. je n'ai jamais connu d'autre homme avant vous.

— Et vous m'offrez votre première nuit d'amour ?

Il vint s'asseoir près d'elle et la prit dans ses bras. Nelvéa frissonna. Mais était-ce parce qu'elle ne portait rien sous sa couverture de laine, ou bien pour une autre raison, qu'elle refusait de s'avouer. Une étrange langueur gagna son ventre, ses seins. Lorsqu'elle s'offrit au baiser de l'homme, elle connut un instant de peur intense. Mais cette peur elle-même était du plaisir.

7

Était-ce encore la peur qui la faisait frissonner ? Le monde était tout petit, refermé sur lui-même, presque étouffant. Elle savait qu'il existait un ailleurs, mais elle ne pouvait l'atteindre. Il faisait curieusement chaud et froid. Chaud, parce que son flanc reposait contre quelque chose d'humide et de doux à la fois. Quelque chose qui la recouvrait à demi, qui sans doute l'avait aimée autrefois, dans un autre monde. Froid aussi, parce qu'une nuit glaciale l'entourait.

Elle marchait sans but précis. Parfois, en filigrane, se dessinait dans son ventre le souvenir d'étreintes sauvages, qui s'ouvraient sur la lumière aveuglante d'un monde farouche, indompté. Peu à peu, une silhouette se profila en contre-jour. Une silhouette qui avançait vers elle, lentement, inexorablement. Une femme. Une femme qu'elle n'avait jamais vue, mais qu'elle connaissait pourtant mieux que personne. Elle n'aurait su dire pourquoi. Elle pouvait à peine bouger. La sensation contrastée de froid et de chaud s'amplifia, explosa, tandis que des tentacules visqueux se posaient sur sa gorge, sa poitrine, l'enserrant inexorablement. Elle voulut crier, tendre la main vers l'inconnue. Mais elle ne parvint qu'à émettre un cri faible. Enfin un air vif pénétra ses poumons, la sauvant de l'asphyxie. Elle hurla. Pour s'éveiller dans un espace restreint, qui semblait se replier pour mieux la broyer. Elle cria de plus belle, jusqu'à ce que les tentacules devinssent des bras. Les bras de Brent.

— Que se passe-t-il ?

— Je… je ne sais pas ! J'ai dû faire un cauchemar.

Le Lonnien la serra contre lui.

— Ne crains rien, c'est fini. Tu vois, tout va bien.

Elle leva sur lui des yeux trempés de larmes.

— Je suis ridicule, grogna-t-elle, furieuse de faire ainsi montre de faiblesse.

— Oh non, tu n'es pas ridicule. Au contraire.

Il posa ses lèvres sur les yeux de Nelvéa, comme pour boire les larmes qu'elle avait versées.

— Tu n'es pas ridicule, reprit-il. Ce sont des armes effrayantes que ces pleurs et cette faiblesse.

Il lui prit le visage entre les mains pour le tourner vers lui.

— Si, désormais, je ne peux plus penser à toi sans me déchirer le cœur, c'est bien à cause de tes larmes et de ton sourire, et non à cause de tes prouesses guerrières. Je sais que tu n'appartiendras jamais à personne, petite princesse. Mais je te suis à jamais reconnaissant de l'offrande que tu m'as faite de ta virginité. Appelle-moi quand tu voudras. Je serai toujours à tes côtés.

Elle reprit lentement son souffle, jouant avec les poils frisés qui couraient sur la poitrine de l'homme. Après tout, cela n'avait pas été si difficile que ça. Et surtout, cela s'était révélé agréable, même si elle avait un peu souffert au début. Cependant, elle n'avait pas rencontré au cours de cette étreinte l'éblouissement dont on parlait tant, cette sensation de plénitude et d'absolu. Elle contempla Brent avec tendresse. Il savait dès le début qu'elle ne l'aimait pas vraiment, qu'elle voulait se servir de lui pour essayer ses griffes toutes neuves. Il le savait, et l'avait accepté, sans rien demander en échange. Légèrement, elle caressa ses lèvres avant d'y déposer un baiser infiniment doux.

— Merci ! murmura-t-elle. Je me souviendrai toujours de toi.

Elle frissonna encore.

— Mais en attendant, j'ai besoin d'oublier ce rêve étrange.

Sa main remonta le long du torse de l'homme pour s'agripper à ses épaules. Timidement, elle demanda :

— Je voudrais... que tu m'aimes encore, toi qui es bien réel.

Bien plus tard, plongée dans un demi-sommeil, il lui sembla qu'un souffle incandescent lui déchirait la peau. Cela ne dura qu'une fraction de seconde. Comme le franchissement d'un fossé rempli de braises.

Alors, elle sut qu'elle venait de franchir le premier cercle de feu : la connaissance de l'homme.

Le lendemain, l'après-midi était déjà bien avancé lorsqu'ils échouèrent leurs kaïcks sur la grève du Stino, à un endroit où le cours du torrent se calmait et s'élargissait en un petit lac appelé le Miroir des Lyades[1]. Sur la rive, Khaled et l'androïde de Brent attendaient déjà, en compagnie d'une troisième silhouette que Nelvéa reconnut immédiatement : Lorik.

— Il a absolument tenu à nous suivre, expliqua l'Ismalasien. Je ne sais comment il s'est débrouillé, mais il est parvenu à se faire offrir un âne par Dame Flora.

À peine avait-elle posé le pied sur le sol que le jeune voyageur se précipitait pour lui baiser la main.

— Vous vous souvenez, princesse ? J'avais dit que je serais votre esclave. Me voici. Ordonnez, et j'obéirai.

— Mais je n'ai nul besoin d'esclave. J'ai des domesses, à Gwondaleya. Elles me suffisent.

— Alors, je serai votre écuyer. Parce que je sais que vous deviendrez la première femme chevalier. Et il vous faudra un écuyer.

— Comment sais-tu que je deviendrai la première femme chevalier ? Je n'ai même pas l'intention de passer l'Eschola. Et puis, cette épreuve n'est pas destinée aux femmes.

— Mais elle ne leur est pas interdite.

1. Lyades : divinités féminines habitant les arbres et les eaux des forêts.

Nelvéa se tut. Elle renonça à poursuivre la discussion. Ce petit bonhomme avait le don de la toucher aux points sensibles. Il était vrai qu'elle avait songé plusieurs fois à subir l'Eschola. Pourquoi après tout ne se représenterait-elle pas à la prochaine, qui allait avoir lieu d'ici quelques semaines ?

Le soir, ils firent étape à Brastalia, où Sheratt les reçut à bras ouverts. Parce que Dorian avait été son frère d'armes, il considérait Nelvéa comme sa nièce, et son arrivée imprévue le ravit.

Plus tard, dans l'appartement qu'il avait fait réserver pour elle, Nelvéa retint Khaled.

— Je dois te parler, mon compagnon.

Il s'assit sur le sol, en tailleur, à la manière ismalasienne. Ses yeux couleur d'acier ne cillèrent pas. S'il éprouvait une émotion quelconque, Nelvéa était incapable de la ressentir. La jeune fille regarda avec tendresse les traits sombres, les orbites profondes, le nez taillé à la serpe. Les griffes du temps lui avaient composé un masque susceptible d'effrayer n'importe quel ennemi mais qui savait se faire doux pour elle. Ses cheveux coupés court se striaient de fils d'argent, bien qu'il n'eût pas encore atteint la cinquantaine. Au palais, il secondait Rudriko pour l'entraînement des jeunes nobles. Cependant, sa fonction principale restait la protection de Nelvéa.

Khaled parlait peu, s'exprimait en phrases sobres, presque laconiques. Il émanait de lui une sagesse qu'il avait ramenée des sables de son Ismalasie natale. S'il regrettait ses déserts de jadis, jamais il n'en avait fait part à quiconque.

— Qu'as-tu à me dire, Aïnah Shean ?

Le tutoiement qu'il employait avec elle avait deux origines. Tout d'abord, Nelvéa aimait à s'imaginer qu'il utilisait avec elle le tutoiement des guerriers, qui autorisait un soldat à s'adresser à un empereur en le tutoyant. Mais pour Khaled, Nelvéa représentait la fille qu'il n'avait jamais eue. Il ne pouvait oublier l'enfant intrépide dont on lui avait confié la garde alors qu'elle n'avait pas encore trois ans.

Une fillette adorable qui le suivait partout et lui jouait mille tours. C'était peut-être des légendes ismalasiennes, fertiles en combats et en voyages, riches en personnages colorés, en paysages fantastiques, que Nelvéa tirait son goût pour le maniement des armes. Toute petite, elle adorait l'écouter parler de son pays. Quant à lui, il avait éprouvé une véritable fierté en découvrant ses dispositions combatives. Il avait tenu à l'entraîner lui-même.

De là était né ce tutoiement ambigu.

Mais Nelvéa avait peine à parler, ce soir. Patiemment, l'Ismalasien attendit qu'elle se décidât.

— Cet homme, Brent Olleronn, j'ai... j'ai fait l'amour avec lui. Je ne suis plus vierge.

Si Khaled en éprouva une émotion quelconque, elle ne la connut jamais.

— C'était à toi de choisir, Aïnah Shean. Regrettes-tu ce que tu as fait ?

— Non ! Je devais le faire.

— Alors, tout est bien !

Elle vint s'asseoir face à lui.

— Il y a autre chose ! ajouta-t-il.

— Oui, il y a autre chose. J'aimerais... j'aimerais que tu me parles de ma mère. Comment était-elle ? Savait-elle se battre ? Qui était-elle ?

Khaled esquissa un léger sourire. Il ne s'étonna pas de cet intérêt soudain pour une mère disparue dont elle n'avait jamais voulu entendre parler. Un nouvel élément était intervenu, qui n'était peut-être pas la découverte de l'amour dans les bras du Lonnien. Il se recueillit un court instant.

— Ta mère, commença-t-il, était une femme très belle. Aussi belle que toi, lorsque tu consens à abandonner tes vêtements de combat pour le saryaad. C'est d'elle que tu as hérité ces yeux verts comme l'émeraude, et cette mèche rebelle qui te retombe toujours sur l'œil. Non, elle ne savait pas se battre. Tout au moins, avant notre expédition en Médhellenie. Là-bas, Dame Vaïna, la première épouse du seigneur Sylvain, lui a enseigné le maniement du shayal. Et par les dieux, elle ne s'y prenait pas trop mal. Ce n'était pas une guerrière comme toi. Pourtant, elle a fait preuve d'un courage digne du plus valeureux des soldats. Ton père a triomphé de la Médhellenie, Aïnah Shean, mais il lui doit une partie de sa victoire. Plusieurs fois, je l'ai vu découragé, abattu parce que l'on avait perdu des compagnons. Alors, elle s'asseyait près de lui et lui redonnait courage. C'était une femme de qualité, d'une très grande beauté, et qui est morte en héroïne de légende ! Pour sauver ton père !

L'Ismalasien fit un geste Kaoh'al, le langage des signes utilisé par les guerriers du désert, et qu'il avait enseigné à Nelvéa. Soutenant la parole, ce geste signifiait tout le respect qu'il éprouvait pour la personne évoquée. La position particulière d'un doigt indiquait que celle dont il était question avait cessé de vivre.

Il plongea son regard noir dans celui de Nelvéa, et ajouta :

— Tu peux être fière de ta mère, Aïnah Shean !

Plus que les paroles, le geste Kaoh'al émut Nelvéa. Elle refoula les larmes qui lui piquaient les yeux. Elle n'était pas – pas vraiment – la fille de Solyane, mais sa mère n'était pas la première venue. La dernière phrase de Khaled valait tous les éloges du monde.

— C'est curieux, murmura-t-elle. Tu m'as souvent dit que dans ton pays, les femmes n'avaient pas droit à la considération, qu'elles n'existaient que pour enfanter. Tu m'as dit aussi qu'elles n'avaient pas d'âme.

Il la fixa intensément.

— C'est vrai, je l'ai longtemps cru.

— Comment se fait-il alors que tu aies choisi de m'éduquer, moi, une fille ? Tu aurais pu tout aussi bien t'attacher à Palléas, ou à l'un des enfants de Sylvain ou d'Odios.

Il médita un moment sa réponse.

— Il y a plus de vingt ans, j'ai traversé la Médhellenie en compagnie de ton père. Je faisais partie de sa garde personnelle. Il m'avait désigné pour la protection de Dame Elena. Cette traversée fut un enfer. Crois-moi, je ne te mens pas lorsque je t'affirme que tu peux être fière de ta mère, Aïnah Shean. Malgré les épreuves, les djarks, le krankett, les crills, les combats, malgré la chaleur étouffante, les insectes, la terre qui tremblait sous nos pas, ou parfois se déplaçait sous nos yeux, jamais elle n'a laissé échapper une plainte. Et puis…

— Et puis ?

— J'ai été victime du krankett. C'est une maladie terrible, qui provoque des douleurs insupportables. J'ai cru que jamais je n'en sortirais vivant. Les dieux de bienveillance que j'invoquais ne m'apportaient aucun secours, et je connus de terrifiants moments de doute. Dame Elena s'est agenouillée près de moi, et, malgré le risque de contagion, elle m'a soigné. Elle portait en elle une force dont elle n'avait pas conscience elle-même. Elle était très jeune encore. Pourtant, entre nous, ceux qu'elle avait soignés, nous l'appelions « petite mère ». Dans ses yeux, j'ai découvert tout ce que ma propre mère n'a jamais su, ou osé, m'offrir. Elle souffrait pour moi, tout en me disant tout bas : « Tenez bon ! Gardez courage ! »

« Je fus sauvé, grâce à la science du conteur Achil. Mais aussi grâce à elle. J'avais tellement peur de la décevoir, de lui faire de la peine… Je me suis accroché à la vie de toutes mes forces. Pour elle. Jamais je n'oublierai ces yeux-là, Aïnah Shean. C'est pour lui rendre hommage que j'ai choisi d'attacher ma vie à la tienne, parce que le seigneur Dorian m'avait confié que tu étais son enfant. Nous attendions un fils. Et ce fut une fille. Eh bien moi, l'Ismalasien qui imaginait que les femmes n'avaient pas d'âme, j'ai été peut-être le plus heureux de tous de voir que tu n'étais pas un mâle. Avec toi, c'est un peu d'elle qui nous revenait.

Il se tut. Il était rare qu'il parlât autant.

Le long monologue de son compagnon avait ému Nelvéa plus qu'elle ne l'aurait imaginé. Elle se rendit compte qu'un changement s'était produit en elle. Elle venait de découvrir sa mère par les yeux d'un autre. Un autre qui l'avait aimée, silencieusement, dans l'ombre, gardant son amour au plus profond de lui comme une pierre précieuse. Un amour absolu, sans concession, fait de tendresse et d'admiration. Toute jalousie avait désormais fui son esprit. Elle s'était conduite de manière ridicule, et s'en voulait encore plus à présent. Elena ne possédait aucun don particulier, sinon peut-être le plus précieux de tous : le don d'amour. Vingt ans après, des guerriers endurcis se souvenaient encore d'elle avec émotion. Khaled avait raison : elle devait se montrer digne d'elle.

Nelvéa se leva, fit quelques pas jusqu'à la fenêtre d'où l'on dominait le Stino, beaucoup plus calme à cet endroit. Était-ce son aventure avec le Lonnien qui avait provoqué ce revirement en elle, ou bien sa rencontre avec la sorcière ? Elle n'aurait su le dire. Une vague de chaleur la parcourut lorsqu'elle évoqua la nuit passée, plus haut sur le bord du torrent. C'était à la fois si proche et si lointain déjà. Brent était là, quelque part dans un appartement du petit palais. Elle se demanda si elle avait envie de le rejoindre. Mais il ne resterait qu'un souvenir merveilleux. Son destin s'écartait de celui de cet homme.

Elle respira profondément l'air de la nuit printanière. Peu à peu, une nouvelle idée se confirma en elle. Elle revint vers Khaled.

— Mon compagnon, cela te ferait-il plaisir que je devienne la première femme chevalier ?

Il sursauta. Un éclair de fierté passa dans ses yeux. Puis il redevint grave.

— C'est ce petit voyageur qui t'a glissé une telle idée en tête ?

— Non, il me l'a rappelée, tout au plus. Je voudrais subir les épreuves. Aucune règle ne stipule qu'une femme ne doit pas y accéder.

— Aucune.

Ils demeurèrent un instant silencieux. Puis Khaled demanda :

— Pourquoi désires-tu devenir chevalier ?

— Parce que je pressens que je vais entreprendre bientôt un long, un très long voyage.

8

Le bachelier se fendit, porta une attaque brutale, et ne rencontra que le vide. Il voulut riposter, mais sa lame lui sauta soudain des mains. Un sabre glacé vint s'appuyer sur sa gorge.

— Tu es mort, Zahrt, dit Nelvéa dans un éclat de rire.

Le jeune homme recula, stupéfait et un peu vexé, puis il prit le parti d'en rire à son tour, imité par ses compagnons, enthousiasmés par la science combative de la jeune fille.

— Par les dieux, j'espère que nous ne serons jamais ennemis. J'avais entendu parler de toi, mais je pensais que l'on avait exagéré. Sais-tu que chez moi, à Moraleya, aucun bachelier n'est jamais parvenu à me vaincre ?

La cour d'entraînement du palais, située juste au pied de la Tour, Haute, résonnait de grands éclats de voix. Dans un angle, Palléas, Rudriko et Odios bavardaient. À l'écart, Khaled observait sa maîtresse avec fierté.

Une quinzaine de bacheliers devaient participer à la prochaine Eschola. Originaires de Gwondaleya ou des différentes baronnies inféodées, ils étaient tous regroupés à présent au palais, où ils menaient joyeuse vie en attendant les épreuves redoutées et espérées.

Depuis son retour de Chonorga, Nelvéa s'était jointe à la turbulente équipe, prenant plaisir à se mesurer avec chacun. Personne ne parvenait à la vaincre, même au combat à mains nues où elle faisait preuve d'une agilité et d'une souplesse hors du commun. Un colosse sûr de sa force en avait fait la douloureuse expérience le matin même. Par égard pour elle, il avait évité de frapper. Mais quelques coups violents parfaitement ajustés et une lèvre éclatée lui avaient fait changer d'avis. Malheureusement, il lui avait été parfaitement impossible de l'atteindre, et il avait terminé au sol, immobilisé par une prise imparable. Nelvéa était de taille moyenne, mais sa force valait largement celle d'un homme. Elle était devenue l'idole, la reine de la petite troupe, et lorsque parfois elle les délaissait pour une réunion protocolaire où son frère souhaitait sa présence, ils se sentaient un peu abandonnés.

Épuisée, Nelvéa quitta ses compagnons et rejoignit Palléas.

— Hal Weya, petit frère !

— Hal Weya, ma petite diablesse. J'espère que tu n'en as abîmé aucun aujourd'hui ! N'oublie pas qu'ils doivent subir l'Eschola dans six jours.

— Justement ! Il faut qu'ils soient prêts.

— Comme toi !

Elle hésita, puis confirma :

— Oui, comme moi ! Il faut que je te parle !

Elle perçut l'écho d'un sourire en lui. Lorsque le petit groupe descendit à l'étage inférieur pour les bains et massages, traditionnels après l'entraînement, Palléas entraîna sa sœur vers une petite salle plus discrète, celle-là même où Dorian s'isolait lorsqu'il était avec elle ou Solyane.

Elle prit une douche, puis s'allongea sur une planche de mousse, tandis que deux domesses se mettaient en devoir de la masser. Palléas s'assit face à elle et la regarda avec amusement. Elle ne fut pas dupe et déclara tout à trac :

— Tu sais déjà ce que je veux te demander…

— Bien sûr. Te connaissant, ce n'est pas difficile à deviner. Et puis, je le sais depuis longtemps.

— Tu sais aussi si je vais réussir !

Il soupira.

— Non ! C'est une erreur de croire que l'avenir est

immuable. Seul le passé l'est. L'avenir est seulement probable. Je pense que tu as toutes tes chances. Mais il te reste à le prouver.

— Alors, tu acceptes ?

Il congédia les deux filles et prit leur place.

— Je ne peux faire autrement. D'abord, parce qu'il s'agit de ton propre destin, et que tu es libre de le mener à ta guise. J'ai donc devancé ta demande et j'en ai parlé avec la Phalange. Comme je m'y attendais, les amanes sont très favorables à ton projet. Zoltan m'a même confié qu'il participerait à l'Eschola cette année, uniquement à cause de toi.

— Mais toi, qu'en penses-tu ?

— Moi, si je le pouvais, je t'en empêcherais. Non parce que je doute de toi, mais parce que si tu triomphes, tu partiras, et je resterai seul.

Elle le regarda sans mot dire. Elle aurait pu évoquer ses quatre femmes, ses enfants, et surtout ce fils qu'il avait eu de Lyvie, et auquel il consacrait de nombreuses heures. Mais c'eût été inutile. Elle posa une main tendre sur sa joue, qu'il prit et embrassa délicatement. Était-ce des larmes qui perlaient dans ses yeux d'habitude si clairs ?

Elle serra les dents pour retenir les siennes.

— Tu vois, notre mère avait raison, dit Palléas. Il y a plus de deux ans, elle avait pressenti que les fêtes du Solstice de cette année-là seraient les dernières que nous passerions ensemble. L'année suivante, ni notre père ni moi n'étions présents. Désormais, ce sont eux qui sont partis. À jamais.

— Mais notre père n'est pas mort, Palléas ! riposta Nelvéa.

Elle l'attrapa par les poignets.

— Tu sais quelque chose ! Tu t'es rendu toi aussi sur la Sentinelle. Dis-moi ce que tu as appris là-bas.

Palléas lui caressa les cheveux.

— Tu sais bien que c'est impossible, petite sœur. Tu dois découvrir tout cela par toi-même. C'est pour cela que j'accepte que tu subisses l'Eschola. Tu dois devenir chevalier.

Elle releva les yeux vers lui.

— J'ai rencontré la sorcière. Elle m'a dit quelque chose de semblable. Mais toi, dis-moi… dis-moi au moins si notre père reviendra !

— Non, je ne crois pas !

— Pourquoi ? Parle ! Dis-moi ce que tu sais ! Est-il encore vivant ?

— Je suis incapable de répondre à ta question ! J'ai… j'ai vécu une expérience extraordinaire sur le Mont de la Sentinelle. Mais cette expérience ne te servirait à rien. Au contraire, elle te serait sans doute néfaste. Souviens-toi de ce que t'a dit la sorcière ! Tu dois suivre seule ton destin. Un hasard inimaginable a semé en toi des germes étranges, qui peuvent te détruire, ou faire de toi la fondatrice de l'une des deux dynasties qui engendreront le monde futur. Tout ceci est… très compliqué. C'est une vérité qui ne peut s'enseigner… parce qu'elle est différente pour chacun de nous.

— Que dois-je faire ?

— Je ne peux te conseiller. Tu dois rester libre des choix que tu feras.

Il fit quelques pas, songeur, puis revint vers elle.

— Je veux tout de même te dire ceci : nous faisons partie de la race des Seigneurs. Nous refusons de laisser le destin nous mener. Au contraire, nous l'affrontons face à face, comme un adversaire qui jamais ne sera vaincu. Notre combat est désespéré, car toujours il se relèvera, et nous mènera vers une épreuve nouvelle. À chaque fois nous jetons toutes nos forces dans la bataille, en nous imaginant que ce sera la dernière. Nous en sortons épuisés, parfois triomphants, parfois vaincus. Même nos triomphes sont de courte durée. De cette lutte contre le sort, il faut retenir ceci : les échecs ou les victoires ne sont rien. Mais chaque expérience nous enrichit, et cette richesse immatérielle justifie amplement nos efforts et nos souffrances. Parce que là est l'essence même de la vie. Ceux qui acceptent le destin sans lutter ne font qu'exister, survivre, en attendant la mort. Jamais ils ne connaîtront l'intensité du moment présent, la trame profonde de la vie. C'est parce que nous, nous acceptons de nous battre face à face que nous sommes des seigneurs.

— Je crois que je comprends. Mais… les choix ?

— Ce sont les carrefours de la vie. Parfois, différentes voies s'ouvrent devant toi. Certaines sont irréversibles. Nul ne pourra t'aider que toi-même. Ton intuition, ta sagesse, le fruit de tes échecs passés sont les seules armes avec lesquelles tu pourras te défendre.

Elle demeura un long moment silencieuse, méditant les paroles de son frère. Puis elle déclara :

— Je sais ce que je ferai si je triomphe de l'Eschola. Notre père vit encore quelque part. Je partirai à sa recherche. Tu ne peux vraiment pas me dire où je dois le chercher ?

— Non ! La question ne se pose pas comme cela. Tente plutôt de savoir ce qu'il est devenu !

9

Lorsque la petite troupe de bacheliers apprit que Nelvéa participerait à l'Eschola, ce fut le délire. Chacun des aspirants chevaliers était plus ou moins épris d'elle, et se promit de se montrer le meilleur.

Mais l'enthousiasme provoqué par sa présence s'estompa au cours du voyage vers le temple Sahiral. Les dangers qui attendaient les bacheliers occupaient les esprits, et refroidissaient grandement les ardeurs amoureuses.

En tête chevauchaient Odios et Sylvain, l'air grave et

inquiet. Chacun d'eux avait un fils parmi les aspirants chevaliers. Et si leur visage ne reflétait aucune émotion, les deux frères sentaient bien l'angoisse latente qui tenait le cœur de l'autre. Dorian leur avait appris à s'aimer, à une époque lointaine où ils s'étaient considérés comme des rivaux, et l'admiration qu'ils lui portaient avait balayé cette concurrence dénuée de sens. À présent, ils étaient inséparables. Peut-être parce qu'ils se complétaient. Sylvain était ouvert, loquace, et de caractère joyeux. Odios au contraire parlait peu, avait une réputation de tête de cochon qu'il ne tentait pas de nier. Mais pour ceux qui le connaissaient, c'était un homme sensible et bon, généreux, même si ces qualités se dissimulaient sous une enveloppe rébarbative. Sans doute était-ce à cause de cette froideur apparente que la Phalange lui avait confié le rôle de maître d'Eschola.

Parfois, les deux frères échangeaient quelques paroles, n'osant aborder les souvenirs qui affluaient à leur esprit. Vingt-trois années plus tôt, ils avaient parcouru la même piste, à la place des bacheliers dont le groupe caracolait à quelque distance derrière eux. Trois autres chevaliers, Sheratt de Brastalia, son fils Rono, compagnon d'armes de Palléas, et Galdren, baron inféodé à Sylvain, suivaient non loin derrière, bavardant joyeusement.

Comme l'avait annoncé Palléas, en plus des trois prêtres, Alarikus, le théolamane, chef de la Phalange, Férius, le médamane et Alphan le biolamane, le vieux Zoltan, malgré ses quatre-vingt-trois ans, avait tenu à suivre l'expédition.

Ce fut avec émotion que Sylvain et Odios retrouvèrent la masse circulaire du temple Sahiral, avec son architecture rigide, sa colonnade extérieure sans aucune décoration, et son arène de sable. Lieu de vie et de mort, où des générations d'hommes jeunes et vigoureux avaient tenté de se surpasser afin d'accéder à cette classe privilégiée, dont chaque membre devenait un être de légende : la caste des chevaliers.

L'austérité du monument, qui datait des premiers siècles de la religion, ainsi que l'aridité du paysage achevèrent de doucher l'enthousiasme des bacheliers. Et lorsqu'ils pénétrèrent sous la voûte haute et sombre, ils ne dirent mot.

Odios les réunit dans la première cour et déclara :

— Messeigneurs, avant de commencer les épreuves, je tiens à vous faire part de ceci : pour la première fois depuis l'histoire de la Chevalerie, une femme va participer à l'Eschola. Un tel fait ne s'est jamais produit par le passé. Aussi, il doit être clair dans votre esprit que son sexe ne doit en aucun cas être un motif de différenciation.

Elle a voulu subir les épreuves, et elle les subira de la même manière que vous tous. Lorsque les combats vous opposeront à elle, ne faites aucun cas de sa féminité et frappez ! Vous savez déjà qu'elle n'hésitera pas, elle, à le faire. Dès à présent, et jusqu'à la fin des épreuves, qu'elle ne soit plus pour vous qu'un compagnon comme un autre, que vous considérerez comme votre frère d'armes au même titre que n'importe lequel d'entre vous.

Il se tut et toisa la petite troupe de son regard sombre. Pas un des bacheliers ne broncha.

Nelvéa ne cilla pas lorsqu'elle dut se déshabiller entièrement afin de se livrer à l'« Aiguade », le bain purificateur d'eau froide que des paranes avaient fait couler à l'intention des jeunes gens. Et si quelques regards convergèrent vers elle, ils restèrent discrets. L'angoisse latente qui tenait les cœurs dominait tout le reste. Les paranes avaient préparé des grandes toiles de lin brut, que l'on nommait des « tolbes ». Elles constitueraient le seul vêtement des bacheliers durant toute la durée de l'Eschola. Une agrafe de cuivre la maintenait sur l'épaule et une corde de chanvre la serrait à la taille.

Après le rite de l'Aiguade, la petite troupe impressionnée se réunit dans le « Mallek », une grande salle au plafond voûté. Dans un silence religieux, Odios leur lut les sept règles principales qui régissaient la vie des chevaliers. Il ne put s'empêcher de s'imaginer au milieu des jeunes, alors qu'il n'était lui-même qu'un bachelier parmi d'autres, bien décidé à vaincre, mais angoissé par ce qui l'attendait. La plus terrible des épreuves avait sans doute été la mort de son frère Galvin, dévoré par les lionorses pour avoir négligé toute prudence avant d'être sorti du troupeau. Lentement, il dévisagea chacun des aspirants. Tous étaient dignes de devenir chevalier. Il les avait lui-même entraînés, et les connaissait. Mais il y aurait des échecs. Et peut-être des morts. Son fils Markal serait-il de ceux-là ? Son frère aîné avait réussi deux ans auparavant, en compagnie de Palléas. Alors, pourquoi pas lui ?

Et Shean, le fils de Sylvain ? Et Lepan, Gorien, Fedrenn ou Nemröo ? Ou encore Maaskar, ce petit nobliau inconnu venu s'inscrire au dernier moment ? Il ne l'avait jamais vu auparavant, mais il s'était rapidement révélé un redoutable jouteur.

Quant à Nelvéa, quel serait son comportement ? Si l'on s'en tenait à ses capacités guerrières, elle était de très loin, malgré ses dix-huit ans, la plus puissante combattante qu'il ait jamais rencontrée. Lui-même ne tenait pas devant elle. Elle avait hérité de son père un sens de la lutte que seul son frère parvenait à contrer à présent. Cela constituerait un atout important au cours des épreuves qui l'attendaient. Mais cela ne suffirait pas. Il redoutait pour elle la première d'entre toutes, l'Astina, qui la mettrait face à elle-même. Et il la connaissait assez pour savoir qu'elle n'en sortirait pas indemne.

Et surtout, ce serait la première fois qu'une femme pénétrerait un troupeau de lionorses. Comment les fauves réagiraient-ils ? Les fidèles étaient exclusivement des mâles. Quant aux alliennes, ne tenteraient-elles pas de la tuer sans chercher à comprendre ? Hin meï, soupira-t-il en lui-même. Nelvéa avait choisi son destin.

10

Parce qu'elle était à l'origine de nombre de légendes, les chevaliers parlaient volontiers de la capture d'un lionorse sauvage. Mais ils ne dévoilaient jamais la teneur des autres épreuves de l'Eschola. Cela faisait partie du mystère de l'Eythim, le code d'honneur de la Chevalerie.

Aussi Nelvéa et ses compagnons ignoraient-ils totalement ce qui les attendait.

L'Aiguade était destinée à purifier le corps. Mais celui-ci n'était que la partie visible de l'être, la moins noble, aux dires des amanes. La deuxième épreuve avait pour but de prendre conscience de l'autre composante de la personnalité, l'âme.

— L'âme est la racine immatérielle, le lien subtil qui vous relie aux dieux, déclara Odios. Sans elle, votre corps demeurerait froid comme la pierre. C'est l'âme qui lui donne vie. Et qui la lui ôtera le moment venu. L'âme est complexe, difficile à atteindre, à comprendre. Vos certitudes d'adolescents, vos angoisses et vos doutes vous détournent de la vérité. Cette vérité, c'est la connaissance de soi, la juste estimation de sa propre valeur, de ses limites réelles, sans complaisance, mais sans modestie inutile. Pendant quatre jours et quatre nuits, vous allez être isolés du monde. Vous ne recevrez aucune nourriture, et surtout aucune boisson. Il faudra résister, vous battre contre la faim et la soif, mais aussi contre vous-même, contre votre faiblesse. Peu à peu, votre perception des choses, vos réactions vont évoluer, se modifier. Vous apprendrez peu à peu à vous connaître, et à vous évaluer. Nul mieux que vous ne peut le faire. Car on ne peut se mentir à soi-même.

Le dernier soir avant l'Astina, les jeunes gens se gavèrent

de viandes et de fruits, et absorbèrent le maximum d'eau, malgré les conseils des chevaliers qui leur expliquèrent qu'ils reperdraient cette eau très vite, à cause de la transpiration.

À présent, Nelvéa était enfermée dans une petite cellule de pierre située sous les toits du Sahiral. Seule une petite ouverture s'orientait vers le ciel. Cependant, elle était conçue de telle manière que, même s'il pleuvait, il était impossible de recueillir la moindre goutte de pluie.

Jamais elle n'aurait imaginé que ce pût être si difficile. Les bacheliers disaient volontiers entre eux que les souffrances endurées dépassaient l'imagination. Elle n'était pas éloignée de le croire à présent.

Bien entendu, les chevaliers avaient raison. Nelvéa, qui avait imité ses compagnons en avalant plusieurs litres d'eau, s'en rendit compte et commença à souffrir de la soif dès la fin de la première journée, après avoir transpiré abondamment. Elle avait été stupide. Elle s'était pourtant rendue en Ismalasie, quatre ans auparavant, et connaissait un moyen de limiter la soif : absorber du sel, qui fixe l'eau dans le corps.

Elle serra les dents. Elle n'avait pas le choix. Elle devait tenir. Elle devait prouver à tous qu'une femme était capable de réaliser les mêmes exploits que les hommes.

Le matin du deuxième jour, sa langue ressemblait à de l'étoupe. Elle se força à garder la bouche fermée pour conserver le plus longtemps possible sa salive.

À ses côtés pendait une corde. Lorsqu'un bachelier sentait sa volonté fléchir, il pouvait tirer sur la corde et on l'extrayait de sa prison. Il recevait alors boisson et nourriture. Mais il ne pouvait plus prétendre devenir chevalier.

Odios avait conté la veille l'histoire de ce bachelier qui, ne pouvant supporter la soif, mais bien décidé à devenir chevalier, s'était ouvert les veines pour boire son propre sang.

Nelvéa ne savait plus depuis combien de temps elle survivait dans cet enfer. Les murs de sa cage de pierre paraissaient onduler sous l'effet d'un incendie extérieur. Parfois, ils se rapprochaient, comme s'ils avaient voulu l'écraser, la broyer. Son corps lui semblait de braise et de sable. Elle ne parvenait plus à distinguer le jour de la nuit. Un semi-délire s'était emparé d'elle. Elle avait dû s'endormir. Un cauchemar atroce l'éveilla. Son amant inconnu était revenu la hanter, mais les hurlements d'une femme étaient venus se superposer à l'étreinte amoureuse, une femme dont on avait brûlé le visage. Elle eut un mouvement de recul, et rejeta l'homme qui pesait sur elle. Elle crut un moment apercevoir ses traits, mais il se dissipa, absorbé par une brume maléfique. L'instant suivant, une forme noire se matérialisa au-dessus d'elle. Une gueule vaguement humaine s'ouvrit, dévoilant deux rangées de dents luisantes, presque des crocs, qui se rapprochèrent d'elle, tandis qu'un regard halluciné la dévorait. Une angoisse incommensurable la pénétra, comme l'écho de sa propre mort à venir. Elle hurla, des braises roulèrent dans sa gorge asséchée. Elle ouvrit les yeux. Autour d'elle dansaient des flammes de granit. Puis tout s'estompa et elle reprit difficilement son souffle. Encore en proie à la panique, elle rampa jusqu'à la corde, décidée à mettre fin à ses souffrances. Mais un ultime sursaut d'orgueil retint son geste au dernier moment. Elle ne céderait jamais. Elle devait triompher.

Calmant les battements de son cœur emballé, elle s'allongea sur le sol et se força à respirer lentement, la bouche fermée, combattant avec l'énergie du désespoir les visions infernales qui investissaient son esprit.

Sans doute était-elle là depuis des siècles. Parce qu'elle avait voulu défier les chevaliers sur leur propre terrain, la Religion, la jugeant trop orgueilleuse, l'avait condamnée. Un sentiment d'injustice l'envahit, qui se mua bientôt en désespoir.

Puis elle se traita de sotte. Dans des cellules adjacentes, d'autres bacheliers souffraient comme elle. Combien d'entre eux avaient déjà succombé ? Ils étaient quinze à l'origine. Ce fanfaron de Zahrt vaincrait-il la soif ? Et les fils de Sylvain et d'Odios ?

Il était inutile de penser aux autres. Elle était seule, irrémédiablement. Comme on l'était dans la vie. Car il était faux de s'imaginer que les hommes pouvaient s'entraider, se soutenir dans les épreuves. Tout au plus pouvaient-ils apporter la chaleur de leur présence. Mais la souffrance, elle, ne pouvait se partager. Elle était indissolublement liée au corps, cette prison raffinée dont on ne pouvait s'extraire. Le monde était là, pourtant, à portée, un monde fabuleux, captivant, mais auquel on ne pouvait se mêler vraiment, à cause de ce corps limité dans le temps et l'espace, et dont la mort seule permettrait de s'échapper.

À moins que…

Se souvenant des paroles de Solyane, elle se contraignit à étudier mentalement chacun de ses muscles, chacun de ses membres. Alors qu'elle tentait de fuir la douleur comme un animal pris au piège, elle se tourna vers elle, pour l'apprivoiser, la dominer, la faire sienne. Peu à peu monta en elle une sorte d'ivresse, teintée d'un plaisir un peu pervers de la souffrance qui brûlait en elle. Mais c'était plus que cela. La victoire était à portée de sa volonté. Cette épreuve douloureuse n'était qu'un obstacle à surmonter.

Lentement, elle occulta une à une les parties de son corps, remontant doucement vers l'intérieur, vers l'inconnu. Elle ferma les yeux, s'enfonça de plus en plus loin en elle-même. Il lui sembla embarquer sur un océan tumultueux, à l'image de ses propres angoisses. Dans un effort de volonté surhumain, elle entreprit de l'apaiser. Elle devait passer, aller encore plus loin. Peu à peu en elle grandit une lumière étrange, d'azur et d'or. Elle avait envie de pleurer et de rire à la fois. Jamais elle ne s'était sentie aussi bien, aussi pleinement heureuse.

Comme au cours de la nuit d'amour passée avec Brent Olleronn, elle prit conscience d'un cercle de flammes étranges, lumineuses, qui se rapprochaient, se matérialisaient autour d'elle. Une exaltation étourdissante s'empara de Nelvéa. Elle savait sans pouvoir l'expliquer que ce cercle représentait le degré ultime de ses épreuves. Si elle le franchissait, elle aurait triomphé, parce qu'il annihilerait tous les autres. La vérité était là, à portée.

Et soudain, il y eut une brusque cassure, et tout s'estompa. Comme une aveugle perdue au milieu d'un univers inconnu et hostile, elle tenta de se souvenir, de se raccrocher à quelque chose. Mais elle n'était plus seule. Une présence s'était matérialisée dans son rêve flou. Une silhouette indistincte avançait vers elle. Une femme ! Une femme qui désirait communiquer avec elle, à qui pourtant il lui était impossible de donner un nom.

Peut-être n'était-elle que son propre reflet ? Il émanait d'elle une tristesse, une mélancolie insondables. L'espace d'un éclair, elle comprit que c'était cette femme qui l'avait retenue, qui l'avait empêchée d'aller plus loin dans sa quête.

Elle voulait comprendre. Elle eut un mouvement pour tendre les bras vers elle, une main saisit la sienne. Elle ouvrit les yeux. Mais ce fut le visage de Sylvain qui se pencha sur elle.

— C'est fini, petite, tu as triomphé.

Elle aurait voulu articuler un mot, mais aucun son ne voulait sortir de sa gorge en feu. Sans savoir pourquoi, une invraisemblable envie de pleurer l'avait saisie. Elle eut juste la force de se jeter dans les bras de Sylvain et sanglota, sans qu'aucune larme ne puisse couler de ses yeux.

Sur les quinze bacheliers, un seul avait abandonné, le dénommé Zahrt, qui aimait tant à se vanter de ses exploits. Sa volonté avait cédé devant les exigences de son corps.

L'épreuve suivante, la Sagitta, beaucoup plus dangereuse que la première, demandait aux aspirants chevaliers une humilité totale et une appréciation raisonnable de la limite de leurs forces. Suivant un ordre immuable, les amanes implantaient sous la peau des jeunes gens une série d'aiguilles d'or. Celles-ci provoquaient différentes douleurs, qui devenaient de plus en plus violentes, plus intolérables. Pour triompher, il fallait dépasser un certain nombre d'aiguilles. Mais ce nombre restait inconnu aux bacheliers. Ils devaient donc abandonner lorsqu'ils sentaient leurs forces lâcher. Cependant, au-delà de ce nombre fatidique, l'implantation conduisait inexorablement à la mort. Seul Dorian et son fils Palléas avaient dépassé le seuil fatidique sans dommage. Toutefois, le sang de sa mère, Elena, pouvait avoir déprécié les gènes de Nelvéa. Aussi les prêtres attendaient-ils son passage avec impatience.

Elle fut la troisième. Les deux précédents, incapables de résister à la souffrance, avaient abandonné.

Lorsqu'elle pénétra dans la salle voûtée où avait lieu la Sagitta, Nelvéa connut un moment d'angoisse. Il n'y avait là qu'Odios, Sylvain, et les amanes.

— Déshabille-toi, lui ordonna Zoltan.

Par égard pour son grand âge, Alarikus lui avait laissé la direction de l'épreuve.

Surprise par le ton froid du prêtre, Nelvéa hésita un instant, puis s'exécuta. Elle défit l'agrafe de son épaule et la toile glissa sur ses pieds. Elle ressentit confusément comme une émotion chaleureuse envahir l'esprit des hommes présents lorsqu'elle fut entièrement nue. Elle eut un petit sourire intérieur. Ils avaient l'habitude des bacheliers. Elle était la première femme à subir l'épreuve. Et ils ne pouvaient rester insensibles à l'essence féminine qui se dégageait d'elle.

Peut-être fut-ce pour cette raison que le ton du vieux prêtre lui sembla plus dur, plus menaçant lorsqu'il lui rappela les règles de la Sagitta.

Parfaitement décidée à triompher une nouvelle fois, elle se mordit plusieurs fois l'intérieur des joues pour ne pas hurler de douleur au fur et à mesure de l'implantation des aiguilles d'or. Jamais elle n'aurait imaginé qu'il fût possible de souffrir autant. Son corps n'était plus qu'une plaie.

Puis soudain, le vieux Zoltan s'approcha dans un brouillard, et ôta une aiguille située sous le nombril. L'instant d'après, toute douleur avait disparu, cédant la place à une fatigue infinie. Elle reprit lentement sa respiration.

— C'est fait, dit Zoltan, tu as passé l'épreuve avec succès.

— Mais… je croyais qu'il fallait dire… le moment d'arrêter.

— C'est vrai. Mais, comme ton père et ton frère, tu as dépassé le seuil critique. Tu es de la même race qu'eux.

— De la même race qu'eux ?

Elle esquissa un sourire qui ressemblait à une grimace. Mais elle était parfaitement heureuse. Les dernières paroles du prêtre valaient bien la souffrance endurée.

Lorsqu'elle fut sortie, Zoltan prit Alarikus à l'écart.

— C'est étrange, dit le vieux prêtre. Elle a réagi différemment de son père et de son frère. Ses gènes semblent plus fragiles, puisqu'elle n'est pas allée aussi loin qu'eux. Et pourtant, je suis sûr que son potentiel est au moins équivalent.

— Je pense que cette différence est liée au sexe. Il eût été intéressant de faire subir ces épreuves à Solyane.

— Cela, malheureusement, c'est définitivement hors de question, répondit tristement Zoltan.

Il regarda la porte par laquelle Nelvéa avait disparu, et ajouta avec une nuance de tendresse dans la voix :

— Pauvre petite. Je crois comprendre ses angoisses. Elle sait inconsciemment qu'elle n'est pas faite comme les autres, qu'elle est perdue à mi-chemin entre les dieux et les mortels. Jamais elle ne pourra s'abaisser à notre niveau. Mais saura-t-elle s'élever à leur niveau à eux ?

Le vieil homme demeura un instant silencieux, puis ajouta :

— Je formule des vœux pour qu'elle parvienne à surmonter ses faiblesses et ses doutes. Parce que dans le cas contraire, elle se brûlera à sa propre vie.

Il fixa Alarikus dans les yeux.

— Tu vois, je me suis attaché à cette famille. Ce sont des êtres exceptionnels. Certes très difficiles à manier et à contrôler. Mais ce n'était pas notre rôle. Je ne sais ce qu'est devenu le seigneur Dorian. Mais je suis certain qu'il vit toujours. Et je ne serais pas étonné que Dame Solyane vive également, quoi qu'en aient dit nos amis Lonniens.

— Mais, Zoltan, ce ne sont que des légendes, contées par quelques chasseurs. Des centaines de personnes l'ont vue disparaître dans l'enfer de Ghandivar.

— Oh, ce n'est pas aux histoires de chasseurs que je me fie, Alarikus. Mais plutôt à mon intuition. J'ai vu Solyane revenir de la montagne du Gardien, l'an dernier. Elle n'avait pas figure humaine. Il émanait d'elle comme une aura de lumière. Les dieux seuls savent quelles étaient les limites de ses pouvoirs.

11

Déjà les rangs commençaient à s'éclaircir. Neuf bacheliers seulement avaient triomphé de la Sagitta.

Pendant deux jours, les sélectionnés bénéficièrent d'une période de repos. Après quatre jours de jeûne total, il était hors de question de leur demander des efforts violents. C'était la Dolta, la Trêve du Milieu, au cours de laquelle on reconstituait ses forces, on préparait les épreuves suivantes tout en devisant avec les anciens. Déjà des liens de complicité se tissaient entre les chevaliers confirmés et les jeunes. Ceux-ci ne faisaient pas encore partie des rangs prestigieux de leurs aînés, mais l'espoir les habitait, et les deux soirées qui précédèrent l'épreuve des armes furent chaleureuses. Avec surprise, les bacheliers découvrirent que les amanes perdaient quelque peu de leur rigidité proverbiale pour se laisser aller à sourire aux histoires contées par les chevaliers. Des histoires nombreuses, hautes en couleur, puisées dans la mémoire de chacun. Car un chevalier devait savoir narrer ses exploits.

Ainsi que le voulait la coutume, les jeunes se chargeaient de toutes les corvées ménagères, coupant du bois, allumant les feux, préparant les repas, allant chercher l'eau au puits voisin. Ils s'en acquittaient volontiers, vêtus de leur seule toile de lin, conscients de vivre une aventure exceptionnelle, de faire partie d'une élite.

Et cette aventure prenait cette fois une dimension extraordinaire, exaltante, parce que, pour la première fois, une femme avait été admise dans les rangs des aspirants chevaliers. Bien sûr, il faudrait d'ici peu l'affronter au sabre et au shayal, et chacun des jeunes gens appréhendait cet instant, car elle était réputée invincible. Ils avaient déjà pu le constater. Mais elle était très belle, et l'on avait plaisir à contempler ses yeux qui brillaient, le soir, à la lueur de la cheminée.

Ils étaient neuf. Neuf encore pleins d'espoir et de projets avant l'épreuve des armes, qui devait tester la valeur combative de chacun. Cette épreuve en général amenait très peu d'élimination, car chaque bachelier connaissait parfaitement le maniement des armes, s'étant abondamment entraîné depuis sa plus tendre enfance.

Nelvéa avait appris à mieux connaître ses compagnons. Elle ne se faisait aucun souci pour Shean et Markal, les fils de Sylvain et d'Odios. Pour avoir joué avec eux depuis son plus jeune âge, elle les considérait un peu comme des frères. Ils étaient de taille à triompher. Elle connaissait moins les autres, pour la plupart fils des barons inféodés à son père. Parmi eux s'en trouvait un, Maaskar, qu'elle avait peine à cerner. Personne ne savait d'où il venait. Il avait expliqué que son père était un chevalier errant dont il ne connaissait même pas le nom. Sa mère, une sapiennienne, l'avait élevé seule. Elle lui avait révélé son ascendance noble quelques mois auparavant, et il avait décidé de subir l'Eschola, afin de suivre les traces de son père. Il parlait facilement, avec beaucoup de charme. Il était beau comme un dieu, avec des cheveux blonds et bouclés encadrant un visage au teint mat. Mais sa moustache fine et ses yeux d'un or très pâle mettaient la jeune fille mal à l'aise. Elle n'aurait su dire pourquoi. Bien souvent, lorsqu'il prenait la parole, les autres se taisaient. On l'écoutait, quand bien même ses histoires relevaient de la plus pure fantaisie.

Nelvéa se méfiait inconsciemment de lui, parce qu'il aimait choquer par ses propos. Il lui arrivait souvent de provoquer ses interlocuteurs, de les pousser dans leurs derniers retranchements. Puis, au moment où ils allaient céder à la colère, il éclatait d'un rire sonore qui donnait à la hargne de ses victimes la consistance d'une bulle de savon.

Au demeurant, on le considérait comme un joyeux compagnon, qui ne prenait rien au sérieux, et attirait les demoiselles comme le miel attire les abeilles.

Et surtout, il demeurait le seul adversaire capable de s'opposer à Nelvéa. Maaskar possédait une science innée des armes, qu'il avait perfectionnée avec les meilleurs maîtres du comté depuis son arrivée.

Le dernier soir, Nelvéa, qui s'était éloignée un peu du Sahiral pour une petite promenade solitaire, sentit une présence derrière elle. C'était Jelweyn, fils d'un baron inféodé à Sylvain. Un jeune homme tout brun, avec de grands yeux bleus rieurs. Nelvéa le trouvait beau, et elle ne devait pas être la seule. Elle s'attendit à une opération de séduction. Mais le visage du jeune homme démentit immédiatement cette supposition. Un souci creusait ses traits.

— Nelvéa, je voudrais te parler.

— Je t'écoute.

— Voilà ! Demain, nous allons aborder les épreuves de maniement des armes. Le sort va nous désigner des adversaires que nous serons obligés de combattre.

— C'est la règle que nous ont expliquée les chevaliers aujourd'hui.

— Bien sûr ! Mais je ne voudrais pas que le sort m'oppose à Maaskar.

— Maaskar ? Que t'a-t-il fait ?

— Il me hait !

Nelvéa ne répondit pas. Elle avait déjà senti qu'un sentiment trouble pesait sur lui. Intriguée, elle le laissa poursuivre.

— Je te parle à toi parce que tu es une femme, et que tu peux comprendre ces histoires-là. Maaskar est jaloux de moi. Il était amoureux d'une fille, Klarene. Seulement, lorsque je suis arrivé à Gwondaleya pour l'entraînement des bacheliers, elle n'a plus voulu de lui. Elle est venue vers moi et… nous avons fait l'amour. Plusieurs fois. Maaskar l'a appris. Il n'a rien dit sur le moment. Il s'est contenté de traiter Klarene de sotte et de lui rendre la monnaie de sa pièce avec une autre. Mais il est venu me voir tout à l'heure. Il m'a dit qu'il n'avait pas oublié l'affront que nous lui avons fait, et qu'il me tuerait. Je le sentais depuis le début des épreuves.

— Je ne l'ai jamais entendu te parler durement. Au contraire, il rit même souvent avec toi.

— Ne t'y fie pas ! Il trompe tout le monde. Il est terriblement jaloux. Il ne peut admettre qu'une fille le quitte pour un autre. Dans son esprit, c'est toujours lui qui choisit de rester ou de partir.

— Je crains que tu ne te fasses des idées.

— Il me l'a dit tout à l'heure. Je sens constamment son regard dans mon dos.

Il se tordit les mains, en proie à un début de panique.

— Jusqu'à présent, les épreuves ne nous ont pas opposés. Mais demain, nous combattrons les armes à la main. Si je dois l'affronter, il me combattra à mort. Il ne reculera devant rien.

Jelweyn prit la main de Nelvéa et la serra. Il tremblait.

— J'ai peur, Nelvéa. Maaskar est fou. Cette fille lui a fait perdre la tête.

— Tu es de taille à te défendre.

Il baissa les yeux.

— Je le pense, oui. Mais je ne veux la mort d'aucun d'entre nous.

Surtout que cette Klarene... ne vaut pas la peine de se mettre dans des états pareils. Je ne peux même pas lui expliquer ça. Il est fou d'elle.

— Parce que c'est elle qui l'a abandonné ? Allons donc ! Il est beau comme un dieu. Toutes les filles sont à ses pieds...

— Tu ne me crois pas...

— Mais si !

En fait, il était probable que l'autre lui ait promis une petite vengeance s'ils se trouvaient face à face. Mais sans doute rien de bien grave. Visiblement, Jelweyn, s'il était capable de faire preuve de résistance et d'endurance, semblait un peu trop émotif. Un futur chevalier ne devait redouter aucune épreuve. Jelweyn eût été mieux inspiré d'abandonner immédiatement. Car s'il triomphait à l'épreuve des armes, il lui serait très difficile de dominer un lionorse. Il risquait d'y laisser sa vie.

Ils restèrent un long moment silencieux. Au loin, un migas fit entendre son appel de chasse nocturne. Le Sahiral s'élevait sur un promontoire d'où l'on dominait la vallée du Stino. Au loin on devinait les feux de Brastalia. Vers le nord se dessinaient les contreforts de la vallée suspendue du Laurely, où vivaient les lionorses de Gwondaleya.

— Pourquoi m'as-tu raconté tout cela ? demanda-t-elle. Qu'attends-tu de moi ?

— Je ne sais pas. J'avais besoin de parler. Parce que j'avais peur.

Nelvéa regarda son compagnon. Son profil se découpait sur la nuit claire, dessinant une bouche jeune et fine, une bouche que l'on avait envie d'embrasser.

Soudain, elle poussa un cri. La même bouche aux lignes si pures se troubla, se mit à ruisseler de sang. Un hurlement déchirant vrilla ses oreilles. Affolée, elle se leva d'un bond.

— Qu'est-ce que tu as ? demanda son compagnon.

— Rien... rien. Je crois que... quelque chose m'a piqué.

— Veux-tu que je regarde ?

— Non ! Cela va déjà mieux. Je vais aller dormir. Demain, la journée sera rude.

Elle fit quelques pas, pour calmer les battements de son cœur emballé. Elle n'osait plus regarder Jelweyn. Il ne fallait pas qu'il lise en elle que ce jour était pour lui l'un des derniers.

— Nelvéa ! Tu as vu quelque chose ! Comme ta mère, Dame Solyane !

— Non !

Nerveusement, elle vint se rasseoir près de lui. Elle se força à respirer calmement. Ce n'était pas possible. Jamais elle n'avait eu de vision prémonitoire. Il devait s'agir d'un effet de la fatigue. Mais la scène était terriblement précise.

Elle reprit la main de Jelweyn.

— Je n'ai rien vu. Ne t'inquiète pas, je serai là ! S'il tente quoi que ce soit, j'interviendrai.

La nuit suivante, lorsque Nelvéa se retrouva seule sur sa couche, elle éprouva quelques difficultés à trouver le sommeil. Pourtant, contrairement à ce qu'elle avait redouté, Jelweyn et Maaskar ne furent pas opposés. Ce dernier se retrouva face à Nelvéa. Ce fut un combat épique, où chacun des deux rivalisait d'adresse. Pourtant, au fil des épreuves, il semblait de plus en plus improbable que Maaskar ait pu menacer Jelweyn de mort. Si ses propos restaient crus et volontiers provocateurs, il combattait avec plaisir et enthousiasme, n'hésitant pas à complimenter la jeune fille lorsqu'elle le désarmait.

Plus tard, Jelweyn combattit le fils de Sylvain, Shean. Celui-ci finit par le vaincre, et le sabre du jeune homme vola jusqu'aux pieds de Maaskar qui éclata d'un grand rire.

Puis il se leva pour ramasser lui-même l'arme de Jelweyn. L'autre, visiblement inquiet, le remercia vaguement, sous les quolibets de ses compagnons.

Soulagée, Nelvéa adressa un sourire à Maaskar, qui revint s'asseoir près d'elle et lui passa un bras autour des épaules.

— Je ne sais pas ce qu'il a en ce moment, notre ami Jelweyn. Il me paraît bien nerveux.

— Peut-être a-t-il ses raisons !

— Je crois que nous en avons tous, ma belle. Demain, nous serons peut-être hachés menu dans l'estomac de plusieurs lionorses.

Elle se tourna vers lui.

— Il m'a dit hier soir que tu l'avais menacé de le tuer, à cause de Klarene.

Il hésita une fraction de seconde, puis répondit, avec un soupçon d'amertume :

— Décidément, il a trop d'imagination. C'est vrai qu'il m'a soufflé cette fille. Je ne sais d'ailleurs pas pourquoi. Je me demande ce qu'elle pouvait lui trouver. Mais de là à le tuer… C'est stupide.

— Pourtant, il a eu très peur.

— Alors, il est indigne de devenir chevalier.

— C'est possible !

Il plongea son étrange regard jaune, un peu semblable à celui des loups, dans celui de Nelvéa.

— Tes yeux sont d'une beauté extraordinaire. Si je ne craignais pas de me faire tuer à mon tour, je te proposerais bien de te rejoindre cette nuit. Je connais un endroit où l'on serait tranquille.

— Désolée, mais je tiens à être en forme demain.

— Demain sera peut-être notre dernier jour. Permets-moi d'insister.

— Non !

— Dire que je quitterai peut-être cette vie sans connaître la saveur de tes lèvres, soupira-t-il. Comment peux-tu être si cruelle ?

Elle éclata d'un rire charmeur et se dégagea de son bras un peu trop possessif.

Le lendemain, les bacheliers quittèrent le Sahiral pour la vallée suspendue du Laurely, où vivaient les lionorses sauvages de Gwondaleya.

Le soir, au cours du dernier campement avant l'ultime épreuve, les neuf bacheliers subsistants écoutèrent les dernières recommandations des chevaliers concernant la capture de leur monture. Odios laissa la parole à Sylvain, plus prolixe, pour expliquer aux jeunes gens ce qu'était réellement la domination d'un lionorse. Peu à peu, alors que les flammes faisaient rougeoyer les visages et allumaient d'étranges brillances dans les yeux, les anciens se crurent revenus plus de vingt années en arrière. Un feu semblable, avec d'autres visages, celui de Pierre d'Oth, le compagnon du grand Czarthoz, celui de Zoltan, qui était encore présent ce soir, mais accusait désormais ses quatre-vingt-trois ans. Et surtout le regard profond du plus grand d'entre tous, Dorian, que l'on appelait Arnaud à l'époque. Il n'avait pas encore accompli ses exploits, mais il allait commencer le lendemain en dominant, ce qui ne s'était jamais fait auparavant, un lionorse-roi.

En ce temps-là, Odios considérait Dorian comme son rival. Mais à présent, une boule lourde lui serrait la gorge. Il adressa un sourire complice à l'adresse de Sheratt.

Nelvéa, qui percevait parfaitement les pensées de chacun, sentit le trouble la gagner à son tour. Elle entendit à peine ce que disait Sylvain. D'ailleurs, elle le savait déjà par cœur.

Le lionorse, issu, selon la légende, du croisement entre une lionne, Rana, et un étalon magnifique, présentait de loin l'aspect d'un cheval, mais rappelait les félins par de nombreux aspects. Ainsi, sa mâchoire était celle d'un carnivore, tandis que ses pattes se terminaient par des griffes rétractiles, et non des sabots.

Et surtout, à l'instar de l'homme de race noble, le lionorse était le seul animal doté du shod'l loer, cette faculté apparentée à la télépathie, qui permettait de percevoir l'état d'esprit d'un interlocuteur. Aussi toute la domination était-elle basée sur l'établissement d'une communication entre l'homme et l'animal.

Nelvéa, plus émue qu'elle ne l'aurait voulu, songea au lendemain. Jamais une femme n'avait tenté d'approcher un lionorse. D'ailleurs, si l'on s'en référait aux avis des amanes, cette capture pouvait se révéler très dangereuse. Nelvéa n'avait pour se défendre que la plus intime des convictions, et la volonté inébranlable de triompher.

Une volonté qui risquait pourtant de lui coûter la vie.

Une angoisse soudaine saisit la jeune fille. La vision des crocs se refermant sur sa chair, qui l'avait assaillie lors de l'Eschola, revint la hanter.

12

Une sorte de brume translucide pesait sur la vallée du Laurely, estompant le massif Skovandre derrière un voile irréel. De longues écharpes s'étiraient sur la plaine, s'accrochant aux herbes hautes. Au loin, le troupeau des fauves s'était installé dans une douce torpeur. Seuls quelques adols, des jeunes âgés de trois à six ans, jouaient à se pourchasser, et roulaient parfois à terre pour de furieux simulacres de combat. De loin, on aurait pu les prendre pour des poulains un peu tapageurs. Mais on entendait clairement, malgré la brume, les feulements rauques et les grognements des combats.

Peut-être cette violence latente, ainsi que l'atmosphère pesante impressionnèrent-elles le premier des bacheliers, Lepan. Chacun le vit hésiter, faiblir. Mais son orgueil lui interdit de faire demi-tour. Nelvéa perçut nettement, malgré la distance, l'instant précis où la puissance de son shod'l loer céda le pas à la panique. Le troupeau réagit immédiatement. Les alliennes se regroupèrent autour de leurs petits, tandis que les hongres et les adols s'écartaient, laissant la place aux fidèles. Ceux-ci chargèrent l'intrus. Un hurlement effrayant déchira les oreilles des spectateurs impuissants.

Quelques instants plus tard, il ne restait rien du malheureux, sinon un vague emplacement rougeâtre, tout là-bas au loin.

Silencieuse, la petite troupe demeura un long moment figée par l'horreur. Odios, serrant les dents, ne put s'empêcher d'évoquer son frère Galvin, mort déchiqueté de façon identique, et sous ses yeux, alors même qu'il venait de capturer son lionorse. Il échangea un bref regard avec Sylvain, qui lui non plus n'avait pas oublié. Puis il récita les paroles rituelles :

— Lepan était un brave ! Il savait qu'il risquait la mort, et il l'a accepté. Sa mort ne doit pas vous décourager, mais vous apporter la preuve que la condition de chevalier comporte parfois de rudes épreuves.

Et, à part lui, il ajouta :

— Oui, de bien rudes !

Gorien, le second désigné par le sort, s'approcha.

— Je... je suis désolé, seigneur Odios. Je crois bien que je vais abandonner. Ce que je viens de voir... m'a fait comprendre que cette capture était au-dessus de mes forces.

Odios observa le jeune homme. Était-il possible de savoir ce qui se passait réellement dans l'esprit d'un autre ? Peut-être Gorien possédait-il les atouts suffisants pour vaincre, peut-être aussi courait-il à la mort. Le chevalier ne tenta pas d'infléchir sa décision.

— Tu as choisi, Gorien. Peut-être as-tu raison. Mais si tu changes d'avis, sache que tu as jusqu'à la fin de l'Eschola pour te décider.

— Merci, seigneur Odios !

Le jeune homme s'inclina et se retira loin de la petite troupe, effondré.

C'était le tour de Nelvéa. Sa décision était prise. L'image des crocs se refermant sur sa chair ne quittait pas son esprit. Pourtant, elle ne renoncerait pas. Par un violent effort de volonté, elle maîtrisa sa peur.

Tout en s'approchant du troupeau, elle se remémora les gestes à accomplir, et ceux également qu'il fallait éviter. Elle distinguait nettement les quatre groupes. Celui du roi, une bête superbe à la robe d'un roux flamboyant tigré d'un noir de jais, ne comptait plus que quatre fidèles. Les attaques des migas avaient dû être très violentes l'hiver passé. Car ces monstres étaient les seuls animaux suffisamment puissants – et assez stupides – pour s'attaquer à un troupeau de lionorses. Heureusement, le groupe des adols était important et viendrait bientôt grossir les rangs de leurs aînés d'ici à moins d'un an.

Nelvéa évita l'endroit où le pauvre Lepan avait été dévoré. Elle n'eut pas à s'aventurer très loin à l'intérieur du troupeau. Les jeunes avaient coutume, lorsqu'un intrus s'approchait, de se ruer à sa rencontre, poussés par la curiosité autant que l'instinct de chasse. S'il s'agissait d'un gibier potentiel, il avait peu de chance d'en réchapper. Mais, dès qu'ils percevaient le shod'l loer, ils s'arrêtaient, venaient flairer le nouveau venu, décidaient sans doute qu'il avait une allure bizarre, puis repartaient.

Cela ne manqua pas de se produire dès que Nelvéa fut assez près du troupeau. Elle connut un instant de panique totale lorsqu'elle vit les fauves charger. Mais elle parvint à se dominer et riposta. Une demi-douzaine d'adols vigoureux l'entourèrent, l'examinèrent attentivement. Par réaction de défense, elle augmenta son émission mentale, ce qui eut pour effet de les faire reculer. Peu à peu, ses craintes l'abandonnèrent. Elle avait lié le fer avec eux. Poussée par son instinct féminin, elle s'était immédiatement imprégnée de l'esprit qui gouvernait ces animaux. Elle les comprenait. Parfaitement immobile, elle les observa à son tour. De près, leur parenté avec les félins était beaucoup plus nette. Était-ce à cause de leurs yeux aux pupilles en amande, ou peut-être de leurs narines fendues au milieu comme celles des chats ? Ils ne dégageaient aucune odeur forte, comme l'avaient annoncé les chevaliers. Au loin, elle vit les alliennes qui léchaient longuement leurs petits. Dans chaque groupe d'ailleurs, les fauves passaient de longs moments à se lécher mutuellement, tels d'énormes chats.

Comme les jeunes semblaient vouloir se rapprocher à nouveau, elle appuya encore la puissance de son shod'l loer. L'instant d'après, ils se dégageaient, visiblement effrayés.

Tous, sauf un, un mâle magnifique à la fourrure tirant sur l'or. Ses jambes étaient bottées d'un noir luisant. Mue par une impulsion soudaine, elle tendit la main vers lui. Il fit un bond en arrière, puis, à la grande surprise de Nelvéa, roula sur le dos sans cesser de la regarder de ses longs yeux en amande. Comme elle ne bougeait pas, il se releva, revint vers elle. Au loin, les autres, estimant sans doute qu'ils avaient épuisé tout l'intérêt de la chose, retournèrent vers leur groupe. Ce fut comme une onde de joie et de plaisir qui heurta Nelvéa. L'adol avait envie de jouer. Mais il se glissait en lui une note équivoque, troublante, à la limite de la sensualité. Nelvéa se souvint des paroles de Palléas au sujet d'Oranéa. Il avait ressenti tout l'aspect de sa femellité, pour ne pas dire de sa féminité. Elle demeurait un animal, et lui un être humain, deux êtres d'espèces complètement étrangères. Sauf au niveau du sexe. Pendant un court instant, au niveau du langage-émotion qu'elle établit à une vitesse effrayante avec son lionorse, elle ne fut pas autre chose qu'une femelle, et lui un mâle, s'affrontant, se reconnaissant, s'apprivoisant mutuellement. Sans doute était-ce là l'un des mystères du shod'l loer. Le jeune lionorse aiguisait ses armes de séduction. Lentement, Nelvéa le pénétra, sans vraiment rencontrer de résistance. Bien au contraire, il semblait s'ouvrir avec une mystérieuse complicité. Simultanément, des tentacules avides fouaillèrent son esprit, le touchèrent avec délicatesse, puis se retirèrent comme si elles s'étaient brûlées. Pour revenir l'instant suivant.

Il avait compris qu'elle n'était pas une allienne. Mais il aimait visiblement ce qu'il découvrait chez elle. Cette apparente facilité faillit perdre la jeune fille. Désorientée par l'attitude du fauve, elle se relâcha une fraction de seconde, ce qui fut suffisant pour attirer l'attention du roi. Celui-ci se dirigea vers eux d'une foulée souple et rapide, aussitôt suivi par les fidèles. Lorsque Nelvéa se ressaisit, il était trop tard. Les fauves se mirent à feuler sourdement. La jeune fille comprit que la prémonition des crocs n'était peut-être pas dénuée de sens. Elle ne se sentait pas de force à affronter le roi.

Alors se produisit une chose incroyable, jamais rencontrée encore depuis que les chevaliers apprivoisaient des lionorses. L'adol se planta face au roi et se mit à gronder à son tour, protégeant la jeune fille de sa masse impressionnante. La situation déconcerta Nelvéa. Si les deux fauves se battaient, elle était perdue. Son adol n'avait que peu de chance face à l'expérience de son aîné, un animal puissant et élancé, à peine plus petit qu'Aram. Le jeune atteignait l'âge où bientôt il devrait affronter le groupe des fidèles pour être admis dans leurs rangs.

Mais les circonstances étaient différentes. Nelvéa comprit qu'il ne lui restait plus qu'une seule solution. Lentement, délicatement, elle se laissa couler dans l'esprit de l'adol, lui apportant le soutien de sa propre puissance mentale. Le temps parut se dédoubler, se rallonger. Elle résolut de se fier à son instinct pour établir un mode de pensée commun. L'animal répondit admirablement à son attouchement mental. Ce fut comme une fusion éblouissante, intime, parfaite, où les deux forces se fondirent en une seule pour s'opposer à la menace royale.

Figée comme une statue de sel, Nelvéa sentit tout à coup sa vision se troubler. Elle ferma les yeux, augmenta sa pression mentale… et se retrouva « dans » l'esprit de l'adol. Elle était devenue lionorse elle-même. Intimement mêlées aux siennes propres, elle devinait les circonvolutions d'une structure différente, et pourtant complémentaire, plus éloignée encore par sa condition de mâle que par son animalité. Elle « vit » le roi par les yeux de l'adol. En elle se glissa un sentiment de crainte, de respect dû à une autorité supérieure, une étrange forme d'amour aussi, semblable à celui d'un fils pour son père. Mais simultanément, une volonté nouvelle lançait un défi audacieux, motivée par une pulsion irrésistible, venue du plus profond de l'être. L'adol revendiquait sa place parmi les fidèles.

Fut-ce à cause de l'esprit ambigu qu'il devina face à lui, à la fois mâle et femelle, ou à la puissance conjuguée de l'adol et de sa compagne ? Le roi feula longuement, puis recula en balançant la tête. Un flux d'acceptation parvint à Nelvéa. Elle comprit à travers les émotions-sensations du fauve que son adol était admis sans même devoir livrer bataille. Une profonde tristesse l'envahit. Doucement, elle se retira de son compagnon. Il n'avait plus besoin d'elle. Elle était sauve, mais son adol ne la suivrait pas.

Pourtant, lorsqu'elle ouvrit les yeux, le fauve l'observait, de son regard énigmatique. Elle renoua le contact. Alors, il s'avança vers elle et posa sa tête sur son épaule. Elle en aurait pleuré de joie.

Fort heureusement, elle n'oublia pas de continuer à émettre jusqu'à la sortie du troupeau. Le souvenir de Galvin, frère d'Odios, mort pour l'avoir oublié, ne quittait pas son esprit. L'adol la suivit, lentement, la poussant parfois du bout du museau, comme pour l'inviter à jouer. Rarement elle ne s'était sentie aussi heureuse. Il était superbe. Des muscles puissants roulaient sous son pelage de feu, et sa taille atteignait presque celle du roi. Lorsqu'il aurait atteint sa pleine maturité, il serait encore plus grand. De l'un à l'autre s'écoulaient un fin réseau de sensations nouvelles, une complicité affectueuse qui éblouit Nelvéa. Elle comprenait à présent pourquoi les chevaliers parlaient de leur monture avec tant de passion. Un lionorse était un compagnon irremplaçable, d'une fidélité indéfectible, et un soutien dans l'adversité. Il n'avait plus aucun rapport avec le cheval.

Elle caressa la tête du fauve et dit à voix haute :

— Je suis sûre que vous n'êtes pas des animaux.

Lorsqu'elle rejoignit les autres, elle fut accueillie par des rugissements de triomphe. Sa réussite encouragea d'ailleurs les deux concurrents suivants, Fedrenn et Nemröo, qui chacun ramenèrent un lionorse.

Puis vint le tour de Jelweyn.

La veille, il avait été admis de peu aux épreuves martiales. Mais son adresse aux styls et à l'arc avait rattrapé ses médiocres performances au sabre.

Au moment même où Jelweyn quittait la petite troupe pour descendre dans la plaine, Maaskar courut derrière lui. L'autre se retourna, sur ses gardes. Les deux jeunes gens échangèrent quelques mots, puis Maaskar revint vers les autres. Nelvéa vint au-devant de lui.

— Que lui as-tu dit ?

Il sourit.

— Rien de bien méchant. De bien faire attention à lui.

Troublée, Nelvéa ne sut décider s'il mentait ou non. Il ajouta :

— Tu ne me crois pas à cause de ce qu'il t'a raconté l'autre soir ? Tu as tort. Il pourra te le confirmer lorsqu'il va revenir.

« S'il revient », songea Nelvéa. Mais elle s'en voulut aussitôt de cette pensée négative.

Elle s'écarta de Maaskar, puis s'agenouilla au bord du plateau pour suivre Jelweyn des yeux. Tout dans l'attitude du bachelier trahissait une angoisse latente. Alors, lentement, la vision de Nelvéa se dédoubla une nouvelle fois. À la petite silhouette qui s'enfonçait là-bas toujours plus loin vers le troupeau se superposa le visage du jeune homme, auréolé de nuit. Comme dans un cauchemar dont elle ne pouvait pas se réveiller, elle revit sa bouche à la soie tendre, elle entendit ses paroles inquiètes, sa voix plaintive.

Elle murmura d'une voix tremblante :

— Il ne faut pas qu'il continue.

Une force implacable la clouait au sol, incapable de réagir. Le temps s'étirait irrésistiblement. Elle avait envie de hurler, mais rien ne vint. Alors le cauchemar se précisa. La silhouette minuscule avait à présent franchi les limites du troupeau.

— Non ! gémit Nelvéa.

L'instant d'après, une tempête écarlate inonda son esprit. Là-bas retentit un hurlement d'agonie tandis que les fauves chargeaient le nouveau venu. À la vision d'horreur se substitua celle de la bouche de Jelweyn, ouverte sur un cri de désespoir, et dont s'écoulait un flot de sang. Tremblante, elle se releva, fit quelques pas mal assurés pour revenir vers Maaskar.

— Tu le savais, tu le savais, lui cracha-t-elle.

Mais les mâchoires serrées du jeune homme la firent hésiter. Elle ne sut décider s'il avait réellement de la peine ou s'il savourait une victoire.

— Ne sois pas stupide, Nelvéa, grinça-t-il. Jelweyn était un brave. J'espère... j'espère me montrer digne de lui.

— Excuse-moi, souffla-t-elle.

— C'est à moi à présent, riposta-t-il sèchement. Prie les dieux de bienveillance pour moi.

— Je... je vais le faire.

Mais, avec ou sans prière, Maaskar réussit à dominer un lionorse, un animal superbe, d'un gris très sombre à la robe tigrée de noir.

À la fin de la journée, six bacheliers seulement étaient parvenus à franchir toutes les épreuves de l'Eschola. Les deux derniers, Shean et Markal, les fils de Sylvain et d'Odios, étaient également parvenus à apprivoiser un lionorse. Sur quinze, trois d'entre eux avaient trouvé la mort, l'un durant la Sagitta, et les deux autres au cours de la capture des lionorses. Mais ainsi était la dure loi de l'Eschola, qui sélectionnait pour la défense des cités amanites des êtres d'exception, capables de s'élever au-dessus du commun des mortels.

— Comment appelleras-tu ton lionorse ? demanda Zoltan à Nelvéa, lors du retour vers le Sahiral.

— Fearn ! répondit-elle.

— C'est un joli nom !

Fearn, en vieux patois skovandre, symbolisait ce qui allait vite, et loin. Il y avait en lui un parfum d'évasion, un désir d'ailleurs. Zoltan hocha la tête. Elle en ignorait certainement la signification profonde, mais ce nom était bien le reflet de l'état d'esprit de la jeune fille.

Le soir, Nelvéa coucha entre les pattes de son lionorse. Ils restèrent longtemps à jouer comme deux jeunes chiens, s'amusant à se poursuivre mutuellement. Puis, dédaignant la cellule qu'elle occupait depuis le début des épreuves, elle préféra demeurer dans la prairie voisine, sous la lueur des étoiles. La nuit était encore fraîche, mais la chaleur de l'animal la protégeait.

Longtemps, Nelvéa contempla le paysage sauvage qui entourait le Sahiral. Un parfum d'été proche montait de la terre. De la vallée s'élevait une délicieuse odeur de foin coupé. Les paysans avaient dû faucher de l'herbe dans les prés, en contrebas. Parfois retentissait l'appel d'un hibou, le cri d'un cervier pourchassant sa proie. Elle eut peine à trouver le sommeil. Trop de choses étaient arrivées en peu de jours. Sa vision du monde en était bouleversée. Elle frissonna, malgré la fourrure épaisse de son lionorse. Pourtant, elle n'avait pas froid. Les visages de ses compagnons morts ne cessaient de la hanter. Était-ce si difficile de devenir chevalier ?

Elle aurait voulu que son père soit à ses côtés. Il aurait su trouver les mots qui rassurent. Mais il n'était pas là. Jamais plus il ne marcherait près d'elle. Des larmes brûlantes coulèrent de ses yeux.

Puis un sursaut de volonté lui fit serrer les dents. Son père ne pouvait être mort. Pas plus que Solyane. Dès qu'elle le pourrait elle partirait à leur recherche. Et dût-elle y consacrer sa vie, elle les rejoindrait, là où ils étaient à présent.

13

Nelvéa n'avait pas vraiment imaginé ce qui l'attendait au retour de l'Eschola. Trois années auparavant, elle avait suivi son frère Palléas, lorsqu'il était revenu triomphant, accompagné d'une magnifique allienne. Avec lui elle avait connu toutes les étapes de la Salterena, cette fête spontanée, typique de Gwondaleya, qui naît des pavés des rues, chaque année, à l'occasion de la nomination de nouveaux chevaliers.

Cependant, cette fois, Nelvéa se trouvait au centre de l'intérêt. Bien sûr, cinq jeunes chevaliers l'accompagnaient, fiers eux aussi de présenter leurs montures. Ou tout au moins leurs futures montures, car les lionorses nouvellement conquis ne se laissaient pas monter immédiatement. Il s'ensuivait toujours une période d'apprivoisement réciproque, fertile en chutes et vols planés de toutes sortes. Aussi les lauréats de l'année se contentèrent-ils d'exhiber leurs compagnons à quatre pattes qui les suivaient désormais partout, peu impressionnés par la foule.

Nelvéa, parce qu'elle était la première femme chevalier, accaparait l'attention de tous. On la revendiquait, on l'interpellait par son prénom. De partout jaillissaient des appels familiers, parce qu'elle était jeune, parce qu'elle était très belle, et parce que les Gwondaleyens avaient décidé qu'elle leur appartenait. Les trois jours qui suivirent le retour de l'Eschola se déroulèrent comme dans un rêve un peu fou. Les six nouveaux chevaliers furent d'abord reçus par Palléas, qui les accueillit avec chaleur. Lorsqu'il serra Nelvéa dans ses bras, il lui glissa à l'oreille :

— Je ne doutais pas de ta réussite, petite sœur. Mais tu pourras tout de même te vanter de m'avoir fait passer quelques nuits blanches.

Ensuite, les chevaliers confirmés, menés par leur suzerain, accompagnèrent les jeunes dans le tour de la cité qui s'ensuivit. Un cortège spontané se forma dès la sortie du palais, constitué de toute la chevalerie gwondaleyenne, enrichie des gardes les plus anciens. Puis une foule nombreuse et joyeuse vint le grossir. Il parcourut toutes les artères principales de la ville, acclamé par des citadins enthousiastes, dont beaucoup quittaient leurs occupations pour se mêler au flot grandissant. Ensuite, ce fut la folie. La puissante métropole semblait prise d'une frénésie inhabituelle. Des tables fleurissaient sur les pavés, sur les rives du Danov. Chacun apportait son écot au délire ambiant, sa cruche de vin nouveau, des viandes, des gâteaux. Des masques venaient dissimuler les visages, des banderoles et des guirlandes pavoisaient les rues et les grandes avenues. Les tâches quotidiennes étaient pour un temps rejetées dans l'oubli. Partout, ce n'était que danses et chansons, rires et pantomimes. Les six nouveaux chevaliers étaient accaparés, revendiqués par tous. Ils devaient pénétrer dans presque chaque demeure, parler à chacun, danser avec les femmes. Beaucoup d'hommes étaient ravis qu'une femme fût enfin promue chevalier. Jamais Nelvéa n'aurait pensé que sa ville fût aussi vaste. Entraînée par un flot sans cesse renouvelé, elle dut subir les effets envahissants de la popularité. Elle qui ne buvait que de l'eau dut sacrifier à la tradition qui voulait qu'un chevalier sache lever le coude. Elle comprit rapidement qu'il était inutile de lutter contre la gentillesse et l'hospitalité de ces gens qu'elle découvrait pour la première fois bien qu'elle fût née parmi eux. Elle était saoule de voix familières et inconnues, de nouveaux visages. Au bout de quelques verres, elle se sentit complètement intégrée à cette ville à laquelle elle appartenait totalement. Elle n'aurait su dire dans quel quartier elle se trouvait. Elle entrevit à un moment les berges du fleuve. Mais un tourbillon l'emporta plus loin, la fit remonter vers les faubourgs élevés du nord. Les feux de joie, les rives, les banderoles se mélangèrent dans sa tête et elle perdit la notion du temps et des choses.

Jusqu'à ce qu'une migraine innommable lui tirât des gémissements dans le demi-sommeil où elle s'était noyée.

Elle ouvrit les yeux. Pendant plusieurs secondes, elle eut peine à situer l'endroit où elle se trouvait. Puis elle reconnut sa chambre. Elle poussa un long soupir et se frotta le front. Jamais elle n'avait éprouvé une telle douleur dans le crâne. Elle voulut se lever, et posa les pieds sur quelque chose qui se mit à remuer. Elle fit un bond en arrière. Stupéfaite, elle découvrit un visage qu'elle commençait à bien connaître.

— Lorik !

Elle se couvrit comme elle put de ses mains. Elle était entièrement nue. Il eut un sourire ravi sous ses yeux bouffis de sommeil.

— Oh, laissez, princesse ! De toute façon, c'est moi qui vous ai déshabillée et couchée.

— Toi ? Mais comment...

— Votre fidèle Khaled vous avait perdue. Mais moi, je vous ai suivie partout. C'est moi qui vous ai ramenée au palais. Vous ne teniez plus debout.

— Quelle honte ! bredouilla Nelvéa, le visage rouge.

— Mais non ! Vous n'avez pas failli à la tradition. Vous avez assuré votre popularité. Solidement, je peux vous le dire. Les Gwondaleyens ne jurent plus que par vous.

Il se releva, un peu chancelant.

— Il faut dire que je n'étais guère mieux que vous, princesse. Mais je tiens bien l'alcool. Alors, lorsque vous vous êtes écroulée, je vous ai ramenée ici. Les gardes m'ont laissé entrer.

— Par les dieux, je dois être affreuse.

Elle se traîna jusqu'à la salle d'eau et se contempla dans la psyché. Pour découvrir une fille aux yeux rougis, aux traits tirés, aux cheveux défaits.

— Beurk, quelle horreur !

Lorik apparut à ses côtés. Elle l'observa. Il ne semblait plus du tout impressionné par sa nudité.

— Tu dis m'avoir déshabillée…

Elle respira profondément pour masquer son trouble.

— Il… il ne s'est rien passé entre… entre nous ?

Il eut un pauvre sourire.

— Non, princesse. Je vous ai allongée, puis je vous ai recouverte. C'est tout.

Non, ce n'était pas tout. Elle lisait dans sa mémoire comme dans un livre ouvert. La honte lui monta au front. Il avait refusé de profiter de l'abandon total où l'avait conduite l'alcool, et avait repoussé les avances inconscientes qu'elle lui avait manifestées. Confuse, elle lui prit la main.

— Heureusement que c'était toi, Lorik. Je te demande pardon.

Il fit une grimace.

— Pardon de quoi ? Grâce à vous, j'ai passé les moments les plus merveilleux de ma vie. Pauvre petit lutin des forêts, ajouta-t-il en soupirant. Amoureux sans espoir de la plus belle princesse du monde.

Il lui tourna le dos. L'instant d'après, Nelvéa l'entendit marmonner entre ses dents. Elle tendit l'oreille ; il était lancé dans une discussion aigre-douce avec son petit dieu personnel.

Elle sourit, attendrie.

Plus tard, après avoir pris une douche revigorante, elle passa une chemise de nuit légère et vint le retrouver. Il s'était endormi au pied de son lit. Elle le contempla. Il était beau, malgré sa pauvre vêture. Son visage conservait un aspect enfantin qui éveillait au plus profond d'elle-même des sentiments étranges, protecteurs, maternels peut-être.

Elle s'assit à côté de lui et caressa ses cheveux. Il s'éveilla instantanément. Elle retira sa main comme si elle l'avait posée sur le feu.

— Tu... tu as émis l'idée, un jour, de devenir mon écuyer.

— C'est vrai. Et je le désire toujours.

— Alors, j'accepte. C'est toi qui soigneras mon lionorse, qui t'occuperas de mes affaires, de mon linge et de ma nourriture.

— C'est vrai ?

L'onde de joie qui s'écoula de l'esprit du jeune homme acheva de séduire Nelvéa.

— C'est vrai. Khaled est mon compagnon. Mais il ne peut être mon écuyer. C'est lui qui m'a éduquée. À propos, sais-tu où il se trouve ?

— Je n'en ai aucune idée, princesse. Je peux me renseigner.

— C'est cela ! Mais avant, je voudrais que tu changes de vêtements, et surtout que tu te laves.

— Bien sûr, princesse.

— Tu peux utiliser ma baignoire, si tu le désires.

— Votre... votre baignoire ?

Si elle le lui avait demandé, elle était persuadée qu'il l'aurait bue tout entière. Il se dirigea vers la salle d'eau. Elle soupira, troublée. La douche n'avait pas calmé sa migraine. C'était la première fois qu'elle abusait des vins gwondaleyens, et le résultat n'était guère brillant.

— Princesse ! Je... je ne sais pas comment ça fonctionne !

Évidemment ! Il n'avait jamais rencontré un tel luxe. Elle le rejoignit.

— Déshabille-toi !

— Mais…

— Allons, ne fais pas l'idiot. C'est un peu à mon tour de te voir tout nu, tu ne crois pas ?

Il obéit, avec des gestes gauches.

Nelvéa fit couler un bain. Les robinets représentaient des petites lyades, ces jeunes divinités sylvestres chères aux Gwondaleyens. L'eau s'écoulait par des amphores portées par les figurines. La baignoire, creusée dans le sol même, comportait une adduction d'air réglable. La jeune fille aimait cette salle, dont ses parents lui avaient fait cadeau quelques années auparavant. Une vaste baie vitrée s'ouvrait sur le soleil. Le sol était de marbre blanc veiné de saumon et de vert bronze. Elle vérifia la température de l'eau et versa des sels de bains parfumés. Lorsqu'elle se retourna, Lorik attendait, pétrifié comme une statue. Elle éclata de rire devant sa mine gênée.

— Qu'est-ce que tu attends ?

Il descendit dans l'eau et s'y laissa glisser, n'osant la regarder en face.

— Eh bien, lave-toi !

Elle lui tendit une savonnette avec laquelle il commença à se frotter doucement, les lèvres pincées. Elle s'amusait beaucoup à le voir ainsi intimidé.

— Eh ! Tu ne risques pas de t'user la peau à ce rythme-là ! Attends !

Elle lui prit le savon et entreprit de le nettoyer elle-même. Il devint rouge comme une pivoine. Nelvéa sentait bien que son jeu n'était pas totalement innocent. Elle voulut ignorer la chaleur qui lui nouait les reins peu à peu. Mais c'était tellement délicieux. Peu à peu, ses gestes se firent plus lents. Elle leva les yeux vers lui. Il détourna la tête. Il y avait un endroit qu'elle ne pouvait laver elle-même.

— Ça, tu t'en charges, dit-elle en riant.

Il lui reprit la savonnette. Avec malice, elle mit subrepticement l'arrivée d'air en marche. Aussitôt, des remous vigoureux agitèrent l'eau.

— Eh ! Qu'est-ce qui se passe ? hurla-t-il en se dressant, affolé.

Elle éclata de rire.

— Ce n'est rien. Au contraire, c'est très agréable ! Laisse-toi faire ! Allez, remets-toi dans l'eau !

Peu rassuré, il s'exécuta. Mais un regard confirma à Nelvéa que sa contribution au savonnage n'avait pas été sans conséquences physiologiques. Elle aurait voulu étouffer le bouillonnement qui se glissa alors dans ses veines. Mais il était trop tard. Elle s'était prise à son propre jeu. Elle l'étudia. Il était bien proportionné. Ses muscles étaient fins et longs, comme ceux des animaux habitués à courir les forêts.

Que se serait-il passé s'il n'avait pas trouvé le courage de la repousser ? Son attitude était noble. Le souvenir de sa nuit d'amour dans les bras de Brent, sur les rives du Stino, la hantait. Au nom de quels principes stupides devrait-elle résister à l'appel puissant qui montait en elle, occultant presque sa migraine ? Après tout, Lorik méritait bien, ne fût-ce qu'une fois, de la tenir dans ses bras.

Elle se défit de la chemise et le rejoignit dans l'eau.

— Que… qu'est-ce que vous faites ? balbutia-t-il.

Elle posa un doigt sur ses lèvres et se glissa contre lui, féline.

Alors, ils ne furent plus que deux adolescents poussés irrésistiblement l'un vers l'autre. Elle noua les mains sur sa nuque et, maladroitement, lui tendit les lèvres, étouffant l'onde de peur délicieuse qui se mêlait à son désir impérieux. Leur jeu amoureux dura longtemps, un jeu entrecoupé de rires, de cris, d'éclaboussures, dans l'eau tumultueuse qui caressait leurs corps avides. Puis ils se séchèrent mutuellement, et il la porta sur le lit.

Bien plus tard, le jeune homme dormait, la tête posée sur la poitrine de Nelvéa. Celle-ci, songeuse, jouait machinalement avec le court duvet frisé qui couvrait le torse de son compagnon. Bien sûr, elle n'avait pas, cette fois encore, rencontré l'éblouissement, cette extase dont les femmes parlaient tant. Lorik était trop jeune, trop fougueux. Et surtout, elle n'était pas amoureuse de lui. Mais elle ne regrettait rien. Comme pour Brent, cette étreinte demeurerait un merveilleux souvenir. Et puis, lui au moins avait été parfaitement heureux. Lorsqu'il s'éveilla, elle le regarda, embarrassée. Il lui sourit tristement. Elle lui caressa le front.

— Qu'est-ce que tu as ?

— Vous... vous voulez toujours de moi pour écuyer ?

— Mais, bien sûr !

— Je craignais que...

Elle lui posa un doigt sur la bouche.

— Tais-toi ! C'était un instant de folie. Il ne faudra en parler à personne. Ceci restera notre secret ! Un secret rien qu'à nous !

Il eut un sourire radieux.

— Tu devrais aller t'occuper de Fearn à présent, ajouta-t-elle. Il est temps que vous fassiez vraiment connaissance.

Elle crut qu'il allait l'étouffer en l'embrassant. Elle éclata de rire. Puis il posa un baiser délicat sur ses lèvres tièdes et murmura :

— Le dernier, princesse !

Il se leva, nu comme un ver, et s'enfuit comme un jeune chien, rayonnant. Nelvéa le regarda disparaître et s'étira voluptueusement sur le lit défait. Par moments, la vie était fabuleusement belle. Et sa migraine avait disparu.

Dans l'après-midi, elle rendit visite à Palléas. Il n'était pas encore arrivé lorsqu'elle entra dans le bureau qui avait autrefois appartenu à leur père. Lentement, elle parcourut la pièce de dimensions modestes, dont les murs se couvraient de dossiers et de livres. Elle ne s'était jamais retrouvée seule ici depuis le départ de Dorian. Timidement, elle feuilleta quelques volumes, découvrant avec émotion des annotations personnelles écrites de sa main. Soudain, elle se retourna. Il lui avait semblé entendre quelque chose. Intriguée, elle fit quelques pas. Elle était sûre de ne pas être seule. Mais un rapide tour d'horizon démentit son impression étrange. Elle se dirigea vers une petite porte attenante, ouvrant sur une petite chambre où Dorian restait parfois coucher lorsqu'il avait veillé très tard. Visiblement, Palléas avait dormi là au retour de la Salterena. Une couverture traînait encore sur le lit bas.

Un bruit la tira de sa méditation. Palléas revenait. Elle sentit sa présence bien avant qu'il ne se montrât. L'écho d'un sourire amusé lui parvint. Elle sortit sur la terrasse. Il était là, arrivant de ses appartements où il était allé prendre des nouvelles de son fils et de ses compagnes. Ils demeurèrent un long moment à se contempler, satisfaits de se retrouver seuls, comme au temps de leur petite enfance.

— Ainsi, tu es parvenue à tes fins, petite sœur ! Te voici chevalier.

— Et ta sœur d'armes dans l'Eythim.

Il sourit, puis fit quelques pas. Elle le suivit. Il avait changé. Elle s'en apercevait mieux à présent. Il n'avait rien perdu de sa gaieté coutumière. Mais il émanait de lui une onde de sagesse, de sérénité qui apaisait ses interlocuteurs. On se sentait bien en sa présence. Peut-être parce qu'il était dépositaire de secrets étranges, à la suite de son séjour sur le mont de la Sentinelle.

— Ne peux-tu rien me dire ? implora-t-elle.

Il hésita, puis murmura :

— Peut-être devrais-tu suivre l'idée que tu m'as soumise l'autre jour : retrouver les traces de notre père.

Ce n'était pas une suggestion innocente. Mais elle s'aperçut que sa décision était déjà prise inconsciemment. Palléas n'avait fait que la lui confirmer.

— Que sais-tu de son départ ? Pourquoi nous a-t-il quittés ?

— Qu'aurais-tu fait à sa place ?

— Je… je ne sais pas !

Elle se dirigea nerveusement jusqu'au rempart depuis lequel on découvrait le parc noyé de soleil. Un parfum chaud, fait de l'arôme des herbes coupées et des odeurs subtiles de la ville, s'en élevait, capiteux comme un vin de qualité. Nelvéa vint s'accouder à la pierre tiède.

— Je crois que je serais partie à la recherche de… ma compagne.

Notre père ne croyait pas à la mort de Solyane. Et je n'y crois pas non plus.

Elle secoua la tête avec force.

— C'est impossible, tu comprends.

Elle le scruta. Pourtant, elle savait qu'elle ne pourrait jamais percer les défenses de son esprit. Il était beaucoup plus fort qu'elle.

— Tu le sais, toi, qu'elle est vivante. Tu sais aussi qu'il l'a rejointe.

— Si tu es certaine de cela, alors pourquoi partir ?

— Mais parce que je n'en suis pas sûre, justement. Et parce que je veux… je veux savoir !

Elle avait presque hurlé les derniers mots.

— C'est bien.

Il n'avait pas varié d'un pouce. Elle comprit qu'il avait raison. Elle ne pourrait se contenter de ce qu'il lui raconterait. Elle devait découvrir cette vérité par elle-même. Et pour cela, elle devait quitter Gwondaleya, comme la sorcière le lui avait conseillé.

— Peut-être est-ce là la première étape de ce voyage qui doit faire de moi une fondatrice de dynastie, murmura-t-elle pour elle-même.

Elle revint vers Palléas.

— Je partirai dans une semaine !

— Comme tu veux. Mais n'oublie pas que demain a lieu la cérémonie de remise des dayals.

Il lui prit les mains à nouveau et les porta à ses lèvres.

— Souviens-toi de ceci, petite sœur : parfois, il est plus

judicieux de se laisser porter par le destin que de s'opposer à lui à toutes forces. Il faut savoir utiliser les circonstances, même si elles paraissent impressionnantes. Un peu comme les branches du saule courbant sous la bourrasque, ou comme tu te sers du courant pour diriger ton kaïck. Un petit coup de pagaie est souvent très efficace.

— Pourquoi me dis-tu ça ?

— Si la découverte de la vérité te blessait, ne la refuse pas pour autant. Aie le courage de la poursuivre jusqu'au bout, même si elle te fait horreur. Souvent le charbon le plus noir renferme en sa gangue le diamant le plus pur.

— Je m'en souviendrai, petit frère.

Il l'embrassa, puis se retira. Pourquoi avait-il dit cela ?

Tandis qu'il s'éloignait, elle observa, brodé sur le dos de sa chemise de toile blanche, l'emblème qu'il s'était choisi. Elle le connaissait pourtant depuis trois ans, sans jamais y avoir prêté réellement attention. Pourtant cette fois, un sentiment mystérieux l'envahissait, comme si un lien de feu l'enchaînait à ce symbole.

Un symbole qui représentait un lion.

14

Depuis des millénaires, c'était aux amanes qu'il revenait de fabriquer les dayals destinés aux nouveaux chevaliers. La veille, les cinq frères d'armes de Nelvéa et elle-même avaient été reçus au temple par Alarikus, le théolamane. Là, ils avaient subi une série de tests étranges destinés à l'étude de leur nouvelle arme. En effet, le dayal devait être parfaitement adapté à la main de son propriétaire. De plus, les poignées, les coquilles de protection, ainsi que le bas de la lame devaient être gravés des insignes du chevalier, et parfois d'une devise. Les prêtres avaient certainement œuvré pendant la nuit entière. Mais leur science était si mystérieuse...

Il y avait foule dans la grande salle du palais de Gwondaleya lorsque les six jeunes gens firent leur entrée.

Nelvéa avait compris que la Salterena constituait une épreuve en elle-même, celle de la popularité. Le peuple de la cité les avait accueillis, reconnus, adoptés.

La cérémonie de la remise des dayals qui se préparait était une autre épreuve. Ils allaient prendre leur place parmi la fine fleur de la noblesse du royaume, et surtout au sein de la chevalerie, cette caste supérieure à qui les amanes avaient confié le pouvoir gouvernemental. Leur triomphe de l'Eschola faisait des six nouveaux chevaliers les égaux des rois et des empereurs.

Cependant, malgré leur allure conquérante, ils tremblaient un peu en s'avançant le long de la salle interminable, au milieu d'une haie de regards avides qui les découvraient, les contemplaient, les détaillaient. Les femmes faisaient assaut de charme pour attirer l'attention des cinq jeunes gens.

Mais Nelvéa, au centre, restait le point de mire de toute l'assemblée. Il se dégageait d'elle une ambiguïté fascinante. Son sharack d'apparat, tout de cuir noir verni, clouté d'or et de rubis, vêtement typiquement masculin, contrastait avec sa longue chevelure bouclée. Son visage fin, éclairé de ses yeux d'émeraude qui brillaient un peu trop, embrasa le cœur de nombre d'hommes présents.

Aux côtés de Palléas, assis sur le trône comtal comme le voulait la coutume, se tenait Lyvie. Elle avait glissé sa main dans celle de son mari. Elle redoutait toujours un peu ces cérémonies grandioses, qu'elle considérait comme un mal nécessaire. Les trois concubines, ou secondes épouses, – Cyrillia, l'amazone, et les deux Léphénides, Maevia et Chloée – entouraient son faldestuel. Debout près de Palléas, Rono, dont il avait fait son conseiller, portait les couleurs de Gwondaleya, l'étendard frappé de l'aigle d'or.

Depuis la disparition de Dorian, on y avait adjoint un loup stylisé, ainsi que le lion, symbole de Palléas. Sur les marches du trône se tenaient les chevaliers, parmi lesquels Sylvain, Odios, Sheratt, et même le vieux Pierre d'Oth, qui n'aurait manqué cet événement pour rien au monde.

Sur un troisième faldestuel, situé à la droite de Palléas, Alvina, la mère de Sylvain, regardait plus attentivement que les autres son petit-fils Shean, le deuxième à être consacré chevalier. Dernière survivante des épouses du comte Czarthoz, père adoptif de Dorian et de Solyane, on n'aurait pu affirmer qu'elle était grand-mère. Malgré ses soixante et un ans, elle conservait un éclat que nombre de femmes lui enviaient. Même si ses yeux d'un bleu profond se marquaient de petites ridules qui accentuaient son air moqueur, elle conservait une chevelure d'un brun profond, et un corps svelte et souple, qu'elle entretenait en compagnie des jeunes danseuses du Pré d'Arys.

Lorsque les six chevaliers parvinrent au pied du trône, ils s'agenouillèrent. Ainsi que le voulait la tradition, ceux qui désiraient se déclarer vassaux du prince régnant tendaient les mains, paumes vers le ciel, et le seigneur venait étendre les siennes au-dessus, en signe de suzeraineté. Ce choix pouvait être fait immédiatement, ou bien plus tard. Parfois aussi, le nouveau chevalier refusait toute allégeance, ce qui était son droit. Il devenait alors un chevalier errant et voyageait de cité en cité, offrant ses services aux caravanes ou aux souverains rencontrés. Dans tous les cas, un chevalier restait libre de rompre sa vassalité.

Palléas ne s'étonna pas lorsque quatre des jeunes gens tendirent les mains vers lui. Il se leva et s'approcha. L'un après l'autre, il étendit ses mains et saisit les bras tendus, signifiant ainsi qu'il acceptait les nouveaux venus dans son entourage.

Ce geste était symbolique. Ce n'était pas à Palléas que les jeunes offraient leurs services, mais à la ville qu'il représentait. Cependant, les amanes savaient que la personnalité du prince était déterminante, et ils attachaient beaucoup d'importance à celle-ci. Avec Palléas, ils ne se faisaient aucun souci. Une dizaine de chevaliers d'autres royaumes étaient déjà arrivés à Gwondaleya depuis six mois pour offrir leur vassalité au jeune comte.

On ne s'étonna pas vraiment que Nelvéa ne s'engageât pas. La fille de Dorian ne pouvait devenir vassale. Même de son propre frère.

Par contre, on remarqua que Maaskar n'avait pas étendu les mains. On savait qu'il ne faisait jamais les choses comme tout le monde, mais après tout, il avait le droit de se choisir un autre suzerain. Palléas ne fit aucune différence entre lui et ses quatre nouveaux vassaux, et vint le relever amicalement.

Ensuite eut lieu la remise des dayals proprement dite. La Phalange au grand complet pénétra dans la salle du trône, suivie d'une petite escouade de paranes portant les dayals. Chaque sabre était présenté sur un coussin tissé d'or, et serré dans un fourreau de cuir ouvragé. Chaque fourreau, chaque poignée, chaque lame étaient marqués et décorés aux couleurs choisies par le chevalier. Nelvéa contempla avec stupéfaction la perfection de son symbole stylisé, qui attira immédiatement l'attention. Jamais en effet on n'avait entendu parler d'un tel animal.

Nelvéa se souvint de l'étonnement des amanes lorsqu'elle l'avait décrit : un cheval avec une tête de cerf, une queue de lion et une longue corne torsadée au milieu du front. Alarikus, stupéfait, lui avait demandé doucement :

— Sais-tu comment s'appelle l'animal que tu viens de nous décrire ?

— Oui ! Autrefois, on le nommait licorne.

Les prêtres étaient restés un moment sans voix.

— D'où tiens-tu cela ? avait encore demandé Alarikus.

— Une vieille femme qui vivait dans la forêt Skovandre m'en a parlé. Elle m'a affirmé que j'étais moi-même une licorne.

— La licorne ! murmura Zoltan avec émotion. Le symbole même de la féminité sauvage et indomptée. Le principe femelle, opposé et associé au principe mâle, symbolisé par le lion. Comment est-il possible qu'une légende aussi ancienne survive encore de nos jours ?

Nelvéa se souvint avoir réagi une nouvelle fois lorsque le vieux prêtre avait évoqué le lion, que son frère avait choisi pour emblème. Puis un début de réponse s'était fait jour en elle : la sorcière avait dit qu'il fonderait une dynastie, tout comme elle. Leurs descendants s'uniraient, et domineraient le monde.

Ces pensées lui revinrent en mémoire au moment où Palléas vint la relever à son tour. Il était à la tête de l'un des comtés les plus puissants de l'empire. Ses femmes lui donneraient une nombreuse descendance. Mais elle-même ? Quel sort lui serait réservé ? Où était son peuple ? Qui seraient les mâles qui la féconderaient ?

Après tout, toute cette histoire ne reposait que sur une intuition étrange, et sur les paroles prononcées par une femme sans âge sur le point de mourir, là-bas, tout au fond de la forêt Skovandre. Rien ne la retenait plus ici, sinon l'affection qu'elle portait à ce frère qu'elle aimait profondément. Un amour véritablement fraternel, que rien jamais n'avait entaché, pas même les élucubrations d'une secte bizarre qui avait souhaité leur union, quelques mois plus tôt.

Et pourtant, elle devait partir. Ils ne pouvaient demeurer ensemble.

Maaskar la tira soudain de sa rêverie.

— Eh ! Ce n'est pas terminé.

— Excuse-moi !

Alarikus avait laissé à Zoltan le plaisir de remettre les dayals aux jeunes chevaliers. Le vieil homme présenta donc son sabre à chaque chevalier. Avant de le lui remettre, il l'élevait, dans un geste symbolique, face à la foule. Un silence religieux s'était abattu sur la grande salle. Pas un mot n'accompagnait ce rituel. Selon la tradition, les dayals, symboles de l'ordre souverain de la religion amanite, étaient sacrés. Le geste d'élévation avait une signification bien précise. Il rappelait à l'esprit des hommes que ces objets magnifiques demeuraient des armes, et que du sang s'écoulerait sur leur transparence bleutée, le sang des ennemis de la cité, mais aussi un sang humain. Et chaque homme devait, à l'instant de l'élévation, formuler des vœux pour que les sabres ne voient le jour que pour des joutes amicales.

Ensuite, avec un ensemble parfait, les six chevaliers élevèrent leur dayal, déclenchant une ovation triomphale. La cérémonie se termina sur « l'affrèrement ». Celui-ci offrait l'occasion de connaître les écuyers choisis par les nouveaux chevaliers. Ceux-ci s'approchèrent de leur maître respectif. Lyvie eut un large sourire lorsqu'elle reconnut Lorik, le jeune voyageur qui suivait Nelvéa partout depuis quelque temps. Elle avait bavardé avec lui. Il était de sa race, issu comme elle de la poussière des caravanes.

Ainsi que le voulait la coutume, les jeunes gens se défirent de leur sharack, qu'ils tendirent à leur écuyer. Ensuite, torse nu, ils formèrent un cercle ; puis d'un coup sec de la lame, ils s'entaillèrent l'avant-bras. Par tradition, le premier sang à couler sur l'arme était le leur. Ensuite, les bras se croisèrent, mettant les blessures face à face, sans qu'aucun mot ne soit échangé. Nelvéa n'avait pas hésité un seul instant. Elle perçut nettement l'onde d'intérêt qui dirigea les regards mâles vers sa poitrine à la courbure parfaite. Mais elle ne s'en soucia pas. Elle avait triomphé. Elle avait prouvé qu'une femme était capable de devenir chevalier. L'un après l'autre, elle croisa son bras entaillé avec les jeunes gens, qui lui dédièrent un sourire complice, ravis de la tenir pour un instant près d'eux. Même si elle restait à jamais hors de leur portée, ils avaient tissé avec elle un lien qui jamais ne pourrait être brisé. Ils étaient frères d'armes. Ce rite, qui remontait aux premiers temps de la chevalerie, signifiait que jamais les frères de sang ne porteraient les armes les uns contre les autres, quand bien même le sort les amènerait dans des camps opposés. Jamais cette règle n'avait été transgressée.

Jusqu'à présent.

DEUXIÈME PARTIE

15

Dès la fin de la Salterena, Nelvéa commença l'éducation de son lionorse. Elle surprit tout le monde en le montant en à peine huit jours. Mais les liens privilégiés qu'elle avait établis dès les premiers instants avec son compagnon lui facilitèrent grandement la tâche.

Parallèlement, elle se mit en devoir de réunir le maximum d'indices concernant la disparition de son père. Un vieux garde la renseigna sur la direction qu'il avait prise.

— C'était un matin de brume, vers le milieu de l'automne dernier. Il faisait encore nuit, parce que nous approchions des grands froids. Il est passé devant moi et m'a salué. J'ai eu peur, parce que je ne m'attendais pas à le voir ici, et seul, de si bon matin. Je lui ai rendu son salut.

— Comment était-il ?

— Il portait sa longue cape noire, celle qu'il ne quittait jamais lors de ses campagnes. Je le sais, je l'ai accompagné il y a plus de vingt ans en Médhellenie. Je ne me suis pas inquiété. Il lui arrivait souvent de partir ainsi vers la forêt Skovandre. Il rejoignait quelques compagnons de chasse. Et c'était la période. Ce qui m'a semblé bizarre, c'est qu'il soit accompagné de Swenna, la pouliche blanche de Dame Solyane. Mais je me suis dit qu'il voulait peut-être la faire galoper un peu. Cette pauvre bête ne sortait plus guère.

— Quelle direction a-t-il prise ?

— Celle de Brastalia ! Des wootmans l'ont vu passer bien plus haut sur la piste, à trois marches d'ici.

— Seul ?

— Seul ! Il filait comme le vent.

— Brastalia... murmura Nelvéa pour elle seule.

Le soir, elle rendit une dernière visite à son frère. Il était installé dans le bureau de leur père, en compagnie d'un homme qu'elle ne connaissait pas. Lorsqu'elle se fit annoncer, tous deux se levèrent.

— Petite sœur, je te présente Nielsen d'Hoffengart, un ami europanien.

L'homme s'inclina.

— Princesse, on m'avait vanté votre beauté, mais je constate que l'on était très au-dessous de la vérité. J'espère que nous aurons l'occasion de nous revoir.

— Je l'espère aussi, seigneur !

— Je vais vous laisser, seigneur Palléas. J'ai promis à la Phalange de leur rendre visite !

— Je vous verrai donc demain, seigneur Nielsen.

L'inconnu sortit.

Nelvéa le regarda s'éloigner et dit :

— Malheureusement, je ne le reverrai sans doute pas.

— Le monde n'est pas si vaste. Et ce Nielsen est un homme de très grande valeur. J'aurais aimé te le faire mieux connaître. Mais... tu pars.

— Je pars, petit frère. Je suis venue te faire mes adieux.

Palléas baissa la tête, puis la releva avec un sourire un peu forcé.

— Puisque tu l'as décidé, qu'il en soit ainsi.

Elle se jeta dans ses bras.

— Palléas, je voudrais rester. Mais mon destin s'écarte de Gwondaleya, je le sens. Pourtant, je voudrais que tu me dises... Toi qui as hérité de notre mère le pouvoir de connaître l'avenir, est-ce que je retrouverai notre père... et notre mère.

Palléas demeura un long moment silencieux.

— Il existe un moyen de les rejoindre, c'est vrai. Mais pour toi, le chemin sera très dangereux, parce que tu devras combattre l'ennemi le plus déroutant, le plus imprévisible qui soit.

— Qui est-il ?

— Toi-même, petite sœur !

Il la serra violemment contre lui, comme pour lui communiquer sa propre force, puis déposa sur ses lèvres un baiser plein de tendresse. Lorsqu'il se sépara d'elle, ses yeux brillaient plus que de coutume.

— Que les dieux te protègent !

— Non, il n'est pas venu jusqu'ici, affirma Sheratt. Ou bien il ne m'a pas prévenu de son passage.

— As-tu mené une enquête auprès des aubergistes de la ville ?

— Non ! Pourquoi l'aurais-je fait ? Palléas nous a expliqué que son père avait décidé de partir, et qu'il n'y avait rien à faire. Il avait abdiqué en faveur de son fils. Selon l'Eythim, il était devenu un chevalier errant, libre d'aller où bon lui semblait.

Il resta un long moment silencieux. Il ne savait rien. Elle lisait en lui comme dans un livre. Ils étaient tous deux installés au bord du Stino, sur une terrasse. Nelvéa contempla les eaux bouillonnantes de la rivière, laissant son esprit partir à la dérive, éveillant des souvenirs récents. Quelques semaines plus tôt, elle avait bravé la fureur de ce même cours d'eau bien plus haut dans les montagnes, et avait connu l'amour dans les bras d'un homme dont il ne lui restait plus que le souvenir d'un regard brillant, et quelques mots tendres murmurés pendant leur union. Elle frissonna à l'évocation des caresses échangées.

Khaled et Lorik, accroupis dans un recoin de la terrasse, jouaient aux échecs, ce jeu qui avait traversé les millénaires.

Soudain, Sheratt la tira de sa rêverie.

— J'en suis désolé, ma petite Nelvéa, mais je ne peux

t'aider. Et pourtant, je le voudrais. J'aime beaucoup ton frère, tu le sais, et il peut compter sur mon dévouement total et inconditionnel. Mais ton père, c'était... c'était mon frère d'armes. Nous avons vécu ensemble tant de choses. Je n'arrive pas à croire qu'il ait disparu.

Il se tut, médita quelques instants, puis ajouta :

— Pourtant, quelque chose m'intrigue. Il est parti vers le milieu de l'automne. Mais ce n'est qu'au tout début du printemps que les premières apparitions ont eu lieu.

— J'en ai déjà entendu parler, fit Nelvéa avec une moue de scepticisme. Des chasseurs ont prétendu l'avoir aperçu.

— Lui, et ta mère aussi.

— Seuls tous les deux, à courir les bois. C'est une histoire invraisemblable.

— Tu sais, lorsqu'il n'existe aucun espoir, on est prêt à avaler n'importe quelle fable. Et notre esprit imagine même les raisons qui vont rendre plausible l'impossible. Alors, pourquoi pas ? Ils nous avaient habitués à des phénomènes encore plus étranges. Sonia, la petite Lonnienne qui vit à présent avec moi, m'a conté les exploits accomplis par Dame Solyane là-haut, à Ghandivar. Même après les avoir vus de ses yeux, elle ne parvenait pas à y croire.

— Les Lonniens ne croient qu'à leurs calculs scientifiques. Les pouvoirs que possédait ma mère les ont toujours stupéfaits. Penses-tu que mon père puisse s'être rendu à Veraska ?

— La ville des chasseurs ? C'est bien possible.

— Alors, je partirai dans cette direction. Celle-là ou une autre...

La nuit suivante, Nelvéa éprouva quelques difficultés à trouver le sommeil. Des larmes lui brûlaient les yeux. Son père ne pouvait s'être évanoui ainsi dans la nature. Il lui semblait qu'elle ne le reverrait jamais. Comme s'il n'avait jamais existé.

Elle décida de faire un crochet par Chonorga. Elle avait

besoin de revoir la bonne cousine Flora, de se réchauffer le cœur contre sa chaleur maternelle.

— Il faut que je t'avoue quelque chose, ma petite agnelle. Ton père est passé par ici lorsqu'il est parti. Il n'est pas passé par Brastalia.

— Comment ça ?

— Je suis la seule à le savoir. Il s'est présenté comme un voyageur égaré. Il dissimulait son visage. Il ne s'est dévoilé qu'à moi seule. Je l'ai fait dormir dans une chambre dont j'ai conservé la clef.

— Mais pourquoi se cachait-il ainsi ?

— Il désirait que personne ne le suive. Il m'a dit qu'il ne reviendrait pas, que seul son fils était au courant. Je lui ai demandé : « Où allez- vous, seigneur ? » Il a répondu : « Là où m'appelle mon destin, Flora ! ». Il a refusé de m'en dire plus.

— Et par où est-il reparti ensuite ?

— Il nous a quittés au petit matin. Il a pris la sente du Mont-aux-Loups, celle qui rejoint la piste de Veraska.

— Veraska... le nord-ouest, toujours.

Un embryon de réponse se fit jour dans l'esprit de Nelvéa. Mais c'était tellement ténu, tellement infime.

— Je ne sais pas s'il y a un rapport, ajouta soudain Flora, mais un autre chevalier est passé il y a deux jours. Un individu tout jeune, qui montait un lionorse gris.

— Te souviens-tu de son nom ?

— Il ne me l'a pas donné ! Il a exigé des vivres, puis il est parti sans demander son reste. Son attitude nous a semblé suspecte. Mais il était hors de question de l'arrêter.

— Comment était-il ? Je veux dire, physiquement.

— Beau comme un astre. Plein de charme et de sourire. Avec une chevelure blonde très longue.

— Maaskar ?

— Je ne sais pas. Il a pris lui aussi la piste de Veraska.

Nelvéa resta un instant pensive, puis secoua la tête.

— C'est impossible.

— Qu'est-ce qui est impossible ? questionna Flora.

— Rien ! J'imagine des choses sans queue ni tête. Le passage de Maaskar n'a rien à voir avec celui de mon père, il y a six mois.

— Sans doute !

Pourtant, un malaise mystérieux avait envahi Nelvéa, une gêne obscure qui ne voulait pas s'estomper. Peut-être parce que Maaskar, s'il n'avait eu les cheveux blonds, eût un peu ressemblé à Dorian.

16

Le lendemain, Nelvéa et ses compagnons quittèrent Chonorga de bonne heure. Il ne restait plus grand monde dans la ferme fortifiée de la cousine Flora. Les bergers étaient partis depuis près d'un mois à présent, et seuls demeuraient les enfants qu'elle avait gardés auprès d'elle, ainsi que quelques vieux esclaves plus ou moins libres qui l'assistaient dans sa tâche. Les saisonniers viendraient plus tard, pour les moissons.

— Prends bien soin de toi, ma petite agnelle !

— Ne t'inquiète pas, Flora ! Je suis chevalier, tu sais.

La vieille dame lui adressa un sourire complice.

— N'oublie pas non plus que tu es une femme !

La dernière phrase de Flora résonna longtemps dans l'esprit de Nelvéa. Il s'agissait d'une mise en garde. Bien sûr, elle lui recommandait de se protéger des maraudiers et des garous. Une femme pouvait constituer une monnaie d'échange intéressante. Mais ce n'était pas cela qu'elle avait voulu dire. Flora désapprouvait les goûts guerriers de la jeune fille.

Il n'était pas loin de midi lorsque Nelvéa arrêta soudain son lionorse qui se figea comme une statue.

— Il y a des hommes là-bas, derrière ces rochers, murmura-t-elle à l'adresse de Khaled.

— Comment avez-vous fait pour le deviner ? demanda Lorik, soudain inquiet.

— Ne te pose pas de questions ! répondit l'Ismalasien. Elle le sait. C'est tout.

— Ils ne nous ont pas encore vus, poursuivit Nelvéa. Mais ils savent que nous arrivons.

Elle observa attentivement les environs.

— Ils ont posté un guetteur, là-haut, sur ce promontoire.

Elle désignait un éperon rocheux qui surplombait le défilé dans lequel ils s'étaient engagés. L'endroit idéal pour un guet-apens.

— Combien sont-ils ? demanda Khaled.

— Je ne sais pas. Dix, peut-être douze.

Lorik avait beau écarquiller les yeux, il ne percevait absolument rien.

— C'est de la magie, balbutia-t-il.

— Que devons-nous faire ? demanda encore Khaled. Pouvons-nous passer ?

— Non ! Ils sont armés d'arcs et de trives. Nous serions transpercés avant d'avoir pu fuir. Nous devons les prendre à revers.

Elle dirigea son lionorse vers les sous-bois et entreprit d'escalader la rocaille qui menait vers le promontoire. Les frondaisons étaient désormais suffisamment fournies pour les dissimuler.

— Ils nous ont perdus, dit la jeune fille. Ils s'étonnent de notre disparition. L'effet de surprise joue en notre faveur.

Elle poussa le fauve encore plus haut, plus près des maraudiers puis mit pied à terre en silence, imitée par ses compagnons. Bientôt, le guetteur fut en vue, qui scrutait anxieusement la piste. Lorik, sur un signe de Nelvéa, arma sa fronde. Une pierre meurtrière jaillit, frappant l'homme à la tempe. L'homme bascula du promontoire rocheux et plongea dans le vide sous le nez de ses compagnons incrédules.

L'instant d'après, Nelvéa et Khaled remontaient en selle et chargeaient la petite troupe de pillards, pétrifiés par la surprise. En quelques secondes, quatre malandrins gisaient, le ventre ouvert. Mais les autres se ressaisirent.

Parce qu'elle ne maîtrisait pas encore suffisamment la monte d'un lionorse, Nelvéa fut précipitée à terre. Elle se releva un peu endolorie et fit face à ses adversaires. Ils étaient trois. L'un deux s'écria :

— Eh ! Mais c'est une femme !

— Une femme ! reprit un autre. Une aubaine. Qui la prendra le premier ? Moi sans doute !

Malheureusement pour celui-là, il ne prendrait plus jamais aucune femme. Nelvéa lui fendit la gorge d'une botte imparable.

Elle ne prit pas le temps de savourer sa victoire et affronta les deux autres, qui avaient d'un coup perdu le sourire. C'étaient de redoutables combattants. Malgré la supériorité de son dayal, elle avait peine à contenir les deux hommes. Elle n'avait pas réellement peur. Mais elle savait aussi qu'elle jouait sa vie. La loi de la forêt n'enseignait pas la pitié. Ils la violeraient et l'égorgeraient ensuite. Un cri s'éleva derrière elle. Elle entrevit Khaled aux prises avec quatre maraudiers. L'un d'eux s'écroulait, frappé par une pierre. Lorik, peu doué pour le corps à corps, leur venait néanmoins en aide. Elle fit appel à toutes ses connaissances pour repousser lentement ses agresseurs. Ils avaient pour eux la force et la brutalité. Mais sa science du sabre était incomparable. Une nouvelle attaque lui donna l'avantage. L'un des maraudiers vint s'empaler sur son dayal. Il hurla et vomit un flot de sang. Un instant surprise, Nelvéa ne dut la vie qu'à ses réflexes. L'autre avait sorti une nardre, sorte de disque hérissé de pointes recourbées. L'engin siffla à quelques millimètres de son oreille droite pour aller se planter dans le tronc d'un arbre. Elle contre-attaqua.

— Tu as tué mon meilleur ami, rugit son adversaire. Je veux te voir mourir lentement. J'allumerai moi-même le feu. Tu y grilleras tout doucement, et nos petits chiens se disputeront tes os et ta chair.

Cependant, devant la détermination de la jeune fille et de ses compagnons, il rompit soudain le combat et s'enfuit sans demander son reste.

Elle se tourna vers Khaled, encore aux prises avec deux maraudiers. L'instant d'après, les deux individus détalaient à leur tour. Hébétée, elle marcha vers lui et lui prit la main.

— C'est fini, Khaled ?

— Je le crois, oui !

Tremblant, Lorik sortit de sa cachette. Il était tout pâle.

— Je... je suis là, princesse.

— J'ai vu, oui ! Ta fronde s'est montrée plutôt efficace.

— Je ne sais pas me battre, princesse, bredouilla-t-il.

— Je ne t'ai fait aucun reproche !

— Vous non ! Mais moi si !

L'un des maraudiers vivait encore. Khaled s'approcha de lui. L'homme avait le flanc transpercé.

— Êtes-vous encore nombreux sur cette piste ?

— Que le Grand Migas Cornu vous emporte, cracha l'autre.

L'Ismalasien contempla son ennemi, puis lui plongea son shayal dans le cœur d'un geste précis. Le maraudier eut un hoquet, puis s'écroula en vomissant du sang.

— Pourquoi as-tu fait cela ? interrogea Nelvéa, stupéfaite.

— Parce qu'il était condamné. Ses amis ne seraient pas venus le chercher. Il valait mieux ça que d'être dévoré encore vivant par les migas ou les chiens sauvages.

Nelvéa ferma les yeux et soupira.

À présent, elle tremblait rétrospectivement. Il ne s'était pas agi d'un combat fictif avec des amis. Elle avait réellement joué sa vie cette fois. Si ces hommes l'avait capturée, les dieux seuls savaient quelles atrocités ils lui auraient fait subir. Bien sûr, deux ans auparavant, elle avait affronté les garous, quelque part du côté de Chonorga. Mais ses parents étaient accourus à son secours. Et elle n'avait pas vraiment eu conscience du danger. Elle se souvenait seulement d'un garde blessé que les monstres affamés avaient dévoré presque sous ses yeux. Cette fois cependant, elle n'avait dû compter que sur sa seule valeur.

Elle avait triomphé. Mais à quel prix ! Autour d'elle, huit cadavres jonchaient le sol.

Elle s'éloigna en titubant. Ses jambes la portaient à peine.

— Khaled, j'ai envie de vomir.

Elle aurait voulu se montrer forte et inflexible, comme lui. Mais une violente nausée lui tordait l'estomac. Les yeux brillants, elle se tourna vers lui.

— Pourquoi ? Pourquoi est-ce que je réagis ainsi ? Suis-je vraiment digne d'être chevalier ?

Il la prit contre lui.

— Jamais personne ne s'en est montré plus digne, Aïnah Shean. Ton père eût été fier de toi.

Puis il ajouta :

— Nous devrions tout de même quitter rapidement ces lieux. Nos fuyards sont peut-être allés chercher du renfort.

17

Le soir venu, ils trouvèrent refuge dans un ancien relais situé au pied du plateau qui menait vers les hautes montagnes de Skovandre. C'était une vieille bâtisse de pierre grise qui tombait en ruine, mais qu'un vieux bonhomme bougon avait rafistolée tant bien que mal. Il logeait pour quelques centas les imprudents surpris par la nuit.

Durant le repas, les trois voyageurs parlèrent peu. Lorik avait tué un lièvre d'une pierre bien ajustée. Khaled l'avait préparé en silence, respectant le mutisme de Nelvéa. Puis ils avaient partagé l'animal avec le vieil homme à qui la piste avait appris à se taire lorsqu'il le fallait.

Plus tard, il leur désigna une vaste chambre au premier étage. Lorsque l'écuyer fut enroulé dans sa couverture et qu'ils entendirent son ronflement discret, Khaled s'approcha de la jeune fille.

— Je sais ce que tu ressens, Aïnah Shean !

— C'est la première fois que je tue des êtres humains, Khaled. Et même si c'étaient des maraudiers, ils nous ressemblaient.

— Non, ils ne nous ressemblaient pas. Tu sais, ils ne t'auraient pas épargnée si nous avions été vaincus. Sais-tu ce qu'ils font aux femmes qui tombent entre leurs mains ?

— Je ne veux pas le savoir, Khaled. Je ne veux plus qu'on me parle de violence. Ils sont morts. Que les dieux les accueillent.

— Peut-être as-tu raison ! Mais ils ne sont pas tous morts.

— Que redoutes-tu ?

— Les maraudiers acceptent difficilement une défaite lorsque celle-ci leur est infligée par un adversaire inférieur en nombre et, de surcroît, dirigé par une femme. Leur code d'honneur leur interdit de laisser leurs morts impunis. Et lorsqu'ils se mettent en chasse, ils sont pires qu'une meute de chiens courants. Il faut nous tenir sur nos gardes !

Il resta un moment silencieux, puis reprit la parole.

— J'aime ta réaction, Aïnah Shean.

— Pourquoi ? interrogea timidement la jeune fille.

Il prit le temps de bourrer la longue pipe de bruyère que Dorian lui avait offerte bien des années auparavant.

— Tu as tué pour la première fois. Si tu n'avais éprouvé aucune émotion, cela aurait signifié que tu es insensible. Et même que tu prends un certain plaisir à ôter la vie. À présent, tu connais la valeur du sang versé. C'est bien.

— Je ne veux la mort de personne, soupira-t-elle.

— Tu as tué pour te défendre, Aïnah Shean. Ainsi est la loi des dieux. Nous devons lutter pour survivre. Tu dois l'accepter et t'y soumettre. Mais tu dois aussi te montrer plus forte qu'elle, être capable de donner la mort pour défendre les tiens, sans pour autant devenir aigrie et amère. À ce prix-là seulement tu deviendras un vrai chevalier.

— À ce prix-là ? Mais, à moins d'être abattue moi-même, combien d'hommes devrai-je occire avant de mériter vraiment mon titre ?

La nuit suivante, Nelvéa fut de nouveau hantée par son amant nocturne.

Elle se réveilla haletante, angoissée sans vraiment comprendre pourquoi. Cette fois encore elle n'avait pu discerner les traits de l'homme.

Non loin d'elle, Khaled et Lorik dormaient d'un sommeil de plomb. Il faisait encore sombre mais le ciel pâlissait à l'orient. Elle se laissa couler dans un autre rêve, tentant de chasser son amant encombrant. Il ne revint pas, mais le songe suivant fut encore plus étrange.

Elle se trouvait dans un décor insolite qui se colorait d'une irrésistible impression de réalité. Un paysage de brume, des forêts immenses qui laissaient place par endroits à des steppes gelées parcourues par des loups et des doriers gris, de ceux que l'on rencontre dans le nord de Burdaroma. Par moments dansait devant ses yeux le reflet d'une cité, d'un petit palais inconnu qui pourtant lui semblait familier.

Puis le décor bascula totalement. Une foule innombrable l'entourait, l'acclamait. Elle était assise sur un cheval à moins, peut-être, que ce ne fût un lionorse. Un homme la tenait dans ses bras, serrée. Elle comprit qu'il s'agissait de son amant nocturne. Et la foule hurlait de plus belle, des mains se tendaient vers elle, un nom fleurissait sur toutes les lèvres, qu'elle ne parvenait pas à comprendre.

Encore une fois, elle se réveilla trempée, malgré la fraîcheur des hautes montagnes proches.

— Ce n'est pas possible, gémit-elle, épuisée. Je suis sûre que tout cela signifie quelque chose. Mais quoi ?

Les détails du petit palais des brumes demeuraient parfaitement gravés dans sa mémoire. Pourtant, elle était certaine de ne jamais s'y être rendue. Comme elle était certaine qu'il existait un lien entre ces rêves et son amant de la nuit.

Silencieusement elle se leva, s'enveloppa dans sa couverture et quitta la pièce inconfortable. Elle descendit un escalier branlant et se retrouva dans la salle principale du relais. Un ronflement magistral sourdait d'une petite soupente attenante. Elle sourit. Le vieux bonhomme ne semblait redouter ni migas ni maraudier. Par précaution, elle s'était munie d'un gonn offert par le vieux Zoltan avant son départ.

Elle se servit d'un gobelet d'eau puis, pieds nus, sortit de la baraque. Le jour était levé à présent. Une brume lumineuse noyait la forêt proche dans un rêve de soleil, annonçant une journée chaude. Nelvéa respira profondément l'air matinal chargé de parfums d'humus et de fleurs. L'été avait pris possession de Skovandre, gonflant les arbres de sève, inondant les sous-bois et les prés sauvages d'une symphonie de couleurs. Au loin, elle entendit le feulement rauque d'un migas en chasse. L'appel d'un horde de danobes lui répondit. Elle frémit. La forêt n'était pas sûre. Elle scruta les environs, mais tout était calme. Elle ferma les yeux et, mentalement, calma les battements de son cœur affolé. Ses rêves lui grignotaient la santé. Elle sentait confusément qu'ils ne lui appartenaient pas réellement. Comme si quelqu'un d'autre avait imaginé tout cela, ou peut-être l'avait vécu.

Mais cela n'avait aucun sens.

Soudain, elle sursauta. Le vieux bonhomme, silencieux comme un chat, surgit à ses côtés, un curieux bonnet de laine vissé sur la tête. Il tenait un solide gourdin, dont il paraissait savoir se servir.

— Ah ! c'est vous, princesse, grommela-t-il. Faut pas faire ça ! Je vous ai prise pour un maraudier. Pour un peu je vous cassais la tête.

— Eh bien ! vous êtes un homme charmant, messire. Il est donc interdit de prendre le frais de bon matin ?

— Vêtue comme vous l'êtes, ce n'est pas le frais que vous risquez de prendre si une bande de malintentionnés rôde par ici.

— J'ai de quoi les recevoir.

Elle désigna le fusil électronique. Il hocha la tête d'un air approbateur.

— Ils n'en ont pas de semblables par ici. Mais s'ils étaient nombreux…

— Alors, je suis sûre que vous vous feriez un plaisir de vous faire tuer pour moi.

— Voire ! Je ne suis plus d'âge à m'enfuir avec une belle jeunesse comme vous.

Le vieux wootman plaisait à Nelvéa. Ils s'assirent sur un banc de pierre qui, autrefois, avait dû servir de comptoir. Soudain une idée traversa Nelvéa.

— Dites-moi, je suis à la recherche d'un homme qui a peut-être fait étape ici il y a quelques mois.

— Vous savez, des hommes il en passe quand même beaucoup par ici. Alors, il y a six mois…

— Celui-là n'était pas comme les autres. C'était un chevalier. Le plus grand des chevaliers que le monde ait connu. Il était accompagné d'un lionorse noir comme la nuit, et d'une pouliche blanche comme neige.

— Un homme vêtu de noir, comme son lionorse ?

— Oui, c'est ça ! Vous l'avez vu ?

L'homme hocha la tête. Puis il se gratta la barbe pensivement.

— Un bien étrange chevalier. Il a fait halte un matin, de

très bonne heure. Il a réclamé de la nourriture pour lui et ses bêtes. Puis il est reparti.

— Pour Veraska ?

— Non pas ! Il s'est enfoncé vers le sud-ouest. En plein dans la forêt. Il ne m'a pas dit où il se rendait. Mais je n'ai pas compris pourquoi il quittait la piste. Parce qu'au-delà, il n'y a rien.

— Comment cela ?

— Si vous continuez par là, vous ne rencontrerez que la forêt, quelques garous qui mangent les hommes et des villages de fous qui vivent en dehors de la civilisation. Et, plus loin encore, le monde s'arrête. Il n'y a plus rien.

— Expliquez-vous !

— Il n'y a rien à expliquer. À quelques marches vers le sud-ouest, la forêt s'éclaircit pour laisser la place à un désert étrange où rien ne vit. La terre ressemble à une immense étendue de cendres. Un vent de feu souffle continuellement de l'horizon qui dessèche tout sur son passage. Croyez-moi, princesse, il vaut mieux éviter cet endroit. Près du désert poussent des arbustes tout noirs dont suinte une sève couleur de bronze. C'est le plus terrible des poisons.

— Mais cet homme, ce chevalier noir, lui s'y est rendu ?

— Je ne saurais le jurer. Il n'a fait que déjeuner ici de bon matin. Ses yeux noirs luisaient comme la braise. Je n'ai pas osé lui poser de question, parce qu'il me faisait un peu peur.

Nelvéa ne répondit pas. Dorian était passé ici, dans ce relais, six mois auparavant. Il n'avait pas suivi la piste de Veraska mais avait obliqué vers le sud-ouest, en direction de ce que l'on appelait les Terres Bleues.

Les conteurs évoquaient parfois les Terres Bleues dans leurs légendes. Mais Nelvéa ne les avait jamais vues et ne s'y était jamais intéressée auparavant.

Jusqu'à aujourd'hui.

Une chose était certaine : Dorian avait bien quitté la piste à cet endroit. Cependant, rien ne prouvait qu'il ait tenté d'atteindre les Terres Bleues. Celles-ci débutaient en effet plus de dix marches à l'ouest de la piste de Veraska.

Soudain, un bruit insolite attira son attention. Elle arma son gonn. L'instant d'après une flèche siffla et vint se planter dans la gorge du vieil homme qui s'écroula dans un râle.

— Alerte ! hurla-t-elle.

18

Elle se jeta à terre et tira plusieurs balles au jugé. Un cri d'agonie jaillit des fourrés. Mais d'autres flèches sifflèrent dans sa direction. Nelvéa s'abrita derrière le banc de pierre et scruta la forêt proche. Elle discerna l'empreinte mentale d'une vingtaine de maraudiers parmi lesquels se trouvaient ceux qui les avaient agressés la veille. Elle jura vertement. Ils s'étaient laissé piéger. À présent elle n'avait plus peur. Seule une colère froide l'habitait. Il n'était pas possible qu'elle risquât de se faire tuer aussi stupidement alors qu'elle venait de retrouver la trace de son père.

Par chance, son fusil électronique lui conférait un réel avantage. Les autres n'oseraient pas tenter un assaut tant qu'elle aurait encore des munitions. Mais ses réserves étaient tragiquement limitées. Si au moins elle parvenait à regagner la bâtisse…

Khaled et Lorik avaient déjà pris position aux fenêtres. L'arbalète de l'Ismalasien et la fronde du jeune homme firent merveille.

Profitant d'une brève accalmie, Nelvéa bondit jusqu'à la porte et se rua à l'intérieur. Saine et sauve. Elle prit à peine le temps de souffler et se posta à une fenêtre. Elle percevait nettement les pensées des agresseurs qui l'avaient vue fuir. Elle ne portait strictement rien sous la couverture qu'elle avait dû abandonner. Et leurs projets ne pouvaient être plus clairs. Elle serra les dents.

— Vous ne me tenez pas encore, grinça-t-elle pour elle-même.

Une ombre se glissa à ses côtés, lui apportant ses vêtements et son sharack de combat. Khaled lui prit le gonn tandis qu'elle s'habillait. S'il ne possédait pas l'adresse de Nelvéa, il fit tout de même des ravages dans les rangs ennemis. Des cris de douleur et de rage retentirent.

Lorik les rejoignit.

— Je crois qu'ils veulent nous encercler, princesse. Que pouvons-nous faire ?

— Il faudrait joindre les chevaux et tenter une sortie. Mais ces chiens sont bien armés.

Elle pesta violemment.

— Il en reste encore une bonne dizaine, ajouta-t-elle après un court sondage mental. Au corps à corps, ils nous vaincront. Il ne faut pas les laisser approcher.

Peu à peu, cependant, les flèches se raréfièrent puis tout redevint calme.

— Que se passe-t-il ? demanda Lorik qui n'aimait pas du tout ce silence inquiétant.

Tout à coup, un choc léger se fit entendre sur le toit. Un deuxième, puis un troisième suivirent. Une fumée épaisse s'infiltra dans la demeure.

— Ils essaient de nous faire griller, grogna Khaled. Qu'ils soient maudits !

— Fearn ! hurla Nelvéa. S'il sent la fumée, il va vouloir s'enfuir. Et ces scélérats vont le tuer.

En quelques instants, un violent incendie se déclara. Toussant à s'en décrocher les poumons, les trois voyageurs durent abandonner la place. Nelvéa sortit la première et se précipita vers l'écurie attenante. Une volée de flèches l'accueillit. L'épaisseur de son sharack la protégeait, mais elle sentit néanmoins sa cuisse s'ouvrir tandis qu'une douleur vive irradiait son bras gauche à hauteur de l'épaule. Elle n'en tint pas compte et s'engouffra dans l'écurie où Fearn feula de joie. L'incendie n'avait pas encore atteint le bâtiment. Elle détacha les chevaux et bondit sur l'échine de son compagnon avec lequel elle entra en communication mentale. Aussitôt, une force nouvelle monta en elle.

Il n'était que temps. Jugeant sans doute que la victoire leur était acquise, les maraudiers avaient lancé l'assaut. Nelvéa, hurlant, surgit en trombe de l'écurie. Son dayal, accrochant les rayons du soleil à peine levé, fit hésiter les assaillants. La jeune fille profita de son avantage et chargea. Elle eut le temps de mettre trois maraudiers hors de combat mais dut reculer devant la hargne de la bande. Des hurlements obscènes l'accueillirent qui décuplèrent sa propre colère.

Impressionnés par le lionorse, les bandits se regroupèrent puis se mirent en position de tir.

Nelvéa et ses compagnons étaient pris au piège. Ils ne pouvaient plus s'abriter dans le relais, désormais livré aux flammes. Il ne leur restait plus qu'à tenter de s'enfuir, en espérant échapper aux flèches.

Et, soudain, la situation se retourna. Du fond de la forêt, deux cavaliers chargeaient. Nelvéa les reconnut instantanément : Maaskar et son écuyer.

Surpris, les bandits se retournèrent. Nelvéa et ses compagnons mirent à profit ce répit et attaquèrent à leur tour. Pris en tenaille, les maraudiers ripostèrent courageusement. Mais ils n'étaient plus qu'à deux contre un. Et ils ne purent rien faire contre la fougue des deux chevaliers qui les culbutèrent l'un après l'autre. Trois d'entre eux parvinrent à s'enfuir sans demander leur reste.

— Alors, ma belle ! Tu as encore trouvé le moyen de te mettre dans le pétrin ? dit le jeune homme en ôtant son casque.

— Maaskar ! Que les dieux te protègent, mon compagnon ! Sans toi, nous allions passer un mauvais moment.

— Toi surtout, ma beauté. J'imagine qu'ils ne t'auraient pas tuée immédiatement.

— Laissons cela, tu veux !

— Bon, bon, ne te fâche pas !

Il se laissa glisser à terre et vint lui tendre les bras. Elle hésita un instant, puis accepta son aide. Mais il la maintint en l'air comme une enfant.

— Par les dieux ! Quel dommage que tu sois si farouche, Nelvéa. Tu sais, j'ai si souvent pensé à toi. Si tu n'étais pas née les armes à la main, j'aurais aimé avoir une compagne comme toi.

— Cela ne te ferait rien de me poser.

— Oh ! pardon.

Elle s'écarta de lui, gênée. Elle n'avait pas du tout envie de flirter après un combat où plusieurs hommes avaient trouvé la mort. Mais elle ne pouvait tout de même pas repousser brutalement son sauveur. Elle lui sourit.

— Tu seras donc toujours incorrigible, Maaskar.

— Toujours ! Surtout avec toi. Je ne t'ai jamais dit que je t'aimais ?

— Jamais au milieu d'un champ de bataille couvert de morts et de blessés.

— Ces hommes étaient des maraudiers. Ils n'ont eu que ce qu'ils méritaient.

Nelvéa lui tourna le dos et s'approcha du corps du vieil homme.

— Celui-là n'était pas un maraudier. Et, pourtant, ce jour a été le dernier pour lui aussi.

Maaskar haussa les épaules.

— C'est bien triste, ma petite Nelvéa. Mais que pouvons-nous y faire ? Il avait choisi de vivre ici, et il en connaissait les dangers. Tu ferais mieux de t'occuper de toi. Au cas où tu ne l'aurais pas encore remarqué, tu perds ton sang, ma belle.

Il avait raison. Son épaule et sa cuisse saignaient abondamment, et des élancements douloureux commençaient à se faire sentir.

Khaled s'approcha d'elle et l'entraîna à l'écart.

— Aïnah Shean ! Je n'aime pas tellement cet homme. Je souhaiterais qu'il s'éloigne lorsque je vais te soigner.

— Bien sûr ! Mais n'oublie pas qu'il nous a sauvé la vie. Nous lui devons le prix du sang.

L'Ismalasien hocha la tête, guère convaincu.

Plus tard, lorsque le relais eut fini de se consumer et que les corps eurent été entassés sur un bûcher, Khaled s'isola avec elle près d'un petit ruisseau situé en contrebas de la piste. Tandis qu'il nettoyait les plaies, il lui murmura :

— Cet homme te convoite, Aïnah Shean. Méfie-toi de lui. Je n'aime pas ses yeux.

Il leva la tête brusquement. Nelvéa se retourna. Du haut d'un rocher, Maaskar la contemplait, un sourire éclatant aux lèvres. Elle jura. Il n'y avait pourtant rien d'autre dans ses yeux rieurs que le reflet de la joie qu'il avait eue à la surprendre nue. Elle regarda Khaled et comprit qu'il y avait peut-être une bonne part de jalousie, ou tout au moins de possessivité, dans les réactions de son compagnon. Elle sourit intérieurement et se rhabilla.

Nelvéa trouvait Maaskar très attirant. Était-ce à cause de ses yeux très vifs, d'une curieuse couleur dorée, au reflet moqueur ? Il était presque aussi grand que Palléas et son allure n'avait rien à lui envier. Alors qu'il descendait pour lui donner la main, elle remarqua son insigne, un serpent enroulé sur lui-même dont l'œil était incrusté d'un rubis. L'espace d'un éclair, un froid étrange, effrayant lui coula le long du dos. Elle frissonna. Maaskar vint à elle.

— Que t'arrive-t-il, ma belle ?

— Je... Je ne sais pas. Ce sont peut-être ces blessures.

Il éclata de rire.

— Allons donc. Tu ne vas pas me faire croire que toi, la

fille du seigneur de Gwondaleya, tu vas te laisser abattre par deux petites égratignures sans importance.

Il lui passa familièrement le bras autour des épaules.

— Tu as seulement besoin de te reposer, ma petite compagne. Nous allons cheminer de concert aujourd'hui. Je chasserai pour toi. Et ce soir, je veillerai sur ton sommeil.

— Pourquoi ferais-tu cela ?

— Parce que je lis dans tes yeux que tu envisages de te rendre dans un lieu dangereux. Alors, je veux être à tes côtés. Et aussi parce que je suis peut-être un peu plus amoureux de toi que les autres. Je t'ai vue nue, lors de l'Eschola. Je ne l'ai pas oublié.

— Et tu as voulu me surprendre une nouvelle fois !

— Tu ne peux tout de même pas me reprocher de te trouver belle.

Il était désarmant. Nelvéa fit la moue, puis lui sourit. Elle regarda une nouvelle fois son emblème, intriguée. L'œil du serpent semblait la guetter comme une proie.

19

— Tu es sûre de ce que tu fais ? demanda Maaskar en se taillant une tranche du marcassin qu'ils avaient tué dans l'après-midi.

— Je ne t'ai pas demandé de m'accompagner. C'est toi qui as insisté pour me suivre.

— C'est vrai. Mais je ne pensais pas que tu avais choisi un but si étrange.

— Tu es libre de nous quitter si tu le désires.

La voix du jeune homme se fit amère. Il reprocha :

— Pourquoi te montres-tu si agressive avec moi, ma belle ? Je ne t'ai pas dit que je souhaitais t'abandonner. À moins bien sûr que ma présence ne te soit devenue importune…

— Mais non ! Ce n'est pas cela !

Elle hésitait à lui donner la raison pour laquelle elle avait quitté la piste pour se diriger vers l'ouest. Enfin elle se décida.

— Je suis… je suis à la recherche de mon père. Le vieil homme m'a appris qu'il s'était arrêté dans son auberge, il y a de cela plus de six mois. Il s'est dirigé vers un lieu que l'on nomme les Terres Bleues.

Elle désigna l'horizon montagneux surplombé par un ciel encore empli de la lumière d'un crépuscule qui ne voulait pas s'éteindre.

— Excuse-moi, Nelvéa. Ta quête est sacrée. Je ne voulais pas me moquer de toi. Mais comment peux-tu être sûre qu'il est bien passé par là ? Nous avons quitté la piste depuis deux jours, et nous avançons sans repères réels.

— Je sais que c'est invraisemblable, murmura Nelvéa après un moment de silence, mais je sais qu'il a suivi ce chemin. Je reconnais tous les endroits que nous traversons.

— Tu les reconnais ?

— Tu es libre de ne pas me croire, Maaskar. Et je ne t'en voudrais pas. Pourtant, c'est la vérité. Mon père est passé ici il y a plusieurs mois. Et peut-être… peut-être même avant, il y a bien longtemps.

Ses yeux s'étaient troublés. Deux larmes coulèrent sur ses joues. Maaskar la contempla sans un mot. Une chaleur sourde le gagnait. Il avait une envie folle de la prendre dans ses bras.

Deux jours plus tard, alors que depuis le matin ils longeaient une rivière tumultueuse, ils débouchèrent dans une combe claire, au pied d'un mont élevé dont le sommet se noyait dans la brume. Une grotte sombre s'ouvrait dans le flanc de la montagne.

— Soyons prudents, dit Maaskar. Il s'agit peut-être du repaire d'un migas.

— Non ! Je ne discerne aucune présence animale à l'intérieur, répondit Nelvéa.

Puis elle se figea. Le temps sembla se dédoubler. Une vision effrayante s'imposa à elle tandis que ses compagnons, interloqués, la regardaient.

Des flammes, hautes et brillantes, dévoraient un corps pourtant jeune. Un corps de femme sur un bûcher funéraire. Agenouillés l'un près de l'autre, deux enfants pleuraient. Un garçon et une fille. Sa respiration s'accéléra lorsqu'ils se relevèrent et se dirigèrent vers elle sans la voir. Elle ne vit que leurs yeux, bleus et noirs. Le regard bleu était celui de Solyane. Les yeux noirs appartenaient à son père.

Lorsque tout s'estompa, elle respira profondément pour calmer les battements de son cœur affolé, puis murmura :

— Il est passé ici également.

Le soir, au bivouac, elle s'isola de ses compagnons, malgré l'insistance de Maaskar pour lui tenir compagnie. Elle fit une longue promenade à pied, s'emplissant des essences rares qui montaient de la terre. Ils étaient à présent dans les lieux les plus éloignés du massif Skovandre. Sans doute avait-il même déjà changé de nom, s'il en avait encore un. Même les plus hardis des wootmans ne se risquaient pas si loin. Ainsi que l'avait dit le vieil homme du relais, la civilisation s'arrêtait à la piste. Ils avaient croisé le matin même un parti de garous, mais les monstres s'étaient enfuis. À cette époque giboyeuse, ils ne s'attaquaient pas aux humains, beaucoup trop dangereux. Plus loin, ils avaient traversé un petit village dont les habitants s'étaient tenus à l'écart. Aucun d'eux ne parlait l'ankos. Nelvéa avait eu une nouvelle vision : celle d'une femme blessée à la tête par une pierre, une rigole sanglante coulant de son oreille.

Tout cela avait une signification, tout comme ses rêves et ses visions nocturnes.

Elle était certaine de suivre la bonne piste. Mais comment expliquer tout ceci ? Peu à peu lui revenaient des bribes de souvenirs qui ne lui appartenaient pas vraiment. Parfois, lorsqu'elle était toute petite, ses parents évoquaient des instants qu'ils avaient vécus, bien longtemps auparavant. Ils parlaient d'une forêt immense, d'un lieu oublié où ils avaient vu le jour.

Elle savait que Dorian et Solyane n'étaient pas originaires de Gwondaleya. Ils avaient à peine dix ans lorsqu'ils avaient surgi des brumes de la forêt Skovandre. Elle l'avait appris par les récits de nombreux conteurs, et surtout par les vieux habitants de la cité.

— Notre seigneur Czarthoz les a trouvés au pied du mont Stahav, disaient-ils. Ils avaient parcouru des dizaines de marches pendant des lustres. Ils avaient franchi des montagnes, traversé des rivières, combattu des migas, des garous, des peuplades sauvages. Ils n'étaient pourtant que des enfants.

Ainsi l'imagerie populaire voyait-elle Dorian et Solyane. Se pouvait-il qu'il y ait un fond de vérité derrière cela ? Jamais ses parents ne parlaient de l'endroit où ils étaient nés. Une fois seulement, Solyane avait accepté de révéler son nom : Syrdahar. Un nom magique, qui résonnait dans la tête de Nelvéa comme le reflet d'un mythe inaccessible. Lorsqu'elle avait demandé où se situait Syrdahar, Solyane avait répondu, avec une drôle de voix :

— Syrdahar n'existe plus, ma chérie. Elle fut détruite par un ouragan de feu, bien avant ta naissance.

Puis elle s'était fermée, et Nelvéa n'avait pas insisté.

À présent, plus elle y pensait, plus elle se persuadait que son père était parti pour retrouver la trace de cette cité disparue. Elle sentait sa présence autour d'elle. Elle n'aurait pas été surprise de le voir surgir des sous-bois proches.

La nuit qui suivit, de nouveaux songes revinrent la hanter. À l'étreinte chaleureuse de son amant inconnu se superposaient d'autres visions tout aussi inexplicables mais marquées d'une réalité effrayante. Tantôt il s'agissait d'un désert torride, noyé d'un soleil de plomb. Tantôt d'une vague monstrueuse qui fondait sur un navire, tandis que retentissaient tout autour des cris d'angoisse. Une nouvelle fois elle s'éveilla en nage, le cœur battant. Elle faillit hurler. Un visage se penchait sur elle. Maaskar.

— Tu m'as fait peur, ma belle. Tu ne cessais de gémir dans ton sommeil. Je craignais que tu ne fusses malade.

— Ce... ce n'est rien. Un simple cauchemar.

— J'ai l'impression que tu en fais souvent.

Il lui tendit une gourde d'eau.

— Bois ! Cela te remettra.

Elle but avidement. L'air s'était anormalement réchauffé depuis le matin. Maaskar reprit la gourde et lui caressa les cheveux.

— Comme tu es belle lorsque tu es effrayée, Nelvéa. Veux-tu que je reste près de toi ?

— Non ! Ça va aller.

— Laisse-moi seulement te tenir la main. Non, ne dis rien. Tu exiges trop de toi-même, petite. Tu as déjà prouvé que tu étais capable de vaincre les hommes sur leur propre terrain. Soit. Mais il est temps que tu admettes que tu as aussi des faiblesses. Comme toutes les femmes.

— Je n'ai pas demandé à naître dans le corps d'une femme.

— Peut-être ! Mais les dieux en ont voulu ainsi et tu n'y peux rien.

— De toute façon, cela ne te concerne pas. Laisse-moi à présent.

Il lui prit la main.

— Nelvéa ! Cela me concerne. Je suis ton frère d'armes et je te défendrai. Contre toi-même s'il le faut. Écoute-moi ! Tu es une femme, une vraie, de celles qui font perdre la tête aux hommes qu'elles croisent.

— Et alors ?

— Alors, tu ne comprends donc pas !

— Quoi ?

— Que je t'aime, idiote !

Elle leva les yeux vers lui. Ses yeux brillaient d'une flamme étrange à la lueur de la lune. Peut-être disait-il vrai. Il s'était inquiété pour elle, il était accouru. Il avait risqué sa vie pour la sauver. Le désir qu'elle lisait en lui, qu'elle sentait vibrer dans ce corps puissant, la troubla. Lorsqu'il se pencha sur sa bouche, elle ne se déroba pas à son baiser. Une fraction de seconde plus tard, la tête lui tournait. Ce diable d'homme savait embrasser. Une onde de chaleur la parcourut, qu'elle maîtrisa à grand-peine. Elle finit par le repousser gentiment.

— Non ! Non ! Pas encore. Il faut que... je poursuive ma quête.

Il s'écarta, lui sourit, puis se releva. Lorsqu'il lui tourna le dos pour regagner sa couche, une impression étrange l'envahit. Sa démarche lui rappelait quelqu'un. Mais impossible de se souvenir de qui il s'agissait.

20

Depuis quelque temps déjà, la forêt se clairsemait. La montagne avait cédé la place à un plateau entrecoupé de failles profondes au fond desquelles coulaient d'impétueux torrents. Il fallait parfois faire de larges détours pour trouver un gué.

Enfin, un matin, le paysage changea très rapidement. Les arbres se firent plus petits, et ils découvrirent bientôt un spectacle stupéfiant. D'un bord à l'autre de l'horizon, un désert de rocailles battu par les vents semblait marquer la fin du monde vivant. Seuls quelques arbustes noirâtres osaient s'aventurer à la lisière de cet enfer où régnait une chaleur anormalement élevée. Parfois, des bourrasques sèches et brûlantes venaient cingler les voyageurs.

— Ici s'arrête notre monde, dit Nelvéa. Le vieil homme avait raison.

— Et tu es sûre que ton père est venu jusqu'ici ? interrogea Maaskar.

— Parfaitement !

— Mais dans quel but ?

— Je l'ignore. La légende prétend que ma mère et lui auraient vu le jour dans une cité perdue au cœur de ce désert. C'est du moins ce que disent certains conteurs.

— Mais c'est impossible ! Rien ne peut vivre ici.

Nelvéa haussa les épaules. Il ne comprenait décidément pas. Même si rien ne pouvait le justifier, elle savait que Dorian était venu jusqu'aux Terres Bleues.

Confiant Fearn à la garde de Lorik, elle fit quelques pas en direction du désert. Une chaleur sèche la prit à la gorge. Le sol pulvérulent craquait sous ses pas. Un indicible malaise l'envahit. Elle avança encore, atteignit la limite des arbustes squelettiques, la dépassa. Derrière elle, ses compagnons l'exhortaient à revenir. Elle ne les écoutait plus.

À perte de vue ce n'était plus qu'un champ immense de roches et de sable couleur de cendre et de sang séché. Quel secret pouvait se dissimuler derrière ce désert de mort, bien plus terrifiant que les dunes du Sahiratt ?

Elle aurait voulu crier, appeler son père, jusqu'à ce qu'il vienne, qu'il sorte de cet enfer. Deux larmes coulèrent sur ses joues, que l'haleine torride des Terres Bleues évapora en quelques instants. Le cœur lourd, Nelvéa se décida à rejoindre ses compagnons. Sans doute la morigéneraient-ils. Leurs visages reflétaient l'angoisse et la réprobation.

— Tu as bravé les dieux, gronda Khaled d'une voix sinistre. Nul ne doit pénétrer sur leur territoire.

Elle s'en moquait. Elle avait compris la terrible vérité. Dorian n'avait pu supporter la disparition de sa compagne. Il avait survécu quelques mois, le temps de transmettre sa charge à Palléas. Puis il avait quitté Gwondaleya. Pour une destination inconnue. Qu'il n'avait révélée à personne. Sauf, peut-être, à son fils.

Oui, bien sûr, Palléas connaissait le but de son père. Et il l'avait approuvé. Parce qu'il savait que Dorian ne pouvait survivre à Solyane. Et elle, Nelvéa, avait parcouru tout ce chemin, avait subi les épreuves de la Chevalerie pour parvenir à son tour à cette conclusion. Dorian était revenu vers le lieu de sa naissance, depuis longtemps retourné à la poussière, pour y mourir et ainsi rejoindre son épouse.

Pourquoi avait-il refusé de lui avouer tout cela ? Sans doute parce qu'elle aurait refusé de le croire. Au fond, cela n'avait guère d'importance. Elle savait à présent que son père était mort.

Qui aurait pu survivre dans cet enfer ?

Ses compagnons ne savaient plus comment l'aborder. Elle ne voulait pas leur expliquer ce qu'elle avait appris. Pas encore. D'ailleurs, peut-être étaient-ils parvenus aux mêmes conclusions qu'elle.

Le soir venu, elle retourna à l'orée du désert. Elle s'assit en tailleur et demeura ainsi de longues heures. Par endroits, des lueurs inquiétantes faisaient rougeoyer la roche. Derrière elle, la forêt s'était tue. La nature semblait chuchoter, effrayée par l'aspect lugubre des Terres Bleues.

Nelvéa ne sentait pas les larmes qui coulaient de ses yeux verts. Elle refusait les motivations de son père. Il était tellement puissant. Il ne pouvait pas mourir. Il allait surgir, là, des sous-bois, et l'accueillir. Son sourire si chaud la rassurerait, et elle courrait se jeter dans ses bras. Pourquoi sinon aurait-elle subi toutes ces épreuves ? Pourquoi aurait-elle parcouru une si longue route ? C'était absurde.

Mais Dorian était parti depuis si longtemps...

Soudain, elle se rejeta en arrière et se tordit les mains.

— Ce n'est pas possible, pas possible, gémit-elle.

Lentement, sa vue se troubla. De curieuses lueurs fulgurèrent dans sa tête. Elle se roula sur le sol, indifférente à la poussière qui maculait ses vêtements. Puis elle éclata en sanglots, comme une enfant. Khaled, qui l'observait au loin, accourut.

Pendant plusieurs jours une fièvre maligne la tint. Elle refusait obstinément de s'alimenter, reconnaissait à peine ses compagnons. Seul son lionorse trouvait grâce à ses yeux. Le fauve ne la quittait plus. La nuit, elle dormait blottie contre lui. Elle se lovait contre sa fourrure comme si elle avait voulu s'y fondre. Et l'animal, parce qu'il comprenait et partageait la peine de sa maîtresse, la couvait comme une mère l'aurait fait de son nourrisson. Il grondait dès que l'on tentait de la toucher.

Parfois, lorsqu'elle le reconnaissait, Khaled parvenait à approcher la jeune fille. Mais la plupart du temps, son regard restait perdu dans le vague. L'Ismalasien ne vivait plus. Il connaissait le mal dont souffrait la jeune fille. Elle s'était aventurée sur le territoire des dieux. Ils l'avaient punie de la façon la plus atroce qui soit : la Malédiction bleue. Chaque jour, il redoutait de voir apparaître sur sa peau les premiers signes qui feraient d'elle une créature monstrueuse et condamnée à mort. Il savait qu'il ne lui permettrait pas de vivre un tel cauchemar. Il la tuerait, puis se supprimerait.

Ils avaient élu domicile dans les ruines d'une tour éboulée, sans doute un vestige de l'ère des Anciens. Il n'en subsistait plus qu'un vague périmètre de pierres taillées et un escalier s'enfonçant dans les entrailles de la terre que le temps avait comblé. Son seul avantage était sa situation, au sommet d'un piton rocheux qui permettait de surveiller les environs.

Nelvéa ne sut jamais que ses compagnons durent repousser une attaque de garous vindicatifs. Elle ne s'étonna pas de voir Khaled et l'écuyer de Maaskar blessés, la tête entourée de linges sanguinolents.

Une nuit, elle se réveilla en sursaut et appela :

— Père ! Père ! Je sais que vous êtes là ! Répondez-moi !

Alors, dans son délire, une silhouette se détacha de la nuit, et vint à elle. Elle le reconnut. C'était lui, Dorian, qui tendait la main, qui venait la rassurer. La lune était haute et la forêt environnante luisait d'un bleu de rêve. Elle se leva et courut à lui, trébuchant à chaque pas. Haletante, elle le rejoignit, se jeta dans ses bras.

— Père ! Père, je savais que vous n'étiez pas mort !

Elle leva les yeux vers lui et hurla. Elle était dans les bras de Maaskar, qui la contemplait de ses yeux d'or dans lesquels luisaient des flammes, des flammes rouges, effrayantes. Elle le frappa sauvagement et recula.

— Salaud ! Salaud ! Tu as tué mon père.

Puis elle s'effondra sur le sol en pleurant.

L'étrange fièvre dura plus de deux semaines. Deux semaines pendant lesquelles ses compagnons la veillèrent à tour de rôle, chassèrent pour elle, la soignèrent avec le peu de moyens dont ils disposaient.

Khaled ne dormait pratiquement plus. Même lorsqu'il n'était pas de garde, il demeurait à ses côtés, examinait sa peau plusieurs fois par jour, éloignant les autres pendant qu'il la déshabillait. Surtout Maaskar, qui se serait bien chargé de cette besogne lui-même.

Plusieurs fois, l'Ismalasien se retira, seul, dans la forêt. Et là, les yeux humides, il lançait des incantations désespérées à tous les dieux de bienveillance qu'il connaissait, et surtout à son seigneur et maître, celui qu'il ne parviendrait jamais à oublier.

— Seigneur ! Je sais que tu es là ! Tu n'as pas permis que je meure en Ismalasie, Seigneur. Prends ma vie si tu le désires à présent, mais sauve-la, Seigneur, sauve-la !

Les plaques redoutées n'apparurent pas. Sans doute l'ascendance divine de la jeune fille n'y était-elle pas étrangère. Et l'esprit de ses parents avait écouté les prières de Khaled et veillé sur elle pendant sa maladie.

Un matin, Nelvéa ouvrit les yeux et murmura :

— Je crois que je vais mieux.

Hésitante, elle se leva et fit quelques pas. Puis elle se renferma dans un mutisme dont elle ne sortit pas de la journée. Elle aurait voulu rester seule. À présent, elle avait admis la terrible vérité. Jamais plus elle ne verrait le visage de son père. Ni celui de sa mère. Elle avait quitté Gwondaleya avec l'espoir de retrouver Dorian. Mais sa quête devenait sans objet à présent. À moins...

Un espoir subsistait. Dorian était venu jusqu'ici. Mais pourquoi imaginer qu'il s'était enfoncé dans les Terres Bleues pour mourir ? Peut-être avait-il cherché, tout simplement, à retrouver le chemin qu'il avait emprunté, plus de trente années auparavant, avec Solyane. Dans ce cas, où pouvait-il être à présent ? Avait-il suivi la route du nord ? Avait-il voulu retourner vers Ghandivar, là où Solyane avait disparu ? Mais non, c'était absurde.

Soudain, elle se leva. Sa décision était prise. Elle ne pouvait pas rester là et imposer à ses compagnons de partager sa détresse. Le passé devait s'effacer devant l'avenir. Mais son avenir à elle, quel pouvait-il être à présent ? Elle n'avait plus aucun but. Retourner à Gwondaleya ? Elle sentait confusément que telle n'était pas sa destination. Elle résolut une nouvelle fois de se fier à son instinct. Il y avait des villes plus au nord. Et la première d'entre elles, Veraska, était, disait-on, tout à fait étonnante.

21

Ils se mirent en route dès le lendemain. Il leur fallait retrouver la piste. Cela leur demanderait certainement plusieurs jours. Mais le temps ne comptait plus.

Khaled n'avait pas demandé à Nelvéa la raison de leur

destination. Elle s'était remise de sa fièvre, et le reste n'avait aucune importance. Hin Meï ! Seuls les dieux décidaient du sort de chaque être humain. Ainsi parlaient les amanes. Il les croyait. Sa vie à lui consistait à protéger Nelvéa, où qu'elle désirât aller.

Lorik avait rompu le silence dans lequel il s'était tenu depuis la maladie de la jeune fille. Il avait eu de longues conversations avec Phrydios, son petit dieu personnel. Nelvéa savait qu'il lui avait adressé de ferventes prières pour sa guérison, ainsi que de virulents reproches. Mais il ne s'était pas mêlé aux autres, se contentant d'observer Nelvéa de loin. Lorsqu'elle s'était éveillée de son long coma, il avait eu un mouvement pour la prendre dans ses bras mais s'était abstenu. Ce qu'elle avait lu dans son regard de chien fidèle avait troublé la jeune fille. À présent, il chantait, psalmodiant de curieuses légendes. Ses compagnons l'écoutaient, parce que ses récits étaient pleins de verve et d'humour.

Nelvéa éprouvait un curieux sentiment envers son écuyer. Il l'aimait et lui avait voué sa vie, spontanément, sans qu'elle lui ait rien demandé. Il n'avait rien d'un héros, et cela suscitait chez elle un mélange d'instinct de protection et de tendresse. Il semblait faible, avec son aspect fragile, ses poignets fins et son visage un peu féminin. Mais il savait aussi faire preuve de courage lors des combats.

Golien, l'écuyer de Maaskar, était l'antithèse de Lorik. Sorte de colosse taciturne aux mains d'étrangleur, il n'ouvrait pas souvent la bouche. Ses yeux, petits et rapprochés, n'inspiraient aucune confiance. Il ne souriait jamais et ne participait pas vraiment à la vie du petit groupe. Il prenait ses ordres de Maaskar et évitait d'adresser la parole aux autres.

Restait Maaskar lui-même. Nelvéa continuait d'éprouver à son égard une méfiance instinctive que rien ne venait étayer, sinon la confession de Jelweyn, la veille de l'épreuve martiale. Depuis, aucun élément ne permettait de mettre en doute les intentions du chevalier. Sa mâchoire carrée, son menton volontaire, ses traits durs lui conféraient une beauté singulière. Ses yeux ne suggéraient pas le romantisme que l'on rencontrait parfois chez les hommes jeunes. Au contraire, ils brillaient au fond de leurs prunelles d'un éclat inquiétant et étrangement attirant, presque fascinant, à l'image de son serpent symbole.

Elle devait s'avouer qu'elle n'était pas insensible à la musculature puissante qu'elle devinait sous le sharack de combat du jeune homme. Il se dégageait de lui une chaude sensualité animale, une brutalité qui faisait naître dans ses entrailles de bien curieuses envies. Elle les réfrénait, poussée par son instinct. Elle savait aussi qu'elle finirait par succomber.

Il aurait très bien pu profiter de sa gloire toute neuve pour séduire les dames des royaumes traversés. Mais il avait préféré la suivre dans sa quête insensée. Et il l'avait veillée pendant sa maladie. De cela elle lui était reconnaissante.

Elle savait qu'il ne la quitterait plus tant qu'elle ne lui aurait pas cédé. Ce n'était pas une récompense qu'il exigeait. C'était autre chose.

En vérité, elle avait très envie de faire l'amour avec lui. Il exerçait sur elle un étrange attrait contre lequel elle ne pouvait lutter. Était-ce dû à ce serpent diabolique dont il avait parfois le regard ? Ou bien à cause de cette personnalité singulière, sans attache, faite de douceur et de brutalité, de cet esprit indépendant, irrespectueux, provocateur, qui ne prenait rien au sérieux ? Souvent, elle se surprenait à espérer que ses mains se posent sur elle et la prennent sans qu'elle se défendît. Mais elle redoutait aussi cet instant. Si elle se donnait, il se montrerait possessif. Elle lui appartiendrait totalement. Elle aurait voulu avoir le courage de le repousser, de le fuir. Pourtant, elle sentait que le moment approchait où elle ramperait vers lui comme une panthère domptée. Et, bien que tout son être se révoltât contre cette image, son corps se faisait chaque soir plus exigeant, et ses reins plus douloureux. Ainsi découvrit-elle qu'elle était une femme, une femelle qui attendait le bon plaisir de l'homme. Sans conviction, elle s'était promis de ne rien faire, d'attendre qu'il fît le premier pas.

Un soir enfin, alors qu'ils avaient fait halte dans une grange abandonnée, il lui saisit la main sans un mot et l'entraîna à l'écart. Elle n'eut pas la force de résister.

Les paroles étaient inutiles, tous deux le savaient. Elle avait déjà approché un homme, bien longtemps auparavant, peut-être dans une autre vie. Mais il lui semblait que c'était la première fois. Elle fut envahie d'un frisson inconnu dont elle ne savait pas qu'il était provoqué par un désir trop intense. Lorsque le jeune homme la prit dans ses bras, elle le laissa faire. Le regard fiévreux qu'elle lui dédia le désarçonna quelque peu et il hésita, soudain en proie à un curieux tremblement. Il voulut se justifier, maladroitement. Elle lui posa un doigt sur les lèvres et ferma les yeux. Il l'avait déjà embrassée une fois. Elle ne l'avait pas oublié. Leur deuxième baiser fut plus enivrant encore. Nelvéa perdit peu à peu la notion de la réalité. Ce démon savait faire vibrer le corps d'une femme. Même si au fond d'elle-même grondait la révolte, même s'il lui répugnait de devenir un objet de plaisir, docile et consentant, elle découvrit pour la première fois la jouissance empreinte de perversité d'être soumise à un maître. Maaskar était d'une nature dominatrice, conquérante. Elle se plia à tous ses désirs, ses caprices, se maudissant d'offrir à un homme tant de pouvoir sur elle-même et, paradoxalement, exaltée à l'idée de n'être plus qu'une chose, un jouet entre les mains d'un seigneur exigeant.

Ils firent l'amour des heures durant, jusqu'à ce que la nuit complice se refermât sur eux et les emportât dans un sommeil réparateur.

Le lendemain, une transformation s'était opérée en elle. Son amant nocturne ne lui avait pas rendu visite. Jamais elle ne s'était sentie aussi bien, et aussi mal à la fois. Elle avait envie d'appartenir totalement à l'homme qui l'avait prise, et elle savait que l'influence qu'il exerçait sur elle était réciproque

Était-ce cela que l'on appelait la passion ? Elle le suivait des yeux lorsqu'il s'éloignait, elle recherchait son contact, trouvait drôles toutes ses histoires, même les plus morbides.

Cependant, au fond d'elle-même, une voix lui hurlait qu'elle venait de commettre un acte irréparable. Une voix venue de nulle part, qu'elle aurait voulu faire taire, qui revenait sans cesse, comme un leitmotiv, et provoquait chez elle ce malaise persistant.

Souvent Maaskar lui prenait la main et lui souriait pour la rassurer. Il avait des moments de tendresse au cours desquels il semblait sur le point de s'ouvrir totalement. Comme s'il avait eu quelque chose d'important à lui confier. Mais, toujours, il se refermait ou partait d'un éclat de rire où résonnait l'écho de son cynisme.

Nelvéa redoutait d'être amoureuse de Maaskar. Il avait gravé son empreinte en elle. Une griffe faite de sang et de chair, de nuits folles où elle perdait souvent la notion des choses pour n'être plus qu'une fille gémissant de plaisir.

— Tu es faite pour l'amour ! lui disait-il.

Elle refusait de savoir d'où il tirait toute sa science amoureuse. Sans doute avait-il eu avant elle, malgré son jeune âge, de nombreuses maîtresses. Usant de son pouvoir sur elle, il l'obligeait à commettre parfois des actes insensés qui lui procuraient un plaisir paradoxal, à la frontière de la douleur et de l'extase. En ces moments, où elle oubliait jusqu'à son nom, elle l'aimait, passionnément, de cette adoration qu'une chienne peut éprouver pour son maître. Puis ses sens se calmaient, elle reprenait ses esprits. Elle se haïssait de s'humilier ainsi. Mais le regard d'or posé sur elle étouffait toute velléité de rébellion.

Était-ce donc cela, être une femme ?

Quelque chose pourtant l'empêchait de sombrer totalement sous l'emprise de son amant. Elle aurait voulu lui parler de son père, de l'angoisse, du désespoir même, qu'elle avait éprouvé là-bas, au bord du désert sans vie. Une fois, elle avait tenté d'aborder le sujet. Il l'avait éludé adroitement, mais fermement. Elle n'avait pas osé y revenir. Pour une raison qu'elle ignorait, et qu'elle ne souhaitait pas vraiment approfondir, il détestait les moments où elle évoquait son passé. L'amour l'aveuglait, et elle ne s'en rendait pas véritablement compte.

Souvent aussi, lorsque le cynisme du jeune homme passait les bornes, de violentes disputes les opposaient. Leurs rapports ressemblaient à une lutte permanente où chacun se défendait d'éprouver pour l'autre des sentiments sincères.

Souvent, le soir, Maaskar se risquait à évoquer des projets d'avenir. Il disait :

— Toi et moi, nous sommes invincibles, petite. Te rends-tu compte de la puissance qui sommeille en nous ? Tu es la fille de Dorian le Magnifique. Et moi, de qui suis-je le fils ? Jamais nous n'avons pu nous départager dans les arts du combat. Des pays, des peuples nous attendent. Il existe dans ce monde des rois indignes de leur titre dont les royaumes doivent nous revenir. La main me démange de leur livrer combat.

— Tu ne rêves que de conquêtes !

Il partait d'un grand éclat de rire.

— Je suis né pour cela, ma belle.

— Tu sais pourtant que la guerre n'entraîne jamais rien de bon. Il y a tant de gens qui souffrent, qui meurent…

— Bah ! la vie, la mort, quelle importance ? Ce qui compte, c'est de vivre à pleins poumons, à pleine bouche l'instant présent.

Bien souvent, lorsqu'elle faisait mine de vouloir combattre ses idées violentes, il l'étouffait d'un baiser et réveillait en elle des désirs inavouables.

Lorsque parfois elle parvenait à s'isoler, elle serrait les dents, se traitait de sotte. À cause de l'appétit insatiable de son corps qu'elle ne parvenait plus à dominer, elle s'était donnée à un homme qu'elle aimait peut-être, mais qui lui faisait peur. Elle se maudissait d'éprouver cette angoisse étrange, irrationnelle, presque animale. Elle aurait voulu réagir, mais la forêt immense qui les isolait du monde la liait à son maître comme un oiseau pris au piège.

Sans doute était-elle encore trop jeune et trop vulnérable. Elle découvrait la vie. Parfois, elle prenait la résolution de se séparer de Maaskar. Mais la décision était une chose, et la réalisation en était une autre. Il suffisait qu'il posât son regard d'or sur elle pour qu'elle succombât à nouveau, partagée entre le désir de fuir et celui de se fondre à lui, de s'offrir totalement, sans pudeur, comme une femme affamée de tendresse.

En fait, elle aurait parfaitement accepté les relations qui la liaient à Maaskar si elle n'avait deviné derrière ses dehors enjoués un être assoiffé de pouvoir qui n'aurait jamais dû devenir chevalier. Mais c'était plus que cela aussi. Il émanait de lui une puissance étrange, incontrôlable, qui s'habillait d'un charme trompeur, qui maquillait le drame en plaisanterie. Parfois elle se demandait si elle ne rêvait pas, si elle ne s'imaginait pas la mégalomanie qui sourdait du jeune homme. Il possédait l'art de tout tourner en dérision, de n'accorder d'importance à rien. Si l'esprit de Nelvéa n'avait été formé à l'école de Dorian, elle eût succombé à la faconde de Maaskar. Mais son père avait développé chez elle l'analyse et la réflexion, et la volonté de lutter contre les pulsions profondes.

Un soir, alors qu'ils venaient de franchir à gué un torrent tumultueux, ils se trouvèrent soudain face à un migas monstrueux qui leur barrait le chemin. Nelvéa dégaina son fusil électronique et l'arma. Mais un geste de Maaskar l'arrêta.

— Attends ! Tu n'as jamais chassé le migas à la trive ?

— Non ! C'est trop dangereux.

— Dangereux, peut-être, mais combien excitant ! Golien ?

Son écuyer lui tendit une trive, sorte de longue lance à

trois lames. Maaskar la saisit, se laissa glisser à bas de son lionorse, avança vers le fauve. Celui-ci se dressa sur ses pattes arrière, prêt à affronter cet ennemi inconnu qui ne semblait pas le redouter. Le jeune homme se ramassa, tout en continuant à progresser. Nelvéa, inquiète, saisit sa propre lance et suivit son compagnon.

— Tu es fou, lui jeta-t-elle à mi-voix. Il est deux fois plus haut que nous. Tu vas te faire tuer.

— Et alors ! Tu me pleureras toute ta vie, dit-il en grimaçant un sourire.

— Je n'ai pas besoin de cela pour admettre que tu es courageux. Je pense plutôt que c'est de l'inconscience.

— Tant pis. J'ai envie de le faire !

Il se tourna soudain vers elle, ignorant royalement le fauve qui balançait sa lourde tête à la manière des ours dont il était partiellement issu.

— Tu sais ce qui te manque, ma beauté ? Le goût de l'aventure et du risque. Tu ne sais pas aller au bout de tes fantasmes ! Il faut vivre, pleinement, mordre dans l'existence de toutes ses dents. Subir toutes les expériences. Et si je ne suis pas tué, je t'en montrerai une qui vaut la peine d'être vécue, crois-moi !

— Laquelle ?

— Trop tard pour en parler maintenant ! Il attaque.

En effet, le migas se mit tout à coup à charger, la gueule en avant, les pattes écartées en position de combat. L'animal ne devait pas mesurer moins de trois mètres de hauteur. Mais les trives dépassaient les quatre mètres de long et faites d'un bois des plus solides. La technique était simple. Le migas, sorte de monstre de cauchemar issu d'un croisement génétique entre le grizzly et le varan du Nil, rappelait la morphologie d'un ursidé mais présentait sur le thorax et les épaules une collerette d'écailles très résistantes, qui passaient pour supprimer les effets des Terres Bleues. Bien sûr, c'était faux, mais cela étayait une légende solide selon laquelle les migas auraient conclu un pacte avec les génies du désert. Quelles que fussent ses origines, et s'il était doté d'une réputation de force colossale, le migas était aussi célèbre pour sa stupidité, et celui-ci ne fit pas exception à la règle.

À condition d'être suffisamment courageux pour oser l'approcher, l'attaque d'un migas consistait à l'empaler sur la trive lorsqu'il chargeait, et à esquiver les coups de ses robustes pattes, terminées par de redoutables griffes.

Ce que fit Maaskar.

— Regarde, hurla-t-il à l'adresse de sa compagne.

Et elle vit. Le jeune homme fit mine de se jeter entre les pattes énormes du monstre. Mais simultanément, il ancra sa trive solidement dans le sol et attendit l'assaut. Habitué à ne rencontrer aucune résistance, le migas furieux se jeta sur le petit animal qui lui faisait face. Il ne prit pas garde à l'arme qui vint prendre appui sur un talon de rocaille. L'instant d'après, une douleur effroyable lui déchirait les entrailles, tandis que le petit animal vociférant bondissait devant lui. Une force inexplicable le clouait sur place, qu'un sursaut de colère parvint à rompre.

— Il a brisé ta trive ! hurla soudain Nelvéa.

Maaskar évita de justesse l'étreinte mortelle du migas, qui, rendu furieux par le morceau de lance enfoncé dans son ventre, poursuivait sa vengeance.

Nelvéa comprit qu'elle devait attaquer à son tour. Khaled, qui avait saisi le gonn, ne pouvait tirer à cette distance. Il risquait de les toucher. La jeune fille saisit sa propre trive bien en main et se campa face au monstre, surpris de trouver un nouvel adversaire sur son chemin. Il poussa un épouvantable rugissement, qui glaça le sang de Nelvéa. Puis elle réagit courageusement, plantant sa trive dans le sol comme elle l'avait vu faire à Maaskar.

La deuxième lance vint se ficher dans le cœur du monstre. Le fauve gronda de plus belle, puis se redressa avec un feulement effroyable. Il tenta sans succès de faucher la jeune fille d'un violent coup de patte, et s'effondra, le cœur déchiré par les lames triples.

Haletants, les deux vainqueurs reprirent leur souffle. Maaskar éclata de rire.

— Je te l'avais dit, petite ! Tous les deux, nous sommes invincibles.

— Ouais ! N'empêche que sans moi, ce monstre aurait fait de toi son repas du soir.

— Voire ! Il était tout de même blessé.

— Un fauve blessé est dix fois plus dangereux.

— Bah ! Nous sommes sains et saufs. Cela seul compte.

Il fit le tour de leur victime, un large sourire aux lèvres.

— Tu ne comprends pas, Nelvéa. Regarde la taille de ce monstre par rapport à la nôtre. Malgré cela, nous l'avons abattu.

Il ferma les yeux et leva les bras. Du plus profond de sa poitrine jaillit un cri de victoire. Puis il se tourna vers sa compagne.

— Les gonns sont armes de lâches.

Nelvéa frémit. Dorian disait la même chose.

— Rien ne sert d'être courageux, puisqu'on ne lie jamais le contact avec l'ennemi. Tandis qu'avec la trive ou le sabre…

Il se tut, puis, sans cesser de la regarder, commença à se débarrasser de son sharack. Ensuite, il se défit de son pantalon court et serré.

— Mais, qu'est-ce que tu fais ? demanda Nelvéa, interloquée.

— Déshabille-toi ! lui intima-t-il.

— Pourquoi ?

— Ôte tes vêtements ! TOUS !

Elle serra les dents. Elle aurait voulu réagir, se détourner de ce regard de feu qui lui brûlait la peau. Mais la force qu'elle devinait derrière, la séduction aussi, détruisaient toutes ses résistances. Lentement, elle posa ses armes, puis dégrafa son sharack. Maaskar interpella les autres.

— Partez tous. Allez nous attendre plus loin.

Nelvéa sentait le désir qui montait en elle et chez son

compagnon. Elle avait l'impression de se dédoubler. Une partie d'elle-même se révoltait contre ce qui allait suivre, et qu'elle devinait à fleur de l'esprit de son compagnon. Mais l'autre partie suivait docilement les ordres de l'homme-seigneur aux jeux dominateurs.

Dans un état second, elle le vit, nu comme un héros antique, grimper sur le cadavre du migas encore chaud, et plonger son dayal dans les larges entrailles. Il frappa, frappa encore, jusqu'à en extraire un organe palpitant, dégoulinant d'un sang rouge et luisant.

— Vois, Nelvéa ! Le cœur du monstre vaincu. Il est une coutume, connue de tous les vrais chasseurs, qui veut que l'on se baigne dans le sang de l'ennemi abattu.

— C'est horrible ! émit-elle timidement.

— Non ! C'est une manière de lui rendre hommage, de lui prendre sa force Viens !

— Non !

— Allons, ce n'est que du sang ! Le sang d'un des plus redoutables prédateurs de ce monde ! Il est pour nous !

— Je ne veux pas !

— Viens !

— Je ne peux pas ! C'est... c'est tellement...

— Tellement quoi ? Sale ? Le sang est pur ! Il est la vie, Nelvéa !

Il bondit à ses côtés tel un démon. Des rigoles écarlates ruisselaient sur ses bras.

— Il est chaud, Nelvéa ! Plein encore de la puissance qu'il donnait à ce monstre ! Touche-le !

— Non !

— TOUCHE-LE !

Subjuguée par la violence soudaine du ton, elle obéit, hésitante.

La chair était douce et gluante sous ses doigts.

La scission qui se partageait son être se fit plus dure. Elle se maudissait de se soumettre ainsi à cet homme dont elle percevait la folie sous-jacente. Mais était-ce bien de la folie ? Elle sentait monter en elle un désir sensuel comme jamais elle n'avait éprouvé. Peut-être la vue du sang l'excitait-elle ? Ou bien la chaleur ambiguë qui coulait sur ses doigts, ses poignets, ses bras…

Comme dans un cauchemar aux reflets de paradis, elle laissa son amant la caresser de ses mains d'écarlate, la couvrir du sang de la bête abattue, puis la prendre contre lui pour la faire sienne dans une étreinte sauvage, violente, passionnée. Jamais Nelvéa n'avait éprouvé une telle jouissance, une telle sensation d'absolu, qu'elle aurait voulu rejeter loin, très loin d'elle, parce qu'elle lui faisait horreur, mais qu'elle rappelait sans cesse de ses griffes, ancrées aux hanches puissantes de son amant.

Ce ne fut que lorsque ses sens assouvis la laissèrent épuisée, bouleversée comme une île après le passage d'un cyclone, qu'elle commença de réagir. Son corps nu était poisseux de sang séché, mêlé d'herbes et de sable.

— Qu'ai-je fait ? Dieux de bienveillance, protégez-moi !

Hagarde, elle se leva, contempla sans le voir le corps de son compagnon, endormi à quelques pas, puis marcha sans but.

— Qui suis-je pour avoir osé commettre ce… cette abjection ?

Elle tomba à genoux, dégoûtée d'elle-même, de la vie peut-être. Soudain, un rire clair résonna derrière elle.

— Pourquoi pleures-tu ?

Maaskar se leva, le corps aussi répugnant que le sien. Mais cela ne semblait pas le gêner. Au contraire. Il vint s'appuyer au cadavre du monstre.

— Tu trouves cela écœurant, n'est-ce pas ?

Elle se tourna vers lui, les yeux chargés de haine.

— Pourquoi m'as-tu obligée à faire ça ? J'avais raison de me méfier de toi. Tu es fou !

Il éclata d'un rire tonitruant, puis redevint sérieux.

— Fou, dis-tu ?

Il eut une moue désabusée.

— Original, excentrique, marginal, intelligent, rusé, et dépourvu de scrupules. Tout ça, oui, mais pas fou.

Il pointa le doigt sur elle.

— De quoi oses-tu m'accuser, Nelvéa ? De t'avoir fait découvrir le côté sombre de ta personnalité ? Je ne t'ai pas forcée à partager ce sang avec moi ! Tu l'as accepté, et même, autant que je m'en souvienne, tu t'es donnée comme jamais tu ne l'avais fait !

Il eut un sourire plein de cynisme.

— Tu as aimé cela ! Parce que tu n'es pas aussi pure que tu voudrais l'être.

Elle eut un sanglot qu'elle maîtrisa avec peine, et serra les dents. Il ajouta :

— Tu es stupide ! Tu attaches trop d'importance à ce qui n'est après tout qu'une coutume virile et sensuelle, issue des traditions millénaires de la chasse. Tu oublies que ce monstre, s'il avait pu nous crocheter, en aurait agi de même avec nous.

— C'est faux !

— Imagines-tu tes jolies entrailles déroulées tout au long de cette clairière, et servant de repas aux charognards de toutes espèces, après le passage du seigneur migas ?

— Tais-toi ! TAIS-TOI !

Elle se boucha les oreilles et s'enfuit, s'écorchant la peau aux branches basses, mêlant son sang vif à celui, coagulé, du fauve. Elle avait envie de crier, de hurler à perdre haleine sa rage et sa confusion. Car elle sentait bien au fond d'elle-même que le jeune homme avait touché son point sensible. Des larmes d'impuissance ruisselèrent sur ses joues. Jamais Solyane n'aurait accepté une telle union, souillée de sang. Si au moins elle n'avait éprouvé une telle jouissance…

Mais Maaskar avait raison. Elle était faite pour l'amour, et son corps réagissait trop bien aux attouchements précis, s'enflammait comme de l'étoupe.

Le souffle court, elle déboucha au bord d'un petit étang.

L'eau ! L'eau salvatrice, celle qui lave de tous les vices…

La poche maternelle. Elle s'y abandonna tout entière, maintenant la tête sous le liquide froid et revigorant. Pendant un instant elle fut tentée d'inspirer profondément. Mais son instinct de conservation l'arrêta au dernier moment. Elle frotta vigoureusement son corps pour se débarrasser de l'écarlate gluant qui s'y collait encore, puis sortit.

Elle poussa un cri de frayeur. Une douzaine de garous étaient là, qui la contemplaient de leurs yeux sanguinolents. Jamais elle ne les avait approchés d'aussi près, sauf une fois, près de Chonorga, trois ans auparavant. Le souvenir horrifié qu'elle en conservait lui revint à la mémoire. Elle se mit à trembler et recula lentement. Ils poussaient de petits grognements rien moins qu'amicaux, et les lourds bâtons incrustés d'éclats de silex qui pendaient à leurs mains ne lui inspiraient aucune confiance.

Tout à coup, Maaskar, toujours couvert de sang et d'herbe, surgit des sous-bois, tel un démon écarlate. Il avait récupéré son dayal et vociférait comme un génie forestier. Sa vue suffit à semer la panique parmi les garous, qui peut-être n'avaient pas vraiment d'intentions belliqueuses.

Lorsqu'ils eurent disparu, le jeune homme plongea à son tour dans l'eau, et s'ébroua comme un jeune chien. Nelvéa s'écarta ostensiblement de lui, et vint s'asseoir sur la berge sans le regarder. Il lui dédia un sourire irrésistible.

— Ce que tu as fait n'est guère prudent, petite. T'enfuir sans armes au milieu d'une forêt telle que celle-ci. Si je n'avais été là, ces sympathiques bestioles t'auraient peut-être inscrite à leur menu.

— Laisse-moi tranquille !

— Écoute ! Cesse de faire la tête, s'il te plaît. Tu m'en veux parce que je t'ai obligée à te regarder en face ?

— Non ! riposta-t-elle soudain ! Peut-être que ce genre de cérémonie faisait partie de mes fantasmes inavoués. Mais j'ai appris qu'il fallait toujours tenter de s'élever. Et tu m'obliges à redescendre, à me vautrer dans tes délires les plus fous.

— Eh ! C'est pour cela que tu m'aimes !

— Je t'aime ? Tu rêves, mon pauvre Maaskar. Je n'aime en toi que l'amour que tu me fais. Et je te hais, parce que tu m'as appris la soumission, parce que tu recherches en moi tous les mauvais côtés. Tu as abusé de ma faiblesse, de ma naïveté. Tu savais que j'ignorais tout des hommes. Et ce que j'en ai découvert avec toi m'écœure. Si tu avais été le premier, je crois que je ferais vœu de chasteté jusqu'à mon dernier jour.

— Qui risque d'être éloigné ! Tu es la fille de Dorian !

Elle ignora l'interruption, et riposta avec hargne :

— Mais par bonheur, tu ne fus pas le premier, Maaskar le vaniteux !

Il éclata de rire à nouveau, mais elle sentit une fêlure dans sa voix. Elle continua, vindicative :

— Non, tu ne fus pas le premier ! Un homme plein de douceur et de délicatesse t'a précédé. La seule nuit que j'ai passée avec lui est sans rapport avec les tiennes. Il a su se montrer prévenant, attentif, amoureux.

Il grinça des dents et décocha une dernière flèche.

— Prévenant et attentif, hein ? Et c'est sans doute pour cela que tu n'es pas, toi, tombée amoureuse de lui !

Elle lui tourna le dos. Il lui cria d'une voix joyeuse :

— La vérité est là, Nelvéa. Ne l'oublie jamais. Tu voudrais t'élever, devenir une déesse, comme tes parents, mais je connais la perversité qui sommeille en toi. Ne t'aveugle pas ! Regarde-la bien en face ! Et prends à deux mains le courage de l'assumer !

— TAIS-TOI ! hurla-t-elle, au bord de la crise de nerfs.

Elle s'enfuit à nouveau, les yeux baignés de larmes.

Elle ne savait plus depuis combien de temps elle courait ainsi, en proie au plus profond désarroi. Soudain, une ombre se dressa devant elle. Une ombre gigantesque. Elle poussa un cri de frayeur. Elle n'était pas armée. Puis elle reconnut son fidèle Khaled, qui lui ouvrait une couverture dans laquelle elle s'enveloppa en grelottant. Elle se blottit dans les bras puissants de l'Ismalasien et éclata en sanglots. Il ne dit mot, se contentant de lui caresser les cheveux, que le vent avait déjà un peu séchés.

22

Le jour suivant, Nelvéa se tint à l'écart de son compagnon. Mais lui-même ne fit aucune tentative de réconciliation. Dans son esprit, il lui avait seulement joué un bon tour, comme il le lui dit.

Le soir enfin, il s'approcha d'elle. Elle ne broncha pas.

— Tu m'en veux toujours, Nelvéa ?

— Oui !

— Tu as tort ! Je ne voulais pas te faire de mal.

Sa voix se fit douce, ensorcelante.

— Je voulais simplement te faire comprendre que tu dois t'accepter telle que tu es. Alors seulement tu deviendras plus forte.

— Ou bien je me ferai horreur !

— Si tu ne parviens pas à dépasser le stade de l'horreur, c'est exact. Mais au fond, quel crime avons-nous commis ? Nous avons fait l'amour le corps enduit du sang d'un animal que nous avions tué en combat loyal. C'est une coutume un peu barbare, certes, mais que de nombreux chasseurs de grands fauves pratiquent, parce qu'elle est le reflet de la vraie couleur de la vie. C'est toujours pour toi que tu te bats, Nelvéa, pour jouir de cette vie qui peut t'être ôtée à tout moment. Au nom de quoi, de quel idéal te priverais-tu des jouissances qu'elle peut t'apporter ?

— Laisse-moi tranquille ! Je ne veux plus parler de ça !

— Il le faut pourtant ! Si tu veux te dépasser toi-même, il faut te livrer à toutes les expériences. Et celle-ci était bien innocente.

Elle détourna les yeux. Il eut un petit rire satisfait.

— Allons, tu as raison, n'en parlons plus. Mais médite tout de même mes paroles.

Nelvéa s'était juré de ne plus jamais dormir dans les bras de Maaskar, et elle tint parole, au moins pour la nuit qui suivit. Mais la deuxième la vit retourner vers lui, parce qu'il avait su se montrer drôle toute la journée, parce que son cynisme, son manque de scrupules, son égoïsme même l'attiraient.

Il avait raison. Leur crime n'était pas bien grand. D'ailleurs, pouvait-on qualifier cela de crime ? Elle ne savait plus où elle en était. Elle ne parvenait pas à définir son amant. Les phrases qu'il lui assénait sonnaient comme des vérités. Des vérités terribles, accablantes, qui la blessaient, mais qu'elle ne pouvait nier. Il la forçait à se regarder en face, à contempler aussi le monde sous ses aspects les plus sordides, les plus désespérants. Et toujours il tournait ses constatations en dérision en partant d'un immense éclat de rire qui se répercutait sous la voûte des frondaisons centenaires.

Petit à petit pourtant, elle comprit ce qui la rendait méfiante. Maaskar ne portait les yeux que sur le mauvais côté des choses. Son rire était destructeur. Il n'y avait en lui aucune once de créativité. Il jouissait de la vie sans se soucier du mal qu'il pouvait faire, par égoïsme ou insouciance. Elle-même n'était pas à son image. Elle aspirait à l'amour, et sa soumission lui eût semblé douce si son compagnon l'eût réellement aimée. Mais Maaskar n'aimait que lui-même. Elle portait en elle la volonté de bâtir. Et lorsqu'elle lui avait cédé, quelques jours plus tôt, lors du massacre du migas, elle n'avait traduit dans son orgasme exceptionnel que sa formidable volonté de vivre, son appétit d'amour. Rien d'autre. Et rien de la perversité dont son amant avait voulu l'accabler.

Lorsqu'elle eut compris cela, Nelvéa se sentit mieux. La

nuit suivante, elle refusa de le rejoindre dans sa couche. Elle eut une moue détachée et lui dit :

— Pas ce soir, je suis fatiguée.

Il la regarda bizarrement, puis se fondit dans la nuit comme un fauve.

Le drame éclata la veille de leur arrivée à Veraska. En vérité, si Nelvéa éprouva comme une impression de déchirure, celle-ci se doubla d'une indicible sensation de soulagement. Parce que pour la première fois, elle osa s'élever contre les rêves de conquête de son amant.

La nuit était fraîche, bien que l'on fût au beau milieu de l'été. Une pluie battante avait détrempé la forêt pendant la journée entière. Au soir, il s'était révélé impossible d'allumer le moindre feu. Ce qu'une horde de moustiques de taille respectable avait mis à profit pour venir asticoter les voyageurs. Ils n'avaient trouvé pour se protéger qu'une cabane de bois en ruine, sans doute détruite par les fauves l'hiver précédent.

— Demain, nous arriverons à Veraska, dit Maaskar. Un vrai lit nous attend.

— J'aimais bien les lits sur la mousse, émit Nelvéa.

— Tu n'es pourtant pas faite pour ça. Tu mérites la couche d'un roi.

— Un roi qui serait… toi ?

— Bien sûr ! Connais-tu celui de Veraska ?

Elle eut un moment d'étonnement. Comment pouvait-il ignorer cela ?

— Il s'appelle Nadvarg. Mon père l'a reçu à deux reprises ces dernières années. C'est un homme de compagnie agréable, qui partage sa vie entre la chasse et les femmes. Je crois que la population de Veraska est bâtie sur son modèle. La chasse est leur raison de vivre.

Maaskar resta un instant songeur, puis reprit :

— Je trouve que l'on devrait instituer une nouvelle règle dans l'Eythim.

— Laquelle ?

— Une règle calquée sur le mode de vie des lionorses. Lorsqu'un jeune mâle désire entrer dans le groupe du roi, ou même devenir roi lui-même, il le provoque en combat singulier.

— Et tu provoquerais volontiers Nadvarg en combat singulier ?

— Pourquoi pas ?

— Nadvarg ne t'a rien fait.

Elle soupira. Il régnait toujours sur leurs relations une tension inutile, gratuite, comme s'il prenait plaisir à provoquer. Cela avait son charme au cours de leurs joutes amoureuses. Mais cela devenait épuisant dans leurs conversations quotidiennes. Elle décida de réagir.

— Parfois, j'ai l'impression que tu te conduis comme un enfant irresponsable.

— Un quoi ?

— Tout d'abord, Nadvarg n'est pas le premier venu. Je l'ai vu combattre mon père amicalement, et je peux te dire qu'il ne ferait qu'une bouchée de toi. Et puis, ton idée est stupide. Mon père disait toujours que le pouvoir n'est pas un but en soi.

Elle sentit presque physiquement l'onde de violence qui émana du jeune homme.

— Ton père ! Ton père ! Tu n'as que lui à la bouche !

Elle se dressa soudain, prête à frapper.

— Attention à ce que tu vas dire, Maaskar !

— Jamais, jamais tu n'accompliras de grands projets. Tu n'as pas réussi à te libérer de lui. Tu n'as rien compris, ma pauvre Nelvéa.

— Et qu'aurais-je dû comprendre ?

— Nous sommes faits pour régner, toi et moi ! Mais il y a quelque chose en toi qui te gêne. Tu n'oses pas aller au bout des choses. Ainsi, pour cette malheureuse histoire de migas éventré, tu refuses de partager ma couche… Ce sont tes scrupules qui te perdront. Tu n'as donc pas compris que les hommes n'étaient pas tous de la même race, de la même essence. Nous sommes de l'espèce des seigneurs, des prédateurs.

— C'est sans doute vrai ! C'est pourquoi notre rôle consiste à gouverner, à protéger, à guider. Il en est ainsi depuis l'origine des temps.

— C'est faux. Regarde autour de toi. Regarde la nature. Elle ne s'embarrasse pas de si beaux principes. Les animaux les plus puissants détruisent les plus vulnérables. La société humaine est à cette image. Les plus forts dévorent les plus faibles. Ils les asservissent. PARCE QUE C'EST LEUR RÔLE.

Il avait presque hurlé la dernière phrase.

— Tu blasphèmes, Maaskar. As-tu déjà oublié les règles de la Chevalerie ? Si nous agissions ainsi, nous ne serions plus que des animaux. Nous sommes nés pour protéger, pour aider les plus faibles. C'est notre conscience qui nous permet de lutter contre cet instinct de domination. C'est elle qui fait de nous de vrais seigneurs, des chevaliers, des êtres humains.

Les larmes au bord des yeux, elle s'approcha de lui.

— Parfois, tu ne sais pas ce que tu dis. Et tu me fais mal, inutilement. Je ne parviens pas à savoir si c'est de l'inconscience, ou bien si tu le fais exprès, par méchanceté.

Il éclata d'un rire un peu forcé.

— Allons, je plaisantais.

— Non, tu ne plaisantais pas vraiment. Je ne sais pas pourquoi je ne parviens jamais à percer ton esprit. Parfois, tu sembles posséder une puissance mentale équivalente à la mienne.

Elle s'éloigna de lui, et fit quelques pas, nerveusement. Il ricana.

— Tu t'emballes pour peu de chose.

— Non, tu es aveugle à la beauté du monde ! Tu n'en vois que les aspects sordides. Je me demande comment tu as pu devenir chevalier. Bien sûr, les hommes ne sont pas parfaits, et leurs crimes sont grands parfois. Mais nous devons lutter pour que cela cesse. Nous devons évoluer, Maaskar.

— Pourquoi ? Personne jamais ne sera capable de changer la face du monde.

— Peut-être. Mais nous devons le tenter malgré tout. Même si c'est inutile.

— De quelle manière, à ton avis ?

— En enseignant... en aidant à vivre en harmonie avec l'univers. Un homme en paix avec lui-même n'est pas agressif. Il sent se développer en lui la volonté de création, la force de la vie. Peut-être est-ce cela qui te manque, Maaskar.

Elle sentit comme une cassure mentale, teintée d'une onde de fureur, émaner de l'esprit du jeune homme. Cette fois, elle avait touché le point sensible. Elle comprit qu'elle venait de se libérer de son emprise.

— Je dois te remercier, Maaskar. Tu m'as fait découvrir un aspect de ma personnalité que j'ignorais. Mais il ne s'agit pas de perversité, comme tu as voulu me le faire croire. De la naïveté, certainement, et aussi de l'amour. Pour toi, pour la vie. Je suis désolée, mon pauvre Maaskar. J'aime toujours la vie. Mais je n'ai plus d'amour à t'offrir.

Il eut un mouvement de rage, s'éloigna de quelques pas, puis revint vers elle.

— Tu me rejettes...

Le regard plein de tristesse qu'il dédia à la jeune fille faillit la désarçonner.

— Oui, il le faut, riposta-t-elle. Je crois que c'est mieux ainsi. Nous finirions par nous haïr.

— Peut-être !

Il lui tourna le dos et siffla son écuyer qui accourut aussitôt.

— Prépare nos montures, nous partons pour Veraska.

— Bien seigneur !

Puis il revint vers Nelvéa.

— Jamais je n'ai voulu te faire de mal, petite Nelvéa. Si c'est le cas, je te demande de me le pardonner. Tu ne m'appartiendras plus. Tant pis pour moi. Je voudrais te dire, malgré tout, avant de partir, que jamais je n'oublierai les nuits que nous avons passées ensemble. Je souffrirai chaque fois que je penserai à toi. Mais ces souffrances elles-mêmes seront délices. Parce que moi, je ne cesserai jamais de t'aimer !

Il se hissa en selle, lentement, puis tourna bride et s'en fut. Nelvéa serra les dents pour ne pas céder aux larmes qui lui brûlaient les yeux. Mais en elle se répandait aussi une indicible sensation de soulagement.

La nuit suivante, elle eut l'impression de marcher vers un cercle de flammes hautes et claires, presque éblouissantes. Elle s'arrêta, tremblante. Mais une ombre noire la suivait. Elle savait que si elle ne franchissait pas le cercle de feu, le néant la prendrait, l'engloutirait à jamais. Alors, d'un pas décidé, elle avança. Une sensation de chaleur l'accompagna, mais la lumière s'écarta lentement devant elle, comme une draperie soyeuse et docile. Puis tout s'estompa et se dilua dans une merveilleuse sensation de bien-être, de liberté totale.

Au matin, un soleil magnifique avait succédé aux orages de la veille. Lorsqu'elle se leva, le souvenir de son rêve n'avait pas quitté Nelvéa. Alors lui revinrent en mémoire les paroles de la sorcière : « Sept cercles de feu ! Tu devras franchir sept cercles de feu ! »

Sans doute venait-elle de franchir le deuxième.

23

— Veraska, dit Lorik.

L'après-midi était déjà bien avancé lorsqu'ils parvinrent sur une hauteur d'où l'on dominait un lac d'un bleu profond. Sur sa rive occidentale s'étalait une cité importante, dont les faubourgs s'étageaient jusqu'aux contreforts du massif montagneux. Un petit port lançait deux rades minuscules vers le large. Le long des quais dormaient des bateaux jouets, dont la plupart n'étaient que de petites barques. Mais çà et là on distinguait des voiliers plus importants. Le soleil d'été faisait naître des flaques de lumière mouvantes sur les eaux, tandis que les demeures se découpaient en ombres vives, conférant à la ville un aspect un peu surnaturel.

Tout autour s'étiraient de longues prairies, alternant avec des champs d'où montait une odeur de foin coupé. Au-delà, la forêt souveraine reprenait ses droits. À partir de Veraska commençait l'empire d'Europania.

Depuis deux jours, Lorik avait redoublé d'imagination pour rechercher dans le tréfonds de sa mémoire les histoires les plus drôles qu'il connaissait. Mais, s'il était parvenu à arracher parfois un sourire à Nelvéa, il n'avait pas réussi à la tirer de la mélancolie qui l'avait saisie après le départ de Maaskar.

À présent qu'il était parti, elle se demandait si elle n'avait pas été trop dure avec lui. La tristesse de son regard l'obsédait. Après tout, il n'avait que vingt ans, et pour cela pouvait être sujet aux erreurs et à l'orgueil.

D'autres fois au contraire lui revenaient certains souvenirs précis qu'elle aurait voulu bannir de sa mémoire. En fait, si elle était soulagée de ne plus sentir la présence de

Maaskar à ses côtés, elle devait admettre qu'il avait laissé en elle une empreinte qui n'était pas près de s'estomper.

Cependant, elle retrouva le sourire au moment où elle découvrit la cité. Un monde nouveau s'ouvrait à elle.

— Je ne serai pas fâchée de dormir ce soir dans un vrai lit, affirma-t-elle d'un ton enjoué. Les litières des postes relais ne sont guère confortables.

Et puis, si Dorian s'était rendu dans cette ville, peut-être obtiendrait-elle des renseignements précieux pour orienter ses recherches. Au plus profond d'elle-même, un espoir obscur refusait de mourir.

Observant la plaine du Nord, elle tenta d'apercevoir quelque chose qui ressemblât à une piste. Des routes s'éloignaient dans différentes directions. Mais bien vite elles se perdaient au sein de la fourrure ténébreuse de la forêt.

Les Veraskans étaient des gens rudes, habitués à lutter contre des hivers rigoureux dus à la proximité de la montagne. Leur activité essentielle était la chasse. Ours, maroncles, cerfs, migas et autres cerviers constituaient leurs cibles principales, à cause de la beauté de leur fourrure ou de leur cuirasse écailleuse. Des artisans en confectionnaient des vêtements magnifiques, finement travaillés, dont les plus riches se rehaussaient de boucles de métaux précieux, voire de pierres rares. Les écailles des migas, les griffes et les défenses des maroncles entraient dans la fabrication d'outils, de bibelots, de bijoux, d'armes. Des négociants se chargeaient de l'exportation, car la réputation de Veraska avait depuis des siècles franchi les frontières.

Il en était résulté une structure sociale particulière, divisée en trois classes. Les pêcheurs constituaient un peuple marginal, moins respecté que les chasseurs, mais néanmoins capable d'accéder à la richesse. Les plus pauvres étaient les paysans, contraints de travailler une terre ingrate qu'ils devaient chaque année reconquérir sur la forêt. La neige la recouvrait presque cinq mois par an. Aussi, dès qu'ils atteignaient l'âge de tenir un gonn, les jeunes abandonnaient la ferme paternelle pour courir rejoindre les hordes des chasseurs, véritables seigneurs de Veraska. À cause de ces désertions, il existait entre les chasseurs et les paysans un antagonisme virulent. Ils se traitaient mutuellement de « rongeurs de peaux de bête », et de « bouffeurs de racines ». Pourtant, il suffisait qu'un danger menaçât la petite cité pour que les deux clans, fraternellement unis à celui des pêcheurs, fissent front commun.

Peuple curieux, fort en gueule, à la fois naïf et rusé, amateur de boissons fortes et de belles bagarres, les Veraskans ne prêtèrent pas grande attention au trio lorsqu'il franchit les portes de la ville.

La fin de l'été était une période privilégiée où les chasseurs se retrouvaient pour évoquer les chasses passées, et surtout pour préparer celles de l'année, qui débuteraient à l'automne. La forêt qui couvrait les montagnes alentour regorgeait de gibier. Elle s'étendait tellement loin vers le nord et l'ouest que nul chasseur ne pouvait se vanter de la connaître entièrement.

Chacun possédait son « territoire » de prédilection. Ainsi la forêt était-elle morcelée en « parcelles », concessions plus ou moins anarchiques sur lesquelles régnaient les « maîtres ». Ces sortes de monarques des bois autorisaient les chasseurs plus jeunes à travailler sur leur domaine, moyennant un pourcentage sur les peaux vendues. Ces règles non écrites, mais religieusement respectées, reposaient sur une tradition férocement établie. Leur violation causait parfois de véritables conflits, qui opposaient des familles, des clans, et dégénéraient souvent en bataille rangée.

Le roi, chasseur intrépide lui-même, se révélait incapable de contrôler ses bouillonnants sujets. Ceux-ci d'ailleurs s'estimaient son égal dès qu'ils avaient pénétré les limites de la forêt.

L'auberge de bois était pleine à craquer. Une foule bigarrée de chasseurs arboraient leurs insignes personnels. Certains étaient coiffés de têtes d'ours, de sangliers, de migas, de cerviers, dont les pattes de devant venaient se croiser sur les poitrines couvertes de peaux fines et soigneusement décorées. Il eût été indécent pour un chasseur de sortir sans ses armes, couteaux gigantesques utilisés pour « servir » les grands fauves. Une tradition voulait que les plus belles cicatrices soient laissées à nu. Aussi les riches vêtements se découpaient-ils parfois à des endroits inattendus, découvrant de vilaines boursouflures ou d'atroces mutilations.

Les maîtres se reconnaissaient à leurs colliers de dents, une canine prélevée sur chacun des grands fauves tués par eux. La lumière tombant des lampoons, sortes de lustres gigantesques en métal forgé, dégageait un fumet sauvage et entêtant. On y brûlait de la graisse d'animaux.

Il régnait là un brouhaha indescriptible. Des filles rouges et solides passaient entre les tables, écartant vigoureusement les mains audacieuses. Des chiens amicaux aux yeux brillant de convoitise allaient d'un groupe à l'autre, quémandant sans vergogne. Des chats dédaigneux guettaient les instants de distraction des mangeurs pour venir chiper un morceau de viande jusque dans les assiettes. Près du comptoir, un perchoir de bois brut servait d'asile à un chat-huant aux yeux plus grands que lui. L'oiseau se dandinait d'une patte sur l'autre en observant les chasseurs d'un œil inquisiteur.

Lorsque Nelvéa et ses deux compagnons prirent place à une petite table, quelques hommes notèrent rapidement la présence dans leur environnement immédiat d'une jeune beauté appétissante. Mais les récits de chasse étaient plus passionnants encore.

La jeune fille scrutait les lieux, redoutant, et espérant peut-être aussi apercevoir Maaskar et son écuyer. La ville n'était pas très grande. En fait, elle n'avait pas très envie de revoir le jeune homme. La page était tournée. Mais elle ne parvenait pas à dissiper une curieuse sensation de nostalgie.

Elle aurait pu, en tant que chevalier, demander asile au roi Nadvarg, qui eût été heureux de l'accueillir. Mais si Maaskar était à Veraska, il se trouvait certainement au palais. Pour cette raison, elle avait dissimulé ses emblèmes.

L'aubergiste, habitué aux beuveries des chasseurs, prit commande, l'air résigné, de trois thés aux herbes, et se consola en pensant qu'il avait affaire à des étrangers.

Réflexions, défis, provocations et compliments fusaient d'une table à l'autre, dans un ankos rocailleux et parfois difficile à suivre. Nelvéa remarqua le nombre de jeunes gens béats qui écoutaient les récits des plus vieux. Visiblement, beaucoup d'entre eux tentaient de se faire admettre dans la confrérie, essuyant sans sourciller les quolibets des anciens. Une place auprès des « rois de la forêt » valait bien quelques sacrifices d'amour-propre.

Cependant, il apparut clairement que nombre d'entre eux étaient des fils de paysans lorsqu'une autre bande apparut à la porte de l'auberge. Un colosse roux de poil et écumant de fureur bouscula sans ménagement les buveurs pour s'arrêter devant deux adolescents à qui il administra sans sourciller deux solides taloches.

L'autorité paternelle n'étant jamais remise en question, les deux garçons sortirent la tête basse. Mais le chef du clan des chasseurs, furieux de se voir ainsi interrompu sur son propre territoire, ne l'entendit pas de cette oreille. Il bondit sur le colosse, aussitôt suivi par ses amis et ses dauphins. Les paysans n'attendaient que cela pour investir l'auberge. En quelques instants, la bagarre fut générale. On se battait à coups de poing, de pichets de grès, de tabourets. L'aubergiste, nullement impressionné, frappait méthodiquement – mais vigoureusement – ceux qui voulaient profiter de l'occasion pour s'aventurer de l'autre côté du bar, sans distinction de clan. Ici, on ne perdait pas son temps en vains défis oraux. On cognait. Même les serveuses, apparemment habituées à ce genre de sport. Curieusement, on laissa les trois voyageurs en dehors de l'affaire. En tant qu'étrangers, ils avaient sans doute droit à quelques égards. Il ne fallait pas qu'ils puissent répéter que les Veraskans étaient de sombres brutes.

Cependant, l'intention est une chose, et la loi de la gravité universelle une autre. Tout se gâta lorsqu'un géant couvert d'ecchymoses vint buter contre les pieds de Lorik et bascula sur la table, au milieu des thés bouillants. Nelvéa se leva d'un bond pour ne pas être éclaboussée. L'instant d'après, elle recevait sur le dos la masse confortable d'un gros chasseur dont la tête venait d'intercepter un pichet de deux litres. Chancelant, mais encore vigoureux, il se tourna vers sa victime involontaire, qu'il avait envoyée rouler sous la table. Il l'attrapa comme une poupée, la décolla de terre. Un poing énorme se leva, visiblement décidé à frapper. Mais il resta suspendu en l'air lorsque son propriétaire découvrit qu'il avait affaire à une femme. Il eut un sourire sanguinolent et entreprit de bafouiller des excuses. Mais son hésitation lui fut fatale. Nelvéa lui expédia dans les dents un violent coup de botte qui le projeta sur les tables suivantes. Avant qu'il ait eu le temps de comprendre, l'homme reçut un solide coup de carafe sur la tête. Un gros rire éclata derrière Nelvéa, rire qui s'étrangla aussitôt dans un hoquet. Elle se retourna et dut rouler sur elle-même pour éviter le corps d'un paysan qui s'effondra en tas sur le chasseur. Puis elle dut faire face à un jeune homme musclé qui tenta de la prendre dans ses bras. En quelques secondes, Nelvéa et ses compagnons furent mêlés, bien contre leur gré, à la bagarre.

Soudain, au milieu du vacarme, une voix tonna, autoritaire, une voix féminine.

— Cela suffit, bande de bons à rien. Est-ce ainsi que l'on se conduit devant les dames ?

Nelvéa, occupée à immobiliser son agresseur face contre terre, leva les yeux. L'apparition ne manquait pas de pittoresque. La femme faisait sans nul doute partie du clan des chasseurs. Grande, élancée, elle était auréolée d'une abondante crinière d'un noir de jais, retombant sur un vêtement de cuir fin, délicatement travaillé de métaux précieux. À sa ceinture pendaient des armes dont il était visible qu'elle savait se servir. Son regard de chat aux yeux verts se fixait sévèrement sur l'assemblée. Derrière elle suivaient deux jeunes femmes vêtues de façon identique. Ses filles, peut-être… ou ses maîtresses, comme crut le deviner Nelvéa.

Sa présence eut un effet magique. Les belligérants cessèrent aussitôt les hostilités, se relevèrent les uns les autres, paysans et chasseurs confondus. Tous reprirent place autour des tables, en estimant que pour une belle bagarre, cela avait été une belle bagarre, mais que les meilleures choses avaient une fin.

Nelvéa relâcha son agresseur qui se redressa en grognant. Elle faillit éclater de rire. Ses pensées étaient transparentes. Il avait compté s'offrir un peu de bon temps en se battant avec une femme, mais sa défaite cuisante le mortifiait profondément, et il s'en fut sans même la saluer.

La femme brune s'avança au-devant de Nelvéa.

— Hal Weya, la fille ! Je suis Daena, la chasseresse, maîtresse de la parcelle de Czernova. Et voici mes compagnes, Myriam et Astrid.

Les filles eurent un vague sourire, qui s'évanouit rapidement derrière un regard sombre et farouche. Un sondage mental sommaire confirma à Nelvéa qu'elle ne s'était pas trompée. Les deux filles étaient les « épouses » de Daena. Deux sauvageonnes, l'une brune, l'autre blonde, aussi belles qu'inaccessibles, qui ne vivaient que pour leur maîtresse, ayant appris d'elle l'art de chasser et de se défendre des hommes.

Mais Daena, si elle s'affichait avec ses deux compagnes, n'en dédaignait pas pour autant la gent masculine. Ainsi, les yeux gris et la puissante musculature de Khaled ne la laissaient pas indifférente.

Nelvéa se présenta.

— Gwondaleya ? Tu es la fille du comte Dorian ?

— Parfaitement !

— Par les tripes de Shaïentus, si on m'avait dit qu'un jour... Est-ce vrai ce que l'on raconte, que tu es chevalier ?

Nelvéa, un peu ennuyée, écarta les pans de sa cape et dévoila l'emblème de la licorne brodé sur son sharack. Elle avait laissé volontairement son dayal à l'auberge où ils avaient élu domicile, mais elle avait conservé son shayal sur lequel était gravées de fines armoiries.

Il y eut un revirement chez la femme brune. Au début, elle avait été attirée par la beauté fraîche de la jeune fille. À présent, l'ascendant de la légende de Dorian et de Solyane était tel que leur fille était elle aussi considérée comme une déesse.

— Je connais tous les exploits de ton père, Nelvéa. Depuis longtemps je rêve de me rendre à Gwondaleya, pour le voir, ne serait-ce que de loin.

— Malheureusement, il nous a quittés à la fin de l'année dernière.

— Je sais.

Daena sentit que la jeune fille n'avait pas réellement envie de parler de ça. Elle dit :

— Nous ferions mieux de partir d'ici. Ces brutes ne sont pas de mauvais bougres, mais ils ne savent plus se tenir dès qu'ils ont bu.

— J'ai cru le remarquer en effet.

— Oh, ça, ce n'était rien. Nous approchons de l'automne. Les chasseurs vont bientôt partir. Beaucoup de jeunes paysans veulent abandonner la terre pour les suivre. Ce n'est pas du goût de leurs pères qui ont besoin de leurs bras. Cela crée des conflits. Cela se termine le plus souvent par quelques dents cassées et des yeux pochés. Mais après une certaine heure, ils se mettent à penser aux femmes. On ne peut plus les tenir.

— Et une fille comme moi risquerait de les exciter...

— Exactement.

Il y avait sans doute du vrai dans ce qu'affirmait Daena. Mais il était clair aussi qu'elle ne verrait pas d'un mauvais œil de terminer la nuit dans les bras musclés de Khaled, ou pourquoi pas contre la peau fraîche de Nelvéa.

La jeune fille frémit en découvrant ces curieuses pensées chez sa nouvelle amie. Elle n'ignorait pas que les relations amoureuses existaient entre les femmes. Mais elle ne se sentait pas l'envie d'y goûter. Cependant, Daena pouvait s'avérer une alliée précieuse, et elle mitigea son attitude entre la froideur et la sympathie.

Ils pénétrèrent dans un petit cabaret où régnait une atmosphère équivoque. Deux conteurs à la peau noire narraient de courtes légendes nogafrikaines, pleines de couleurs et d'humour. Au fond, dans une petite salle située en retrait, trois danseuses quasiment nues évoluaient pour le plaisir d'un groupe de chevaliers.

La chasseresse s'arrangea pour qu'on les plaçât à une table d'où elle pouvait contempler les évolutions érotiques des filles.

Ses deux compagnes ne manifestaient aucun sentiment. Nelvéa avait constaté qu'elles conservaient toujours leurs armes à portée de main. Elle comprit qu'à la moindre provocation, elles se transformaient en de redoutables combattantes. Elles semblaient connues pour cela, à en croire les saluts respectueux qu'on leur avait adressés en entrant.

— Elles sont belles, dit Daena, en désignant les trois filles emportées par une danse d'inspiration ismalasienne.

Nelvéa préféra changer de sujet de conversation. Daena n'insista pas. Elle demanda :

— Pourquoi es-tu venue à Veraska ?

— Je ne sais pas vraiment ! Je n'avais pas envie de retourner à Gwondaleya. J'ai pensé que mon père pouvait être passé par ici.

Elle avait gardé vivant au fond d'elle l'espoir que son père ne s'était pas enfoncé dans les Terres Bleues, que peut-être il avait fait halte à Veraska. Mais Daena détruisit ce rêve en quelques mots.

— À ma connaissance, il n'est jamais venu jusqu'ici. Nous l'aurions su. Un chevalier monté sur un lionorse noir, cela se remarque. La ville est petite, et tout le monde se connaît.

Nelvéa serra les dents pour ne pas montrer sa déception, et murmura :

— Alors, je n'ai plus aucun but à présent.

Elles demeurèrent quelques instants silencieuses, écoutant sans y prêter attention les récits des conteurs. Puis Daena proposa :

— Écoute, d'ici quelques jours, je vais regagner ma concession de Czernova. La vraie chasse ne débutera pas avant un mois, mais il faut préparer les pièges et les armes, débusquer les animaux, sélectionner ceux que l'on prendra, reconnaître le terrain… Cela te plairait-il de m'accompagner ?

Nelvéa hésita. Après tout, elle n'avait rien d'autre à faire. Et puis, elle aimait l'atmosphère de la vénerie.

— J'accepte, Daena, et je te remercie.

La chasseresse bondit de joie comme une petite fille.

— Tu ne pouvais pas me faire plus plaisir, Nelvéa. Tu verras, cela va être passionnant.

Nelvéa sourit. Elle était adoptée. Elle s'en rendit compte lorsque Astrid, la blonde, s'adressa – enfin – à elle. Ni elle ni sa compagne n'avaient desserré les dents depuis le début de la soirée. Sans doute les relations entre les trois femmes obéissaient-elles à des rites précis, car dès que la petite esclave eut ouvert la bouche, Daena s'intéressa plus particulièrement à Khaled. L'inébranlable Ismalasien, pourtant armé vis-à-vis des femmes, se laissa gagner par le charme de la bouillante Veraskanne. Celle-ci parvint même à lui faire partager son verre de shavitt. Cet alcool, typique de Veraska, était distillé à partir de baies rouges et de résine de sapin. Son goût était très spécial, mais c'était la boisson nationale de la cité, et les chasseurs ne partaient jamais sans leur réserve.

En fait, la conversation d'Astrid n'était destinée qu'à la détourner de son compagnon, afin de permettre à sa maîtresse de parvenir à ses fins. Mais Nelvéa estimait qu'une nuit d'amour ferait le plus grand bien à Khaled.

Astrid parlait pour les deux. Elle disait toujours « nous », englobant sa compagne jumelle dans son propos. Par la puissance de leur protectrice, elles étaient devenues plus que sœurs. Myriam ne disait mot, acquiesçait à peine. Son regard froid ne révélait aucun sentiment. Nelvéa l'étudia subrepticement et comprit qu'elle ne pensait réellement à rien. Toute sa vie s'était fondue à celle de Daena, comme celle d'une chienne fidèle. Peu lui importait l'endroit où elle se trouvait, pourvu qu'elle fût à côté de sa maîtresse.

Astrid, aussi blonde que Myriam était brune, faisait au contraire songer à une gamine curieuse. Certainement plus intelligente que sa compagne, elle posa une foule de questions sur Gwondaleya, sur le voyage de Nelvéa, sur ses amis, sur l'Eschola, sur la chevalerie.

Soudain, Nelvéa frémit. Elle venait de percevoir une présence troublante dans son dos.

— Hal Weya, petite princesse !

— Maaskar !

Un sourire ravi éclairait son visage. Il était entouré d'une petite troupe de chevaliers veraskans qu'il lui présenta.

— Je suis heureux de te revoir, ma compagne. Je t'ai espérée au palais où le roi Nadvarg m'a reçu comme un prince régnant. Je lui ai appris que tu passerais sans doute par Veraska.

La moue ennuyée de Nelvéa le cueillit à froid.

— Excuse-moi ! Je ne pensais pas gaffer. Mais aussi quelle idée pour un chevalier de gîter dans une auberge tout juste bonne pour les sapienniens.

— Ces gens-là sont de bonne compagnie, Maaskar. Et je n'avais pas envie de retrouver la vie des cours.

— Je sais que tu es un peu sauvage, ma belle. J'espère que tu ne me tiendras pas rigueur de ma bévue.

Il s'assit à ses côtés et la prit par les épaules.

— Et puis aussi, je voudrais que tu me pardonnes la manière inélégante dont je me suis conduit envers toi dans la forêt. Je sais que j'ai abusé. Je ne pensais pas te froisser ainsi.

— Ce n'est rien, n'en parlons plus.

— Tu me pardonnes ?

Le regard de chien battu qu'il lui dédia la fit pouffer de rire.

— Mais oui, je te pardonne. Mais je voudrais que tu me laisses. Je n'ai plus envie de…

— J'ai compris. Rassure-toi ! Je ne t'ennuierai plus. Sans doute ne sommes-nous pas faits l'un pour l'autre. J'espère que tu nous feras malgré tout l'immense joie de te joindre à nous pour la saison de chasse qui va bientôt s'ouvrir.

— Je suis désolée, j'ai déjà promis à Daena de l'aider à préparer ses pièges.

— Ah ? Bon, eh bien, tant pis pour nous. Le roi Nadvarg aurait été tellement fier de te connaître.

— Je te promets que j'irai au palais.

Ses amis poussèrent un hurlement de joie. Cependant, comme Nelvéa et ses compagnons prenaient congé des chevaliers, la jeune fille surprit le regard que Maaskar dédia à Daena. Cela ne dura que l'espace d'un éclair, mais un frisson glacé lui coula le long de l'épine dorsale. Elle adressa une prière rapide aux dieux de bienveillance pour qu'il ne s'agît que de jalousie.

L'instant d'après, l'étincelle de haine qui avait bouleversé Nelvéa explosait dans un gigantesque éclat de rire, tandis que Maaskar présentait ses plus respectueux hommages à la chasseresse.

24

— Ici commence la forêt de Narushja, expliqua Daena.

Devant eux s'étalaient les contreforts d'un massif majestueux, dont les sommets perdus dans les brumes se couronnaient de neige. Un moutonnement de collines s'éloignait vers le nord et l'ouest, découpant une multitude de vallées suspendues au relief tourmenté, reliées entre elles par des cols de rocaille. Parfois, des lacs aux eaux limpides s'insinuaient entre les falaises comme d'immenses miroirs, serpentaient autour de pics rocheux que les glaciers d'hiver dépouillaient de leur végétation. Un décor à la dimension des dieux, où l'on devinait parfois, au cœur de l'immense étendue forestière, les fumées diaphanes de petits villages perdus. Là vivaient des communautés plus ou moins civilisées qui toléraient les chasseurs.

Ils n'étaient pas seuls ce matin-là. Une troupe nombreuse avait pris d'assaut le gigantesque massif montagneux, laissant derrière elle Veraska et son lac, avec ses parcelles de champs cultivés et ses petites fermes blotties au creux des bosquets. Dernière vision de la terre asservie par l'homme avant la sauvagerie des espaces sylvestres.

Personne ne s'étonnait de voir Nelvéa monter un lionorse. On avait vite appris qu'elle était la fille du grand seigneur qui régnait sur la cité de Gwondaleya.

La jeune fille avait tenu sa promesse à Maaskar, et avait accepté l'invitation royale, quelques jours avant le départ. La résidence du souverain était à l'image de la ville. Comme la plupart des demeures de Veraska, elle était en grande partie bâtie en bois. L'art des ouvriers était si grand que chaque poutre était sculptée, teinte, et traitée de telle manière que l'on n'y redoutait pas vraiment les incendies. On n'y parlait que de chasse, et les salles exposant les trophées les plus spectaculaires en occupaient près de la moitié. Le monarque avait présenté, avec une fierté évidente, ses meutes de chiens courants à Nelvéa. On devinait qu'il résistait mal à l'envie de partir avec les premières vagues de chasseurs. Mais le devoir lui commandait de rester le plus tard possible pour assurer le gouvernement de son petit royaume.

En réalité, celui-ci ne risquait pas grand-chose de ses ennemis éventuels, ceux-ci se limitant à quelques hordes de garous que les hivers décimaient un peu plus chaque année, et des bandes éparses de maraudiers qui rançonnaient les caravanes. Les combats les plus violents les opposaient aux caprices d'une nature sans pitié.

Aucune piste ne s'ouvrait vers l'ouest et le nord. Peut-être le relief montagneux s'y était-il opposé, mais Nelvéa apprit qu'il avait existé, autrefois, une route reliant Veraska aux royaumes europaniens, et remontant vers Hambora. Mais celle-ci n'était plus empruntée depuis des décennies, en raison des dangers qu'elle recelait. En fait, elle s'arrêtait aux limites de Czernova, la vallée où Daena avait établi ses quartiers.

L'expédition fut mouvementée et dura plusieurs jours. Chaque fois qu'un maître quittait la troupe pour gagner sa propre parcelle, avait lieu une cérémonie rituelle haute en couleur, avec libations et saluts prolongés, vœux de réussite et serments sur les armes qui ne laissèrent pas d'étonner Nelvéa. Là plus qu'ailleurs, la chasse avait revêtu un caractère sacré. Elle était la raison même de vivre des Veraskans, la quintessence de la cité.

Ainsi, à chaque espèce animale était liée une divinité, à laquelle on consacrait des offrandes sous la forme de branchages et de feuillages tressés, placées sur d'énormes pierres plates dont c'était l'unique usage. Coutumes ignorées d'un culte qui avait traversé les millénaires, ces rites particuliers fascinèrent Nelvéa et ses compagnons. Bien plus que les dieux amanites, les chasseurs veraskans vénéraient leurs divinités sylvestres.

Le soir, au bivouac, les plus anciens contaient des légendes fantastiques relatant les hauts faits de chasseurs exceptionnels, ou encore les aventures des génies et autres démons qui hantaient les lieux. Ils étaient aussi nombreux qu'il y avait de vallées, de combes, de grottes, ruisseaux ou sources cachées. Parfois, c'était un arbre de taille ou d'âge inhabituels. Et les chasseurs le saluaient avec un respect non feint.

Un soir, Daena vint trouver Nelvéa.

— Je voudrais te montrer quelque chose ! Viens voir !

Elle lui prit la main et l'entraîna à l'écart du campement. Respirant avec délice l'air de la fin de l'été, elles se dirigèrent vers un promontoire ouvert sur une vallée immense, noyée par la lumière de la pleine lune. Un spectacle insolite les y attendait. Les ombres suivaient des dessins géométriques précis. Çà et là s'élevaient des ruines, des pans de murs éboulés. Aussi loin que portait le regard, ce n'était qu'une étendue désolée, empreinte pourtant de paix absolue. Une brume bleutée baignait les fondations s'élevant vers nulle part, conférant à l'ensemble une atmosphère d'irréalité.

— Autrefois, il y avait une ville ici, expliqua Daena. Une cité des Anciens. On dit que leurs esprits reviennent parfois hanter ces lieux. Je n'y crois pas vraiment, mais je n'oserais pas trop m'y aventurer.

— Mon père m'a enseigné que bien souvent, c'est l'imagination des hommes qui peuple le monde de spectres ou de fantômes, murmura Nelvéa. Pour moi, des gens ont vécu ici, il y a bien longtemps, et l'on a oublié leurs rêves, leurs noms, et jusqu'à leur souvenir. Voilà pourquoi cet endroit paraît à la fois merveilleux et sinistre. Mais si des hommes revenaient s'installer ici, ils pourraient faire revivre cette ville, et chasseraient les fantômes.

— Il ne faut pas parler ainsi des mystères du monde, Nelvéa. Les génies pourraient se fâcher. Et puis, même si tu as raison, il faut que le mystère de ce lieu demeure.

— Pourquoi ?

— Si l'on essayait d'expliquer ce qui s'est passé dans cette ville disparue, on tuerait les divinités qui s'y sont installées. Et cet endroit mourrait vraiment.

Nelvéa sourit. Il y avait dans les paroles de Daena une forme de sagesse. Elle voulait croire au merveilleux. Après tout, l'apparence de la réalité n'était-elle pas plus importante que la réalité elle-même ? La chasseresse poursuivit :

— Je me demande à quoi pouvait ressembler cette cité autrefois. Elle devait être beaucoup plus vaste que Veraska. Comment vivaient les habitants ? Leurs femmes étaient-elles belles ? Comment s'habillaient-elles ? Que faisaient-elles ? Parfois, je reste des heures à contempler ces ruines, et au-dedans de moi je les fais revivre. Et ce que je vois est beau, plein de lumière.

Elle se tourna vers Nelvéa.

— En fait, il m'importe peu de percer le mystère de cette ville dont je ne saurai jamais le nom. Je préfère qu'elle demeure comme je l'ai faite.

Au bas du promontoire, les brumes cotonneuses couraient sur les ruines opalescentes, semblables à des esprits oubliés. Peut-être dissimulaient-elles les âmes de ces habitants anonymes revenus hanter leur demeure.

Soudain, Daena posa son bras sur l'épaule de Nelvéa. Un trouble étrange envahit la jeune fille. Le souffle de la chasseresse se rapprocha, parfumé et tiède contre l'haleine froide de la nuit. Un curieux vertige l'envahit. Il n'y avait rien aux alentours. Seule une brise légère faisait bruire les feuillages. Par instants retentissait l'appel d'un rapace. Nelvéa eut envie de fermer les yeux, de se laisser aller sous la magie des lèvres qui lentement se posaient sur les siennes. Mais son corps se hérissa et elle fit un bond de chat en arrière. Elles se regardèrent, Nelvéa toutes griffes dehors, et l'autre, visiblement embarrassée.

— Pardonne-moi, finit-elle par dire.

Nelvéa se calma et se rapprocha à nouveau, le visage fermé. Elle grommela :

— Ce n'est rien. N'en parlons plus.

Mais Daena continua :

— Pardonne-moi, je ne voulais pas te faire de mal. J'ai toujours été attirée par la beauté des femmes, par la douceur de leur peau, leur apparente fragilité. Un homme est en général si facile à percer, à dominer. Une femme, c'est différent. Elle est capable de la plus grande tendresse comme de la haine la plus profonde. Nous sommes plus féroces que les hommes, et aussi plus sensibles. Les hommes ne sont que des brutes égoïstes, qui le plus souvent ne pensent qu'à leur propre plaisir. Une fois qu'ils se sont soulagés en toi, tu ne comptes plus pour eux. Ils possèdent la force, l'utilisent, et s'imaginent pour cela qu'ils nous dominent. Mais leur belle assurance et leur arrogance les aveuglent. Ils n'ont pas compris que l'amour, c'est donner, et non pas prendre. Les femmes le savent d'instinct.

— Tu dis cela parce que tu n'as peut-être jamais connu l'amour.

Daena laissa planer un long silence avant de répondre.

— Peut-être, oui ! Peut-être n'ai-je connu que la haine et le mépris, la honte d'être une femme, qui te donnent encore plus de courage pour vaincre et atteindre les buts que tu t'es fixés.

Nelvéa aurait voulu se renfermer dans un mutisme boudeur. Mais le désarroi qu'elle devinait chez sa compagne l'incita à l'écouter. Et puis, le souvenir de ses lèvres tièdes sur les siennes avait réveillé un spasme impérieux au creux de ses reins, un désir toujours prompt à se réveiller. Par un violent effort de volonté, elle parvint à le maîtriser, et soupira.

Daena, qui l'observait, lui souffla :

— Comme tu es forte déjà, malgré ton âge. Une autre fille se serait effarouchée, et serait partie en hurlant. Toi, tu restes là. On dirait…

Nelvéa sentit comme un flot glacé couler de l'esprit de la chasseresse.

— Par les dieux, ne me tiens pas rigueur de… cette faiblesse, Nelvéa. C'est ta beauté seule qui en est la cause. Je voudrais que tu me conserves ton amitié.

La jeune fille sourit.

— Ne t'alarme pas à tort, mon amie. Je te connais. Je ne t'en veux pas.

La chasseresse s'assit en tailleur sur le tapis d'aiguilles de pin dont le parfum embaumait la nuit. Nelvéa l'imita. Elles restèrent un long moment silencieuses, puis Daena commença une étrange histoire.

— J'avais dix-huit ans, comme toi, lorsque c'est arrivé. Mes parents exploitaient une petite ferme en bordure de la forêt. Mon frère aîné s'était enfui dans les bois deux ans auparavant. Cela ne nous avait pas beaucoup gênés, car il n'était pas courageux. Il n'aimait pas la terre. Il préférait suivre les chasseurs dans leurs beuveries. Mon père l'avait chassé lorsqu'il était revenu après sa première saison. Il avait dépensé tout ce qu'il avait gagné, et envisageait de venir passer l'hiver chez nous. Mais nous n'étions plus que cinq pour exploiter nos champs : mon père, ma mère, mes deux petites sœurs et moi. Il s'est montré odieux. Mon père lui a flanqué une raclée et l'a jeté dehors. Il est parti en jurant qu'il se vengerait. Nous n'avons plus entendu parler de lui.

« Peu avant les fêtes du solstice, les chasseurs revenaient. Sevrés de femmes depuis des mois, ils n'avaient qu'une hâte, courir auprès des leurs, ou faire un tour dans les bordels de Veraska. À la fin des chasses, il est de coutume d'organiser des fêtes qui se terminent toujours en orgie. C'est la tradition. Les maîtres prennent un bain dans le sang des animaux abattus et, souvent, les femmes les rejoignent. C'est un rite.

— Je connais cette coutume.

Nelvéa serra les dents. Elle aurait voulu oublier l'épisode du migas, encore trop présent à sa mémoire.

— Tu sais, la vie en forêt est rude. Bien souvent, les chasseurs sont tués, ou effroyablement mutilés. Ceux qui reviennent connaissent le prix de la vie et en jouissent de toutes les manières. Les femmes sont toujours consentantes. Les chasseurs les respectent. Pourtant...

Elle respira profondément, puis poursuivit :

— C'était la tombée de la nuit. La journée avait été difficile. La neige avait menacé, et les provisions n'étaient pas encore toutes rentrées. Il fallait engranger beaucoup à cette époque. Les hivers étaient plus rigoureux. J'étais seule encore à l'extérieur de la ferme. Mes sœurs et mes parents étaient rentrés. Soudain, une dizaine de silhouettes sont apparues à l'orée de la forêt. Il n'était pas rare que certains chasseurs fissent halte chez nous. Mon père les accueillait malgré leur appartenance au clan opposé. Il leur débouchait alors un flacon de vin ou de bière. Parfois même certains restaient pour dîner, et nous offraient en remerciement quelques belles peaux. Mais ceux-là étaient déjà passablement ivres lorsqu'ils sont arrivés. Ils avaient déjà commencé à fêter la fin de la chasse au fond des bois. Je les connaissais de réputation. C'était une bande de brutes mauvaises et sans scrupules, prêtes à tout pour s'approprier les pièges des autres. Ils n'hésitaient pas à chasser hors de leur concession.

« Je suis entrée et j'ai bloqué la porte. Ils m'ont crié : "Te sauve pas !" Mais je n'avais aucune envie de les voir. Mes parents étaient inquiets. Mon père était déjà âgé. Il ne pouvait espérer les mettre en fuite à lui seul. De plus, ils possédaient des gonns. Nous, les paysans, n'y avions pas droit. Ils ont commencé à tambouriner à la porte en réclamant à boire, en nous traitant de bouffeurs de racines. On les entendait rire de l'autre côté. On leur a dit de foutre le camp. Mais rien n'y a fait. Pendant qu'on barricadait la maison, ils ont entrepris de tout saccager. Ils ont ouvert l'étable et la porcherie. Puis l'un d'eux a sorti son gonn et a abattu nos bêtes, une à une. Alors, mon père a rouvert la porte. Il avait une fourche à la main. J'ai essayé de le retenir. En vain. Il était comme fou. Il voulait défendre son bétail.

« Lorsqu'ils nous ont vus, ils se sont trouvés stupides. Mais leur chef gueulait plus fort que les autres.

« — Alors, a-t-il dit, tu es décidé à nous donner à boire ? Ou faut-il qu'on étripe tout ton troupeau ?

« Mon père lui a foncé dessus avec sa fourche. Et... et l'autre lui a tiré dessus sans sourciller. Mon pauvre père s'est écroulé. Une balle lui avait traversé le cœur. Je suis restée pétrifiée. Je ne croyais pas à ce qui arrivait. Je me suis avancée vers eux, en les regardant l'un après l'autre. Je pleurais et je criais en même temps. Ils étaient tout bêtes. Mais leur chef et quelques autres ont commencé à rigoler, d'un rire niais et ridicule.

« — La poulette est aussi hargneuse que le coq ! On va lui rabattre son caquet.

« Alors, ce fut terrible !

Nelvéa posa la main sur le bras de sa compagne.

— J'ai compris, Daena. Ne poursuis pas.

La jeune fille percevait nettement les images de cauchemar qui coulaient de l'esprit de son amie, comme s'écoule le sang d'une plaie mal cicatrisée. Une fuite éperdue vers la maison où hurlaient sa mère et ses sœurs. Des haches qui attaquaient la porte massive de l'entrée. Des gueules hirsutes aux yeux fous faisant irruption dans la demeure, des haleines puant l'ail et l'alcool, des dents qui heurtaient sa bouche, lui mordaient les lèvres, des coups, des mains sur son corps, arrachant ses vêtements, écartant violemment ses cuisses, les gémissements de douleur de sa mère et de ses sœurs.

Nelvéa frémit. Sa perception mentale était tellement puissante qu'elle ressentit en écho l'abjection de la souillure subie par Daena, les blessures multiples, une violente meurtrissure au ventre.

La chasseresse dégrafa sa tunique de cuir, et montra à la jeune fille une vilaine cicatrice allant de l'aine aux côtes.

— Non contents de nous avoir violées, ces ordures ont voulu effacer toutes traces de leurs saloperies. Ils ont tué ma mère et mes sœurs. Moi, je n'étais que blessée. J'ai réussi à me traîner dehors quand ils ont mis le feu à la ferme. Je les ai vus. Ils étaient complètement ivres. Ils titubaient, et ils riaient. Ils riaient pendant que ma maison brûlait avec ma famille à l'intérieur. Tu ne peux pas savoir ce que c'est.

— Non, je ne le sais pas, mais je le lis en toi.

Nelvéa prit Daena par les épaules et essuya les larmes qui brillaient dans les yeux sombres. La mâchoire crispée et les poings serrés, la chasseresse poursuivit :

— Ils ignoraient que j'étais vivante. Des voisins m'ont recueillie. Ils avaient aperçu la fumée de l'incendie. Lorsque j'ai été remise de mes blessures, je suis allée demander justice au roi. Mais je sous-estimais la puissance des chasseurs. Le roi de l'époque, Rodneck, m'a demandé de lui fournir des preuves. Je n'en avais aucune, bien entendu. Lorsque j'ai dit que je savais qui ils étaient, il m'a fait dire que mon témoignage ne pouvait être confirmé par personne, et que je pouvais très bien profiter de l'occasion pour me venger d'innocents.

« De toute façon, je savais que s'ils avaient été capturés, ils n'auraient été punis que de quelques mois de cachot ou de bannissement qu'ils auraient passés dans la forêt, faute de preuves. Mais c'était leur peau que je voulais.

« J'ai donc vendu mes terres aux voisins, et avec l'argent j'achetai un équipement complet pour la chasse. Je me rendis dans la forêt où je connaissais un vieux trappeur qui venait parfois dîner à la maison. Il ne descendait presque jamais en ville. Il passait l'hiver là-haut, dans une cabane qu'il avait bâtie sur sa concession. Lorsqu'il apprit ce qui s'était passé, il s'offrit de m'aider. Il m'enseigna tous les secrets de la chasse, les pièges, les mœurs des animaux, la valeur des peaux, la tannerie, l'art du combat à mains nues et celui de survivre dans la forêt. J'appris aussi la patience. Mes ennemis croyaient que je m'étais enfuie, que j'avais eu peur d'eux parce que ma plainte n'avait pas abouti. Mais j'attendais. J'aiguisais mes armes. Comme je n'étais qu'une petite paysanne, on m'avait interdit de porter un gonn. Je me suis donc fabriqué, sur les conseils de mon vieux trappeur, une arbalète plus puissante que toutes celles que l'on rencontrait par ici.

Elle montra, à côté d'elle, une arme magnifique dont Nelvéa avait déjà eu l'occasion de vérifier la précision.

— Elle ne me quitte jamais. Sa puissance est telle que ses carreaux sont capables de percer la cuirasse d'un migas. Beaucoup m'envient cette arme à présent. Elle est aussi rapide et bien plus silencieuse qu'un gonn.

« Il me fallut trois ans pour être prête. Mon vieux trappeur mourut. Je me retrouvais à nouveau seule. Mais il avait fait de moi son héritière. J'étais riche, et je savais me battre. Cette année-là, mes ennemis se tenaient à l'écart, parce qu'ils avaient eu des ennuis avec d'autres groupes. Certaines bandes s'étaient juré de leur faire la peau. Mais je les devançai tous. Je les traquai, l'un après l'autre. Jamais je n'ai eu à doubler mes flèches. Ils s'écroulaient, le cœur transpercé, comme ils avaient tué mon pauvre père. Ils étaient persuadés d'avoir affaire à un mauvais génie. J'avais disparu depuis trois ans et personne ne me soupçonnait.

Daena reprit son souffle. Ses yeux brillaient étrangement lorsqu'elle ajouta :

— Le dernier, je l'ai affronté au couteau de chasse !

Elle tira prestement de sa ceinture un énorme coutelas à la lame large et effilée, avec lequel on égorgeait le maroncle. Il avait presque la taille d'un glaive.

— Je voulais qu'il me reconnaisse, gronda-t-elle sourdement. Il fallait qu'il sache qui avait tué ses compagnons. Ce n'était pas le chef, je l'avais supprimé la veille. Mais celui-là, il était impossible de lui pardonner. Ce salaud a éclaté de rire lorsqu'il m'a reconnue. Il s'imaginait qu'il n'aurait aucun mal à battre une femme. Il... il a même promis de me violer une seconde fois.

Elle ricana amèrement.

— J'avais appris à me battre. Je lui ai ouvert le ventre d'un coup. De haut en bas, comme une outre.

Elle se tut enfin, en proie à une violente tension. Nelvéa lui caressa la tête.

— Celui-là, c'était ton frère, n'est-ce pas ?

Daena ne répondit pas.

Elles restèrent un long moment silencieuses. Tout en bas, une brise nouvelle chassait les brumes qui se mirent à courir sur les ruines comme des spectres affolés. Daena reprit :

— Je me suis fait connaître des autres chasseurs. Puis je revins à Veraska. J'apportais avec moi les plus belles peaux de l'année. Czernova est la plus grande et la plus giboyeuse parcelle qui soit. J'étais devenue, à vingt et un ans, la plus jeune maîtresse de concession, et d'ailleurs la seule femme. Moi la petite paysanne dont personne ne se souciait plus depuis trois ans, je revenais couverte de gloire. On chuchotait sous le manteau que j'avais tué mes ennemis. Je pensais avoir des ennuis, mais, au contraire, on me fit un triomphe. Même les plus anciens vinrent me féliciter.

Daena respira profondément et ferma les yeux.

— Ici, la coutume veut que l'on règle soi-même ses affaires. Aucune pitié pour les faibles ; seuls les forts ont droit de cité. Pendant l'hiver qui suivit, je fus de toutes les fêtes. Le roi lui-même me reçut, et me fit asseoir à sa table. De nombreux chasseurs offrirent de s'allier à moi. Mais je ne pouvais plus souffrir les hommes. Je vécus seule pendant près de vingt ans. Parfois, j'engageai des aides. Mais aucun d'eux ne m'a jamais touchée.

« Et puis, il y a cinq ans, j'ai recueilli mes deux compagnes. Deux pauvres filles que j'ai arrachées du bordel où voulaient les vendre leurs parents.

— Leurs parents ? Quelle horreur ! Je pensais qu'elles étaient nées esclaves.

— Elles ne valaient guère mieux. Les pauvres de Veraska ont beaucoup de mal à survivre. Il faut des femmes pour les chasseurs. Beaucoup. La forêt n'enseigne pas la tendresse. Lors des retours de chasse, ils ne se contrôlent pas toujours. Parfois, il y a des « accidents ». Le roi ferme les yeux, car la vie d'une esclave ne vaut guère mieux que celle d'une fille spoliée, même si elle se paye trois fois plus cher. Je les ai achetées, et je les ai affranchies, parce que j'étais écœurée par cette coutume.

« Mais elles ont refusé de me quitter et se considèrent comme mes domesses, même si elles touchent leur part de gibier. En vérité, les hommes ne valent pas mieux que les animaux qu'ils abattent. Et sans doute moins.

Nelvéa ne fit aucun commentaire. Évidemment, de tels trafics n'étaient pas propres à Veraska. Son père lui avait dit que dans les bas-fonds du port de Gwondaleya, des individus vivaient du commerce des femmes et des enfants. Des négociants sans scrupules s'enrichissaient de ces honteuses transactions. Dorian en avait fait arrêter quelques-uns. Mais d'autres les avaient immédiatement remplacés. L'homme était ainsi fait.

— J'en ai fait des combattantes, comme moi, poursuivit Daena. À présent, nul ne songerait plus à me les disputer. Astrid est encore plus adroite que moi à l'arbalète.

— Je crois qu'elles sont heureuses avec toi. Mais... Khaled ?

— Avec le temps, je me suis réconciliée avec les hommes. Mais c'est toujours moi qui choisis. Khaled me faisait envie. J'espère que tu ne m'en veux pas.

— Khaled n'est pas un esclave. C'est un homme libre. Il n'est même pas mon domesse. C'est lui qui m'a appris le métier des armes.

— Eh bien, cela nous sera utile, parce que nous n'allons pas tarder à arriver à Czernova. Tu vas voir. La chasse veraskanne n'a rien à voir avec celle que tu as pratiquée à Gwondaleya.

25

Lorsque le dernier groupe de chasseurs les eut quittés, il leur fallut encore trois jours pour parvenir jusqu'à la parcelle de Czernova. Ici les distances ne voulaient plus rien dire. Des torrents furieux avaient creusé dans la jeunesse des montagnes des rides profondes et inexplorées. Là, dans l'ombre humide et grondante vivaient les volènes, sortes de martres à fourrure bleue, et les carrassauges. Ces carnassiers rappelaient les félins, mais leurs pattes antérieures s'enflaient d'une membrane épaisse qui leur permettait de planer d'un arbre à l'autre, ou de se laisser choir sur une proie. Les plus grands atteignaient la taille d'un chien, et leur férocité inquiétait les migas eux-mêmes. Plus haut, sur les plateaux forestiers qui s'étageaient jusqu'au pied des montagnes, s'étendait le royaume des ours masqués, ainsi nommés à cause de leur pelage clair, qui fonçait autour des yeux. À une telle altitude, les migas se faisaient plus rares. En revanche, les loups et les chiens sauvages, que l'on appelait ici des trolls, régnaient en maîtres sur les ravines profondes et les défilés de rocailles. Les chasseurs les redoutaient à cause des dégâts qu'ils causaient parmi les animaux à fourrure. Parfois même il advenait qu'un campement subisse une attaque en règle, lorsque l'hiver se faisait trop rude. Plus d'un trappeur avait fini sous les crocs de ces fauves. Aussi une guerre sans merci opposait-elle les trolls et les loups aux humains audacieux qui osaient violer la forêt.

Après avoir franchi deux chaînes montagneuses, la petite troupe finit par arriver dans une vallée perchée, peuplée de sapins, de bouleaux, d'érables et d'épicéas, où l'homme semblait ne jamais avoir posé le pied.

— Pourquoi ce lieu s'appelle-t-il Czernova ? demanda Nelvéa.

— À deux marches vers le nord, il existe un petit hameau qui porte ce nom, et où vivent une vingtaine de wootmans. J'entretiens de bonnes relations avec eux, parce qu'ils avaient conclu une alliance avec mon vieux trappeur. Eux aussi vivent de la chasse. Mais ils refusent de vendre leurs peaux. D'ailleurs, ils parlent à peine l'ankos.

La chasseresse fit un geste pour arrêter le petit groupe.

— Regarde ! Je voulais que tu sois la première à découvrir « ma maison » !

— Par les dieux, comme c'est beau !

À l'endroit qu'elle désignait, les caprices d'un torrent avaient taillé, découpé, forgé dans la chair rocheuse une sorte de vasque à la dimension des montagnes, dans laquelle était venu se loger un petit lac bleu. Une couronne de sapins servait d'écrin à ce miroir de cristal qui racontait l'humeur du ciel. Vers l'orient, les rives s'étiraient en pentes douces avant de se fondre à la forêt touffue. Au centre de la clairière s'élevaient quatre bâtisses entièrement faites de troncs de sapins parfaitement égalisés.

Émue comme une petite fille, Daena lança son cheval au galop. Nelvéa la suivit, gagnée par l'enthousiasme de sa compagne. Parvenue au milieu de la cour envahie par les herbes folles que ployait une brise d'automne, Daena se laissa glisser à terre, imitée par Nelvéa.

— À l'origine, expliqua la chasseresse, il n'y avait ici qu'une pauvre petite masure, bien suffisante pour mon vieux trappeur. Mais lorsque je suis venue m'installer, j'ai construit ma propre baraque.

Soudain, un ourson déboula d'un buisson de mûres sauvages et s'enfuit. Daena éclata de rire.

— Ici, les animaux sont rois. D'ailleurs, notre première tâche consistera à réparer les dégâts qu'ils auront causés.

Bientôt rejointes par les autres, elles firent le tour du propriétaire.

— Lorsque mon vieux compagnon est mort, je suis venue

loger dans sa maison. J'ai agrandi la mienne pour pouvoir y loger les aides.

— Et les deux autres ?

— La troisième, c'est l'écurie. Je ne tiens pas à ce que les loups viennent me tuer les chevaux. Quant à la dernière, nous y entreposons les fourrures et les peaux tannées.

Lorsqu'ils eurent installé leurs provisions et le matériel ramené de la ville, Daena dit :

— Tu sais, beaucoup de chasseurs dorment sous des tentes de peau. Ici, nous sommes armés pour affronter l'hiver.

Elle fit quelques pas de danse au milieu de la clairière, dont l'herbe épaisse conservait la chaleur du soleil, puis elle s'y laissa rouler, et s'écroula, les bras en croix, les yeux perdus dans l'infini du ciel. Elle attrapa une brindille qu'elle se mit à mâchonner.

— Respire cette odeur, Nelvéa, cette fraîcheur, que l'on ne rencontre nulle part ailleurs. Ici, c'est chez moi !

Elle se redressa sur un coude et plongea son regard noir qui riait dans celui de sa compagne.

— Parfois, je me demande pourquoi je retourne en ville.

Un hurlement inquiétant se fit entendre au loin. Les chiens, menés par leur chef de file, le « Duc », se mirent à gronder sourdement. Nelvéa frissonna. Daena la rassura.

— Ne crains rien. C'est un troll, un chien géant. Même les loups les redoutent. Mais il est rare qu'ils s'approchent d'ici lorsque j'y suis.

— Je m'y habituerai.

La jeune fille regarda encore la maison et déclara :

— Je sens que je vais me plaire ici, Daena.

Nelvéa ne s'était pas sentie aussi heureuse depuis longtemps. À Czernova, la vie était merveilleusement simple. Le matin, il fallait se lever tôt pour aller relever les pièges de la nuit. Puis on devait ramener les animaux jusqu'à la remise où l'un des chasseurs les dépeçait, puis préparait le tannage. Ensuite, l'on repartait débusquer le gibier, sélectionner les futures victimes.

— Il faut éviter de tuer les femelles, expliquait Daena, si nous voulons qu'elles se reproduisent l'année suivante. Ce sont les vieux mâles que nous devons supprimer, car ils risquent de féconder les jeunes femelles, et engendrer des tarés.

La chasse pratiquée par Daena n'avait que de très lointains rapports avec celle de Gwondaleya. Les chiens n'étaient utilisés que pour la course au maroncle, omniprésent dans les forêts de Narushja et de Skovandre. Ils servaient également de rabatteurs lors des « longes » au chevreuil ou au cerf. Mais leur rôle essentiel consistait à avertir la petite communauté des dangers. Car malgré la présence des gonns, les grands fauves, attirés par l'odeur de la chair, n'hésitaient pas à s'approcher.

Plusieurs fois, Nelvéa constata que Daena et ses compagnes éprouvaient une grande passion pour les animaux. Bien souvent, la chasseresse entraînait la jeune fille dans un buisson pour lui faire découvrir quantité d'animaux inconnus, qu'elle surprenait dans leur vie quotidienne. Renards au terrier, oiseaux à peine sortis du nid, huttes de branchages des castors-bronze, tissages de lianes des rousselottes, sortes de petits mammifères volants et aveugles, lointains cousins des chauves-souris, et qui tendaient d'un arbre à un autre des voiles fins et gluants où venaient s'empiéger les oiseaux et les insectes.

Un jour, ils découvrirent le cadavre d'un troll, éventré, et la tête brisée. Un mâle. Sa femelle agonisait doucement près de lui, les yeux déjà vitreux.

— Quel animal a bien pu leur faire cela ? murmura Nelvéa, impressionnée. Regardez : ce ne sont pas des traces de crocs ou de griffes.

À ses côtés, Daena devint blanche.

— Ce sont des coups de corne. C'est un kherilan. Même

les migas les craignent. J'espère que ce monstre a quitté Czernova.

— Qu'est-ce que c'est, un kherilan ?

— Une sorte de cerf, mais beaucoup plus gros. Les vieux mâles peuvent dépasser les trois tonnes. Une légende dit qu'ils descendent des pays proches de la Skandianne. À l'origine, ils étaient de petite taille, mais ils se sont développés pour combattre leurs prédateurs. Désormais, ils sont les rois de la forêt. Fassent les dieux que jamais nous n'en rencontrions un. Ils sont dotés d'une résistance effrayante... et ce sont les seuls animaux qui me fassent peur. J'en ai vu un une fois. Son regard a croisé le mien. Jamais je n'oublierai ce que j'y ai lu. Deux yeux noirs, glacés, les yeux de la mort elle-même, Nelvéa. Je me suis enfuie.

La forêt grouillait d'une vie intense, bruyante, tendre, sauvage et cruelle, d'une beauté inquiétante, où le plus fort déchiquetait sans pitié le plus faible, mais où celui-ci compensait sa faiblesse par une prolifération exubérante.

Univers démentiel, de feuilles et de bois, d'humus et de terre, de roche et d'eau bondissante, où la vie pénétrait le corps par tous les pores de la peau, imprégnait les poumons, brûlait les forces jusqu'à ce que l'on s'écroule, au soir, sur sa paillasse, ivre d'air et de senteurs incomparables.

Bien plus tard, Nelvéa se souviendrait toujours de cette période de sa vie comme d'une parenthèse, une retraite hors du temps où elle avait pu panser ses blessures et reprendre des forces.

Si parfois la silhouette de son père revenait encore la hanter, découpée sur l'horizon angoissant des Terres Bleues, elle n'en souffrait plus véritablement. Son amant nocturne avait cessé de la tourmenter. D'ailleurs, le soir, elle était trop éreintée pour penser à autre chose qu'à dormir. Elle était saoule de l'air des montagnes, de l'odeur de résine qui imprégnait les sous-bois, ivre des fruits sauvages, mûres, airelles, faines, nèfles et autres parodèles dont elle se gavait dans la journée.

Khaled et Lorik s'étaient intégrés sans difficulté à la petite équipe de la chasseresse, et accomplissaient leur part de travail avec bonne humeur. En plus d'Astrid et de Myriam, Daena avait amené avec elle ses compagnons habituels. Il y avait Roghier, un bonhomme taciturne dont le visage était marqué d'une vilaine tache de vin. À cause de cette disgrâce, les autres équipes refusaient de travailler avec lui. C'était un tort car il n'avait pas son pareil pour confectionner les pièges les plus variés. C'était lui qui commandait les quatre autres trappeurs, des jeunes gens dont Nelvéa avait compris qu'ils étaient tous plus ou moins amoureux de Daena. C'était une sorte d'amour fait d'admiration et de tendresse. Elle était le maître, mais aussi la déesse que l'on vénère, et la mère qui réconforte, qui rassure de sa présence. Car si les cinq chasseurs, tous des colosses dans la force de l'âge, ne redoutaient pas d'affronter les dangers de la forêt face à face, ils craignaient plus que tout les génies et démons qui, selon eux, hantaient les lieux.

Cela donnait lieu à des scènes cocasses. Parfois, lors de la pose des pièges, un jeune trappeur se levait et s'adressait à la forêt pour se concilier les bonnes grâces du seigneur de l'endroit. On lui sacrifiait un lièvre, ou un oiseau, que l'on disposait bien en évidence. Le lendemain, il ne restait plus rien, et les chasseurs étaient contents, parce que le génie avait accepté l'offrande. Nelvéa se garda bien de leur faire remarquer qu'un carnassier quelconque avait certainement emporté la proie durant la nuit. Ils ne l'auraient pas crue.

Les deux premières semaines furent occupées à préparer les pièges, tendre les rets, repérer le gibier. Nelvéa découvrit ainsi des animaux qu'elle n'avait jamais vus, telles ces fameuses volènes à fourrure bleue, ou encore les castors cendrés, qui vivaient à la limite des neiges où ils construisaient de petites huttes de branchages en bordure des lacs. Outre l'ours à lunettes, il y avait encore les maravènes à collerette, qui ressemblaient à des lapins à cause de leurs oreilles démesurées, mais dont la peau du dos se gonflait d'une excroissance singulière qui se hérissait lorsque l'animal se sentait menacé. Il doublait ainsi de volume pour effrayer ses prédateurs. Cela suffisait pour les renards-métal, dont la fourrure, comme celle des migas, se mêlait d'écailles, mais cela restait sans effet sur l'aiglesard, une sorte de reptile volant qui partageait le royaume du ciel avec le faucon, l'aigle royal et les carrassauges. Par deux fois, près des hauts sommets inaccessibles, Nelvéa aperçut également des boufflons, animaux semi-mythiques que jamais l'homme n'était parvenu à capturer. De loin, cela ressemblait à un bouquetin, dont le front s'ornait de deux cornes qui venaient se joindre en une seule. Leur épaisse fourrure blanche bondissait d'un pic à un autre, se jouant de la gravité avec une souplesse et une agilité époustouflantes.

— Quelle corne curieuse, fit-elle remarquer à Daena. Elle rappelle celle de mon emblème.

— On prétend que jamais ils ne se sont laissé approcher par un homme. On ne sait rien d'eux. Ils ne redoutent ni loups ni trolls. Même l'aigle ne les attaque pas. Ce sont les rois de la montagne.

— La licorne aussi était une reine, d'après la légende. Une reine qui jamais ne se laissa approcher. Sinon par une jeune fille vierge.

Elle leva les yeux vers les animaux qui semblaient jouer avec la lumière du soleil d'automne.

— Alors, en ce qui me concerne, c'est trop tard.

Elle avait totalement oublié Maaskar. Lorsqu'elle l'évoquait, quelquefois, elle espérait qu'il avait suivi la cour du roi Nadvarg, dont les territoires de chasse étaient éloignés de plusieurs marches, et qu'il ne viendrait plus la rejoindre. D'ailleurs, à moins de s'offrir les services d'un guide, il était impossible de venir les chercher ici.

Le soir, toute la troupe se retrouvait dans la demeure de Daena pour le souper. On commentait la journée, on soignait les petites blessures, on racontait des souvenirs et l'on chantait. Parfois, Roghier évoquait les légendes de Narushja, à voix basse pour ne pas provoquer la colère des génies dont il était question. Lorik ne se faisait pas prier pour conter à son tour une histoire. Et tous l'écoutaient, les yeux mi-clos, dans l'odeur de la cheminée où rôtissait la viande. Nelvéa, blottie contre Khaled comme au temps de sa petite enfance, s'imaginait revenue à Gwondaleya, près de la grande cheminée du palais. Mais la modeste demeure de Daena n'avait rien à voir avec le château comtal où elle était née. Audehors, le vent soufflait, hurlait comme s'il avait voulu tout détruire. Bien souvent, Nelvéa, bercée par les grondements du blizzard, s'endormait contre son compagnon. Celui-ci l'emportait et la couchait. Puis il s'allongeait au pied de son lit et fumait une pipe avant de sommeiller à son tour.

De nombreuses semaines s'écoulèrent ainsi. Les peaux et les fourrures s'entassaient dans la remise aménagée à cet effet. La neige avait fait son apparition, chassant vers les vallons du sud les petits troupeaux de chevreuils tachetés et les mokanos, sortes de moutons sauvages dont les loups étaient friands. Ceux-ci avaient donc suivi l'exode hivernal de leurs proies favorites. Mais les trolls devenaient chaque jour plus menaçants, attirés par l'odeur de la viande des animaux abattus.

Un jour, l'un des chasseurs fut attaqué par une horde de ces fauves dont le plus gros atteignait la taille d'un âne. Il eût été dévoré si Nelvéa, qui effectuait non loin de là une reconnaissance en compagnie de Fearn, n'avait entendu ses appels. Elle lança son lionorse au secours du jeune homme et arriva juste à temps. Acculé au tronc d'un arbre, et armé d'un seul gourdin, le jeune homme tenait à distance quatre molosses dont l'aspect aurait fait fuir les plus braves. Ces monstres géants à la gueule écumante de bave n'avaient plus guère de rapport avec les chiens. Leurs yeux injectés de sang se tournèrent en direction de Nelvéa qui bondit à terre en brandissant son dayal. Simultanément, le lionorse et la jeune fille affrontèrent les trolls. Le fauve, beaucoup plus rapide que les chiens, en éventra deux, tandis que Nelvéa tranchait la tête d'un troisième. Le quatrième, furieux, sauta à la gorge du malheureux chasseur qui se protégea comme il put de son bras. Nelvéa se porta à son secours et plongea plusieurs fois son sabre dans le corps du monstre. Celui-ci s'écroula enfin, la gueule pleine de sang. Il mit de longues minutes à mourir, soufflant comme un soufflet de forge tout en surveillant Nelvéa de ses yeux d'écarlate. La jeune fille ne pouvait pas détacher son regard de cette gueule effrayante.

— Que les dieux vous protègent, princesse, gémit le chasseur blessé. On dit que ces monstres sont les chiens d'Ywaïhn.

— Ywaïhn ?

— L'Esprit du Mal qui hante cette forêt.

— Et alors ?

— Il risque de vous en vouloir, et de déchaîner sa puissance contre vous.

— Tu aurais préféré être déchiqueté ?

— Non, et je vous remercie. Mais cela fait partie de la vie en forêt. On doit tuer les trolls avec les gonns. Pas à l'arme blanche.

Nelvéa renonça à interroger le chasseur plus avant. Elle risquait de l'affaiblir encore. Mais ce qu'elle lut en lui l'inquiéta malgré elle. Bien qu'elle ne crût pas à tous ces démons et génies qui hantaient Narushja, la peur que ceux-ci inspiraient aux chasseurs superstitieux la gagnait.

Elle se traita de sotte, mais ne put dissiper le malaise sournois qui l'avait envahie.

Ce fut avec soulagement qu'elle entendit la porte de bois se refermer derrière elle lorsqu'elle arriva au baraquement, portant le chasseur à demi inconscient, dont le bras brisé pendait lamentablement.

Le soir, Daena soigna le blessé à qui elle administra une potion calmante. Nelvéa l'aida à poser une attelle au jeune homme. Puis la chasseresse étendit le blessé sur le sol et le massa entièrement, des pieds jusqu'à la tête, lentement, afin de canaliser la douleur et l'éliminer.

— Tu connais les secrets de la médecine des mains ? s'étonna Nelvéa.

— Bien sûr. En forêt, à part les herbes et les racines, il n'existe pas grand-chose d'autre pour se soigner.

Lorsque le jeune homme finit par s'endormir, les traits détendus, Nelvéa entraîna son amie à l'écart.

— Il m'a dit une chose étrange, tout à l'heure, parce que j'avais tué les trolls avec mon dayal.

Le visage de Daena changea de couleur.

— Tu as fait ça ?

— Est-ce donc si important ?

— Je… je ne sais pas. On prétend que les trolls seraient les animaux favoris d'Ywaïhn, le prince des démons de ces terres. C'est pourquoi il faut les tuer à distance, avec le gonn ou l'arbalète. Ainsi, notre odeur n'imprègne pas les trolls, et Ywaïhn ne peut nous repérer. Par contre, si tu as approché ses chiens, il le sait et te pourchasse.

— Et alors ?

— Alors, la légende raconte qu'il sème le malheur sur tes pas, sans jamais s'attaquer à toi directement, et ceci jusqu'à tant que tu sombres dans la folie. Il est de plus très patient, et peut te frapper plusieurs mois ou plusieurs années après.

— Ce n'est qu'une légende, Daena. À ce compte-là, je pourrais lui attribuer tous mes malheurs à venir.

— Il ne faut pas rire de ces choses, Nelvéa. Plusieurs exemples sont là pour affirmer le contraire.

Daena se prit la tête dans les mains.

— C'est ma faute, j'aurais dû te prévenir.

La nuit suivante, Nelvéa eut peine à trouver le sommeil. Le visage anxieux du chasseur la hantait. Malgré ses vilaines blessures et sa souffrance, il s'était inquiété pour elle avant tout.

Pourtant, les jours qui suivirent n'apportèrent pas le cortège de malheurs annoncés, et Nelvéa, rassurée, finit par oublier les prédictions funestes du jeune homme.

Daena, en accord avec Nelvéa, avait décidé de ne pas regagner Veraska, et d'hiverner sur place. Roghier et deux des chasseurs étaient repartis, emportant les fourrures et les peaux tannées. Ils devaient revenir après les fêtes du Solstice.

Depuis longtemps la neige avait fait son apparition. La saison des pièges était quasiment terminée. Cependant, pour les audacieux qui choisissaient de passer l'hiver au fond des bois, les activités ne manquaient pas.

Tout d'abord, outre les peaux et les fourrures qui restaient encore à travailler, l'on fabriquait quantité d'objets avec les os et les dents des animaux abattus : outils, bijoux, bibelots, coussins et autres…

Il fallait aussi penser à survivre, fumer la viande, engranger des vivres, des grains, des fruits que l'on faisait sécher. Daena avait même aménagé une petite pièce sous le toit de sa demeure. Là, sous la protection d'une verrière épaisse qui conservait la chaleur parcimonieuse du soleil, elle faisait germer du riz et de la passemyre, une petite plante aux vertus médicinales. Car si la viande ne manquait pas, les fruits et les légumes frais n'étaient plus qu'un souvenir. Le riz et la passemyre aideraient à compenser les carences en vitamines qui faisaient saigner les gencives et pouvaient parfois conduire à la mort. Nelvéa connaissait cette maladie, qui frappait si souvent les wootmans.

Mais Daena avait tout prévu, y compris les victuailles qu'elle réservait aux fêtes du solstice d'hiver, qu'ils s'apprêtaient à passer à Czernova.

Quelques jours avant, chacun se mit aux préparatifs,

confectionnant dans le plus grand secret les cadeaux qu'il comptait faire aux autres.

Cependant, au matin du jour du Solstice, les chiens se mirent à aboyer. Le « Duc » gronda, rameuta ses compagnons et se planta en direction du massif méridional. Astrid, qui ramenait du bois en compagnie de Nelvéa, se figea.

— Ce n'est pas un animal ! murmura la jeune femme. Ils auraient déjà attaqué.

Sans raison aucune, le souvenir de la malédiction d'Ywaïhn revint à la mémoire de Nelvéa. Elle sonda mentalement les alentours.

— On dirait des cavaliers, dit-elle.

Puis un curieux mélange de joie et d'angoisse l'envahit. Sa voix tremblait lorsqu'elle annonça :

— Ce n'est pas possible. Ils sont quatre. Et l'un d'eux est... Maaskar !

26

— Hal Weya, nobles chasseurs, déclara le jeune homme d'un ton enjoué lorsqu'il apparut enfin en lisière de la forêt. Il s'avança, le visage ouvert sur un large sourire. Outre son écuyer, toujours aussi antipathique, deux cavaliers l'accompagnaient, dont l'un n'était autre que le chevalier Felkrihn d'Attaskha. Nelvéa se souvint de l'avoir rencontré au palais du roi Nadvarg. Elle ne savait si elle devait se réjouir ou non de la venue de son ex-amant. Elle n'avait guère pensé à lui ces derniers temps, et il ne lui avait pas manqué. Elle avait même souhaité ne jamais le revoir. Mais une obscure intuition lui soufflait que la vie de cet homme et la sienne étaient liées de manière indissoluble, par une chaîne dont jamais elle ne pourrait se débarrasser.

— Alors, tu ne viens pas m'embrasser, ma petite sœur d'armes ?

Elle l'accueillit néanmoins avec le sourire.

— Si, mon compagnon. Mais comment se fait-il…

— Que nous soyons ici ? Oh, c'est une longue histoire. Je vais te la narrer, à condition que tu m'offres un bol de vin chaud aux épices. Je meurs de froid, et mes compagnons ne valent guère mieux.

Quelques instants plus tard, les voyageurs étaient installés devant la cheminée de la demeure principale, autour de la grande table de bois.

— C'est tout simple ! expliqua Maaskar. Felkrihn et moi-même, nous avons accompagné le roi Nadvarg durant toute sa saison de chasse. Nous espérions un peu te retrouver.

— Je t'avais dit que j'assisterais Daena.

— Bien sûr, mais c'est une tâche difficile, et tu n'es pas habituée au travail des chasseurs.

— Qu'en sais-tu ? À Gwondaleya, je suivais mon père durant les grandes chasses d'automne. Et j'aimais cela. Et puis Daena est mon amie.

— Cela, je l'avais compris. Enfin, déçu de n'avoir pu effectuer de battue en ta charmante compagnie, j'ai hésité entre regagner Veraska et venir te rejoindre ici.

— Pourquoi ?

— Oh, disons que j'avais envie de te revoir avant de gagner les pistes du nord.

— Parce que tu pars vers le nord ?

— Oui ! J'ai envie de connaître ces villes mystérieuses que sont Lodi, Koparna, Hambora, ou même Lonodia, la capitale europanienne. Czernova étant sur la route, j'ai fait un crochet pour avoir le plaisir de te revoir une dernière fois.

— C'est gentil. Mais tu aurais pu passer les fêtes du Solstice au palais. Ici, au fond des bois, les plaisirs sont limités.

— Aucun ne vaut celui de te revoir, ma compagne.

Un peu ennuyée, Nelvéa préféra changer de sujet :

— Dis-nous comment fut la chasse pour toi ! Et le roi Nadvarg, comment se porte-t-il ?

Un peu malgré elles, Nelvéa et Daena invitèrent Maaskar et ses trois compagnons à partager le repas du Solstice. La gêne du début se dissipa bien vite devant la faconde et l'exubérance du jeune homme, qui, comme à son habitude, monopolisa la conversation. Et chacun l'écoutait, car il parlait bien, et même s'il se glissait parfois dans ses propos un délicieux parfum de scandale, on ne pouvait lui en vouloir, parce qu'il était plein de charme et de drôlerie. Seuls Khaled et Lorik, visiblement mal à l'aise, ne participèrent pas à l'allégresse générale. Même Astrid et Myriam, d'habitude si distantes avec les hommes, se laissèrent gagner par le rire.

La fête se prolongea fort tard, malgré la tempête qui s'était levée vers le milieu de la nuit hivernale. Le vin coulait à flots, et un bon feu flambait dans la cheminée.

Peu à peu cependant, la table se vida, et il ne resta plus bientôt que Nelvéa, Maaskar et Daena. La chasseresse, comprenant qu'elle était de trop, s'éclipsa discrètement.

Le jeune homme se leva et se rapprocha de Nelvéa, un peu titubant sous l'effet de l'alcool.

— Nelvéa ! Je voulais que tu saches : c'est pour toi que je suis venu. C'est pour toi que j'ai affronté le froid et la neige. Les villes du nord, je m'en moque.

— Tais-toi ! Tu es ivre, dit-elle avec un rire moqueur.

— Oui ! Ivre de toi. J'ai essayé de t'oublier. Mais ton nom est en moi comme le diamant dans sa gangue de roche.

Elle sourit.

— Poète, toi ?

— Laisse-moi continuer, tu veux ! Tu as mis le feu dans mon sang.

— Arrête !

— Non ! Parce que je sais que toi non plus, tu n'as pas oublié les nuits sauvages de Skovandre.

— Maaskar, laisse-moi !

— J'ai encore sur la langue le goût de ta peau. Je sens encore l'odeur de ton corps. C'est comme un parfum qui me ronge la cervelle, qui détruit ma raison.

Elle voulut protester. Il l'arrêta d'un geste.

— Non, ne dis rien ! Je sais que je t'ai promis de ne plus t'ennuyer. Mais il ne faut pas m'en vouloir, ma petite sœur d'armes. Tu ne peux t'en prendre qu'à toi.

Sur ses gardes, elle se leva à son tour, recula, et vint buter contre la cloison. Le souffle de l'homme la heurta. Une haleine chaude, mâle, fleurant l'alcool, mais pleine aussi de promesses. Des promesses dont elle ne voulait plus, dont elle n'aurait pas voulu. Elle ferma les yeux et détourna la tête. Il fallait qu'elle lutte. De toutes ses forces. Lorsqu'il était au loin, elle se demandait ce qu'elle avait pu lui trouver. Il était beau, certes. Mais il avait le goût de la provocation, et l'avait fait souffrir, par simple jeu. Elle pouvait le lui pardonner. Mais elle devait se détourner de lui. Il y avait en lui comme une envie de destruction des autres et de lui-même. Peut-être était-ce sa voix qui la subjuguait ainsi. Ou bien son propre corps sevré de caresses qui réclamait. Elle se surprit à espérer que les lèvres du jeune homme se posassent sur les siennes.

Ce qui arriva. Alors, dans un dernier sursaut de défense, elle le repoussa brusquement.

— Non, Maaskar, il ne faut pas !

— Pourquoi ?

— Je ne sais pas. Mais je ne dois plus te voir, te toucher.

— C'est ridicule ! Tu crois que je ne ressens pas l'envie qui te ronge ? Je la connais, et je sais comment l'assouvir. Il te faut un homme.

Sa bouche se posa à nouveau sur la sienne, tandis que ses mains s'égaraient vers son ventre, pour descendre encore plus bas.

D'un violent coup de rein, Nelvéa se dégagea.

— Laisse-moi, ou je te frappe.

— J'aimerais voir ça !

Il revint à la charge. L'instant d'après, il recevait une gifle magistrale qui l'envoya rouler au sol. Nelvéa s'adossa au mur, haletante.

— Je t'avais prévenu, Maaskar. Je ne veux plus de toi.

L'œil injecté de sang, il se redressa.

— Ce n'est pas possible ! gémit-il. Écoute-moi, Nelvéa, j'aurais voulu t'oublier, t'effacer de ma mémoire. Mais je crève de toi. Il faut que tu saches ceci. J'ai rêvé d'avoir un fils. Ce fils, je veux que ce soit toi qui le portes.

— Moi ? Mais tu es fou, mon pauvre Maaskar.

— Pourquoi ? Parce que je t'aime ? Ce serait donc un si grand crime que de vouloir te faire un enfant ?

— Non, mais…

Elle lui tourna le dos. Surtout, ne plus voir ce visage suppliant, ces yeux d'or si… étranges. Il la suivit.

— Nelvéa, je sais que tu as envie de faire l'amour, toi aussi. Tu es dans ta période de fécondité actuellement.

— Comment le sais-tu ?

— Je le lis en toi, ma petite sœur d'armes. Ton corps n'a plus de secret pour moi ; je le sens vibrer comme un instrument dont je connais tous les mystères, toutes les émotions.

— Cesse de m'appeler ta petite sœur.

— Mais tu l'es pourtant.

— Justement ! Restons ce que nous sommes l'un pour l'autre : deux frères d'armes.

— Non ! Je te veux, Nelvéa. Je veux que tu portes un enfant de moi.

Il la saisit à nouveau, brutalement, par les poignets. Elle riposta violemment d'un coup de genou, puis l'attrapa par les bras et le projeta contre le mur opposé. Il resta un instant étourdi par le choc et l'alcool, puis se releva en soupirant. Ses traits se déformèrent en un rictus de haine.

— Je ne peux pas me battre contre toi, puisque nous sommes de force égale. Mais ne me dis pas que j'ai compris, hein ?

— Tu as compris quoi ?

— Tu n'aimes plus les hommes, c'est ça, dis-moi !

— Qu'est-ce que tu racontes ?

— Tais-toi ! Je sais pourquoi tu ne veux plus de moi. Tu couches avec cette damnée chasseresse.

Nelvéa bondit à nouveau et le frappa à toute volée. Il bascula contre une table qu'il renversa sous son poids.

Attirée par le bruit, Daena survint.

— Que se passe-t-il ?

— Laisse-nous, s'il te plaît. Un vieux compte à régler.

— Bien, bien, mais ne cassez pas tout.

Elle se retira.

Maaskar, un peu dégrisé, se releva en se frottant le menton.

— La peste soit de ces femelles qui apprennent à se battre. J'aurais aimé te flanquer une correction pour t'apprendre qui est le maître.

— Tu n'es certainement pas le mien.

— Plus maintenant, c'est vrai. Mais je l'ai été. Je me demande comment tu es parvenue à m'échapper.

— Maaskar ! Je te prie de cesser ce jeu. Tu ne m'amuses pas du tout.

Il s'effondra sur une chaise.

— Bon, très bien, j'abandonne.

Il la regarda par en dessous puis se prit la tête dans les mains.

— J'aurai pourtant tout essayé pour te faire comprendre.

— Quoi ?

— Que je t'aime, stupide femelle. Mais rien n'y fait. J'ai tenté de te faire rire ce soir. J'ai réussi. Il m'avait semblé que tu me regardais avec des yeux différents.

Il se tourna vers elle.

— Je voulais aussi te protéger.

— Me protéger ?

— Oui ! Tu ne le sais peut-être pas, mais je possède moi

aussi quelques dons prémonitoires. Et je sens qu'il flotte ici quelque chose de mauvais, que je ne parviens pas à définir.

Il huma l'air épaissi par la fumée des pipes et les relents du repas. Au dehors, la tempête redoubla de violence. Les lampes à huile faiblissaient.

— Écoute, Nelvéa. Quelque chose de terrifiant te menace. Un esprit s'attache à tes pas. Il ne te touchera pas, mais il s'en prendra à ceux que tu aimes. Pour te faire souffrir.

Nelvéa pâlit. Le souvenir des trolls qu'elle avait tués à l'arme blanche lui revint instantanément en mémoire.

— C'est stupide ! hasarda-t-elle d'une voix hésitante.

— Oh, non, ce n'est pas stupide. D'ailleurs, tu aurais dû le sentir toi-même, toi, la fille de Solyane.

— Tais-toi !

— Non ! Regarde dans quel état tu m'as mis. Tout ceux qui t'aimeront le paieront très cher, parfois même de leur vie.

— Je te défends de dire ça, gronda-t-elle. Tu cherches à me faire mal, par vengeance.

— Il ne s'agit pas d'une vengeance, hurla-t-il soudain. C'est de l'amour. Je n'ai pas imaginé non plus la mort de ton premier amant.

— Mon… mon premier amant ?

— Oui, ce Lonnien, Brent Olleronn.

— Comment sais-tu son nom ?

— Je me suis rendu moi aussi à Chonorga. Par recoupement, c'était facile de deviner.

— Mais Brent n'est pas mort.

— Il est arrivé à Veraska peu après ton départ. Il voulait descendre le Nolvio, un torrent très rapide qui se jette dans le lac veraskan.

Il baissa la voix.

— On ne l'a jamais revu. Des pêcheurs ont retrouvé des morceaux de son kaïck qui flottaient le long des rives de l'embouchure du Nolvio. De lui, aucune trace.

— Brent...

Nelvéa s'appuya au mur et ferma les yeux. Des larmes chaudes se mirent à couler. Bien sûr, elle n'était pas amoureuse du Lonnien. Mais elle gardait de lui un souvenir ému. Il avait su se montrer si délicat, si tendre pour sa première nuit d'amour.

— Je suis désolé de t'avoir fait du mal, Nelvéa, s'excusa Maaskar. Je devrais éprouver du plaisir à te voir pleurer ainsi l'homme à qui tu t'es donnée la première fois. Et pourtant, je m'en veux d'avoir été si brutal. Mais je pensais qu'il valait mieux que tu le saches. Pour te protéger.

Il se leva et vint à elle.

— Allons, c'est terminé, ma belle. La crise est passée. Je partirai demain matin de bonne heure. Je tâcherai de t'oublier. Pour de bon cette fois.

Elle l'entendit à peine s'éloigner, ouvrir la porte et s'enfoncer dans la tempête glaciale pour gagner la petite bâtisse. D'un pas d'automate, Nelvéa pénétra dans sa chambre. Malgré la fatigue et le vin, elle eut peine à trouver le sommeil. Elle ne parvenait pas à chasser les gueules béantes des trolls, ouvertes sur des rangées de crocs effrayants, des crocs qui se refermaient sur sa chair, la déchiquetaient sans qu'elle puisse hurler. Du sang coulait, inondait le sable. Un sable étrange, sale, où gisaient des corps nus, éventrés, à demi dévorés. De hauts murs s'élevaient du sable, et tout là-haut, une foule délirante sifflait et encourageait les monstres. Ceux-ci se fondirent bientôt en un seul, dont la tête rappelait vaguement celle d'un homme. Elle hurla, se réveilla trempée de sueur. Plus tard, tandis qu'au-dehors la tempête gémissait entre les arbres décharnés, ses grondements se mêlèrent aux mugissements d'un torrent dont les eaux furieuses déchiquetaient le corps d'un homme qui l'avait aimée. Aimée ! Aux cris de douleur et de désespoir se fondirent bientôt des gémissements équivoques. Car l'angoisse n'avait pu éteindre la chaleur et l'émotion allumées en elle par les yeux de son ex-amant. Les étreintes de Brent et de Maaskar se confondirent dans son délice sensuel. Puis les deux hommes s'effacèrent pour laisser la place à son amant inconnu, qui revenait la hanter après des mois d'absence. Des bras forts et doux l'enserraient totalement, dans un geste de possession et de protection. Une nouvelle fois monta en elle cette extase infinie, que jamais elle n'avait atteinte, même au plus fort de sa passion pour Maaskar. Et toujours derrière l'ombre de l'homme qui l'aimait se dessinait le reflet d'un monde hostile et cruel. Lorsque l'inconnu se sépara d'elle, elle ne put encore distinguer son visage. Elle s'éveilla, épuisée, anéantie, et s'écroula en pleurant sur son lit. Elle était seule. Irrémédiablement.

Le lendemain, lorsqu'elle ouvrit les yeux, Daena était penchée sur elle, le visage inquiet.

— Ton ami Maaskar nous quitte. Il est là qui veut te saluer.

Nelvéa aperçut le jeune homme dans l'encadrement de la porte.

— Chose promise, chose due, ma petite sœur d'armes. Je m'en vais. Sauf si les dieux en décidaient autrement, nous ne nous reverrons plus.

— Adieu, mon compagnon.

Maaskar s'adressa à Danea :

— Je t'envie, chasseresse, d'avoir su apprivoiser cette petite panthère. Ou devrais-je plutôt dire cette licorne. Pourtant, tu n'es pas une jeune fille vierge, loin s'en faut...

— Licorne ? D'où connais-tu cette particularité de la légende ?

— Tu sais, depuis que tu as choisi cet emblème, les conteurs ont été intrigués. Ils ont mené une enquête auprès des amanes, qui leur ont révélé certaines choses au sujet des légendes antiques. Cette légende est d'ailleurs bien pauvre. Mais l'animal est fascinant.

Puis, sans attendre de réponse, il s'en fut. Daena dit à Nelvéa :

— Cet homme t'a tourné la tête, mon amie. Méfie-toi de

lui. Il porte en lui quelque chose de mauvais, dont il n'a même pas conscience lui-même.

— Peut-être !

— Et tu es amoureuse de lui !

— Je... je ne sais pas !

— Par les dieux, ne lui cède jamais plus, ma petite sœur. Il te détruirait.

La chasseresse demeura un instant silencieuse, puis ajouta :

— Cet homme me fait penser à une légende étrange que l'on raconte dans les villages de Narushja. L'histoire d'un être d'apparence humaine, mais qui se nourrit du sang des autres. On l'appelle le Vampire. Ce Maaskar me fait penser à ce monstre. Bien sûr, il ne t'a pas vidée de ton sang, mais il construit sa force sur ta propre faiblesse.

Nelvéa ferma les yeux.

— Il est parti à présent. Je suis à nouveau libre.

Elle se leva, s'habilla, et sortit. Lorik apparut à ses côtés. Au loin, Maaskar et ses compagnons disparaissaient au-delà de la crête qui surplombait le petit lac gelé. L'écuyer prit la main de Nelvéa et la serra avec force. Une onde d'inquiétude coulait de son esprit grand ouvert, qui percuta Nelvéa comme une gifle glacée.

— Qu'y a-t-il, Lorik ?

— Prenez garde, princesse ! Ce Maaskar, ce n'est pas un homme.

— Comment ça ?

— Il me fait peur.

Elle se tourna vers lui, incrédule.

— Tu déraisonnes ! Il est amoureux de moi, c'est tout.

— Non, c'est autre chose. Ses yeux n'ont rien d'humain. Il vous hait. Il vaudrait mieux... qu'il ne vous retrouve jamais.

— Pourquoi dis-tu ça ?

— Ce sont des choses que je sens. Il vous hait pour une raison que j'ignore, mais je sais qu'il a juré votre perte.

— C'est ridicule.

— Non, princesse, il faut me croire. Méfiez-vous de cet homme. Je vous en conjure.

Parce qu'il avait l'air profondément bouleversé, elle le prit contre elle.

— Je ne veux pas qu'il vous fasse de mal, princesse, parce que je ne suis pas assez fort pour lutter contre lui. Je crois... je crois qu'il existe entre ce Maaskar et vous un lien terrifiant. Je ne sais pas expliquer pourquoi. Il sait sur vous des choses que vous ignorez, et il les utilisera pour vous détruire. S'il vous plaît, princesse, il ne faut plus le revoir.

— Il est parti à présent. Ne te fais plus de souci.

Elle l'embrassa tendrement.

— Va t'occuper de Fearn, à présent. Il doit avoir besoin de se dégourdir.

Le jeune homme s'écarta d'elle comme à regret. Nelvéa le regarda s'éloigner. Elle ne savait plus que penser. Daena l'avait mise en garde contre Maaskar. Et puis à présent Lorik. Elle aurait voulu croire qu'il ne s'agissait que d'une crise de jalousie, ou plus simplement de possessivité. Mais les dernières paroles de son écuyer avaient distillé en elle une désagréable sensation de malaise, qu'elle ne parvint pas à chasser de la journée. Lorik était une âme simple. À plusieurs reprises, elle avait pu constater qu'il manifestait parfois un étrange don de double vue.

27

Après le départ du jeune homme et de ses compagnons, la vie reprit son cours normal. Une tempête s'était levée qui avait pris possession de la forêt. Durant plusieurs jours, un blizzard furieux souffla, soulevant des tornades de neige, tordant les arbres recouverts de givre. Des craquements sinistres se faisaient parfois entendre au fond des bois, mêlés aux appels des fauves à l'affût de leur gibier. La petite communauté resta enfermée, à l'abri des petites baraques de bois dont les structures grinçaient dans la tourmente. On se retrouvait auprès de la cheminée pour bavarder, coudre les peaux, réparer les outils, et préparer les expéditions prochaines. On ne parlait pas de ceux qui étaient partis. On ne souhaitait pas vraiment les voir revenir.

Nelvéa se reprochait parfois d'avoir obligé son ex-amant à la quitter. Mais elle ne parvenait pas à le regretter. Elle savait qu'elle aurait fini par céder à son insistance, sous peine de voir sa vie devenir un enfer.

Elle n'avait plus envie de se battre ; la lutte contre le froid et les éléments l'épuisait déjà, comme chacun de ses compagnons. Lorsque enfin le blizzard cessa de souffler, une épaisse couche de neige avait enseveli le paysage. D'énormes congères s'étaient lancées à l'assaut des baraquements. Nourrir les animaux à l'écurie relevait de l'exploit, et l'accès à l'atelier de tannerie se révéla impossible pendant plus de deux semaines.

C'était l'époque où les fauves, chassés de leur tanière par la faim, n'hésitaient pas à s'attaquer au campement des chasseurs. Même les carrassauges, plus silencieux que des chats, se glissaient le long des branches pour se laisser choir sur le premier être vivant. Aveuglés par la disette, ils n'hésitaient pas à s'attaquer à des animaux plus gros qu'eux, et même aux êtres humains. Aussi chacun surveillait-il les hautes branches avant de s'aventurer dans les sous-bois.

Vers la fin du mois de Janua, le premier de l'année, Roghier et ses compagnons revinrent de Veraska, apportant des vivres, du matériel de rechange et une foule d'anecdotes.

Avec le temps, les angoisses de Nelvéa s'étaient estompées. Bien sûr, lorsque le vent hurlait en pleine nuit, le souvenir de la malédiction d'Ywaïhn revenait la hanter. Mais le soleil du matin avait tôt fait de dissiper ses craintes.

Chaussées de raquettes, Daena et elle, suivies de Khaled et Lorik, qui refusaient de les laisser partir seules en forêt parcouraient les sentiers tracés par les bêtes. La chasse était bien terminée, et Daena s'était transformée en infirmière pour les animaux en difficulté. Plusieurs fois ils rapportèrent des blessés qu'ils soignaient et parquaient dans un enclos, sous la maison. Les convalescents y attendaient le printemps en compagnie des moutons et des chèvres destinés à la consommation. Le vide de cet enclos ainsi créé sous la demeure assurait une excellente isolation.

Un matin, Daena fit découvrir à sa compagne l'une des merveilles de sa concession.

— Je te présente le vieux Rama !

C'était un épicéa qui devait avoisiner les soixante-dix mètres de haut. Son tronc était tellement large qu'il aurait fallu au moins six hommes pour en faire le tour les bras tendus.

Respectant la coutume, Daena s'agenouilla devant l'arbre et récita quelques paroles dans un langage incompréhensible dont Nelvéa avait appris qu'il s'agissait de l'ancien patois narushjien, qui n'était plus parlé que par les sorciers, les wootmans et les maraudiers. C'était une langue magique, dans laquelle on s'adressait aux animaux et aux arbres.

— C'est lui qui veille sur ma concession, expliqua Daena. Personne ne sait depuis quand il est là. Les conteurs prétendent qu'il a dû être jeune à l'époque des Anciens. Te rends-tu compte de tout ce qu'il a connu ?

La jeune fille resta quelques instants en arrière, les yeux levés vers le fût immense qui défiait le ciel. Fascinée, elle se demanda si les plantes éprouvaient de quelconques émotions. Tout là-haut, la cime touchait le bas des nuages qu'une violente tourmente tordait en volutes mouvantes.

Soudain, elle se sentit irrésistiblement attirée vers le haut. Son corps ne bougea pas, mais il lui sembla peu à peu se dédoubler, se fondre au décor de neige et de roche, pour se mêler à l'arbre géant. Tout sembla exploser autour d'elle, comme un voile obscur que dissipe la lumière. Pendant un court instant, une plénitude totale la baigna, comme si elle était sur le point de découvrir une vérité fondamentale.

Un cri soudain la tira de son éblouissement. Le voile retomba sur un hurlement épouvantable. Éveillée de son rêve, elle se tourna vers ses compagnons.

— Ce doit être l'un des wootmans du village de Czernova, jeta Daena. Il n'est situé qu'à une demi-marche d'ici.

Entravés par leurs raquettes, ils se dirigèrent aussi vite que possible vers l'endroit d'où venait le cri. La chasseresse ne s'était pas trompée. Deux wootmans, un vieillard et une jeune femme, affrontaient un migas, armés seulement d'une lance et d'un gourdin. À quelques pas, une mâchoire d'acier refermée sur un animal avait attiré le monstre au moment où les trappeurs venaient relever leur piège.

Nelvéa arma son gonn et mit le migas en joue. Mais celui-ci bougeait et elle risquait de blesser les deux chasseurs. Suivie de ses compagnons, elle se précipita alors vers le lieu du combat en hurlant pour attirer l'attention du fauve. Le monstre, énervé par l'odeur du sang, s'excitait sur les deux petits êtres qui lui barraient le chemin. Handicapée par les raquettes, Nelvéa ne put intervenir assez tôt. La jeune wootman poussa un hurlement d'agonie tandis qu'un maître coup de griffe lui ouvrait le ventre. Le vieillard hébété marqua un temps d'hésitation, puis, affolé, commença à reculer. Butant sur le corps de sa compagne, il bascula en arrière, tandis que le monstre lui arrachait un grand lambeau de chair à l'épaule. L'instant d'après, un coup de feu claquait. Le migas, touché à la nuque, se redressa, tenta de faire face, puis s'écroula comme un arbre foudroyé.

Il avait été plus facile de ramener le vieillard parmi les siens que de le transporter jusqu'aux baraquements. La jeune femme morte près de lui était sa petite-fille, ainsi qu'il l'expliqua à Daena dans son ankos primitif.

Les wootmans avaient accueilli le petit groupe avec chaleur. Ils appréciaient Daena avec laquelle ils faisaient souvent du troc. Pour eux, elle était une sorte de sorcière bienfaisante qui connaissait les secrets des plantes qui guérissent. Elle envoya Lorik et Khaled au campement chercher un coffret dans lequel elle conservait de nombreuses potions et onguents. Puis elle demeura au chevet du blessé, assistée par Nelvéa. Ses efforts restèrent vains. Un homme plus jeune et même un vieillard auraient résisté à la vilaine blessure qu'il portait à l'épaule. Mais il n'avait plus réellement le désir de survivre à sa petite-fille. Elle était sa seule raison de lutter contre la rigueur de la forêt. Son agonie dura plusieurs jours.

Lorsqu'il rendit l'âme, au bout d'une semaine, Daena connut un moment de désespoir.

— Tu as fait ce que tu as pu, la consola Nelvéa. Cet homme s'est laissé mourir. Personne n'aurait pu le sauver. Et d'ailleurs, cela vaut sans doute mieux comme ça.

Les autres membres du village ne tinrent pas rigueur à la chasseresse de son échec. Elle avait tout tenté. Mais les dieux avaient décidé de reprendre la vie du vieil homme. Il était vain de vouloir s'opposer à leur décision.

Suivant la coutume des wootmans, la petite baraque fut condamnée, fenêtres et portes obstruées par des branchages croisés, en signe de deuil. Les deux corps furent ensevelis dans un trou creusé dans le sol même de la demeure. Pendant deux jours, la petite communauté se relaya autour de la sépulture pour de longues palabres, évoquant les souvenirs que laissaient les deux disparus, parfois même avec de grands éclats de rire. La mort n'était pas triste pour les wootmans.

Enfin, au matin du troisième jour, la porte fut définitivement close, et l'on incendia la pauvre masure. Ainsi pratiquait-on dans la tribu lorsqu'un clan disparaissait.

Daena vint trouver Nelvéa.

— Je voudrais que tu repartes au campement. Astrid et Myriam doivent s'inquiéter.

— Et toi ?

— Je vais rester un ou deux jours ici. Ils ont besoin de ma présence. Je connaissais ce vieil homme. Nous avons chassé plusieurs fois ensemble.

— Et tu rentreras seule ?

— Ne t'inquiète pas pour moi. Je suis chez moi dans cette forêt.

— Alors, Khaled restera avec toi. Je vais repartir avec Lorik.

— Si tu y tiens...

Pourtant, lorsqu'elle quitta le village wootman, une obscure intuition emplit Nelvéa d'un malaise indéfinissable. Une intuition qui lui chuchotait qu'elle n'aurait jamais dû abandonner ses deux compagnons. Un instant flotta devant elle l'image d'une silhouette sans visage que les légendes de Narushja avaient baptisée Ywaïhn. Elle frissonna et se mit en route, suivie par Lorik grelottant de froid.

28

Plusieurs fois, Nelvéa avait failli retourner auprès de Daena, à Czernova, mais une force inexplicable la retenait au campement. C'était comme si un esprit supérieur se jouait d'elle. Les paroles du jeune chasseur qu'elle avait sauvé des trolls ne cessaient de hanter son esprit. Elle n'osait évoquer le spectre d'Ywaïhn, la divinité du mal que redoutaient tant les trappeurs. Mais parfois, il lui semblait qu'une force invisible rôdait autour des baraquements. Elle sortait, scrutait les alentours. Seul le vent glacial d'hiver et les appels des prédateurs répondaient à son inquiétude.

Si Daena et Khaled n'étaient pas revenus avant trois jours, elle retournerait au village.

Un autre élément l'inquiétait. Dès son retour du village, elle avait senti chez les chasseurs une sorte de gêne. Roghier et les autres s'écartaient d'elle, et les repas en commun ne se déroulaient plus dans la bonne humeur. Chacun paraissait attendre quelque chose. Lorik ne racontait plus d'histoires. On ne l'entendait même plus discuter avec son petit dieu personnel. Heureusement, les deux filles, qui vénéraient Nelvéa à l'égal d'une déesse, lui demeuraient fidèles.

Myriam avait pris l'habitude, le soir, de venir se blottir contre elle, comme un animal sauvage qui recherche la chaleur et la tendresse. Cette attitude équivoque avait gêné la jeune fille au début. Puis elle avait compris que la petite esclave quémandait seulement un peu d'amour dans un monde qui l'effrayait et contre lequel, hormis son arbalète et son poignard, elle ne possédait aucune arme. Parfois, elle levait vers Nelvéa des yeux interrogatifs et inquiets. Et ce regard où brillait toute la détresse du monde inquiétait plus Nelvéa que l'atmosphère épaisse qui s'était installée sur le petit groupe.

Le soir du deuxième jour, alors que Nelvéa ne parvenait pas à trouver le sommeil, elle entendit gratter à la porte de sa chambre. C'était Lorik.

— Princesse, Myriam ne cesse de pleurer sans raison. Astrid ne parvient pas à la consoler.

Nelvéa s'habilla à la hâte.

Tremblant comme une feuille, la jeune esclave était agrippée au bras de sa compagne, qui lui caressait les cheveux d'un geste maternel. De grosses larmes ruisselaient sur ses joues, tandis que des sanglots silencieux agitaient son corps.

Nelvéa n'eut pas besoin de la questionner pour savoir ce qui la tourmentait. Comme beaucoup d'âmes simples, elle était douée d'une sensibilité et d'une intuition supérieures.

Elle savait que quelque chose d'anormal se préparait, qui allait bouleverser sa vie. Elle grelottait de peur.

Dès qu'elle l'aperçut, elle jeta ses bras autour du cou de Nelvéa en sanglotant de plus belle. Celle-ci ne savait trop quelle attitude adopter. Délicatement, elle se glissa dans l'esprit de la jeune esclave.

Et soudain, elle hurla à son tour. Devant ses yeux hallucinés se précisa l'image d'un animal effrayant, une sorte de cerf géant dont la taille dépassait deux fois celle d'un cheval. Sa silhouette fantastique se découpait en ombre noire sur un décor de lune. Nelvéa manqua de s'étrangler de frayeur lorsque le fantôme braqua sur elle un regard sombre et chargé de haine. Elle bondit. Cette fois, il n'y avait plus à hésiter.

— Suivez-moi, jeta-t-elle soudain aux deux filles et à Lorik.

Quelques instants plus tard, tous quatre filaient sur la piste de Czernova. La nuit était claire. L'air glacé brûlait le visage de Nelvéa, mais elle n'en avait cure.

Au même moment, Daena s'éveillait dans les bras de Khaled. Les wootmans avaient mis à leur disposition une petite cabane de rondins dans laquelle ils s'étaient installés depuis le départ de Nelvéa et de Lorik. L'Ismalasien se dressa sur un coude.

— Qu'est-ce que c'est ? demanda-t-il, inquiet.

Au-dehors, un bruit étrange se faisait entendre, semblable à des craquements de bois que la neige étouffait. La chasseresse se leva, en proie à une vive émotion. Le vacarme extérieur s'amplifiait, comme s'il se rapprochait. Puis des cris de terreur éclatèrent un peu partout. Daena attrapa nerveusement ses vêtements et s'habilla à la hâte, aussitôt imitée par son compagnon. Soudain, un mugissement infernal éclata au-dehors, à la fois proche et lointain, comme le grondement d'un orage. Daena se plaqua au mur, le visage blême.

— Que les dieux nous protègent, gémit-elle. Un kherilan !

— Un quoi ?

— Viens, tu vas comprendre.

Elle saisit son arbalète et sortit. Khaled la suivit. À l'autre bout du village régnait un désordre indescriptible. Au travers d'un brouillard de neige pulvérulente se faisaient entendre des craquements sinistres, au milieu desquels s'agitait une monstrueuse forme noire. Les débris d'une baraque explosèrent, déclenchant les hurlements d'angoisse d'une population en proie à la panique. Quelques wootmans aux yeux fous fuyaient vers eux sans les voir.

— Mais qu'est-ce que c'est, par les dieux ? gronda Khaled.

— Le kherilan, murmura Daena à ses côtés. Un animal mythique, qui descend rarement de sa montagne. C'est une sorte d'élan géant, dont le poids peut dépasser trois tonnes. Il ne redoute aucun des animaux de la forêt. J'ai vu une fois un migas tué par un kherilan. Ses entrailles avaient été vidées et étirées sur plusieurs dizaines de mètres. Lorsque le kherilan est en colère, rien ne peut lui résister.

Une saute du vent nocturne dispersa les tourbillons neigeux, dévoilant tout à coup le monstre.

— Par Lakor, balbutia Khaled, impressionné, comment des bêtes pareilles peuvent-elles exister ?

Écumant de fureur, le kherilan achevait de détruire les restes d'une petite cabane dont les habitants s'enfuyaient en hurlant. Il devait mesurer près de quatre mètres au garrot. Ses bois aux multiples ramifications atteignaient sans doute les trois mètres d'envergure. Daena étrangla un cri d'horreur dans sa gorge lorsqu'elle se rendit compte que le corps de l'un des wootmans demeurait empalé sur les cornes gigantesques. Puis le monstre se rua sur une nouvelle baraque qu'il fit exploser en quelques coups de boutoir. Grondant et soufflant, il ne cessa son carnage que lorsque la demeure fut anéantie. Il piétina furieusement les décombres, puis chargea une autre cabane, qui se disloqua à son tour.

— Mais pourquoi fait-il ça ? s'insurgea Khaled.

— On ne sait jamais ce qui provoque la colère du kherilan, bredouilla Daena, haletant de frayeur. Personne ne sait d'où il vient. On dit qu'autrefois les ancêtres des kherilans sont descendus du nord, chassés par les glaces de la Skandianne. Ils étaient de plus petite taille alors. Mais, avec le temps, ils se sont développés pour se défendre des carnassiers. En général, ils vivent dans les combes les plus reculées des hautes montagnes, où personne jamais n'ose les déranger. Les gens d'ici pensent qu'ils sont les incarnations des colères d'Ywaïhn, le dieu des démons.

Le village ressemblait à une fourmilière renversée. Hommes, femmes et enfants hurlaient et couraient en tous sens, fuyant vers la forêt proche.

Au loin, le monstre achevait de disperser les restes d'une baraque. Dans le reflet de la pleine lune qui illuminait le carnage d'une lueur irréelle, le léviathan prenait des dimensions épouvantables. Sa tête, longue de plus d'un mètre, se perçait de deux yeux noirs comme l'enfer, dans lesquels fulguraient parfois des éclairs rouges.

— Cet animal n'en est pas un, grelotta soudain Daena. C'est un démon qui a pris cette apparence. Il est ici pour me tuer. Je le sens.

— Ne dis pas de sottises, gronda Khaled. Que peut-on faire contre lui ?

— Rien ! Je ne sais même pas si le gonn de Nelvéa pourrait l'arrêter. Il faut fuir. C'est notre seule chance.

Elle lui prit la main et l'entraîna vers la petite écurie où leurs chevaux piaffaient d'angoisse.

Ramassant au passage deux attardés, ils s'enfuirent à leur tour en direction des sous-bois proches, où s'était déjà réfugiée la plus grande partie de la population. Plus bas dans la combe, les baraques survivantes s'écroulaient sous les coups de l'abomination.

— Ton arbalète, jeta Khaled, furieux. Nous n'allons tout de même pas rester ainsi sans agir.

— Mes carreaux ne lui feraient rien. Sa peau est dure comme le métal.

— Pourquoi a-t-il attaqué ce village ?

— Impossible de le savoir. Parfois, les kherilans semblent devenir fous. Ils détruisent tout sur leur passage. C'est ce qui explique la superstition des wootmans.

Soudain le monstre s'arrêta et poussa un barrissement effrayant que renvoyèrent les échos des montagnes proches. Puis il se mit à charger dans leur direction.

— C'est à nous qu'il en veut, gronda Khaled.

— C'est moi qu'il veut tuer, gémit Daena. Peut-être parce que je suis restée l'amie de Nelvéa. Ywaïhn se venge.

— C'est absurde ! grogna Khaled.

L'instant d'après, ils éperonnaient leurs montures et gagnaient la forêt, derrière les Czernoviens qui hurlaient à la mort. Mais le léviathan ne se laissa pas arrêter par les arbres et les buissons. Un bruit d'apocalypse accompagnait le monstre. Dans une trouée de pleine lune, l'Ismalasien aperçut les yeux luisants, déterminés, quasi humains dans la haine qui s'en écoulait. Une main glaciale lui broya les entrailles. Cet animal n'était pas naturel. Il était l'incarnation des puissances du mal de Narushja. Malgré le froid, une sueur glaciale lui coula le long de l'échine.

— Nous ne pouvons lutter contre la puissance des dieux, lança-t-il à sa compagne.

Ils reprirent leur course désespérée au cœur de la forêt. De trouées en ravines, écrasant buissons et arbustes, les deux cavaliers s'éloignèrent de Czernova. Khaled se reprocha un moment d'avoir abandonné les wootmans au monstre. Mais la terrible vérité se confirma : le kherilan les suivait. C'était l'un d'eux qu'il pourchassait d'une haine incompréhensible et farouche. Un vacarme assourdissant grondait derrière eux, fait de craquements, de mugissements effrayants.

— Séparons-nous, hurla Daena à l'adresse de son compagnon.

Khaled obéit. Le monstre hésita un instant, puis suivit la chasseresse. Profitant de ce bref répit, Khaled arrêta sa monture, arma sa propre arbalète, puis se lança derrière le monstre. Il jura vertement. C'était une véritable stupidité de ne pas s'être muni d'un gonn. Mais ils n'avaient pas prévu le séjour funèbre chez les wootmans.

Devant lui, le kherilan rattrapait inexorablement sa compagne. Furieux, Khaled décocha désespérément ses carreaux. Mais le cuir épais de l'élan géant le protégeait efficacement. Un mugissement effroyable retentit soudain. Dans une image de cauchemar, l'Ismalasien vit le monstre rattraper Daena. Les bois immenses vinrent saisir le cheval sous le ventre, tandis qu'une force colossale le projetait en l'air, sa cavalière sur l'échine. Un hurlement déchira la nuit lunaire. La monture éventrée fit une cabriole désespérée et retomba au sol, écrasant la jeune femme.

Khaled n'avait plus peur à présent. Une fureur terrible l'habitait. Il dégaina son sabre et se précipita vers le monstre. Mais la taille de l'animal le freina. Comment l'attaquer ? Il en aurait pleuré de rage. Sans prendre garde à lui, le kherilan poussa un barrissement assourdissant et se précipita vers ses victimes dans le but de les piétiner.

Au même instant, un claquement sec retentit. Le monstre demeura pétrifié sur place. Khaled faillit hurler de joie. Nelvéa était là, armée de son gonn. Plusieurs balles jaillirent du fusil électronique, tirées d'une main sûre. Pourtant, le kherilan, après un instant de surprise, reprit son avance en direction de la chasseresse qui ne bougeait pas.

Furieuse et inquiète, Nelvéa rechargea l'arme, et recommença à tirer.

— Ce n'est pas possible ! gronda-t-elle. Un migas aurait déjà été déchiqueté.

Derrière elle, Lorik et les deux filles n'osaient faire un geste. Le monstre avait deux fois la taille du lionorse au garrot. Lentement, pesamment, le kherilan, dont la fourrure se couvrait tout de même de taches de sang, fit face à son nouvel ennemi.

Nelvéa avança encore. Il fallait dégager Daena. Heureusement, les balles avaient arrêté l'animal. Un épouvantable barrissement fit résonner la vallée. Nelvéa frémit, mais ajusta son gonn, visant la tête. Le doigt pressa la gâchette… et le fusil se bloqua. La jeune fille poussa un hurlement de rage et jeta furieusement l'arme dans la neige.

Alors, le kherilan tenta de charger. Mais ses membres étaient devenus lourds. Il ne put faire que quelques pas en trébuchant. Ses yeux couleur de nuit se braquèrent sur Nelvéa qui avait dégainé son dayal. Fearn grondait furieusement. Nelvéa le calma. Le monstre, même blessé, était de taille à le tuer.

Et soudain, une étrange impression envahit la jeune fille. Une sorte d'onde mentale émanait de l'animal, comme une présence diffuse. Un nom frappa son imagination : Ywaïhn. C'était impossible ! Ce monstre ne pouvait abriter une divinité. Il y avait certainement une explication. Cependant, l'animal, cloué sur place par la mort qui rampait en lui, ne cessait de la fixer de ses yeux sombres et glacés. Nelvéa n'osait s'approcher. Peu à peu pourtant, le voile mental s'estompa, disparut. Une terrible impression de froid, qui ne devait rien à la neige environnante, envahit Nelvéa. C'était comme si son ventre, son cœur se cristallisaient dans une immobilité mortelle. Elle s'ébroua et, comme dans un cauchemar où le temps se serait ralenti, elle vit le kherilan lever la tête pour un dernier barrissement, puis s'effondrer, enfin terrassé par les balles meurtrières.

Déjà Khaled, Astrid, Myriam et Lorik s'étaient précipités vers Daena.

— Princesse, hurla l'écuyer. Venez vite !

Elle accourut aussitôt. La chasseresse, les jambes repliées dans une position bizarre, ne bougeait plus.

29

Il n'avait pas été facile de ramener Daena au baraquement. Ils avaient dû fabriquer en hâte des claies tendues de peaux de bêtes sur lesquelles on avait traîné la blessée sur la piste cahoteuse de Czernova.

Lorsqu'elle retrouva ses esprits, deux jours plus tard, elle ne put se lever. La chute avait brisé ses vertèbres. Tous ses membres étaient paralysés. Les deux filles se relayaient pour lui faire ingurgiter de l'eau et de la nourriture. Mais Daena savait ce qui l'attendait.

— Cette chasse aura été la dernière pour moi, ma petite compagne, dit-elle à Nelvéa.

— Tais-toi ! Il faut que tu te maintiennes en vie. Je vais faire venir les amanes. Et même les Lonniens. Ils sauront ce qu'il faut faire.

Daena eut un pauvre sourire.

— C'est inutile. Ils arriveraient trop tard. Et puis, ce n'est pas grave. J'ai déjà bien assez vécu. Bientôt, mon corps va commencer à entamer l'autre pente de la vie, celle qui mène vers la vieillesse.

— Mais tu es encore jeune !

Daena sourit.

— J'ai presque l'âge d'être ta grand-mère, petite princesse. Mais cela n'a aucune importance. Je mourrai heureuse d'avoir pu te rencontrer. Tu es une femme extraordinaire. Tu es vraie, tu ne triches pas. Je sais qu'un destin fabuleux t'attend. Et tu triompheras, même si parfois tu as envie de renoncer.

— Je penserai à toi dans ces moments-là, ma compagne.

Nelvéa saisit la main de la chasseresse et la serra avec

chaleur. Elle ne pouvait retenir les larmes qui ruisselaient de ses yeux rougis.

— Mais pourquoi ? Pourquoi ce monstre s'est-il acharné sur toi ?

— Peut-être était-ce la malédiction d'Ywaïhn, Nelvéa, murmura Daena. Je n'ai jamais vu un kherilan s'obstiner ainsi.

Le lendemain, Daena fit asseoir Nelvéa près d'elle. Son élocution s'était détériorée depuis la veille.

— Écoute-moi, articula-t-elle péniblement. Je vais transmettre l'héritage de Czernova à Roghier. Il en est digne. Mais toi, ton destin ne s'arrête pas à Czernova. Aussi, je voudrais te donner Astrid et Myriam. Lorsque je ne serai plus là, elles seront perdues. Et je crains que certains vautours de Veraska ne tentent d'en faire des bêtes de plaisir pour leurs longs mois d'hiver en forêt. Ils ne vont pas tarder à venir.

En effet, seul Roghier était resté. Il affirmait qu'il ne croyait pas aux malédictions d'Ywaïhn. Les quatre jeunes chasseurs, effrayés par le sort de leur maîtresse, s'étaient enfuis. Nelvéa avait tenté de les retenir, mais l'un d'eux lui avait craché qu'elle était responsable de la mort de Daena, à cause de l'histoire du troll. Ils étaient certainement allés prévenir d'autres trappeurs. Pour cette raison aussi, Nelvéa savait qu'elle partirait dès que la chasseresse se serait éteinte. Lorsque Daena tomba dans le coma, la jeune fille ne quitta plus son chevet. Elle passait des journées entières, assise sur un faldestuel, guettant la moindre réaction de la moribonde. Astrid et Myriam, blêmes, demeuraient prostrées à ses genoux, l'esprit vide. Elles ne disaient rien. Parfois un sanglot les secouait. Nelvéa leur caressait les cheveux, leur prenait la main. Bien sûr, elle les emmènerait avec elle. Déjà, les deux filles avaient reporté sur elle toute la confiance qu'elles avaient eue en Daena. De temps en temps, Astrid levait sur elle un regard suppliant et murmurait :

— Dites, princesse, elle ne va pas mourir, n'est-ce pas ?

Mais c'était plus un cri de désespoir qu'autre chose. D'instinct, elle connaissait la vérité.

Souvent la vision de l'animal monstrueux revenait hanter Nelvéa, mêlée aux dernières paroles de Maaskar.

— Un esprit mauvais rôde autour de toi, Nelvéa ! Tu apporteras le malheur à ceux qui t'aimeront.

Elle secouait la tête, comme pour chasser ce cauchemar qu'elle ne pouvait partager avec personne. Mais les événements avaient confirmé ces sinistres prédictions.

Daena rendit l'âme dix jours après l'accident.

Lorsque Nelvéa constata qu'elle ne respirait plus, elle éprouva une curieuse sensation de soulagement. Au moins, la chasseresse ne souffrait plus. Mais il s'y mêlait un désespoir sans nom. Jusqu'au dernier moment, elle avait espéré un miracle. Celui-ci ne s'était pas produit. Elle murmura :

— C'est fini !

Puis elle se retira dans un coin de la pièce. Astrid et Myriam s'approchèrent du lit et se couchèrent aux côtés de Daena, chacune prenant une main de la défunte pour la poser sur leur joue, dans un ultime désir de protection.

Le soleil se levait à peine lorsque les flammes du bûcher funéraire s'élevèrent, hautes et claires, dans le petit matin froid. L'esprit vide, Nelvéa et ses compagnons s'écartèrent et regardèrent longtemps la danse rituelle du feu purificateur.

— Elle avait toujours rêvé de mourir ici, sanglota Astrid, blottie contre Nelvéa. Elle n'aurait pas accepté de vieillir. Les dieux sont bons. Ils ont repris sa vie alors que jamais elle n'avait été aussi belle et aussi forte.

— À présent, elle régnera sur toute la forêt, dit doucement Nelvéa. Même si son corps n'est plus là, son esprit continuera d'errer sur les montagnes.

— C'est vrai, approuva Myriam, dont les yeux brûlants

se remplirent d'une lueur nouvelle. Narushja lui appartient vraiment, à présent.

Nelvéa avait passé un bras protecteur autour des deux filles. Bien sûr, Dorian lui avait enseigné que l'esclavage n'aurait jamais dû exister. Mais Astrid et Myriam avaient besoin de sécurité. Et cette sécurité passait par le besoin d'une soumission à un être plus fort qu'elles. Désormais, elle en était responsable, et bien qu'elles eussent le même âge qu'elle – dix-neuf ans – elle éprouvait vis-à-vis d'elles un sentiment curieux, qui n'était pas loin de ressembler à de l'amour maternel. Les mains qu'elle posait sur les épaules des filles se firent possessives. Ainsi avaient dû être les sentiments de Daena. Khaled lui avait fait remarquer qu'elle avait été généreuse d'accepter les deux esclaves, mais qu'elles risquaient de les encombrer.

— Elles savent se battre, avait-elle répondu. Elles se révéleront utiles. Et puis, j'ai donné ma parole à Daena. Jamais, moi vivante, elles ne retourneront dans les bordels de Veraska.

Les flammes commençaient à diminuer lorsque les chasseurs des concessions voisines arrivèrent. Ils étaient une douzaine, menés par l'un des jeunes trappeurs, celui-là même que Nelvéa avait sauvé des trolls. Ils saluèrent solennellement le bûcher en ôtant leur coiffure de peaux de bêtes, et demeurèrent silencieux jusqu'à ce que le feu fût devenu braises.

— C'était la plus grande d'entre tous, affirma un grand rouquin au parler rocailleux.

— La plus grande, peut-être, ajouta un gros bonhomme affublé d'une tête d'ours. Mais elle n'est plus. Alors, à qui revient la parcelle de Czernova ?

— Vous pourriez au moins attendre que ses cendres soient froides pour vous inquiéter de ça, rétorqua Nelvéa en le toisant d'un regard furieux.

— Princesse, vous n'êtes pas de Veraska, et cette histoire

ne vous concerne pas. Et si ce qu'on nous raconté sur vous est vrai, c'est vous qui portez la responsabilité de sa mort.

Nelvéa vint se planter devant lui.

— À cause de cette légende d'Ywaïhn, n'est-ce pas? Parce que j'ai tué un troll à l'arme blanche ? Vos lois préconisent plutôt que l'on laisse l'un des siens périr sous les crocs de ces monstres ?

— Vous ne connaissez pas Ywaïhn, riposta l'autre en se campant sur ses jambes. Il ne vous lâchera plus à présent.

— Eh bien qu'il vienne ! hurla Nelvéa. Qu'il ose me combattre face à face, ce dieu lâche qui n'ose attaquer de front !

Atterrés, les chasseurs reculèrent d'un pas en se touchant le front pour conjurer le blasphème.

Elle s'adressa au jeune trappeur.

— Et toi, tu aurais donc préféré que je te laisse dévorer par ces chiens ?

— Non, mais vous auriez dû partir à ce moment-là. Et Daena serait encore en vie.

Nelvéa se retint de le gifler. Elle revint près du brasier que le vent faisait rougeoyer, et serra les poings pour ne pas céder à la colère qui la tenait. À nouveau elle fit face au clan.

— De toute manière, soyez rassurés ! Je vais partir. Daena a transmis sa succession à Roghier. Quant à nous, nous quitterons ce lieu dès demain.

— C'est bien, dit le grand rouquin en s'approchant d'elle. Je suis sincèrement désolé de ce qui est arrivé. Vous ne pouviez pas connaître les lois étranges qui gouvernent cette forêt. Vous avez agi avec courage et générosité. Mais il vaut mieux en effet que vous partiez. Prenez garde à vous, princesse : Ywaïhn ne s'en tiendra pas là. Sa vengeance peut durer des années.

Nelvéa frissonna. Elle aurait bien demandé s'il existait un moyen de rompre la malédiction. Mais elle refusait de croire à ces sornettes. La mort de Daena n'avait été qu'une effroyable coïncidence.

Le gros bonhomme à tête d'ours revint à la charge.

— Mais les filles ? À qui appartiennent-elles désormais ?

— Astrid et Myriam partiront avec moi. Daena me les a données.

— Comment ça, données ? Ces filles sont des Veraskannes. Elles doivent rester avec nous.

— Oui, renchérit un autre. Elles sont à nous.

— Pour que vous en fassiez des objets de plaisir, afin d'assouvir vos instincts bestiaux ? N'y comptez pas. Elles viendront avec moi.

Une scission se produisit chez les chasseurs. Le grand rouquin, visiblement embarrassé, tenta de s'interposer.

— Bien sûr, ces filles appartiennent à Veraska. Mais elles étaient les esclaves de Daena avant tout.

Il se tourna vers le gros ours.

— Galreth, la volonté d'un mort est sacrée. Si Daena les a offertes à la princesse, nous devons nous incliner.

— Non ! Cette fille est peut-être chevalier, mais ici, nous ne redoutons pas les nobles. Nous n'allons tout de même pas la laisser imposer sa loi. Nous sommes des chasseurs ! Il faut qu'elle nous remette les filles !

— Il a raison, renchérit l'un de ses amis.

Nelvéa porta la main à son dayal.

— Écoutez-moi bien, chasseurs ! Astrid et Myriam sont à moi. Et le premier qui touchera un seul de leurs cheveux le regrettera.

Il y eut un instant de flottement. Le grand rouquin gronda :

— Tu es stupide, Galreth. Tu sais bien que ces filles n'aiment pas les hommes.

— Je m'en fous, riposta l'ours d'un ton menaçant. Je n'ai pas l'habitude de me laisser dicter ma conduite par une gamine.

Il dégaina son poignard, une arme impressionnante dont la lame se creusait d'une rigole pour l'écoulement du sang. Nelvéa tira son dayal et attendit.

Pendant une éternité, le bonhomme fixa Nelvéa de son regard gris. Pourtant, bien que mesurant deux têtes de plus qu'elle, il ne se décidait pas à attaquer. Derrière lui, ses compagnons s'écartèrent, sauf trois fidèles. Khaled, Lorik et les deux filles vinrent se ranger aux côtés de Nelvéa.

La jeune fille ne bronchait pas. Comprenant qu'il ne serait pas le plus fort, le dénommé Galreth rengaina son arme et cracha son venin.

— C'est bon ! Garde tes deux putes ! De toute façon, elles ne sont bonnes à rien.

Nelvéa dédaigna de répondre. L'autre tourna les talons et s'en fut, remâchant sa rage. Le grand rouquin, amusé, le regarda partir et dit à Nelvéa :

— Je suis avec vous, princesse Nelvéa. Ce gros porc méritait une leçon.

Il posa la main sur l'épaule de Roghier.

— Nous confirmerons la succession de Daena. Mais vous, princesse, faites ce que vous avez décidé. Même si ce n'est pas votre faute, le malheur est sur vos pas.

Il regarda encore le bûcher rougeoyant et ajouta :

— Un bien grand malheur !

30

Le lendemain, Nelvéa et ses compagnons firent leurs adieux à Roghier et aux trappeurs, visiblement embarrassés par la scène de la veille, mais soulagés de les voir partir.

Nelvéa avait hésité sur la direction à prendre. Elle ne croyait plus que son père ait voulu retourner à Ghandivar. Mais elle n'avait aucune envie de regagner Veraska ou Gwondaleya. Aussi décida-t-elle de poursuivre vers le nord-ouest. Maaskar était parti depuis près de deux mois, et il avait pris la piste de Lodi. N'ayant aucune envie de le retrouver, elle choisit de suivre l'ancienne piste, qui reliait Veraska à Hambora, et dont une partie longeait le fleuve Poczla. Cependant, cette piste n'était plus utilisée depuis plus d'un siècle, en raison des attaques dont étaient victimes les caravanes. Outre les maraudiers, on disait que de véritables armées, appartenant à des nations dont on ne savait rien, anéantissaient les convois. L'armement dont elles disposaient obligeait les assureurs à doter les caravanes de troupes beaucoup trop importantes, quelquefois secondées par des dramas. Il était devenu plus rentable d'effectuer le détour par Lodi.

Aussi, depuis un siècle, la piste Smolenska n'était plus qu'un souvenir. On pouvait même se demander si elle avait réellement existé. Bien sûr, on ne pouvait nier qu'il se dessinât un semblant de route au travers des hautes collines qui bordaient le massif de Narushja vers le nord. De même, il subsistait par endroits les ruines de ce qui avait dû être des postes relais. Mais tous étaient abandonnés, et la végétation exubérante qui les dévorait indiquait qu'aucun être humain n'avait vécu là depuis des décennies.

Pourtant, trois jours après avoir quitté la concession de Czernova, ils arrivèrent en vue d'une petite cité fortifiée où ils furent accueillis avec civilité.

Norskynn était un petit village farouchement attaché à la Religion, où les amanes maintenaient même une garnison dramas. Apprenant qu'ils avaient affaire à la fille du seigneur aux pouvoirs singuliers qui avait régné sur Gwondaleya, les notables organisèrent rapidement un repas de bienvenue qui fut servi dans l'unique auberge du village.

Lorsque Nelvéa expliqua son intention de poursuivre sa route vers le nord, il y eut un moment de stupéfaction.

— C'est un voyage très dangereux, dit enfin Romen, le chef du village.

— À cause des maraudiers ?

— Non pas, princesse ! Il y a par là-haut des démons de toutes sortes. Ils enlèvent des jeunes, hommes ou femmes.

Les dieux seuls savent ce qu'ils deviennent. Il vaudrait mieux rattraper la piste de Lodi.

— Mais autrefois, les caravanes empruntaient la piste. Pourquoi l'ont-elles abandonnée à présent ?

— Nul ne pouvait lutter contre les génies de la Smolenska. Si quelques convois géants réussissaient à passer, la plupart étaient anéantis. La dernière fois, les amanes ont même adjoint une escorte de vingt dramas. On ne retrouva rien de la caravane. Quant aux dramas, un chasseur audacieux découvrit des lambeaux de leurs uniformes, à dix marches d'ici. C'était tout ce qui restait d'eux. Et cette histoire est ancienne. Mon grand-père était encore enfant.

Un autre ajouta.

— Des esprits mauvais planent sur Smolenska, princesse. Et toute la puissance des amanes n'y pourra rien.

— Sait-on à quoi ressemblent ces génies ?

— Parfois, ils prennent la forme d'êtres effrayants, qui rappellent vaguement des hommes, mais ils sont plus grands, et dotés de pouvoirs terrifiants.

— Il en existe de deux sortes, précisa un gros homme dont les yeux inquiets roulaient dans ses orbites. Il y a les « Hommes Gris » et les « Nyktals ».

— C'est vrai, reprit Romen. Les Hommes Gris sont peut-être des humains. Nul ne le sait. Quant aux Nyktals, ils sont beaucoup plus dangereux. On les appelle ainsi parce qu'ils chassent la nuit.

— Qu'ont-ils de particulier ?

— Leur aspect. Il n'existe pas de par le monde de créature plus épouvantable. Ils sont aussi grands que des migas, et leurs griffes lancent des éclairs.

— Mais les Nyktals et les Hommes Gris sont ennemis, intervint un jeune homme que les yeux verts de Nelvéa troublaient. Chaque fois qu'ils se rencontrent, ils s'entretuent jusqu'au dernier. Les Nyktals sont plus puissants que les Hommes Gris. Mais ils sont moins nombreux.

Un vieil homme au visage parcheminé lança d'une voix cassée :

— Ouais, mais ce sont de rudes combattants. Même seuls, ils sont capables d'exterminer toute une horde de ces maudits Hommes Gris.

— Les Nyktals sont les esprits de la forêt, reprit le jeune homme. Nous les respectons, parce qu'ils ne sont pas réellement mauvais.

— Comment cela ?

Le vieux chef fit une moue perplexe.

— C'est difficile à dire. Il arrive que les Nyktals enlèvent des jeunes. Mais certains d'entre eux reviennent au bout de plusieurs jours.

— Et alors ?

— Alors, rien ! Ils ne se souviennent pas de ce qui s'est passé. En tout cas, il ne semble pas qu'ils maltraitent les nôtres. Une fois, une jeune fille vierge a été enlevée par les Nyktals. Elle est revenue trois jours plus tard, aussi pure qu'elle était partie.

— C'est étrange. Mais ces Nyktals n'ont peut-être pas les mêmes buts que les Hommes Gris.

— Les Hommes Gris transforment leurs prisonniers en esclaves, indiqua le vieux. Peut-être même les mangent-ils. Nul ne le sait, puisque personne n'est jamais revenu de leur territoire.

Nelvéa devinait une véritable horreur teintée de haine envers les Hommes Gris, auteurs de rapts et de massacres. Par opposition, les Nyktals inspiraient une crainte superstitieuse, mêlée à un respect sous-jacent qui n'était pas loin de ressembler à de la sympathie.

— Vous comprenez pourquoi la piste Smolenska n'est plus qu'un souvenir. C'est pour cette raison que notre village est oublié du reste du monde. Officiellement, nous appartenons au royaume de Veraska. Mais le roi nous ignore. Seuls les amanes ne nous abandonnent pas.

— Les prêtres n'abandonnent jamais les leurs, affirma

Nelvéa. Mais je désire joindre Hambora. N'existe-t-il pas un moyen autre que la piste Smolenska ? Nous ne sommes que cinq. Nous pouvons facilement passer inaperçus.

Les paysans se consultèrent du regard en se grattant la barbe. L'un d'eux, un gorille à la tête en forme de tronc d'arbre à moustache, grogna :

— Y'a ben un moyen !

— Lequel ?

— Oh, pour ça, il est dangereux. On a neuf chances sur dix d'y laisser sa peau ou sa liberté. Mais certains arrivent à passer. Surtout si on n'est pas nombreux. D'ici aux sources de la Poczla, il y a moins de dix marches. Ensuite, on peut descendre le fleuve jusqu'à la piste qui va de Lodi à Hambora. Pas plus de cent marches. Au début, il faut suivre le torrent au travers de la montagne. Puis, à environ quinze marches vers le nord, la Poczla devient navigable. Vous trouverez des petits ports de pêche. Là, certains capitaines font du cabotage. Peut-être pourrez-vous convaincre l'un d'eux de vous mener jusqu'à la piste. Ils n'appartiennent pas à la Religion, mais ils font parfois du troc avec les caravanes.

— Cela me paraît possible. Quels sont les dangers ?

— Ils sont multiples. Tout d'abord, après avoir franchi la chaîne de montagne où la Poczla prend sa source, vous devrez traverser le domaine des Nyktals. Ensuite, à l'ouest du fleuve s'étend le territoire des Hommes Gris. Et puis, au-delà, vers le nord, vous longerez le massif montagneux où vivent les Pocznans.

— Mon frère Palléas les connaît. Je pense que je pourrai leur demander le passage.

Romen fit une grimace.

— Les Pocznans n'ont pas d'amis. Ce ne sont que des bandits sans lois, aux mœurs bien étranges. Mais ce n'est pas tout. Sur le fleuve, vous devrez prendre garde aux silônes.

— Aux silônes ?

Les paysans eurent un sourire entendu.

— Ne vous baignez jamais dans la Poczla, princesse. Les silônes vous avaleraient comme une bouchée de pain.

— Charmant pays.

— Ici, on les appelle les poissons-loups. Les plus grands atteignent dix mètres de long.

Nelvéa avait étudié la faune terrestre avec les Lonniens. Depuis le Jour du Soleil, de nombreuses espèces aquatiques avaient muté, et certains spécimens s'étaient anormalement développés. Dans le Danov, des pêcheurs avaient parfois ramené des silures ou des brochets de près de deux mètres. Pourquoi n'en existerait-il pas de plus grands ?

— Mais ils sont inoffensifs, ajouta-t-elle tout haut en pensant à ceux de Gwondaleya.

— Inoffensifs ? s'exclama un paysan au visage rouge et mangé de barbe. Madame, ces créatures sont des démons vomis par Shaïentus. Ils s'attaquent aux bateaux, même les plus grands. C'est pourquoi il vaut mieux naviguer près de la rive, au risque de s'échouer. Les mariniers qui descendent la Poczla garnissent leur navire d'une étrave et d'un bouclier de métal tout le long de la coque. Cette ceinture est hérissée de pointes d'acier plus grosses que le bras.

— Ouais, et quelquefois, ça ne suffit pas, émit lugubrement un autre.

Nelvéa examina le dernier individu plus attentivement.

— Regardez, princesse, dit-il en exhibant ce qui restait de son bras gauche, tranché net au milieu de l'humérus, c'est une saloperie de silône qui m'a fait ça. Encore heureux d'avoir pu m'en tirer.

Nelvéa découvrit en lui des images de naufrage, des réminiscences de frayeur, de rage, de combat, de souffrances. Elle dit :

— Vous semblez bien connaître ce fleuve, monsieur. Accepteriez-vous de me mener jusqu'au premier port ?

— Moi, madame ? Pour une fortune, je ne retournerais

jamais là-bas. Il y a encore une vingtaine d'années, certains d'entre nous commerçaient avec ceux des ports. Mais les Hommes Gris sont devenus de plus en plus dangereux. Trop d'entre nous y ont laissé leur vie.

— Madame, confirma Romen, pas un homme ici n'acceptera de retourner vers le nord.

— Je paierai bien !

— Nous n'avons pas besoin de drakkhors. Nous vivons entre nous.

— Bon, j'ai compris. Tant pis, nous partirons seuls.

Le lendemain, Nelvéa errait dans les rues de Norskynn, suivie de ses compagnons silencieux. Au fond, elle se demandait quelle folie, ou peut-être quel orgueil, la poussait ainsi à rechercher le danger. Il aurait été facile de rebrousser chemin et de se joindre à une caravane reliant Veraska à Lodi. Bien sûr, cela signifiait un détour important, mais là n'était pas la raison de son obstination. De plus, elle aurait été incapable d'expliquer pourquoi elle désirait se rendre à Hambora. Depuis longtemps elle savait que ce n'était pas le désir de retrouver son père qui la motivait. Ou plus exactement il se dessinait autre chose derrière ce but inconsistant. Lorsqu'elle évoquait Dorian, elle ne pouvait le dissocier de l'étendue angoissante des Terres Bleues. Il était demeuré là-bas. Il s'était enfoncé dans le désert sans vie, poussé par une force dont elle ignorait tout. Là était la vérité. Alors, pourquoi poursuivre une chimère dont elle ignorait où elle la mènerait ?

Émanait-elle d'elle-même ? Ou bien d'autre chose ? Parfois, l'envie de renoncer, de retourner se blottir au creux du nid rassurant de Gwondaleya la hantait. La sorcière l'avait prédit avant de disparaître. Personne ne l'aiderait, ne la conseillerait. Elle devrait se battre seule. Pourtant, même si elle marchait vers un but dont elle ignorait tout, suivant une route parsemée d'embûches, sur laquelle elle entraînait les siens au mépris de leur vie, elle savait qu'elle ne pourrait revenir en arrière, à cause de cette puissance invisible qui la jetait en avant comme un esclave que l'on force à marcher jusqu'à épuisement.

Elle serra les dents et respira profondément. Les gens de Norskynn ne voulaient pas l'aider ? Eh bien tant pis. Elle passerait malgré tout, avec ou sans leur aide.

Elle vint s'accouder au rempart, depuis lequel on dominait la forêt. Au loin, le soleil embrasait un mont isolé couvert d'une épaisse fourrure forestière. Çà et là, on devinait les taches blanches de plaques de neige persistantes. Plus près, tout autour de la petite cité, les paysans quittaient les champs et se hâtaient vers la protection nocturne des murailles. Pourtant, tout semblait calme. Sans doute le petit fortin dramas qui commandait la route du nord y était-il pour quelque chose.

Soudain, le jeune paysan qui avait assisté au repas apparut. Il s'avança timidement vers Nelvéa.

— Princesse, je voulais vous dire : le vieil Olaf accepterait peut-être de vous aider. C'est un vieux bonhomme un peu fou qui vit dans la montagne avec ses fils. Nul ne sait pourquoi, mais il arrive toujours à passer au travers des pièges des Hommes Gris et des Nyktals. Je sais où se trouve sa cabane, vous pourriez lui demander.

Effectivement, le vieil homme ne se fit pas prier devant la somme rondelette que lui proposa Nelvéa. Il trouverait à la dépenser à Veraska où il ne craignait pas de se rendre régulièrement. Ce qui ne l'empêcha pas de bougonner qu'il fallait bien qu'il soit un fieffé imbécile pour accepter de « trimballer des femmes ». Puis il cracha par terre.

Taillé dans le granit, la trogne rougie par les bois et l'alcool, la peau striée de mille ridules creusées par pluie et soleil, son visage s'embroussaillait d'une barbe et d'une moustache aussi abondantes et colorées que les taillis de sa forêt. Un casque en peau de volène vissé sur son crâne chauve et une épaisse veste de cuir noir doublée de fourrure de loup parachevaient sa silhouette de wootman.

Silencieux comme des lynx malgré une corpulence qui n'avait rien à envier à celle de leur papa, ses trois fils le suivaient, muets comme des carpes, les yeux vifs et mobiles. Ces hommes avaient l'habitude de la vie forestière, et des dangers qui pouvaient surgir au moment où l'on s'y attendait le moins.

— Va falloir vous défaire de vos canassons, grogna le vieux.

— Comment ça ?

— Si vous descendez la Poczla en bateau, vous pourrez difficilement les emmener. Et surtout, pour traverser la forêt...

— Il n'est pas question que j'abandonne Fearn.

— Et comment vous ferez, là-haut ? Les rives du torrent ne sont pas praticables. Ici, tout se fait à pied, ma petite dame.

— Écoute, vieil homme ! Je sais que les wootmans n'ont aucun respect pour les nobles, les amanes, ni pour qui que ce soit d'ailleurs. Mais je SUIS chevalier, et je me moque de ton opinion. Si tu refuses, je trouverai quelqu'un d'autre, ou bien j'irai seule.

Il éclata d'un rire rocailleux.

— Ha ha ! Ici, ce sont tous des poltrons ! Vous ne trouverez personne !

— Alors, rends-moi ce que je t'ai donné. Je partirai demain avec les miens. Et je passerai.

Là, il se fâcha tout rouge.

— Par les tripes pourries du Grand Migas Cornu ! Ce n'est pas possible ! Me faire traiter de la sorte ! Et par une femelle encore ! Tu as la tête encore plus dure que moi.

Il se tourna vers ses fils qui lorgnaient sans vergogne sur Astrid et Myriam, lesquelles ne leur accordaient en retour aucune attention.

— Tiens, regarde-moi ces grands nigauds qui commencent à monter en vinaigrette. Comment veux-tu qu'ils puissent traverser la forêt s'ils passent leur temps à reluquer tes filles ?

— Qu'ils les regardent s'ils le souhaitent. Mais ils feraient mieux d'éviter de les approcher de trop près.

— Pourquoi ? Elles n'aiment pas les hommes ?

— Je ne crois pas en effet.

Si le vieil Olaf avait un doute à ce sujet, il fut rapidement dissipé. L'un de ses rejetons avait engagé la conversation avec Myriam la silencieuse. Si Nelvéa et Olaf, au loin, n'entendaient pas ce que le jeune homme disait à l'esclave, les gestes, en revanche, ne laissaient planer aucun doute quant à ses intentions. Sourire enjoleur, cambrure avantageuse du torse, moustache finement lissée, murmures galants, ou supposés tels par les spectateurs, qui ne provoquèrent chez la « victime » qu'une indifférence glaciale. Lorsque les bras se firent conquérants, la réaction ne se fit pas attendre. Myriam se dégagea avec une souplesse de chat et saisit les poignets du jeune homme surpris. Une prise imparable l'envoya bouler cul par-dessus tête sur le sol, après une pirouette aussi gracieuse qu'involontaire. L'instant d'après, le malheureux arrêtait avec son menton un coup de pied magistral qui l'étourdit pour le compte.

Myriam ne prononça pas un mot et tourna les talons sans plus se préoccuper de son séducteur malchanceux. Lorik et Khaled éclatèrent de rire. Olaf explosa :

— Non mais ? Qu'est-ce que c'est que cette femelle ? Elle va m'estropier mes petits. Veux-tu foutre le camp !

Nelvéa raccrocha le wootman par la manche.

— Dis donc, vieil homme, ton gamin n'avait qu'à se tenir tranquille.

Il poussa une bordée de jurons tous plus verts les uns que les autres et lui tendit la bourse qu'elle lui avait remise.

— Tiens, reprends ça ! Et que je n'entende plus jamais parler de toi. Les femmes, ça ne rapporte que des ennuis.

Furieux, il tourna les talons et s'en fut vers sa cabane,

rameutant ses « petits », dont le plus malingre devait dépasser le quintal.

Nelvéa contempla le quatuor regagner ses pénates, amusée et déçue. Les personnages lui étaient plutôt sympathiques.

Au moment où elle enfourchait son lionorse, la vieil homme l'interpella.

— Tu vas partir quand même ?

— Parfaitement ! Avec une boussole et une carte, on finit toujours par arriver quelque part.

— Ouais, on peut aussi se faire tuer comme un vulgaire lapin. Enfin, que les dieux te protègent quand même !

— Merci ! Je pars demain, à la prime aurore.

Il grogna et s'engouffra dans sa baraque.

31

Nelvéa ne s'étonna guère de voir arriver le vieil Olaf et ses trois fils sur la place de Norskynn le lendemain matin. Une fraîcheur humide, parfumée, vivifiante, montait des sous-bois proches. À l'orient s'étiraient quelques nuages filandreux, sur lesquels le soleil à venir faisait jouer des éclats d'or rosé.

— Bien, je vois que tu es déjà prête. C'est bien, grogna le wootman.

Nelvéa lui sourit.

— Tiens, je croyais que nous étions fâchés ?

— Nous le sommes, nous le sommes. Mais je serais encore plus fâché après moi si je te laissais partir toute seule. Tu ne sais pas ce qui t'attend, fillette.

La jeune fille éclata de rire.

— Alors, je ne vais pas tarder à le savoir. En route !

Le vieil Olaf n'avait pas menti. La forêt n'était guère praticable pour les chevaux. Non à cause des broussailles impénétrables, mais parce qu'elle s'étageait sur les pentes abruptes des montagnes encore couvertes de neige.

Régulièrement, le wootman envoyait l'un de ses fils en reconnaissance. Lorsque l'éclaireur revenait, ils avançaient. Ils aperçurent au loin un parti de garous errants qui suivaient le fond d'une vallée proche.

— Ils ne sont guère dangereux, expliqua Olaf. La forêt est giboyeuse.

Plus inquiétant, un couple de migas fit son apparition peu avant midi, bloquant le passage pour accéder à un plateau supérieur. Les fauves observèrent un moment la petite troupe, mais, sans doute parce qu'ils avaient repéré le lionorse, ou bien parce que la période des amours avait commencé, ils passèrent nonchalamment leur chemin et dévalèrent la pente raide. Nelvéa rengaina son gonn. Il n'eût été guère prudent de tirer. Un ennemi bien plus dangereux pouvait survenir.

Nelvéa avait remarqué que le vieil homme évitait de suivre les sentes naturelles tracées par les animaux, chevreuils, sangliers, cerfs ou maroncles. En fait, il se fiait à des repères différents, qu'il était seul à connaître pour les avoir posés lui-même. Ses fils, armés de gonns et d'arcs, lui obéissaient au doigt et à l'œil. Sans doute avaient-ils dû se faire chapitrer par leur père, car les regards appuyés sur les deux filles avaient cédé la place à des œillades furtives, tout aussi équivoques, mais nettement plus discrètes. Les jumelles surveillaient attentivement les sous-bois, prêtes à bondir comme des tigresses pour défendre Nelvéa.

Le soir, une haute barrière montagneuse se dressa devant les voyageurs.

— Et voilà, déclara Olaf. Nous avons parcouru la moitié du chemin. Demain, nous passerons de l'autre côté de cette montagne et nous descendrons vers la vallée de la Poczla.

— Demain ? Mais cette montagne est très haute, rétorqua Nelvéa. Il nous faudra certainement plus d'un jour pour la franchir. Je ne distingue rien qui ressemble à un col.

Le vieil homme ricana d'un air entendu.

— Fais-moi confiance, nous traverserons. Nous allons nous arrêter ici cette nuit. Demain, je vous ferai découvrir quelque chose que vous n'avez jamais vu.

Il n'en dit pas plus. Mais visiblement, il n'était pas peu fier de posséder pour lui seul les secrets de l'immense forêt.

Plus tard, un feu de camp aux senteurs résinées rôtissait deux superbes lièvres qui dégagaient un parfum appétissant. Astrid et Myriam, héroïnes de cette miraculeuse chasse-éclair, s'étaient vu – prudemment – complimenter par les trois jeunes wootmans. Elles avaient consenti à les remercier d'un sourire sans chaleur. À présent, elles étaient couchées en boule aux pieds de Nelvéa qui bavardait avec Olaf.

Celui-ci les observait en silence tout en tirant de sa vieille pipe de chêne d'impressionnantes bouffées bleutées. Les yeux perdus dans le vague, il marmonna :

— Quel drôle d'équipage t'es-tu choisi là, fillette ! Deux femmes qui n'en sont pas, et qui manient les armes mieux que de vrais chasseurs, ce curieux étranger qui ne rit jamais, et ce gamin aux allures de fouine. Je ne sais pas qui tu es, ni quel est ton but, mais je pense que jamais je n'oublierai cette équipée. Et pourtant, j'en ai vu, dans ma chienne de vie.

— Comment ça ?

— Oh, ce serait très long à expliquer. Mais pour quelqu'un qui sait voir sans se faire prendre…

Il désigna d'un geste ample la forêt qui étendait sa fourrure nocturne sous la clarté sombre des étoiles et de la lune. À l'ouest, le ciel rougeoyait encore des derniers feux du soleil. Un concert étrange montait des sous-bois, en contrepoint des appels des oiseaux de nuit. Des relents épais d'humus venaient se mêler, selon les caprices de la brise crépusculaire, aux odeurs du feu de bois.

— Tu vois, fillette, les légendes prétendent qu'autrefois cette forêt n'existait pas. Il y a très longtemps, à l'époque des Anciens, des villes se sont élevées ici, des cités immenses, bien plus vastes que les nôtres. En traînant dans la forêt, on découvre trace de ces villes. Si je te disais…

Il tira une longue bouffée et se pencha vers elle sur le ton de la confidence. Son haleine heurta Nelvéa de plein fouet.

— Tu dois déjà connaître ces gouffres qui s'ouvrent sans explication au milieu des clairières, et qui ne mènent nulle part. Des marches s'enfoncent sous la terre. Je n'ai jamais eu le courage d'y descendre. Mais ce que je vais te montrer demain, il m'a fallu une sacrée dose de courage pour m'y aventurer.

Une hulotte fit entendre son appel angoissant.

— Elle a raison, grogna Olaf. Il vaudrait mieux dormir. Les hommes ne sont pas faits pour la nuit. Bertran va monter la première garde. Demain, nous avons une longue route à faire.

Nelvéa lui posa la main sur le bras.

— Je sens une inquiétude en toi, vieil homme. Pourtant la journée fut calme. Craindrais-tu quelque chose pour demain ?

Il fit une grimace et se gratta la barbe.

— Bah, les dieux seuls sont les maîtres de nos destins. De ce côté-ci, le danger n'est pas très grand. Les Hommes Gris y sont rares. Mais de l'autre côté de la montagne commence leur royaume. Enfin, celui des Hommes Gris et des Nyktals. Je n'ai jamais pu déterminer lesquels en étaient les maîtres. C'est une région encore plus belle que celle-ci, si c'est possible. Mais elle est aussi plus dangereuse. Je ne redoute pas trop les Nyktals. Je les ai vus plusieurs fois. Je me suis caché, et je leur ai échappé. Pourtant, je suis sûr qu'ils m'avaient repéré.

— À quoi ressemblent-ils ?

— De loin, ils rappellent un peu des migas. Mais il y a quelque chose de magique en eux. Ce ne sont pas des animaux, et pas des hommes non plus. Ils défendent un territoire, mais ils nous laissent en paix si on ne les dérange pas. Par contre, si des Hommes Gris s'introduisent sur leur domaine, ils se battent jusqu'au dernier, comme si leur vie n'avait aucune importance. C'est surtout de cela que j'ai peur. Les Gris sont aussi de terribles combattants. Et ils se battent comme s'ils ne s'appartenaient pas, eux non plus. Plusieurs fois, j'ai retrouvé des traces de bataille. Je peux te dire ceci : les Gris sont sans doute des humains. Mais pas les Nyktals. Ils ne sont pas faits de chair et de sang comme nous. Leur corps se consume entièrement lorsque l'un deux est tué. Une fois j'ai découvert le bras de l'un d'entre eux, que le feu n'avait pas détruit. Eh bien, il n'y avait aucune trace de sang. Seulement un liquide gluant et blanchâtre qui s'écoulait d'un fouillis de boyaux innommable.

Nelvéa ne répondit pas. La description du wootman lui rappelait des souvenirs précis. Elle avait assisté, aux côtés des Lonniens, à la réparation d'un androïde. Un liquide blanc porteur d'énergie coulait dans leurs veines artificielles. Peut-être ces Nyktals n'étaient-il pas autre chose que des androïdes de grande taille. Mais dans ce cas, qui les manipulait, et pourquoi ?

La jeune fille salua le vieil homme et s'enveloppa dans sa couverture. Simultanément, Astrid et Myriam se serrèrent autour d'elle pour lui communiquer leur chaleur. Olaf se pencha sur elle et lui glissa :

— Écoute, je tiens à ma peau, fillette. Je ne t'accompagnerai pas aux sources de la Poczla. On croit que cette région est morte, désertée par les hommes. Mais c'est faux. Je sais, moi, qui sont les Hommes Gris. Ce sont des soldats esclaves, semblables à vos ferroskos.

— Sais-tu d'où ils viennent ?

— Oui, je le sais !

Il cracha dans les braises d'un jet précis, puis entreprit de les éparpiller et de les éteindre avec du sable. Il ménageait ses effets, comme tous les vieux conteurs. Nelvéa, habituée à ce genre de manège, attendit.

— Une légende parle d'une cité inconnue qui dominerait cet empire que les amanes n'ont jamais conquis. Une ville immense d'où personne ne revient jamais. Les Hommes Gris sont les gardiens de cette ville, dont tu ne dois pas oublier le nom, parce que tu as toutes les chances d'y finir ta vie. Elle s'appelle Hackenmahar !

32

Depuis le matin, la petite troupe avait entrepris de gravir la chaîne montagneuse. Khaled s'était par deux fois rapproché de Nelvéa, le visage inquiet.

— Es-tu sûre de cet homme, Aïnah Shean ? Où peut-il nous entraîner ainsi ? Il n'y a plus rien là-haut, et je ne vois pas trace du moindre col.

— Je sais, mais je crois qu'on doit lui faire confiance. Il connaît cet endroit comme sa poche.

En effet, le vieil Olaf n'hésitait pas un instant sur la route à suivre. Vers midi, il déclara :

— Nous allons arriver à l'un de mes points de ravitaillement. Si les bêtes n'ont pas tout détruit, nous aurons de quoi manger sans avoir à chasser.

Il disait vrai. Au détour d'un promontoire d'où l'on dominait le sud du massif depuis une altitude impressionnante, ils découvrirent un abri minuscule, dans une faille de la paroi rocheuse, fermé par de lourdes pierres. Là, il avait entreposé de la viande fumée et de la farine. En quelques instants, il composa un repas copieux, agrémenté de quelques fruits séchés.

— Cet homme est un vieux renard, dit Khaled à sa compagne. Mais je ne vois toujours pas de passage.

Nelvéa s'adressa à Olaf.

— Tout cela est bien, vieil homme, mais je constate que la crête est encore loin, et qu'il nous faudra plus d'une journée pour la franchir.

L'autre ricana.

— Tu ne me crois toujours pas ? Alors, viens avec moi.

Il l'entraîna au-delà de la plate-forme rocheuse, au travers d'un lacis de sentes vraisemblablement tracées par des animaux. Soliloquant en chemin, le wootman expliqua :

— Les légendes prétendent que les Anciens étaient des dieux, et qu'ils avaient conquis les mondes des étoiles.

Il désigna du doigt les sommets couronnés de neige et de soleil qui les dominaient. Une langue neigeuse s'étirait jusqu'à eux vers l'ouest.

— S'ils l'avaient voulu, ils auraient construit leurs demeures tout en haut de ces pics. Ils auraient même pu les aplanir, si la fantaisie leur en avait pris.

— Mais ils ne l'ont pas fait, rétorqua Nelvéa, un peu oppressée par les dimensions de l'espace qui l'entourait. Elle se demanda à quelle altitude elle pouvait bien se trouver. Sans doute plus de deux mille mètres. Les arbres avaient depuis longtemps cédé la place à de l'herbe rase. À peine cent mètres plus haut apparaissait la roche à nu, couverte d'une brume verte de lichen et de rampants épineux.

— Ils l'ont fait, fillette, ricana Olaf.

Elle trouva soudain qu'il ressemblait à un mauvais génie qui n'aurait eu d'autre but que de la tourmenter. Mais elle chassa cette idée stupide. Il était simplement heureux d'étaler ses connaissances. Il leva un doigt sentencieux.

— Fillette, ce que tu vas voir, personne ne le connaît, à part mes fils et moi. Je vais te montrer comment les Anciens faisaient pour franchir les montagnes.

Il se laissa glisser derrière une sorte de muret rocheux et disparut à la vue de Nelvéa, inquiète. Mais sa voix l'interpella.

— Par ici, ma belle.

Elle le suivit et se retrouva au creux d'une sorte de chemin très large taillé dans la roche. Des dalles disposées régulièrement trahissaient l'empreinte de l'homme. Certaines d'entre elles se tachaient de larges flaques croûteuses, semblables à du sang séché, ou à de la rouille.

— On dirait une voie de circulation, dit Nelvéa.

— Oh, c'est sans doute ça, répondit le wootman. Quant à te dire ce qui passait là-dessus, aucune idée, fillette. Mais un peu plus loin, il y a un tunnel qui traverse la montagne. Viens voir.

En effet, à quelques dizaines de pas, au détour d'une courbe, une gueule noire et angoissante s'enfonçait au cœur de la montagne.

— Et voilà, dit fièrement Olaf, ça mène vers le pays des Nyktals et la vallée de la Poczla.

Une heure plus tard, le petit groupe s'engageait dans le tunnel. Le vieux chasseur alluma une torche de résine et déclara :

— Maintenant, il va falloir vous armer de patience, ce tunnel a plus d'une marche de longueur.

— Aïnah Shean, crois-tu vraiment que nous devons…

— Oui, nous pouvons le suivre. Malgré les apparences, il n'y a aucun danger.

À la suite du vieil homme, la petite troupe, pas très rassurée, s'engagea dans le tunnel. Au passage, Olaf leur fit admirer l'étrange caverne avec un enthousiasme tel qu'on aurait pu croire que c'était lui qui l'avait creusée.

— Tu vois que j'avais raison, fillette, triomphait-il. Quand on contemple ce que les Anciens ont été capables de créer, on comprend mal comment ils ont pu disparaître.

Nelvéa ne répondit pas. À présent, l'aveuglante splendeur du soleil n'était plus qu'un souvenir. Ses yeux s'étaient vite habitués à la pénombre et aux lueurs tremblotantes des torches. Les ombres rasantes dessinaient sur la roche à nu des silhouettes extravagantes, éphémères, que l'instant d'après replongeait dans la nuit. Un curieux vertige envahit Nelvéa. Elle avait l'impression de se mêler peu à peu à la montagne qui l'entourait. Comme si les millions de tonnes de roche qui l'entouraient comme une gangue inimaginable avaient fait partie de son propre corps. Lentement, une conscience nouvelle s'installait en elle, telles les prémisses d'une épreuve à venir. Une idée fantastique, démente, la traversa l'espace d'un éclair. Comme le diamant qui naît de la poussière au plus profond de la terre, elle devrait un jour se retirer au sein des entrailles de la terre, s'isoler du monde pour qu'apparaissent les forces étranges qui sommeillaient en elle. L'instant d'après, elle secoua la tête. C'était une idée absurde.

Pourtant, au fur et à mesure qu'elle s'enfonçait plus loin au cœur de la terre, l'idée se fit jour en elle que si elle ne parvenait pas à détruire la coquille trompeuse qui l'étouffait, elle se brûlerait à ses propres chimères, et périrait.

Cependant, comment briser ces chaînes qui n'existaient peut-être que dans son imagination ? Vers quel but imprécis diriger ses pas ?

Personne ne pouvait l'aider. Et là, dans ces ténèbres angoissantes, le doute revenait l'assaillir, distillant en elle un poison insidieux, dévastateur, que l'on aurait pu baptiser folie. Elle avait envie de crier, de hurler à s'en déchirer les poumons pour que cessât cette sensation d'étouffement dont elle ne savait même plus si elle était due à ses angoisses ou à la nuit refermée sur elle. Elle ne pouvait avertir ses compagnons, se reposer sur eux au risque de leur communiquer sa détresse. Alors, pour ne pas laisser la peur la dominer, elle se blottit contre son lionorse, noyant ses larmes dans le pelage épais de l'animal qui avançait dans les ténèbres, sans hâte, d'un pas assuré et confiant. Elle enfouit ses mains dans la fourrure chaude, laissant son esprit se diluer dans l'amitié rassurante du fauve.

Lorsque enfin la lumière du soleil réapparut, là-bas tout au bout de la nuit, Nelvéa comprit qu'il existait en elle les racines d'une puissance qui ferait d'elle l'égale d'une déesse, mais aussi les germes d'un trouble qui pourrait lui faire perdre la raison, et peut-être permettre aux Forces du Mal de s'engouffrer en elle.

L'étrange chemin jonché de dalles couleur de sang serpentait à nouveau au grand soleil, descendant en pente douce vers la forêt profonde. Puis soudain, il disparut dans une ravine envahie par les ronces et les lianes. La nature avait repris ses droits et l'œuvre humaine avait été effacée. Le vieil Olaf grommela :

— Jamais été foutu de savoir où ça menait, ni d'où ça venait. Peut-être que ces voies étaient nombreuses, au temps des Anciens.

Nelvéa préféra changer de sujet.

— Et à présent, que faisons-nous ?

— Les sources de la Poczla ne sont plus très loin. Je vais vous y amener. Après tu n'auras plus qu'à suivre son cours. À environ douze marches d'ici, elle devient navigable. Le premier port s'appelle Hötebor. La Religion n'y est pas installée, mais les bateliers ne sont pas des sauvages. Ils pourront te mener jusqu'à la piste de Lodi. Tu leur diras que tu me connais.

— Parfait ! Et toi ?

— Oh, dès que je t'aurais montré la Poczla, je t'abandonne. Je ne resterai même pas dormir sur ce versant-ci.

On aurait pu se demander pour quelles raisons. À cet endroit, la Poczla n'était encore qu'un torrent gonflé des cataractes tumultueuses qui crevaient de leurs gorges sombres les flancs de la montagne. Parfois, elle s'enfonçait si profondément entre deux falaises qu'on n'en voyait pas le fond. Ailleurs, elle dévalait joyeusement une pente faite d'un gigantesque éboulis semé de rochers de toutes tailles, dont certains atteignaient parfois les dimensions d'une maison. Et l'eau chantante cabriolait, s'insinuait autour des pierres que sa fantaisie habillait de lichen, de mousses, d'algues ondoyantes.

Depuis que le vieil Olaf les avait quittés, Nelvéa comprenait pourquoi il leur avait déconseillé d'emmener leurs montures. Elles s'étaient à peu près bien comportées jusqu'à présent, mais, si le lionorse suivait sans difficulté, les quatre chevaux s'effrayaient d'un rien, de l'instabilité des pierres sous leurs sabots, des animaux furtifs qui parfois fuyaient presque sous leur nez, mais surtout du grondement permanent qui montait des profondeurs. Ils craignaient même les flaques de lumière mouvante qui caressaient le sol au travers de trouées dans les frondaisons des arbres. Une atmosphère de bleu, d'émeraude et d'argent baignait le fouillis inextricable de la forêt. Pas une fois ils ne furent inquiétés par un quelconque ennemi. Tout au plus un migas les observa-t-il du haut d'un promontoire. Mais il s'enfonça dans les sous-bois et ils ne le retrouvèrent pas.

— Nous sommes encore trop haut, dit soudain Khaled comme pour répondre à une question qu'elle ne lui avait pas posée. Ce n'est pas ici que nous risquons de faire de mauvaises rencontres.

Elle acquiesça. Qui en effet aurait pu imaginer une petite troupe comme la leur s'aventurant en des lieux aussi reculés ?

Soudain, Astrid s'écria :

— Regardez, princesse, là-haut ! On dirait une espèce de château.

En fait, il s'agissait plutôt d'une ruine. La vallée s'était considérablement élargie, rappelant un gigantesque entonnoir. Nelvéa comprit aussitôt.

— Ce n'est pas un château. Ce mur est le vestige d'un barrage qui fut probablement construit par les Anciens.

Un coup d'œil sur l'autre versant confirma son hypothèse. Des barrages, il en existait actuellement. À Gwondaleya, sur le Stino, et sur un autre affluent du Danov. À Burdaroma, le roi Pillat en avait fait construire un pour agrémenter son parc d'un lac. Les amanes les utilisaient pour fabriquer le flux lectronique, que les Lonniens appelaient électricité. Mais celui-ci avait quelque chose d'impressionnant. De l'emplacement des ruines, on pouvait déduire qu'il avait dû dépasser les cent mètres de haut. Nelvéa étudia la vallée, reconstruisant mentalement la formidable masse d'eau qui venait se presser contre l'édifice de roche et de béton, arc-bouté entre ses deux montagnes. Un jour, parce que depuis longtemps les hommes l'avaient abandonné, l'ouvrage avait cédé. Le lac rugissant avait rompu ses digues, et s'était déversé furieusement dans la vallée inférieure, emportant dans sa colère les fondations basses du barrage. Une impression-souvenir envahit Nelvéa, qui crut entendre le rugissement infernal des flots enfin libérés, balayant tout sur leur passage, emportant dans leur délire bouillonnant les petits villages installés en aval. En quelques instants, la rivière impétueuse avait effacé de sa mémoire l'entrave que l'homme lui avait imposée. Et si elle n'avait encore pu atteindre les vestiges agrippés au flanc de la montagne, elle ne s'impatientait pas. Elle savait que le temps parlait en sa faveur, et lui donnerait raison. Comme une myriade de rets invisibles, les millions de rigoles d'infiltration nées des pluies sapaient lentement les ruines. Un jour, elles glisseraient, s'effondreraient dans le lit de la rivière. Et celle-ci les avalerait, les broierait comme elle avait déjà broyé le barrage. Un barrage dérisoire qui n'aurait représenté qu'une fraction de seconde en regard de sa durée de vie à elle, la rivière.

Elle avait pourtant l'habitude de la chasse au maroncle. Elle se maudissait de ne pas s'être montrée plus prudente. Mais l'erreur avait été commise, irréparable. Elle avait reconnu trop tard « le dévoiement », la voie naturelle tracée par les sangliers géants au cours de leurs déplacements. Celle-ci pourtant était parfaitement claire. Elle aboutissait à une sorte de petit lac, un répit que s'accordait la Poczla avant de disparaître dans un gouffre par une cascade vertigineuse.

Une petite grève ceinturait le lac, dont le sable se couvrait de traces de sabots et d'excréments. Ce fut là que se produisit l'accident.

Au moment où la trouée régulière au creux des arbres lui apparut, Nelvéa voulut armer son gonn. Mais il était déjà trop tard. Un vieux mâle arrivait. Surpris, il s'arrêta un instant en lisière de forêt. Il atteignait presque la taille d'un cheval. Ses défenses recourbées de manière à lui permettre de déterrer les racines descendaient jusqu'au sol. Sur le dos son pelage de crin noir prenait une consistance singulière. Ses poils rudes s'aggloméraient par plaques, lui constituant comme une cuirasse d'écailles. Ses yeux vifs enregistrèrent la scène, puis il chargea en direction de son adversaire le plus dangereux, le lionorse. D'instinct, celui-ci fit un écart. Nelvéa, surprise, bascula, glissa à terre et se trouva sur la trajectoire du monstre. Ce furent ses réflexes guerriers qui la sauvèrent. Elle roula sur elle-même, évitant la gueule du maroncle de peu. Une douleur terrible lui déchira la cuisse. Une défense lui avait profondément entaillé la chair. Elle faillit perdre connaissance, mais trouva la force de se traîner en gémissant hors de portée du sanglier, que le lionorse avait aussitôt pris à partie. Comme dans un cauchemar sanglant, Nelvéa entrevit le fauve bondir sur l'échine du monstre et s'y agripper. Un combat de titans s'engagea presque sur elle. Par un effort de volonté surhumain, elle parvint à ramper jusqu'à ses compagnons qui s'étaient immédiatement portés à son secours. Elle s'évanouit dans les bras de Khaled.

Lorsqu'elle retrouva ses esprits, tout était terminé. Le maroncle avait succombé sous les griffes et les morsures du lionorse. Fearn avait quant à lui encaissé un coup de défense dans une patte. Mais sa blessure n'était pas grave, comme le lui dit l'Ismalasien.

— J'ai vérifié. Il boitera pendant quelques jours, mais ce ne sera rien. C'est toi qui es vraiment mal en point, Aïnah

Shean. Tu ne peux pas continuer comme ça. Ta cuisse est déchirée sur plus de vingt centimètres.

Elle devait lutter de toutes ses forces pour ne pas hurler sous la douleur. Astrid et Myriam, formées depuis l'enfance à la vie rude de la forêt, avaient entrepris de faire bouillir de l'eau pour laver la plaie. Nelvéa se força à regarder la blessure. Khaled avait raison, elle était durement touchée. Elle serra les dents pour ne pas pleurer. Une peur irraisonnée s'empara un moment d'elle, qu'elle maîtrisa à grand-peine.

— Ne bouge pas, Aïnah Shean. Reste allongée.

Elle se laissa étendre, ferma les yeux, et les rouvrit.

Là-haut !

À l'envers, elle apercevait le sommet de la falaise qui ceinturait le lac. Là, depuis une plate-forme de granit, cinq silhouettes noires les observaient.

33

— Khaled, regarde !

L'Ismalasien leva les yeux, et murmura :

— Aïnah Shean, je crois que tu as mal choisi ton moment.

La jeune fille l'entendait à peine. La douleur était mauvaise. Elle gémit :

— Je... je n'ai pas choisi...

Les sentinelles ne bougèrent pas d'un pouce. Si elles se décidaient à attaquer, Khaled n'aurait que la ressource de hisser Nelvéa sur son cheval et de tenter de fuir, en espérant qu'elle survive.

Si elles attaquaient...

Car elles ne semblaient pas décidées à bouger. Elles les surveillaient. Constituaient-ils un gibier trop maigre ? Ou bien cherchaient-elles à évaluer le danger ?

Tandis que Lorik, silencieux, s'occupait du feu, les deux filles dénudèrent la jambe de Nelvéa et entreprirent de nettoyer la plaie. Le sang ne cessait de couler.

— L'hémorragie ne veut pas s'arrêter, princesse, gémit Astrid. Que pouvons-nous faire ?

— Il faut trouver un abri, déclara Khaled. Ta vie est en danger, Aïnah Shean. Il doit bien exister une grotte où nous pourrons nous arrêter quelques jours. Je sais que tu cicatrises très vite, mais cette fois-ci, la blessure est grave. Si nous poursuivons ainsi, tu vas te vider de ton sang.

Bien plus tard, un feu de camp éclairait les visages des cinq voyageurs. Lorik s'était mis en quête d'une caverne où ils auraient pu s'installer pour quelques jours. En vain. Ils avaient donc été obligés de dresser leurs tentes de peau non loin du lac, à la grande joie des moustiques que la fumée ne parvenait pas à chasser. Astrid et Myriam, anxieuses, encadraient Nelvéa, allongée sur une fourrure, le visage blême malgré les flammes rougeoyantes. La jeune fille avait posé sa tête sur la cuisse d'Astrid qui lui tamponnait le front avec des compresses d'eau fraîche. Elle délirait doucement, prononçant des mots sans suite. Une fièvre inquiétante la tenait, que l'hémorragie accentuait encore. Un malaise la rongeait, qui suintait de ses lèvres entrouvertes, à petites phrases hachées, angoissées.

Lorik avait nettoyé la blessure de Fearn. C'était superflu, car les lionorses savaient se soigner seuls. Mais il fallait qu'il s'occupe.

Au sommet du promontoire, les inconnus n'avaient toujours pas bougé. À croire qu'ils avaient toujours été là, figés pour l'éternité comme des sentinelles de pierre, marquant de leur présence les frontières d'un royaume interdit. De temps à autre, Khaled les observait. Leur immobilité parfaite et inhumaine l'inquiétait. Malgré la distance, il se rendait compte que les étrangers dépassaient largement la taille d'un homme. Mais, comme ils ne manifestaient aucune hostilité, il résolut de les ignorer.

Ils étaient encore là le lendemain, comme s'ils avaient veillé toute la nuit. Khaled se demanda s'il devait tenter d'entrer en contact avec eux. Mais il s'abstint. Le plus urgent était de soigner Nelvéa. Elle avait déliré toute la nuit. Les herbes qu'ils possédaient étaient insuffisantes pour la guérir, et il le savait. Une artère avait été touchée, et le garrot ne tiendrait pas longtemps. Il fallait que le sang continue à circuler. Sa jambe avait pris une vilaine couleur. Il n'était pas médamane, mais sa longue expérience de fils du désert lui avait enseigné les ressources du corps humain. Certains signes ne trompaient pas. Malgré sa constitution extraordinaire, Nelvéa ne se remettrait pas facilement. Si elle n'était pas secourue par un homme de la Religion rapidement, elle risquait même de succomber.

Au matin, elle retrouva sa lucidité, sous l'effet d'une drogue calmante que lui avait administrée Astrid.

À bout de fatigue et de douleur, elle céda d'un coup et se mit à pleurer. Khaled lui prit la main sans mot dire. Il fallait que le mal sorte de son esprit.

— Khaled, je suis maudite ! C'est moi qui ai chassé mon père de Gwondaleya. S'il m'avait trouvée à ses côtés à son retour, il serait resté. Mais, à cause de mon stupide orgueil, je me suis butée, j'ai refusé d'être la fille d'Elena. Je suis indigne de la chevalerie. J'ai défié les dieux, et j'ai cru que je pourrais triompher. Mais je me suis surestimée et j'ai échoué. J'aurais dû suivre la piste de Lodi. Je vais peut-être mourir ici, dans cette forêt où je n'avais rien à faire ! Mais pourquoi ? Pourquoi ?

— Nul ne connaît le dessein des dieux, Aïnah Shean, dit seulement l'Ismalasien en lui caressant la tête. Tu ne dois rien regretter, parce que tu as fait ce que te dictait ton cœur. Sans doute les dieux cherchent-ils à t'entraîner sur une autre voie, qu'ils te dévoileront bientôt. Le destin t'attend peut-être ici, tout près…

Elle secoua la tête et gémit :

— Non ! Je ne sais même pas quel est mon but. Parce qu'une sorcière de Skovandre m'a dit avant de mourir que je devais engendrer une dynastie, je me suis jetée sur les pistes au hasard, sous le prétexte de retrouver mon père. Mais il était parti depuis six mois. Quelle dérision. J'erre au gré des événements sans les comprendre. J'aurais dû demeurer à Gwondaleya.

— En es-tu certaine ? Je crois au contraire que ton départ fut une bonne chose. Peut-être laisseras-tu ta vie dans cette épreuve que tu t'es imposée. Mais au fond de toi, tu sais bien pourquoi tu es partie.

Les mots brûlants la pénétrèrent, s'insinuèrent dans son esprit engourdi, et pourtant étrangement lucide. Dans un demi-délire, elle plongea ses yeux verts dans le regard gris et profond du fils du désert. Il la connaissait mieux encore qu'elle ne se connaissait elle-même.

Peu à peu se précisa en elle une idée terrible. En vérité, ce n'était pas son père qu'elle était partie chercher. Son but véritable était différent, et elle le savait inconsciemment dès le moment de son départ. Elle était de la même race que Palléas, de la lignée extraordinaire et maudite des meneurs de peuples.

Palléas avait hérité de Gwondaleya, et c'était justice. Un jour peut-être accéderait-il au titre d'empereur. Mais elle-même n'avait rien. Elle avait pourtant reçu de ses parents non pas le goût, mais – c'était pire – la faculté du pouvoir. Et elle se retrouvait orpheline. Orpheline d'un peuple, d'une nation. Ce n'était pas la volonté de la domination qui la guidait. C'était beaucoup plus profond, comme un besoin viscéral, ancré dans ses gènes. Elle était reine par nature. Ainsi sans doute s'expliquait l'abnégation avec laquelle ses compagnons la suivaient.

— Pourtant, reprit-elle d'une voix faible, ce désir de retrouver mon père, il est bien là, dans mon cœur, au plus profond de moi.

— Il existe, Aïnah Shean, il te mène. Parce qu'il te fallait un prétexte pour partir.

Elle ferma les yeux. Les paroles de Khaled lui avaient fait du bien. Elle étudia attentivement son corps, mentalement, ainsi que son père le lui avait appris. Dans les limbes de son demi-sommeil, elle observa la chair déchirée, les muscles broyés, sectionnés par les défenses acérées du monstre, et surtout cette espèce de canal à moitié perforé, d'où s'échappait un liquide rouge qui contenait sa vie.

Il lui fallait du secours.

Presque sans y penser, elle s'arracha d'elle-même, développa ses tentacules mentaux dans toutes les directions, s'intégra à la rivière, aux arbres, à la forêt. Puis elle se focalisa sur les silhouettes fantômes, noires sur le ciel pur.

Elles l'aideraient, elles devaient l'aider.

Soudain, elle rétracta vivement ses ondes cérébrales. Les étrangers étaient vides, comme des coquilles sans vie. Des machines ! Le vieil Olaf avait raison…

Pourtant, insensiblement, une lueur s'alluma, à la fois proche et lointaine, interrogative, curieuse, vaguement amusée.

Au secours ! hurla mentalement la jeune fille.

Le résultat ne se fit pas attendre. Khaled frémit, leva les yeux.

— Par les dieux ! Ils ont bougé ! Ils viennent par ici !

— Je sais, murmura Nelvéa. C'est moi qui les ai appelés.

34

Des falaises de lumière douce l'environnaient, sur lesquelles couraient, fugitives, des taches colorées. Un cocon de ouate chaleureuse protégeait son corps meurtri où fulgurait parfois un éclat de douleur sourde.

Silence.

Elle se sentait parfaitement bien, dégagée de tout souci, comme plongée au sein de la tiédeur maternelle. Elle aurait dû s'inquiéter de quelque chose. Elle en était parfaitement incapable. Tout était pour le mieux.

Peu à peu cependant, elle émergea de son bienfaisant engourdissement. Les flots lumineux se précisèrent, dessinant une salle étrange, de forme semi-sphérique. Des appareils et des consoles chargées de cristaux fluorescents la meublaient.

Personne.

Soudain, un frisson la parcourut et elle retrouva totalement ses esprits. Où se trouvait-elle ? Qu'étaient devenus ses compagnons ? À part un énorme bandage qui enserrait sa cuisse blessée, elle était entièrement nue. Quelqu'un l'avait donc soignée, et allongée sur cette couche moelleuse, située au centre même de la salle. Au prix d'un violent effort, elle parvint à se redresser légèrement. La coupole de lumière sembla chavirer, ondoyer sous la nausée qui la traversa.

L'endroit mystérieux baignait dans une luminescence reposante, azuréenne. Son inquiétude n'était pas vraiment justifiée. Aurait-on pris soin de la soigner si on lui avait voulu du mal ?

Elle se remémora l'attaque du maroncle, l'atroce sensation dans sa jambe déchirée. Elle avait eu de la chance. Sans ses réflexes, c'était son ventre que le monstre déchiquetait. Puis il y avait eu ce... contact, cet attouchement singulier avec un esprit différent, impossible à situer.

Dans son délire, elle avait demandé de l'aide, et l'inconnu avait répondu à son appel. C'était lui qui l'avait recueillie et soignée. Il ne tarderait donc pas à se faire connaître.

Elle revit les regards inquiets de Khaled et de Lorik lorsque les monstrueuses silhouettes noires étaient descendues de leur poste d'observation. Elle avait juste trouvé la force de leur dire de ne pas s'interposer. Astrid et Myriam avaient consenti à reculer, elles aussi, encore plus difficilement. Elles avaient étroitement surveillé les gestes des sentinelles, prêtes à bondir à la moindre menace. Mais qu'auraient-elles pu faire contre des êtres de métal qui ne mesuraient pas moins de trois mètres de haut ?

Un long trajet avait suivi, dans un mélange de douleur et d'évanouissements successifs. Les étoiles mouvantes, l'air glacé de la nuit, les senteurs parfumées, les branches griffues qui dansaient follement contre le ciel sombre, tout s'était brouillé en elle. Elle avait perçu les réactions inquiètes des siens lorsqu'ils avaient traversé une sorte de muraille impalpable éclaboussée d'éclairs bleutés. Puis tout avait sombré dans le néant, loin de toute souffrance.

Un néant étrange, peuplé de rêves à la lisière du cauchemar, où surgissaient parfois un visage grave, des yeux d'un bleu profond, inquiets, attentifs, qui semblaient l'observer durant des jours entiers. Un regard qui ne lui était pas inconnu, et auquel son esprit enfiévré s'accrochait, comme s'il constituait le seul lien qui la rattachait encore à la vie.

Jusqu'à ce réveil dans cet univers lumineux. Elle étudia les appareils. Ils se rapprochaient vaguement des consoles lonniennes. Les caractères présentaient une ressemblance troublante avec ceux des extraterrestres. Elle connaissait le langage lonnien. Après un bref effort de concentration, elle parvint à déchiffrer certains mots, certains signes. Elle se trouvait visiblement dans le bloc opératoire d'un hostal. L'équipement de celui-ci n'avait rien à envier à ceux des Lonniens.

Soudain, une jeune femme très belle apparut, vêtue d'une courte robe d'une blancheur translucide. Nelvéa n'aurait su dire par où elle était entrée.

— Comment vous sentez-vous ? demanda-t-elle dans un ankos très pur.

— Aussi bien que possible. Mais pourriez-vous me dire où je me trouve, et ce que sont devenus mes compagnons ?

La jeune femme s'inclina avec respect.

— Ce lieu s'appelle Vallensbrück. C'est un domaine isolé du reste du monde. Vous y êtes en parfaite sécurité. Quant à vos compagnons, ils ont été accueillis avec tous les égards. Je suppose qu'à cette heure ils doivent se promener dans le parc.

— Suis-je… dans un hostal ?

— Oui et non. Vallensbrück n'est pas une cité amanite. Mais ne craignez rien. Vos amis sont en sûreté. Comme vous, ils sont nos hôtes. Ils ont manifesté plusieurs fois le désir de vous voir. Mais nous leur avons fait comprendre que c'était prématuré.

Puis elle examina Nelvéa, promenant ses doigts fins sur sa peau. Comme Dorian et Solyane, elle semblait se fier beaucoup plus aux informations captées par ses mains qu'aux appareils. Parfois, elle fermait les yeux, s'immobilisant sur une partie de corps. Nelvéa éprouvait alors comme une onde de chaleur. Jamais personne, hors de son père et de sa mère, ne lui avait procuré une telle sensation de bien-être. Enfin, la jeune femme retira ses mains et déclara :

— Je suis heureuse de constater que votre état s'est nettement amélioré.

— J'ai donc été si gravement blessée ?

— Le maroncle avait sectionné l'artère fémorale. Vous avez réussi à limiter l'hémorragie par la seule force de votre volonté. Un être humain normal aurait succombé. Lorsque vous êtes arrivée à Vallensbrück, vous aviez perdu la moitié de votre sang. L'infection s'était mise dans la plaie. Il a fallu toute la science et la ténacité du Maître pour combattre le mal. Il vous a évité l'amputation. Bien sûr, nous aurions pu régénérer votre jambe, mais cela aurait pris des mois.

— Vous êtes capables de régénérer un membre ? Mais alors… qui êtes-vous ?

— Les habitants de Vallensbrück, une cité où nous utilisons ce que vous appelez la Connaissance héritée des Anciens. Ne vous alarmez pas.

Nelvéa se laissa retomber sur sa couche.

— Depuis combien de temps suis-je ici ?

— Cinq semaines.

— Cinq semaines !

Elle ferma les yeux. Les dieux la haïssaient-ils donc à ce point pour dresser devant elle tant d'obstacles ? Ou bien, Khaled avait-il raison ? Peut-être nourrissaient-ils pour elle d'autres desseins, malgré le but utopique qu'elle s'était fixé. Elle ouvrit les yeux et regarda la jeune femme.

— Pourquoi êtes-vous venus à mon secours ?

Sa compagne posa sa main douce sur son front.

— Parce que vous étiez blessée. Détendez-vous ! J'ai cru comprendre, à certains mots prononcés pendant votre délire, que vous étiez chevalier, et que vous poursuiviez un objectif. Votre compagnon, Khaled, nous a dit que le lionorse vous appartenait. Ne vous inquiétez pas, vous accomplirez votre mission. Mais auparavant, il vous faut reprendre des forces. Ici, rien ne peut vous atteindre. Vos compagnons vont venir vous voir.

La voix calme de la jeune femme reposait Nelvéa. Solyane lui parlait ainsi lorsqu'elle était petite. Une larme glissa sur les joues de Nelvéa. Elle se sentait si faible. Et il était tellement agréable de se laisser aller complètement, de remettre sa vie entre les mains des autres. Elle n'avait plus envie de lutter. Elle désirait seulement dormir, dormir…

Lorsqu'elle se réveilla à nouveau, le décor avait totalement changé. À présent, elle était installée dans une chambre spacieuse, aux murs de pierre brute, de lambris et de chêne, décorés de tapisseries. Une large porte-fenêtre s'ouvrait sur une terrasse noyée de soleil. En contrebas, on devinait la mosaïque polychrome d'un parc semé de massifs de fleurs. Plus loin, les montagnes s'estompaient sous la brume née de la chaleur printanière. N'eussent été la console hérissée de touches cristallines et les lectronnes flottantes qui sommeillaient dans un coin de la chambre, elle se serait crue dans une aile du palais de Gwondaleya. Mais les parfums montant du parc ne rappelaient en rien les odeurs riches de sa cité natale. C'était autre chose, comme les senteurs d'un lieu pas tout à fait réel.

À présent, les derniers rayons du soleil couchant éclaboussaient les tapis de la chambre d'une lueur sanglante. Elle avait tenté de se lever. Sans succès. Aussi fut-elle heureuse de voir soudain entrer Lorik, Khaled et les deux filles. L'Ismalasien vint au chevet de Nelvéa, le visage éclairé d'un sourire joyeux.

— Aïnah Shean ! Les dieux sont bons, qui t'ont épargnée. Qu'ils soient mille fois remerciés.

Les deux esclaves vinrent se placer de part et d'autre du lit, et saisirent jalousement les mains de la jeune fille. Quant à Lorik, il vint s'asseoir sur le lit même. Il ne dit rien, mais sa joie et son soulagement se lisaient dans ses yeux.

— Mes compagnons ! Je suis si heureuse de vous revoir. Racontez-moi ce qui s'est passé.

Khaled s'agenouilla près d'elle.

— Toi d'abord ! Que t'ont-ils fait ?

— Ils ont opéré ma jambe. Je pense qu'ils m'ont sauvé la vie.

L'Ismalasien acquiesça.

— Quand j'ai vu la blessure, Aïnah Shean, j'ai eu peur pour toi. C'est pour cela que j'ai laissé les monstres s'approcher, comme tu me l'avais demandé. Je savais que jamais nous ne pourrions te sauver.

— Mais pourquoi ces gens nous ont-ils aidés ? Sommes-nous leurs prisonniers ? La Religion est-elle présente ?

Khaled ne put retenir un sourire. Nelvéa allait visiblement beaucoup mieux. Elle recommençait à poser des questions. Pour cela, elle tenait de son père.

— Je n'ai jamais rencontré de lieu aussi étrange que celui-ci, dit-il. Non, il n'y a pas de temple. J'ai pensé un moment que nous nous trouvions dans une cité libre. Jadis, j'ai accompagné ton père à Cybernia et à Lasshenia. Mais cette ville est différente, bien qu'elle soit protégée par une barrière invisible. Nous sommes ici dans une aile du palais, un palais magnifique, tout de marbre et de pierre taillée couleur d'ivoire. Par les dieux, il n'a rien à envier à celui de Burdaroma. Plus bas vers la vallée se trouve une petite ville constituée de demeures toutes plus belles les unes que les autres.

— Et les habitants ?

— Des êtres curieux. Aucun d'eux ne porte d'arme. Ils nous ont recueillis avec toutes les lois de l'hospitalité. À aucun moment nous n'avons eu l'impression d'être retenus prisonniers. Ils nous autorisent à faire de longues promenades à cheval. Si nous avions voulu nous enfuir, nous aurions pu le faire. Mais ils devaient se douter que jamais nous ne serions repartis sans toi.

— C'est un lieu merveilleux, déclara Astrid d'un ton péremptoire. Des champs tout petits, et une forêt immense avec de nombreux lacs.

— Apparemment, reprit Khaled, les habitants de Vallensbrück sont pacifiques. Certains d'entre eux travaillent la terre, d'autres paraissent ne rien faire de la journée. Ou plutôt, ils parlent beaucoup, ils lisent, ils étudient entre eux des objets inconnus, des documents, des livres. Ils me font un peu penser aux Lonniens.

— Peuvent-ils avoir un rapport avec eux ?

— Je ne le crois pas. Ils ressemblent à ceux de Veraska, ou de Gwondaleya. Ils utilisent des monstres mécaniques pour se protéger. Ce que les gens de Norskynn appelaient des Nyktals. Il s'agit sans doute d'androïdes, comme ceux des Lonniens. En tout cas, ils sont bien inoffensifs.

— Qui gouverne ce lieu ?

— Ils l'appellent le Maître, ou le Prince. Nous ne l'avons jamais vu. Apparemment, il n'est pas toujours présent. C'est lui qui t'a soignée. Mais on nous a dit qu'il devait repartir après. Le soir de notre arrivée, une très belle femme nous a menés vers nos appartements. Jamais je n'avais été aussi luxueusement logé. On nous a servi un repas digne des rois dans un décor somptueux. Lorsque je suis allé me coucher, j'ai trouvé une fille dans ma chambre. Elle était envoyée, m'a-t-elle avoué, par le Maître. Je l'ai fait parler. Elle ne m'a pas appris grand-chose. Elle était née ici et ne savait rien de l'extérieur. Mais elle vouait à ce Prince une adoration extraordinaire. D'après elle, il était le plus savant de tous les seigneurs du monde, le plus grand, le plus beau, le plus riche...

— Cela, je veux bien le croire, remarqua Nelvéa. À voir ces tapisseries... Je me demande d'ailleurs quelle peut être leur origine. Jamais je n'en ai contemplé de semblables.

— Tu n'as encore rien vu, continua l'Ismalasien. Un homme nous a engagés à visiter le palais. Ce que nous y avons découvert dépasse l'imagination. Aïnah Shean, cet homme qu'ils appellent le Maître est sans doute mille fois plus riche que le roi Pillat de Burdaroma. C'est impossible à décrire. Ce château est sans doute aussi grand que le nôtre, mais au-dessous, il existe des dizaines de cryptes immenses, remplies de trésors inimaginables. Des bijoux, des tableaux, des sculptures, et mille collections d'objets inconnus. Chacun d'entre eux est une véritable œuvre d'art. Aïnah Shean, il faudrait des années pour étudier tout ce que nous avons découvert. L'homme qui nous guidait nous a expliqué que certaines statuettes étaient âgées de plusieurs milliers d'années.

— Le Maître serait donc un collectionneur.

— Peut-être ! Mais il n'a pu amasser une telle fortune seul. Il lui aurait fallu des siècles.

Il ne put continuer. On toqua discrètement à la porte, et la jeune femme qui soignait Nelvéa apparut.

— Je vois que vos amis sont venus vous rejoindre.

— Oui ! Merci à vous pour le soin que vous avez pris d'eux, répondit Nelvéa un peu machinalement.

La fille s'approcha, et apposa une nouvelle fois ses mains sur le corps de Nelvéa.

— Tout va bien, dit-elle enfin. D'ici quelques jours, nous pourrons ôter ce bandage. Si vous désirez quelque chose, appelez-moi à l'aide de la console. La touche verte. Et si vous le souhaitez, je ferai servir des repas dans la chambre à vos compagnons.

— Avec plaisir, merci.

La fille sortit.

— Ils sont ainsi depuis que nous sommes arrivés, expliqua Khaled. Je me demande ce qu'ils peuvent attendre de nous. Nous n'avons rien à leur offrir en échange.

Nelvéa médita un long moment. Puis elle déclara :

— Nous sommes stupides, Khaled ! Ils n'attendent rien de nous. J'étais en danger, et ils m'ont secourue. Je pense qu'il ne faut pas chercher plus loin. Nous nous méfions d'eux parce qu'ils sont différents de nous. Mais à Gwondaleya, nous n'agissons pas autrement lorsque des étrangers ont besoin d'aide. S'ils sont blessés, nous les soignons. Peut-être pensent-ils que nous attendons quelque chose en retour. Or, nous agissons seulement par compassion, parce que c'est ainsi que doivent se conduire les peuples civilisés et hospitaliers.

— Tu dois avoir raison, Aïnah Shean, dit enfin l'Ismalasien. Mais l'homme est ainsi fait qu'il se méfie de tout ce qu'il ne connaît pas. Je pense que c'est une manière de se défendre. Ces filles me causent une étrange impression.

— Ces filles ?

— Oui ! Tu crois qu'il s'agit toujours de la même. Mais il y en a plusieurs, qui toutes se ressemblent comme des gouttes de pluie.

— Par les dieux... penses-tu qu'elles puissent être des clones ?

Il hésita, puis acquiesça.

— Des clones, oui, je le crois.

Astrid, vaguement inquiète, demanda :

— Qu'est-ce que c'est, un clone ?

— Rien d'inquiétant. Une sœur jumelle, sans plus.

Elle ne précisa pas qu'elle même n'était qu'un clone de l'enfant d'Elena.

— Décidément, je suis vraiment impatiente de rencontrer le prince de cette cité.

Le soir, son impatience ne connut plus de bornes à la suite d'un incident qui se produisit au cours du repas.

Celui-ci leur fut servi par deux jeunes femmes absolument identiques, bien que coiffées différemment. Tout en dressant le couvert, elles firent mine d'ignorer les questions qui brillaient dans les yeux de Nelvéa devant cette apparition gémellaire. Mais la surprise de la jeune fille monta au zénith lorsque, à la suite d'une maladresse de Myriam, une coupe de cristal se brisa. L'une des filles se mit en devoir de ramasser les débris coupants, et s'entailla le doigt. Le sang qui coula de la blessure était transparent, légèrement bleuté, comme la lame d'un dayal.

La fille porta son doigt à la bouche et sourit.

— Ce n'est rien, dit-elle, avec une lueur amusée au fond des yeux.

Stupéfaite, Nelvéa la regarda partir. Indiscutablement, elle ne pouvait être une androïde. Le liquide qui coulait dans les veines des hommes-machines était blanchâtre. Et surtout, il n'émanait d'eux aucune présence mentale. Ce n'était pas le cas de ces filles qui, à l'instar des nobles, savaient fermer leur esprit. Alors, qui étaient-elles ?

35

Le lendemain du jour où elle fut installée dans la chambre du palais, deux des filles au sang bleu vinrent la chercher pour l'aider à marcher. Sa robuste constitution reprit rapidement le dessus, et il ne lui fallut que huit jours pour se déplacer normalement. Sa blessure était refermée, et la cicatrice commençait à s'estomper aux extrémités.

L'une des filles, Krissy, lui expliqua :

— Ce n'est pas la déchirure qui vous a immobilisée pendant si longtemps. Vous aviez perdu trop de sang. Et il nous fut impossible d'en trouver un semblable. Il nous a fallu attendre qu'il se reconstitue de lui-même. Nous avons eu très peur pour vous.

Nelvéa avait espéré une visite du seigneur de Vallensbrück. Pourtant, pas une fois celui-ci ne se manifesta. C'était une réaction étrange de la part d'un homme qui l'avait sauvée de la mort.

Krissy et ses sœurs semblaient s'être mises spontanément à son service. Elles lui apportaient ses repas, bavardaient avec elle, la faisaient marcher dans les couloirs du palais. Nelvéa en avait dénombré neuf. Mais peut-être y en avait-il d'autres. Malgré leur inexplicable ressemblance, elles répondaient toutes à un nom différent, et possédaient chacune leur personnalité. Elle s'était liée d'amitié avec Krissy. Un jour, elle lui demanda :

— Vous m'avez dit que mon sang était d'une structure inconnue. Je ne voudrais pas me montrer indiscrète, mais le vôtre est sans doute plus étrange que le mien. D'où lui vient cette coloration bleue ? Ce n'est pas naturel.

— Il est vrai que notre sang est différent du vôtre. Mais nous ignorons pourquoi.

— Serait-il possible que vous soyez des… des androïdes, des machines à forme humaine ?

La fille éclata d'un rire clair.

— Quelle drôle d'idée. Non, nous possédons nos propres androïdes ici, à Vallensbrück. Mais mes sœurs et moi sommes bien vivantes.

— Pardonnez-moi. Je ne voulais pas vous froisser.

Elle n'osa insister. Krissy avait levé ses écrans mentaux.

Nelvéa comprit qu'elle connaissait parfaitement la raison de cette curieuse coloration. Mais après tout, ces filles ne lui voulaient aucun mal. De quel droit violerait-elle leur secret ? Elle préféra changer de sujet.

— J'aurais aimé remercier votre maître pour le soin qu'il a pris de moi. Je sais que je lui dois la vie. Avant de repartir, j'aurais eu grand plaisir à le rencontrer. Pourtant, on dirait qu'il m'évite. J'en suis étonnée.

Krissy eut une moue de désappointement.

— Comptez-vous vraiment repartir ?

Nelvéa hésita.

— Oui ! Je me suis fixé une mission. Je désire l'accomplir, à moins que nous ne soyons vos prisonniers...

La fille soupira.

— Vous n'êtes nullement nos prisonniers. Vous pouvez quitter Vallensbrück dès que vous en exprimerez le désir. Je vais faire part au Maître de votre souhait.

Le soir, lorsqu'elle revint de la promenade qu'elle avait effectuée dans le parc avec ses compagnons, Nelvéa découvrit dans sa chambre une robe que le Maître lui avait fait porter. L'étoffe brillante et moelleuse oscillait entre le brun et le mauve. Une multitude de drapés amples se juxtaposaient jusqu'aux pieds. Une ceinture d'un violet sombre, piquetée de diamants, dessinait sa taille, et descendait très bas sur le devant. Une parure d'émeraudes assorties à ses yeux, diadème, collier, bagues, bracelets et boucles d'oreilles, ainsi qu'une cape de couleur prune aux nuances crépusculaires complétaient l'ensemble.

Deux des filles au sang bleu la baignèrent, puis l'aidèrent à revêtir la robe. La délicatesse et la légèreté de l'étoffe mettaient en valeur sa féminité. Un sentiment étrange envahit Nelvéa lorsqu'elle se contempla dans l'immense psyché aux reflets dorés que l'on avait amenée dans l'après-midi. Les nuances de la robe se mariaient idéalement avec la couleur de sa peau, avec sa chevelure sombre. Lorsque l'une des filles posa sur sa tête le diadème d'émeraude, elle prit conscience, peut-être pour la première fois, de sa féminité. Il s'écoulait d'elle une chaude sensualité que le maquillage mettait en valeur. Jamais auparavant elle n'avait remarqué la profondeur mystique de son regard félin. Timidement, elle sourit à son image. C'était comme si elle découvrait une nouvelle Nelvéa. La petite guerrière sauvage avait disparu. Devant elle se tenait une femme splendide, magnifique, mystérieuse, qu'elle ne connaissait pas. Elle frissonna.

— Pourquoi fait-il tout ça pour moi ?

— Le Maître aime la beauté, princesse. Et vous êtes divinement belle.

Nelvéa recula. Elles avaient raison. Elle était irrésistible. Mais il lui semblait ne plus s'appartenir complètement, comme ces esclaves que l'on préparait pour le plaisir des rois. Un étrange malaise l'envahit. Peut-être n'était-ce que le manque d'assurance. Devant les regards admiratifs des deux filles, elle sourit à nouveau à son reflet, découvrant les perles de ses dents. Lentement, l'idée se fit jour en elle qu'elle était désirable, séduisante. Elle se souvint des paroles de Flora : « N'oublie pas que tu es aussi une femme ! »

Elle eut soudain terriblement envie de voir le Maître, le seigneur invisible qui gouvernait ce lieu.

Les deux filles quittèrent la chambre. Nelvéa sortit sur la terrasse. Elle ne ressentait plus aucune douleur à la cuisse. Elle vint s'accouder au balcon et regarda longuement le parc et la vallée. Une monstrueuse gueule nuageuse se refermait sur un ciel clair où se mouraient les derniers rayons du soleil. Une étonnante lumière rasante venait découper dans la brume montante du soir les silhouettes des statues et des arbres anciens. Une atmosphère d'irréalité baignait les jardins en terrasses où l'on devinait çà et là des promeneurs. Dans le crépuscule, le palais semblait se détacher de la terre et se lover sur un coussin de nuages, isolé du reste du monde comme le royaume de dieux inconnus. Au-delà du parc se creusaient les taches noires des vallées déjà plongées dans la nuit. À l'orient se ciselaient des crêtes montagneuses auréolées d'ors et de neiges.

Les vents des cimes avaient conclu une trêve avec la nuit tombante. Seule une brise légère et fraîche faisait monter des jardins des effluves parfumés.

Nelvéa respira profondément en fermant les yeux. La beauté de ce pays la subjuguait. Mais il y avait autre chose. Elle aimait cette vallée. Sans pouvoir expliquer pourquoi, elle se sentait chez elle, comme si elle avait déjà vécu ici auparavant. Rarement elle avait éprouvé une telle plénitude. Était-ce l'atmosphère un peu irréelle du lieu, ou bien de se découvrir soudain différente, femme, à la fois forte et fragile ? Une larme coula sur sa joue, qu'elle n'essuya pas. Elle était heureuse, pleinement, totalement. Une curieuse tension emplit ses reins, gonfla ses seins d'une sève nouvelle. Elle avait envie d'aimer. Oui, c'était cela. Elle sourit intérieurement. Ce royaume était habité par un magicien.

Bien sûr, elle avait une mission à accomplir. Mais celle-ci existait-elle encore ? Elle était certaine désormais que son père était demeuré dans les Terres Bleues. Alors, que signifiait sa quête à présent ? Qui l'aiderait à suivre sa voie ? Son destin devait-il la mener ici, à Vallensbrück ?

Soudain, elle se retourna, en proie à une violente émotion. Elle avait cru percevoir la présence mentale de Dorian et de Solyane. Pourtant, la terrasse était déserte.

— Où êtes-vous ? Je vous en supplie, montrez-vous !

Seule la brise répondit à son appel. Un bref sanglot la secoua. Puis, comme par enchantement, le malaise de Nelvéa se dissipa, laissant derrière lui une extraordinaire sensation de calme. Était-ce la magie de l'endroit qui avait provoqué en elle cette hallucination ? Ou bien autre chose ?

Nelvéa ferma les yeux.

« Ils ne sont pas morts, se dit-elle. Ce n'était pas un mirage. Ils étaient là, près de moi ! Pourquoi ? »

Elle frissonna encore, mais la fraîcheur de la nuit naissante n'y était pour rien. Elle avait un peu peur. Une peur curieusement chargée de délices.

Tout à coup, une nouvelle présence se précisa, s'amplifia. Comme éveillée d'un rêve, Nelvéa ouvrit les yeux.

Se découpant sur la clarté des fenêtres illuminées se tenait une silhouette impressionnante qui, un court instant, lui rappela son père. Mais ce n'était pas lui. Seule la taille de l'homme était identique.

Elle enserra ses épaules dans un geste de protection. Un geste curieusement féminin qu'elle ne chercha même pas à interpréter.

36

Peut-être à cause de l'étrangeté de l'endroit, Nelvéa s'était attendue à découvrir un homme âgé, au visage empreint de cette sagesse que l'on prêtait aux Anciens.

Pourtant l'homme qui se tenait devant elle était jeune. Il se dégageait de lui une impression de force et de sérénité. Comme son père, il la dépassait de deux bonnes têtes. Mais là s'arrêtait la comparaison. Le Maître était aussi blond que Dorian était brun. Il était difficile de lui donner un âge. Trente ans, peut-être trente-cinq. Elle ne pouvait détacher son regard de ses yeux. Elle était sûre de l'avoir déjà rencontré, sans pouvoir se souvenir de l'endroit. Et soudain, des images douloureuses remontèrent de sa mémoire profonde. Elle souffrait, perdue dans un cauchemar hallucinant où elle avait conscience de lutter pied à pied contre la mort. Un visage inquiet, penché sur elle, la surveillait, un visage qui l'attirait vers la vie, une bouche qui lui murmurait de lutter, de tenir, des yeux où brillait une lueur étrange, brûlante, qu'elle ne pouvait définir, mais qui était peut-être de l'amour.

Une émotion trouble envahit Nelvéa.

Quittant la zone de clarté dorée pour plonger dans le bleu de la nuit naissante, l'homme vint s'accouder près d'elle au rempart. Silencieusement, ils contemplèrent le panorama splendide qui déroulait ses écharpes d'ombre et de lumière sous leurs yeux. Pour dissimuler sa gêne, Nelvéa se força à parler.

— Vallensbrück est un pays magnifique, seigneur !

— Le monde est magnifique, petite Nelvéa, répondit l'homme avec un sourire chaleureux. Mais peut-être particulièrement cet endroit. Surtout si on le regarde en compagnie de l'une des plus belles princesses de la Terre.

Il se tourna vers elle.

— Je suis heureux de vous voir aussi parfaitement remise.

— Et moi, je me réjouis de pouvoir enfin remercier celui à qui je dois la vie.

Elle ajouta, avec une nuance de défi féminin dans la voix :

— Mais j'ai cru jusqu'à cet instant qu'il ne me serait pas donné de le faire. J'ai même imaginé que vous refusiez de me rencontrer.

Il ne répondit pas immédiatement.

— Il est vrai que j'ai longuement hésité. Mais nous serons mieux à l'intérieur pour bavarder. La nuit va être fraîche. Suivez-moi.

Il la prit gentiment par l'épaule. Longeant la terrasse, ils empruntèrent un escalier qui les mena dans un jardin suspendu situé presque au sommet du palais, sur lequel s'ouvrait une salle baignée de lumière. Ils entrèrent.

Une table avait été dressée devant la cheminée. Un feu clair y brûlait, répandant une odeur agréable. Nelvéa ne put retenir un cri d'admiration devant la finesse du service que des domesses avaient disposé sur une nappe de dentelle ocre.

— C'est merveilleux, seigneur. Jamais je n'ai vu d'objets aussi splendides.

— Ce ne sont pourtant que des reconstitutions.

— Des reconstitutions ?

— Les originaux ont été retrouvés dans les ruines d'une cité située dans l'ouest de l'Europania. Je n'ai pu récupérer que des fragments. Les verres sont de cristal, et les assiettes de porcelaine décorée et peinte. Les couverts sont d'une facture plus ancienne encore, et datent de plusieurs millénaires. Malheureusement, ce ne sont que des copies, fabriquées d'après les restes découverts dans cette ville.

Nelvéa caressa d'un doigt respectueux la fine texture des assiettes, la douceur du cristal. L'homme l'invita à s'asseoir. Le cœur de Nelvéa se mit à battre un peu plus vite. La prévenance de l'inconnu l'intimidait. Peut-être parce qu'elle ne parvenait pas à le situer. Ami sans doute. Pour quelles obscures raisons ? Elle refusait de s'avouer que le charme de l'homme agissait trop bien sur elle. Et soudain, elle sursauta. Elle avait déjà rencontré cet homme. Mais ce n'était pas uniquement durant le délire fiévreux dans lequel l'avait maintenu sa blessure.

— Gwondaleya, murmura-t-elle.

À présent, elle le situait parfaitement. C'était lui que Palléas recevait au moment où elle était venue lui faire ses adieux. Elle ne parvenait plus à se souvenir de son nom.

— Vous connaissez mon frère, ajouta-t-elle. C'est vous que j'ai vu dans son bureau, le dernier soir.

— C'est exact. Aussi, imaginez ma surprise lorsque mes guerriers vous ont découverte à proximité de Vallensbrück.

Il prit place à ses côtés.

— Mon nom est Nielsen d'Hoffengart. Je suis le seigneur de ce lieu depuis... bien longtemps. Ce domaine est coupé du reste du monde depuis des siècles. J'y ai constitué un peuple heureux, pacifique, que j'ai intéressé à la beauté de l'art. Ensemble, nous nous penchons sur le passé du monde. Nous parcourons la terre à la recherche des ruines des civilisations éteintes. Cependant, au lieu de nous préoccuper des connaissances technologiques des Anciens, nous nous efforçons de retrouver leur véritable héritage : leurs créations artistiques. C'est par elles que l'esprit de l'homme s'exprime. L'art n'existe que pour le plaisir. Il est le fruit de l'imagination de l'homme, la matérialisation de ses rêves les plus audacieux. Alors, loin de m'intéresser à la vanité de ces petits souverains éphémères, gonflés de pouvoirs et d'inutilité, qui ont gouverné le monde, j'ai préféré poursuivre une œuvre d'archéologue, et tenter d'arracher à l'oubli toute la richesse de l'âme humaine.

Nelvéa répliqua doucement :

— Tous les souverains ne sont pas des êtres assoiffés de domination, vous savez.

— C'est exact. Mais combien d'entre eux, encore de nos jours, se laissent prendre au piège de la tyrannie ? Je sais que votre père fut un prince de grande valeur. Et votre frère, qui lui a succédé, est digne de lui. Toutefois, vous avez vécu dernièrement l'histoire de ce prophète dément qui voulait asservir le monde à sa religion imbécile. Croyez-moi, il ne sera pas le dernier. Combien de vos princes sont-ils dignes des lourdes responsabilités qui pèsent sur eux ?

Nelvéa ne sut que répondre. Dorian professait les mêmes idées. Nielsen continua :

— Les hommes n'ont pas encore compris que la véritable fortune est celle de l'esprit. C'est vivre en harmonie avec soi-même et avec les autres. Certains mendiants sont ainsi bien plus heureux que des rois.

— Vous raisonnez ainsi parce que vous êtes riche, seigneur Nielsen. J'ai vu vos galeries. Jamais je n'avais contemplé de telles splendeurs.

— Si elles vous tentent, prenez-les, elles sont à vous.

Devant la mine stupéfaite de Nelvéa, il expliqua :

— Je n'estime pas que ces merveilles m'appartiennent. J'en suis seulement le gardien. Un jour viendra où je les redonnerai aux peuples de la Terre afin qu'ils sachent ce que leurs ancêtres ont su créer. C'est dans ce but que j'ai pris contact avec votre frère Palléas. À travers lui, et à l'aide des Centres de la Connaissance créés par vos parents, j'espère redonner à l'humanité ce qui semble à mes yeux l'héritage le plus riche et le plus noble des Anciens. Mais je tiens à préserver l'indépendance de mon petit royaume. Aussi ai-je demandé à votre frère la plus grande discrétion.

Une des filles au sang bleu entra, portant un plateau. Le repas commença, composé de mets tous plus fins les uns que les autres. Rarement Nelvéa avait mangé des plats aussi raffinés.

Soudain elle demanda :

— Seigneur Nielsen, vous ne m'avez pas dit pourquoi vous avez hésité à me rencontrer, après m'avoir secourue.

Ses yeux brillèrent étrangement.

— Petite Nelvéa, il est rare de rencontrer un être humain possédant un shod'l loer aussi développé que le vôtre. Alors, quand cette personne se trouve à quelques marches, et qu'elle appelle désespérément au secours, la moindre des choses est de répondre à son appel. Si de plus elle se révèle aussi belle que vous, on est mille fois récompensé de la peine que l'on a prise.

— Pourquoi alors avoir attendu un mois et demi ?

Il lui prit la main et demeura un long moment silencieux, sans cesser de la regarder. Troublée, Nelvéa baissa les yeux. Il commença alors une étrange histoire...

— Peut-être sont-ce les dieux qui vous ont envoyée vers moi. Mais, lorsque l'on a vécu aussi longtemps que moi, on se méfie de ses impulsions. Ma vie a commencé voici plus de quatre siècles. Elle serait beaucoup trop longue à vous raconter. J'ignore d'où me vient cette immortalité. J'imagine qu'elle fut le résultat d'une manipulation génétique accidentelle. Je suis né dans la cité libre qui autrefois occupait les fondations de ce château. Elle se nommait Hoffengart. À l'époque de ma naissance, il ne restait plus qu'une dizaine d'habitants. Depuis des millénaires, ils avaient tenté de maîtriser les secrets de l'immortalité. Sans succès. S'ils réussirent avec moi, il était déjà trop tard en ce qui les concernait. Moi-même j'ignorais les expériences qu'ils avaient tentées sur moi. Ils sont morts les uns après les autres, me transmettant les connaissances enfouies dans la mémoire centrale de la cité, jusqu'au jour où je me retrouvai seul. J'avais à peine trente ans à cette époque. L'art me passionnait déjà, de même que les connaissances technologiques. Plus bas dans la vallée vivait une petite peuplade pacifique qui avait toujours entretenu d'excellentes relations avec les miens. Lorsque je me retrouvai seul, ils m'accueillirent sans difficulté. Avec le temps, je devins leur prince.

« Cependant, l'immortalité comporte en elle-même sa propre condamnation. Je n'ai pu la partager avec mon peuple, puisque j'ignorais tout de ma naissance. Et depuis quatre siècles, je vois naître des enfants qui deviennent très vite des adultes, puis des vieillards que mes pauvres pouvoirs ne peuvent garantir de la mort. Ces gens qui vivent autour de moi à présent, et qui me considèrent comme un dieu, sont les descendants de ceux qui m'ont aidé à bâtir la première cité de Vallensbrück. Des hommes et des femmes que j'ai aimés, avec qui j'ai partagé nombre d'épreuves, et dont je suis seul à présent à conserver le souvenir. Commencez-vous à comprendre ?

— Je… je ne sais pas. Tout cela est si étrange.

— Nelvéa, c'est moi qui vous ai soignée. J'ai étudié votre corps, votre sang, vos cellules. Vous êtes de la même race que moi, vous ne vieillirez pas. Sans doute possédez-vous aussi, comme votre père, des pouvoirs supérieurs. Mais, comme moi, et comme lui, vous affronterez la terrible épreuve de voir disparaître au fil du temps tous ceux qui vous entourent, que vous aimez, et que la mort viendra vous arracher tôt ou tard. Nous vivons en dehors du temps. C'est pourquoi j'ai hésité à vous rencontrer. J'avais peur.

— Peur de moi ?

— Oui ! Imaginez que vous viviez depuis des centaines d'années entourée d'enfants qui meurent tous dès qu'ils atteignent leur vingtième année. À peine avez-vous choisi un compagnon parmi eux qu'il disparaît. Un jour, un inconnu vient à vous, et vous savez qu'il est de votre race, qu'il ne mourra pas en atteignant vingt ans. Comment ne pas être attiré par cet inconnu ?

— Je crois que je comprends, seigneur Nielsen.

Ils demeurèrent un long moment silencieux. Elle le regarda. Elle avait envie de poser ses lèvres sur celles de l'homme. Il émanait de lui un mélange fantastique de force et de faiblesse. Une faiblesse qui avait nom solitude. Mais elle était de sa race. Elle l'aiderait à affronter les siècles. Une douce chaleur envahit ses reins et son ventre. Elle savait à présent pourquoi les dieux l'avaient attirée à Vallensbrück. Son destin était lié à celui de Nielsen. Ils n'étaient pas des inconnus l'un pour l'autre. Ils avaient lutté ensemble, lors de sa maladie. Ils avaient triomphé. Cependant, elle ne voulait pas céder à l'impulsion qui la poussait vers lui. Pas encore. Elle ne le connaissait que depuis une heure. Ils se regardèrent longuement, sans mot dire. Leurs écrans s'étaient évanouis, et les pensées glissaient de l'un à l'autre sans la moindre ambiguïté. Il n'avait pas oublié leur furtive rencontre de Gwondaleya, et avait souvent rêvé d'elle depuis. Simplement parce qu'elle était de sa race, parce qu'elle représentait une lueur d'espoir dans sa solitude. Mais elle avait disparu, laissant au creux de sa mémoire une trouble nostalgie. Le plus grand des hasards la lui avait rendue, meurtrie, affaiblie, et il avait dû user de toute sa science pour ne pas la perdre définitivement. Comment dans ces conditions ne pas tomber amoureux ? Nelvéa lisait en lui comme dans un livre ouvert, et elle savait qu'il devinait ses envies, son attirance profonde.

Elle aimait ses yeux, son regard bleu, à la fois si jeune et si mûr, d'où coulaient une gaieté naturelle et une passion pour la vie que la solitude même n'avait jamais pu entamer.

Jamais encore elle n'avait connu un tel échange, éprouvé une telle émotion. Et, parce qu'il s'était ouvert totalement à elle, elle ressentit le même trouble chez son compagnon. Alors, ils éclatèrent de rire, comme deux complices qui s'étaient reconnus après une longue séparation. La gêne de Nelvéa s'envola.

— Dites-moi, Nelvéa, pourquoi avoir voulu suivre cette piste que les convoyeurs eux-mêmes ont oubliée depuis plus d'un siècle ?

Elle médita quelques instants, puis déclara :

— Oh, je crois que je poursuivais un fantôme. Je voulais retrouver la trace de mon père, qui nous quitta voici plusieurs mois. Je pensais que peut-être il aurait emprunté la Smolenska. En fait, c'était une idée absurde. Je sais bien au fond de moi qu'il est resté dans les Terres Bleues. Mais je ne voulais pas retourner à Gwondaleya. Trop de souvenirs m'y attendaient. Alors, je suis remontée vers le nord. C'est un vieil homme qui m'a aidée à franchir la chaîne montagneuse qui nous sépare de Norskynn.

— Olaf ?

— Vous le connaissez ? demanda Nelvéa, stupéfaite.

— Bien sûr ! C'est un vieil original qui chasse sur les flancs sud de la montagne, avec ses trois fils. Mes Nyktals n'ignorent rien de ses sentiers secrets.

— Oh ! Et lui qui s'imaginait capable de déjouer les pièges de la forêt.

Nielsen éclata d'un rire clair.

— Vous savez, je l'ai connu alors qu'il n'était encore qu'un gamin, plus occupé à courir les bois qu'à travailler à la menuiserie de son père.

Nelvéa demeura un instant silencieuse, puis elle dit :

— Quel homme étrange vous faites, Nielsen. À vous

regarder, il est impossible d'imaginer que vous avez pu connaître ce vieux bougon tout petit.

— C'est pourtant la vérité. Comme il est vrai que j'ai connu ses ancêtres.

Il eut un geste fataliste, et sembla vouloir ajouter un mot, puis se reprit.

— Venez, je voudrais vous montrer quelque chose.

Il lui prit la main et l'entraîna vers une vitrine de cristal, aux montants de vermeil. À l'intérieur, Nelvéa découvrit une petite statuette de bronze sur laquelle un doux éclairage faisait jouer des reflets dorés.

— Regardez bien cet objet, Nelvéa. Il ne s'agit pas d'une reproduction. Cette figurine a été découverte près de ces pyramides étranges qui dominent le désert de Gaïzah, dans l'est de Nogafrika. Elle représente une femme, sans doute la plus vieille du monde connu. D'après mes travaux, elle aurait près de onze mille ans. Une fraction de seconde en regard de l'univers. Une éternité par rapport à la durée de la vie humaine. Chaque fois que je la contemple, je reste fasciné. Qui était la femme qui lui a servi de modèle? Était-ce une reine, ou bien une simple servante ? Peut-être ses descendants vivent-ils encore, après de multiples brassages de sang.

— Quelle importance ? murmura Nelvéa. « Les hommes ne doivent pas s'aveugler de la poussière des siècles passés, mais s'éblouir de la lumière à venir », a dit Mahel.

— Je connais les préceptes de votre grand poète. Cependant, ceux-ci ne s'appliquent pas à Vallensbrück.

— Je... je ne sais pas.

Elle s'écarta de lui, troublée, et se rendit sur la terrasse. La nuit était totalement tombée à présent. Des senteurs fraîches remontaient de l'encre bleutée de la vallée. La lune à son premier quartier jouait à saute-mouton avec des nuages pressés, qui annonçaient un orage prochain.

Nelvéa ne savait plus que penser. Elle avait failli tomber dans les bras de Nielsen. Il était si difficile de résister au charme de ses yeux d'un bleu très pâle, qui semblaient toujours rire. Après tout, cela avait-il une réelle importance qu'il fût né quatre siècles plus tôt ? À la vérité, cet homme n'avait plus d'âge depuis longtemps. Et son père Dorian ne paraissait-il pas à peine plus âgé que son fils Palléas ?

Elle secoua la tête comme un animal pris au piège. Elle aussi avait peur. Peur de s'avouer qu'elle était amoureuse, comme jamais elle ne l'avait été. Mais tout son être se cabrait, comme un cheval rétif auquel on vient de passer le licou, et qui sait qu'il finira par céder. Cet homme l'attirait profondément. Chaque fois qu'il posait son regard sur elle, une onde de chaleur coulait le long de son dos. Et cette nuit de bleu et d'or ancien avait quelque chose de magique.

Nielsen ne l'avait pas suivi. Nelvéa se retourna : il attendait, près de la vaste porte-fenêtre, l'observant sans mot dire. Alors, en tremblant, elle se dirigea vers lui. Comme elle frissonnait, il la prit dans ses bras. Ils n'avaient plus besoin de parler. Les mots n'eussent été que des supports inutiles, insipides en regard de la fièvre qui se glissait en eux. Leurs lèvres s'unirent, leurs mains se cherchèrent, s'étreignirent, leurs corps se collèrent l'un à l'autre dans un besoin de chaleur, de communion, de tendresse. Un tourbillon vertigineux s'empara de Nelvéa. Elle aurait voulu se noyer en lui, s'y perdre, tout oublier, pour l'éternité.

Lorsqu'il l'entraîna vers l'intérieur, dans un salon dont elle ne remarqua même pas la beauté, elle se serra contre lui, comme si elle avait voulu s'y fondre. Sa robe si belle aux couleurs de nuit lui sembla soudain de plomb. Elle aurait voulu l'arracher, sentir la peau rude de l'homme contre la sienne.

Mais il se montra délicat, la déshabilla lentement, comme pour un rite éternel, tandis qu'en elle le désir montait. Elle tremblait un peu lorsque l'étoffe coula le long de son corps, dans un mouvement ample et soyeux, comme une caresse légère. Depuis trop longtemps elle réclamait sans vouloir se l'avouer l'empreinte de l'homme. Son expérience malheureuse avec Maaskar n'avait rien de comparable avec ce qu'elle vivait à présent. Avec volupté, elle laissa lentement le désir s'emparer d'elle, comme une vague grondante qui monte à l'assaut d'un rocher. Nielsen ne la brusqua pas. Il sut l'apprivoiser, la séduire, la conquérir, pour qu'enfin, cédant à la tempête violente qui vibrait en elle, elle se donnât sans remords, sans pudeur, prenant elle-même des initiatives audacieuses, dictées par l'amour qui la baignait totalement. Lorsque enfin elle s'ouvrit, qu'elle sentit la chaleur impérieuse de l'homme entrer en elle, elle ne cria pas. Elle gémit de bonheur, de plaisir, écartelée, rejetée au-delà de tout. Jamais elle n'avait atteint une jouissance aussi complète, aussi merveilleuse, violente comme la fureur de la nature, et douce comme un instant d'infini. Des larmes coulaient de ses yeux mi-clos, qu'elle ne sentait pas. Puis la vague retomba lentement, laissant derrière elle comme un parfum d'éternité qui la mena doucement vers le sommeil, au creux des coussins aux reflets dorés.

Plus tard, elle s'éveilla au cœur de la nuit, baignée par la seule clarté de la lune enfin libérée des nuages. Elle se sentait extraordinairement bien. Dans la pénombre complice, elle contempla la silhouette endormie de son amant étendu à ses côtés. Il gardait encore son bras posé sur elle. Sa main avait emprisonné la sienne, tandis que son souffle régulier réchauffait délicatement l'un de ses seins. Elle l'observa, étonnée. Elle avait l'impression de le connaître depuis toujours. Ainsi abandonné dans le sommeil, ses traits d'homme s'adoucissaient, laissant transparaître le visage de l'enfant qu'il avait dû être, bien longtemps auparavant. Et, malgré toute la science qu'elle devinait en lui, malgré sa musculature puissante, elle ressentit sa fragilité. Elle comprit alors pourquoi les femmes posséderaient toujours un avantage sur les hommes. Le sentiment qui l'animait à présent, cette sensation nouvelle et inexplicable, qui la poussait à vouloir le protéger, ressemblait beaucoup à de l'amour maternel.

Alors, parce qu'elle était profondément heureuse, et égayée par sa trouvaille, elle éclata de rire.

Il s'éveilla, lui sourit, et l'attira contre lui. Il murmura :

— Est-ce que tu resteras à Vallensbrück ?

Pour toute réponse, elle noua ses bras autour de son cou et murmura :

— Je ne te quitterai pas !

37

Une nouvelle fois il lui semblait marcher au-devant d'un cercle de flammes. Plus hautes, plus brillantes encore que celles qu'elle avait déjà traversées. Mais cette fois, quelque chose était différent. Au sentiment de peur qui l'avait étreinte les fois précédentes se mêlait une exaltation fantastique, qui la poussait irrésistiblement en avant. En un instant, tout ne fut plus que lumière, tandis qu'une chaleur agréable se répandait en elle.

Elle se réveilla, inondée de soleil. Au-dessus d'elle, le visage de Nielsen la contemplait. Les yeux d'un bleu pâle détaillaient son corps nu, des yeux illuminés dans lesquels elle lisait qu'elle était très belle. Elle lui sourit. Il l'enlaça. Puis ils roulèrent sur les coussins en un jeu qui leur arracha des éclats de rire. Jamais Nelvéa ne s'était sentie aussi bien. Il lui avait suffi d'un regard pour retrouver cette complicité qui toujours la lierait à cet homme qu'elle ne connaissait pourtant que depuis la veille. Mais elle n'avait pas besoin de sonder son esprit pour y lire l'amour qu'il lui portait, et qui était aussi de l'amitié et de la tendresse.

Elle vint se blottir contre lui, avide de caresses et d'affection. En une nuit, ils étaient devenus plus qu'amants. Au-delà de la charmante joute amoureuse qui les avait unis se dessinaient déjà des liens plus solides, nés des rires partagés, de l'impression extraordinaire de se connaître depuis toujours, de se comprendre profondément, au-delà des paroles, grâce à la seule complicité d'un regard. Un mot peut-être pouvait traduire cela : harmonie. Elle se sentait bien avec lui. Une nouvelle fois elle s'ouvrit, s'offrit. Elle aurait voulu être en lui, et autour de lui, se noyer dans sa chaleur, se perdre dans son sourire, sentir pour toujours sa peau éternellement jeune contre la sienne, ses muscles jouer contre son ventre, ses mains sur ses épaules, nouer ses doigts aux siens, les fondre pour que jamais ils ne puissent plus se séparer.

Lorsque enfin elle reprit son souffle, elle murmura :

— Fais-moi découvrir ton royaume.

Plus tard dans la matinée, elle retrouva Khaled. Comme souvent depuis leur arrivée à Vallensbrück, il promenait Fearn dans le vaste parc du palais. Nelvéa courut vers eux. Le lionorse vint lui faire fête. Comme deux chiots, l'animal et sa maîtresse se roulèrent dans l'herbe encore humide de rosée, sous les yeux amusés de l'Ismalasien.

— Je ne t'avais encore jamais vue dans cet état, Nelvéa, dit Khaled.

Elle remit de l'ordre dans ses vêtements et vint à lui.

— C'est vrai !

Ils marchèrent silencieusement l'un à côté de l'autre, goûtant le plaisir de se retrouver. Sans un mot elle lui prit la main et la serra avec force. Les paroles de Nielsen lui revinrent en mémoire, douloureuses. « L'immortalité porte en elle sa propre condamnation. J'ai vu disparaître tous mes compagnons, emportés par l'âge, alors que je demeurais éternellement jeune. »

Elle observa son ami à la dérobée. Pour la première fois sans doute, elle remarqua ses cheveux striés de fils d'argent, ses yeux marqués de petites rides, ses mains sèches et dures. Un élan d'affection la poussa vers lui, qu'elle maîtrisa à grand-peine. Jamais elle ne pourrait vaincre la marche inexorable du temps. Mais il était là, bien vivant.

Sa force était intacte. Et intact l'amour qu'il lui portait. Alors, d'autres paroles de Nielsen lui revinrent, qui prirent pour elle toute leur signification. L'instant présent était le plus précieux de tous. Et, parce qu'elle était émue plus qu'elle ne l'aurait voulu, peut-être aussi parce que la nuit passée lui avait révélé une vérité qu'elle ne connaissait pas encore, elle entoura de ses bras le torse puissant de l'Ismalasien et se serra contre lui en fermant les yeux.

— Khaled, je voudrais te dire quelque chose. Je voudrais te dire que je t'aime. Tu as été pour moi comme un second père. Tu as veillé sur moi, tu m'as élevée, tu m'as appris à me défendre, tu m'as enseigné l'honneur et le goût du combat, contre l'ennemi, mais aussi contre moi-même, contre mes propres doutes.

Elle leva les yeux vers lui.

— C'est pour tout cela que je t'aime. Tu as toujours été à mes côtés. Tu m'as aidée à me découvrir. Tu sais, ce sont des mots difficiles à prononcer, mais je voulais que tu le saches. Je voulais te remercier pour toute l'affection que tu m'as donnée.

Elle s'écarta de lui, lentement, comme à regret.

— Il fallait... il fallait que je te dise cela. J'ai trop de choses en moi qui me brûlent.

Ils reprirent leur marche. L'Ismalasien ne disait mot. Mais ses yeux brillaient un peu plus que de coutume. Nelvéa poursuivit :

— J'ai rencontré hier soir le prince de cette cité. J'ai... j'ai passé la nuit avec lui. C'est un homme merveilleux. Et je ne sais plus où j'en suis.

Elle se tourna brusquement vers lui.

— Khaled, que dois-je faire ? Je voudrais rester ici, à Vallensbrück. Mais le dois-je vraiment ?

Il sourit.

— Les dieux seuls décident de notre destin, Nelvéa. Mais j'ai interrogé les krehns. Ils disent que ce lieu est bénéfique Je crois que ton destin lui est lié.

Il prit le visage de Nelvéa dans ses mains.

— Jamais tu n'as été aussi belle, aussi épanouie. Je ne connais pas cet homme encore, mais je lui sais gré de t'avoir transformée ainsi. Pour la première fois peut-être, tu prends conscience que tu es aussi une femme.

— Khaled, cet homme est de ma race. Il est immortel, comme moi. Et il est bon.

— Je le sais. Les krehns ont parlé.

— Que disent-ils encore ?

— La piste du nord a disparu. Notre quête s'achève ici.

— Mais, mon père…

— La volonté des dieux est impénétrable, Nelvéa. Ton père et ta mère sont devenus des dieux. Sans doute l'étaient-ils à leur naissance. Peut-être ont-ils voulu te mener ici ? Qui peut savoir ?

Elle leva vers lui un visage étonné.

— Pourquoi m'as-tu appelée Nelvéa ?

— Nelvéa est ton vrai nom. Aïnah Shean n'est que ton nom de guerre. Et ce n'est pas la guerre qui t'attend ici.

Aïnah Shean, la femme chevalier, la guerrière farouche…

— Alors, dit-elle faiblement, je ne suis plus la Licorne ?

— La Licorne a plusieurs visages.

38

Nielsen avait installé Nelvéa dans un superbe appartement de l'aile sud du palais. De la terrasse, on découvrait toute la vallée, avec sa petite cité en enfilade. Lorik, Khaled et les deux esclaves s'étaient vu attribuer chacun une chambre jouxtant les appartements de leur maîtresse, afin qu'elle ne se sente pas dépaysée.

Ainsi, Nelvéa commença une nouvelle vie, qui la surprenait un peu. Jamais elle n'aurait imaginé qu'un jour elle serait heureuse d'appartenir à un homme. Souvent, elle avait répété à son père que jamais elle ne serait la femme d'un prince, régnant ou non, qui la partagerait avec ses maîtresses. Maaskar pourtant l'avait dangereusement séduite. Lorsqu'elle songeait aux quelques semaines qu'elle avait passées en sa compagnie, elle se traitait de folle. Elle lui avait appartenu, à lui aussi. Mais cela n'avait rien de comparable. À cette époque, tout son être se révoltait contre la personnalité inquiétante de son compagnon. Elle se demandait à présent ce qu'elle avait bien pu lui trouver.

Avec Nielsen, tout était différent. Elle désirait lui appartenir. Elle savait désormais ce qu'était l'amour. Et elle souriait aux contradictions qu'elle découvrait chez elle. La personnalité féminine était-elle donc si complexe qu'elle ne parvenait pas à y voir clair elle-même ?

Parfois un doute la prenait, qu'elle chassait avec violence. Jamais plus elle ne se laisserait prendre au piège. Elle voulait être sûre d'elle-même, aimer sans se poser de questions. Mais comment douter de ce prince qui lui manquait dès qu'il la quittait ? Ses yeux ne pouvaient mentir.

Peu à peu, elle comprit pourquoi elle se sentait bien en compagnie de Nielsen. Il était agréable à vivre. Jamais il n'imposait sa volonté. Il traitait ses sujets comme s'ils avaient été ses égaux. La tension malsaine qui avait présidé à ses rapports avec Maaskar n'existait pas avec Nielsen. Il l'invitait à partager ses travaux, ses passions. Il s'intéressait à ce qu'elle aimait, savait l'écouter parler.

Il émanait de lui un curieux mélange de sagesse et de spontanéité. Ses yeux avaient vu beaucoup plus que ceux d'aucun autre homme de ce monde, mais il posait encore sur tout un regard étonné, prompt à s'émerveiller. Elle adorait l'accompagner dans son laboratoire, lorsqu'il étudiait avec amour quelque statuette ramenée d'un lointain voyage à l'autre bout de la Terre, ou lorsqu'il se lançait dans d'époustouflantes suppositions sur une civilisation. Elle avait parfois peine à le suivre, mais son regard émerveillé lui suffisait. Elle était amoureuse, et sa vie en était magnifiée. Il se glissait en tout un parfum délicieux, troublant, qui transcendait tout autour d'elle.

Chaque jour, accompagnés de Lorik, Khaled et des deux esclaves, ils descendaient jusqu'à Vallensbrück. C'était une ville très vivante, avec ses placettes animées, son marché, ses demeures riches et décorées, ses tavernes et son petit port. Car à l'ouest s'ouvrait un lac de dimensions respectables qui menait vers les contreforts du massif de l'Hercy, chaîne montagneuse au-delà de laquelle commençait le territoire de Hackenmahar. Bien que de taille plus modeste, Vallensbrück rappelait Gwondaleya. Les rues étaient pleines de ces bruits et de ces appels qui sont l'âme d'une cité. Parce qu'ils vivaient en autarcie, les habitants se connaissaient tous. Les enfants étaient nombreux, les hommes vigoureux et les femmes très belles. Tout ici était bâti pour le plaisir des yeux. Il n'y avait pas de pauvres à Vallensbrück. Les demeures étaient petites, mais confortables, et artistement décorées. On vivait souvent à l'extérieur. Les activités étaient nombreuses et variées. Si l'étude et l'archéologie occupaient beaucoup les citadins, ils ne négligeaient pas pour autant les activités physiques. « L'équilibre de l'esprit passe par celui du corps ! » disait Nielsen. Aussi, chaque jour apportait une distraction nouvelle, faite de compétitions sportives, de joutes amicales qui souvent avaient pour cadre le lac aux eaux bleues.

Nelvéa et ses compagnons furent rapidement adoptés par le peuple de Vallensbrück. Parce qu'on la voyait toujours en compagnie du prince, que l'on vénérait à l'égal d'un dieu, elle fut en quelques jours considérée comme la nouvelle châtelaine. Nelvéa n'eut aucune difficulté à se mêler à la population. Tout le monde ici parlait l'ankos. Ainsi en avait voulu Nielsen, que la richesse de cette langue fascinait. Mais on utilisait également un langage différent, dont les racines remontaient au temps des Anciens, et qui était né des idiomes employés dans cette région avant le Jour du Soleil. Nelvéa se mit en devoir de l'apprendre.

Elle prenait plaisir à se mêler à la population. Elle participait aux compétitions, dans lesquelles elle se distingua rapidement. Elle acquit ainsi le respect et l'amitié des citadins. Souvent elle accompagnait les pêcheurs sur le lac. Elle adorait déguster en leur compagnie le poisson pêché dans la journée, et que l'on faisait griller le soir, sur la plage, en écoutant les chanteurs et les musiciens reprendre des mélodies venues du fond des âges et que le prince avait redécouvertes au cours de ses voyages.

Chaque jour apportait quelque chose de nouveau. Nelvéa se disait que jamais elle ne parviendrait à tout connaître. La richesse du lieu dépassait l'imagination.

Sous le palais, dans les ruines de l'ancienne cité libre, Nielsen avait reconstitué une véritable ville, faite de cryptes immenses dont chacune était dévolue à une époque du passé, ou à un domaine du monde. La diversité des collections la stupéfiait. Bien sûr il y avait là toutes sortes d'œuvres d'art, tableaux, bijoux, sculptures, mais aussi d'innombrables objets dont l'usage demeurait parfois insaisissable.

Par eux, le prince retraça pour sa compagne toute l'histoire de l'humanité, depuis bien avant ce que les amanes avaient baptisé le Jour du Soleil. Et peu à peu, la vision du monde de Nelvéa s'en trouva modifiée. Nielsen ne s'intéressait pas vraiment à l'histoire des hommes qui avaient gouverné le monde. Mais, au travers des créations artistiques, des objets usuels, de l'architecture, il tentait de comprendre la vie des peuples du passé, leur mentalité, leurs motivations, leurs caractères. Sa science était immense. Elle ne pouvait s'empêcher de penser qu'il était sans doute l'être le plus savant du monde. Et elle adorait l'écouter parler, parce qu'il savait donner vie à des fantômes disparus depuis des millénaires, parce qu'il était plein d'humour, et parce que ses yeux s'adressaient à elle seule. Il vibrait en lui un enthousiasme tel qu'elle oubliait qu'il avait déjà vécu plus de quatre siècles. Un adolescent n'aurait pas manifesté plus de spontanéité et de gaieté.

Nelvéa s'était liée d'amitié avec Krissy. Mais elle ne parvenait toujours pas à se prononcer sur la nature réelle de la fille. Jamais celle-ci ne prenait ses repas avec eux, quoique Nielsen la traitât comme une égale. Il y avait dans leurs rapports quelque chose qui rappelait l'affection d'un père et de sa fille.

Un soir, alors qu'au dehors soufflait une violente tempête de montagne, elle s'en ouvrit à Nielsen.

— À mon arrivée, Krissy s'est coupé le doigt sur un morceau de verre. J'ai vu son sang. Il n'est pas de la même couleur que le nôtre. Peux-tu m'expliquer ce phénomène ?

Nielsen sourit, puis se leva et alla chercher dans un meuble de bois finement travaillé un flacon qui contenait une liqueur d'un vert ambre. Étonnée, Nelvéa le regarda en verser dans deux petits verres.

— Je savais qu'un jour tu me poserais cette question. Je vais y répondre. Mais avant, tu vas goûter ceci.

Intriguée, Nelvéa porta le verre à ses lèvres. La liqueur était délicatement parfumée, et très alcoolisée. Elle but une gorgée avec circonspection, imitée par le prince, ravi. Ce fut comme si un torrent de feu lui coulait dans les entrailles. Puis le souvenir des herbes l'emplit, la réchauffa. Les yeux brillants, elle dit :

— C'est délicieux. Mais quel rapport cette liqueur peut-elle avoir avec Krissy ?

— Il est très important. Le sang bleu. La liqueur verte. On ne connaîtra sans doute jamais exactement l'histoire de Krissy et de ses sœurs. Un jour, au cours de mes voyages, j'ai découvert un lieu étrange, un peu semblable à celui-ci, situé dans l'ouest de l'Europania. Un massif de montagnes protégeait comme un écrin un ensemble de bâtiments très anciens. Là vivaient des hommes qui vouaient leur vie au service d'un dieu antique. Ils se montrèrent hospitaliers. Ils m'hébergèrent, et m'offrirent quelques flacons de cette merveille. Il y avait là des hommes et des femmes, unis dans l'amour de leur dieu et de leur pays. Ils ne quittaient jamais leurs montagnes, se consacrant à la prière et à la fabrication de cette liqueur d'un autre âge. Ils m'expliquèrent qu'avant le Jour du Soleil, seuls les hommes étaient admis dans ce lieu. Mais, à l'époque du Chaos, ils avaient été obligés de modifier leurs règles et avaient permis à des femmes de les rejoindre, afin d'éviter l'extinction. Et depuis quatre millénaires, ils s'étaient coupés du reste du monde, vivant des produits de leurs champs, de leurs troupeaux et de la fabrication de leur liqueur, qui revêtait pour eux un caractère sacré.

« Lorsque je leur exposai le but de mes recherches, ils se montrèrent coopératifs. Ils me firent visiter leur domaine.

« Un soir, leur grand prêtre me conta une légende mystérieuse. À l'époque du Jour du Soleil, un couple vint se réfugier dans ce lieu perdu. Un homme dont on avait oublié le nom, et une femme d'une très grande beauté, dont ils avaient conservé la mémoire. Elle se nommait Lauryanne. Ils vécurent plusieurs années dans le haut de la vallée, en un lieu où personne ne se rendait jamais. Un élément troubla leurs ancêtres. Selon la légende, cette fille n'était pas un être humain comme les autres. Selon certaines croyances, elle ne buvait que de l'eau et se nourrissait d'aliments étranges.

« Un jour, des démons montèrent des basses plaines et les pourchassèrent. Le couple disparut, et personne ne sut ce qu'il devint.

« Le lendemain, le vieux prêtre m'entraîna dans la montagne, jusqu'à un bâtiment singulier, dont ils étaient les seuls à connaître l'existence. Ils avaient continué à l'entretenir durant tous ces millénaires. Selon eux, l'esprit de la belle Lauryanne dormait encore en ces lieux. Le vieil homme me fit entrer dans le sanctuaire. Là, je découvris avec stupéfaction un mécanisme semblable à celui qu'utilisent les amanes pour conserver les cellules humaines à la température absolue.

« Les mystères de ce monde sont insondables. Celui qui avait bâti cet édifice n'avait même pas apposé son nom. Craignait-il d'être reconnu ? Nous ne le saurons jamais. L'appareil contenait depuis près de quatre mille ans les cellules d'une femme, sans doute cette mystérieuse Lauryanne, ainsi qu'une mémoire à l'or, inaltérable au temps. Celle-ci me révéla alors la conception d'un être fantastique issu de matières minérales, dont le sang et la composition moléculaire reposaient, non sur le carbone, comme tous les êtres vivants sur cette planète, mais sur le silicium et le cuivre. Suivait un ensemble de données techniques précises destinées à ramener les cellules à la vie. Cette pratique semble avoir été très à la mode au temps des Anciens.

« Je demandai au prêtre la permission de prélever quelques-unes des cellules et de copier la mémoire. Il accepta. Je les rapportai à Vallensbrück et me mis au travail. Ainsi sont nées les ancêtres de Krissy.

— C'est effarant. Les Anciens ont donc été capables de créer la vie ?

— Ou tout au moins de l'imiter.

— Mais dans quel but ?

— Je l'ignore. Et cela n'a aucune importance. Krissy et ses compagnes sont des filles adorables. Je pense qu'elles sont heureuses avec moi.

— Pourquoi les avoir tirées de leur sommeil ?

— Par curiosité scientifique, sans doute. Pour la beauté du geste.

— Parce qu'elles représentaient une œuvre d'art…

— Leur beauté est parfaite. Elles sont une création de l'homme. Peut-être l'expression la plus émouvante de son génie. Mais il y a une autre raison. L'inconnu avait ajouté une phrase ambiguë à son étude. Celle-ci n'était pas mémorisée dans l'or synthétique. Il s'agissait de mots mystérieux gravés dans la pierre de la crypte. Ils disaient :

« Puisse-t-elle jamais me pardonner ! »

« Il s'est déroulé là, voici quelques millénaires, un drame dont nous ne saurons jamais rien, dont les protagonistes sont depuis longtemps retournés à la poussière. Il n'en reste de traces que ces filles au sang bleu, et à la beauté surnaturelle.

Nelvéa respecta le silence qui suivit. Sans doute le monde regorgeait-il de mystères semblables.

— Mais, ajouta-t-elle, elles ne peuvent pas avoir d'enfant.

— Si ! J'ai découvert cette crypte voici plus d'un siècle. Depuis, elles utilisent la parthénogenèse pour se reproduire. Elles portent des cellules prélevées sur leurs propres corps, et connaissent ainsi la joie de l'enfantement. Mais bien sûr, elles ne peuvent mettre au monde que des filles qui leur ressemblent trait pour trait.

— Je ne sais pas si cette pratique est tout à fait normale, risqua Nelvéa un peu désorientée.

— La parthénogenèse n'est pas une invention de l'homme. Elle existe à l'état naturel. Alors, puisqu'elle contribue au bonheur de mes « filles », elle est bénéfique. Si toutes les créations humaines étaient aussi innocentes que celle-ci, le monde serait bien meilleur, tu ne crois pas ?

— Oui, bien sûr ! D'ailleurs, ne suis-je pas moi-même un clone de l'enfant d'Elena.

39

Était-ce dû à l'amour qu'elle portait à Nielsen ? Nelvéa ne souffrait plus des visites ambiguës de son amant nocturne. Pour la première fois de sa vie, elle n'était plus en proie au doute. Elle vivait pleinement, se donnait sans remords aux étreintes de son compagnon, heureuse de lire en lui un bonheur qu'il attendait depuis des siècles.

Elle avait cru vivre un rêve au début de leur rencontre. Mais plus les jours passaient, plus leur complicité se resserrait. Ils riaient de tout et de rien, se passionnaient pour les secrets des mondes oubliés. Elle s'était intéressée à ses travaux de laboratoire, et l'accompagnait volontiers dans ses recherches. Ils passaient ainsi de nombreuses heures penchés sur les énigmes que leur posaient les vestiges arrachés aux ruines enfouies sous la poussière des siècles.

Bien sûr, parfois elle se reprochait d'avoir abandonné sa quête. Mais comment aurait-elle pu la poursuivre ? Vers quel but s'orienter ? Lorsqu'elle y pensait, elle était persuadée que Dorian et Solyane n'étaient pas étrangers à sa venue à Vallensbrück. Elle en voulait pour preuve l'impression fantastique qu'elle avait éprouvée juste avant de rencontrer Nielsen. C'était inexplicable, mais c'était ainsi. Elle connaissait trop bien leurs schèmes mentaux. Ils étaient présents, près d'elle, sur la terrasse. Depuis, elle ne croyait plus du tout à leur mort. Elle avait le sentiment qu'elle les retrouverait un jour. Alors, Vallensbrück n'était-elle qu'une étape sur sa route ?

Un jour, alors qu'ils étudiaient un lot de bijoux plus qu'à demi dévorés par les oxydes, elle déclara :

— Je crois que j'aurais aimé vivre à l'époque des Anciens. Leur monde devait être passionnant.

Nielsen fit une moue sceptique.

— Passionnant, peut-être. Mais c'était un monde irrémédiablement voué à l'anéantissement.

— Pourquoi dis-tu cela ? Nous savons tous les deux que les légendes sur lesquelles s'appuient les amanes sont sans fondement. Ce monde a disparu à cause d'épidémies soudaines.

— Non, c'est beaucoup plus compliqué que ça. Les amanes ont imaginé des légendes effrayantes pour frapper les esprits. Mais la vérité est encore plus impressionnante que ces légendes.

Il lui prit la main.

— Au cours de mes voyages, j'ai découvert certaines choses qui m'ont aidé à mieux comprendre ce qui s'est réellement passé. Et crois-moi, je souhaite que jamais un tel monde ne revoie le jour. C'est pourquoi j'ai le plus profond respect pour la tâche entreprise par les amanes.

— Quelles choses ?

— Il y a une crypte que je ne t'ai pas encore montrée. Seuls mes plus proches collaborateurs en connaissent l'existence. Mais je veux que tu me promettes de ne révéler à personne ce que tu vas apprendre.

— Est-ce donc si terrifiant ?

— Tu jugeras par toi-même ! Viens !

Il l'entraîna dans les sous-sols du palais, au niveau le plus profond. Ici, les murs n'étaient plus de marbre, mais de béton. Nelvéa ne distinguait a priori rien d'inquiétant. Sous la lumière orange de sphères lumineuses s'alignaient des rayons emplis d'objets insolites, métalliques, de formes simples, cylindres, disques, cubes.

— Cette salle a été bâtie dans les ruines de l'ancienne cité libre. Les secrets qu'elle renferme ne doivent pas être remis entre toutes les mains. Ces objets sont des mémoires à l'or synthétique, inaltérables au temps. C'est grâce à elles que j'ai pu comprendre ce qui s'est réellement passé au cours des cinq siècles qui ont précédé le Jour du Soleil. Toutes les époques ont engendré des œuvres d'art magnifiques. Mais la période de la technologie avancée, celle qui a précédé le Chaos, a dépassé toutes les autres. La technologie s'était mise au service de l'art, et l'on a connu un développement sans précédent de toutes les formes d'expression, picturales, musicales, et d'autres encore dont tu n'as pas la moindre idée. Pourtant, l'homme avait mis en marche une civilisation écrasante, qu'il ne contrôlait plus, dans laquelle il n'était plus rien. Sans doute à cause de la volonté inconsciente de survivre à sa mort, il gravait dans les molécules d'or les souvenirs de toutes sortes d'événements, afin qu'ils soient perpétués dans les millénaires à venir. Il a dû exister des milliards de ces objets. Mais nombre d'entre eux ont été détruits. Ceux que tu vois ici ont été retrouvés dans les ruines des cités antiques, ou dans celles des cités libres.

Nielsen sélectionna sur les rayons deux cylindres de dimensions réduites et se dirigea vers une sorte de console dans laquelle il introduisit le premier tube. Derrière la console s'étendait une salle semi-sphérique de couleur blanche. Il invita Nelvéa à s'asseoir à ses côtés et commença une étrange histoire.

— L'ère de la technologie avancée a démarré environ cinq siècles avant le Jour du Soleil. À cette époque, l'homme avait commencé à percer les secrets de la nature. Le développement que connut la civilisation fut extraordinaire. On effectuait des recherches dans tous les domaines, médicaux, militaires, scientifiques, industriels, artistiques... La population du monde, grâce aux découvertes médicales, se multiplia rapidement, malgré les guerres de plus en plus meurtrières, et les épidémies nouvelles. L'homme se mit à vivre plus vite. Il voulait tout connaître, tout essayer. L'art perdit cet amour du détail qu'il avait toujours connu depuis des millénaires. Il devint plus grossier, les lignes se simplifièrent, se déformèrent même parfois jusqu'à ne plus avoir aucune valeur représentative. Il recherchait l'essentiel, l'émotion à l'état pur. Simultanément, on emprisonna toutes les formes d'art dans un mercantilisme qui abaissa la création au niveau d'opérations commerciales. Elles devinrent sources de profit. Dans la profusion de créations de cette époque, peu d'entre elles avaient véritablement de la valeur. Mais celles qui en avaient dépassaient de loin tout ce qui avait été fait auparavant.

« Cependant, l'homme avait mis en marche un système

économique de plus en plus complexe, géré par des machines, qu'il ne parvenait plus tout à fait à contrôler. De nombreuses idéologies, politiques, religieuses, sociologiques s'affrontèrent. Mais toutes les structures étaient fondées sur le profit, au détriment de la qualité de vie. Une sorte de frénésie s'était emparée du monde. Écarté des valeurs spirituelles, l'homme édifia autour de lui d'immenses cages de béton et s'y enferma. Ainsi se développèrent des villes gigantesques que l'on aurait peine à imaginer aujourd'hui. L'homme croyait que le bonheur lui serait apporté par la possession, la richesse matérielle. Il avait mis en branle un système qui le broyait de plus en plus sans qu'il puisse réagir. Les nations s'effacèrent devant de gigantesques entités économiques, qui étendaient leurs tentacules sur le monde. Elles prirent peu à peu le contrôle des gouvernements et leur imposèrent leur volonté. On n'appartenait plus à une nation, mais à un système économique, contrôlé par un État parfois totalitaire, parfois libéral. Mais dans les deux cas, le profit était la principale motivation. Il s'ensuivit d'innombrables conflits sociaux qui dégénérèrent souvent en de véritables guerres de rues. L'homme était devenu un pion, une cellule de ces gigantesques organismes qui puisaient en lui, tels des vampires colossaux, toutes ses ressources, au détriment de son bonheur réel. Dans ce monde qui avait oublié la véritable noblesse de l'homme naquirent des formes artisitiques nouvelles, où se traduisait le désespoir de peuples condamnés à vivre hors de la nature, dans un univers cubique, non bâti à l'échelle humaine. Regarde.

Soudain, la coupole disparut dans un brouillard de lumière mouvante qui se stabilisa en une image étrange, ouverte sur un autre monde.

— Que se passe-t-il ? s'inquiéta Nelvéa.

— Rassure-toi. Il ne s'agit que d'une image tridimensionnelle.

Le réalisme de la scène coupa le souffle de la jeune femme qui s'accrocha aux accoudoirs de son fauteuil. Devant elle s'étendait la perspective d'une avenue immense, bordée d'immeubles d'une hauteur inimaginable, percés d'une multitude d'ouvertures sombres.

— Voici à quoi ressemblait le monde des Anciens, Nelvéa, expliqua Nielsen. Des villes immenses, surpeuplées, dont les plus hauts bâtiments s'élevaient à plusieurs centaines de mètres. Ce que tu vois est l'une des artères principales d'une cité aujourd'hui engloutie sous les flots de Canaméria, dans l'ouest du continent. Cette cité, que l'on appelait la « Ville des Anges », comptait plus de soixante-dix millions d'habitants. Il est difficile d'imaginer ce qu'elle était. Ce que tu vois là n'est qu'une toute petite partie de la ville. Au fil du temps, son développement avait provoqué de curieux phénomènes. Dans les étages supérieurs vivaient les gens les plus riches, ou tout au moins ceux qui avaient un travail. Au pied des immeubles s'étiraient une multitude de centres commerciaux où les habitants venaient se ravitailler, se divertir, ou encore travailler. Au niveau inférieur s'étendaient les voies de communication, parcourues par toutes sortes de véhicules, automobiles ou encore mus par différentes sortes d'énergie, magnétique, électrique ou autre. Mais dans les profondeurs de la ville survivait tout un peuple marginal, où l'on rejetait les pauvres, les parias, les criminels, les désespérés, tous ceux qui ne pouvaient prétendre à un travail. Ce phénomène n'était pas propre à la Ville des Anges. Il fut général. De véritables batailles rangées opposaient les habitants des hauts immeubles à leurs frères des sous-sols. Pendant trois siècles, on parvint à endiguer le développement de cette faune humaine qui, lentement, dans l'univers sans lumière des fondations des grandes cités, retournait à l'état sauvage. On créa des milices armées pour protéger les citadins. Pourtant, malgré les épidémies, malgré les soldats qui chaque nuit sillonnaient les artères de communication, la population des sous-sols se développa et envahit les étages supérieurs. Peu à peu s'installa un climat de terreur, de combat permanent. Il n'existait aucune loi dans ce monde sans lumière, sinon celle du plus fort. Le désespoir y régnait en maître, qui provoqua chez certains des réactions démentielles, dont ces images vont te donner une idée.

Il appuya sur une touche et la scène s'anima. Des véhicules automobiles, aux formes fuyantes, illuminés de lumières aveuglantes, circulaient en tous sens, se croisant, se doublant, dans un vacarme infernal. Une bruine de bronze diluait l'ensemble dans un climat irréel, comme si le jour ne parvenait pas à percer cet univers de métal et de béton. Tout à coup, d'une artère transversale jaillit un véhicule extraordinaire, immense, de couleur noire, équipé de chenilles monstrueuses. Il vira en trombe, écrasant quelques voitures au passage. Il ressemblait à un insecte gigantesque, hérissé de tubes sombres d'où jaillissaient des éclairs aveuglants. Ceux-ci venaient frapper les édifices, les autres véhicules qui s'embrassaient comme de l'étoupe. Inexorablement, le monstre de cauchemar poursuivait sa route, semant la mort et la panique sur son passage. Des hurlements retentissaient de tous côtés, tandis qu'une voix nasillarde s'égosillait. Nielsen commenta :

— Beaucoup d'hommes, désespérés par cet univers de béton, se suicidaient. Mais certains d'entre eux, frappés de folie, tentaient d'entraîner le maximum de leurs semblables dans la mort. D'après ce que j'ai appris, il y eut plusieurs cas similaires. Le pilote de ce véhicule a assemblé tous les éléments pendant des mois, bourrant son engin d'armes et d'explosifs. Et puis un jour, il est sorti et a parcouru la ville en tous sens. La puissance de cet appareil était phénoménale. Il tirait à vue, écrasait tout sur son passage. Personne ne pouvait l'arrêter, puisque la police elle-même ne pouvait intervenir sans mettre en danger la vie des habitants.

Devant les yeux atterrés de Nelvéa, le monstre poursuivait méthodiquement son œuvre destructice. Une voiture prise en chasse fut rattrapée, puis broyée comme une vulgaire coque de noix. Elle explosa sous les chenilles de l'engin, qui poursuivit néanmoins sa route sans en être affecté. L'image mouvante se prolongea, multipliant les scènes d'horreur, jusqu'au moment où le véhicule se jeta en pleine vitesse contre les fondations d'un immeuble élevé, fracassant les soubassements. Au niveau de l'artère de circulation s'ouvrait un centre commercial dont les vitres volèrent en éclats sous l'impact du léviathan. Il y eut un vaste mouvement de foule fuyant le lieu, tandis que résonnaient sous les voûtes de la crypte les hurlements de ces gens morts depuis des millénaires. Nelvéa se boucha les oreilles pour ne plus entendre ces cris d'agonie et d'angoisse. Puis il y eut une accalmie relative. Le destructeur s'était enfin immobilisé. Et soudain, tout disparut dans un éclair aveuglant.

Nelvéa reprit avec peine son souffle.

— Que s'est-il passé ? balbutia-t-elle.

— Le pilote a déclenché le système d'autodestruction de son engin. L'appareil qui enregistrait les images a été détruit en même temps que lui. D'après un autre cylindre relatif à cette histoire, l'immeuble, ébranlé par l'explosion, s'est effondré sur lui-même. Ce jour-là, le dément qui pilotait a entraîné plus de dix mille personnes avec lui dans la mort. En quelques heures.

— Mais c'est impossible.

— Hélas non ! Cela a réellement existé. Mais il y a plus impressionnant encore.

Nielsen remplaça le cylindre d'or par le deuxième et une nouvelle image envahit la sphère. Une musique inconnue emplit les échos de la crypte, faisant résonner le cœur de Nelvéa. Une foule immense et mouvante acclamait des personnages, sur une scène pleine de lumière. La musique coulait d'instruments étranges, manœuvrés par des hommes et des femmes vêtus d'habits lumineux. Un couple à demi-nu chantait, debout sur le devant de la scène. Une hystérie invraisemblable avait pris possession de la foule, en majorité des jeunes, que Nelvéa évalua à plusieurs dizaines de milliers de personnes. Nielsen expliqua :

— À cette époque, les chanteurs et les gens du spectacle étaient considérés comme des demi-dieux. Leur célébrité faisait d'eux des êtres au-dessus du commun des mortels, et on leur vouait des cultes au même titre que des divinités. Nombre d'entre eux n'y pouvaient résister, et se supprimaient, parce que leur vie devenait un enfer. Mais toujours il montait des couches inconnues des individus qui les remplaçaient. La carrière de certains était très courte, d'autres au contraire, peut-être parce qu'ils possédaient une personnalité plus forte, devenaient des dieux que chacun enviait et imitait. Ce fut le cas de ce couple. Mais toujours on exigeait plus d'eux, du nouveau, de l'inédit. Parce que tout avait été déjà fait, il fallait sans cesse réinventer, pour étonner le public. Et cela donna parfois lieu à des phénomènes inimaginables. Comme celui-ci.

Sur la scène, le couple venait de terminer son numéro. La foule hurlante vociféra son enthousiasme. Des énergumènes grimpèrent sur la scène, pour tenter d'approcher leurs idoles. Mais des hommes surgirent de l'ombre pour les repousser violemment. De courtes bagarres s'ensuivirent sous les yeux éberlués de Nelvéa. La jeune femme sentit un malaise l'envahir lorsqu'elle vit le couple lever les bras. Comme une onde impalpable qui s'étend vers l'infini, le silence s'étala sur la foule. Alors, lentement, l'homme et la femme se tournèrent l'un vers l'autre, et se défirent de leurs vêtements, sans cesser de se regarder. Puis ils se rapprochèrent et leurs corps s'unirent dans un étourdissant ballet d'amour. Incrédule, Nelvéa entendit la musique s'élever à nouveau, lente et sourde au début, puis accordée à l'ivresse grandissante que l'on devinait chez la femme et son compagnon. Bien sûr, elle avait déjà assisté, dans les bas-fonds des villes qu'elle avait traversées, à des scènes d'accouplement destinées à émoustiller les spectateurs. Mais jamais elle n'aurait imaginé un tel phénomène, devant une foule aussi nombreuse. Sa surprise grandit encore lorsque l'image s'élargit. Elle constata avec stupéfaction que les spectateurs, gagnés par l'hystérie érotique du couple, s'étaient mis à l'imiter. Dans la salle immense, les vêtements volaient, des corps nus s'allongèrent, hommes et femmes mêlés, mélangés, à l'infini, parfois par couples, parfois par groupes, dans une fantastique bacchanale qui effraya la jeune femme. Mais la scène orgiaque ne s'arrêta pas là. L'image se rapprocha à nouveau du couple, du visage de la femme, transfiguré, extatique. L'homme se retira d'elle et rampa jusqu'à un coffret brillant, dont il fit jouer le couvercle. Alors apparurent deux poignards lumineux sous l'éclat des projecteurs. Lentement, il se releva et revint vers sa compagne, lui tendit l'une des armes. Sans cesser de se regarder, ils tombèrent dans les bras l'un de l'autre. Puis, avec un ensemble terrifiant, leurs mains s'élevèrent dans le dos de l'autre, et les deux poignards s'abattirent violemment, sans hésitation, déchirant les corps nus sur lesquels deux filets de sang se mirent à ruisseler. L'homme et la femme eurent un sursaut, s'agrippèrent l'un à l'autre, puis titubèrent et s'écroulèrent, lentement, terriblement, le cœur éclaté.

Il y eut un moment de flottement dans la salle. Puis un grondement jaillit, effroyable, fait de hurlements de désespoir et de sifflements. Au milieu des corps entremêlés, des armes surgirent, frappèrent. Des cris d'hystérie, d'agonie, montèrent. Partout se multiplièrent des scènes de violence, de tuerie. Du sang inonda les corps luisant de sueur, tandis que des jeunes, atterrés, tentaient de fuir.

Nelvéa n'y tint plus. Elle se leva et se mit à vomir contre un mur. Nielsen coupa l'image qui se dilua dans le néant. Puis il s'approcha d'elle et la prit doucement par les épaules.

— Pardonne-moi, murmura-t-il. Je n'aurais pas dû te montrer cela.

Elle ferma les yeux et reprit son souffle. Elle ne pouvait articuler un mot.

— Emmène-moi ! finit-elle par dire entre deux hoquets. Je veux voir le soleil, la lumière.

Il l'entraîna au-dehors. Une fois revenue dans le parc

qu'illuminait l'automne, Nelvéa se calma. Nielsen ne disait mot.

— Je n'ai rien à te pardonner. Je crois... je crois qu'il fallait que je voie cela pour comprendre. Fassent les dieux que jamais les hommes ne se laissent à nouveau entraîner à de telles abominations.

— Oublie tout cela. Les Anciens ont disparu, et nous veillerons à ce que leur folie ne règne plus jamais sur le monde.

Nelvéa leva les yeux vers lui et lui sourit. Pourtant, il lui sembla discerner un malaise chez son compagnon, un trouble diffus, impalpable, dans lequel se forma l'image floue d'une cité immense, dont elle devina fugitivement le nom : Hackenmahar.

40

À Vallensbrück comme à Gwondaleya, on fêtait la période du solstice d'hiver. Au cœur de la nuit de neige qui avait étendu son manteau blanc sur la petite vallée et son lac, Nelvéa, Nielsen et leurs compagnons s'étaient regroupés, comme autrefois, dans le palais comtal, autour de la cheminée du château.

Huit mois après son arrivée, Nelvéa était définitivement adoptée comme suzeraine du domaine, et, durant la journée qui avait précédé la nuit la plus longue de l'année, les notables de la ville avaient défilé dans la grande salle pour remettre des cadeaux au couple.

Le soir, comme le voulait la tradition, on se réunissait entre intimes, il n'y avait au repas que Nielsen, Nelvéa, Khaled, Lorik, Astrid et Myriam, Krissy et ses sœurs, ainsi que les plus anciens compagnons de Nielsen et leurs familles.

Émue, Nelvéa se souvint de la dernière nuit du solstice

passée à Gwondaleya, deux années auparavant. Ainsi que l'avait prédit sa mère, Solyane, l'année précédente, le noyau familial avait été brisé. Dorian était bloqué par les glaces du Grand Nord, là-haut, près de la banquise. Palléas, quant à lui, était à la poursuite du Prophète, le monstre qui avait ensanglanté le monde de sa religion démente. Où étaient-ils tous à présent ? Son frère devait être en train de célébrer la nuit magique en compagnie de ses fidèles compagnons, de ses épouses et de ses enfants. Elle imaginait la grande salle de Gwondaleya retentissant de leurs rires. Elle était heureuse ici, à Vallensbrück. Mais elle aurait aimé se retrouver parmi eux. Pourtant, aurait-elle supporté l'absence de son père et de sa mère ?

La nuit touchait presque à sa fin lorsqu'elle se retrouva enfin seule avec Nielsen. Elle avait pris sur elle pour chasser la mélancolie qui l'avait assombrie, et personne, hormis peut-être son fidèle Khaled, ne s'était aperçu de sa tristesse.

Épuisés, l'esprit embrumé par les épices et les vins, Nelvéa et son compagnon vinrent s'accouder au rempart de la terrasse supérieure du palais, qu'illuminait la nuit d'hiver semée d'étoiles. Là, enfin, elle libéra sa peine et sanglota contre l'épaule de l'homme. Nielsen ne dit mot.

Elle leva vers lui un regard brillant de larmes et murmura :

— Oh ! Nielsen, tu me comprends, n'est-ce pas ? Tu sais, je suis heureuse ici, à Vallensbrück. Mais je voudrais… je voudrais tellement être encore petite. Ma mère et mon père étaient si bons…

Il la prit contre lui et la berça tendrement.

— Est-ce que… est-ce que tu crois que je les reverrai un jour ?

— Oui, je le crois, dit-il doucement. Tes parents n'étaient pas de notre espèce. Je suis sûr qu'il y a derrière tout cela un mystère qui nous dépasse. Quelque chose que nous sommes trop faibles pour comprendre. Mais je pense aussi qu'un jour tu découvriras en toi une force cachée qui te permettra de les rejoindre, et de comprendre ce mystère.

— Alors, ils ne sont pas morts ?

Il scruta longuement le panorama enneigé sur lequel la pleine lune faisait jouer des reflets d'argent avant de répondre.

— Tu sais, la vie et la mort ne sont rien. Sans doute n'ont-elles plus aucune signification pour eux. Quelquefois, depuis ton arrivée, j'ai ressenti des phénomènes étranges, comme si quelqu'un nous observait, peut-être nous protégeait.

— Moi aussi, j'ai éprouvé cela. Parfois j'ai cru que mon imagination me jouait des tours.

— Je ne pense pas.

— Et puis, ajouta Nelvéa, les wootmans qui les ont aperçus dans la forêt Skovandre ne peuvent pas tous s'être trompés.

Elle eut un bref sanglot.

— Mais pourquoi ne reviennent-ils pas ?

Pourquoi ?

Elle comprit qu'elle tentait désespérément de retenir le passé. Mais qui peut retenir l'écoulement inexorable du temps ? Il lui fallait tourner les yeux vers l'avenir. Un avenir d'où ils seraient absents, mais où Nielsen marcherait à ses côtés. Et, plus tard, les enfants qu'il lui donnerait.

En cette nuit magique du Solstice, elle prit conscience qu'elle avait irrémédiablement tiré un trait sur son enfance.

41

Dès qu'il avait appris la nouvelle, Palléas s'était immédiatement rendu à l'hostal. Il y fut accueilli par Alarikus, le visage encore plus pâle qu'à l'accoutumée.

— Seigneur, je vous remercie d'être venu si vite.

— Comment va-t-il ?

Le prêtre fit une moue pessimiste et ses épaules semblèrent s'affaisser.

— Je pense qu'il ne durera plus très longtemps à présent. Vous savez, il va bientôt avoir quatre-vingt-cinq ans. Il a fait une mauvaise bronchite il y a deux semaines, juste après les fêtes du Solstice.

— C'est ma faute, grogna Palléas. Je n'aurais pas dû le laisser venir au palais par ce mauvais temps.

— Vous n'auriez jamais pu l'en empêcher, seigneur. Pour lui, cette visite était aussi immuable que la succession du jour et de la nuit.

— Je sais, oui ! Mais aussi quelle folie !

— Venez !

Alarikus entraîna Palléas le long de couloirs qui donnaient sur des chambres où des paranes silencieux soignaient les plus grands malades. D'autres centres de soins avaient été ouverts dans les différents quartiers de la ville, mais l'hostal demeurait le principal d'entre eux. Le prêtre introduisit Palléas dans une chambre spacieuse, qu'illuminait, au travers d'une large fenêtre, un ciel de neige. Au centre, le vieux Zoltan, l'ancien théolamane de Gwondaleya, reposait dans un lit. Autour s'affairaient deux sziloves âgées, les compagnes du vieil homme. L'une d'elles pleurait doucement en lui tenant la main.

— Il n'a pas repris connaissance, murmura l'autre dans un souffle. Je crains qu'il ne se réveille plus jamais.

Palléas prit place au chevet du malade. Jamais comme aujourd'hui il n'avait ressenti le poids de sa propre immortalité. Zoltan faisait partie des figures les plus impressionnantes de la cité. Depuis sa plus tendre enfance il avait connu le vieil homme, qui ne manquait jamais de lui parler lors de sa visite quotidienne au palais. Plus tard, devenu chevalier, il avait assisté à de nombreuses entrevues entre lui et son père. Depuis qu'il avait pris la tête du comté, il prenait grand plaisir à la conversation du vieux prêtre. Zoltan avait découvert un nouveau sens à la vie avec la venue des Lonniens. Comme n'importe quel étudiant, il s'était fondu à la foule curieuse qui s'était intéressée à la connaissance apportée par les fils des étoiles. Et, bien souvent, il avait accompagné Palléas à la base lonnienne voisine, pour le seul plaisir de bavarder avec le commandant Kless Loro ou ses assistants. Il avait appris à sourire, et même à rire avec l'âge. Jamais Palléas ne l'avait senti aussi jeune. Mais la maladie l'avait frappé, et son grand âge ne lui avait pas permis de résister à la mauvaise toux qui l'avait pris deux semaines auparavant. Par réflexe, le jeune homme sonda le corps amaigri qui reposait sous les draps blancs. Le mal était trop avancé. Il n'y avait plus rien à faire. Il serra les dents pour retenir les larmes qui lui brûlaient les paupières.

Soudain, Zoltan ouvrit les yeux.

— Seigneur Palléas, marmonna le vieil homme. Je suis heureux de vous voir. J'avais peur de partir avant d'avoir pu vous saluer.

— Je suis là, sehad. Je vais rester auprès de vous.

— Oh, ce ne sera plus très long, à présent. Je vais savoir bientôt si nos croyances sont fondées. Je n'ai pas peur.

— Non, il ne faut pas avoir peur, sehad. Parce que vous aviez raison.

— Je l'espère. Mais j'aimerais tellement en être sûr. C'est dur de partir alors que... j'avais tellement de choses à faire encore. Si j'avais pu revoir encore vos parents...

Et soudain les traits du vieil homme se détendirent. Alarikus le vit regarder derrière son épaule. Une douce chaleur le baigna. Il se retourna. Il n'y avait rien.

Palléas sourit au vieil homme.

— Ils ne vous abandonneront pas, sehad.

— Mais oui, ils sont là, je les vois. Ah, je puis mourir, à présent.

Alarikus s'approcha, inquiet.

— Il délire.

L'une des sziloves posa une compresse fraîche sur le front de Zoltan. Mais le vieil homme repoussa gentiment la main de sa compagne.

— Laisse-moi ! Ils vont m'aider à franchir le grand pas.

Palléas s'écarta du lit. Le vieux prêtre tendit les mains devant lui, et sembla étreindre quelque chose d'invisible. Son visage était transfiguré. Il murmura :

— Merci ! Merci d'être venu m'assister.

— Que se passe-t-il ? balbutia Alarikus, stupéfiait. On dirait qu'il voit quelque chose.

Palléas lui posa la main sur l'épaule.

— Ne tentez pas de comprendre, sehad. Tout est fini, à présent. Mes… mes parents aimaient beaucoup Zoltan.

Les deux sziloves, impressionnées, s'étaient également reculées. Incrédules, elles virent leur compagnon respirer une dernière fois profondément, puis sa tête retomba sur l'oreiller, inerte. Son visage gardait l'empreinte de la plus profonde sérénité.

TROISIÈME PARTIE

42

Nelvéa caressa son ventre gonflé par la vie nouvelle qui avait pris possession de ses entrailles. Parfois, un léger coup lui arrachait un cri de douleur. Le bébé bougeait, agitait ses pieds. Elle sentait au plus profond de son être son cœur battre, à la fois étranger et irrémédiablement ancré dans sa chair. Il faisait partie d'elle-même. Cependant, elle redoutait déjà l'instant où il se séparerait d'elle, où il réclamerait son droit à la liberté, à la vie, le moment terrible où il s'arracherait, se déchirerait d'elle à jamais. Alors, sans savoir pourquoi, des larmes lui montaient aux yeux. Parce qu'elle l'aimait plus que tout, ce tout petit enfant qu'elle avait voulu donner à son compagnon, à ce prince qui partageait sa vie depuis à présent deux années, elle aurait voulu à la fois qu'il fût déjà né, et le garder pour toujours enfoui en elle.

Elle se souvenait parfaitement du moment où ils l'avaient conçu, tous les deux noyés l'un dans l'autre, unis par une étreinte qu'ils auraient voulu pouvoir retenir jusqu'à la fin des temps. Nielsen avait tenu à ce qu'elle l'accompagnât dans l'un de ses voyages d'exploration. Alors, elle avait accepté de surmonter sa frayeur et de s'embarquer à bord de l'un des aérodynes avec lesquels il parcourait le monde depuis des siècles.

Elle gardait de ce voyage des souvenirs précis, des flashes

que sa mémoire avait encore embellis. L'image d'une couche de sombres nuages d'hiver que l'appareil avait franchis en trombe avant de jaillir au milieu d'un champ d'étoiles innombrables, éblouissantes, au cœur d'un firmament lumineux, impossible à imaginer sur terre. L'aube les avait poursuivis pendant des heures parce qu'ils avaient volé vers l'ouest. Cette odyssée irréelle, à la lisière du jour et de la nuit, les avait conduits jusqu'à Pakulane, une île perdue à l'autre bout du monde, où se dressaient encore les statues de bustes humains, hautes de plusieurs mètres, qu'un peuple disparu depuis bien avant le Jour du Soleil avait érigées là en hommage à des dieux dont personne ne connaissait plus le nom.

Ensemble, ils avaient parcouru cette île, effectué des relevés, étudié ces sculptures qui ne semblaient pas appartenir au monde des hommes. Puis ils s'étaient aimés à en perdre haleine sur les plages sauvages de l'île que toute population avait désertée depuis des millénaires, sous les étoiles d'un autre hémisphère. Nelvéa avait su presque instantanément que quelque chose s'était modifié en elle. Quelque chose qui l'avait rendue heureuse comme jamais elle ne l'avait été. Une nuit, elle avait éprouvé comme un dédoublement. Une puissance inconnue avait pris possession de ses entrailles, de son ventre où se déroulait le plus formidable processus de l'histoire du monde : la naissance de la vie. C'était comme si elle avait senti en elle la semence de son amant glisser, monter jusqu'au plus profond d'elle-même, et s'y lover pour l'éternité. La nuit suivante, endormie dans les bras de Nielsen, elle avait rencontré un nouveau cercle de feu, qui cette fois s'était métamorphosé en une sphère lumineuse et éblouissante. Lentement, la sphère s'était étirée, pour donner naissance à une protubérance légère, diaphane, qui peu à peu avait pris de l'importance, avant de se séparer de sa génitrice. Comme un soleil qui en enfante un autre, la petite boule de lumière s'était détachée de la première, puis s'était éloignée, pour venir se fondre au ventre de Nelvéa dans un éblouissement fantastique. Elle n'avait eu aucune peine à interpréter ce rêve.

À présent, les douleurs se faisaient plus intenses, et plus délicieuses à chaque fois.

Jamais auparavant elle n'avait imaginé qu'elle pourrait donner la vie. Bien sûr, Solyane lui avait tout enseigné. Mais pour elle, Nelvéa, cela était demeuré une idée abstraite, qui ne l'avait jamais effleurée. Depuis sa plus tendre enfance, elle s'était tournée vers les exercices violents, les arts du combat, pour lutter contre cette faiblesse inexplicable qu'elle avait décelée en elle. Longtemps elle avait refusé, inconsciemment, d'être née dans le corps d'une fille.

Elle ne s'était posé aucune question lorsqu'elle avait connu Nielsen. Elle avait quelquefois songé à lui donner un enfant, sans prendre véritablement conscience de ce que cela signifiait. Et puis elle avait senti la métamorphose profonde qui s'était emparée de son corps, et un monde nouveau s'était ouvert à elle.

C'était inexprimable. Jamais les hommes ne pourraient connaître cette sensation merveilleuse : le pouvoir de créer la vie, de sentir vibrer au fond de soi une existence nouvelle. Certaines paroles de son père lui étaient revenues en mémoire : « Ce sont les femmes qui dirigent le monde, malgré ce qu'imaginent les hommes. Ce sont elles qui détiennent les clés de la vie, le pouvoir d'amour. » Alors, elle aurait souhaité qu'il fût là pour la voir, lui parler.

Son seul regret, c'était de ne plus pouvoir monter Fearn. Le lionorse la suivait partout comme un chiot. Il s'était fait plus doux, comme s'il comprenait l'état de sa maîtresse. Elle avait songé un moment à lui rendre sa liberté. Il existait, quelque part au sud de Vallensbrück, une vallée perdue dans les montagnes où vivait un immense troupeau de lionorses. Quelques mois plus tôt, ils s'en étaient approchés. Elle avait sauté à terre, et lui avait fait comprendre qu'il était libre de retourner auprès des siens s'il le désirait. Khaled et Nielsen attendaient à quelques pas, prêts à la ramener.

L'animal avait feulé longuement en direction de ses congénères. Un appel modulé lui avait répondu. Le roi s'était avancé, et les deux fauves s'étaient observés en silence. Fearn avait été admis sans combat. Bouleversée, Nelvéa s'en était retournée vers Nielsen.

Mais à peine avaient-ils fait quelques pas dans la forêt qu'un bruit de galop se faisait entendre derrière eux. Le lionorse avait choisi. Nelvéa, alors enceinte de deux mois, s'était précipitée vers lui et avait attrapé le fauve par le cou.

À présent, elle savait que jamais elle ne pourrait se séparer de lui. Elle lui appartenait autant qu'il était à elle.

Une année auparavant, Krissy avait donné naissance à une petite fille en tout point semblable à sa mère. Nelvéa avait assisté Nielsen lors de l'insémination artificelle de la cellule clonique, et aidé la jeune femme pendant sa grossesse. Lorsqu'elle se remémorait les douleurs éprouvées par Krissy, des sueurs froides lui coulaient dans le dos. Mais, à présent qu'elle approchait du terme, son angoisse s'estompait.

Lauryanne !

C'était Krissy qui avait proposé le nom de sa lointaine ancêtre clonique. Nelvéa et Nielsen avaient accepté.

Comme c'était la coutume depuis des millénaires, le prince avait participé à l'accouchement, encaissant sans broncher les morsures et les griffures que sa compagne avait gravées dans son bras, alors qu'elle était torturée par la douleur.

Peu après l'accouchement, lorsque Nelvéa épuisée remit le bébé entre les mains de Krissy, le visage de Solyane s'imposa à Nelvéa, étrangement présent. Avait-elle enduré de telles souffrances en la mettant au monde ? À présent, elle comprenait mieux la réaction de sa mère lors de leur entretien sur les remparts de Gwondaleya. Des larmes lourdes glissèrent sur ses joues. Alors qu'elle aurait dû lui dire qu'elle l'aimait pour avoir accepté un tel sacrifice, elle l'avait rejetée, avec la superbe inconscience et l'égoïsme de la jeunesse.

— Mère, pardonnez-moi ! sanglota-t-elle.

Et, parce qu'elle était seule un moment, elle se laissa aller à pleurer, dégorgeant comme un poison toute sa douleur, toute sa peine. Chagrin d'avoir perdu cette mère qu'elle avait placée au-dessus de tout, et qu'elle ne reverrait plus, angoisse aussi de s'être déchirée en deux, d'avoir rejeté au-dehors d'elle-même ce petit être qui, quelques minutes auparavant, faisait encore partie de son corps.

Lorsque Nielsen revint, elle dut se maîtriser pour effacer ses larmes. Mais il ne dit rien, lui prit la main et la serra longuement. Elle lut en lui qu'il comprenait parfaitement les causes de sa peine. Ils n'avaient pas besoin de parler.

— Excuse-moi, bredouilla-t-elle.

Il ne répondit pas, mais l'embrassa tendrement avant de dire :

— Elle est superbe, petite. Lauryanne est le plus beau bébé que j'aie jamais vu.

C'était vrai. Elle ne pleurait presque jamais. À part peut-être lorsqu'elle estimait que le sein de sa mère tardait trop à venir. Elle s'éveilla très rapidement, posant sur le monde un regard étonné, interrogateur et vif. Il émanait d'elle une force étrange, une sérénité à toute épreuve qui fascinaient Nelvéa. Celle-ci passait de longues heures à la contempler lorsqu'elle dormait, à l'observer lorsqu'elle veillait, attentive à tout ce qui se déroulait autour d'elle. Malgré son âge, le bébé distillait autour de lui une aura de calme qui subjuguait son entourage.

Souvent, Nelvéa se mêlait délicatement à l'esprit de sa fille, entrant en parfaite harmonie avec elle. Ce qu'elle y découvrait l'émerveillait. La petite fille associait, comparait, analysait, étudiait avec une facilité déconcertante.

À huit mois, elle s'exprimait déjà sans difficulté et marchait sans avoir besoin de se tenir aux meubles. À douze, elle avait déjà appris à manipuler les objets par lévitation, sans que sa mère pût l'y aider, simplement parce qu'elle en était incapable.

— Elle est bien de ma race, murmurait Nelvéa, stupéfaite. Mais comment expliquer que je ne puisse pas en faire autant ?

Lorsque Lauryanne atteignit ses deux ans, Nelvéa éprouva soudain l'envie de revoir son frère, Gwondaleya et tous ceux qu'elle avait abandonnés depuis si longtemps. Bien sûr, lorsqu'elle avait décidé de lier sa vie à celle de Nielsen, elle avait fait parvenir un courrier à Palléas, et elle entretenait avec lui depuis lors une correspondance suivie. Mais jamais elle ne l'avait revu.

— C'est d'accord, dit Nielsen. Je vais faire préparer l'Alcyonne.

Car le prince n'appréciait pas trop de traverser le massif veraskan et la forêt Skovandre à dos de cheval.

Nelvéa se fit donc confectionner plusieurs robes, écrivit à son frère qui lui répondit avec enthousiasme. Gwondaleya se préparait à les recevoir.

Comment la jeune femme aurait-elle pu deviner les conséquences de sa décision, une décision qui allait déclencher un enchaînement d'événements qui allaient bouleverser sa vie, et l'obliger à renouer avec son destin de licorne ?

43

Quatre années s'étaient écoulées au fil immuable du Danov depuis que Nelvéa avait quitté cette cité qui l'avait vue naître.

Bien sûr, dans ses lettres, Palléas lui avait conté longuement tous les événements, toutes les constructions nouvelles, les naissances, et aussi les décès. Elle savait que le vieil amane Zoltan était mort, ainsi que Pierre d'Oth, l'ancien compagnon de Czarthoz.

Elle remarqua immédiatement l'essor important que la ville avait connu. Sa population dépassait à présent les deux cent mille âmes. Pillat de Burdaroma avait entrepris des démarches afin que l'on reconnaisse le comté comme un royaume à part entière. L'empereur Kristan Leonov avait accepté, et les cérémonies d'intronisation du nouveau roi devaient avoir lieu avant la fin de l'automne. Nelvéa et Nielsen durent promettre d'y assister.

De même, elle retrouva avec plaisir tous les chevaliers de son frère, le timide mais courageux Rono de Brastalia, ses frères d'Eschola, qui ne l'avaient certes pas oubliée, et les plus anciens, Sylvain, Odios et Sheratt.

Mais Palléas sentit immédiatement que sa sœur éprouvait un malaise, et ne fut pas long à en comprendre la cause.

Un soir, alors qu'ils s'étaient éloignés de la fête donnée en l'honneur de Lauryanne, Nelvéa et son frère remontèrent au plus haut du palais, sur la terrasse d'où l'on dominait toute la ville, et où l'on avait conservé les salles d'armes. Ils errèrent longtemps sur le rempart. La nuit semblait ne pas devoir s'installer sur la ville illuminée par de nouvelles rangées de lectronnes. Le port lui-même s'étirait sur plus de deux marches, le long de quais agrandis.

En contrebas du palais, au cœur du parc dédié au comte Czarthoz, deux nouvelles statues avaient été édifiées.

— C'est étrange, murmura-t-elle, la ville s'est agrandie, mais pourtant rien n'a changé. Tout est encore comme avant. J'ai l'impression que je vais les voir surgir de leurs appartements, comme s'ils ne les avaient jamais quittés.

Un flot brûlant lui remonta aux yeux, et elle se mit à sangloter. Palléas la prit tendrement contre lui et elle pleura longtemps, libérant la peine qui lui broyait le cœur.

— Je sais pourquoi je voulais à tout prix les retrouver. Je désirais leur demander pardon. À présent que j'ai une fille, je comprends mieux la peine que j'ai pu leur causer. J'étais égoïste et stupide.

Elle leva les yeux vers lui.

— Alors que, toi, tu ne l'as jamais été.

— À ma manière, si. Tu sais, les enfants sont toujours égoïstes. Ils estiment que tout leur est dû. Et même lorsqu'ils se montrent affectueux, ils te prennent l'amour, ils ne te le donnent pas. Nous n'en recueillons que les miettes, et nous nous en contentons. Sans doute parce qu'ils ne connaissent pas encore la souffrance. Mais je pense que le sort des hommes est ainsi. Les enfants naissent, grandissent, et attendent avec impatience le moment où ils s'affranchiront de la tutelle de leurs parents. C'est dans l'ordre des choses. Ils ne comprennent vraiment que lorsque, à leur tour, ils ont des enfants. Tu as eu l'impression d'avoir été trahie, parce que tu aimais tellement Solyane que tu aurais voulu être sa fille à part entière. Mais la mère, c'est celle qui aime, celle qui donne tout son amour.

— Solyane m'a tout donné, et je l'ai tellement mal remerciée. Mais Elena était aussi une femme de valeur. Quand je songe à tout ce que j'ai pu dire à mon père sur elle, à la peine que j'ai pu lui causer… Je crois que jamais je ne me le pardonnerai.

— Tu le pourras. L'être humain n'est pas infaillible. Les erreurs font partie de lui au même titre que les triomphes. Et il faut beaucoup de courage pour s'accepter tel que l'on est. Celui qui paye ses échecs d'un remords sincère n'en a que plus de mérite, parce qu'il porte en lui la volonté de s'améliorer. Cette volonté, personne ne peut la lui donner. Alors, il acquiert le droit, vis-à-vis de lui-même, de se pardonner. La jeunesse est égoïste par nature. Ne te reproche pas toute ta vie les erreurs que tu ne pouvais peut-être pas éviter. Ce sont elles qui t'ont permis de mieux te connaître.

— Mais j'aurais tellement voulu qu'ils sachent que je les aimais plus que tout.

— Ils le savaient.

Soudain, Nelvéa sursauta. Ils étaient parvenus sur la terrasse des anciens appartements de Dorian et de Solyane.

— Ils ne sont pas habités, constata-t-elle.

— Depuis qu'ils sont partis, personne n'a voulu occuper ces lieux. Tout est resté comme avant. Parce que les Gwondaleyens ne veulent pas croire à leur disparition. Les wootmans et les conteurs colportent toutes sortes d'histoires d'apparitions, qui font rêver nos citadins. Et ils s'imaginent qu'ils reviendront un jour. Alors, j'ai laissé ces appartements en l'état. Seul Ralph, l'écuyer de notre père, y vit encore, dans la petite chambre qui lui était réservée.

Une fois encore, Nelvéa se figea.

— Cette fois, je ne rêve pas. J'ai entendu du bruit à l'intérieur. On aurait dit le son de la thamys de notre mère.

Elle se tourna vers son frère.

— Et toi, tu n'as rien entendu, bien sûr.

Elle tendit l'oreille et frémit.

— Je ne suis pas folle. J'ai reconnu un air que Solyane jouait lors de notre dernier Solstice.

Elle attrapa Palléas par les pans de sa veste blanche.

— Mais qu'est-ce qui se passe, Palléas ? Tu le sais, toi. Ils sont ici, n'est-ce pas ?

Il se dégagea doucement et lui saisit la main.

— Viens !

Il l'entraîna vers la vaste porte-fenêtre qui ouvrait sur le grand salon commun aux deux appartements. Rien en effet n'avait changé. Les tableaux et les sculptures étaient en place, de même que les divans et la petite table basse de marbre et de nacre où le couple s'installait pour prendre une collation avec quelques intimes.

— Ce n'est pas ici ! Cela venait de la chambre de Solyane.

Elle s'y dirigea, prise soudain d'un espoir insensé. Là non plus rien n'avait bougé. Elle aperçut la thamys, celle que Dorian avait lui-même fabriquée pour sa sœur, sur les conseils d'un vieux maître de Gwondaleya, bien longtemps auparavant. L'instrument pendait toujours, accroché au mur, face au lit tendu de voiles. Nelvéa n'osa pas allumer les lectronnes, de peur de briser la magie de l'endroit. Seule la clarté de la lune pénétrait dans la chambre, éclairant les tapisseries d'une lumière bleutée. Nelvéa fit le tour de la pièce, nerveusement, à la recherche d'elle ne savait quoi, quelque chose, une confirmation. Mais seul le silence lui répondit. Elle revint vers son frère et se blottit dans ses bras.

— Je suis folle, murmura-t-elle. Je suis sans doute victime d'hallucinations.

— Non ! Mais tu voudrais tellement croire à leur retour, comme tous ceux d'ici.

— Je suis sûre pourtant d'avoir entendu quelque chose.

— C'était peut-être l'écho de la fête.

Elle leva les yeux vers lui.

— Oh non ! Et tu le sais, toi. Tu ne me fermerais pas ton esprit si c'était le cas.

Elle soupira.

— Mais tu ne me diras rien. Alors...

Elle s'enfonça les ongles dans les paumes pour se calmer.

— Dis-moi... dis-moi seulement : est-ce que je les reverrai un jour ? Je sais qu'ils ne sont pas morts, tu entends ! Mais pourquoi ne se manifestent-ils pas ? Et pourquoi ne veux-tu rien me dire ?

La nuit suivante, un cauchemar depuis longtemps oublié revint hanter Nelvéa. Cela commença par l'onde chaleureuse d'un corps possessif étendu sur le sien. Elle crut, dans son demi-sommeil, que Nielsen la caressait. Mais c'était différent. Dans un mélange d'angoisse et d'extase, elle reconnut les mains de son amant nocturne, celui dont elle ne parvenait jamais à voir le visage. Comme dédoublée, elle se livra à ses caresses, à la fois enivrée et horrifiée. Elle aurait voulu pouvoir le repousser, deviner ses yeux. Dans un effort surhumain, elle parvint à poser ses mains sur ses épaules, l'écarta et regarda. Mais une brume floue noyait encore les traits de l'homme. Pourtant le sentiment d'angoisse s'accentua, atteint son paroxysme. Elle hurla. À ses côtés, Nielsen s'éveilla. Elle ne le reconnut pas immédiatement et se jeta hors du lit. Le choc la tira du sommeil. Haletante, elle s'agenouilla et se mit à pleurer. Nielsen, sans un mot, vint la prendre dans ses bras. Elle se serra contre lui. Il fallait qu'elle se rassure. Furieuse de se sentir si faible, et heureuse de pouvoir noyer son angoisse dans la chaleur protectrice de l'homme, elle laissa l'angoisse s'estomper, et reprit son souffle. Puis, sans savoir pourquoi, elle se leva, enfila une longue chemise de soie et se dirigea vers la chambre de sa fille.

Dans le couloir, elle aperçut Myriam et Astrid, endormies l'une contre l'autre, devant la chambre de l'enfant. Elle sourit, et entra sans les réveiller.

La petite Lauryanne sentit sa mère arriver et s'éveilla, les yeux embrumés. Nelvéa se reprocha aussitôt son geste. La petite fille avait besoin de sommeil.

— Maman ! appela Lauryanne. Viens ! Tu as du chagrin.

Répondant à l'extraordinaire instinct maternel inscrit dans les gènes de la femme, Lauryanne entoura de ses petits bras sa mère penchée sur elle.

— Ne pleure pas, maman ! C'était un cauchemar.

Soudain consciente que les rôles étaient pour une fois inversés, Nelvéa faillit éclater de rire. L'étrange malaise qui la tenait encore se dissipa dans le regard de l'enfant.

La jeune femme déposa un baiser tendre sur les lèvres de sa fille et se releva.

— Tu as raison, ma chérie, ce n'était qu'un mauvais rêve. Rendors-toi. Il est parti.

Elle sortit lentement de la chambre, puis marcha dans le couloir, se demandant si elle allait retrouver le sommeil à présent.

Tout à coup, le visage de Lauryanne revint s'imposer à elle. Mais il avait perdu ses traits de bébé. La petite fille qui se dressait devant elle devait avoir une dizaine d'annés. Stupéfaite, Nelvéa s'appuya contre le mur. La vision se précisa encore, et elle eut l'impression que les yeux bleus de la petite fille, hérités des gènes paternels, s'avançaient vers elle, inquiets, à la fois faibles et empreints d'une puissance dans laquelle elle aurait voulu se réfugier, se noyer totalement.

C'était comme si autour d'elle le monde s'était effondré. Cernée de flammes et de morts, elle avançait, poursuivie par la nuit et la folie. Et ce regard bleu insondable représentait son seul salut, son ultime espoir. Avec au-delà, peut-être, la réponse à toutes les questions.

44

Palléas et Nielsen avaient eu ensemble de longues discussions concernant l'avenir du monde, et aussi son passé. De nouvelles communications allaient être établies entre les deux cités afin d'ouvrir la petite vallée oubliée au monde amanite. Lorsque son compagnon exprima le désir de retourner à Vallensbrück, Nelvéa décida de demeurer jusqu'aux fêtes du couronnement de son frère. Nielsen devait la rejoindre peu avant.

Deux mois ! Deux mois durant lesquels elle retrouva avec plaisir la ville, SA ville. On ne l'avait certes pas oubliée. Avec elle, c'était comme si on retrouvait une autre part du couple mythique qui avait gouverné le domaine pendant plus de vingt années.

Nelvéa fut invitée partout, par Sylvain, qui gouvernait Moraleya, une petite cité de l'Est, par Sheratt de Brastalia, et même par de simples citadins qu'elle avait connus enfants, quelques années plus tôt. De même, elle rendit plusieurs visites au temple, où les amanes l'accueillirent chaleureusement. La présence d'un temple lui manquait à Vallensbrück. Il était parfois si réconfortant de pouvoir se confier aux prêtres.

Lauryanne, qu'elle avait gardée auprès d'elle, faisait l'admiration de tous. On s'extasiait devant sa beauté quasi surnaturelle, son sourire irrésistible, et surtout devant son intelligence extraordinaire. La fillette acceptait ces hommages sans broncher. Nelvéa avait appris avec le temps que sa fille ne s'étonnait jamais de rien. De même qu'elle avait admis sans sourciller l'existence de ses nombreux cousins. Palléas, à vingt-cinq ans, avait en effet plus d'une dizaine d'enfants qui faisaient la joie des citadins. Cinq petits garçons et six petites filles qui le suivaient partout dans ses déplacements.

Chonorga n'avait pas changé depuis son départ, quatre années auparavant. Et la bonne cousine Flora qui les accueillit n'avait pas pris une ride. Ils étaient partis le matin, empruntant la nouvelle piste pavée de dalles parfaitement nivelées que Palléas avait fait poser depuis son avènement. Des routes semblables parcouraient l'ensemble du domaine, destinées à faciliter la circulation des chariots à roues.

Retrouvant avec émotion les visages qui avaient hanté son enfance, Nelvéa ne put retenir ses larmes lorsqu'elle se blottit dans les bras de la vieille femme, qui la considérait un peu comme sa petite fille.

Palléas avait organisé une « longe » au maroncle, comme disaient les wootmans, dont le point de départ fut Chonorga. Flora, ravie de l'aubaine, entreprit de préparer une série de repas pantagruéliques et de nombreuses chambres de fortune pour l'équipage nouvellement arrivé. Malgré son âge, elle n'avait rien perdu de sa vitalité.

Alvina, qui approchait les soixante-cinq printemps, était

de la fête. Plus que jamais, l'ancienne compagne de Czarthoz affichait un port noble et une allure d'éternelle jeunesse qui stupéfiait son entourage. Intrigué, Palléas avait fait rechercher, dans l'ascendance de celle qu'il considérait un peu comme sa grand-mère, une explication à cette préservation extraordinaire. Sans succès. Alvina restait divinement belle et attirante malgré son âge, ce qui lui valait toujours de nombreux soupirants, parfois de vingt ans plus jeunes qu'elle.

Ravi de retrouver sa sœur comme au temps de leur enfance, Palléas n'avait pas quitté Nelvéa depuis le matin. La petite Lyvie, qui assumait désormais pleinement son rôle de comtesse, les accompagnait. C'était chez elle que Nelvéa avait noté le plus de changement. Lyvie, qu'elle considérait comme la sœur que la nature ne lui avait pas donnée, était née pour devenir reine. Personne n'aurait pu dire qu'elle avait été autrefois esclave d'un arsheven, et destinée à assouvir les instincts des guerriers des caravanes. Elle n'évoquait jamais son passé, et la noblesse et la dignité dont elle faisait preuve à présent ne permettaient en rien de soupçonner ses origines.

Il était plus de midi lorsque la troupe décida de s'arrêter pour déjeuner. Les domesses dressèrent aussitôt des tables pliantes où l'on disposa ce qu'il fallait pour restaurer les chasseurs affamés, et déçus de ne pas encore avoir tué un seul maroncle. Mais Palléas s'en moquait. Il ne cessait de rire et de plaisanter avec Nelvéa, de jouer avec ses enfants et la petite Lauryanne. Celle-ci l'avait adopté, et s'amusait à créer avec lui des formes fugaces, nées de leurs imaginations entremêlées. Tous deux possédaient parfaitement le pouvoir de lévitation, et contrôlaient sans difficulté la matière.

Après le repas, Nelvéa laissa Lauryanne à la garde d'Astrid et de Myriam, qui la suivaient comme son ombre, et fit une petite promenade aux alentours, heureuse de se replonger dans l'atmosphère troublante, chargée des effluves de l'automne, de la forêt Skovandre. Rarement elle s'était sentie aussi bien. Il flottait dans l'air comme un parfum magique, une ivresse étrange. Elle était revenue chez elle.

Soudain, elle reconnut l'endroit où ils avaient fait halte. Vers l'est se dressaient des collines calcaires truffées de grottes, dominant un petit lac aux eaux sans mouvement. Elle se remémora instantanément le nom de l'endroit : le Palais des Fées. Jadis, des hommes avaient vécu là, dans ces cavernes sombres qu'ils avaient aménagées. Il en subsistait quelques traces, un four à pain démoli, quelques murs de briques branlants, des rigoles creusées à même le sol. Il lui revint alors le souvenir du combat qu'elle avait mené, plusieurs années auparavant, contre les hordes de garous venues du nord, et que les massacres des fayads avaient obligées à fuir vers le sud. Elle fit quelques pas le long de la berge, seule, perdue dans ses rêves. Plus de trois cents garous avaient péri sur ce lac, tués par les pistolasers des Lonniens, et surtout par le froid qui les avait saisis lorsque la glace s'était transformée en poudre sous leurs pas, sous l'impulsion mentale de Solyane. Ce jour-là, sa mère lui avait sauvé la vie.

Perdue dans ses pensées, elle ne s'aperçut pas immédiatement qu'un homme la suivait. Lorsqu'elle se retourna, l'inconnu était déjà là, qui lui souriait. Elle demeura sans voix, doutant de ses sens. Car l'homme qui se tenait devant elle n'était autre que Brent Olleronn, son premier amant.

— Nelvéa !

— Brent !

Il vint à elle sans cesser de sourire.

— J'ai appris que vous étiez de retour à Gwondaleya. Je suis arrivé hier au soir d'une mission à Dart Behra, en Australia. Lorsque j'ai appris que vous étiez à la chasse à Chonorga, je suis venu directement ici. Je voulais vous revoir.

— Mais ce n'est pas possible ! On m'avait dit…

Le sourire du Lonnien se figea.

— Pardonnez-moi. On dirait que cela ne vous fait pas plaisir de me revoir.

Elle secoua lentement la tête.

— Oh si, cela me fait plaisir ! Plus encore que vous ne pouvez l'imaginer.

Elle vint à lui et l'embrassa avec tendresse.

— Je ne vous ai pas oublié, Brent. Même si je vis à présent avec un homme qui me rend profondément heureuse, je vous garde une place à part au fond de moi. Je suis... très heureuse de vous revoir.

Il éclata de rire et lui prit la main.

— Moi non plus je ne vous ai pas oubliée, Nelvéa. Cela a été dur parfois, parce que je savais que vous ne m'étiez pas destinée. Mais j'ai souvent pensé à vous.

Ils se sourirent et s'embrassèrent longuement.

Nelvéa hésita, puis décida de parler.

— Il ne faut pas m'en vouloir de mon hésitation, Brent. Quelqu'un m'a dit que... que vous étiez mort, noyé dans un torrent de Veraska.

— Veraska ? Je ne m'y suis jamais rendu. On vous a raconté des histoires.

— Vous ne connaissez pas Veraska ? Mais alors ?

Stupéfaits, Nelvéa se remémora les paroles de Maaskar : « Tu portes le malheur en toi, Nelvéa. Tous ceux qui t'aiment le paieront cher. Certains ont déjà payé, comme ton premier amant, ce Brent Olleronn, le Lonnien. Il est mort noyé. »

— Pourquoi m'a-t-il menti ? ajouta-t-elle tout haut.

— Qui cela ? demanda Brent.

— Oh rien ! Un homme qui a certainement voulu me faire de la peine. Sans doute par jalousie.

Oui, il fallait que ce fût bien de la jalousie, pour vouloir lui faire autant de mal. Elle soupira. Malgré les années écoulées, le spectre de Maaskar se dressait une nouvelle fois sur sa route. Une nausée étrange la secoua, qu'elle réprima à grand-peine. Elle aurait voulu que Nielsen soit là. Lui seul pouvait la comprendre. Elle lui avait tout expliqué de sa vie passée, ses angoisses, ses doutes. Mais il était à Vallensbrück, à des dizaines de marches vers l'ouest.

Nelvéa chassa l'angoisse qui l'avait un moment saisie et sourit à Brent.

— Je comprends, à présent. C'était une stupide vengeance. Je crois que cet homme était amoureux de moi. Mais je… je ne voulais pas de lui. Ce n'est rien. Je vous ai pleuré… et vous êtes là, bien vivant. Cela seul compte.

Elle avait failli céder. Brent, ému de la retrouver, ne l'avait plus quittée de la journée. Mais il demeurerait seulement un beau souvenir. Le sentiment qu'elle éprouvait à son égard était sans commune mesure avec l'amour qui la liait à Nielsen d'Hoffengart. Et, alors que les mœurs très libres qui régnaient à Gwondaleya lui auraient permis de passer la nuit avec le Lonnien, elle se le refusa, parce qu'elle aurait eu l'impression de trahir son compagnon. Son absence lui avait permis de mesurer à quel point elle l'aimait. Brent ne resterait pour elle qu'un ami, pour lequel elle éprouvait une très grande tendresse. Cela n'irait jamais plus loin. Elle s'endormit en rêvant de Nielsen, qu'elle imaginait penché sur ses documents poussiéreux, ou sur une statuette sans âge.

Le lendemain, pourtant, l'image de Maaskar revint la hanter. Intriguée, elle s'en ouvrit à son frère.

— Je ne l'ai pas revu souvent, dit-il. Il a disparu peu après ton départ. Il est devenu chevalier errant. Il offre ses services aux caravanes. Du moins, c'est ce qu'il nous a expliqué lorsqu'il est revenu à Gwondaleya, il y a un peu plus de deux ans. Il est resté très peu de temps et je ne m'en plains pas. Cet homme ne m'a jamais inspiré confiance. Il a demandé de tes nouvelles. Je ne lui ai pas dit où tu te trouvais. Je suis persuadé qu'il te cherchait. C'était pour cette raison qu'il était revenu à Gwondaleya. Mais pourquoi me poses-tu toutes ces questions ?

Elle hésita à répondre et lui adressa un pauvre sourire.

Palléas lisait en elle comme dans un livre. Elle ne pourrait jamais rien lui cacher.

— Cet homme t'a fait souffrir, petite sœur !

Elle baissa la tête.

— Je ne lui en veux pas vraiment. Je crois qu'il m'aimait. Il n'a pas supporté que je le quitte.

— Tant pis pour lui. Tu méritais mieux.

— Peut-être ! Il a promis de ne jamais chercher à me revoir. Je souhaite qu'il tienne parole. Il me fait peur.

Ils demeurèrent un long moment silencieux. Autour d'eux, la ferme de la cousine Flora avait repris son aspect habituel. Les invités étaient repartis depuis le matin. Dans le pré qui bordait les bâtiments, Lyvie jouait avec la ribambelle d'enfants, en compagnie d'Astrid et de Myriam. Plus loin, Khaled et Lorik avaient entrepris d'apprendre le maniement du sabre au petit Yvain, le fils aîné de Palléas.

Soudain, Nelvéa prit la main de son frère.

— Que sais-tu sur Maaskar ?

— Justement, je ne sais rien. Cet individu a surgi au moment de l'Eschola, sans que personne ne sache d'où il venait.

— Tu ne l'aimes pas !

— Non ! Sous ses aspects charmeurs, il porte en lui une force mauvaise. Je ne sais pas pourquoi, mais cet homme me hait, comme peut-être jamais personne ne m'a haï.

— Lorik m'a dit quelque chose de semblable ? Pourquoi ?

— Je l'ignore. Lorsque j'ai ressenti cette haine incompréhensible, j'ai tenté de sonder son esprit, pour comprendre.

— Et alors ?

— Alors, ce fut impossible. Je ne sais pas d'où sort cet individu, mais il possède une force mentale dont je n'ai jamais rencontré l'équivalent auparavant, petite sœur. Je n'ai pu l'interroger plus avant. Il est parti le lendemain du jour où j'ai tenté de le percer à jour. Je pense qu'il a eu peur.

Nelvéa ferma les yeux.

— Les dieux fassent qu'il ne se rende jamais à Vallensbrück, Palléas. Il a dit que je sèmerai le malheur sur mes pas, à cause de cette obscure légende d'Ywaïhn, dont j'ai tué les chiens à l'arme blanche. Mais je crois... je crois que c'est lui qui apporte le malheur.

— Lui interdire Vallensbrück ? Cela va être difficile, à présent. Une piste va être ouverte jusque là-bas, puisque Nielsen nous a donné son accord. Je ne pourrai pas empêcher les gens de parler. On sait désormais où tu vis.

Nelvéa frissonna. Elle ne redoutait pas vraiment de retomber dans les bras de son ancien amant. C'était autre chose. Comme si un spectre destructeur avait retrouvé sa trace, un spectre de mort et de désolation, qui désormais ne lâcherait plus sa proie.

45

Les fêtes du couronnement avaient été magnifiques. Une succession de bals, de chasses, de réjouissances avaient animé la cité de Gwondaleya, parée comme jamais elle ne l'avait été. Trois empereurs et une multitude de rois avaient été invités, et, surtout, Nelvéa avait pour la première fois rencontré le véritable suzerain du monde, le commandeur Lyophème en personne, qui avait pour la circonstance effectué la traversée de l'Atlantéus. Tout le monde avait été subjugué par sa personnalité hors du commun et son allure majestueuse. Malgré ses quatre-vingts ans, il offrait l'aspect d'un homme dans la pleine puissance de l'âge. Son visage accusait à peine quelques rides, résultat de la science génétique des amanes, qui avaient sélectionné avec soin ses ancêtres. Le Commandeur, qui avait entretenu avec Dorian des relations très amicales, s'était isolé de longues heures avec Palléas, et une amitié nouvelle avait fleuri entre les deux hommes, malgré la différence d'âge. Ils étaient tous deux de la même race.

Cependant, Nelvéa fut heureuse de quitter Gwondaleya pour regagner Vallensbrück. Lorsqu'elle retrouva la petite cité blottie au cœur de la vallée élevée, elle comprit que sa véritable patrie était là, peut-être parce qu'elle conservait une dimension humaine, à côté du gigantisme nouveau de Gwondaleya.

Vallensbrück allait s'ouvrir à la civilisation amanite, et l'on attendait pour le printemps suivant la première caravane. De même, Nielsen avait offert au nouveau roi une partie des trésors enfouis dans les cryptes souterraines du palais. Ceux-ci gagneraient Gwondaleya et Burdaroma, et de là rayonneraient sur le monde.

L'obscur malaise qui avait saisi Nelvéa à Chonorga s'était estompé avec le temps. Après tout, ses appréhensions ne reposaient sur rien. Et la joie d'avoir retrouvé Nielsen lui avait fait oublier ses angoisses. Que pourrait faire contre eux un pauvre chevalier errant, alors qu'ils avaient conclu une alliance avec l'empire ukralasien, et que leur petite cité allait recevoir bientôt un nouveau temple, avec une petite garnison de dramas ?

Le lendemain de leur arrivée, Nielsen et Nelvéa effectuèrent une longue promenade le long du lac.

— Regrettes-tu ta ville, petite princesse ? lui demanda soudain Nielsen.

— Au contraire. À présent, je sais que je pourrai y retourner plus souvent, puisque l'on va rouvrir la piste Smolenska. Mais je suis heureuse d'être revenue. Je me sens chez moi ici, à Vallensbrück.

— Pourtant, je ne puis t'offrir l'équivalent des fêtes éblouissantes que tu as connues là-bas.

— Cela n'a aucune importance. Une fête, c'est lorsque

l'on se sent bien. Et je suis bien avec toi. Alors, chaque jour est une fête.

C'était vrai. Elle aimait les moments où elle se retrouvait seule avec Nielsen, où ils bavardaient de tout et de rien. En souriant intérieurement, elle se demandait ce que devenait la « fondatrice de dynastie » dont avait parlé la sorcière. Son royaume était tout petit, et loin d'être promis à la domination du monde.

La première caravane traversa sans encombre la piste de Veraska à Vallensbrück. À la demande des amanes, des postes dramas avaient été implantés aux points stratégiques. Vers le sud, les incursions des Hommes Gris étaient rares, et les maraudiers peu nombreux. Les habitants du petit village de Norskynn étaient ravis. La Religion avait étendu son aile au-delà de leur domaine. Des échanges commerciaux s'instaurèrent rapidement entre les villageois et les gens de Vallensbrück. À présent, les Nyktals n'effrayaient plus personne. On était même heureux de les apercevoir, au loin, lorsqu'ils effectuaient une mission de surveillance le long de la piste.

Cependant, peu d'étrangers s'étaient installés à Vallensbrück. La ville était par trop isolée, et totalement fermée en direction du nord, où sévissaient toujours les Hommes Gris.

Seule la barrière magnétique empêchait toute incursion. Une barrière que l'on ne pouvait faire tomber que de l'intérieur.

L'idée d'ouvrir Vallensbrück à l'extérieur était une initiative audacieuse et bénéfique. Pour la première fois, les citadins découvraient les richesses en provenance du monde amanite, et chaque nouvelle caravane était attendue avec impatience.

Sept années s'écoulèrent ainsi, sans que rien ne vînt troubler l'existence paisible de Nelvéa et de Nielsen. À présent, elle connaissait de nombreuses parties du globe, s'était initiée aux langues anciennes, savait déchiffrer les messages contenus dans les mémoires à l'or que les explorateurs rapportaient de tous les continents.

Un matin, alors qu'elle venait à peine de se lever, Nelvéa ressentit une nausée étrange, qu'elle avait pourtant déjà connue dans le passé. Elle posa la main sur son ventre et sourit. Elle était à nouveau enceinte. Elle s'appuya à sa coiffeuse pour reprendre son souffle. Une bouffée de bonheur l'envahit. Elle donnerait un deuxième enfant à Nielsen.

Cependant, comme elle se préparait à l'appeler, un malaise l'envahit, qui n'avait plus de rapport avec son état. Sa vue se troubla et une odeur de sang lui envahit la gorge. Dans une vision de cauchemar qui ne dura que quelques fractions de seconde, elle entrevit la petite cité. Une onde de feu la baignait, des gens hurlaient, fuyaient un ennemi sans visage.

Et, soudain, Nielsen fut devant elle, le visage ruisselant de sang. Elle hurla. Tout s'estompa.

Nielsen était bien devant elle, mais il ne portait aucune trace de blessure.

— Qu'y a-t-il ? Tu es toute pâle.

Haletante, elle vint se blottir contre lui.

— Là, ce n'est rien, dit-il tout bas en la berçant.

— Oui, ce n'est rien, répéta-t-elle en écho. Tout va bien. Je crois… je crois que je suis enceinte.

La joie qui ruissela de l'esprit de Nielsen la combla et estompa peu à peu l'angoisse infernale qui l'avait un moment envahie. Elle se traita intérieurement de sotte.

Toute la journée subsista en elle une gêne obscure. Elle aurait voulu en rejeter la cause sur sa prochaine maternité. Mais elle savait au fond que son origine se situait ailleurs.

Lorsque, vers le soir, Nielsen l'entraîna vers le baarschen pour accueillir la caravane qui arrivait, son angoisse réapparut, sans raison apparente. Elle serra les dents pour dissiper son malaise, et le suivit. Au loin, en direction du sud, le long serpent coloré s'était engagé dans le défilé étroit qui menait jusqu'à la vaste esplanade où une foule de voyageurs campaient en permanence. De la petite cité des gens accouraient, hurlant des paroles de bienvenue.

En tête de la caravane, caracolant sur leurs lionorses, un petit groupe de chevaliers se dirigeaient vers eux pour les saluer. La silhouette qui les commandait sembla soudain familière à Nelvéa, et elle dut se tenir au bras de Nielsen. C'était comme un mélange de joie et d'horreur qui l'envahissait peu à peu, sans raison. Elle crut être le jouet d'une hallucination.

Un fantôme s'avançait vers elle, tout sourire dehors. Un homme dont elle avait cru longtemps avoir oublié les traits. À l'instant où il posa le pied à terre, elle sut, dans un éclair de lucidité, qu'il apportait avec lui la mort et la désolation. Puis elle se reprocha aussitôt cette pensée stupide.

— Hal Weya, seigneur Nielsen ! dit l'homme avec un grand sourire.

— Hal Weya, seigneur chevalier ! Soyez les bienvenus. Mon palais sera le vôtre pour le temps qu'il vous plaira d'y séjourner.

— La merci à vous, seigneur Nielsen.

Nelvéa inclina la tête sans pouvoir prononcer une parole. Elle l'avait cru enfoui à jamais dans les replis de sa mémoire. Puis elle s'avança à son tour et salua l'arrivant avec un pâle sourire.

— Sois le bienvenu, Maaskar !

46

Comme il avait coutume de le faire, Nielsen avait organisé une fête pour accueillir les chevaliers escortant la caravane, ainsi que les notables saf'thérans. Une animation joyeuse tenait les invités, ravis de pouvoir enfin se reposer et se divertir après les fatigues et les embûches de la piste. Trois moutons et deux daims rôtissaient dans les vastes cheminées des cuisines, et les domesses apportaient sans cesse des plats nouveaux, ainsi que des tonnelets de vins issus des coteaux de Gwondaleya. De gigantesques éclats de rire réveillaient les échos du palais, tandis qu'une troupe de musiciens enchaînaient d'anciennes mélodies europaniennes. Dans les jardins, et jusque dans les rues de la ville, les citadins et les convoyeurs avaient organisé des repas improvisés, des danses, dont les échos endiablés parvenaient par les fenêtres ouvertes sur le printemps précoce.

Maaskar avait été placé aux côtés de Nelvéa. Près de dix années s'étaient écoulées depuis leur dernière rencontre. Il n'avait guère changé. Peut-être ses épaules s'étaient-elles encore élargies. Ses traits s'étaient affirmés. Ses yeux dorés se plissaient de légères pattes d'oie qui rendaient son sourire encore plus séduisant. Mais il y brillait toujours une petite flamme froide et acide.

Durant les premiers mois qui avaient suivi les fêtes du couronnement de Palléas, des caravanes étaient arrivées à Vallensbrück, apportant avec elles leurs groupes de chevaliers turbulents et joyeux, heureux de découvrir une nouvelle cité amanite. Ils apportaient des nouvelles de tous les empires du monde, une foule d'histoires et d'anecdotes, ainsi que les échos des petits scandales des cours. À cette époque déjà éloignée, Nelvéa avait redouté de voir surgir à leur tête la silhouette inquiétante de son ancien amant. Certaines nuits, il l'avait hantée, comme un fantôme chargé de menaces.

Mais les mois avaient passé, puis les années, et elle n'avait plus conservé de lui qu'un souvenir inconsistant et diffus qui avait cessé de l'effrayer.

À présent qu'il était assis près d'elle, elle se traitait intérieurement de sotte. Elle s'était construit de lui une image inquiétante, sans rapport avec la réalité qu'elle redécouvrait aujourd'hui. Maaskar n'avait pas changé. Il monopolisait toujours l'attention, usant de ce charme corrosif qui était le sien. Les femmes, séduites, buvaient ses paroles. Et elle devait s'avouer qu'elle n'était pas la dernière à l'écouter.

De ses lointains voyages, il avait rapporté des histoires innombrables, qu'il nuançait toujours à sa manière, tournant les protagonistes en dérision, s'attachant aux détails scabreux, qu'il colorait d'un humour grinçant, parfois macabre, et volontiers provocateur. On ne pouvait lui en tenir rigueur, parce qu'il était plein de drôlerie. Il n'avait certes rien à voir avec le monstre assoiffé de destruction que ses angoisses avaient bâti. Bien sûr, Palléas lui-même avait pensé que Maaskar le haïssait. Mais était-ce la vérité ? N'y avait-il pas eu, derrière cette réaction, une pointe de jalousie, parce qu'il n'aimait pas cet homme, et parce qu'il avait été l'amant de sa sœur ?

« Il a l'étoffe d'un meneur d'hommes ! » songea Nelvéa. Il suffisait pour s'en convaincre d'observer l'attitude de ses compagnons, qui demeuraient groupés autour de lui, tâchant, souvent sans succès, de l'imiter, et guettant chacune de ses reparties comme un chien attend l'obole du maître.

Elle avait craint un moment qu'il ne fût revenu pour elle. Cette impression se dissipa elle aussi rapidement. Si Maaskar avait tenu à se trouver assis à ses côtés, pas une fois il ne se fit pressant. Il plaisanta avec elle, lui vola quelques baisers rapides, mais le flirt faisait partie des coutumes des cours, et il eût été ridicule de s'en offusquer. Il existait entre eux des liens d'amitié, des souvenirs communs, et puis les chevaliers qui visitaient Vallensbrück depuis l'ouverture de la petite cité au monde amanite n'agissaient pas autrement. Cela ne portait jamais à conséquence.

D'ailleurs, Maaskar s'intéressait beaucoup plus à sa voisine, une léphénide qui accompagnait la caravane, qu'à Nelvéa. Celle-ci en conçut par moments quelque dépit.

Cependant, Nielsen, qui habituellement se montrait un hôte enjoué et passionnant, demeurait silencieux. Bien sûr il était difficile de placer un mot puisque Maaskar parlait sans cesse. Nelvéa pensa un moment qu'il était lui aussi tenaillé par une pointe de jalousie. Mais un furtif sondage mental lui apprit qu'il ne s'agissait pas de ça. Il observait une certaine réserve. Elle se promit de lui en parler.

Au cours du bal qui suivit, Nelvéa dut se partager entre tous les chevaliers présents. Elle eut à peine le temps de souffler. Si elle avait encore quelques doutes quant aux intentions de Maaskar, ceux-ci s'envolèrent avant la fin de la nuit. Elle ne put danser avec lui qu'une seule fois. Il la complimenta sur sa beauté, lui vola encore un baiser, puis entreprit de lui narrer ses aventures depuis qu'ils s'étaient quittés, dans la forêt de Narushja, juste avant la mort de Daena.

— J'ai beaucoup voyagé, avoua-t-il. Rassure-toi, j'ai abandonné mes projets de conquérir un royaume. La liberté me convient beaucoup mieux. Les rois de tous les domaines que je traverse me considèrent comme leur égal. Souvent il m'arrive d'être choisi comme « deraïk », c'est-à-dire capitaine des chevaliers de la caravane. J'ai ainsi connu nombre de royaumes stupéfiants. Lonodia, la capitale de l'Europania, où le roi Arnold Plantagenêt m'a reçu fort aimablement. J'ai visité Bahiskra, Valatia, Tours, Kolna, Toriana. Je me suis même rendu à Rives, le berceau de notre civilisation amanite. C'est une ville splendide, mais où l'on compte encore plus de temples que de demeures de sapienniens.

— Tu n'exagères pas un peu ?

— Oh, à peine !

Intriguée malgré tout, elle tenta de se glisser discrètement en lui. Mais elle se heurta immédiatement à une barrière mentale parfaitement hermétique. Il éclata de rire.

— Allons, n'essaye pas de lire en moi, petite princesse. Je sais dresser mes écrans.

— Excuse-moi ! Je voulais savoir si tu pensais encore à moi, quelquefois.

Il lui dédia un sourire irrésistible.

— Tiens donc. M'aurais-tu regretté ?

— Non, ce n'est pas ce que je voulais dire, rétorqua-t-elle très vite, reprise une fraction de seconde par une angoisse incompréhensible. Je me demandais seulement pourquoi tu étais resté si longtemps sans me donner de tes nouvelles. Tu savais pourtant où je me trouvais.

Il ne répondit pas immédiatement.

— Non, dit-il enfin. Je l'ignorais. Lorsque je suis retourné à Gwondaleya, quelque temps après notre séparation, ton frère m'a avoué qu'il ne savait pas ce que tu étais devenue. J'ai longtemps cru que tu avais disparu dans la forêt de Narushja, tuée par les Gris, ou par un migas. Et puis, lors d'un voyage à Miniska, j'ai rencontré Rono, que Palléas avait envoyé en mission auprès de l'empereur. C'était l'année dernière. C'est lui qui m'a raconté que tu vivais en compagnie du seigneur original qui gouvernait cette cité nouvellement ouverte au monde amanite. Une cité qui avait nom Vallensbrück. Voilà pourquoi je me suis arrangé pour prendre la tête de la première caravane qui m'amènerait ici. J'avais envie de te revoir.

Ainsi donc, ce voyage n'était peut-être pas aussi innocent qu'elle l'avait cru. Mais elle ne put l'interroger plus avant. La danse se termina, et un autre chevalier vint l'inviter.

Elle ne savait plus où elle en était. Sans doute les vins nouveaux de Gwondaleya lui avaient-ils échauffé les esprits. Tard dans la nuit, alors qu'Astrid la déshabillait, elle tenta de faire le point. Était-ce dû à la personnalité énigmatique de Maaskar, ou bien à l'image qu'elle avait gardée de lui ? Elle devait s'avouer qu'elle n'avait vu que lui pendant toute la soirée. Elle répugnait à admettre qu'il exerçait toujours sur elle une étrange fascination. Une nostalgie trouble lui tenait les entrailles, comme une chaleur diffuse, sournoise, qu'elle aurait voulu chasser, rejeter loin d'elle.

« Suis-je donc si fragile ? » se dit-elle, bouleversée.

Soudain, elle se demanda ce qu'était devenu Nielsen. Elle se reprocha de l'avoir négligé. Elle ne lui avait accordé qu'une seule danse. Bien sûr, il en était souvent ainsi lorsqu'une caravane arrivait à Vallensbrück. Mais ce soir, c'était différent.

— Où est le prince ? demanda-t-elle à Astrid.

— Dans ses appartements, madame. Il a quitté la fête il y a déjà quelque temps. Je l'ai vu bavarder avec le sheraf[1], puis il a regagné sa chambre en compagnie de Krissy.

— Krissy ?

Astrid eut un sourire espiègle.

— Krissy ne l'a pas suivi, madame. Elle s'est assurée que tout allait bien, puis elle s'est rendue auprès de sa fille.

Nelvéa ferma les yeux. Décidément, le retour de Maaskar l'avait rendue trop sensible. Elle n'allait pas devenir jalouse à son tour. Surtout envers Krissy, que Nielsen considérait un peu, non sans raison, comme sa propre fille. Elle soupira.

— Je suis stupide !

Elle enfila une robe légère et gagna les appartements de Nielsen. Lorsqu'elle pénétra dans la chambre, elle respira longuement le parfum sauvage qui imprégnait la pièce. C'était un mélange curieux d'herbes et de senteurs orientales que son compagnon faisait brûler dans des cassolettes.

Attendrie, elle avança vers le lit. Nielsen dormait déjà, épuisé par la trop longue soirée. Elle se défit de ses vêtements et se glissa auprès de lui. La tête appuyée sur un coude, elle le contempla, à la lueur blafarde de la lune pleine qui inondait la chambre. Une bouffée de chaleur

1. Sheraf : roi de la caravane, chez les saf'thérans, les convoyeurs.

l'envahit. Le trouble dû à l'arrivée de Maaskar s'était évanoui comme par enchantement. Rien ne pourrait jamais remplacer ce qu'elle vivait auprès de Nielsen. Elle sourit et l'enveloppa de ses bras, heureuse de sentir sa peau contre la sienne, sa chaleur la pénétrer. Elle déposa un baiser tendre sur l'épaule de son compagnon et se blottit contre lui.

Lorsqu'elle s'éveilla, bien plus tard, une clarté éblouissante noyait la chambre, inondant le dallage de marbre, éclaboussant les voiles du lit. Le visage de Nielsen était penché sur elle, éclairé d'un demi-sourire. Elle lui sourit à son tour.

— Tu m'as abandonnée, hier soir, dit-elle d'une voix chargée de sommeil.

— J'étais fatigué ! Et puis tu semblais si bien t'amuser…

Elle ne répondit pas. Il n'y avait guère de reproche dans sa voix. Un peu timidement, elle mêla son esprit à celui de son compagnon. Elle aurait voulu le rassurer. Il n'avait aucune raison d'être jaloux. D'ailleurs, cela ne lui arrivait jamais. Cette fois encore, elle ne décela en lui aucune réaction de cette sorte. À aucun moment il n'avait craint qu'elle se détournât de lui. Il émanait plutôt de lui une inquiétude inhabituelle. Quelque chose qui murmurait : méfie-toi de cet homme !

— Mais pourquoi ? répondit-elle tout haut.

— Je ne sais pas. Ce Maaskar ne m'inspire aucune confiance. J'ai le sentiment… que cet homme t'aime et te hait à la fois. Froidement, désespérément peut-être.

Il soupira et l'attira contre lui.

— Je crois qu'il vaudrait mieux qu'il reparte dès que possible. Il sème le malheur sur ses pas.

— Pourquoi dis-tu cela ?

— Il se nourrit des autres, de ceux qui l'entourent. Il accapare leur attention, détourne leur force vers lui. Mais il ne donne rien en échange. Il détruit. Ce n'est pas un meneur d'hommes. C'est un vampire.

— Daena m'a dit quelque chose de semblable il y a longtemps.

— Une légende de ces pays raconte qu'autrefois, dans des châteaux perdus dans les montagnes, vivaient des êtres étranges qui puisaient leur force dans le sang des autres. Ce n'étaient pas des humains. Ils ne prenaient vie que la nuit, parce que la lumière du jour les brûlait. Je doute que de telles créatures aient un jour existé. Mais certains hommes sont à leur image, qui se nourrissent de la force de ceux qui les entourent. Ils exercent un tel ascendant sur leurs proches qu'ils canalisent vers eux toute leur essence vitale. Ces hommes sont des vampires, bien plus dangereux que les monstres imaginés par les légendes. Et ce Maaskar me fait penser à eux. Méfie-toi de lui. Je ne le connais pas, mais il m'inspire un malaise indéfinissable. Il veut te détruire, pour une raison que je ne peux comprendre, et il n'hésitera pas à s'anéantir lui-même pour y parvenir.

Elle se renfrogna quelque peu.

— Je n'ai dansé qu'une seule fois avec lui. Et pas un instant il ne s'est montré empressé. Je crois qu'il m'a oubliée, tu sais. Il s'intéressait moins à moi qu'à Rehna, la petite léphénide.

— Peut-être, Nelvéa. Mais méfie-toi. Cette sorte d'homme possède l'art de dissimuler ses véritables sentiments.

Elle ne répondit pas. Maaskar lui-même lui avait dit : « J'avais envie de te revoir. » Après une séparation de dix années, n'était-ce pas naturel ? Nielsen contempla Nelvéa, puis secoua la tête.

— Tu penses peut-être que je te dis ça parce que je suis jaloux. Mais ce n'est pas vrai. J'ai peur pour toi.

Nelvéa lui caressa le visage.

— Je sais que ce n'est pas de la jalousie. Je te promets

d'être prudente. D'ailleurs, il ne doit rester que quelques jours.

Dans l'après-midi, alors que les voyageurs avaient entamé le déchargement de la caravane, Nelvéa se rendit auprès de Fearn, qui l'accueillit avec de doux feulements de joie. Elle se hissa sur le lionorse qui l'emporta au petit trot vers la forêt proche. Elle avait besoin d'être seule, de faire le point.

Pourquoi tout le monde s'acharnait-il contre Maaskar ? Par réaction, elle avait envie de le défendre, de se dresser entre lui et ses détracteurs. Jelweyn, Daena, Palléas, Lorik, et Nielsen à présent. Que voyaient-ils, qu'elle ne parvenait pas à discerner ?

Jelweyn avait pressenti sa propre mort, et en avait accusé Maaskar. Mais il avait été tué par les lionorses. Daena l'avait avertie de se méfier du jeune homme. Maaskar les avait quittés depuis plusieurs semaines lorsqu'elle avait été éventrée par un kherilan. Quant à Palléas, sans doute ne lui pardonnait-il pas d'avoir fait souffrir sa sœur. Mais tout cela, c'était du passé.

Demeurait cette vision terrifiante qui l'avait assaillie juste avant l'arrivée de la caravane. Pourtant, tout avait l'air calme. Lorsqu'elle avait traversé la petite cité, chacun l'avait saluée. Saf'thérans et voyageurs aimaient à se mêler à la population, plus tolérante que dans nombre d'autres villes. Les auberges débordaient de monde, et le soleil était de la fête.

Alors, pourquoi cette gêne obscure au fond d'elle ?

Elle guida Fearn le long d'une sommière qui contournait une crête forestière pour revenir plus loin jusqu'aux rives méridionales du petit lac. Ignorant sa grossesse de deux mois, elle lança le lionorse dans un galop éperdu. L'air vif du printemps naissant lui fit du bien. Sans doute avait-elle un peu abusé du vin gwondaleyen la veille. Le vent qui lui fouettait la peau lui arracha les relents nauséeux qui la tenaient encore.

Parvenue près du lac, elle se laissa glisser à terre et se déshabilla. La petite crique était déserte. Au loin, le port était noyé dans une brume diaphane et lumineuse. De la ville lointaine sourdait une animation joyeuse. Comment redouter les puissances des ténèbres dans cet univers de lumière ?

Elle se laissa couler dans l'eau, s'y plongea tout entière, laissant la fraîcheur liquide la pénétrer, baigner sa peau, comme pour y diluer les angoisses diffuses qui stagnaient en elle. Longtemps…

C'était comme un retour au sein de la poche maternelle, l'oubli. Les parfums aquatiques, mêlés aux appels des oiseaux qui s'enfuyaient dans les roseaux, l'imprégnèrent, la rassurèrent. Jamais comme avant elle ne s'était rendu compte de son attachement à cette terre, à cette petite vallée isolée par son écrin de montagnes. Elle était chez elle à Vallensbrück.

Peu à peu, le calme revint. Peut-être y avait-il du vrai dans ce qu'affirmaient ses compagnons et son frère. Peut-être Maaskar était-il autre chose que le joyeux chevalier qu'elle avait retrouvé la nuit dernière. Mais cela n'avait aucune importance. Ici, à Vallensbrück, elle était de taille à lui résister.

Elle ressortit de l'eau, ruisselante, et s'étira longuement, fermant les yeux. Le soleil frais lui piquait la peau, et elle eut envie de rire. Par ses pieds nus solidement ancrés sur le sol mouillé, elle sentait comme une onde de puissance remonter en elle, issue de la terre elle-même, comme si peu à peu elle se fondait à la nature environnante. Lentement, avec des gestes doux, elle caressa son ventre qu'un léger renflement commençait à tendre.

Soudain, une angoisse incoercible l'envahit. Elle n'était pas seule. Inquiète, elle scruta les alentours.

La silhouette de Maaskar s'avançait vers elle, un grand sourire aux lèvres.

47

Contrariée, Nelvéa attrapa prestement sa cape et s'en enveloppa.

— Décidément, je ne peux pas prendre un bain seule sans te retrouver derrière moi. Comment se fait-il que tu sois ici ?

Il éclata de rire.

— Simplement parce que je t'ai suivie, ma belle.

— D'abord, je ne suis pas « ta » belle, et puis, si tu voulais me parler, tu pouvais me faire demander au palais.

— J'avais envie de te parler seul à seule, et ce n'est guère aisé là-bas. Je ne pouvais tout de même pas deviner que tu allais te baigner nue.

Elle se calma quelque peu. Mais il subsistait en elle une nervosité qu'elle ne parvenait pas à maîtriser.

— Pourquoi voulais-tu me voir seule ? demanda-t-elle d'un ton sec. Te serais-tu déjà lassé de Rehna ?

— Nelvéa ! Pourquoi me parles-tu ainsi ? À t'entendre, on croirait que nous sommes devenus des ennemis. Que t'ai-je fait, sinon te surprendre au bain ? Ce n'était pas ma faute. Et puis, je t'ai déjà vue nue.

Il avait l'air sincèrement peiné. Elle soupira.

— Que voulais-tu me dire de si important ?

Il fit quelques pas le long de la rive.

— Rehna ne compte pas. J'ai espéré te rendre jalouse. Je vois que c'était inutile.

Elle leva les yeux au ciel.

— Par les dieux, Maaskar, je croyais que tu avais promis de me laiser tranquille.

— J'avais promis, c'est vrai ! Mais le temps n'a rien

effacé. Pourquoi crois-tu que j'ai parcouru toutes ces marches ?

— Tu savais que je vivais avec le prince de Vallensbrück. Il ne t'est pas venu à l'idée que je pouvais l'aimer, et que je n'avais envie d'aucun autre homme ?

— Et alors ? Nelvéa, je t'ai crue morte pendant toutes ces années. Personne ne savait ce que tu étais devenue.

— Écoute, Maaskar, je t'aime bien, mais ce n'est pas possible, comprends-tu ? J'aime Nielsen. Je lui ai donné une fille. Et je porte un second enfant de lui. Je sais bien que les coutumes de nos pays m'autoriseraient à prendre un amant, et même plusieurs si la fantaisie m'en prenait. Mais je n'en ai pas envie. Ni toi, ni un autre. Il faut que tu comprennes cela !

Rageusement, elle rejeta sa cape et entreprit de se rhabiller. Elle tremblait. Elle aurait voulu refouler la colère qui grondait en elle, et à laquelle se mêlait une désagréable sensation de peur, dont elle ne parvenait pas à discerner l'origine. Elle se maudissait de se sentir si faible et si désarmée, d'éprouver toujours cet étrange trouble sensuel chaque fois qu'il posait les yeux sur elle. Mais elle se dit que c'était surtout un appel animal ancré dans ses reins. Cela n'avait rien à voir avec l'émotion qui la tenait lorsque Nielsen la caressait. « Il y a quelque chose de pervers en moi ! » se reprocha-t-elle. Elle se ramassa, comme un fauve prêt au combat.

— Tu es encore plus belle que lorsque nous nous sommes quittés, Nelvéa.

— Merci, répondit-elle froidement.

— Tu sais, je n'ai pas oublié les secrets de ta peau !

Elle rajusta sa veste de daim et repassa sa cape.

— Tu aurais dû ! Le monde ne manque pourtant pas de jolies filles.

— Pour ça non ! Mais aucune ne te ressemble, ma petite sœur.

Il l'observa un long moment.

— Pauvre de moi ! Je n'ai vraiment pas de chance avec toi.

— Écoute, Maaskar ! Je ne peux te donner le moindre espoir. Et puis, je ne suis pas ta sœur.

— Qu'en sais-tu ?

L'éclat mystérieux qu'elle lut dans ses yeux la désarçonna.

— Que veux-tu dire ?

— Tu es ma sœur d'armes, Nelvéa. Et tu es semblable à moi. Même si tu le refuses.

— Tais-toi !

— Non ! Tu ne m'as pas bien compris tout à l'heure. Ce n'est pas une aventure que je te propose.

— Et quoi donc ?

— Nelvéa, nous sommes faits l'un pour l'autre. Ton Nielsen ne te connaît pas comme je te connais.

Elle se dirigea vers son lionorse. Elle ne voulait plus l'écouter.

— Nelvéa, tu n'es pas faite pour cette vie insipide. Même si ton mari a l'aspect d'un homme jeune, il a déjà tant vécu que ce n'est même plus un vieillard.

Elle ferma les yeux et serra les dents pour maîtriser sa colère.

— Si c'est ainsi que tu comptes me séduire, tu fais fausse route, mon pauvre ami. Tu ne sais de moi que ce que nous avons vécu ensemble pendant ces quelques semaines passées au cœur de la forêt, à une époque où je n'étais plus moi-même. Je poursuivais un fantôme, je doutais de moi. À ce moment-là, peut-être, je t'ai aimé. Mais tu m'as aussi fait souffrir. Et cela, je ne l'ai pas oublié.

— Moi, je t'ai fait souffrir ?

— Tu m'as dit que Brent était mort, alors que ce n'était pas vrai. Je l'ai revu depuis. Tu m'as forcée à accomplir des choses qui me répugnaient. Tu as semé le doute en moi, tu m'as dit que je répandrai le malheur sur mes pas...

— Et à cause de cela, tu me hais, tu me rejettes comme on rejette un chien.

La colère de Nelvéa tomba d'un coup. Elle savait désormais qu'elle n'était pas amoureuse de lui. La réaction de Maaskar était un appel de désespoir, celle d'un homme aux abois, qui tente par tous les moyens d'atteindre quelque chose qu'il sait inaccessible. Une vague de pitié l'envahit.

— Je ne te hais pas, Maaskar, ajouta-t-elle d'un ton plus doux. Mais si tu m'aimes autant que tu le dis, tu voudras me savoir heureuse. Et je suis heureuse avec Nielsen. Je n'ai aucune envie de le quitter.

Elle revint vers lui et lui prit la main.

— Il ne faut pas m'en tenir rigueur. J'ai changé, tu sais ! J'ai une famille, une fille, des amis. La petite sauvageonne que tu as connue a disparu.

Il s'écarta presque violemment.

— Ne sois pas si sûre de toi ! Ce n'est pas en demeurant ici que tu engendreras ta dynastie, ma belle !

Interloquée, elle le rattrapa. Sinon à Nielsen et Palléas, elle n'avait jamais parlé à personne de sa rencontre avec la sorcière.

— Comment sais-tu cela ?

Il eut un sourire énigmatique.

— Peut-être que moi aussi je possède certains dons de... divination.

Il la prit fiévreusement par les épaules.

— Il ne faut pas croire tout ce que l'on te dit sur moi, Nelvéa. Ce n'est pas vrai, tu ne me hais pas. Je le sais. Mais je sais aussi que tu as peur de moi. Comme si j'étais un démon. On t'a dit que je voulais te détruire. Je le lis en toi.

— Maaskar...

— Moi, te détruire ? Moi qui suis prêt à donner ma vie pour toi ! Mais comment peux-tu avaler des fables pareilles ? De la part de Nielsen, c'est pardonnable. Il t'aime, il essaie de te détourner de moi. Mais Palléas ?

Pourquoi me hait-il ainsi ? Jamais je ne lui ai causé le moindre tort. Qu'avez-vous donc tous contre moi ?

Nelvéa ne savait plus quelle attitude adopter. La tension et la douleur qu'elle devinait chez Maaskar la bouleversaient.

— Comment te faire comprendre ? poursuivit-il. Je t'aime ! Je t'aime comme un fou. C'est pour toi que je suis revenu ! C'est pour toi aussi que je suis devenu chevalier.

— Pour moi ?

— Bien sûr, pour toi ! Moi aussi une sorcière m'a prédit l'avenir. C'est avec toi qu'il doit s'accomplir.

— Comment sais-tu autant de choses sur moi ? Comment peux-tu deviner ce que pensent Nielsen et Palléas ?

— Tu n'as aucun secret pour moi. Je lis en toi comme dans un livre. Nous sommes pareils, Nelvéa. Nous sommes faits l'un pour l'autre, et tu ne peux y échapper.

Il se mit à trembler.

— J'ai tout fait pour t'oublier. Je voulais échapper à ce destin qui m'enchaînait à toi. En pure perte. On ne peut aller contre la volonté des dieux. Comprends-tu, à présent ?

Elle crut qu'il allait éclater en sanglots.

— Je ne t'ai pas quittée il y a dix ans. Je t'ai fuie. J'ai traversé des pays innombrables, séduit plus de filles qu'aucun roi jamais n'en comptera dans son harem. Lorsque je t'ai crue morte, j'ai hurlé comme un loup. Je t'ai pleurée comme aucun homme ne l'a fait. J'ai même voulu me détruire. Mais j'ai survécu parce que, au fond de moi, quelque chose me disait que tu vivais encore. Pendant toutes ces années j'ai imaginé tant d'histoires, dans lesquelles tu m'attendais. J'ai rêvé de cet instant où l'on se retrouverait, où tu tomberais dans mes bras pour ne plus jamais me quitter. C'est vrai, je t'ai peut-être fait du mal. Mais il faut me le pardonner. Sans doute est-ce que je t'aime trop. C'est pour me venger que je t'ai fait souffrir, parce que je t'en voulais de me sentir si dépendant de toi. Aujourd'hui, je t'ai retrouvée, et tu me repousses à nouveau.

Elle aurait voulu répondre, mais aucun son ne voulait sortir de sa bouche.

— Pourtant, continua-t-il, on ne peut lutter contre son destin. Un jour, tu reviendras vers moi.

Elle parvint à articuler :

— Je ne veux pas !

— Pardonne-moi, ma compagne. Je n'ai pas rêvé de détruire ton bonheur. Pourtant, un jour, tu me suivras. Alors, que ce soit tout de suite.

— Et pourquoi le ferais-je ?

— Parce que, si tu ne le fais pas, tu seras responsable de l'anéantissement de cette cité.

— Vallensbrück ? Tu es devenu fou, mon pauvre Maaskar !

Il soupira.

— Oh non ! C'est la vérité. As-tu déjà oublié la malédiction d'Ywaïhn ?

En un éclair, la vision infernale revint la hanter. Elle hurla :

— Je ne crois pas à ces stupidités !

— Tu as tort. Ywaïhn n'oublie jamais, et il est patient.

— Alors, pour rompre cette malédiction, il suffirait que je te suive, c'est cela ?

— Il faut accomplir la volonté des dieux, Nelvéa.

— Et tu t'imagines que je vais te croire ?

— Hélas non, répondit-il d'un air las. Je pense qu'il est déjà trop tard. Ta vie est enracinée ici, et tes racines ont pour nom Nielsen, Lauryanne, et ce petit enfant que tu portes. Je n'espérais pas vraiment te convaincre, mais seulement t'avertir. Je connais l'avenir, Nelvéa. Le malheur s'attachera à tes pas tant que tu refuseras de te réunir à moi.

Non, il n'était pas fou, mais extraordinairement lucide, redoutablement intelligent. La vision de Vallensbrück livrée aux flammes se précisa. Un mélange d'angoisse et de rage l'envahit. Elle grinça :

— Je lutterai, Maaskar, tu entends, même si ce que tu prédis est vrai, je lutterai, je combattrai ce dieu maudit. De plus, je ne crois pas en lui. Il s'agit d'un de tes pièges pour me faire tomber dans tes bras.

— Nelvéa !

— Cesse de me jouer cette sinistre comédie, pauvre fou ! Je ne suis plus une enfant.

Il la fixa intensément. Dans ses yeux brillait une flamme inhumaine, chargée d'amour et de haine.

— Alors, dit-il d'une voix sourde, je ne peux plus rien pour toi.

Et soudain la colère qui couvait depuis le début noya l'angoisse de Nelvéa et explosa. La jeune femme hurla :

— Va-t'en ! Va-t'en ! Je ne veux plus jamais te revoir ! Tout était beau ici avant ton arrivée. Mais encore une fois tu as tenté de tout détruire. Je te hais, Maaskar ! Je te hais.

Il resta un instant immobile, puis lui tourna le dos, et remonta sur son lionorse. À cet instant, un deuxième cavalier surgit des sous-bois. C'était une femme, dont le visage mit soudain Nelvéa mal à l'aise. Car cette femme lui ressemblait trait pour trait. Elle ne devait pas avoir plus de vingt ans, et la contemplait avec une lueur de feu dans le regard, d'où coulait un violent sentiment de jalousie. Maaskar s'approcha d'elle et la gifla à toute volée.

— Disparais ! Je ne t'ai pas autorisée à me suivre. Va m'attendre au château et prépare mes bagages !

Puis il se retourna une dernière fois vers Nelvéa et ajouta :

— Cette petite est une esclave que j'ai découverte sur le marché de Lonodia voici trois années. Tu comprends pourquoi je l'ai achetée.

Tremblante de rage, Nelvéa le regarda s'éloigner. Lorsqu'il eut disparu, elle s'effondra sur le sol, enfouit sa tête dans ses bras et se mit à sangloter.

Elle aurait voulu croire qu'il était réellement fou, qu'il n'avait inventé toute cette histoire que pour mieux la reconquérir. Mais c'était une stratégie ridicule. Et pourtant, l'amour qu'il lui portait était sincère. Tout comme la haine qu'elle avait lue dans ses yeux dorés lorsqu'elle l'avait chassé. Peut-être avait-il cherché à provoquer sa colère. Mais pourquoi ? Pourquoi ?

Elle refusait de croire à cette menace. C'était stupide. Vallensbrück était protégée par sa barrière magnétique, par sa troupe de guerriers machines, par une garnison dramas. Les maraudiers étaient peu nombreux. Quant aux garous, ils demeuraient doux et pacifiques. Nielsen leur venait en aide au plus fort de l'hiver, et en été la forêt regorgeait de gibier. Jamais dans le pays on n'avait entendu parler d'anthropophagie.

Alors, comment expliquer la vision infernale qui l'avait hantée deux jours plus tôt ? Fallait-il redouter un autre ennemi ? Une menace venue d'une cité mythique qui avait nom Hackenmahar ?

48

— Maaskar est reparti, annonça Nielsen lorsqu'elle le rejoignit dans ses appartements, le soir. Il a démissionné de son poste de deraïk, et il a filé sans même prendre le temps de nous saluer.

— Je le sais.

— Comment cela ?

— Je l'ai rencontré sur les bords du lac ce matin. Il voulait que je reparte avec lui. Tu avais raison, Nielsen. C'est pour moi qu'il est revenu. J'ai refusé, bien sûr, et je lui ai dit de quitter Vallensbrück. À présent, je crois qu'il me hait vraiment. Et j'ai peur.

— Peur ? Mais de quoi pourrais-tu avoir peur ?

— Je ne sais pas. Il m'a prédit que mon sort était lié au sien, et que les malheurs me suivraient tant que je ne lui aurais pas cédé.

— Vengeance d'homme jaloux, ma chérie. N'accorde pas d'importance à tout cela.

— Il ne s'agit pas uniquement de cela, Nielsen. Il y a deux jours, une vision m'est apparue. J'ai vu la destruction de Vallensbrück. C'est pour cela que j'ai peur.

— C'est ridicule, voyons. Cet homme a semé le doute dans ton esprit. Il sait que tu es fragile, mais, crois-moi, le danger n'existe que dans ton imagination. Souviens-toi de Brent Olleronn.

— Brent vit encore. Mais je n'ai pas non plus oublié Daena. Et Jelweyn.

— Ce furent des coïncidences, Nelvéa, rien de plus.

— Peut-être !

Ils sortirent sur la terrasse qui longeait leurs appartements. Sur le parc tombait une nuit de printemps, lumineuse, chargée de parfums nouveaux. Durant l'après-midi, les vents des montagnes avaient éloigné les nuages qui traînaient encore leurs brumes fraîches sur la vallée, et à présent une lune glorieuse inondait la petite cité de sa lueur douce et bleutée. Des bruits de musique et de rires étouffés leur parvenaient du quartier des tavernes, au loin, près du lac. De petits groupes de promeneurs profitaient de la douceur du soir en bavardant. Nelvéa se concentra pour tenter de retrouver sa vision, espérant y déceler un indice quelconque. En vain.

— J'ai peut-être rêvé, finit-elle par dire à Nielsen.

— Sans doute ! Ne pense plus à tout cela. Cet homme possède un certain pouvoir mental. Il l'a utilisé contre toi parce qu'il n'a pas supporté que tu le quittes il y a dix ans. Mais il est parti à présent. Tu ne crains plus rien.

Il l'enveloppa dans ses bras. Elle enfouit son visage dans son cou, respira longuement l'odeur d'herbe parfumée de ses vêtements. Toute inquiétude s'estompa en elle. Depuis la veille, il lui avait semblé mener un combat périlleux, où les armes n'étaient pas seulement d'acier et de chalque-verre, mais se situaient au niveau de l'esprit. Au milieu de son petit paradis s'étaient ouverts des gouffres sans fond, d'où montaient des relents sulfureux. Elle avait combattu pour ne pas retomber dans les pièges de ce fantôme surgi du passé. Elle avait triomphé. À présent, elle n'avait plus envie de lutter. Elle se blottit plus étroitement encore contre Nielsen. Sa chaleur était un phare dans la tempête, un havre de paix. Et c'était si agréable de se sentir faible parfois.

Plus tard, lorsqu'ils regagnèrent leur chambre après le dîner du soir en compagnie des chevaliers, Nelvéa demanda :

— Nielsen, que sais-tu de Hackenmahar ?

Il s'assit sur le lit et l'attira contre lui.

— Peu de chose en vérité. Nous ne connaissons son nom qu'au travers de ce que nous avons pu tirer des Gris que nous avons capturés. La plupart d'entre eux ne parlent pas. Ce sont des esclaves soldats, dressés pour le combat, comme vos ferroskos. Seuls leurs capitaines ne sont pas spoliés. Il y a plus d'un siècle, j'ai convié l'un d'eux à ma table pour le faire parler. Il avait été capturé dans la journée, et s'imaginait déjà que je voulais le tuer. Il a été surpris de se retrouver attablé devant un bon repas. Mais il ne m'a pas appris grand-chose. Les Gris sont très nombreux. Ils tiennent un territoire immense, qui commence au pied de nos montagnes et s'étend vers le nord jusqu'aux confins du royaume d'Hambora. À l'est, il est limité par la Poczla, et à l'ouest par des domaines tout aussi inconnus que le leur, et parcouru par le fleuve Bramao. Peut-être considèrent-ils que Vallensbrück fait partie de leur royaume.

— N'y a-t-il aucun moyen de vivre en paix avec eux ?

Il soupira.

— Depuis quatre siècles, il en a toujours été ainsi. Les Gris parcourent les frontières de leur territoire pour capturer des esclaves. Mais ils ne sont pas les véritables habitants de Hackenmahar. Ils vivent à l'extérieur, dans des casernes bâties à leur intention. Toute leur vie se passe en combats.

— Tu veux dire qu'eux-mêmes ne savent rien de leur cité ?

— Exactement ! Ils n'ont pas le droit d'y pénétrer. D'après eux, c'est une ville immense, très peuplée, qui ne ressemble à aucune autre. Une chose est sûre : personne n'en est jamais revenu. Je sais que la Religion a envoyé plusieurs délégations d'amanes. Ceux-ci n'ont jamais reparu, quand bien même un détachement dramas les protégeait. Les Gris sont de taille à tenir tête aux dramas. Ils possèdent des gonns, et ils sont très nombreux. Autrefois, la piste Smolenska longeait la Poczla. Mais, avec le temps, les attaques des Gris se sont faites de plus en plus meurtrières. Alors, il y a plus d'un siècle, elle a été abandonnée.

— C'est ce que l'on m'a dit à Veraska.

— Certaines rumeurs prétendent que la cité serait gouvernée par des êtres supérieurs, immortels, qu'ils baptisent les « Kaïsords », ce qui dans leur langage signifie : les dieux souverains. Leurs visages sont dissimulés par des masques. C'est du moins ce que m'a confié ce capitaine il y a cent ans.

— Cela a peut-être évolué depuis, tu ne crois pas ? Penses-tu que cette cité mystérieuse pourrait devenir un danger pour Vallensbrück ?

— C'est peu probable. De tout temps les Gris se sont comportés comme des chiens de garde furieux qui mordent les frontières pour en ramener des esclaves dont on n'entend plus jamais parler après. Ils nous livrent une guerre d'escarmouche, mais cela n'a jamais été plus loin. Je ne vois pas pourquoi cela changerait à présent.

— Oui, bien sûr, murmura Nelvéa. Et puis la barrière nous protège.

Cependant, elle n'était pas rassurée. Si une menace existait, elle ne pouvait venir que de Hackenmahar. Bien sûr, ses craintes ne reposaient sur rien, sinon sur cette vision imprécise, et sur les prédictions de Maaskar, inspirées par la colère et la jalousie. Mais elle voulait en avoir le cœur net.

En compagnie de Khaled et de Lorik, elle se rendit au nord, jusqu'aux limites de la Barrière. Celle-ci longeait, à mi-pente, une crête montagneuse qui barrait l'immense plaine sur plusieurs marches. Elle était absolument infranchissable. D'ailleurs, même si elle n'avait pas existé, quelques postes de Nyktals eussent suffi pour prévenir une invasion par ces montagnes. Les cols étaient peu nombreux, et facilement défendables. Vers l'ouest s'étendaient des Terres Bleues absolument impraticables qui interdisaient toute approche. À l'est, la montagne se poursuivait, couverte d'une forêt impénétrable qui descendait jusqu'aux rives de la Poczla. Jamais une armée ne pourrait la franchir sans tomber sur les populations inconnues et farouches qui vivaient près des sources du fleuve. Vallensbrück n'était accessible que par le sud-ouest, en empruntant la piste ouverte vers Veraska.

Quelque peu rassurée, Nelvéa entreprit d'interroger les caravaniers et les voyageurs du baarschen. Parmi eux, elle finit par découvrir un petit groupe qui avait descendu la Poczla. Ils lui parlèrent des silônes, ces poissons géants qui s'attaquaient aux navires. Ils racontèrent la gentillesse des gens du fleuve, leur courage. Oui, un jour ils avaient été attaqués par une horde de Gris. Mais le navire les avait repoussés, et avait gagné la rive orientale qu'il avait longée jusqu'à être hors de portée. Non, ils n'avaient pas eu vraiment peur. Les mariniers ne redoutaient pas les Gris. La Poczla se situait en limite de leur royaume. Et les petits ports qui la bordaient étaient tous fortifiés, et bâtis sur la rive opposée. Les seuls qui affrontaient régulièrement les Gris, c'était les Pocznans, ces guerriers sauvages qui vivaient dans le Nord, près des royaumes amanites. Mais ceux-là, c'étaient des bagarreurs, alors...

Peu à peu, au travers des différents témoignages, Nelvéa se fit une idée plus précise de Hackenmahar. En fait, s'il existait un état de guerre permanent entre les populations frontalières et les Gris depuis des temps immémoriaux, celui-ci se réduisait dans les faits à de brèves escarmouches qui n'inquiétaient pas outre mesure les frontaliers concernés. Il en était ainsi depuis des siècles, et ils l'admettaient avec fatalisme.

Pourquoi les guerriers de Hackenmahar auraient-ils soudain décidé d'anéantir Vallensbrück, en admettant que cela fût possible ?

49

Au fil des mois qui suivirent, les inquiétudes de Nelvéa s'estompèrent, puis disparurent. Au début de l'été, une patrouille de Nyktals fut agressée par une importante troupe de Gris. Les guerriers machines parvinrent à se débarrasser de leurs adversaires sans trop de difficultés. Deux d'entre eux furent détruits. Mais c'était là un moindre mal. Paradoxalement, cette attaque rassura Nelvéa. Depuis dix ans qu'elle vivait à Vallensbrück, ce genre d'agression était devenue monnaie courante.

Parfois, elle s'interrogeait sur ce qu'avait pu devenir Maaskar. Il avait disparu sans laisser de traces, et les chevaliers qui passaient à Vallensbrück ne l'avaient jamais revu.

L'été s'écoula paisiblement, apportant son cortège de caravanes, ses richesses nouvelles, les échos des autres empires. Des guerres ensanglantaient toujours certains royaumes, s'achevaient, renaissaient ailleurs.

— Il en a toujours été ainsi depuis l'aube de l'humanité, commentait Nielsen. Les amanes parviennent à les limiter, mais je doute que l'homme soit suffisamment intelligent pour que les conflits disparaissent totalement.

Nelvéa approuvait, mais elle était heureuse que les lieux des combats fussent éloignés de plusieurs centaines de marches. La paix régnait toujours en Ukralasie. L'Ismalasie demeurait pacifique depuis la défaite d'Hadgar del Tihiz, trente-trois ans plus tôt.

— Je me demande si j'étais faite pour devenir chevalier, dit-elle un jour à Nielsen. La plupart de mes frères d'armes se sentent désœuvrés et recherchent l'affrontement avec les maraudiers en accompagnant les caravanes. À présent, je redoute les combats et je prie les dieux pour qu'ils nous gardent de la guerre.

— Les femmes ne sont pas faites pour se battre, petite. Elles sont là pour donner la vie. Mais ne regrette pas d'avoir passé l'Eschola. À cette époque, tu devais te prouver quelque chose.

— Je ne le regrette pas. Cependant, j'ai même renoncé à m'entraîner. Je me demande si je saurais encore tenir mon dayal. Ne crois-tu pas que je devrais m'y remettre ?

Il éclata de rire.

— Tu ne crois pas que tu as d'autres préoccupations ?

Elle sourit et toucha son ventre. Le bébé grandissait en elle et manifestait vigoureusement sa présence. Parfois, il s'agitait tellement qu'il lui arrachait des cris de douleur.

Elle se leva et entrouvrit sa chemise de nuit devant la psyché.

— Ce sera un garçon, affirma-t-elle d'un ton péremptoire.

Elle contempla son visage, sa silhouette déformée et décida qu'elle était belle quand même.

Où était passée la petite sauvageonne qui n'avait pas hésité à se mesurer à ses frères bacheliers, et qui les avait tous vaincus ? Elle menait désormais la vie qu'elle avait farouchement refusée lorsqu'elle était plus jeune. Et elle se sentait parfaitement heureuse.

Elle correspondait régulièrement avec Palléas. Celui-ci les avait invités pour l'automne, ainsi que pour les fêtes du Solstice. Bien sûr, elle ne pourrait participer activement aux grandes chasses, puisque son accouchement était prévu pour le mois d'Heleva, le onzième mois de l'année. Mais elle serait présente tout de même.

En attendant, elle n'avait pas le temps de s'ennuyer. Elle participait activement à l'administration du petit domaine, dirigeant plus particulièrement les relations commerciales, et assistait toujours Nielsen dans ses recherches.

Elle s'occupait également de Lauryanne qui, à dix ans, approchait déjà de sa formation. Elle-même n'avait été formée qu'à douze ans, mais sa mère Solyane avait présenté la même précocité. Lorsqu'elle regardait sa fille, Nelvéa avait peine à imaginer qu'elle avait porté dans son ventre ce superbe brin de fille, qui suggérait déjà la femme magnifique qu'elle deviendrait plus tard. Tous les garçons de Vallensbrück étaient amoureux d'elle, et elle régnait sur eux comme une véritable souveraine. Il vibrait en elle un curieux mélange de sérénité et d'exubérance, qui rappelait à la fois son père, Nielsen, et sa grand-mère, Solyane. Elle conservait également d'elle un sourire espiègle et un sens inné de la danse. Très tôt, Nelvéa avait fait venir de Burdaroma et de Gwondaleya des maîtres chargés de lui enseigner les pas. Mais elle les avait très vite dépassés. De même qu'elle s'était intéressée aux cryptes situées sous le château, où elle passait des heures à étudier le passé du monde et les machines à mémoire. Contrairement à elle, Nelvéa, elle n'avait été nullement traumatisée par les découvertes qu'elle y avait faites. Le monde des Anciens était révolu, et ses excès avec lui. Il était nécessaire de les connaître pour éviter de refaire les mêmes erreurs. Ainsi avait-elle réagi lorsque sa mère lui en avait parlé.

Il émanait d'elle une impression de force et de sagesse qui stupéfiait parfois Nelvéa. Lorsque celle-ci pensait à l'avenir, elle s'inquiétait. Quel homme serait assez habile pour la séduire ? Mais elle-même avait douté, autrefois. Et elle avait rencontré Nielsen. Lauryanne elle aussi, plus tard, connaîtrait un homme. Et elle la quitterait. Une profonde nostalgie l'envahissait lorsqu'elle y pensait. Alors, elle prenait sa fille dans ses bras et la serrait comme si elle avait voulu la faire rentrer en elle. Lauryanne, très affectueuse, lui rendait volontiers sa tendresse, et la consolait.

— Vous savez, ma mère, que je ne serai jamais loin de vous. Et puis, pourquoi vous inquiéter de ce qui sera ? Demain est encore loin.

Nelvéa la contemplait avec amour et souriait à travers des larmes qui ne coulaient pas encore.

— Parfois, je me demande qui de nous deux est la fille.

Avec l'automne, les caravanes s'espacèrent. La dernière, annoncée pour la fin du mois de Deka, le mois des vendanges, arriva avec plus de quinze jours d'avance. Elle devait repartir pour Gwondaleya en emmenant Nelvéa, Nielsen et leurs compagnons.

Il en vint une autre, au tout début du mois d'Heleva. Elle avait pris un peu de retard à cause des pluies diluviennes qui avaient détrempé la piste peu avant Veraska.

Cependant, lorsque les saf'thérans épuisés parvinrent en vue de la petite vallée, la cité n'était plus qu'un champ de ruines fumantes. Atterrés, les chevaliers d'escorte s'avancèrent vers les décombres. Ils avaient à peine fait quelques pas que des claquements caractéristiques se faisaient entendre. Des balles de gonn sifflèrent. Les chevaliers, surpris, n'eurent pas le temps de dégainer leurs dayals. Plusieurs d'entre eux s'écroulèrent, mortellement blessés, tandis qu'un grondement féroce réveillait les échos des montagnes et qu'une horde de Gris surgissait de la forêt en hurlant. Le piège se referma inexorablement sur la petite caravane, celle qui logiquement aurait dû atteindre Vallensbrück vers la fin du mois des vendanges.

QUATRIÈME PARTIE

50

Le sous-sol gorgé d'eau émettait de curieux bruits de succion sous les sabots des chevaux et les pas des hommes. De véritables trombes d'eau détrempaient la petite troupe de fugitifs, dont les capes leur collaient au corps, poisseuses des feuilles mortes et des brindilles dont le vent violent les cinglait.

La mort dans l'âme, Nelvéa, montée sur son lionorse, regardait sans les voir les bottes de l'homme qui ouvrait la marche, quelques pas devant elle. Elle ne savait plus depuis combien de temps elle cheminait ainsi, fuyant l'enfer qui s'était déchaîné d'un coup sur Vallensbrück. Dans son dos, elle sentait le corps de la petite Lauryanne rivé au sien, les bras enserrés autour de sa taille. La fillette prenait soin de ne pas comprimer le ventre de sa mère où s'agitait le bébé.

Et toujours il fallait repartir, plus loin, plus vite, disparaître au cœur de la forêt ténébreuse pour échapper aux hordes de Gris lancés à leur poursuite.

De la petite cité qui avait compté plus de cinq mille âmes il ne restait plus que cette poignée d'hommes et de femmes hagards, accompagnés d'une douzaine d'enfants dont le plus jeune avait tout juste six ans.

La nuit suivant l'arrivée de la caravane, Nelvéa avait eu peine à s'endormir. Toute la journée, Lauryanne s'était montrée anormalement nerveuse. Elle ne cessait de se plaindre, disant qu'elle voulait partir, qu'elle avait peur.

— Mais de quoi as-tu peur ? lui rétorquait sa mère.

— Je ne sais pas. Il y a ici quelque chose de mauvais. Mère, je sens que nous devrions fuir. J'ai peur pour le bébé.

Elle n'osait pas prononcer les mots fatidiques, mais Nelvéa lisait clairement en elle qu'elle redoutait la mort de l'enfant. C'était une idée absurde, qui lui donnait envie de la gifler. Mais elle s'en abstint. Lauryanne n'était pas responsable.

Le soir, elle coucha sa fille, envahie par une angoisse irrationnelle.

Elle ne parvenait pas à trouver le sommeil. Lorsque Nielsen la rejoignit, vers minuit, elle ne dormait toujours pas. Elle n'osa pas avouer à son compagnon l'attitude étrange de Lauryanne. C'était la première fois qu'elle agissait ainsi. Frileusement, elle se lova contre Nielsen, cherchant sa chaleur malgré le feu qui ronronnait dans l'âtre de la chambre. Rassurée par sa présence, elle tenta d'oublier ses cauchemars. Mais plusieurs fois une effrayante sensation de chute immobile la réveilla en sursaut. Nielsen, inquiet, la regardait. Peut-être la proximité de la naissance rendait-elle l'enfant plus nerveux. Parfois, de violentes contractions lui tordaient le ventre. Alors, Nelvéa respirait à petits coups rapides pour calmer la douleur. Puis elle se raccrochait à la nuit.

Soudain, elle se dressa d'un coup dans le lit.

— Maaskar ! balbutia-t-elle.

— Qu'y a-t-il ? demanda Nielsen.

Nelvéa s'était mise à trembler d'une manière incontrôlable. Nielsen la prit contre lui.

— Je... c'est ridicule, articula-t-elle avec effort. J'ai dû faire un cauchemar. J'ai rêvé que... Maaskar était ici.

— Personne ne l'a revu depuis le printemps. Il doit être bien loin à l'heure qu'il est. Détends-toi !

Elle se mit à pleurer.

— Si au moins je possédais les pouvoirs de ma mère… Elle saurait, elle, ce qui se passe. Je ne comprends pas. C'est comme un voile devant mes yeux, qui m'empêcherait de voir. Je ne sais pas… Un danger nous menace.

— Mais non ! Tout est calme. Tâche de dormir un peu. Demain, tu n'y penseras plus.

« Si demain vient un jour ! » pensa Nelvéa pour elle seule.

Il avait été convenu de repousser le départ pour Gwondaleya jusqu'après la naissance du bébé. Ils se passeraient des grandes chasses auxquelles de toute façon Nelvéa ne pourrait participer. Au-dehors, une violente tempête d'automne faisait rage Les tornades de vent hurlaient en s'écorchant aux angles des murailles. Parfois, un éclair éblouissant déchirait la nuit, inondant les collines proches de lueurs fantasmagoriques.

— Ce doit être ce temps infernal, gémit Nelvéa.

À nouveau elle tenta de retrouver le sommeil. Elle se blottit contre Nielsen, enfouissant sa tête dans son cou, cherchant sa protection, instinctivement. Jamais de sa vie elle n'avait éprouvé un tel malaise. C'était comme si, au-delà de la compréhension, des forces infernales s'amassaient pour fondre sur elle et sur les siens, et pulvériser son univers si calme. Elle aurait voulu se lever et hurler, agir. Mais elle se sentait si faible, si soumise à la douleur. Comme un piège gluant qui l'emprisonnait, l'empêchait de réfléchir, de se défendre.

Ses yeux refusaient de se fermer. Il lui semblait que le temps s'étirait, s'était fait matière pour l'emprisonner comme une toile d'araignée. Parfois, elle aspirait brusquement de grandes bouffées d'air pour éviter l'étouffement qui lui serrait la gorge. Alors, son cœur battait à tout rompre, faisant écho aux grondements de la tempête. Et puis soudain, le fracas de l'orage s'éloigna, s'atténua. Pourtant les éclairs demeuraient présents, illuminant la chambre d'un jour bleuté qui n'appartenait pas au réel.

Dans l'encadrement de la fenêtre ouverte sur la nuit, une silhouette se matérialisa, se précisa. Nielsen dormait. Nelvéa aurait voulu crier, mais les sons s'étranglèrent dans sa gorge. Elle était comme paralysée. La silhouette silencieuse s'avança lentement jusqu'au lit et se pencha sur elle. Un nouvel éclair noya la chambre d'un bleu électrique. Abasourdie, Nelvéa tenta de se redresser. Son corps lui refusa tout service. Alors, du fond de son angoisse, elle reconnut l'ombre qui lui souriait.

— Mère, balbutia-t-elle. Mère, vous êtes là… Comment est-ce possible ?

Solyane posa un doigt sur ses lèvres.

— Écoute-moi, Nelvéa. Tu dois quitter Vallensbrück. Cette nuit, immédiatement. Tu dois tenter de sauver cet enfant qui va naître. Réunis les tiens, et fuis ! L'ennemi est déjà dans vos murs.

— Mais…

Elle parvint enfin, au prix d'un effort surhumain, à échapper à la gangue poisseuse qui la clouait au lit. Elle hurla :

— MÈRE !

Elle ouvrit les yeux, reprenant pied dans la réalité. Son cœur battait à tout rompre. La silhouette avait disparu. Sans doute n'avait-elle jamais existé. Affolée, Nelvéa regarda autour d'elle, puis bondit du lit. Il n'y avait personne. Un brusque coup de tonnerre la fit sursauter.

— J'ai rêvé… j'ai rêvé, gémit-elle.

Nielsen s'éveilla à son tour.

— Qu'y a-t-il ?

— Je… je ne ne sais pas ! J'ai vu… ma mère, Solyane ! Elle me disait de fuir ! Cette nuit !

— C'était un cauchemar !

— Oh, non ! Ce n'est pas la première fois que je rêve d'elle. Mais cette fois c'était différent. Je suis sûre… qu'elle était là.

Nielsen ne répondit pas. Jamais il n'avait vu sa compagne dans un tel état de nervosité. Elle revint vers lui et se jeta dans ses bras.

— Nielsen, je veux partir. Il va se passer quelque chose ici. Lauryanne l'a senti elle aussi. Va la chercher !

Il était inutile d'essayer de la raisonner. Pour la calmer, lui montrer que tout allait bien, il se rendit à la fenêtre. Un éclair éblouissant lui dévoila le parc par l'orage. Il poussa un cri.

— Par tous les dieux !

Instantanément, Nelvéa le rejoignit. Au-dehors, malgré la tempête, une horde de guerriers silencieux investissaient la cité endormie. La jeune femme crut qu'elle allait s'évanouir. Elle n'avait pas peur pour elle, mais les siens étaient là, vulnérables, à la merci des créatures inquiétantes qui se faufilaient partout tels des rats.

— Ce sont des Gris, jeta Nielsen. Comment...

— La caravane ! le coupa Nelvéa. Voilà pourquoi elle est arrivée en avance. C'était un piège.

Nielsen lui prit les bras et dit :

— Habille-toi. Je reviens tout de suite.

Elle s'exécuta immédiatement. Quelques instants plus tard, il revenait, portant dans ses bras Lauryanne embrumée de sommeil. Derrière eux suivaient Khaled, Lorik, Krissy avec sa fille, les deux esclaves Astrid et Myriam, ainsi qu'une poignée de domesses qui demeuraient au château.

— Suivez-moi ! ordonna Nielsen.

Ils se munirent rapidement de vêtements chauds, de couvertures, et chargèrent à la hâte des vivres dans des sacs de cuir. Passant ensuite par les écuries, ils sellèrent des chevaux, ainsi que le lionorse de Nelvéa. Puis le prince les entraîna dans les profondeurs silencieuses du palais, jusqu'à un corridor qui s'enfonçait dans la nuit. On alluma des torches.

— Ce souterrain était autrefois l'un des accès de la vieille cité d'Hoffengart, expliqua-t-il. Je l'ai conservé en état en prévision d'une possible invasion. Il traverse le parc et une partie de la forêt pour déboucher dans le flanc de la colline du sud. Tentez de fuir par là. N'essayez pas de revenir vers la ville. Moi, je vais donner l'alarme.

— Nielsen, je reste avec toi.

— Il n'en est pas question, petite. Tu dois penser à notre bébé. Tu n'es pas en état de combattre.

— Mais je ne peux pas te laisser…

— Tu le dois, ma petite princesse, dit-il doucement. Pour lui. Ne t'inquiète pas. Je vais faire agir les Nyktals. Les Gris vont avoir une mauvaise surprise.

Elle aurait voulu y croire. Mais quelque chose lui disait qu'il était déjà trop tard. Elle se blottit contre lui en pleurant.

51

Ainsi avait commencé le cauchemar qui durait à présent depuis plusieurs jours.

Des images fulguraient dans l'esprit de Nelvéa, atroces, douloureuses. Les yeux de Nielsen, fixés sur elle, anxieux, des yeux qu'elle doutait de jamais revoir. Une fuite éperdue le long du souterrain dévoré d'humidité, au dallage glissant et poisseux, une vision infernale lorqu'ils avaient enfin débouché dans la nuit glauque de la colline. Au loin, en contrebas, résonnaient déjà les échos d'un combat sans pitié. Des flammes gigantesques dévoraient la petite ville. Des hurlements de panique jaillissaient des ruelles d'habitude si calmes.

Plus loin, un groupe de fuyards aux visages défigurés par la peur les avait rejoints, trois hommes, cinq femmes et une poignée d'enfants hagards qui étaient parvenus à quitter la ville en longeant les rives du lac. Une troupe de Gris était lancée à leur poursuite, armés jusqu'aux dents.

Par eux ils avaient appris que les Nyktals n'avaient pu

intervenir. Sans raison, ils s'écroulaient comme des mouches sans pouvoir combattre. Ce fut dès cet instant que Nelvéa soupçonna une trahison. Celle-ci se confirma lorsque, vers le milieu de la matinée, ils parvinrent à l'emplacement de la Barrière Magnétique méridionale. Mais celle-ci avait disparu. Sans doute les Gris étaient-ils parvenus à la détruire en investissant le poste de commande. Mais il leur avait fallu pour cela des complicités intérieures. Ils longèrent la limite de la Barrière pour gagner le poste dramas qui gardait l'entrée du petit domaine. Ceux-ci étaient déjà aux prises avec une horde innombrable qui combattait avec férocité, au mépris de leur propre vie. Malgré leurs combinaisons protectrices, les dramas ne pouvaient résister au flot qui les assaillait de toutes parts. Ils n'étaient pas plus d'une dizaine. Impuissante, Nelvéa assista au massacre des soldats de la Religion. Elle dut se faire violence pour ne pas courir au secours des malheureux guerriers. Mais c'eût été courir au suicide, même si elle n'avait pas été sur le point d'accoucher. Résignée, elle profita de la confusion pour traverser la piste et remonter vers le nord. Un parti de Gris était toujours à leur poursuite. Empruntant les voies tracées par les animaux, ils remontèrent ainsi les collines orientales pendant plus de deux marches.

À présent, cela faisait plus de dix jours qu'ils louvoyaient au cœur de la forêt, multipliant les ruses pour échapper aux hordes ennemies lancées à leur recherche. Car les Gris les traquaient sans relâche.

— C'est étrange, commenta un vieil homme du nom de Rodwolf. D'habitude, lorsqu'ils effectuent une razzia, les Gris se retirent aussitôt après, avec leurs prisonniers. Pourquoi nous poursuivent-ils avec autant d'acharnement ?

Vers le soir, après avoir une fois de plus semé leurs chasseurs, ils bivouaquèrent dans une vieille bâtisse de berger plus qu'à moitié démolie. Une humidité glaciale s'infiltrait partout. Il était hors de question d'allumer le moindre feu.

Les vivres commençaient à s'épuiser. Ils grignotèrent en frissonnant quelques morceaux de viande séchée et des croûtons de pain rassis, et se serrèrent les uns contre les autres pour se tenir chaud. Lauryanne, blottie frileusement contre sa mère, ne disait mot. Elle s'était repliée sur elle-même, comme pour se protéger des menaces extérieures. Nelvéa ne parvenait plus à communiquer mentalement avec elle.

Lorsque tous furent installés pour la nuit, elle tenta de faire le point. La piste de Veraska, qui leur aurait permis de regagner le monde amanite et de trouver du secours, leur était interdite. Seule la voie incertaine de la Poczla leur demeurait accessible. Nelvéa décida donc de poursuivre dans cette direction, malgré les dangers qu'elle recelait.

Peut-être trouveraient-ils sur les rives du fleuve un navire qui leur permettrait de fuir les hordes de Gris. Ils remonteraient alors jusqu'à la piste de Lodi. Nielsen avait toujours entretenu des relations courtoises avec les mariniers. Mais il fallait pour cela traverser une région accidentée, parcourue par un affluent de la Poczla, où vivait un peuple inconnu et redouté, les Trogles.

Cependant, elle ne pouvait continuer indéfiniment à fuir ainsi. Elle était proche de son terme à présent. Elle devait trouver un refuge. Jamais elle ne pourrait accoucher ici, dans cette forêt froide et humide. L'enfant n'y survivrait pas. Il était déjà extraordinaire qu'il ait réussi à s'accrocher malgré les secousses incessantes imposées par le pas du lionorse. Il lui fallait du feu, de la chaleur, un abri sûr.

Mais la haine qui avait planté ses griffes dans le cœur de Nelvéa n'était sans doute pas étrangère à la résistance du bébé. Vallensbrück avait été détruite par une horde imbécile, guidée par une stupide volonté de destruction. En une seule nuit, tout son univers avait basculé dans un cauchemar atroce. Nielsen n'était plus. Et avec lui tous les trésors qu'il avait patiemment accumulés pendant des siècles. Le plus bel héritage des hommes, qu'il s'apprêtait à leur redonner, tout n'était plus que cendres. Rien ne pouvait expliquer cette attaque soudaine. Rien...

Rien, sinon peut-être la fatalité.

Peu à peu, cependant, des images-souvenirs se glissèrent en elle, distillant dans ses entrailles une incoercible sensation de froid. Une angoisse insidieuse l'envahit et elle frissonna.

« Tu portes le malheur en toi ! » disait la voix de Maaskar au plus profond d'elle-même.

La malédiction d'Ywaïhn !

Se pouvait-il qu'elle ait traîné ce fléau impalpable derrière elle pendant toutes ces années ? Était-il possible qu'elle fût responsable, même involontairement, de l'anéantissement de la cité ?

« Ywaïhn est patient, murmurait Maaskar au fond de sa mémoire. Ta seule chance de sauver cette cité est de me suivre. Nos destins sont liés. »

— Non ! NOOON ! hurla-t-elle soudain.

Dans ses bras, Lauryanne s'éveilla en sursaut.

— Qu'y a-t-il, mère ?

Astrid et Myriam l'entourèrent, lui caressèrent le visage.

— Votre front est brûlant, princesse, dit Astrid.

— Ce... ce n'est rien. J'ai dû rêver.

Au matin, la pluie avait cessé. Mais une brume glaciale gonflait les sous-bois de fantômes inquiétants. Nelvéa éprouva quelques difficultés à se lever. Lorsqu'elle fut debout, un vertige la saisit et elle se mit à grelotter. Elle aurait tellement voulu demeurer contre sa fille, emmitouflée dans sa cape épaisse, sentir les corps de ses deux esclaves blottis contre le sien.

Khaled s'approcha d'elle et lui toucha le front d'un geste doux.

— Tu as pris froid, Aïnah Shean. Tu es brûlante.

Elle respira profondément. Le vertige se dissipa

— Ce n'est pas le moment, articula-t-elle péniblement.

En serrant les dents, elle eut un geste dérisoire pour toucher la poignée de son dayal, pendu à son flanc. Elle ne serait certes pas en état de soutenir un combat dans cet état. Et il fallait continuer. Autour d'elle, ses compagnons se préparaient en silence. Ils étaient près de quarante pour une douzaine de chevaux, plus le lionorse.

Comme s'il sentait la faiblesse de sa compagne, Fearn s'accroupit pour lui permettre de monter en selle. Lorsqu'elle fut hissée sur sa monture, Nelvéa se mit à trembler. Le froid entrait en elle par tous les pores de sa peau.

Soudain, une angoisse nouvelle l'envahit, la pétrifia, comme si quelque chose d'irréparable s'était produit. Affolée, elle toucha son ventre. Le bébé ne bougeait plus. Comme un animal pris de panique, elle jeta des regards apeurés autour d'elle, quêtant du secours. Mais chacun avait trop à faire pour s'inquiéter d'elle. Il fallait fuir. Très vite ! Trop vite !

Elle dut produire un immense effort pour se calmer. Le bébé devait dormir. Il ne s'agitait pas constamment. Elle caressa la douce proéminence d'un geste empreint de timidité et de crainte et mit Fearn au pas.

Furtifs comme des renards, Khaled et Lorik se fondirent dans la forêt pour repérer les alentours. La veille, ils avaient suivi un tronçon de voie envahie par les arbres et les broussailles, mais où l'on retrouvait parfois des dalles brisées et couvertes de mousse. Plus loin, ils avaient pataugé dans un ruisseau pour effacer leurs odeurs. Les Gris possédaient des chiens.

Quelques instants plus tard, l'Ismalasien et l'écuyer étaient de retour.

— Il faut fuir immédiatement, Aïnah Shean, gronda Khaled. Les Gris sont toujours sur nos traces. Nous les avons aperçus. Ils seront là dans une heure au maximum.

— Par les dieux !

Nelvéa ferma les yeux. Le cauchemar se poursuivait. Si elle n'avait pas été obligée de protéger son enfant, elle se serait écroulée là, en attendant son sort. Elle n'avait plus de forces.

— Allons-y, dit Lauryanne dans son dos.

Elle prit la main fiévreuse de Nelvéa et ajouta :

— Ne craignez rien, mère. Nous leur échapperons encore.

Nelvéa acquiesça. La chaleur du petit corps blotti contre le sien lui faisait du bien. Elle aurait voulu être toute petite pour se fondre à elle, disparaître, oublier cet enfer froid et humide qui la pénétrait.

Ce n'était pas la première fois que Lauryanne adoptait ainsi avec elle une attitude protectrice. Était-ce à cause de l'instinct maternel qui vibrait en elle, ou bien pour une autre raison qu'elle ne s'expliquait pas ? Parfois, il lui semblait que Lauryanne représentait le seul élément stable de son univers. Tant que la petite fille serait à ses côtés, rien ne pourrait lui arriver.

La fuite éperdue reprit une nouvelle fois, épuisante, désespérante. Les enfants faisaient preuve d'un courage inébranlable malgré la nourriture rare et l'absence de feu.

Vers le milieu de la matinée, une douleur intolérable tordit le ventre de Nelvéa.

— Ce n'est pas possible, gémit-elle.

Elle était sur le point d'accoucher. Ce n'était pas le moment. S'ils s'arrêtaient, ils étaient perdus. Les Gris les rattraperaient et la tueraient.

Au prix d'un effort de volonté surhumain, elle parvint à atténuer la souffrance. Mais elle continuait de trembler. Demain, au plus tard après-demain, elle mettrait son bébé au monde. On ne pouvait lutter contre l'ordre des choses. Mais elle risquait de tout faire échouer. Ses compagnons, à cause d'elle, seraient capturés, emmenés en esclavage.

« Jamais personne n'est revenu de Hackenmahar ! » disait-on.

Cependant elle savait que jamais ils n'accepteraient de l'abandonner.

Elle commençait à bien les connaître. En dehors de ses proches, il y avait le vieux Rodwolf qui, malgré ses soixante-quinze ans, trouvait la force de soutenir les plus jeunes. Près de lui, cheminait la grosse Martha, la charcutière, qui avait réussi à sauver son plus jeune fils. Derrière venaient Mahren et Vahren, les jumeaux, âgés d'une cinquantaine d'années, qui n'avaient jamais pu se résoudre à se séparer pour fonder un foyer. Le plus jeune des enfants était un petit garçon de six ans qui expliquait à qui voulait l'entendre qu'il ne craignait pas les Gris et qu'il allait retourner les combattre, armé de la petite fronde qu'il s'était fabriquée le premier jour de leur fuite. Ses parents avaient disparu dans la tourmente de Vallensbrück et il n'aurait de cesse de les voir vengés. Parce qu'il se retrouvait soudain seul et livré à lui-même, il refusait toute tutelle, toute protection, et mettait un point d'honneur à suivre les hommes de la troupe, supportant sans faiblir les épreuves. Il ne prenait ses ordres que de Lauryanne, qu'il vénérait à l'égal d'une déesse.

Par moments, Nelvéa se disait que les enfants se montraient plus résistants que les adultes. Deux hommes et trois femmes notamment ne cessaient de geindre. Jamais ils n'avaient connu le danger, et se conduisaient de manière égoïste, accaparant les rares couvertures, se chamaillant, pillant sans vergogne la nourriture parcimonieuse.

Nelvéa songeait parfois qu'ils constituaient un poids dont il eût été plus raisonnable de se séparer. Mais elle se hérissait lorsque lui venaient ces pensées indignes. Ces pauvres gens n'étaient pas responsables de leur malheur.

La responsable, c'était elle, Nelvéa. Elle s'était crue suffisamment forte pour lutter contre le destin. À cause de son orgueil stupide, elle avait provoqué la destruction de son petit paradis. Alors, aurait-elle dû céder à l'insistance de Maaskar ? C'était absurde !

Dans son délire fiévreux, elle voyait parfois les brumes fantomatiques s'agiter, comme pour donner naissance à des visions de cauchemar. Dans les arbres dénudés, les bourrasques de vent se déchiraient, faisant entendre des gémissements angoissants. Nelvéa serrait les dents. Il ne fallait pas qu'elle cède à la folie qui se glissait en elle. Ce qu'elle apercevait n'était pas, ne pouvait pas être le spectre d'Ywaïhn. C'était impossible. Après toutes ces années... C'était même ridicule. Mais ici, au cœur de cet enfer chargé de brumes mouvantes semblables à des linceuls, qu'en était-il de la réalité ? Parfois, le tronc d'un arbre mort semblait s'ouvrir sur des mâchoires gigantesques, des yeux innombrables l'épiaient, la traquaient. Elle prenait alors la main de sa fille et la serrait.

— Mère, vous me faites mal, gémissait Lauryanne.

— Excuse-moi !

Plusieurs fois, elle toucha son ventre. Pas une fois le bébé n'avait remué depuis le matin. Elle aurait voulu qu'il s'agitât, qu'il lui donnât des coups de pied. Mais il n'y avait plus rien. Plus rien que cette douleur sourde qui lui broyait les entrailles.

— Il faut accélérer, dit brusquement Khaled, surgissant comme un démon à ses côtés. Ces chiens ont retrouvé nos traces.

— Je ne pourrai jamais ! Je ne peux plus.

Elle le regarda.

— Écoute, mon compagnon, vous allez partir. Il n'est pas utile qu'ils vous capturent tous. Je vais rester ici et tenter de les retarder.

— C'est hors de question, gronda l'Ismalasien simplement.

Nelvéa n'osa pas répondre. Bien sûr, à leur place, elle n'aurait pas réagi autrement. Mais un homme, Ratgen, s'approcha.

— La princesse a raison, messire Khaled. Nous devrions tenter notre chance chacun de notre côté.

C'était l'un des timorés qui ne cessait de se plaindre.

L'Ismalasien n'eut pas le temps de répliquer. Astrid se planta devant l'homme et le gifla à toute volée.

— Imbécile ! Nous nous sauverons tous ensemble ou nous périrons. Il n'y a pas de place parmi nous pour les lâches. Alors, fais ce qu'on te dit.

L'autre se frotta la joue et s'en fut en bougonnant.

Ce fut vers le début de l'après-midi que le piège se referma. Ils venaient juste d'atteindre l'affluent de la Poczla. Parce que Nelvéa, à demi évanouie, avait failli tomber de son lionorse, ils avaient fait une courte halte. Les berges de la rivière paraissaient praticables. En les longeant vers l'aval, ils parviendraient au fleuve où ils trouveraient certainement un port. L'endroit était inquiétant. De chaque côté s'élevait un labyrinthe de murailles calcaires d'aspect sinistre.

— L'antre des démons, grelotta une femme en désignant les brumes stagnantes qui s'appesantissaient sur les eaux sombres.

— Boucle-la ! ordonna Martha en brandissant sa large main.

Afin de combattre le froid, Nelvéa avala une gorgée de liqueur verte, un flacon qu'elle avait emporté au dernier moment.

— Cela va aller, dit-elle.

Ils reprirent leur marche désespérée. Soudain, Lauryanne dit à sa mère :

— Il y a des hommes ici. Ils se cachent. Mais ils nous surveillent.

Nelvéa, à demi inconsciente, tenta de percer le mystère des brouillards mouvants. Mais elle était trop faible.

Près d'elle, un homme hurla :

— Les Gris !

Derrière eux, à l'endroit où ils avaient fait halte quelques instants plus tôt, une horde silencieuse venait de surgir, armée jusqu'aux dents. Simultanément, devant eux, une autre troupe se matérialisa. Des hommes étranges, vêtus de cuir et de peaux de bêtes, armés d'arc, de frondes et de sarbacanes.

Nelvéa s'effondra sur l'échine de son lionorse. Tout était perdu.

52

Peut-être avait-elle quitté la vie...

Il lui semblait marcher sur un chemin semé de braises. Une étrange sensation mélangée de chaud et de froid distillait dans ses muscles des ondes douloureuses, à la limite du supportable. Ses poumons s'emplissaient de flammes, tandis que son corps grelottait sous l'emprise d'une vague de glace venue de nulle part.

De temps à autre, le voile qui lui obscurcissait les yeux s'estompait l'espace d'un instant, et elle découvrait sans le comprendre un univers sombre, fait de roches à nu sur lesquelles jouaient des ombres fantasmogoriques. Des visages flous, auxquels elle n'aurait su donner un nom, se penchaient sur elle, inquiets, angoissés. Des mains caressaient son corps, mais le moindre contact lui faisait l'effet d'une griffure.

Elle se souvenait, au début de ce calvaire qui durait peut-être depuis l'éternité, d'une vague de souffrance intolérable. Une douleur monstrueuse lui avait broyé les entrailles, tandis qu'au loin, très loin d'elle, une femme hurlait son désespoir en réveillant les échos des roches sombres. Elle n'avait pas compris que ces cris démentiels provenaient d'elle-même.

Dans ce monde où la lumière n'entrait jamais, elle ne savait plus distinguer le jour de la nuit. Plusieurs fois elle éprouva l'envie de tout abandonner, de se laisser glisser dans une torpeur définitive, d'oublier à jamais ce cauchemar insupportable. Mais toujours, une étincelle de haine farouche venait ranimer sa volonté.

Un songe hallucinant venait la hanter. Elle marchait au-devant d'une barrière de flammes, de laquelle s'élevait une énorme sphère lumineuse qui s'enflait, se boursouflait pour en engendrer une autre, plus petite. Mais la nouvelle étoile issue de la première souffrait, se ternissait, pour enfin s'éteindre et disparaître. Alors, sans véritablement comprendre pourquoi, une peine immense l'envahissait.

Nelvéa demeura ainsi pendant plus d'un mois entre la vie et la mort. Khaled et Lorik se relayaient à son chevet, tandis qu'Astrid et Myriam refusaient de quitter la couche où l'on avait installé leur maîtresse. Lauryanne, désespérée, dormait contre sa mère. Celle-ci ne percevait même pas sa présence.

Les Trogles !

Tel était le nom de ce peuple ignoré qui était intervenu pour leur éviter de tomber aux mains des Gris. Simplement parce qu'ils amenaient avec eux des femmes et des enfants, et aussi parce que les Gris étaient leurs ennemis héréditaires depuis des générations, ils avaient immédiatement pris parti pour ces étrangers à demi morts de faim et de froid égarés sur leur territoire. Surgis comme par miracle sous les yeux éberlués de ceux de Vallensbrück, ils avaient entraîné ces derniers vers des issues invisibles creusées dans la roche calcaire qui bordait la rivière. Un parti de guerriers s'était opposé à l'envahisseur. Celui-ci avait voulu riposter, mais les assaillants semblaient omniprésents et invisibles. Les falaises crayeuses étaient leurs complices. Des trouées noires surgissaient des archers rapides et efficaces, qui disparaissaient aussitôt après avoir tiré leurs flèches meurtrières. Les poursuivants s'étaient écroulés comme des mouches. En quelques instants, ils avaient dû rompre le combat et s'enfuir, abandonnant plus de la moitié des leurs sur le terrain.

Empruntant des chemins secrets, des tunnels sombres prolongés par d'étroites corniches dissimulées par les arbustes accrochés à la paroi rocheuse, les fuyards, guidés par leurs mystérieux sauveteurs, avaient fini par déboucher au milieu d'un village taillé dans le flanc même de la montagne. Des demeures alvéolaires étaient réparties sur trois niveaux, s'étirant sur plusieurs centaines de mètres. Depuis la rivière, nul n'aurait pu deviner quoi que ce fût. Des arbres soigneusement entretenus, des rangées de buissons épineux protégeaient la petite cité des regards curieux. Des chemins usés par des générations de pieds longeaient les cavernes dont beaucoup se fermaient de murs de brique, percés de portes et de fenêtres.

Une effroyable sensation de froid réveilla Nelvéa. Elle ouvrit les yeux. Lauryanne la contemplait, le visage grave. Un vague sourire effleura les lèvres de la fillette, mais il s'effaça presque aussitôt.

— Lauryanne ! Tu es là, ma petite fille. Les dieux soient remerciés.

— Je suis là, mère. Ne vous inquiétez de rien.

Lauryanne prit la main de sa mère et la serra avec force. D'autres visages apparurent, parmi lesquels elle reconnut Astrid et Myriam, Khaled, Lorik, Krissy, ainsi que de nouvelles têtes qu'elle n'avait jamais vues.

— Où sommes-nous ?

— Dans la vallée de Nyssa, répondit Khaled. C'est le nom que les gens d'ici donnent à la rivière qui se jette dans la Poczla.

— Mais… que s'est-il passé ?

— Les Trogles sont venus à notre secours, princesse, dit enfin Astrid d'une voix mal assurée.

Des inconnus surgirent de l'ombre. Des hommes et des femmes vêtus de peaux, des enfants aussi, aux mines curieuses.

Nelvéa éprouvait une effroyable sensation de faiblesse. Elle se laissa aller sur la couche de paille que recouvrait une couverture de laine fatiguée. À son arrivée à Vallensbrück, elle avait dormi pendant plusieurs semaines, à la frontière de la vie et de la mort. Mais cette fois la cause en était différente. Elle caressa soudain son ventre redevenu plat et un grand froid l'envahit. D'une voix timide, elle demanda :

— Mon bébé ? Qu'est-il devenu ?

Personne n'osait parler. Mais les esprits étaient limpides, les regards chargés de douleur. En une fraction de seconde, une succession d'images inexorables se fit jour en elle. Elle se souvint de son inquiétude le dernier jour de leur fuite désespérée, le silence angoissant qui lui répondait lorsqu'elle touchait son ventre, les douleurs innombrables qui lui avaient broyé les entrailles pendant son délire. Elle ferma les yeux. L'enfant était mort avant même de se séparer de sa mère. Il n'avait pas supporté leur chevauchée dans le froid et l'humidité.

Khaled s'approcha de la couche et lui prit la main.

— Il faut que tu sois forte, Aïnah Shean. Les dieux donnent, les dieux prennent. Nous ne pouvons aller contre leurs décisions.

Elle n'écoutait pas. Elle ne voulait pas écouter. Ywaïhn, Maaskar, les Gris, l'enfer de Vallensbrück..., toutes ces horreurs avaient assassiné l'enfant. Il eût survécu si les hordes imbéciles de Hackenmahar n'avaient pas attaqué la petite ville. Un formidable mélange de douleur et de rage l'imprégnèrent, la déchirèrent, et enfin, elle dégorgea sa haine en un hurlement effrayant, semblable au rugissement d'un fauve blessé à mort. Khaled voulut la prendre dans ses bras, mais elle le repoussa avec violence. Puis elle se retourna brusquement, s'écroula sur la couverture et éclata en sanglots.

Elle n'était plus qu'un bloc vibrant de haine. Elle avait tout perdu. À cause d'une malédiction stupide qu'elle ne parvenait pas à accepter.

Effrayés, ses compagnons ne savaient plus comment l'aborder. À présent que la fièvre était tombée, son corps reprenait le dessus. Mais à l'intérieur, le mal était beaucoup plus profond.

Elle ne parlait plus, refusant même qu'on l'approchât.

Seule sa fille Lauryanne trouvait grâce à ses yeux. Souvent, la fillette lui prenait la main sans mot dire et demeurait prostrée de longues heures, roulée en boule contre elle.

Désorientés, les compagnons de Nelvéa erraient dans la petite cité troglodyte comme des âmes en peine. À présent que l'angoisse de leur fuite éperdue s'était estompée, ils prenaient conscience de la disparition de leur monde, cet univers si calme qui avait rythmé leur vie depuis des générations. Leur seigneur était mort, emporté par la tourmente qui s'était soudainement abattue sur eux. Mais sa compagne, la belle Nelvéa, les avait guidés, protégés dans la débâcle. Malgré sa jeunesse, ils la considéraient comme leur suzeraine, leur mère. De la voir si faible, si vulnérable, ils se sentaient tous un peu orphelins.

Parce qu'ils étaient ennemis des Gris, les Trogles les avaient accueillis avec sympathie. C'était un peuple curieux, qui ne parlait pas un mot d'ankos, et dont les contacts avec l'extérieur se réduisaient à de brefs échanges avec les mariniers de la Poczla. Personne ne se risquait jamais dans cette vallée inquiétante dont ils étaient les maîtres incontestés. Ils vivaient de la pêche et de la chasse, ainsi que de quelques moutons et chèvres à demi sauvages qui leur fournissaient du lait. Plus bas en direction de la Poczla, sur les rives élargies, ils cultivaient quelques champs. Mais jamais ils ne s'aventuraient hors de l'enceinte protectrice des falaises dont ils avaient agrandi et aménagé les excavations naturelles, transformées ainsi en de véritables demeures. Des chemins de pierre fortifiés longeaient les casernes, farcis de pièges innombrables. Par endroits, les pas se posant toujours aux mêmes emplacements avaient gravé dans la roche des empreintes profondes.

À l'intérieur des cavernes, de curieuses rigoles taillées dans le sol servaient à évacuer les eaux usées. Les chambres étaient installées à un niveau surélevé, dans les profondeurs même des grottes. Cette disposition permettait de conserver plus longtemps la chaleur qui montait des foyers, et offrait aussi une position en surplomb plus facilement défendable en cas d'agression. Tout ici était conçu en prévision des attaques extérieures. Sans doute ce peuple avait-il eu à souffrir par le passé de nombreuses invasions. Au cœur de la montagne, un fin réseau de galeries à peine assez grandes pour qu'un homme pût s'y glisser parcouraient les falaises. En cas de fuite, elles permettaient aux habitants de s'échapper.

Depuis des millénaires, les Trogles vivaient en autarcie complète, refusant farouchement tout contact avec l'extérieur. Un extérieur qui pour eux signifiait l'esclavage des Gris. Khaled et ses compagnons apprirent qu'il existait ainsi une douzaine de villages trogles répartis le long de la vallée. Ces villages communiquaient entre eux par un ingénieux système de tours de guet. Les guetteurs se transmettaient les messages par des appels de trompe, un langage sifflé, ou encore par des miroirs. Le petit groupe de survivants s'était rapidement intégré à la communauté. Il n'était pas question pour les fuyards de repartir. Ils n'étaient certes pas prisonniers des Trogles, avec lesquels s'étaient noués des liens d'amitié. Mais la neige avait fait son apparition, et toute retraite était coupée. La rivière avait gelé, et l'on pouvait la traverser à cheval. De plus un blizzard féroce s'était mis à souffler bien avant l'époque des fêtes du Solstice, et rendait tout voyage impossible. Khaled ne savait que décider. Où auraient-ils bien pu se rendre ? La route du sud, qui passait par les montagnes, était impraticable, et sans doute aux mains des Gris. Quant à descendre vers la Poczla, il fallait l'accord de Nelvéa.

Or, celle-ci semblait se désintéresser de tout. Elle s'enfermait dans un mutisme effrayant, refusant de parler à quiconque, même à sa propre fille. Celle-ci pourtant restait la seule personne à pouvoir l'approcher. Elle se blottissait contre elle, lui communiquant sa chaleur, sa force, son courage. Mais Nelvéa, si elle répondait à sa tendresse, demeurait le plus souvent prostrée au fond de la caverne où on l'avait installée.

Plusieurs mois passèrent ainsi, dans le froid et la glace. Khaled et ses compagnons chassaient avec les Trogles, les aidaient à ramasser le bois de chauffage, à tanner le cuir des bêtes abattues. Le chef du village, un homme d'une cinquantaine d'années taillé comme un ours, avait entrepris d'apprendre leur dialecte à leurs invités. Cela ne présenta guère de difficultés. Les racines du langage trogle comportaient de nombreuses similitudes avec la langue amanite.

Cependant, le temps qui passait n'apportait aucune amélioration à l'état de Nelvéa. Khaled ne savait que faire pour la tirer de sa mélancolie. Il passait de longues heures à l'observer, recroquevillée sur sa couche de paille. Nul n'osait alors le déranger. Ses yeux d'un gris métallique perdus dans un rêve intérieur ne pouvaient se détacher de la silhouette immobile tandis que ses mâchoires se crispaient. Parfois, il jetait sur le sol ses petits os d'animaux tout secs, ces fétiches qu'il avait rapportés bien des années plus tôt des sables de son Ismalasie natale, et qu'il appelait des krehns. Il les contemplait pendant de longues minutes, tentant de déchiffrer les énigmes divines, quêtant une réponse, puis les rangeait lentement, le visage impénétrable.

Il comprenait parfaitement ce qu'éprouvait Nelvéa et en souffrait pour elle. Sans posséder le shod'l loer, il ressentait de manière presque tangible la haine qui hantait son cœur, et à laquelle se mêlait une obsession effrayante. Sans comprendre pourquoi, il savait qu'elle se rendait responsable de leur malheur. Les krehns étaient formels : une entité malfaisante la poursuivait de sa haine. Les chasseurs de Narushja auraient parlé de la malédiction d'Ywaïhn. Mais derrière elle, il devinait autre chose, une présence encore plus puissante, qu'il ne parvenait pas à définir.

Les jours mornes d'un hiver sans fin se succédaient, sans apporter d'amélioration.

Les Gris n'avaient pas reparu. Sans doute redoutaient-ils de s'aventurer dans le territoire des Trogles. De plus, une expédition guerrière à cette époque eût été irrémédiablement vouée à l'échec. L'Ismalasien sentait que ce n'était que partie remise. Pour une raison incompréhensible, les Cagnats, comme les baptisaient les Trogles, s'étaient juré de les poursuivre et de les massacrer jusqu'au dernier. Ils reviendraient dès que le temps le leur permettrait. Aussi avait-il pris en main l'entraînement de tous les hommes de son petit groupe. Intéressés, les Trogles s'étaient eux aussi intégrés à ces séances de combat.

Un jour enfin, alors que Khaled bavardait avec Hassner, le chef du village, ils virent Nelvéa sortir de la caverne, frileusement enveloppée dans sa cape. Sans un mot elle se dirigea vers l'endroit où l'on avait parqué les chevaux et sella son lionorse. Inquiet, Khaled voulut la rejoindre. Hassner l'arrêta.

— Laisse, mon ami. Cette femme souffre. La haine emplit son cœur. Mais elle est de la race des seigneurs. Elle survivra. Et elle redressera la tête. Alors, malheur à ses ennemis.

Nelvéa, sans un regard pour les gens du village qui l'observaient avec un mélange de crainte et de curiosité, lança le lionorse au triple galop. C'était la première fois depuis son arrivée parmi les Trogles, plusieurs mois auparavant, qu'elle remontait Fearn. Longeant les berges, elle se dirigea vers les montagnes du sud, espérant peut-être rencontrer un parti de Gris qu'elle aurait anéantis jusqu'au dernier. Mais la forêt demeurait inexorablement vide. Elle se maudissait de ne pas posséder les pouvoirs de sa mère, Solyane, pour comprendre, arracher ce voile opaque qui lui obscurcissait l'esprit, se mêler à la montagne, la faire sienne pour percer ses mystères. Seul le silence répondait à ses questions muettes.

Il n'y avait plus aucune tendresse en elle. Elle aurait souhaité pouvoir expliquer à ses compagnons qu'elle les aimait toujours, qu'elle était encore avec eux, qu'elle les défendrait jusqu'à la mort, comme c'était le rôle de tout chevalier. Aucun mot ne parvenait à franchir ses lèvres. Si son corps ne conservait aucune cicatrice, au plus profond d'elle-même s'étaient creusées des blessures qui jamais ne se refermeraient.

Tandis que le vent lui griffait la peau, que le froid pénétrait sa cape de cuir, la voix de son père la hantait : « Ne laisse jamais la haine envahir ton cœur. Elle t'abaisserait au niveau de tes ennemis ! » Plusieurs fois, elle faillit hurler pour chasser cette vision. La haine était devenue sa seule raison de survivre.

Sa décision était prise. Au printemps, elle descendrait le cours de la Nyssa, joindrait la Poczla et, au-delà, gagnerait la piste de Lodi. Là, elle remettrait Lauryanne à la protection d'une caravane et reviendrait vers Hackenmahar. Elle ne savait pas encore comment elle s'y prendrait, mais elle vengerait Nielsen et son enfant, et tous ceux qui avaient péri lors de l'invasion.

Parvenue dans une clairière que la neige peu à peu avait désertée, elle mit pied à terre et fit quelques pas nerveux. Jamais elle n'abandonnerait. Son père, trente ans plus tôt, avait bien vaincu un empire à lui seul en tuant l'empereur de Nogafrika. Elle était sa fille. Elle triompherait. Elle n'hésiterait pas pour cela à employer toutes les armes dont la nature l'avait dotée. Elle toucha la poignée de son dayal, caressa la paume ciselée, puis tira le sabre dont la transparence bleutée étincela au soleil pâle qui noyait la forêt. Elle fit quelques mouvements, heureuse de sentir la force de l'arme vibrer au bout de son bras. Elle serra les dents. Elle avait cru, pendant toutes ces années tranquilles passées auprès de Nielsen, que jamais plus elle n'aurait à utiliser son dayal. Mais les esprits mauvais s'étaient une nouvelle fois ligués contre elle. Alors, elle combattrait encore. Du sang coulerait le long du métal étrange, aux reflets de cristal. D'un coup sec, elle trancha le tronc d'un arbuste. Des images revinrent la torturer. Le visage, le sourire de Nielsen, la douceur du petit lac de Vallensbrück, les veillées au coin de la cheminée, à deviser sur les civilisations disparues, son reflet dans la psyché, où elle caressait tendrement son ventre rond, empli d'un enfant que la guerre avait condamné d'avance…

Elle tomba à genoux.

Le cauchemar qui s'était éloigné d'elle depuis son arrivée à Vallensbrück, le rêve maudit était revenu la hanter. Chaque nuit, l'angoisse la prenait lorsqu'elle sentait son esprit glisser vers le sommeil, vers ce néant glauque et doucereux, empli d'une extase érotique qu'elle redoutait. Le corps de son amant étranger revenait peser sur le sien, lui communiquant un plaisir effrayant, mêlé à une angoisse sans nom. Lorsqu'il se séparait d'elle, elle tentait de distinguer ses traits, mais toujours le visage inconnu se fondait dans l'ombre, emportant son mystère.

À bout de nerfs, elle s'effondra sur le sol. Le dayal tomba à ses côtés avec un bruit mat, et elle se mit à pleurer comme une enfant. Puis elle leva les yeux vers le soleil timide et se mit à hurler :

— Mais pourquoi ? Pourquoi ? Qui es-tu ? Que veux-tu de moi ?

Elle crut qu'elle allait devenir folle. Elle retomba à quatre pattes, ses mains griffèrent le sol, la terre.

La Terre…

Une fraction de seconde, le voile parut se soulever. Il lui sembla se fondre totalement à la roche, aux arbres, à la clairière qui l'entourait. Lentement, elle ramassa une pleine poignée de l'humus glacé et l'éleva à hauteur de son visage. Certaines paroles de Flora lui revinrent en mémoire : « C'est la Terre qui me redonne vie et courage. Elle est notre force, parce que nous sommes nés de sa poussière… »

Un calme étrange s'empara d'elle, tandis qu'elle respirait longuement l'odeur profonde de la forêt. La Terre, la Terre qui ne ment pas, qui ne triche pas !

Elle ferma les yeux, puis appliqua l'humus sur ses joues, son cou, ses vêtements. Une force nouvelle monta peu à peu en elle, irradiant jusqu'à la moindre fibre de sa chair. Si la haine ne l'avait pas quittée, son esprit était plus clair à présent. La forêt n'était pas son ennemie. Ywaïhn n'existait que dans son imagination. Le mal venait d'ailleurs, d'une ville d'où personne jamais ne revenait. Elle trouverait cette ville, et la détruirait, ainsi que les esprits mauvais qui la hantaient.

Elle se releva, rappela Fearn et retourna vers le village trogle.

Lorsqu'elle apparut, les villageois accoururent vers elle et l'accueillirent avec des cris de joie. Elle leur répondit d'un sourire pâle. Puis elle se dirigea vers Khaled, inquiet.

— Khaled, mon compagnon, cela fait trop longtemps que mon dayal est resté inoccupé. Il faut que tu m'entraînes à nouveau.

L'Ismalasien resta un moment interdit, puis ses lèvres s'étirèrent sur un fin sourire. Jamais personne, homme ou dieu, ne parviendrait à faire baisser la tête à la fille de Dorian de Gwondaleya.

— Je suis là, Aïnah Shean, dès qu'il te plaira.

53

Durant les semaines suivantes, Nelvéa ne laissa aucun répit au pauvre Khaled, qui pourtant approchait à présent les soixante ans. De l'aube au couchant elle l'entraînait dans des joutes épuisantes, retrouvant sans effort l'art inné du combat qu'elle avait hérité de son père, Dorian. Les Trogles qui avaient vu la jeune femme quasi mourante sur sa litière de paille ne cessaient de s'étonner. Chez eux les femmes savaient se battre, parce que c'était la loi de la vallée, mais aucune ne possédait cette science incomparable. Le chef du village ne cachait pas son admiration.

— Cette femme est plus puissante que tous les guerriers que je connais, disait-il à Khaled, avec lequel il avait noué de solides liens d'amitié.

Mais l'Ismalasien modérait son enthousiasme.

— Tu l'as dit toi-même, compagnon. Elle a souffert, et elle souffre encore. Je crains que cette fureur qui l'habite ne l'entraîne dans des combats inégaux, où elle risque fort de perdre la vie.

— Qui est-elle ?

Khaled hésita. Il n'avait pas encore révélé la véritable origine de Nelvéa. Par prudence, il se méfiait de tout et de tous. Mais les Trogles s'étaient montrés amicaux et désintéressés.

— Nelvéa est la fille du comte Dorian de Gwondaleya. C'était un grand seigneur, qui régnait sur l'une des plus puissantes cités du monde amanite. Voici une dizaine d'années, elle a épousé le seigneur Nielsen d'Hoffengart. À l'automne dernier, les Gris ont détruit leur domaine de Vallensbrück. Le seigneur Nielsen est mort en défendant les siens. La princesse Nelvéa a fui, parce qu'elle attendait un enfant. Le bébé est mort en venant au monde. À présent, elle veut le venger, comme elle veut venger Vallensbrück. C'est pour cela que je crains le pire. Elle est suffisamment inconsciente pour affronter Hackenmahar à elle seule.

— Attaquer Hackenmahar ? C'est de la folie. Personne n'est jamais revenu de là-bas !

— Je le sais, compagnon. Je le sais. Mais son père a accompli jadis un exploit similaire. Il s'est attaqué seul à l'empire de Nogafrika.

— C'est impossible !

— Il l'a fait. Il a triomphé en tuant son empereur, Hadran

le Maudit. Elle n'est pas la fille de Dorian de Gwondaleya pour rien.

Parfois, Nelvéa partait pour de longues randonnées solitaires dans la forêt, montée sur son fidèle lionorse. Une métamorphose s'était opérée en elle. La petite guerrière farouche qui recherchait désespérément son père dans les forêts de Skovandre et de Narushja avait fait place à une femme déterminée, rongée par la haine, et décidée à ne jamais s'accorder de repos avant d'avoir anéanti la cité maudite. Elle y laisserait sans doute la vie, mais il n'y aurait pas de compromis possible. Hackenmahar paierait ses crimes.

Le printemps chassait l'hiver. La Nyssa charriait de monstrueux blocs de glace arrachés aux montagnes proches. Déjà l'air se réchauffait, la sève montait du plus profond des arbres, et le sang des hommes bouillonnait. Des parfums nouveaux emplissaient la brise qui soufflait de la vallée supérieure, là où la rivière n'était encore qu'un torrent furieux.

Souvent Nelvéa demeurait des heures, immobile, à contempler le cours d'eau, appuyée sur la rambarde de bois qui longeait le chemin de roche inférieur.

Nelvéa s'était attachée aux Trogles, peuple étrange farouchement épris d'indépendance, qui lui avait offert un soutien inconditionnel dans l'adversité. Mais ils n'étaient qu'une étape sur sa route.

Un jour, elle vint trouver le chef Hassner et déclara :

— Le temps est venu pour moi de repartir. Je veux vous remercier pour le soin que vous avez pris des miens. J'aimerais que certains d'entre eux demeurent avec les vôtres. Je ne désire emmener que Khaled, Lorik, mes deux esclaves Myriam et Astrid, Krissy et sa fille, ainsi que Lauryanne. Je reviendrai chercher les autres lorsque… j'aurai accompli ma mission.

— Notre village sera honoré de leur présence, princesse. Mais s'il m'est permis, je voudrais vous dire que votre combat est de ceux qui mènent inévitablement à la mort. Hackenmahar est bien trop puissante. Depuis des siècles elle défie le pouvoir des amanes eux-mêmes. Si vous le souhaitez, vous pouvez demeurer parmi nous. Notre caverne est la vôtre.

— Les dieux veillent sur vous, Hassner. Mais jamais je ne connaîtrai de repos avant d'avoir vengé tous ceux qui ont péri à Vallensbrück. Mon honneur de chevalier s'y refuse.

— Alors, que les divinités de Nyssa vous accompagnent, princesse Nelvéa. Ce que vous voulez faire est juste. Je crois... je crois qu'à votre place je n'agirais pas autrement. Prenez bien soin de vous. J'aurais tant de plaisir à vous revoir.

— Si les dieux le permettent, nous nous reverrons, Hassner. Je rebâtirai Vallensbrück, et vous y serez conviés, vous et les vôtres.

Escortés par un petit groupe de Trogles, il ne fallut que quelques jours à Nelvéa et ses compagnons pour atteindre le confluent de la Nyssa et de la Poczla, là où les falaises crayeuses s'abaissaient pour se fondre à la plaine immense. Un gué leur permit de passer sur la rive orientale du fleuve. De l'autre côté, abrité dans une anse boisée, ils découvrirent un petit campement de toile où s'érigeaient çà et là quelques baraquements de planches. C'était un poste frontière, où des inconnus au parler rocailleux les accueillirent avec de grands cris de bienvenue. Une foule volubile les entoura rapidement, pour leur proposer une multitude d'objets hétéroclites, couvertures de laine multicolores, outils, bijoux, fourrures, et même quelques esclaves fatigués. Visiblement, les indigènes connaissaient les Trogles avec lesquels ils entamèrent aussitôt des discussions animées pour troquer leurs marchandises.

Le soir venu, Nelvéa et ses compagnons prirent congé de leurs hôtes. Ceux-ci ne les accompagneraient pas plus loin. Ils redoutaient de quitter la sécurité de leur domaine. S'ils entretenaient des contacts commerciaux avec les peuples de la Poczla, ils redoutaient de s'aventurer hors de leurs montagnes.

Une journée plus tard, Nelvéa et ses compagnons parvenaient en vue d'un petit port. Leur arrivée ne manqua pas d'attirer les curieux. Hötebor était une petite bourgade d'à peine un millier d'âmes, dont les habitants vivaient de la pêche, de l'artisanat et du cabotage le long des rives du fleuve. Ignorée de la Religion à cause de son éloignement, la petite cité survivait tant bien que mal, régulièrement harcelée par les attaques des Gris, contre lesquelles elle avait édifié une muraille haute et bien défendue. Nelvéa et ses compagnons n'ayant aucunement l'allure de l'ennemi héréditaire, on les laissa entrer sans trop de difficulté. La jeune femme possédait encore de nombreuses pièces d'or dissimulées dans sa ceinture, et cela facilitait grandement la compréhension des autochtones. On leur offrit la galette de pain et le sel de l'amitié, et on les accueillit dans la plus belle auberge de la ville où ils passèrent la nuit.

Le lendemain, des enfants curieux comme des renards les guidèrent jusqu'au port. Nelvéa devait se faire comprendre par gestes, car personne ne parlait l'ankos. Après une heure de palabres, un capitaine qui baragouinait un curieux sabir accepta de les prendre à son bord.

— Je désire remonter jusqu'à la piste de Lodi, expliqua Nelvéa. Là, je veux trouver une caravane qui puisse emmener ma fille jusqu'à Gwondaleya, où règne mon frère, Palléas.

L'autre leva les bras au ciel.

— Vous beaucoup or. Je prendre risques. Femmes ! Femmes et chevaux à bord ! Grand danger il y a. Et ce monstre !

Il désignait Fearn, qui le toisait d'un regard énigmatique. Le capitaine secoua la tête.

— Compagnons dire moi fou. Et fou je suis !

— Fou peut-être, mais riche aussi, précisa Nelvéa en comptant devant lui une somme rondelette.

Le marinier saisit vivement une pièce et la mordit d'un air convaincu.

— C'est conclu ! dit-il avec un grand sourire.

Le surlendemain, le petit groupe embarquait sur le navire du capitaine Orvaneus. Petit tonneau habillé de cuir et pourvu d'une moustache extravagante, il n'en possédait pas moins une voix de stentor, qui se révéla parfaitement efficace pour abrutir les quelque vingt rameurs esclaves constituant l'un des moyens de locomotion du Lörenau. Le vaisseau d'Orvaneus n'était en réalité qu'une barge plate, basse sur l'eau, aménagée pour recevoir deux rangs de galériens. Un moteur à vapeur et un mât à voile carrée complétaient la partie propulsion. Lorsque le moteur daignait ne pas se mettre en panne, les rameurs se contentaient des fines manœuvres d'amarrage. Mais bien souvent, l'affreux caractère de la machine ou l'éthylisme avancé du mécanicien de bord mettaient à contribution les muscles des malheureux esclaves. Par chance, Nelvéa et ses compagnons abordaient le voyage dans le bon sens, c'est-à-dire le sens du courant.

Bien sûr, le Lörenau n'avançait pas vite. Mais il avançait. Fearn et les cinq chevaux avaient été logés à l'entrepont, moyennant une somme exorbitante. Quant à Nelvéa et les siens, ils s'entassaient dans les deux cabines, baptisées de « luxe » par Orvaneus, seul équipement destiné aux passagers.

Une douzaine de mariniers aux tenues hétéroclites complétaient l'équipage. Outre Nelvéa et les siens, le navire emportait une bonne vingtaine de personnes, qui avaient trouvé refuge au-dessus des cales, sous la cabine de commandement. C'étaient pour la plupart des négociants ou artisans de Hötebor partis faire du cabotage jusqu'à la grande piste du nord.

Depuis longtemps, les montagnes s'étaient fondues à l'horizon. À la hauteur de Hötebor, le fleuve devenait large et majestueux, comme s'il voulait faire oublier sa folle jeunesse torrentueuse pour offrir aux hommes l'image impériale d'un puissant dieu aquatique. Tout autour, les monts de l'Hercy reculaient, s'assagissaient en collines douces, inondées par un éblouissant soleil printanier. Les rives du fleuve souverain se couvraient de forêts épaisses, où s'ouvraient parfois des étendues plus claires, des prairies bordées de plages ignorées, où venaient boire les animaux.

De loin en loin, au bout d'un ponton vermoulu qui tenait encore par miracle, s'accrochaient quelques bâtisses misérables, cernées de champs minuscules et de prés approximatifs. Des silhouettes noires accouraient au passage du bateau et lançaient des appels sans doute amicaux, mais qui, dans la langue gutturale employée par les indigènes, revêtaient parfois l'aspect d'insultes. La plupart de ces villages de pêcheurs étaient installés sur la rive orientale à cause de la menace que faisaient planer les Gris sur l'autre rive.

Par endroits, le fleuve recevait le renfort de petits affluents serpentant nonchalamment dans la plaine. Des bourgades plus importantes étaient installées sur les pointes extrêmes des confluents, en ces lieux faciles à défendre, et le navire y faisait escale pour la nuit. Des voyageurs débarquaient, d'autres embarquaient tandis que les passagers au long cours profitaient de cette détente pour s'aventurer dans ces petites cités inconnues dont ils ne retiendraient jamais le nom. C'étaient des moments inestimables où l'on découvrait des gens d'un autre âge, des coutumes différentes, des auberges accueillantes, des paysages nouveaux sur lesquels se couchait un soleil ignoré.

Un autre monde, aux multiples parfums, faits des effluves aquatiques auxquels venaient se mêler les senteurs des champs proches, et les odeurs des échoppes où l'on cuisait le pain, où l'on préparait des plats typiques.

Nelvéa, étonnée par la bonne humeur régnante, oubliait

pour un temps sa haine et sa douleur. Elle aimait, le soir, flâner le long des ruelles commerçantes, pour découvrir des objets insolites, tableaux, statuettes, pièces de drap, vêtements locaux, œuvres d'art inconnues, comme ces dessins gravés sur bois et représentant des scènes divines, ou encore ces meubles fins, incrustés de coquillages de rivière, dont un seul demandait plusieurs années de travail. Les riverains de la Poczla vivaient au rythme du fleuve, et avaient appris de lui la vertu de la patience. Leurs demeures étaient solides, entretenues avec amour.

Parfois pourtant, une profonde nostalgie envahissait la jeune femme lorsqu'elle contemplait la boutique lumineuse d'un souffleur de verre, ou celle d'un sculpteur sur bois. Elle imaginait Nielsen à ses côtés, penché sur les flacons délicatement décorés, sur les statuettes peintes. Le son de sa voix revenait la hanter, et elle devait se mordre les lèvres pour ne pas céder aux larmes. Alors, elle s'appuyait sur le bras de Lorik, qui la suivait comme son ombre, et s'en allait respirer l'air du soir.

La plupart du temps, ces petites villes fluviales étaient organisées en de minuscules républiques dont les plus importantes ne comptaient que quelques milliers d'habitants.

Les journées étaient longues à bord du Lörenau, et l'inaction pesait souvent à Nelvéa, qui manquait de place pour poursuivre son entraînement guerrier. Alors, en compagnie des siens, elle errait sur le pont, contemplant les rivages sans fin de la plaine immense.

Un jour, alors qu'elle suivait rêveusement les mouvements réguliers creusés par l'étrave, elle fit une curieuse constatation. Elle appela le capitaine Orvaneus.

— À quoi servent ces pointes de métal à l'avant ?

Le petit homme se rapprocha, lissa son énorme moustache et la regarda de biais.

— Vous pas connaître silônes ?

Nelvéa hocha la tête.

— Je crois qu'on m'en a parlé il y a très longtemps.

Le capitaine prit un air grave.

— Fleuve Poczla royaume des silônes.

— Qui sont les silônes ?

Un homme, embarqué la veille au soir, s'approcha, enveloppé dans une vaste cape noire.

— Je peux vous l'expliquer, madame.

— Je vous en serais reconnaissante, messire.

L'inconnu s'installa à ses côtés au bastingage. Ce fut alors que Nelvéa repéra l'insigne d'or brodé sur son épaule.

— Oh pardon, sehad, je n'avais pas vu votre étoile.

En effet, en face d'elle se tenait un amane. Grand et sec, le prêtre semblait parfaitement à l'aise sur le pont du navire. Contrairement à ses pairs, son visage présentait une peau hâlée et burinée, certainement due à ses nombreux voyages. Un fin sourire étira ses lèvres. Nelvéa, émue, lui rendit son sourire. Avec ce prêtre inconnu, c'était un peu de son monde qui lui revenait après la solitude de l'hiver.

— Madame, les dieux seuls savent combien je me réjouis de rencontrer ici une personne qui me donne mon titre.

— Sehad, le plaisir est partagé. Il me semble avoir quitté notre civilisation depuis si longtemps… Dois-je déduire de votre présence que ces lieux sont prêts à recevoir notre religion ?

— Ils le sont. Les populations qui bordent la Poczla nous accueillent favorablement. Mais il est encore trop tôt pour les admettre parmi nous. L'intégration est une chose délicate. Le passé de ces pays pèse très lourd. Et puis, le danger représenté par la cité énigmatique Hackenmahar n'est pas à négliger. Cependant, ce fleuve et ses habitants méritent que l'on y jette toutes ses forces et sa vie !

Il avait parlé sans élever la voix, cependant, Nelvéa ressentit comme une onde bienfaisante la passion et la volonté qui vibraient en lui. Les yeux bleus du prêtre parcouraient le panorama grandiose avec une sorte d'amour.

— Ces gens ne vivent que par le fleuve, dit-il. Il leur apporte la vie, l'espoir, la distraction. Pourtant, ils ignorent les richesses dont leur sol regorge, de même qu'ils ont oublié quel passé grandiose fut celui de leurs ancêtres.

— Cela a-t-il une si grande importance, sehad ?

— Certes non ! Le bonheur des hommes n'est pas lié à la fortune, mais à l'harmonie intérieure. Et ces hommes sont heureux.

Plus bas il ajouta :

— Du moins ils le seraient sans la menace que font peser les Gris sur leur sécurité. C'est pourquoi ils sont prêts à nous recevoir. Ils attendent de nous aide et protection.

Nelvéa respecta la méditation du prêtre. Celui-ci ressemblait bien peu aux amanes qu'elle avait coutume de rencontrer. En lui vibraient la passion et l'amour. Mais il devait en être ainsi pour ces êtres originaux qui domptaient les contrées inexplorées.

Il se tourna à nouveau vers elle.

— Permettez-moi de me présenter, madame ! Je suis le théolamane Olaf Bergsen.

— Le salut des dieux soit sur vous, sehad, je suis la princesse Nelvéa, fille de Dorian et de Solyane de Gwondaleya, épouse du comte Nielsen d'Hoffengart, seigneur de Vallensbrück.

— Par les dieux… est-il possible ? Béni soit le jour de notre rencontre, madame. Je connais votre père de réputation. Jamais je n'aurais imaginé retrouver sa fille ici, sur ce fleuve d'un autre monde.

Nelvéa hésita un instant, puis lui conta ses péripéties. Le prêtre l'écouta avec attention.

— Tout cela est effrayant, madame, dit-il pour conclure. Je ne puis vous apporter que le soutien de mon amitié et de mon affection. Mais votre projet de vous venger de Hackenmahar me paraît bien imprudent. Ne vaudrait-il pas mieux attendre que nos forces soient mieux implantées dans ces pays ?

— Votre sollicitude me touche profondément, sehad, mais ma décision est prise. La haine est la seule force qui me raccroche encore à la vie.

— Mais votre fille Lauryanne ? Elle aussi a besoin de vous.

Nelvéa s'enferma dans un mutisme sombre. Le prêtre avait raison. Le visage douloureux, elle reprit :

— Ceux de Hackenmahar m'ont fait trop de mal, sehad. Quant à ma fille, elle est déjà suffisamment résistante pour se défendre seule. Elle sera en sécurité auprès de mon frère, auprès duquel je veux l'envoyer.

Le prêtre baissa les yeux.

— Si telle est votre décision, je ne peux que la respecter. Et je vous offrirai mon appui sans condition, dans la mesure de mes faibles moyens.

Ils demeurèrent un long moment silencieux, puis Nelvéa dit :

— Vous ne m'avez pas expliqué à quoi correspondaient ces pointes, sehad !

— C'est vrai, répondit-il d'un air pensif. Ce sont des katènes. Elles doivent, théoriquement, nous garantir des attaques des silônes.

— Sont-ils si dangereux ?

— Hélas ! oui ! Les katènes ne les arrêtent pas toujours. On ignore ce qui a pu se passer sous les eaux de certains fleuves depuis le Jour du Soleil. Toujours est-il que des monstres impressionnants y sont apparus. Notamment ces silônes.

— À quoi ressemblent-ils ?

— Vous n'allez pas tarder à le savoir ! Regardez !

54

À l'avant du navire, un remous inquiétant se dirigeait vers eux. C'était comme une vague de fureur d'où coulait un sentiment de haine innommable, une volonté de destruction qui percuta Nelvéa de plein fouet. Elle chancela sous l'impact, puis se ressaisit. Le bouillonnement s'enfla, se précisa et se précipita sur le navire. Un fracas épouvantable fit gémir les superstructures. Un hurlement de frayeur s'éleva des passagers. Le vaisseau fit une légère embardée qui jeta Nelvéa et le prêtre sur la lisse. Olaf Bergsen se redressa et dit :

— Voyez, ceci est un silône. Nous allons le voir mieux.

C'était beaucoup dire. Nelvéa écarquilla les yeux, mais n'entrevit qu'une monstrueuse forme noire qui glissait silencieusement sous la surface.

— On dirait un énorme poisson, dit-elle d'une voix inquiète.

— C'est bien un poisson, confirma l'amane. Un silure mutant. Jadis on a parlé de spécimens atteignant parfois les quatre mètres. À présent, on en découvre qui dépassent les dix mètres. Celui-ci est un petit.

— Pourquoi attaquent-ils ? Les poissons-chats ne sont pas agressifs de nature.

— Ceux-ci le sont. Ils défendent un territoire. Et puis, ce ne sont plus tout à fait des silures. Ils se sont croisés, par un mystère que nous ne sommes pas parvenus à élucider, avec des brochets.

Nelvéa soupira.

— Moi qui avais envie de me baigner. Cette eau paraissait si engageante.

— Gardez-vous-en bien ! Les petits silônes sont légion. Et ils sont aussi dangereux pour les baigneurs que les grands pour les navires. Notre bateau est considéré comme un intrus. Il va nous charger ainsi jusqu'à ce que nous ayons quitté son domaine. Voilà pourquoi les flancs sont hérissés de katènes.

— Charmante bestiole.

Un nouveau choc ébranla le navire.

— Ces katènes n'ont pas l'air de lui faire grand mal, remarqua la jeune femme.

— Ils ont la peau aussi dure que du métal. Même les gonns n'en viennent pas à bout. Les pointes ont seulement pour but de les maintenir à distance.

En effet, le monstre, ébranlé, demeurait à quelques brasses. Sa masse inquiétante, encore agrandie par la réfraction, évoluait nonchalamment aux côtés du bateau dont les passagers s'étaient peureusement réfugiés au centre du pont. Dès la première attaque, les esclaves avaient relevé les rames. Le navire se laissait désormais porter par le courant. Soudain le monstre percuta à nouveau le navire, précipitant tout le monde à terre. Mais les katènes jouèrent parfaitement leur rôle. Lorsqu'il s'éloigna, une traînée de sang s'élargissait à la surface.

— Il est blessé, dit Nelvéa. Leur peau n'est pas si dure que ça.

— Ne vous inquiétez pas pour lui, rétorqua l'amane. Il s'en remettra.

En effet, le silône, ignorant ses blessures, revint une bonne douzaine de fois à l'assaut. Heureusement sans succès. Nelvéa frémit en constatant que certaines katènes, dont les plus grosses dépassaient le diamètre de son bras, avaient été tordues.

Enfin, après une lente dérive, le poisson géant abandonna la chasse et disparut sous les eaux glauques de la Poczla. Il ne resta derrière lui qu'un friselis de vaguelettes qui reflétait le bleu limpide du ciel. Le paysage grandiose demeurait d'une beauté à couper le souffle. Pourtant, Nelvéa éprouvait comme un malaise inexplicable. Elle avait entrevu les yeux du léviathan. Elle savait que c'était une hallucination, mais elle ne pouvait s'empêcher de penser que le monstre était venu avec l'intention de la dévorer. Un frisson la parcourut. La malédiction d'Ywaïhn la poursuivait-elle encore ?

Parfois, la navigation se faisait plus mouvementée. Des rochers affleuraient, provoquant des maelströms dangereux qu'il fallait éviter. Le navire plat devait alors emprunter un chenal précis qui monopolisait toute l'habileté du capitaine Orvaneus. La passe malmenait les passagers et l'équipage, puis tout redevenait calme. Par endroits, le bateau dut ainsi franchir des dénivellations de plusieurs mètres qui débouchaient sur de vastes étendues qui ressemblaient à des lacs. Les rives reculaient alors très loin vers l'horizon. C'était le royaume des roseaux et des canards sauvages, des marais immenses où le vent coiffait et décoiffait de longues chevelures de plantes aquatiques.

Malgré un soleil radieux, la brise restait fraîche sur le pont du Lörenau, apportant les effluves parfumés de l'eau.

Le soir, lorque aucun port n'était en vue, le navire jetait l'ancre dans une anse abritée, et l'on bivouaquait à terre, sur la rive orientale. Les hommes partaient en chasse et des feux de camp rassurants s'élevaient, sur lesquels on faisait griller des poissons ou quelques oiseaux tirés par les archers. Astrid s'était taillé une fameuse réputation avec son arbalète.

Nelvéa aimait ces instants de calme et de douceur lorsque le soir les réunissait sur une rive ignorée, en un lieu oublié du reste du monde. Elle aimait les odeurs des feux mêlés aux senteurs aquatiques, la lumière rasante des couchers de soleil, le mouvement lent et ample des eaux qui coulaient ainsi depuis le matin des temps, insensibles aux misères des hommes. Alors elle oubliait pour quelques instants la haine dévorante qui brûlait ses entrailles et se mettait à rêver. Lauryanne, silencieuse, lui prenait la main et se blottissait contre elle. Quelquefois, Nelvéa se disait que ce petit bout de femme était tout ce qui lui restait de Vallensbrück. Alors, elle se répétait qu'elle devait tout d'abord mettre la fillette en lieu sûr. Il lui tardait d'atteindre la piste de Lodi. Il ne lui serait pas difficile de confier la petite à un groupe de chevaliers d'escorte qui accepteraient de la mener à Gwondaleya. Khaled l'accompagnerait. Et peut-être ce prêtre, Olaf Bergsen, se joindrait-il à eux ?

Mais la piste de Lodi était encore éloignée.

55

Un matin, le temps se modifia totalement. Au soleil triomphant qui les avait accompagnés depuis leur départ d'Hötebor, deux semaines plus tôt, succédait à présent un ciel tourmenté. Des vents violents descendus du nord balayaient la plaine morne, hurlant sur les étendues désolées. Parfois au loin, une troupe de bovins redevenus sauvages s'enfuyait vers l'horizon, pour gagner le refuge d'un petit bois. Une angoisse diffuse sourdait de l'horizon de plus en plus sombre, qui gagnait insidieusement le cœur de Nelvéa. Une odeur de sang et de combat lui imprégnait parfois les narines, sans raison. Le visage inquiet de Khaled ne la rassurait pas. Assis en tailleur sur le pont, il ne cessait de jeter ses krehns en serrant les mâchoires. Il n'aimait pas ce que racontaient les os sacrés.

La Poczla s'était à nouveau rétrécie, et le navire évoluait sur des flots tumultueux qui le menèrent rapidement au cœur d'un décor stupéfiant. Sur les deux rives, et à perte de vue, la plaine n'était plus qu'un désert poudreux, hérissé de squelettes tordus et noircis.

— Qu'est-ce que cela signifie ? demanda Nelvéa au prêtre qui lui tenait compagnie.

— Il y a encore quelques mois s'élevait ici une forêt superbe, expliqua-t-il. Nous venons de pénétrer sur le territoire des Pocznans. Mais la frontière entre leur domaine et celui des Gris n'est pas clairement définie. Le fleuve pourrait marquer la limite des royaumes, mais chacun revendique la rive de l'autre. Aussi les affrontements sont-ils plus fréquents qu'ailleurs. D'autant plus que les Pocznans sont les seuls adversaires que les Gris redoutent vraiment. Alors, durant le dernier été, ceux de Hackenmahar ont profité de la sécheresse qui sévissait pour incendier la forêt. Ce fut un désastre. Les Pocznans furent obligés de fuir vers leurs montagnes, en abandonnant le fleuve. Mais cela ne les empêche pas de revenir hanter ces lieux. Ne vous fiez pas au calme apparent des rives. Peut-être sont-ils là, cachés quelque part.

Intriguée, Nelvéa scruta le paysage incendié. La désolation de la forêt de squelettes calcinés l'imprégna, réveillant en elle des souvenirs récents, que la beauté du fleuve lui avait fait oublier. Ce crime était encore l'œuvre des Gris. Une sympathie spontanée la porta vers les Pocznans dont elle épousa presque inconsciemment la cause. Ils étaient eux aussi des ennemis de Hackenmahar.

Mais contrairement à ce qu'avait redouté l'amane, les chasseurs pocznans n'apparurent pas. Sans doute la tempête qui se déclencha enfin vers le milieu de la journée n'y était-elle pas étrangère. Une nuit singulière s'était abattue sur le fleuve dont les eaux avaient pris une inquiétante teinte noirâtre. Malmenée par les vents et les flots bouillonnants, la carcasse du navire gémissait et craquait. Les passagers, frileusement regroupés au milieu du pont, hurlaient leur épouvante, s'agrippaient à ce qu'ils pouvaient, projetés parfois lourdement à terre sous une embardée violente. Une pluie torrentielle se mêla soudain à la folie ambiante, détrempant tout sur son passage. Des trombes d'eau puissantes crépitaient sur le navire, ballotté au gré des éléments, tandis que les esclaves, vigoureusement houspillés par le capitaine Orvaneus, tentaient de maintenir le bateau hors des zones dangereuses des récifs. Mais un autre danger les guettait. Un homme d'équipage, occupé à arrimer solidement une voile, poussa tout à coup un cri perçant.

— Les silônes !

Ce furent ses dernières paroles. Un choc inouï branla la coque, suivi d'un craquement sinistre. L'homme, en équilibre sur la proue, bascula à l'eau et poussa un épouvantable hurlement de détresse. L'instant d'après, un terrible bouillonnement se referma sur lui, tandis que les flots tumultueux se teintaient d'écarlate à l'endroit où il avait disparu.

Alors commença un long calvaire. Cette fois, les monstres qui attaquaient le navire étaient d'une taille supérieure à ceux qu'ils avaient déjà affrontés. Le plus grand d'entre eux devait dépasser les dix mètres, à ce que put en juger Nelvéa qui l'aperçut, alors qu'il effectuait un bond majestueux hors de l'eau. Un énorme poisson d'un noir de jais, aux yeux froids, glacés, sans âme. Malgré les chocs incessants, elle parvint à se saisir de son gonn, et ajusta les formes sombres qui glissaient sous les flots rugissants. Au jugé, elle tira. Mais le prêtre se glissa jusqu'à elle et lui déclara, hurlant pour se faire entendre :

— C'est inutile, princesse. Vous ne pourriez les tuer qu'en leur crevant les yeux, et encore, à condition d'atteindre le cerveau. Ne gaspillez pas vos balles, nous en aurons peut-être besoin plus loin.

— Si nous parvenons à nous échapper de cet enfer, lui rétorqua-t-elle.

Nul n'aurait su dire combien de temps dura ce combat titanesque contre les monstres et les éléments. Plusieurs heures sans doute. La tempête semblait ne vouloir jamais finir.

Enfin, peut-être vers le milieu de l'après-midi, les attaques des silônes s'espacèrent, et les flots du fleuve emportèrent le

Lörenau vers un bras plus calme. La pluie ne cessa pas, mais se transforma en une bruine pénétrante et glaciale, qui s'infiltrait partout, jusque sous les vêtements. Ceux-ci de toute façon ne protégeaient plus personne depuis longtemps.

Le capitaine Orvaneus, désespéré, arpentait son navire en tous sens, inspectant les dégâts.

— Tout pas bon, gémissait-il. Silônes ont détruit katènes. Il y a voies d'eau dans les cales. Nous devoir aborder. Réparer.

Il eût été plus prudent de se diriger vers la rive orientale. Mais un courant insidieux les poussait vers l'opposé. Soudain, un craquement d'apocalypse fit résonner les poitrines, tandis qu'un nouveau choc projetait tout le monde à terre.

— Nous sommes échoués, hurla Lorik aux côtés de Nelvéa.

Il n'y avait rien d'autre à faire que de tenter de regagner la rive, distante seulement de quelques brasses. Si toutefois les silônes leur en laissaient l'occasion. Mais les fonds étaient trop hauts à cet endroit pour permettre le passage à l'un des monstres qu'ils avaient rencontrés plus tôt.

Deux heures plus tard, ils avaient tous pris pied sur la rive.

L'incendie de l'été passé avait épargné quelques centaines de mètres de forêt à l'endroit où ils avaient échoué. Cependant, à peine plus loin vers l'intérieur des terres, l'étendue de cendre et de mort reprenait ses droits. Il faudrait plusieurs années avant que la nature ne fît oublier le drame.

Tant bien que mal, on prépara un bivouac pour la nuit. Des tours de garde furent organisés, en prévision d'une attaque possible. Profitant de la protection relative de la forêt épargnée, on alluma des feux timides, grâce à du bois à peu près sec emporté des cales, et amené à terre avec les canots de sauvetage.

Le capitaine Orvaneus ne cessait de se plaindre. Son navire était hors d'usage. Il faudrait de longues journées avant de pouvoir le remettre à flot, à condition encore de le dégager de l'écueil sur lequel il s'était empalé.

Les montures avaient également été amenées à terre. L'humeur sombre, Nelvéa envisageait sérieusement de poursuivre la route à pied en longeant le fleuve. S'ils restaient ici, ils seraient rapidement repérés par les Gris. Or, il ne fallait pas que Lauryanne tombât entre leurs mains. Astrid et Myriam avaient enveloppé la fillette dans une grande couverture relativement sèche, et lui communiquaient leur chaleur.

Nelvéa et Khaled montèrent le premier tour de garde jusqu'à une heure avancée de la nuit. La jeune femme ne disait mot. Elle ne pouvait s'empêcher d'associer le naufrage à la malédiction d'Ywaïhn. Mais elle préférait se dire qu'ils n'avaient pas eu de chance. Si encore ils s'étaient échoués sur l'autre rive.

Les Gris ! Les chiens de garde de Hackenmahar ! Ainsi les nommait-on à cause de leurs uniformes couleur de cendre. Une couleur qui se noyait si bien dans le décor dantesque qui s'étendait au-delà de l'oasis de la forêt rescapée.

Ce fut sans doute pour cette raison que les guetteurs qui avaient remplacé Nelvéa et Khaled vers le milieu de la nuit ne les aperçurent pas.

Nelvéa, roulée en boule dans sa cape humide, fut réveillée par un hurlement de terreur. Instantanément, elle fut debout. L'aube était là, angoissante, faite encore de cette demi-nuit trompeuse qui supprime les distances. Elle dégaina son dayal et saisit son gonn de l'autre main.

— Va te cacher quelque part, enjoignit-elle à sa fille. Ils sont là.

56

Une douleur lancinante allait et venait dans son dos, comme si une main d'acier tentait de lui broyer les reins. Elle aurait voulu bouger, se défaire de la gangue de plomb que l'on avait coulée autour d'elle. Un bourdonnement vrillait ses tempes, tandis qu'une plainte monotone lui labourait les sens.

Elle parvint à ouvrir les yeux, avala sa salive. Une ombre gigantesque se profilait au-dessus d'elle. Elle eut un bref mouvement de recul, puis reconnut Khaled. Elle soupira, soulagée.

— Où sommes-nous ?

— Aucune idée, Aïnah Shean.

Elle se redressa, le corps douloureux. Le bourdonnement se précisa. À ses côtés, des gens chuchotaient, effrayés. Elle reconnut rapidement le capitaine Orvaneus, Lorik, Astrid et Myriam qui dormaient encore, les corps jetés l'un par-dessus l'autre. Une bonne partie des passagers étaient là également, dans un état d'abrutissement total. Leurs yeux inquiets surveillaient un autre groupe d'individus, à l'écart, qui s'affairait autour de feux de camp.

Les Gris !

Les souvenirs affluèrent à son esprit. Elle revit le combat, les naufragés surpris dans leur sommeil, assaillis par une horde nombreuse et décidée, qui combattait avec férocité, sans souci de sa propre sauvegarde. Nelvéa avait bondi sur Fearn et avait chargé. Elle avait dû abattre une bonne douzaine de guerriers avant qu'une grappe humaine ne parvînt à la faire chuter de son lionorse. Il lui revenait encore le corps-à-corps sauvage qui l'avait opposée à ses agresseurs. Elle en conservait un goût de sang dans l'arrière-gorge. Désarmée, elle avait encore dû mordre ses ennemis avant de recevoir sur la tête un coup qui l'avait assommée pour le compte. Ensuite, tout s'était estompé dans un néant douloureux, jusqu'à ce réveil dans cette clairière où la quasi-totalité des passagers et des hommes d'équipage avait été rassemblée. On avait mis à part les esclaves spoliés que l'on n'avait même pas pris la peine d'attacher. Ils ne risquaient pas de s'enfuir.

Affolée, Nelvéa chercha sa fille des yeux.

— Lauryanne ! Où est-elle ?

— Je ne sais pas, Aïnah Shean. Elle n'est pas avec nous.

— Que lui est-il arrivé ?

— Peut-être est-elle parvenue à fuir…

— Fuir ? Mais ce n'est pas possible. Où aura-t-elle pu aller ? Lauryanne…

Elle s'écroula en sanglotant dans les bras de l'Ismalasien.

— Ma petite fille ! Que va-t-elle devenir ? Ce lieu est perdu à l'écart de toute civilisation. Les Gris finiront par la retrouver. Ou alors, elle va être dévorée par les fauves.

Elle attrapa Khaled par le revers de sa veste.

— Tu ne… tu ne penses pas qu'elle a pu être… tuée ?

Il secoua la tête.

— Calme-toi ! Si c'était le cas, tu le saurais ! Plusieurs d'entre nous ont été tués. Des hommes d'équipage, et des passagers. Je pense que quelques-uns sont parvenus à s'enfuir. Regarde ! Le prêtre n'est pas là. Krissy et sa fille non plus.

Nelvéa se détendit un peu. Si Lauryanne était sous la protection de l'amane et de Krissy, tout n'était peut-être pas perdu.

Mais un rapide sondage de l'esprit de Khaled tempéra brusquement son espoir insensé. Il n'avait pas vu les corps des absents. Et il avait clairement aperçu un parti de Gris se lancer à la poursuite de fuyards. Dès qu'ils auraient franchi la couverture de la forêt, ceux-ci, à découvert au milieu de la plaine dévastée par l'incendie, seraient plus facilement repérables.

— Et Fearn ? murmura-t-elle.

L'Ismalasien évita son regard.

— Je... je ne sais pas, Aïnah Shean.

— Si ! Tu as vu !

Elle n'osa pas le faire parler plus avant. Dans son esprit grand ouvert, elle lisait la fin du malheureux lionorse, blessé à mort par les Gris. Khaled l'avait vu s'écrouler en éventrant un guerrier dans un dernier effort. Les Gris possédaient des gonns et s'en étaient servis.

Nelvéa, dans un effort surhumain, étouffa ses sanglots. Elle avait cru peu à peu, le long de cette traversée, qu'elle parviendrait à oublier l'horreur de la destruction de Vallensbrück. Mais une fois de plus, le sort s'était acharné contre elle. Elle avait tout perdu à présent. Nielsen, le fils qu'elle avait porté de lui, et qui était mort avant même de voir le jour. À présent, le destin lui avait arraché sa fille. Même si elle était encore vivante, les dieux seuls savaient ce qu'elle allait devenir dans ce monde hostile. Esclave des Pocznans, ou bien capturée bientôt par une autre horde de Gris, si ce n'était déjà fait...

Et Fearn, son fidèle lionorse, qui avait lutté jusqu'à la mort pour la défendre, elle, sa maîtresse, sa compagne de tous les instants.

Elle n'avait plus de larmes. Elle n'en aurait plus jamais. Elle avait trop souffert. Elle serra les dents à les briser. Une fureur indescriptible coulait en elle, en un flot presque tangible. Ses yeux avaient pris une teinte plus sombre. Elle regarda en direction des Gris qui semblaient peu se soucier d'eux et cracha dans leur direction. Elle aurait voulu hurler, dégorger la lave brûlante qui lui rongeait les entrailles. Mais elle se retint. Le moment n'était pas encore venu.

Astrid et Myriam, qui avaient été elles aussi assommées, se réveillèrent et rampèrent jusqu'à elle en silence. Elles n'avaient nul besoin d'explications pour comprendre.

Ce fut seulement à ce moment qu'elle remarqua l'étrange collier métallique que chacun d'entre eux portait autour du cou, un collier fait de spires régulières dont le diamètre n'atteignait pas deux centimètres.

— Qu'est-ce que c'est que ça ? demanda-t-elle à Khaled.

— Tu ne vas pas tarder à l'apprendre, répliqua-t-il. Reste calme, Aïnah Shean. Il est inutile de nous faire remarquer.

Elle discerna chez son compagnon des sentiments qu'elle ne lui connaissait pas, resurgis de souvenirs anciens. Plus de trente ans auparavant, il avait déjà été prisonnier. Il avait déjà vécu l'angoisse de l'incertitude, cette crainte du sort, de la mort qui pouvait frapper sur un simple caprice du vainqueur. Par chance, le comte Dorian l'avait libéré. Mais la prudence et la sagesse recommandaient de se tenir tranquille.

Au milieu des Gris, dont la ressemblance avec les ferroskos était indéniable, Nelvéa distingua une vingtaine d'individus qui paraissaient les diriger.

— Ce sont leurs capitaines, expliqua Khaled. Ils n'ont pas participé au combat. Ils se contentaient de leur hurler des ordres de loin…

C'étaient des hommes vêtus d'uniformes douteux, au visage hirsute, et à la barbe dépenaillée. Ils bavardaient entre eux. De temps en temps, des éclats de rire tonitruants jaillissaient de leur groupe. Les Gris aux visages mornes n'y prêtaient aucune attention. Non loin de là, des chevaux paissaient tranquillement.

— Nous avons marché toute la journée, raconta Khaled. Je t'ai portée une bonne partie du chemin. Lorik a soutenu Myriam et Astrid.

À présent, le soir était tombé. Seul un souvenir de soleil illuminait le ciel vers l'ouest, tandis qu'un lourd manteau de nuages bas s'appesantissait sur eux. Nelvéa resserra autour d'elle les débris de sa cape déchiquetée et frissonna. Le printemps était encore jeune, et l'air glacial.

Les mâchoires crispées, elle tendit son esprit vers le groupe des capitaines qui s'étaient mis à boire à grandes lampées une espèce d'alcool contenu dans de grands flacons de terre qu'ils buvaient à la régalade.

Apparemment indifférents à leurs prisonniers, ils discutaient fort, riaient, et mordaient à belles dents dans des morceaux de viande que l'un d'entre eux découpait dans les cuissots d'un chevreuil rôtissant sur le feu de camp. De son rapide investissement mental, Nelvéa déduisit que ses compagnons et elle-même allaient être emmenés jusqu'à Hackenmahar pour y être vendus comme esclaves.

Esclave ! Le mot la heurta de plein fouet. Allait-on la spolier ? C'était inconcevable. Puis un regard sur les guerriers mornes, aux yeux vides, lui glaça l'échine. Ces chiens étaient capables de tout.

— Je les tuerai, grinça-t-elle. Je les pulvériserai !

— Ne bouge pas ! intervint Khaled.

— Pourquoi ? Mes membres ne sont pas entravés ! Regarde !

— Et alors ? Cela ne t'étonne pas ? N'oublie pas non plus qu'ils t'ont pris ton arme !

Bien sûr, il avait raison. Son dayal, ses styls et son poignard avaient disparu. Quant à ses gonns…

— Ils se sont partagé nos armes, dit encore Khaled. Comme tout ce qu'ils ont pu nous voler. C'est normal. C'est la loi du plus fort.

— Les chiens puants !

Elle voulut se lever. L'Ismalasien la retint.

— Prends patience, Aïnah Shean. Il est un temps pour tout. Étudie ton ennemi avant de l'affronter.

— Mais nous ne sommes pas ligotés. Nous pourrions profiter de la nuit pour tenter de fuir.

— N'oublie pas ton collier !

— Le collier ? Pourquoi le collier ? À quoi sert-il ?

— Tais-toi ! Ils viennent vers nous.

57

Non loin d'eux, le capitaine Orvaneus reprenait ses esprits. Il grogna, cracha et regarda autour de lui d'un air ahuri. Puis la mémoire lui revint et il considéra la situation d'un œil furieux. Il ignorait que deux de ses hommes l'avaient porté durant le trajet qui les avait menés jusqu'à cette clairière décimée par le feu. Sans doute s'imaginait-il encore à proximité du fleuve. Il grommela, puis se leva et apostropha les Gris qui venaient à lui dans sa langue gutturale. La réaction ne se fit pas attendre. Une sorte de cylindre noir apparut dans la main de l'un des guerriers, sans doute le chef de la petite armée. L'homme le dirigea vers le capitaine qui s'immobilisa au milieu de ses vociférations et porta les mains à son cou comme s'il étouffait. Il tenta en vain d'arracher le collier, puis s'écroula sur le sol en gémissant.

— Voilà à quoi ils servent, expliqua Khaled d'un ton morne. Lorsqu'ils me l'ont passé, je me suis débattu. Je n'ai pu résister longtemps. Je ne sais pas comment il agit, mais il diffuse dans tous tes muscles une douleur à peine soutenable. Voilà pourquoi ils ne nous ont pas enchaînés.

Le Gris s'approcha d'Orvaneus et lui décocha un violent coup de pied dans le ventre en hurlant un ordre. Bien que les paroles restassent incompréhensibles, Nelvéa discerna l'idée à fleur d'esprit.

— Il veut qu'on le ramène parmi nous, dit-elle.

Elle se leva, aussitôt suivie par Lorik et l'Ismalasien. Sans quitter le Gris des yeux, elle saisit le capitaine par les pieds tandis que ses compagnons l'attrapaient par les bras. Le Gris les suivit sans un mot tandis qu'ils installaient leur compagnon contre le tronc d'un arbre calciné.

Se plantant devant le groupe d'esclaves, l'autre se mit à

vociférer dans sa langue inconnue. Il leur expliqua qu'ils étaient tous prisonniers – mais cela, ils l'avaient déjà remarqué –, et que toute fuite était impossible grâce aux colliers. De plus, toute tentative d'évasion serait punie de mort.

Après une nuit passée sur le sol couvert de boue et de cendre, la colonne se mit en marche en direction de l'ouest. Dans l'air flottait un écœurant relent de brûlé qui imprégnait les poumons et les vêtements. Nelvéa songeait que sa vie était à l'image de cette plaine morne et désolée. Pourtant, çà et là survivaient quelques étendues d'herbes et de buissons sauvages qui avaient défié l'incendie. Alors, serrant les dents, elle fixait les plantes tenaces comme si elles symbolisaient un espoir qui refusait de mourir en elle.

— Est-ce que nous allons loin ? demanda-t-elle à l'homme qui semblait être le chef de la troupe.

Elle n'espérait pas vraiment être comprise. Ces gens ne parlaient sans doute pas l'ankos. L'homme hurla un mot qui lui intimait le silence et dirigea vers elle son espèce de cylindre noir. Aussitôt, une vague de douleur irradia les muscles de la jeune femme. Elle trébucha et gémit sous l'impact. Khaled la soutint en jetant un regard chargé de haine au gris.

— Prends patience, Aïnah Shean ! Nous ne pourrons agir tant que nous porterons ces maudits anneaux.

Elle ne répondit pas et se remit en marche comme un automate. Khaled avait raison. Les colliers les maintenaient à la merci de l'ennemi.

Suivant les conseils de son compagnon, elle avait étouffé sa colère et suivait docilement ses compagnons. La marche était pénible, et leurs vêtements commençaient à se transformer en lambeaux. Le soir, c'était à peine si les Gris leur donnaient de la nourriture. Ils leur servaient une infâme mixture dans une grande marmite, et chacun se servait avec ses doigts. Au début, certains refusèrent de se nourrir de cette manière, mais la faim eut raison de leurs réticences, et les récalcitrants furent bien obligés de céder devant les exigences de leur estomac.

Le troisième jour, la forêt brûlée fit place à un paysage accidenté, couvert de rocaille battue par les vents, à la végétation rase, composée de lichens, d'arbustes chétifs et de buissons rampants. Des espèces que Nelvéa n'avait jamais rencontrées auparavant.

Un matin, ils durent affronter l'attaque d'une horde de doriers, ces fauves qui rappelaient des tigres géants. Aussitôt, les capitaines gris ordonnèrent à quatre de leurs guerriers spoliés d'affronter l'un des monstres à l'arme blanche. Les esclaves obéirent sans sourciller. Il s'ensuivit un épouvantable massacre. Pas un des malheureux ne survécut. Enfin, les chefs se décidèrent, avec de grands rires, à tirer sur le fauve. Celui-ci s'échappa néanmoins en emportant l'une de ses victimes dans son énorme gueule. Puis l'un des capitaines se tourna vers les prisonniers et déclara :

— Voyez comme vous deviendrez d'ici quelques jours ! Il nous faudra remplacer ces imbéciles qui ne savent pas se battre contre les grands tigres.

Lentement, à force de sondages mentaux, Nelvéa étudiait l'ennemi. Les Gris étaient des êtres frustes, à l'intelligence limitée, dont la seule vocation était de capturer des prisonniers pour Hackenmahar. Les capitaines, au nombre d'une vingtaine, dirigeaient sans ménagement une petite armée d'une centaine de soldats spoliés, qui leur obéissaient sans comprendre, avec un aveuglement effrayant. Sur un simple caprice de leurs maîtres, ils auraient massacré les prisonniers sans hésitation.

Pourtant, dans l'esprit des chefs eux-mêmes, Hackenmahar demeurait une cité mythique, dans laquelle ils ne semblaient pas avoir le droit de pénétrer. Entre eux, ils se nommaient les Hungards. En fait, leur rôle était celui de chiens de garde féroces, qui surveillaient les abords de la cité inconnue. Ils ne capturaient des esclaves que pour les revendre aux citadins qui en faisaient apparemment une grosse consommation. Pour les Gris, leurs prisonniers n'étaient pas vraiment des êtres humains, même s'ils en avaient l'apparence. Ils redoutaient plus que tout les Bakans Gahrs, les gardes aux uniformes noirs, véritables maîtres de la ville. Curieusement, aussi, elle comprit qu'ils avaient pour tâche de rattraper toute personne qui aurait tenté de s'échapper de Hackenmahar, et de la ramener sous bonne escorte pour être transformée à son tour en esclave. Les habitants de Hackenmahar n'étaient-ils pas libres, eux non plus ?

Cela pouvait constituer un point intéressant. Mais comment l'expliquer ?

Quelquefois, ils évoquaient, avec crainte et respect, les Kaïsords, sortes de dieux qui dirigeaient la ville, et qu'aucun d'entre eux n'avait jamais vus.

Et les jours succédaient aux jours, monotones, rythmés par la marche pénible, lente, douloureuse. Les pieds nus s'écorchaient sur la pierraille, la pluie fine et insidieuse s'infiltrait sous ce qui restait des vêtements. Entravés par une longue chaîne à laquelle on les avait tous reliés, les prisonniers ne pouvaient guère envisager de s'échapper. Plusieurs fois, lors du bivouac du soir, Nelvéa avait tenté d'arracher son collier. Mais le métal ne présentait aucune discontinuité. Elle ne comprenait pas comment on avait pu le lui passer au cou.

Le paysage avait encore changé. Une forêt immense avait remplacé la plaine rocailleuse et couverte d'arbustes. Ils franchirent ainsi une succession de collines, de ravines, de clairières, de cours d'eau, se rapprochant inexorablement de la cité mystérieuse. De temps à autre, ils apercevaient les ruines d'un petit village, abandonné sans doute depuis des siècles. Les habitants avaient-ils tous été transformés en esclaves ? Ou bien avaient-ils rejoint la ville ? Hormis les Gris, personne ne semblait vivre dans ce pays pourtant fertile.

Les rangs des prisonniers s'étaient clairsemés. Deux femmes âgées avaient été sacrifiées sans pitié parce qu'elles ne parvenaient pas à suivre la colonne. Une nuit, un homme avait tenté de s'échapper malgré son collier de métal. Les guerriers-esclaves s'étaient aussitôt mis en chasse sur l'ordre de leurs maîtres et avaient poursuivi le malheureux dont ils avaient ramené le cadavre affreusement mutilé.

Une femme enceinte avait été autorisée à voyager sur un cheval, afin de soulager ses douleurs. Nelvéa avait surpris chez certains de ses compagnons d'infortune quelques pensées sympathisantes. Les Gris n'étaient pas tout à fait des brutes, puisqu'ils avaient pensé à protéger la jeune femme. Mais elle n'ignorait pas pourquoi ceux-ci agissaient ainsi. Une femme enceinte se revendrait plus cher aux portes de Hackenmahar.

Pour les autres, hommes, femmes ou enfants, ils étaient sans pitié. Il fallait marcher, marcher sans fin, jusqu'à l'abrutissement, au rythme imposé par les chevaux des capitaines. Alors, au soir, on attendait avec impatience l'infect brouet sur lequel on se jetait avec voracité. Il n'y avait rien d'autre. Un jour, enfin, Nelvéa comprit au travers des paroles de leurs tortionnaires qu'ils atteindraient Hackhenmahar le lendemain. La gorge brûlante, les pieds en sang, les prisonniers exténués se laissèrent tomber sur le sol, n'ayant même pas la force de protester. À présent, même la haine avait disparu. Seule Nelvéa sentait encore brûler en elle une rage sombre et meurtrière, qui jamais ne s'éteindrait. Elle ne savait pas encore comment, mais elle détruirait cette cité maudite et ces sauvages. Elle lutta avec férocité contre l'incoercible envie de dormir qui la tenait pour continuer d'étudier leurs tortionnaires, pour en apprendre plus sur eux et sur leurs maîtres.

On leur apporta de l'eau, qu'ils burent avec avidité.

Les Gris firent allumer un feu par leurs esclaves, puis se mirent en devoir de dépecer les animaux qu'ils avaient abattus dans la journée. Bientôt, un chevreuil et un marcassin rôtissaient sur de longues broches, distillant un fumet appétissant. Les prisonniers contemplaient le spectacle avec des yeux fiévreux.

Cependant, les Gris n'avaient aucunement l'intention de partager avec leurs prisonniers, ni même avec leurs soldats spoliés. Ceux-ci devaient se contenter des lapins et des rats abattus dans la journée, qu'ils ne prenaient même pas la peine de cuire.

Sans doute pour fêter la vente à venir, les capitaines arrosèrent les viandes d'un alcool qu'ils avaient conservé pour la circonstance. Et, au fur et à mesure que le temps passait, leur démarche se faisait plus incertaine. Ils braillaient à qui mieux mieux, entonnaient des chansons grossières dans leur langue que seule Nelvéa comprenait.

Soudain, l'un d'eux s'approcha des prisonniers. Nelvéa, qui était occupée à soigner la jeune femme enceinte, se redressa et l'apostropha :

— Qu'est-ce que tu veux, toi ?

L'autre grogna quelques mots qui signifiaient qu'elle avait intérêt à se taire et à se rasseoir. Si jamais elle tentait de s'échapper, il la ferait dévorer vivante par les esclaves.

— Et comment veux-tu que je fasse pour m'échapper, face de singe ? riposta-t-elle.

Il grommela d'une voix pâteuse. Ses pensées étaient limpides pour la jeune femme.

— Oui, je peux te comprendre, affirma-t-elle. Mais toi, tu en es parfaitement incapable ! À présent, fiche le camp. Ta vue et ton odeur me donnent envie de vomir.

L'autre n'avait pas son cylindre sur lui. Il leva la main pour la frapper, mais le regard vert qu'elle braqua sur lui le fit hésiter. Dans les prunelles d'émeraude se reflétaient les flammes du feu de camp. La beauté sauvage de la fille était peut-être celle d'une divinité de la forêt. Contrairement aux autres, malgré le kark, le collier, elle ne le redoutait pas. Il rabaissa son bras et l'agonit d'injures.

— Chienne ! Bâtarde ! Putain !...

Il allait partir, pas très content de lui, lorsque trois de ses compagnons le rejoignirent. Ils titubaient sous l'effet de la boisson. L'un d'eux décocha au premier des mots qui déclenchèrent l'hilarité des deux autres. Nelvéa comprit sans peine leurs intentions. Elle traduisit pour les prisonniers, et pour Astrid et Myriam particulièrement.

— Ils estiment qu'ils ont le droit de profiter un peu des femmes avant de les vendre. Ils se moquent de celui-là parce qu'ils pensent qu'il serait incapable... de... tirer son coup...

Les rires redoublèrent. D'autres vulgarités fusèrent. Une sueur froide coula le long de l'épine dorsale de la jeune femme.

— Par les dieux, ils ne vont pas...

Le chef des Gris considéra les captives avec intérêt. Puis il lança quelques paroles, auxquelles les autres répondirent avec enthousiasme.

— Si nous les engrossons, elles vaudront plus cher sur le marché, s'esclaffa un énorme barbu qui tenait à peine debout.

— Moi, je prendrai celle-là, dit un autre en désignant Myriam. Avec ce que je vais lui faire, elle n'arrivera pas seule à Hackenmahar.

Puis il se tordit de rire en se tenant le ventre.

Par chance, les compagnes de Nelvéa ne comprenaient pas. Elle se sentit faiblir. Que pourrait-elle faire contre cette horde de braillards avinés qui pouvaient les réduire à merci simplement en utilisant leurs colliers ?

Les Gris, la mine gourmande, examinèrent les femmes. L'un d'eux désigna Nelvéa.

— C'est elle que je veux.

Aussitôt, le chef intervint.

— À ton goût ! Mais méfie-toi ! J'ai l'impression que cette fille est une sorcière. Elle comprend tout ce qu'on dit.

— Une bâtarde d'étrangère pareille ? Laisse-moi rire !

Il s'accroupit devant Nelvéa, autant que le lui permettait sa bedaine, puis déclara, essoufflé :

— Tu sais que tu me plais beaucoup, ma beauté.

— Arrière ! hurla la jeune femme avec violence.

L'autre, surpris par la soudaineté du ton, bascula sur les fesses, puis se redressa d'un bond, comme si une guêpe l'avait piqué.

— Tu... tu as peut-être raison, Shanatz. Cette fille est sûrement une démone. Son cri résonne encore dans ma tête.

— Fichez le camp, hurla Nelvéa. Si vous me touchez, je vous anéantirai ! Tous !

— Qu'est-ce qu'elle dit ?

— Je n'en sais rien. Mais je n'aime pas sa voix. Et ses yeux verts me font peur. On dit que cela porte malheur.

Un autre Gris survint, peut-être un peu plus éméché que les autres.

— Attendez ! Moi, je n'ai pas peur des sorcières. Et cela me plairait d'en engrosser une.

Sûr de lui, il se planta devant Nelvéa et lui prit le menton d'une patte conquérante. Un rictus méchant tordit la bouche à la dentition fantaisiste et il jeta :

— Sale garce ! Tu vas apprendre qui est le maître ici.

La tête d'abruti de l'homme n'incita pas Nelvéa à la douceur. L'instant d'après, l'individu sentit son bras se tordre, ses muscles claquer, ses tendons se distendre, son omoplate se décoller. Après une grasse pirouette, il atterrit le menton au sol. Il tenta de se relever, mais encaissa aussitôt le choc des deux pieds que Nelvéa lui avait expédiés en pleine figure. Ses lèvres éclatèrent sous l'impact, tandis que ses dents de devant se déchaussaient.

Nelvéa, en proie à une rage folle, ne ressentit pas immédiatement la morsure du collier, les ondes douloureuses irradier ses muscles. Elle se releva, fit face...

Et finit par s'effondrer en hurlant.

— Aïnah Shean ! gronda Khaled.

Il se rua sur les bandits, aussitôt suivi par Lorik, Myriam et Astrid. Mais les Gris braquèrent leurs cylindres noirs sur eux et les poussèrent au maximum. Tous quatre s'effondrèrent, le corps déchiré de souffrance. L'Ismalasien, dans une demi-conscience, entendit Nelvéa se débattre mollement tandis qu'on l'emportait. Il comprit que les Gris allaient se venger de l'affront subi. Peu après, Myriam et Astrid, ainsi que quelques autres femmes, furent ainsi entraînées. Il aurait voulu se redresser, agir, les tuer tous, les broyer. Mais son corps lui refusait tout service.

À demi assommée, Nelvéa sentit qu'on la traînait vers la lueur flamboyante du feu de camp. Elle entrevit des trognes hirsutes, des yeux luisants comme ceux des fauves, des gueules ouvertes sur des rires déments ; des haleines chargées d'alcool la heurtèrent. Tout son être se révulsa lorsqu'on lui arracha les lambeaux de ses vêtements. Elle voulut hurler à nouveau. Mais seul un faible gémissement chuinta de ses lèvres. Surgis du tréfonds de ses souvenirs, les échos de la mémoire de Daena lui revinrent comme dans un cauchemar. Personne ne viendrait à son secours. Des rires gras éclataient autour d'elle, résonnaient dans sa tête. Une dizaine de faciès avides se penchèrent sur elle. Il y avait d'autres cris de femmes. Des mains la pétrissaient brutalement. Une épouvantable nausée la prit. Plus loin brûlait un feu d'enfer qui consumait les restes des bêtes abattues. Elle aurait voulu les voir tous rôtir, se tordre de douleur dans les flammes, écouter leur peau se craqueler, éclater sous l'action du feu vengeur. Elle se débattit, mordit, griffa tout ce qui passait à sa portée. À nouveau, une douleur incommensurable la brisa, l'anéantit. Des bras solides l'immobilisèrent. Une main épaisse se posa sur sa bouche, l'étouffa. Une bouche grasse, aux relents fétides, lui succéda. Une gueule édentée, puant l'alcool et la graisse animale. Salive et sang. Elle mordit avec férocité, arrrachant un lambeau de chair à son agresseur d'un vif mouvement de tête. L'autre se mit à beugler, la frappa sauvagement. Un coup violent dans l'estomac lui tordit la respiration. Elle entrevit, dans son délire, le pirate à la lèvre déchirée basculer en arrière, repoussé sans ménagement par les autres. Des mains avides la parcouraient, des doigts conquérants s'insinuaient entre ses jambes, remontaient le long de ses cuisses. Ses coups de reins désespérés et ses cris de détresse ne purent empêcher qu'on lui écartât les genoux. Quelque chose de dur s'insinua en elle…

Alors, au plus profond de l'abjection, elle s'évanouit.

Lorsqu'elle reprit conscience, l'air nocturne lui emplit les poumons de ses effluves puissants, frais, au cœur desquels flottait le souvenir d'un feu de bois et de cendres tièdes. Mais sur tout cela régnaient des relents de graisse, d'alcool et d'hommes suants qui lui provoquèrent un haut-le-cœur.

Autour d'elle s'était tissé un réseau de chaleur, une odeur qu'elle connaissait bien. Qu'elle aimait.

Khaled l'avait prise dans ses bras. Elle s'éveilla comme on s'éveille d'un cauchemar. Là-bas, les pirates, repus de bière et de femmes, dormaient comme des souches. Seuls deux d'entre eux montaient la garde, secondés par une demi-douzaine de guerriers esclaves. Nelvéa aurait voulu les haïr. Mais il était trop tard, à présent. Elle n'en avait plus la force. Quelque chose s'était brisé en elle. Non loin d'elle, d'autres femmes gémissaient, se lamentaient. Elle n'avait pas été la seule à subir les violences des Gris. Elle se mit à trembler. Tel était le lot des vaincus. Ces vaincus dont elle faisait partie. Elle aperçut ses deux esclaves, blotties l'une contre l'autre, les yeux grands ouverts sur la nuit, abruties par le viol. Elles se tenaient furtivement la main, trouvant à ce contact le seul réconfort possible. Nelvéa éclata en sanglots contre le vieux guerrier. Son ventre la faisait horriblement souffrir. Elle sentait encore autour de son sexe l'abjection qui l'avait souillée. Elle aurait voulu se laver dans de l'eau bouillante, expurger, effacer totalement cette horreur gravée en elle. Mais la blessure morale était plus douloureuse encore. Elle pleura longtemps, hoquetant des mots sans suite. Doucement, le vieux guerrier lui caressait les cheveux. Elle finit par se calmer. Il lui prit alors le menton et déclara d'une voix douloureuse :

— Nelvéa, au nom de tous les hommes, pour le crime commis par ces porcs immondes, je te demande pardon.

Elle le regarda longuement, les yeux brûlants de fièvre, et esquissa un sourire pâle qui ressemblait à une grimace. Puis elle se remit à pleurer.

Elle songea que peut-être il valait mieux que Lauryanne fût morte, qu'elle n'eût pas vu cette horreur.

À la pensée de sa fille, un sursaut de haine lui revint, mais il s'évanouit dans le néant. Elle n'avait plus de force, de volonté. Nielsen, Vallensbrück, ce petit enfant mort par la faute de ces êtres abominables… Quelle importance ? Jamais elle ne serait assez puissante pour les venger. Et puis, à quoi bon…

— Khaled, Khaled, gémit-elle. Je ne suis pas digne d'être chevalier. J'aurais voulu… J'ai cru pouvoir tenir tête à ces chiens, les faire reculer avec ma seule volonté, comme mon père le faisait avec ses ennemis. Mais j'ai échoué. Toutes ces filles se sont fait violer par ma faute. Je n'aurais pas dû provoquer les Gris. Je ne suis qu'une imbécile orgueilleuse. Je ne suis rien. RIEN ! Pas même la fille de Solyane.

L'Ismalasien laissa passer l'orage, puis il murmura :

— Ne déraisonne pas, Aïnah Shean. Ne permets pas au doute de te dominer. Tu n'es pas responsable. Tu as tenté ce que tu pouvais.

— Mais je n'ai aucun pouvoir ! Aucun…

— Alors peut-être n'en as-tu que plus de mérite, ma petite compagne… la force était de leur côté. Ce soir ils ont triomphé. Mais un jour viendra…

— Un jour ? Demain nous arriverons à Hackenmahar, Khaled. Qu'allons-nous devenir ?

58

HACKENMAHAR !

La première vision qui frappa les prisonniers fut un ensemble de bâtiments de bois en piteux état, ordonnés autour de ruelles obscures et malodorantes, dans lesquelles s'ébattaient des chiens et une kyrielle de porcs, de poules et de moutons que les Gris chassèrent à grands coups de pied. Quelques femmes vêtues de haillons accueillirent les arrivants avec des hurlements de joie, vite réprimés par les capitaines qui semblaient tenir leurs femelles en piètre estime.

— Si c'est ça Hackenmahar, grogna Lorik, nous n'aurons aucune peine à anéantir ce nid de frelons.

Mais la bourgade n'était probablement qu'un poste frontière. Au-delà du village s'étendait une zone déserte où la forêt reprenait ses droits. Une piste dallée la traversait, qui franchissait une colline au sommet de laquelle s'élevait une sorte de tour de guet.

Épuisés, les prisonniers furent poussés sans ménagement à l'intérieur d'un enclos grillagé, dont les hautes clôtures se hérissaient de pointes de métal. Il ne leur serait pourtant pas venu à l'idée de tenter de s'échapper pour l'instant. Deux femmes se plaignaient de douleurs dans le ventre. La séance de la veille n'y était certainement pas étrangère. Astrid et Myriam, à demi nues sous leurs vêtements déchirés, vinrent se placer de chaque côté de Nelvéa. Celle-ci demeurait prostrée dans un abattement profond. Lorik, désorienté, tentait parfois de la distraire. Mais rien n'y faisait. Elle semblait ne pas le voir. Khaled prit le jeune homme par le bras et l'entraîna à l'écart.

— Laisse-la en paix. Tu ne peux rien faire pour elle.

Puis il s'assit en tailleur et interrogea les krehns, les seuls objets que les Gris ne lui avaient pas volés. Plusieurs fois il jeta les ossements sur le sol, et serra les dents. Les réponses étaient floues, inconsistantes. Le signe de la mort revenait sans cesse, mêlé à un symbole qu'il ne parvenait pas à déchiffrer. Comme une sorte de dédoublement incompréhensible. Peut-être un choix. Mais toutes les figures aboutissaient irrémédiablement à un bouleversement effrayant, qui désignait expressément Nelvéa.

Il l'observa de loin. Elle avait trouvé refuge dans les bras d'Astrid qui la berçait comme une enfant. Il comprenait que seule une femme était capable de l'approcher, à présent. Sans doute éprouvait-elle un immense dégoût des hommes, ce qui s'expliquait. Il tremblait pour elle. Elle avait tout perdu. L'homme qu'elle aimait, le bébé qu'elle avait porté de lui, sa fille. Son lionorse aussi, mort sous ses yeux en la défendant. Combien de chevaliers s'étaient ainsi laissés mourir après la disparition de leur compagnon...

Il brûlait d'une haine d'autant plus effrayante qu'il ne pouvait rien tenter. Il eût aimé posséder les pouvoirs de son maître, Dorian, pour les pulvériser jusqu'au dernier. Mais il était sans arme, sans défense. Et, bien que le désert lui eût enseigné la patience, il devait serrer les dents pour ne pas se jeter à la gorge de leurs tortionnaires. Nelvéa n'avait jamais été préparée au sort des vaincus. L'ombre de la mort la guettait et il le savait. Se pouvait-il que l'effrayante divinité qu'elle avait défiée plusieurs années auparavant ait ainsi exercé sa vengeance, la dépouillant peu à peu de tout pour la réduire à sa merci, avant de porter l'estocade finale ?

C'était inimaginable. Pourtant, tout semblait concorder. Il remit lentement les ossements dans leur petite poche de cuir et soupira. Sans doute allaient-ils être séparés. Si elle ne trouvait pas au fond d'elle la force de relever la tête, de combattre à nouveau, elle était perdue. Mais avait-elle réellement envie de survivre, désormais ? Au nom de quelle vengeance inutile et absurde ?

Une pluie fine tombait, détrempant le sol déjà passablement boueux de leur enclos. Vers midi, on leur apporta un repas composé de légumes écrasés et de lait fermenté. Nelvéa toucha à peine à la bouillie insipide. L'environnement désespérant, les gémissements des prisonniers, la grisaille du ciel, le froid instillaient en elle un lent poison qui sapait ses dernières résistances. Une profonde lassitude la tenait. Elle aurait voulu s'endormir là, pour ne plus jamais se réveiller.

Lorik, au contraire, ne cessait de faire les cent pas. Il avait étudié l'endroit. Mais même s'ils n'avaient pas été entravés par leur collier métallique, toute tentative d'évasion était irrémédiablement vouée à l'échec.

De temps à autre, Nelvéa tournait les yeux vers la forêt, la zone interdite. Pas un des villageois n'osait s'y aventurer. Elle sentait confusément qu'il ne fallait pas qu'elle franchisse cette limite. Il n'y aurait plus alors pour elle aucun moyen d'en sortir vivante. Elle laissait l'eau de pluie l'imprégner détremper ses haillons. Peut-être voulait-elle, inconsciemment, effacer, laver la souillure abjecte de la veille. Peut-être aussi aurait-elle souhaité se dissoudre, couler, s'évader dans la terre. Oublier !

Elle réagit à peine lorsque de nouveaux personnages firent leur apparition vers la fin de l'après-midi. Guidés par Shanatz, ils s'arrêtèrent devant les enclos. C'étaient des individus vêtus de longues toges sombres, et dirigés par un petit homme replet, au visage plat, fin comme celui d'une femme, mais dont les yeux rapprochés, au regard de prédateur, n'avaient rien d'engageant. Par réflexe, Nelvéa lança vers lui une sonde mentale. L'homme avait pour eux la même considération que pour les animaux qui s'égayaient dans les ruelles boueuses. Pour lui, tout ce qui n'était pas originaire de Hackenmahar n'avait pas droit au titre d'être humain.

Il examina d'un air dégoûté un lot de prisonniers et déclara dans une langue inconnue, dont Nelvéa saisissait le sens à fleur d'esprit :

— Bandes de bons à rien. Il n'y a rien là qui vaille la peine de vous rémunérer aussi grassement que nous le faisons. Quelques paysans abrutis dont nous ne pourrons faire que des soldats, des femmes qui n'en sont plus à leur première jeunesse, et des enfants dont la moitié crèveront comme des rats malades avant un mois. Vous avez intérêt à vous remettre en chasse sans tarder, tas de fainéants.

Lorsqu'ils arrivèrent devant l'enclos où étaient parqués Nelvéa et ses compagnons, Shanatz s'avança, obséquieux.

— Puissant Principal ! Prenez la peine de jeter un coup d'œil sur ce lot. Il contient des mâles de valeur, et quelques femelles de toute beauté.

— Je ne vois là que des déchets misérables de la civilisation dégénérée qui survit au-delà de l'empire des Kaïsords, imbécile.

— Non, Puissant Principal ! Regardez ces trois femelles, là, qui se serrent les unes contre les autres. Ce sont des combattantes. Elles ont tué dix de mes meilleurs hommes. Ce seront des recrues de choix pour les arènes. Regardez leurs visages, comme ils sont beaux.

— Elles sont très abîmées. Elles sont griffées de partout.

— C'est qu'elles nous ont donné du fil à retordre, Puissant Principal. Nous avons dû les mater.

— Ouais ! Et les violer également. Crois-tu que nous ignorons vos basses manœuvres ? Et ces karks que l'on vous donne, hurla-t-il soudain, faut-il qu'ils ne servent à rien ?

Shanatz baissa la tête d'un air contrit. Le petit homme désigna les deux femmes qui se tenaient le ventre en gémissant.

— Regarde celles-là, cracha-t-il. Tu vas peut-être oser prétendre que tes hommes et toi n'y avez pas touché ?

— Mais...

— Silence ! Je les prends à la moitié de leur valeur.

— Puissant Principal...

— Tais-toi, bon à rien ! Et estime-toi heureux que je te les achète. Si cela ne te plaît pas, d'autres sont prêts à prendre ta place !

Le Gris voulut encore protester, mais le dernier argument lui cloua le bec.

— Bien, Puissant Principal ! Nous agirons suivant votre volonté.

— J'y compte bien.

Shanatz pensait réellement ce qu'il disait. Aussi aberrant que cela pût paraître, il était heureux de cette domination. Nelvéa, étourdie, écœurée, renonça à comprendre.

Vers le soir, les grilles furent ouvertes. Des gardes gigantesques, vêtus de longues capes noires, prirent le relais des Gris. À la différence des guerriers qui les avaient capturés, aucun d'entre eux n'était spolié.

Enchaînés les uns aux autres, les prisonniers durent quitter leur enclos sous la menace des fouets neuroniques. Un long frisson parcourut Nelvéa. C'était comme si une porte se refermait inéluctablement sur son passé. Elle sentait que devant elle se mettait en place le décor d'un combat hallucinant, qui risquait fort de lui coûter la vie, mais qui serait peut-être pour elle la seule issue à ce piège inexorable. Cependant, alors qu'elle aurait dû ramasser ses forces, elle n'éprouvait plus qu'une envie immonde de se coucher et d'attendre la mort. Elle ne se sentait plus de taille à lutter avec cette cité gigantesque et inhumaine qui lui avait tout pris.

Ils avaient à peine atteint les limites de la forêt qu'un curieux convoi s'arrêtait à leur hauteur. C'étaient d'étranges chariots à moteur, dont les plates-formes étaient surmontées de cages de métal sombre, aux parois pleines, qui interdisaient toute visibilité extérieure. Les gardes noirs, les Bakan Gahrs, comme les avaient nommés les Gris, entassèrent les prisonniers à l'intérieur. Lorsque Nelvéa sentit la porte se refermer sur elle, elle poussa un hurlement. Malgré la présence de ses deux esclaves, malgré la chaleur des corps comprimés les uns contre les autres, un grand froid l'envahit. La porte se referma sur la lumière crépusculaire, et ce fut comme si la vie disparaissait. Elle comprit qu'elle venait de pénétrer dans l'antichambre de la mort.

59

Les chariots aveugles avaient roulé longtemps, emportant leur cargaison humaine entassée et malmenée par les cahots de la route. Serrant les dents pour ne pas hurler, Nelvéa avait cru sombrer dans la folie. Autour d'elle les femmes gémissaient, les hommes grognaient. Une odeur fétide et écœurante lui emplissait les poumons. Les prisonniers n'avaient pas eu le loisir de se laver depuis deux semaines que durait leur calvaire, et la promiscuité n'arrangeait rien. Elle-même, qui avait toujours observé une hygiène rigoureuse, se faisait horreur. Elle n'aurait su dire combien de marches avaient parcourues les véhicules lorsqu'un grondement effrayant parvint à leurs oreilles. Elle ne comprit pas immédiatement qu'il ne s'agissait que de la rumeur d'une ville gigantesque qui s'étalait autour d'eux.

Les portes des cages s'ouvrirent enfin et ils se trouvèrent dans une cour de terre battue, cernée de murailles hautes et noires percées de porches sombres et de meurtrières. La nuit était tombée depuis longtemps sans doute. Pourtant, une lumière artificielle éclairait l'agglomération dont les bruits s'étaient faits plus présents, inquiétants, inconnus.

La cour était déjà occupée par d'autres groupes de prisonniers aux visages hébétés. Le principal fit aligner Nelvéa et ses compagnons devant lui. Effrayés par le voyage dans le ventre de la machine, les captifs n'osaient plus se rebeller. Même le capitaine Orvaneus se taisait.

Sur un signe d'Harald Kohn, les gardes noirs séparèrent les hommes et les femmes avec brutalité. Puis les enfants furent arrachés à leur mère sans aucune pitié. Khaled et Lorik adressèrent un regard douloureux à Nelvéa, puis obéirent. Les karks interdisaient toute action d'éclat.

La jeune femme, l'esprit vide, suivit ses compagnes dans une salle chaude et humide où on leur ôta ce qui restait de leurs vêtements. Des esclaves aux yeux baissés les baignèrent, les parfumèrent et les massèrent. Puis elles furent enfermées dans une petite cellule circulaire meublée d'une petite table basse et de fourrures. Des plats de nourriture et un flacon de vin les attendaient, sur lesquels elles se jetèrent avidement. Les viandes étaient bonnes, cuites à point, et les pâtisseries délicieuses. Après la soupe infecte dont elles avaient dû se contenter depuis deux semaines, ce repas était une véritable bénédiction.

— Ce principal me fait peur, dit enfin Astrid, mais au moins il nous traite agréablement. Peut-être n'est-il pas aussi mauvais qu'il en a l'air.

— Tout dépend de ce qu'il veut faire de nous ! répliqua laconiquement Myriam la silencieuse.

Nelvéa n'ajouta rien. Si on les avait soignées et nourries après le traitement qu'elles avaient subi avec les Gris, ce n'était certes pas par compassion. Sans doute allaient-elles être vendues comme esclaves. Le spectre de la spoliation se dressa devant elle, hideux, inexorable, et un grand froid l'envahit. Elle porta la main à son cou. Le kark était toujours là, indestructible. Si on voulait l'opérer pour la priver de sa personnalité, elle ne pourrait même pas se défendre.

Des larmes lourdes roulèrent sur ses joues. Qu'avait-elle fait pour mériter cela ? Fallait-il qu'elle payât les quelques années de bonheur vécues auprès de Nielsen à ce prix, parce qu'une divinité imbécile la poursuivait de sa haine, à cause de deux chiens sauvages abattus de sa main ? C'était absurde. Mais comment expliquer autrement sa déchéance ? Elle entoura ses jambes de ses bras et posa sa tête sur ses genoux, laissant ses larmes glisser, brûlantes. Larmes de rage, d'impuissance, de résignation. Astrid et Myriam, élevées depuis leur plus tendre enfance dans la soumission, réagissaient beaucoup mieux qu'elle. Elles s'étaient toujours laissé guider par la fatalité. D'anciennes paroles de Palléas revinrent à la mémoire de Nelvéa : « Nous ne laissons pas le Destin nous dominer. Nous luttons contre lui. Nous savons qu'à la fin la victoire lui reviendra, mais jamais nous ne lui permettons de nous guider. C'est pour cela que nous sommes des vainqueurs, Nelvéa. Chacune des épreuves qu'il nous impose nous apporte sa leçon et nous enrichit. »

Elle n'en avait pas encore l'âge, pourtant, il semblait bien qu'elle arrivât au terme de sa route. La Bête immonde rôdait non loin d'elle, guettant sa proie inexorablement. Aurait-elle la force de se remettre à lutter ? Et quelles leçons avait-elle tirées de ses épreuves ? Elle devinait, derrière tout cela, une vérité qui lui échappait. Un voile opaque l'aveuglait, qu'elle ne savait comment arracher.

Elle ne put maîtriser un mouvement de recul lorsque ses deux esclaves vinrent se serrer contre elle. Puis elle se reprocha son geste. Les deux jeunes femmes réagissaient avec l'instinct des animaux et l'amour inconditionnel qui les portait vers elle. Même dans la déchéance, elles lui demeuraient fidèles.

Elle s'endormit avec, sur les épaules, la tête des deux filles blotties telles deux enfants apeurées contre leur mère.

Elle aurait voulu se réveiller, mais c'était impossible. Sans cesse des murs métalliques se refermaient sur elle, qu'elle tentait vainement de repousser de ses mains faibles. Simultanément, elle sentit s'appesantir sur elle le corps de son amant nocturne, revenu la tourmenter. Dans un mélange d'extase et d'horreur, elle connut une nouvelle fois une jouissance extrême, tandis qu'une autre elle-même errait dans un dédale obscur, fuyant une menace horrible, une mort hideuse et gluante qui la poursuivait sans cesse. D'étranges gémissements lui parvenaient, qui étaient les siens propres, mais curieusement éloignés, déformés. Une fois encore son amant se sépara d'elle, se fondit dans un brouillard de poussière, comme s'il n'avait jamais existé. L'air avait pris la consistance de la farine. Elle étouffait. Peu à peu les murs sombres s'écartèrent, dévoilant une lumière rougeâtre et dansante. Elle se trouvait tout au fond d'un lieu inconnu. Un cirque, une arène peut-être. Bien au-dessus, elle percevait une multitude de présences qui hurlaient et s'agitaient en la regardant. Une foule anonyme et cruelle qui voulait sa mort. Le sol de sable se tachait par endroits de flaques de sang séché dans lesquelles ses pieds nus s'engluaient. À son cou, le kark semblait se resserrer, l'étrangler. Elle aurait voulu fuir, mais ses jambes refusaient de la porter. Tout à coup, la menace mortelle se précisa, se matérialisa dans toute son horreur. Un monstre surgit, immense, le prédateur même de l'homme. Des yeux luisants se braquèrent sur elle tandis qu'un rire semblable au tonnerre secoua la créature, repris par la foule au bord de l'hystérie. Dans son demi-délire, elle comprit qu'elle allait vivre par avance sa propre mort. Un mélange d'angoisse, d'excitation et de joie sauvage fleurit autour d'elle, se déploya comme une draperie sonore et hallucinante. Elle connut un sursaut de désespoir, de rage et de haine, tenta de trouver une issue. En vain. Les yeux injectés de sang se rapprochèrent, une gueule effrayante se tendit vers elle, des griffes la crochetèrent. Elle voulut frapper, mais ses bras étaient lents, lourds, faibles…

Les crocs se rapprochèrent, la mâchoire s'ouvrit et se referma sur elle. Avec un sentiment d'horreur absolue, elle sentit sa chair s'ouvrir, exploser, ses os craquer, s'émietter…

Elle hurla de douleur. Un bruit fantastique lui vrilla le tympan, puis tout devint flou et se dissipa dans un torrent de larmes. Des larmes que l'on essuyait avec douceur tandis que, quelque part, une femme pleurait et gémissait. Au prix d'un effort violent, elle calma son cœur emballé et ouvrit les yeux. Le visage anxieux d'Astrid était penché sur elle. Elle comprit enfin que c'étaient ses propres gémissements qu'elle entendait.

— Princesse ! Princesse ! Calmez-vous ! Ce n'était qu'un mauvais rêve.

— Non, souffla-t-elle en réponse. Ce n'était pas un cauchemar. J'ai vu l'avenir. Mon avenir ! Ma propre mort !

Malgré la tiédeur humide qui régnait dans la geôle aux murs blancs, elle tremblait comme une feuille. En elle revinrent les scènes atroces de l'avant-veille, les mains avides sur son corps, les douleurs rémanentes, les gueules terribles qui riaient grassement tandis qu'on écartait ses cuisses avec violence.

Elle leva des yeux en pleurs vers sa compagne qui lui caressait la joue d'un geste tendre. Comme elle, elle était entièrement nue. De sa peau émanait encore ce parfum étrange des huiles avec lesquelles on les avait massées. Près d'elles, Myriam dormait, recroquevillée dans la position d'un nouveau-né.

— Khaled ? murmura Nelvéa d'une voix brisée.

Mais elle se souvint qu'ils avaient été séparés. Un jour pâle coulait timidement dans la cellule de marbre, au travers des verrières opaques du plafond. Nelvéa s'en étonna. La nuit n'était pourtant pas achevée. Puis elle comprit que la lumière extérieure était artificielle, venant de lectronnes placées au-dessus des verrières.

Elle se laissa aller contre Astrid, désespérée. Elle ne pouvait s'empêcher de trembler. Jamais elle n'avait redouté la mort. Mais pas celle-ci !

— Qu'est-ce qui m'arrive ? murmura-t-elle soudain dans

un état second. Ils m'ont tout pris, tout arraché. Pourquoi ? Ils m'auraient ôté la peau, s'ils avaient pu.

Astrid, inquiète, lui saisit la main. Nelvéa poursuivit son monologue, les yeux hagards.

— Je ne suis pas une esclave. Je suis Nelvéa de Vallensbrück, fille de Dorian et de Solyane de Gwondaleya. Mon père me vengera. Il anéantira cette cité maudite, la réduira en cendres. Je ne suis pas une esclave !

Elle avait hurlé la dernière phrase, dans un sursaut d'indignation.

Elle imagina, par anticipation, une foule curieuse, avide, lubrique, qui viendrait l'examiner, l'acheter, comme on acquiert un animal au champ de foire.

— Je ne suis pas une esclave, gémit encore Nelvéa.

Elle se blottit contre Astrid.

— Ma mère... ma mère a déjà eu des visions de ce genre, confia-t-elle lentement. Elles se sont toutes réalisées. La mort d'Elena, la disparition de Palléas. Elle avait aussi vu la destruction de toute vie de ce monde. Alors, elle s'est opposée aux puissances du Néant. Elle y a laissé la vie, mais elle les a vaincues.

Elle s'essuya les yeux d'un revers de main. Le regard fixé sur l'infini, elle se laissa aller sur les coussins.

— Ne pleurez pas ! Vous n'êtes pas une esclave. Vous êtes une reine. Ils ne vous ont pas encore vaincue. Vous avez en vous la force de lutter, de les détruire.

— Non, Astrid. Ma mère était une déesse. Moi, je ne suis rien. Je n'ai pas hérité de ses pouvoirs. À cause de ce maudit collier, je ne pourrai même pas me défendre. C'est pour cela que je vais mourir. Je vais la rejoindre. C'est sans doute mieux ainsi.

— Ce n'était qu'un cauchemar, princesse. Et ce n'est pas vrai. Vous n'allez pas mourir. Vous êtes de force à faire reculer la mort. Elle ne vous prendra que si vous abandonnez la lutte. Il faut dormir, vous reposer. Demain, tout cela sera oublié.

Nelvéa se redressa et hurla :

— Mais tu ne comprends pas ? Je vais mourir ! Je le sais ! Je l'ai vu. Mourir d'une manière horrible, dévorée par un monstre à visage humain.

Elle éclata en sanglots. Elle était à bout.

Alors, Astrid la prit dans ses bras et posa sa tête sur sa poitrine. Réveillée, Myriam vint se placer de l'autre côté. La chaleur des deux jeunes femmes réconforta un peu Nelvéa. Elle prit à peine garde aux mains douces qui la caressaient, la cajolaient. Les deux filles avaient reporté sur elle toute l'affection, toute la tendresse qu'elles éprouvaient pour Daena. Elles n'avaient pas d'autre moyen de l'exprimer.

Presque sans y penser, la bouche de Nelvéa glissa jusqu'au sein d'Astrid, qu'elle prit délicatement entre ses lèvres, comme l'aurait fait un petit enfant. Elle aurait voulu disparaître, se réfugier dans les entrailles de la jeune esclave, tout oublier, retourner au néant. Puis une nouvelle chaleur naquit en elle, venue du plus profond de son être. Une vie nouvelle qui gonflait, s'épanouissait, exigeait, impérieuse, dominatrice. Lorsque les lèvres d'Astrid glissèrent sur sa nuque, revinrent vers sa gorge, sa bouche, elle frémit. Il était déjà trop tard. Elle aurait voulu repousser cet attouchement étrange. Mais la tiédeur délicate et bienfaisante qui circulait en elle dissolvait peu à peu toutes ses inhibitions. Son corps ému l'engageait à céder, à rendre les caresses. Une onde de plaisir la parcourut, écho de l'émotion, du désir intense qu'elle avait connus dans les bras de Nielsen quelques siècles plus tôt, peut-être dans une vie antérieure. Elle se tendit comme un arc et répondit au baiser d'Astrid.

Elle aurait voulu imaginer un homme à la place de sa compagne. Pourtant, elle découvrit que l'acte ne lui répugnait pas. Il était doux, sucré, comme un baume versé sur une plaie douloureuse. Était-ce à cause du mystère qui entourait les amours hors nature ? Elle se joignit avec violence, avec avidité presque, à la vague délicieuse qui la portait vers les deux filles.

Elles s'aimèrent longtemps, toutes trois, s'offrant de toute leur âme et de tout leur corps la seule chose qui leur était encore permise, l'amour. L'avenir les séparerait sans doute, les arracherait les unes des autres. Alors, leurs sens se décuplèrent pour les mener au paroxysme. Les chevelures blondes et brunes se mêlèrent, les corps se lièrent, se délièrent, mus par un rythme lent et troublant, ondoyant comme la mer. Les mains se cherchèrent, se trouvèrent, se serrèrent. Ne plus penser, ne plus souffrir. Aimer ! Aimer totalement, sans fausse pudeur, sans contrainte, jouir du plaisir qui naissait en elles, et s'y livrer complètement. Parce que son corps réclamait autre chose que des caresses d'enfant, parce qu'elle ne l'avait pas oublié depuis ses étreintes sauvages et passionnées de Vallensbrück, Nelvéa se donna entièrement, avec délice. Si au début elle retint ses cris et ses gémissements, elle étouffa la honte qui refusait de s'éteindre et se laissa aller à exprimer sa joie.

Lorsque leurs sens se calmèrent enfin et qu'elle reprit conscience d'exister, la joue posée sur le ventre de Myriam, Nelvéa sut que le cauchemar avait reculé et qu'elle venait de remporter une première victoire. Avec cet incomparable instinct dont sont dotés les êtres simples, les deux jeunes femmes avaient compris qu'il fallait réveiller l'extraordinaire puissance de vie qui sommeillait en elles et qu'elles avaient oubliée. Il n'y avait aucune trace de vice en elles. L'amour était innocent. Elles l'aimaient, à leur façon, comme elles avaient aimé Daena. Et à cause de cela, elle n'avait pas le droit de les décevoir, de les abandonner. Leur tendresse avait ressuscité en elle la volonté de combattre, de lutter.

Délicatement, elle déposa un baiser infiniment doux à l'intérieur de la paume d'Astrid, échouée comme une fleur près de ses lèvres.

Le Destin l'avait peut-être condamnée à mort, et peut-être triompherait-il à la fin.

Mais elle lui donnerait du fil à retordre.

60

La halle était immense. De grands vitraux multicolores couronnaient un gigantesque amphithéâtre aux murs blancs, au sommet duquel courait une vaste terrasse incurvée. Une lumière crue, polychrome, presque éblouissante, éclairait l'endroit. Cela ressemblait à un cirque, mais le spectacle était aussi dans la salle. Le long des étages en arc de cercle étaient installées des loges somptueuses, tendues de velours, meublées de tables basses et de fauteuils. Des chandeliers de bronze ornaient les tables. On ne devait les allumer que le soir. Sur des plats d'argent, des fruits et des friandises pour les gourmands. Des plantes égayaient les larges escaliers qui permettaient d'accéder aux gradins. Des tapis épais aux motifs compliqués couvraient le sol.

La foule qui s'y pressait ne le cédait en rien au décor fantastique. Des femmes esclaves aux seins nus passaient de loge en loge pour apporter boissons et plats chauds. Des gardes en tenues sombres, les Bakan Gahrs, surveillaient l'endroit de leur œil glacé. De riches personnages avaient déjà pris place sur les fauteuils et devisaient joyeusement entre eux. Les visages étaient poudrés de blanc, de jaune ou de mauve, tandis que les yeux se rehaussaient de lignes noires. On portait des bijoux clinquants aux endroits les plus inattendus. Un gros homme détenait la palme avec un fin réseau de chaînes d'or qu'il arborait à même son torse nu, dépourvu de toute pilosité. Des jongleurs tentaient d'attirer le regard en multipliant contorsions et pitreries. Mais nul ne leur accordait la moindre attention.

Au centre de l'amphithéâtre s'étendait une esplanade de marbre blanc veiné de vert. Un lot de prisonniers y était déjà exposé et présenté par Harald Kohn lorsque Nelvéa et ses compagnes furent amenées, par des couloirs sombres, jusqu'aux coulisses. Les femmes étaient revêtues de voiles légers et transparents qui laissaient deviner les courbes de leur corps. Les hommes étaient, quant à eux, ceints de pagnes de toile de couleur verte. C'était là leur seule vêture. Lorsqu'un acheteur se présentait, on dévoilait entièrement l'esclave, homme ou femme. Il s'ensuivait alors une étude approfondie du malheureux, dents, muscles, sexe, qui écœura Nelvéa. La nuit précédente lui avait redonné le goût du combat et elle était fermement décidée à ne pas se laisser ainsi tripoter par les acheteurs. Tant pis pour celui qui porterait la main sur elle. Même si elle y laissait la vie, elle mourrait au moins fièrement.

La séance dura longtemps. Nelvéa et ses compagnes avaient été installées confortablement dans une loge des coulisses d'où elles voyaient tout ce qui se passait dans la salle.

— Mais pourquoi ne nous ont-ils pas encore présentées ? demanda Astrid.

Une petite brune les renseigna dans un ankos qui trahissait son origine médhellenienne.

— Ces lots sont constitués de domesses, expliqua-t-elle. Les acheteurs intéressés se présentent et font leur choix. Nous, nous serons vendues aux enchères.

Elle paraissait en être très fière.

— Tu parles très bien l'ankos, remarqua Nelvéa.

— Bien sûr ! Je suis une voyageuse.

Elle minauda en regardant ses compagnes d'un air de défi.

— Comme je suis assez jolie, ces messieurs de l'arsheven louaient parfois mes services. Je ne regrette pas d'avoir été capturée. Ces gens viennent chercher des filles pour leur plaisir. Je suis sûre de séduire un riche marchand. Alors, à moi la belle vie.

Elle marqua un temps.

— Mais vous allez être de redoutables concurrentes !

Elle éclata d'un rire frais et s'empiffra une galette de maïs au sucre d'un air gourmand.

— Alors, que la meilleure gagne, ajouta-t-elle pour conclure.

Nelvéa la regarda avec stupéfaction et murmura pour ses compagnes :

— Après tout, c'est une façon de voir les choses.

Certains groupes de convives ne prêtaient aucune attention à ce qui se passait sur l'esplanade de présentation. L'endroit tenait lieu de taverne où l'on pouvait agréablement bavarder et discuter affaires. Les gens s'interpellaient d'une table à l'autre, se saluaient, s'invitaient. Les domesses aux seins nus, les yeux baissés, effectuaient leur service avec efficacité et se prêtaient sans mot dire aux familiarités de certains clients. Visiblement, comme les prisonniers, elles n'avaient pas plus d'importance que du bétail. Même les esclaves spoliés de Gwondaleya étaient traités avec plus d'égards.

On venait ici autant pour le spectacle que pour acheter. Un rapide sondage mental apprit à Nelvéa qu'il était important de s'y faire remarquer. C'était là un signe de faveur et de fortune.

Certains des invités étaient des gens importants, soit par leur fonction, soit par leur fortune. Autour d'eux s'empressaient des admirateurs et des courtisans obséquieux, désireux de faire avancer une affaire, ou des femmes jeunes et jolies, quêtant la protection d'un maître. Étaient-ce donc là les mystérieux Kaïsords que redoutaient tant les Gris ? Affinant encore son observation, Nelvéa perçut derrière les visages fardés, derrière les salutations ostentatoires et l'apparente cordialité une anxiété indéfinissable, comme si ces gens craignaient de déplaire.

Mais déplaire à qui ?

Soudain, elle fut tirée de sa méditation par l'arrivée dans les coulisses d'un nouveau lot d'esclaves. Parmi eux, Lorik et Khaled.

— Aïnah Shean !

Elle courut vers l'Ismalasien. Une violente décharge du kark la projeta à terre avant qu'elle n'ait pu le rejoindre. Des mains brutales la remirent debout et l'éloignèrent de son compagnon. Étourdie, Nelvéa aurait voulu hurler sa rage, frapper. Mais toute révolte était inutile.

Elle échangea avec le vieux guerrier un regard lourd, chargé de leur haine commune. Un jour peut-être la chance leur sourirait, leur donnerait l'avantage. Et ce jour-là…

Mentalement, Nelvéa rejoignit son compagnon. S'il ne pouvait ressentir les pensées de Nelvéa, elle au contraire pénétra les siennes sans difficulté. Il était heureux qu'elle ait recouvré son envie de combattre. Mais elle discerna également d'autres éléments qui la refroidirent. Les krehns avaient parlé à nouveau. Elle comprit soudain la signification du regard triste et appuyé qu'il dardait sur elle. Elle détourna les yeux et crispa les mâchoires.

Certains esclaves étaient vendus par lots. De riches commerçants ou industriels consentaient à les acquérir d'un air dégoûté, moyennant une somme misérable. Nelvéa ressentait comme une humiliation personnelle la manière dont ces malheureux étaient traités. Leur nudité face à tous ces masques habillés et colorés constituait une insulte à leur dignité d'êtres humains. Une phrase de son père lui revint à l'esprit : « Un temps viendra où l'esclavage devra disparaître complètement. Nous devrons le supprimer si nous voulons devenir des hommes dignes de ce nom ! » Parce qu'elle était passée de l'autre côté de la barrière, elle en percevait désormais toute la signification.

Les prisonniers étaient d'origine disparate. Maraudiers vaincus par des mercenaires à la solde de Hackenmahar, filles folieuses rachetées à des caravanes lointaines, paysans sauvages des hautes montagnes de l'Hercy, capturés ou même, parfois, vendus par les leurs. Dans certains endroits, notamment vers l'ouest, les Gris avaient lié des contacts avec les autres civilisations.

Les hommes les plus solides étaient destinés aux fabriques ou aux mines. Là, ils s'useraient à la tâche sous les fouets de leurs geôliers, après avoir été spoliés afin de ne pas tenter de s'échapper. Le jour où leurs forces déclineraient, on les supprimerait pour éviter d'avoir à les nourrir. Les femmes âgées ou mal dotées par la nature iraient grossir les bataillons des hordes ménagères qui entretenaient la cité. Quant aux enfants, ils étaient achetés pour les petits travaux domestiques, ou pour d'autres usages dont personne ne faisait état. Nelvéa se retint plusieurs fois de vomir devant l'aspect repoussant de certains acheteurs. Si toute la cité de Hackenmahar était à cette image, il fallait absolument qu'elle soit rayée de la carte du monde.

Enfin, la vente aux enchères commença. Chaque esclave était présenté individuellement. Ainsi Khaled se retrouva exposé, nu, face à la foule intéressée.

Nelvéa souffrait pour lui. Comme beaucoup d'Ismalasiens, il faisait preuve d'une pudeur quelque peu étrangère à la vie libre de Gwondaleya. Elle avait eu plusieurs fois l'occasion de se baigner nue avec lui dans le Danov, puis plus tard dans le lac de Vallensbrück. Mais ils étaient seuls. Pour lui, se montrer ainsi avait une grande importance. C'était comme une sorte d'affrèrement. Parce qu'elle savait manier les armes, parce qu'il l'avait reconnue comme un guerrier de valeur, un compagnon de confiance devant qui l'on peut se montrer sans vêtements. Elle comprenait aujourd'hui toute la valeur symbolique de ce geste. Une compétition acharnée opposa pour son acquisition un vieux bonhomme efféminé et une espèce de géant chauve vêtu de cuir dont tout le monde semblait se méfier. Nelvéa scruta les deux individus.

Le chauve était, semblait-il, une sorte d'organisateur de jeux de cirque. Ce fut lui qui l'emporta.

Vint le tour de Lorik. Il fut acheté un bon prix par une vieille femme au maquillage outré. Nelvéa retint son nom : Salind Baruck.

La vente reprenait lorsqu'un silence profond s'étendit mystérieusement sur la halle. Nelvéa ressentit presque physiquement la montée d'inquiétude et d'adoration qui s'éleva des gradins. Une voix chuchota à côté d'elle :

— Ce sont eux, ce sont les Kaïsords qui arrivent.

Elle s'approcha pour mieux voir.

61

Au centre de l'amphithéâtre s'ouvrait un accès large et éclairé. Des gens entraient ou sortaient, guidés par les domesses aux seins nus.

Instantanément, le trafic s'interrompit. Les curieux s'écartèrent craintivement, puis une dizaine de personnages firent leur entrée, précédés par une cohorte de gardes noirs armés de gonns à canon court.

Les nouveaux arrivants se composaient de deux groupes. Tout d'abord venaient une demi-douzaine d'individus vêtus de longues toges de couleur pourpre, aux visages blancs encadrés de voiles noirs, qui marchaient en coulant leurs pas comme pour une danse rituelle. Leurs bras croisés disparaissaient dans de larges manches. Leur allure ridicule aurait fait rire Nelvéa en d'autres circonstances, mais les regards des individus, qu'elle devinait malgré la distance, n'avaient rien d'engageant. Des silhouettes inquiétantes les suivaient, dont les vêtures de fines draperies annonçaient un luxe inouï. Des robes longues et amples, faites d'étoffe incrustée d'or et de pierres précieuses, les enveloppaient jusqu'au visage, dissimulé derrière un masque intégral. Deux étonnantes antennes torsadées leur donnaient une allure d'insectes à forme humaine.

Les Kaïsords !

Sans doute les personnages en toge mauve jouaient-ils auprès d'eux le même rôle que la conscience de l'empereur de Cathasia, Genge Yeny Fong, à qui on ne pouvait adresser directement la parole. Ils observèrent la salle d'un regard lent et scrutateur, répandant autour d'eux un malaise qui se percevait dans les sourires obséquieux et jaunes.

À l'apparition des Kaïsords, un petit groupe de marchands s'était levé. Les arrivants se dirigèrent vers le gradin où ils avaient pris place. Parvenus devant eux, les « consciences » se mirent à parler d'une voix cassante. Une bouffée d'angoisse, proche de la panique, suffoqua les marchands. Un silence de mort planait sur la halle. Dès le premier instant, Nelvéa avait compris que ces hommes allaient mourir.

Bien que le langage fût incompréhensible, elle saisit l'essentiel des idées. Elle apprit ainsi l'existence de noyaux de révolte contre le pouvoir absolu des Kaïsords. Les cinq hommes incriminés se virent accusés, au cours de leurs transactions avec l'extérieur, et notamment avec le monde amanite, de fournir des informations sur Hackenmahar, et surtout de fomenter un complot pour renverser les Kaïsords.

— Les Kaïsords bien-aimés, reprit la voix avec fanatisme, qui vous ont tout donné, la richesse, le pouvoir, la santé, la liberté !

L'ingratitude de ces hommes devait être sévèrement punie. Le silence s'était fait de plomb. Même les enfants prisonniers s'étaient tus dans les coulisses. Un des accusés se leva et se mit à hurler :

— C'est vrai ! C'est vrai ! Nous nous sommes laissé entraîner à combattre les Kaïsords. Mais on nous a trompés. Nous ne sommes pas vraiment responsables.

C'est lui, ajouta l'homme en désignant le plus âgé de ses compagnons. C'est lui, puissants principaux, qui nous a induits en erreur !

Il se jeta à genoux devant les hommes en toge pourpre.

— Pitié, puissants principaux ! N'oubliez pas quel bon serviteur je fus. Je regrette d'avoir été trompé. Je ne pensais pas faire le mal. J'estimais…

— Silence !

La voix de l'interprète ne souffrait pas de réplique. Puis sa main se posa sur l'épaule du renégat.

— Nous savons quels mérites furent les vôtres, sire Hamino ! Nous statuerons sur votre sort plus tard.

L'incompréhension, puis le dégoût et l'horreur naquirent sur les traits des autres accusés. Un jaillissement de sentiments complexes fit éclater la peur. L'un d'eux se mit à hurler.

— Hamino, je te méprise. Sois maudit !

Il se tourna vers les toges pourpres.

— Et vous aussi, vénérés Kaïsords ! Nous avons cru en vous. Mais vous n'êtes que des lâches ! Des lâches et des assassins. Vous prétendez être des dieux ? Vous n'êtes qu'un ramassis de fripouilles, des chiens que les dieux véritables détruiront un jour.

L'homme s'avança fièrement, la tête haute, le regard plein de défi. À cause de la trahison de son compagnon, il savait ne plus rien avoir à perdre.

— Soit, vous allez nous tuer, comme vous avez tué bon nombre d'entre nous auparavant. Mais d'autres viendront et nous remplaceront. Votre règne ne sera pas éternel. Nous avons rencontré les peuples de l'extérieur. Ce sont des gens sensés, dignes de respect qui, un jour prochain, envahiront ce misérable empire où vous faites régner la terreur. Et vous disparaîtrez. Ils possèdent des armes bien plus puissantes que les vôtres ! Ils vous anéantiront !

Brusquement, un des Kaïsords écarta sans ménagement les interprètes et se planta devant l'homme. Puis il leva le bras droit et le braqua sur le rebelle. Celui-ci poussa un hurlement démentiel, comme si son corps se déchirait. Nelvéa, tendue à l'extrême vers la scène insolite, en ressentit le choc dans ses propres muscles.

Le malheureux eut un brusque tressaillement et s'écroula à terre en gémissant. Les gardes noirs se précipitèrent alors sur lui et lui arrachèrent ses vêtements. Ils le traînèrent, à demi inconscient, jusqu'au parterre de marbre d'où les esclaves furent hâtivement éloignés. L'homme placé en vue de tous, le Kaïsord revint vers lui. L'assistance pétrifiée de stupeur osait à peine respirer.

Le Kaïsord ne prononça pas un mot. Son porte-parole s'adressa à la salle d'une voix tonnante.

— Regardez ! Regardez, gens de Hackenmahar, ce qui arrive aux traîtres, à ceux qui trompent la confiance et la bonté des Kaïsords, les dieux vivants qui gouvernent ce lieu !

Le Kaïsord tendit à nouveau la main vers sa victime. L'homme se mit à pousser des cris stridents comme ceux d'un animal que l'on torture. Ce fut seulement à ce moment que Nelvéa remarqua avec horreur une étrange rougeur se former à la base de la nuque. Elle se mit à grossir à vue d'œil pour devenir une excroissance virant au bleu violacé. Puis un réseau étoile de tentacules couleur d'ardoise et de nacre s'étendit lentement sur le corps du rebelle. L'effrayante toile d'araignée se propagea sur toute la surface de la peau, gagna enfin le visage défiguré par la souffrance. De vilaines boursouflures se formèrent. L'homme rassembla ses dernières forces et se releva, titubant, semblable à une monstruosité vomie par l'enfer de Shaïentus. Il leva un bras grouillant de volutes noirâtres vers le Kaïsord et hurla d'une voix étranglée :

— Soyez maudits ! Avant qu'il soit passé trois mois, vous m'aurez rejoint dans la mort ! Je vous donne rendez-vous au tribunal des enfers !

Mais ses derniers mots se perdirent dans un gargouillis innommable, tandis que les veines bleuâtres éclataient. En quelques instants, le corps du malheureux ne fut plus qu'une masse informe agitée de soubresauts où se mélangeaient des chairs marbrées et un sang épais et foncé. Une odeur infernale se répandit dans l'amphithéâtre.

Nelvéa se détourna, l'estomac dans la gorge. Ainsi son père avait-il tué le roi d'Ismalasie, Hadgar del Tihiz, plus de trente ans auparavant. Mais personne n'avait jamais fait mention de cette... putréfaction instantanée des chairs. Ces êtres possédaient-ils la force de l'esprit, un shod'l loer aussi développé que celui de ses parents ? Pourtant, elle n'avait pas détecté, comme c'était le cas pour Dorian et Solyane, d'onde mentale assez puissante pour tuer un homme. Peut-être utilisaient-ils une technique sophistiquée, une forme de télépathie artificielle.

Devant les spectateurs qu'un début de panique commençait à gagner, les trois autres rebelles furent amenés et subirent le même sort. Seul fut épargné celui qui, au dernier moment, avait renié ses amis. Il n'y eut pourtant aucune réaction de mépris ou de dégoût. Les imaginations avaient été trop durement frappées. La grâce du traître avait une signification précise. Le simple fait de montrer de manière tangible que le repentir n'était pas un vain mot inciterait les autres à éviter de trahir à leur tour. La pitié des Kaïsords ferait du renégat un serviteur des plus zélés. Il n'en écraserait que mieux ses anciens complices.

Lorsque l'horrible sacrifice prit fin, les domesses vinrent emporter les restes des malheureux, nettoyèrent la place, et la vente reprit, tandis que les Kaïsords s'installaient à la place de leurs victimes.

Cependant, l'atmosphère qui avait précédé l'arrivée des Kaïsords avait disparu. Il fallut toute l'habileté et le verbiage d'Harald Kohn pour ramener un semblant d'animation dans la halle.

La petite voyageuse brune, après des enchères serrées, fut adjugée à un magnifique seigneur blond d'une trentaine d'années, dont le physique rappelait celui des chevaliers des légendes amanites.

— Tu vois, dit-elle d'un air triomphant en passant près de Nelvéa.

Celle-ci se garda bien de lui révéler ce qu'elle avait surpris dans l'esprit de son acheteur, c'est-à-dire qu'il comptait faire d'elle un objet de plaisir pour ses gardes personnels.

On amena ensuite une superbe blonde, une sauvageonne capturée au cœur des vallées élevées de l'Hercy. La crinière léonine et indocile, la mine farouche, la belle montagnarde toisait d'un regard de reine une assemblée médusée par son corps sculptural. Harald Kohn la dévoila entièrement, suivant un rite savant, parfaitement calculé, qui ramena le silence dans l'amphithéâtre. Les Kaïsords ne la quittaient pas des yeux.

La fille ne bronchait pas, mais une froide détermination l'habitait. Nelvéa frémit lorsqu'elle comprit ce qu'elle voulait faire. Elle s'appelait Chris.

Une compétition acharnée opposa un moment plusieurs Hackenmahariens. Elle s'interrompit sur le signe d'un Kaïsord. Le porte-parole déclara aussitôt :

— Le maître offre le double de la dernière somme, soit dix mille maraks.

Les enchères prirent fin aussitôt. Il était évident qu'aucun des participants, même s'il en avait les moyens, n'éprouvait l'envie de se mesurer aux Kaïsords.

Par respect des coutumes, Harald Kohn réitéra la dernière proposition. Bien entendu sans succès. La belle montagnarde fut adjugée.

À ce moment, la fille s'avança sur le devant de l'esplanade, superbe dans sa nudité de déesse. Sans savoir pourquoi, Nelvéa remarqua les deux grains de beauté qui ornaient son flanc gauche, contrastant avec la pâleur de sa peau. Chris leva fièrement la tête vers les Kaïsords et clama d'une voix forte, en ankos :

— Regarde-moi bien, seigneur ! Regardez-moi bien tous, chiens couchants de Hackenmahar ! Votre maître vient de m'acheter une fortune. Il escompte se divertir de mon corps, de sa chaleur, de la douceur de sa peau. S'y vider de son désir ! Mais cela ne sera pas ! Je préférerais être dévorée vive par les loups plutôt que de lui céder ! Vous n'êtes tous que des rats assoiffés de sang et d'ordure. Vous n'êtes pas dignes de la boue que vous foulez. Les seuls hommes dignes de ce nom sont morts tout à l'heure, sous vos yeux. Et vous n'avez pas réagi !

Curieusement, personne n'osait intervenir. Même les Kaïsords attendaient patiemment qu'elle eût terminé. Sans doute parce que personne ne comprenait sa langue. De plus, la proximité de la mort donnait à la fille une force invincible tout entière contenue dans sa voix. Harald Kohn s'avança vers elle, leva son fouet neuronique, mais elle l'arrêta d'un geste péremptoire.

— Arrière, démon ! Il te restera peut-être mon corps, qui te pourrira entre les doigts, mais mon âme demeurera libre !

Elle leva la main vers les Kaïsords et clama :

— Vous, seigneurs de cette cité infernale, soyez maudits ! Les dieux vous jugeront un jour ! Ils sont déjà en chemin. Celle qui vous détruira est déjà dans vos murs.

Puis elle se tourna vers Nelvéa à qui elle adressa un long regard. Celle-ci ne savait plus quelle attitude adopter. Mais, avant qu'elle n'ait pu faire un geste, Chris se précipitait vers un garde qu'elle frappa avec une violence inouïe. Elle lui arracha son gonn, tourna l'arme contre elle et tira.

Nelvéa détourna les yeux. Un hurlement d'hystérie monta de la foule. Lorsque la jeune femme osa à nouveau regarder, une pieuvre humaine s'agitait autour du corps superbe, affalé comme une fleur coupée. La tête avait disparu. Nelvéa dut se mordre les lèvres pour ne pas crier.

Au prix d'un violent effort de volonté, elle parvint à se calmer.

Lentement, elle s'avança vers le corps de Chris. Celle-ci avait fait preuve d'un grand courage. Mais son geste désespéré était inutile. Mieux valait mourir en combattant, ou en tentant de s'évader.

S'évader ? Peut-être Chris s'était-elle évadée, de la seule manière possible ? Une vague de résignation coula en elle. Certaines conversations surprises parmi les esclaves lui revinrent en mémoire. Jamais personne n'avait réussi à fuir Hackenmahar. Même les citadins n'avaient pas le droit de quitter la ville sans autorisation des Kaïsords. Et l'on murmurait que ceux qui pénétraient dans leur enceinte sacrée n'en ressortaient jamais.

Soudain, les regards se portèrent vers elle. Les seigneurs la contemplaient avec attention.

— Montre-nous celle-ci ! dit le porte-parole à l'adresse d'Harald Kohn.

Il était vain de résister. Tandis que l'on emportait le corps de Chris, le maître des esclaves la dévoila. Nelvéa ravala sa honte.

Et soudain la paix fut en elle. C'était comme si elle se dédoublait. Une part d'elle-même souffrait le martyre d'être ainsi livrée nue aux fantasmes de l'assistance. Mais une autre se séparait de son corps pour considérer la scène d'un esprit froid et lucide, dépourvu de sensibilité. En une fraction de seconde, elle sentit naître au cœur de cette jumelle imaginaire une puissance formidable, un peu irréelle, qui se fondit dans le néant lorsque retentit la voix de l'interprète.

— Cette fille est très belle. Tu la donneras au Kaïsord pour le dédommager. Et tu feras porter le corps de l'autre au Palais sacré. Très vite !

Harald Kohn ne chercha pas à comprendre, et se cassa en deux en affirmant qu'il en serait fait selon les désirs du bienveillant seigneur.

Nelvéa observa son nouveau propriétaire. Une intuition lui affirmait que sa beauté n'était pas la véritable motivation de son acquisition. Il avait voulu s'assurer d'elle parce qu'il l'avait reconnue.

Nelvéa se laissa rhabiller sans mot dire. Elle ignorait ce qu'il adviendrait d'Astrid et de Myriam, demeurées dans les coulisses.

Les gardes noirs vinrent la chercher et l'amenèrent près de son nouveau maître. Elle leva les yeux vers lui et l'entendit murmurer à l'adresse de ses trois compagnons :

— C'est bien elle. Cela ne peut être qu'elle.

Elle était pourtant certaine de ne pas connaître les individus qui se dissimulaient sous les masques effrayants. Les schèmes mentaux qu'elle décelait lui demeuraient parfaitement inconnus. Alors, que signifiait tout cela ?

62

Nelvéa avait perdu la notion du temps. Dix jours, peut-être quinze, s'étaient écoulés depuis la vente. Elle n'avait revu ni ses compagnons, ni son acheteur.

Elle avait quitté la Halle aux Esclaves encadrée par deux solides Bakan Gahrs, qui l'avaient guidée jusqu'à une espèce de charrode à moteur. On l'avait enfermée dans une soute située à l'arrière, en compagnie du corps de la montagnarde conservé dans un grand bac de glace. Par les ouvertures étroites du véhicule, elle avait découvert la cité. Une cité tentaculaire, dont le monde amanite n'offrait aucun équivalent. Une architecture impressionnante, qui défiait les lois de la pesanteur, élevait des arches immenses enjambant des voies de circulation. Des immeubles vertigineux s'enchevêtraient les uns dans les autres, entrecoupés de parcs suspendus, étagés sur plusieurs pans. Il eût été délicat de situer le véritable niveau du sol. Combien d'habitants pouvait abriter cette métropole ? Sans doute plusieurs millions.

Le véhicule circulait vite, écartant d'autres charrodes par de stridents appels de trompe. Sans aucun doute, les Kaïsords possédaient la Connaissance. C'était peut-être pour cette raison qu'ils n'avaient jamais accepté d'alliance avec les amanes. Mais qui étaient-ils ? Et d'où venaient-ils ?

Peu à peu, le véhicule s'éleva. Nelvéa distingua, à l'écart de l'agglomération, une vaste zone déserte rappelant les ruines d'une cité antique. Plus loin, au sommet d'une éminence rocheuse, une citadelle fortifiée dominait la cité, inquiétante, sinistre, découpée sur le ciel sombre du crépuscule. Le symbole même du pouvoir des Kaïsords, semblable à l'aire d'un aigle, écrasant la ville gigantesque de sa tyrannie.

Des murs épais et aveugles avalèrent le véhicule.

Elle se souvenait encore d'un palais reflétant un luxe inconcevable qu'elle n'avait fait qu'entrevoir avant que les gardes silencieux ne l'entraînassent dans un lacis de corridors ténébreux, dans les profondeurs mêmes de la roche, jusqu'à cette cellule oubliée où elle croupissait depuis un temps indéterminé. À part un androïde fatigué et muet, personne ne venait jamais la voir. La machine humaine lui portait deux fois par jour une nourriture insipide qu'elle lui passait par l'intermédiaire d'un sas.

Aucune raison ne pouvait expliquer cet isolement total. Les plus grands criminels avaient droit à une explication, à un procès, à des défenseurs. Elle n'était même pas considérée comme un animal. Jamais esclave n'avait été traité ainsi à sa connaissance. Que pouvait-elle représenter pour les Kaïsords ? Et, surtout, qui avaient-ils reconnu en elle ?

Afin de ne pas sombrer dans la folie, elle se parlait tout haut. Plusieurs fois elle se laissa aller à hurler son désespoir, tentant d'appeler, sinon de l'aide, du moins une présence. Même hostile, celle-ci eût été préférable à cette réclusion incompréhensible. L'enfer parfois évoqué dans les légendes amanites ne pouvait être pire. L'endroit était totalement privé de lumière, à part un petit lumignon que l'androïde lui portait avec sa soupe. Mais la chandelle ne durait jamais très longtemps. Elle avait ainsi pu constater que sa cellule avait été creusée à même la roche, à cru.

Peu à peu, pourtant, une explication se fit jour en elle. Aux yeux des Kaïsords, elle ne représentait aucune valeur humaine. Elle n'était peut-être pas une esclave, mais un objet de laboratoire, comme un lapin ou un rat. Pour quelle expérience, ou quel horrible festin ? Aussi absurde que cela pût paraître, l'idée n'était pas à écarter. Elle se rapprochait trop de son rêve prémonitoire. Les habitants de cette citadelle, quels qu'ils fussent, présentaient les symptômes d'une invraisemblable folie, celle que les Lonniens nommaient mégalomanie. Ils se considéraient d'une essence supérieure, et sans doute possédaient-ils certains pouvoirs. L'anthropophagie pouvait fort bien être un de leurs passe-temps favoris. Une sueur froide coula le long de son dos à cette perspective. Elle ne pourrait même pas se défendre à cause de ce maudit kark qu'on ne lui avait pas ôté.

Sa cellule ne comportait aucune autre issue que la petite porte blindée. Quant à l'androïde, il n'y pénétrait jamais. Elle ne pouvait même pas lui saisir le bras pour le casser dans un geste de colère.

Elle avait tenté de communiquer avec lui. Sans résultat. Seuls quelques rats furtifs, égarés dans les profondeurs, lui rendaient parfois visite. Elle les entendait gratter de l'autre côté de la porte. Alors, elle les appelait, leur parlait.

Peu à peu le sursaut d'énergie qui avait précédé le jour de la vente s'était dilué dans le néant. Elle se griffait les paumes jusqu'au sang lorsqu'elle sentait la folie l'envahir. La douleur seule lui permettait de maintenir le contact avec la réalité.

Souvent des images atroces la hantaient, une gueule énorme hérissée de crocs acérés, la sensation de sa chair éclatant sous des mâchoires puissantes. Jamais elle ne pourrait supporter de finir ainsi.

En proie au désespoir le plus profond, elle en vint à délaisser sa nourriture. Elle sauta ainsi un repas, puis un deuxième. Elle n'absorbait que l'eau. Puis elle cessa de boire également. Alors, le temps s'écoula différemment. Elle sombrait dans un sommeil léthargique où les visions les plus extravagantes venaient la hanter. Son corps semblait se fondre dans la roche environnante, tandis que son âme vagabonde se dissociait de sa chair. Quelquefois, elle avait l'impression qu'elle allait quitter la cellule maudite, traverser la matière rocheuse pour s'échapper vers le soleil.

À d'autres instants, elle plongeait en elle-même, à la limite des pensées élémentaires, de la démence. Des mots sans suite suintaient de ses lèvres desséchées. Une ivresse insolite s'emparait d'elle, un délire sans nom, comme si elle se heurtait à l'impossible, aux barreaux irréels d'une cage qu'elle aurait dressée elle-même. Elle avait déjà vécu une expérience semblable, des siècles auparavant, lors de l'Eschola. Cette fois-ci, elle aurait voulu aller plus loin encore. Mais toujours les barreaux de la cage lui faisaient obstacle.

Son amant nocturne revint la hanter, dans ce mélange ambigu d'extase et de souffrance. Lorsqu'il rejoignait le néant, une femme le remplaçait. C'était presque une jeune fille dont le visage inconnu lui semblait pourtant familier. Elle s'avançait vers elle, lui tendait la main. Ce n'était pas la première fois qu'elle rencontrait cette femme. Mais, comme pour son amant mystérieux, un inexplicable blocage lui interdisait de répondre à l'invite, et la femme baissait le bras tandis qu'un sourire triste assombrissait ses traits. Qui pouvait-elle être ?

Puis, un jour, ou peut-être était-ce la nuit, une angoisse immense l'envahit. La mort rampait vers elle, s'approchait inexorablement. Elle se trouvait au centre d'un cercle de flammes, au cœur d'une vaste prison de roches illuminée d'une lumière couleur de sang. Et soudain, du fond de sa frayeur, naquit un espoir ténu, infime. Il lui sembla se dédoubler. La vision qui l'avait assaillie un court instant, lors de la vente, lui revint. Une part d'elle-même se recroquevilla, semblable à un fœtus, tandis qu'une autre se redressait fièrement. Une sensation de puissance invincible l'envahit, qui rejeta sa peur à l'infini. Peu à peu se profila en elle l'image d'une roche noire, de celles que l'on utilise pour faire du feu dans certaines régions d'Europania.

Lentement, le cercle de flammes se rapprocha, se resserra. Alors, son double étendit les mains, laissa les flammes l'envelopper, et la pierre sombre se mua en un cristal limpide, d'une pureté de diamant, qui se mit à resplendir d'une lumière irréelle.

63

Peut-être le temps lui sembla-t-il moins long après le songe du cristal. Quelques heures, quelques jours, elle ne le sut jamais. Enfin, la porte s'ouvrit. Deux gardes noirs venaient la chercher. Elle ne leur opposa aucune résistance.

Alors même qu'elle s'attendait à ressentir une faiblesse due à son jeûne prolongé, elle éprouvait au contraire une impression de légèreté, de force latente. Cependant, la nature reprit ses droits, et elle fut prise de vertiges lorsqu'elle parvint à la sortie du labyrinthe souterrain. Elle cligna des yeux sous la lumière trop vive des galeries supérieures. Des hologrammes immenses s'ouvraient sur des panoramas fictifs. Une curieuse impression de déjà-vu l'envahit. Au-delà des images que lui transmettaient ses yeux, il lui semblait distinguer l'endroit avec un autre sens, inconnu jusqu'alors, comme si les murs étaient devenus transparents, inconsistants.

Suivant les deux gardes, elle parvint enfin, après avoir gravi de nouveaux étages, devant une porte métallique. Soudain, un écho se précisa en elle, un écho qui lui parut provenir d'ailleurs, d'au-delà de son propre esprit. « Garde confiance en toi ! » murmurait la voix.

Puis tout s'estompa et les gardes la firent entrer.

La pièce était vaste, éclairée a giorno par des lectronnes mouvantes qui flottaient dans l'air sans support. Au centre et en contrebas s'étendait un bassin empli d'une eau d'un bleu d'azur curieusement luminescente. Quatre personnes entièrement nues s'y baignaient. Deux hommes et deux femmes.

Les gardes la poussèrent au bord du bassin. Elle ne put retenir un cri d'horreur. Les quatre êtres auraient fait reculer les plus braves des chevaliers. Car, si tous les corps étaient superbes, les visages présentaient tous les signes d'un vieillissement prématuré et inexplicable.

De leurs yeux profonds et délavés, ils l'examinèrent comme si elle avait été un objet. Pour la première fois, elle entendit le son de leurs voix. Des voix instables, oscillant entre les graves et les aigus, ni mâles ni femelles. Tantôt souffle ou chuintement, tantôt grondement et tonnerre. Simultanément, leurs pensées se précisèrent.

— Elle est belle !

— Jolie poitrine, affirma une femme au corps d'adolescente, mais dont les traits étaient ceux d'une vieille sorcière. Elle me plairait.

— Tu avais raison, Shamir. Il n'y a pas de doute possible. C'est bien elle !

— Que comptes-tu en faire ?

— La tuer, et conserver sa tête pour l'usage que vous savez. Morte, elle constituera notre meilleure arme.

— Ou notre perte, hasarda le quatrième, un homme aux cheveux gris, mais dont le corps était celui d'un athlète.

Pourquoi ne pas s'en servir comme porteuse ? J'ai envie d'avoir un fils.

– Tu le feras avec une autre, Vashkan ! Cette fille est trop précieuse.

— Tu estimes que ce serait vraiment la meilleure solution ?

— La seule capable de l'atteindre.

— Dans ce cas, elle est à toi, c'est toi qui décides.

Puis il sembla se désintéresser de la situation et se coula jusqu'à la deuxième femme. Tandis que les deux autres affichaient la plus parfaite indifférence, l'individu entreprit de s'accoupler avec sa compagne, une méduse au corps de sirène qui ondoyait à ses côtés.

Nelvéa ne comprenait rien à ce qui se passait. Qui voulaient-ils « atteindre » ? Et pourquoi devait-elle mourir pour cela ?

Mais ils se souciaient peu de lui fournir une explication. L'autre femme reprit :

— Si elle doit périr, autant que cela soit de manière divertissante. J'ai une idée à vous proposer.

— Nous t'écoutons.

— Quand ces deux-là auront terminé…

Puis elle s'enferma dans un silence boudeur tandis que le couple poursuivait ses ébats.

Fascinée par les évolutions érotiques de l'homme et de la femme, elle fut peu à peu envahie par une étrange sensation. Elle connaissait cette femme, ou plutôt son corps. L'impression se confirma lorsque son compagnon se hissa sur le bord de la piscine et plaça la femme à califourchon sur lui. Un long frémissement parcourut le corps féminin qui commença à se balancer d'avant en arrière en gémissant.

Nelvéa poussa un cri. Cette peau un peu pâle, ce corps souple et élancé et, surtout, ces deux grains de beauté sur le flanc gauche ne pouvaient appartenir qu'à la belle montagnarde qui s'était suicidée sous ses yeux, une éternité auparavant. L'abjecte vérité lui apparut dans toute sa cruauté. Les Kaïsords n'achetaient pas des esclaves pour satisfaire leurs débordements sexuels, mais pour voler leur corps. Par une incompréhensible magie de la Connaissance, ils avaient trouvé le moyen de greffer leur tête sur des corps étrangers qu'ils choisissaient pour leur beauté et leur puissance. Un artifice monstrueux qui leur permettait sans doute de s'assurer une longévité accrue.

Elle ne s'étonna qu'à moitié lorsqu'elle constata que le deuxième homme, celui qui l'avait achetée, possédait en réalité les traits d'une vieille femme. Il leur était loisible de changer de sexe. Une onde de panique la parcourut. Ce n'était pas possible. Les dieux ne pouvaient permettre l'existence de tels êtres.

Enfin, la femme accouplée s'écroula dans un râle d'extase.

— Mais vous êtes tous fous, cracha-t-elle. De quelle race maudite êtes-vous donc ?

— Silence ! hurla soudain en ankos l'homme à la tête de femme.

Malgré sa voix de fausset, il ne serait venu à l'idée de personne de mettre en question son autorité. Sauf précisément à Nelvéa.

— Silence toi-même, être immonde ! Je comprends mieux à présent la révolte de ces hommes, l'autre jour.

Elle ne put aller plus loin. Une violente décharge lui parcourut l'épine dorsale. Elle s'écroula, abasourdie. La vue brouillée par la douleur, elle entendit l'être asexué continuer de plus belle, en pointant le doigt sur elle.

— Meurs ! Meurs pour avoir osé adresser de telles paroles à un Kaïsord !

Une des femmes l'arrêta.

— Cesse donc tes pitreries. Cette fille n'a pas été marquée.

La folie qui provenait de l'esprit perturbé glaça le sang

dans les veines de Nelvéa. Elle se releva lentement, tandis que la femme poursuivit :

— Il existe un moyen plus intéressant de la tuer. Que diriez-vous de la confier aux bons soins de Pangarth ?

Le deuxième homme s'approcha.

— Voilà une suggestion amusante.

Sa compagne intervint.

— À mon avis, il n'en viendra pas à bout. Mais nous pourrions conserver les morceaux pour les montrer à notre ami.

— Quel ami ? rispota Nelvéa.

Une nouvelle décharge la réduisit au silence. Étourdie, elle ne trouva pas la force de sonder mentalement les Kaïsords. Les gardes durent la porter lorsque l'homme à tête de femme leur fit signe de l'éloigner.

De retour dans sa cellule, Nelvéa s'effondra sur sa couche. Ces êtres immondes n'avaient plus aucune notion de ce que pouvaient être la pitié et la dignité humaine. Il fallait les détruire. Tous ! Car il y en avait d'autres à l'intérieur de la Citadelle. Elle avait perçu leur présence alors que les Bakan Gahrs la ramenaient. Mais cette tâche ne lui reviendrait pas. Elle avait été condamnée à mort. Une mort qu'elle devinait horrible, au travers de ce qu'elle avait surpris dans les esprits déréglés des Kaïsords. Chris avait peut-être eu raison.

Pauvre Chris ! Elle avait cru les berner en détruisant son visage. Mais les monstres s'en moquaient bien. Ce n'était pas cela qui les intéressait. Elle comprenait à présent pourquoi ils avaient tenu à récupérer son corps. Ils eussent été bien plus ennuyés si elle avait visé au cœur.

Mais qui pouvait être celui à qui les Kaïsords vouaient une haine aussi profonde ? Son père ? Dorian était-il parvenu jusqu'à Hackenmahar ? Elle n'avait pu capter d'idée précise.

Le soir, lorsque l'androïde lui apporta son brouet habituel, elle hésita puis se décida à manger. Elle devait reprendre des forces avant l'affrontement avec le mystérieux Pangarth. Elle n'était certes plus décidée à se laisser faire.

La nuit suivante, son double triomphant lui apparut à nouveau, et elle sut qu'il constituait sa seule chance de vaincre. Mais comment l'atteindre ?

64

Un calme étrange s'était emparé de Nelvéa. Elle allait mourir. Du moins telle était la volonté des Kaïsords. Elle en ignorerait toujours la raison véritable, mais cette certitude était somme toute préférable au doute dans lequel elle vivait depuis sa réclusion au cœur de la montagne.

Durant les heures qui la séparaient de l'ultime épreuve, elle demeura parfaitement immobile, descendant inexorablement en elle-même, dans cette transe extraordinaire qu'elle commençait à maîtriser parfaitement, vers ce lieu incompréhensible qu'elle avait découvert. Un lieu merveilleux où tout n'était que plénitude, d'où toute violence avait disparu. Plusieurs fois, elle fut tentée de rompre les liens qui l'enchaînaient à ce corps bientôt inutile qu'elle traînait comme un boulet de chair. Mais une émotion inexplicable la retenait. Des visions de plus en plus précises l'assaillaient, des crocs effrayants, un monstre à visage humain, gigantesque, un avenir infranchissable, comme un mur qui se repliait sur elle, l'étouffait. Et pourtant elle ne connaissait plus la peur. Ces menaces n'avaient pour elle pas plus de consitance que des bulles de savon.

Était-ce de la résignation ? Ou bien autre chose ?

Soudain, elle eut la sensation d'une présence à ses côtés. Elle se redressa et scruta les ténèbres, bien entendu sans succès. Rêvait-elle ? Elle sentit distinctement une main saisir la sienne. Elle frémit.

— Qui… qui êtes-vous ?

Mais elle avait déjà reconnu les schèmes mentaux de l'inconnue, une trame douce et rassurante qui la ramena bien loin en arrière.

— Mère ?

L'instant d'après, une lueur bleutée naquit, grandit et révéla la silhouette de Solyane. Nelvéa, stupéfaite, n'osait plus faire un geste. La main se serra sur la sienne et les yeux de sa mère se mirent à briller d'une lueur farouche.

— L'image du cristal t'est apparue ! Tu es ce cristal ! Alors, chasse le doute de ton esprit, ma fille ! La Licorne ne doit jamais s'avouer vaincue. Bats-toi !

— Mère !

Nelvéa voulut se jeter dans les bras de l'apparition, mais l'instant d'après celle-ci se fondit dans le néant, et la sensation chaude sur sa main s'évanouit, laissant derrière elle une douloureuse impression d'inachevé.

Avait-elle rêvé ? Elle n'aurait su le dire. Tout avait l'air si réel…

Elle secoua la tête et essuya ses larmes. Elle n'avait pas rêvé. Plus que jamais, elle avait la certitude que Solyane n'était pas morte. Mais elle avait atteint un stade supérieur d'où elle n'avait cessé de veiller sur elle.

« La mort et la vie n'ont plus aucune signification pour eux… » Qui avait prononcé ces paroles ?

Elle resta un long moment prostrée, indécise. Un jour, elle éluciderait tous ces mystères. Elle rejoindrait sa mère et son père. Et elle connaîtrait la vérité.

Mais il lui restait encore des obstacles à franchir. Il lui fallait traverser ce point nodal où la mort l'attendait, tapie dans l'ombre de cette cité maudite. Elle serra les dents et se concentra sur l'idée du cristal.

De toutes ses forces.

Deux jours peut-être s'écoulèrent encore avant que les gardes ne vinssent la chercher.

Enfermée dans les soutes du véhicule qui l'avait déjà amenée, elle franchit à nouveau l'enceinte de la Citadelle sacrée. Six Kaïsords étaient confortablement installés au-dessus d'elle en compagnie de leur porte-parole. Elle devinait mentalement leur présence. Dans une bulle située à l'avant, un androïde pilotait. Par les interstices, la jeune femme vit défiler des artères bondées de monde, encombrées de voitures malgré la nuit déjà avancée. Des lumières vives et multicolores les croisaient. D'autres provenaient des édifices gigantesques qui dominaient la cité tentaculaire. Jamais encore elle n'avait rencontré de métropole de cette importance. Lorsqu'on longea une corniche qui surplombait un vaste quartier de la cité, Nelvéa devina, au loin, une immense étendue ténébreuse, qu'elle supposa être un lac. Elle en eut la confirmation lorsqu'elle vit la lune s'y refléter en une myriade de constellations.

Le véhicule descendit, traversa encore plusieurs quartiers pour se diriger vers ce lac, abandonnant les artères principales pour emprunter des voies plus sombres, tortueuses, dans lesquelles il eut parfois peine à se frayer un chemin. L'endroit était animé.

L'engin s'arrêta. On la fit descendre. Une fraîcheur nouvelle la saisit. Elle comprit qu'elle se trouvait dans les bas quartiers de Hackenmahar. Les visages avaient encore changé. Ici s'étendait le royaume des noctambules, des fêtards de toutes sortes, des marginaux. Gwondaleya possédait aussi un lieu semblable, trouble, où il était peu prudent de se hasarder la nuit. Mais la lie de Hackenmahar dépassait largement ce que l'on pouvait rencontrer à Gwondaleya. On était loin des tavernes bruyantes et joyeuses des bords du Danov, ou des auberges vibrantes des récits des chasseurs de Veraska.

Une ambiance malsaine émanait de ce monde de la nuit. Autour d'elle s'agitait tout un peuple de femmes aux trois quarts nues, dévoilant sans pudeur des charmes fatigués, aux yeux fiévreux, battus par la drogue. Des hommes aux tenues vestimentaires plus que fantaisistes les abordaient, les entraînaient dans des recoins sombres. Ici, plus encore que dans la ville haute, chaque individu tentait d'attirer l'attention par une originalité quelconque. Tel ce géant aux yeux d'enfant qui se promenait entièrement nu, mais dont le corps était tatoué jusqu'aux sourcils. Ou cet autre qui s'était fait coudre dans la chair de minuscules fourrures d'animaux. Un autre encore arborait, insérées sous la peau, des plaques de métal brillant et de toutes formes. Plus loin, elle aperçut un personnage sans âge portant fièrement un collier de cuir sur lequel étaient enfilées des têtes de rats et de chats réduites.

Parfois, on butait sur des mendiants de tous âges, enfants ou vieillards, qui tendaient la main en psalmodiant de curieuses litanies. L'un d'eux, en particulier, présentait un corps affreusement mutilé, curieusement rongé. Des pensées échappées des spectateurs lui firent comprendre que l'homme, dans un souci de mortification, se dévorait lui-même, avalant chaque jour un petit morceau de sa chair, prélevé dans les différentes parties de son anatomie.

Un autre avait planté dans sa main, bien des années auparavant, la graine d'un arbre. À présent, le végétal s'était développé et composait avec l'homme un être symbiotique d'allure effrayante qui rampait sur le pavé gras quémandant de l'eau et de la nourriture.

On ne dénombrait pas non plus les monstruosités humaines, comme ces siamois triplés unis par le ventre, qui se déplaçaient en une sorte de danse rituelle, ou encore cet homme à quatre jambes, centaure rachitique échoué dans la fange de l'impitoyable métropole. Parmi tous ces phénomènes déambulaient des citadins pris de boisson venus se distraire, des individus furtifs, à l'affût d'une victime. On devait mourir facilement à Hackenmahar.

Sur tout cela régnait une atmosphère épaisse faite de

fumée de nicot, de drogue et de relents d'alcool qui prenaient à la gorge.

Craintive, la foule s'écartait sur le passage des Kaïsords. Enchaînée aux deux gardes imperturbables qui suivaient leurs seigneurs, Nelvéa pénétra dans un bâtiment circulaire immense d'où s'échappaient de la musique et des cris.

Un homme obséquieux se précipita et se cassa en deux dès qu'il aperçut les masques des Kaïsords. D'emblée, on chassa d'une table un groupe de fêtards qui protestèrent vigoureusement, puis se pétrifièrent dès qu'ils reconnurent les maîtres de la cité. Mais ceux-ci ne leur accordèrent aucune attention. Le silence envahit la salle haute et enfumée, puis les clients se levèrent, tendirent leur bras droit en direction des arrivants et entonnèrent en chœur un chant guttural qui signifiait quelque chose comme : « Longue vie aux Kaïsords, nos dieux vivants ! » Puis l'animation reprit.

À coups de fouet neuronique, un garde contraignit Nelvéa à se coucher aux pieds de son maître. Puis il lui arracha la cape qui la protégeait. À nouveau elle se trouva nue. L'humiliation lui brûla le sang. Mais elle serra les dents et se calma.

Elle étudia la taverne. Au travers des volutes épaisses, elle distingua une salle immense, à plusieurs niveaux enchevêtrés, encombrés de noctambules de toutes sortes. Sur une scène, une douzaine de filles nues se contorsionnaient, dans une exhibition purement pornographique, au son d'une musique sans beauté mais dont le rythme lancinant émoustillait les spectateurs. Parmi eux, un homme se leva, monta rejoindre les danseuses tout en se débarrassant de ses vêtements. Un deuxième suivit bientôt.

Une nausée incoercible envahit Nelvéa. L'odeur vinaigrée de la fumée épaisse n'y était sans doute pas étrangère. Partout régnait une débauche invraisemblable. Des hommes et des femmes s'accouplaient dans les coins sombres, d'autres s'enivraient consciencieusement, ou s'adonnaient à de curieux rituels pour absorber d'étranges substances hallucinogènes. Mais peut-être en était-il ainsi pour toutes les grandes cités au cœur desquelles les hommes perdaient peu à peu contact avec la nature. Quelques images puisées dans les mémoires anciennes que Nielsen avait réunies à Vallensbrück lui revinrent à l'esprit. Il n'en était pas autrement dans le monde antique.

Elle constata que le nombre des spectateurs participant à l'orgie de la scène augmentait sans cesse. Des femmes, des hommes, des vieillards même jetaient leurs vêtements pour se joindre à l'enchevêtrement charnel qui, à présent, encombrait l'estrade et débordait peu à peu le long des gradins. Les autres clients ne s'en offusquaient pas et continuaient de boire et de bavarder.

Était-ce à une bacchanale de ce genre que les Kaïsords comptaient la faire participer ? Avec le dénommé Pangarth ? Mais ceux-ci ne bronchèrent pas. La main d'un homme s'était seulement égarée entre les jambes de la femme possédant le corps de Chris. Une irrésistible envie de tuer, qu'elle chassa à grand-peine, tenaillait Nelvéa. Elle devait éviter de gaspiller son énergie vitale avant l'épreuve.

Elle songea à Khaled et Lorik. Étaient-ils morts ? Leurs corps avaient-ils reçu la tête d'autres Kaïsords ? Et qu'était-il advenu de ses deux esclaves ? Elle n'avait jamais su qui les avait achetées. Elle sentit à peine des larmes couler sur ses joues.

La saturnale prit subitement fin. Les fêtards, bousculés par les gardes de la salle, regagnèrent leur place tandis que l'on évacuait les danseuses. L'attention de Nelvéa se porta alors sur un endroit qu'elle n'avait pas encore remarqué, situé en contrebas de la scène, que surplombait la table des Kaïsords.

Aux paroles du présentateur, on comprit que le spectacle allait se poursuivre avec un combat de femmes esclaves.

— Un combat à mort ! précisa-t-il.

Un murmure de satisfaction mêlée d'horreur courut dans la salle. Les nerfs tendus, Nelvéa se rapprocha.

Elle frémit d'angoisse à la vue de la première des combattantes qui n'était autre qu'Astrid. Elle ne portait pour tout vêtement qu'un minuscule cache-sexe. Un poignard effilé pendait à son flanc. Une deuxième gladiatrice entra. C'était une femme fine et élancée, à la démarche féline. Les pensées de la foule apprirent à Nelvéa qu'il s'agissait d'une championne dont les armes consistaient en une paire de gants garnis, sur le tranchant des mains, de lames articulées, et d'ongles de métal longs d'une dizaine de centimètres. De larges cicatrices zébraient son corps superbe, preuve qu'elle n'en était pas à son premier combat. Nelvéa constata qu'il lui manquait un sein, sans doute arraché au cours d'un précédent affrontement.

La championne fit le tour de l'arène d'un air de triomphe anticipé, sans même un regard pour son adversaire. Des cris d'encouragement fusèrent dans la salle, par lesquels on laissait entendre qu'il serait très apprécié que la gladiatrice répande les tripes d'Astrid sur le sable de l'arène.

Nelvéa cria. Astrid se retourna.

— Souviens-toi de Daena et de Vallensbrück ! hurla-t-elle avant de recevoir une nouvelle décharge.

Elle se rassit, étourdie. Mais sa compagne l'avait reconnue. Un sourire passa sur ses lèvres. Elle eut un regard de feu. Elle aussi savait se battre. Et elle était décidée à le prouver.

Le présentateur remonta de l'arène et donna le signal du combat.

65

Pendant un long moment, les deux gladiatrices tournèrent lentement l'une autour de l'autre, s'observant comme des fauves. Soudain, la championne porta une attaque imparable. Astrid hurla. Du sang gicla. Le gant d'acier avait déchiré l'épaule de la jeune femme. Elle bondit, roula sur elle-même et se retira hors de portée. Une rumeur de surexcitation monta de l'assistance. La championne attaqua de nouveau. Sans succès cette fois. Il s'ensuivit une succession de feintes, de coups violents, de parades, salués par les cris des spectateurs. Les deux femmes étaient de la même force. Leurs corps magnifiques et oints se couvrirent peu à peu du sang d'estafilades plus ou moins profondes.

Cependant, Astrid donnait d'inquiétants signes de fatigue. La championne portait des coups de plus en plus précis. Nelvéa poussa un cri lorsqu'une large blessure se découpa sur le ventre de sa compagne. Des hurlements montaient des spectateurs survoltés, braillant d'excitation à la vue du sang ruisselant sur les deux statues de bronze et de chair.

L'instant d'après, il y eut un cri de stupeur, puis le silence se fit. Chacun vit la championne se redresser, ouvrir la bouche sur un gémissement qui ne pouvait sortir. Puis elle s'écroula comme un pantin désarticulé. Le poignard d'Astrid resta planté dans sa gorge, la pointe sortant derrière la nuque sous un coup d'une violence extrême dans lequel la petite esclave avait jeté ses dernières forces.

Nelvéa poussa un soupir de soulagement. Épuisée, la jeune Veraskanne tituba vers l'ouverture noire qui bordait l'arène. Une ovation gigantesque jaillit. Des gens trépignaient, certains lui hurlaient d'éventrer son adversaire. La foule cruelle s'était découvert une nouvelle championne. Mais Astrid ne s'en souciait pas. Elle adressa un signe à Nelvéa, puis des gardes l'emportèrent.

Après quelques instants, le maître de Nelvéa gronda sourdement :

— À toi, maintenant !

Il désigna l'autre entrée de l'arène.

— Regarde !

Un être monstrueux fit son apparition. Il ne devait pas mesurer moins de trois mètres, et peser dans les quatre cents kilos. On eût dit un ours, mais c'était un homme, dont la tête énorme s'enfonçait dans les épaules comme celle d'un taureau. Deux petits yeux rapprochés et porcins trouaient son visage, reflétant la cruauté et la stupidité. Ses poignets devaient dépasser le tour de cuisse de Nelvéa. Lorsqu'il ouvrit la gueule pour saluer le public, elle se mit à trembler. Ses cauchemars venaient de prendre corps.

Le présentateur descendit dans l'arène et harangua le public.

— Ce soir, un spectacle de choix nous est offert par nos bien-aimés souverains, les Kaïsords, ces dieux vivants qui nous gouvernent. Vous connaissez tous Pangarth, cet homme qui, pour vous distraire, dévore chaque soir, devant vos yeux, des animaux vivants. Des rats, des lapins, des chats, des chiens, des cochons de lait, des daims. Vous connaissez tous son féroce appétit. Ce soir, cet appétit sera peut-être comblé. Car nos bien-aimés souverains lui offrent un mets de choix. Une femme !

— Nooon ! hurla Nelvéa.

Mais le présentateur poursuivit, imperturbable :

— Sera-t-il capable de la dévorer entièrement ? Les paris sont ouverts. Elle pèse cinquante-cinq kilos. Hormis la tête, que les Kaïsords désirent conserver, il devra tout avaler.

Il désigna le monstre, et conclut avec un grand éclat de rire :

— Bon appétit, monsieur Pangarth.

Affolée, Nelvéa tenta de s'enfuir. Mais une décharge neuronique la persécuta de plein fouet. L'instant suivant, elle basculait au fond de l'arène. Elle roula sur elle-même, à demi étourdie. Mais la proximité de la mort la galvanisa et elle se redressa. Elle allait se réveiller, oublier cette horreur. Des êtres civilisés ne pouvaient se livrer à de telles abjections. Pourtant, le décor infernal refusa de disparaître. Elle ne rêvait pas. Tremblant de tous ses membres, elle observa la créature. Celle-ci fit entendre un grondement caverneux.

Comment une femme avait-elle pu engendrer une abomination semblable ? Il n'était plus temps de se poser la question. Le monstre avançait dans sa direction. Ses lèvres épaisses se découvrirent sur un vaste sourire, dévoilant un dentition effrayante, aux incisives taillées en pointe à la manière de certains guerriers ismalasiens. Nelvéa, en proie à la panique, tenta de bondir hors de l'enceinte. Mais des spectateurs aux visages congestionnés par une joie morbide la repoussèrent avec de grands rires. Alors, elle se tapit contre le bois comme si elle avait voulu s'enfoncer.

La créature s'avançait de son pas pesant, sans hâte, se délectant de la frayeur de sa victime. Nelvéa le fixa dans les yeux et se redressa, prête au combat. Elle pesait huit fois moins que lui, et elle était sans arme. Soudain, le souvenir de l'apparition de sa mère revint la hanter. « Bats-toi ! » avait-elle dit. Il lui sembla qu'elle était là, toute proche, à ses côtés. Une paix étrange descendit en elle. Sans comprendre véritablement ce qu'elle faisait, elle se concentra sur l'image du cristal. Elle devait mourir. Ainsi en avait décidé le Destin. Il ne pouvait se tromper. Le point nodal était tout proche, à présent. Elle le percevait presque physiquement, superposé au faciès rebutant du monstre. La petite Nelvéa allait cesser d'être. Fixant toujours son ennemi, elle se força à calmer les battements de son cœur emballé. Elle avait les moyens de vaincre. Elle le savait. Elle le savait sans doute depuis toujours.

« Tu ne dois compter que sur toi ! », se répéta-t-elle. « Seuls les êtres faibles restent soumis au Destin ! Mais tu es de la race des seigneurs, des prédateurs. Tu dois dominer le Sort. Il reculera devant ta volonté ! »

Comme dans un rêve, son être se dédoubla, alors que le monstre n'était plus qu'à deux pas. Quelque part au fond d'elle-même, une jeune femme se replia, s'unit au néant. Simultanément, un flot puissant jaillit, irradia jusqu'à la moindre fibre de sa chair. Elle n'avait plus, face à elle, que des êtres fragiles, faits de papier et de cendre. Une illusion de réalité qu'elle pouvait repousser, supprimer d'un simple geste. C'était comme un délire éveillé, comme si une vieille cuirasse s'effritait, tombait lourdement de ses épaules. La petite Nelvéa, qui doutait d'hériter un jour des pouvoirs de ses parents, était en train de disparaître.

Elle fit front. La créature était tout près. Elle vit les mains énormes se tendre, vouloir la saisir. Une mâchoire de cauchemar s'ouvrit. Alors, vive comme l'éclair, elle décocha un terrible coup de pied dans le menton du monstre, puis bondit, roula sur elle-même et courut se réfugier à l'autre bout de l'arène. Pangarth, furieux, poussa un barrissement terrifiant, qui impressionna la salle entière. Du sang coulait de sa gueule. Il s'était mordu la langue sous le choc.

Nelvéa revint vers lui et se planta solidement sur le sable. Autour d'elle, le sol se mit à vibrer sous ses impulsions mentales. Les clameurs hystériques des spectateurs se calmèrent pour céder la place à une vague d'étonnement. On ne comprenait plus ce qui se passait. D'où venait ce tremblement qui agitait verres et flacons sur les tables ? Et pourquoi le Dévoreur, ainsi qu'on le surnommait, se mettait-il soudain à tituber ?

Avec stupéfaction, on vit le monstre trembler, puis gronder de douleur. Sans raison, il porta les mains à sa tête. Le temps sembla s'allonger, s'étirer. Pangarth gémissait, crachait. Peu à peu, son visage bestial se mit à ruisseler de sang. Tout à coup, une force inconnue le projeta en arrière, comme un vulgaire fagot de bois. Il percuta violemment les murs de l'arène et s'effondra lourdement sur le sable qui se teinta immédiatement d'écarlate. Il eut comme un étrange soubresaut, et retomba, inerte. Un silence de mort s'étendit sur la salle embrumée de vapeurs d'alcool et de drogue, puis les spectateurs les plus proches se mirent à hurler, terrorisés. La poitrine de Pangarth avait explosé, perforée par une arme étrange, inconnue. Sous les yeux hébétés des spectateurs, une blessure inexplicable se forma, une plaie qui aurait pu être provoquée par une corne monstrueuse.

Nelvéa relâcha son étreinte mentale. À présent, toute frayeur l'avait fuie. Elle possédait les pouvoirs de ses parents. Alors, elle écarta les bras dans un geste de triomphe et leva les yeux vers le ciel. Un ciel qu'elle percevait à présent, au travers des murs de cet endroit sinistre. Elle hurla :

— Vallensbrück, je t'offre ce sacrifice !

Puis elle projeta d'un coup toute sa puissance sur le corps du monstre que de faibles soubresauts agitaient encore. Il explosa en miettes, éclaboussant la salle entière, créant un véritable mouvement de panique. Une sorte de joie sauvage l'inonda devant l'épouvante qui régnait autour d'elle. Elle revint devant les Kaïsords.

— Chienne, hurla son maître. Gardes ! tuez-la ! Cette fille est une monstruosité ! Servez-vous du kark !

Mais il arracha le fouet neuronique au garde éberlué, et le dirigea contre la jeune femme.

Celle-ci ne ressentit qu'une légère irritation et sourit.

— Tu ne peux plus rien contre moi, Shamir ! Tu es maudit ! Comme tous les tiens tu portes le poids du sang de tous ceux que tu as fait périr pour conserver ta misérable existence. Mille morts ne suffiraient pas pour expier tes crimes.

L'autre, écumant de fureur, triturait le fouet, le braquant désespérément sur elle. Un vent de folie et de frayeur emporta Nelvéa. Pour la première fois les Kaïsords ne détenaient plus le pouvoir absolu. La panique les gagnait. Lentement, Nelvéa intégra sa puissance nouvelle à l'anneau maléfique, l'arc-bouta… Le kark se pulvérisa en une fine poussière qui retomba en pluie sur le sable. Elle était libre.

Des cris montèrent de l'assemblée, tandis que des clients fuyaient déjà vers les issues. Ivre de fureur, d'impuissance trop longtemps contenue, Nelvéa laissa jaillir le flot d'énergie qui grondait en elle. Une vibration inquiétante fit trembler les piliers de soutènement, se répercutant jusque dans les fondations. Les spectateurs affolés s'amassaient devant les portes, se piétinant mutuellement. Mais une puissance mystérieuse bloquait les ouvertures, refermant un piège inexorable sur la foule. Des lustres s'effondrèrent, clouant leurs victimes au sol. Des lézardes apparurent dans les murs, tandis que des tentures s'embrasaient en divers endroits. La colère de Nelvéa ne connaissait plus de bornes. Le souvenir de Vallensbrück ne l'incitait pas à la pitié.

Se détournant des spectateurs, elle se concentra à nouveau sur les Kaïsords. Ceux-ci, comme saisis par une main gigantesque, furent projetés au fond de l'arène, semblables à des pantins désarticulés. En proie à une terreur sans nom, ils sentirent les vibrilles implantées dans leur cerveau s'arracher, rouler dans la poussière. Puis leurs masques éclatèrent, dévoilant leurs visages hideux. Les apercevant, les spectateurs se mirent à hurler de plus belle. Du sang coula de la bouche et des yeux des monstruosités.

— Combien d'hommes et de femmes avez-vous ainsi sacrifiés pour assurer votre immortalité ?

Des gardes noirs voulurent intervenir. Ils braquèrent leurs gonns sur Nelvéa. Elle riposta immédiatement. Une brusque et violente pression mentale les réduisit en bouillie de ferraille et de chair.

— COMBIEN ?

Mais les Kaïsords étaient hors d'état de répondre. Certains spectateurs, subjugués malgré eux, revinrent sur leurs pas. Pour la première fois, un être venu de l'autre monde tenait les seigneurs, les dieux vivants en échec. Leurs visages avaient enfin été dévoilés.

Impitoyable, Nelvéa sentit sa haine se durcir face à la lâcheté qu'elle découvrait chez ces êtres mégalomanes dont la puissance ne reposait que sur des leurres, sur une technologie ultrasophistiquée grâce à laquelle ils avaient asservi tout un peuple.

Dans un mouvement de rage, elle projeta son acheteur contre le mur de pierre de l'arène. Puis elle s'acharna sur lui, le comprimant dans un étau mental qui l'étouffa lentement. Les yeux du vieillard s'exorbitèrent, sa bouche s'ouvrit sur un cri qui ne pouvait sortir.

Augmentant encore son étreinte, Nelvéa le broya comme on écrase un œuf dans la main. Sans cesse les images de l'incendie de Vallensbrück passaient devant ses yeux, mêlées aux souvenirs de sa souffrance lorsqu'elle avait perdu le second enfant de Nielsen. Des larmes glissaient sur ses joues tandis qu'une joie sauvage l'inondait à la vue des Kaïsords se tordant de douleur sur le sable. Une à une, elle fit sauter les têtes qui roulèrent sur le sable de l'arène. Quelques soubresauts agitèrent encore les corps enfin libérés, puis ils s'immobilisèrent définitivement. Hébétée, Nelvéa contempla les yeux vides des vieillards, figés dans des expressions d'horreur au creux des visages arrachés.

Des hurlements de terreur la ramenèrent à la réalité. Les murs se fissuraient, se lézardaient, alors que les portes demeuraient obstinément closes. D'un niveau supérieur tombait la lueur effrayante d'un incendie. Les tentures n'étaient plus que d'immenses torches, tandis qu'une vague de feu courait sous les poutres. Nelvéa, imperturbable, contempla les spectateurs terrorisés qui tentaient de s'enfuir, mais que sa volonté retenait prisonniers. Elle n'éprouvait aucune pitié pour ces êtres immondes qui, quelques instants auparavant, se réjouissaient de la mort abjecte qu'ils lui réservaient. Elle maintint sa pression sur l'édifice et s'agenouilla près du corps de Chris dont elle avait arraché la tête de vieille femme.

— Tu es vengée, ma compagne, murmura-t-elle. Que ton âme connaisse la paix, à présent.

Puis elle se dirigea vers le souterrain par lequel avait été emmenée Astrid. Derrière elle, l'incendie se propagea rapidement, tandis que les piliers de la taverne commençaient à céder.

66

Deux gardes apparurent devant elle. Une force invincible les projeta contre le mur où ils s'écrasèrent, les os pulvérisés sous l'impact.

La seule issue était le souterrain. Elle s'y engagea sans hésitation. Derrière elle, le concert de cris et le grondement de l'incendie s'atténuèrent. Elle se faufila parmi un dédale de corridors et d'escaliers qui menaient toujours plus bas. Dans les niveaux inférieurs, le fracas disparut. Elle s'arrêta, sonda mentalement les alentours. Elle perçut presque physiquement les énormes contraintes exercées sur les matériaux par l'immeuble ébranlé. Les étages supérieurs n'allaient pas tarder à s'effondrer. Elle reprit son souffle. Un nouveau garde approchait. Il rugit de plaisir en découvrant qu'elle était seule, et entièrement nue. Une esclave en fuite. Focalisant son énergie sur lui, elle le transforma en une masse sanglante qui éclata sous l'impact. Elle ne se contrôlait plus. Une nouvelle fois, elle s'arrêta, sonda les souterrains. Il fallait faire vite. Bientôt, les fondations allaient céder. Elle-même ne redoutait plus rien. Mais les prisonniers devaient être sauvés. Enfin, elle les localisa, à deux niveaux au-dessous. Elle dévala des escaliers, pour déboucher comme une furie au milieu d'une demi-douzaine de gardes stupéfaits. Ceux-ci tentèrent de l'arrêter. Mais rien désormais ne pouvait plus lui résister. Le corps disloqué, ils s'effondrèrent l'un après l'autre. Dans sa rage, Nelvéa en avait littéralement coupé un en deux.

Des rugissements de joie l'accueillirent. Les cages renfermaient une bonne centaine d'esclaves. L'un après l'autre, elle saisit à pleine mains les barreaux des portes et les arracha sans effort. Les prisonniers n'en croyaient pas leurs yeux. Mais ils ne cherchèrent pas à comprendre. Dans un état second, Nelvéa inspecta chaque geôle, cherchant Astrid et Myriam. Elles étaient là. Elle le sentait. Enfin, presque vers la fin, elle découvrit Astrid, à demi inconsciente, le corps couvert de sang. Les gardiens n'avaient pas pris la peine de la soigner, ni même de laver ses plaies. La jeune femme était allongée sur une litière que l'on ne devait pas changer souvent. Nelvéa s'agenouilla près d'elle et la secoua doucement. Astrid ouvrit des yeux fiévreux.

— Princesse ! C'est vous ?

— Viens vite ! Il faut sortir d'ici. Tout va s'écrouler d'un instant à l'autre. Est-ce que tu peux marcher ?

— Je vais essayer ! Cette chienne m'a à moitié emporté l'épaule. Regardez !

— Il faut te lever. Vite ! Où est Myriam ?

— Myriam ?

Un flot de larmes brûla les yeux de la petite esclave.

— Myriam est morte il y a deux jours, tuée par cette vomissure du démon que j'ai égorgée tout à l'heure. Elle m'a… elle m'a décrit ensuite tout ce qu'elle avait fait avec son corps, pour distraire ces chiens de Hackenmahar.

Elle serra les dents.

— Je m'étais juré de la venger. C'est pourquoi j'ai trouvé la force de tuer cette charogne.

Nelvéa accusa le coup. Myriam la silencieuse n'était plus. Elle respira profondément. L'heure n'était pas choisie pour la pleurer. Il fallait fuir.

Un homme surgit près d'elle.

— Khaled !

— Je suis là, Aïnah Shean.

— Mais comment…

— Je fus acheté par le maître des jeux de cette taverne maudite. Comme Astrid et Myriam. Il pensait que je serais tué rapidement, à cause de mon âge. Mais jusqu'à présent j'ai terrassé tous mes adversaires.

— Mon compagnon !

Elle se jeta dans ses bras et l'étreignit avec fougue. Mais il fallait se hâter. Astrid perdait son sang et ses forces. L'Ismalasien la prit dans ses bras et l'emporta comme une enfant.

— Où allons-nous, Aïnah Shean ?

— Je ne sais pas !

Ils sortirent, suivis des prisonniers. Déjà, au-dessus d'eux, un grondement inquiétant se faisait entendre. Une lézarde fissura la voûte.

— Que s'est-il passé ? demanda Khaled.

— Je t'expliquerai plus tard. J'ai... J'ai détruit ce nid de frelons.

Il renonça à comprendre.

Ils tentèrent de remonter un étage, mais devant eux un pan de mur entier s'effondra dans un fracas épouvantable, leur interdisant le passage. Les esclaves se mirent à hurler. Nelvéa se concentra. Ils étaient faits comme des rats. Elle avait agi sous le coup de la colère, sans réfléchir. Mais avait-elle eu réellement le choix ?

S'efforçant d'ignorer l'angoisse de ses compagnons, elle sonda les alentours et découvrit à proximité un autre espace, une galerie qui longeait une sorte de rivière souterraine.

— Les égouts ! Ils sont là, de l'autre côté !

Elle concentra son énergie mentale sur l'un des murs. Sous l'impact, la paroi explosa, révélant une issue. Celle-ci s'ouvrait sur un quai sombre qu'éclairaient chichement de pâles lumignons très espacés. Un canal aux eaux glauques s'enfonçait dans les ténèbres. Sans perdre de temps, les esclaves s'engagèrent par l'ouverture et sortirent de leur piège. Il n'était que temps. Dans un rugissement infernal, l'édifice s'effondra, alors que le dernier fuyard venait à peine de franchir l'accès. Un courant d'air froid gifla Nelvéa. Elle s'enveloppa dans la cape qu'elle avait récupérée sur le corps d'un garde et couvrit Astrid d'une deuxième. Celle-ci claquait des dents dans les bras de l'Ismalasien.

Il faut remonter dans la direction de l'arrivée d'air, dit Nelvéa. Nous ne devons pas être très loin du lac.

Silencieusement, la petite troupe se mit en route, longeant le quai. Les esclaves s'attendaient avec inquiétude à voir surgir des gardes. Mais il ne se passa rien.

Peu à peu, la colère quitta Nelvéa. La proximité de la mort avait enfin éveillé en elle des pouvoirs qu'elle avait cru ne jamais posséder. Et elle avait frappé, de toute sa puissance. Mais elle avait trop souffert. Sa haine s'était exprimée de façon effroyable. De nombreux innocents avaient sans doute payé sa folie meurtrière de leur vie. À présent que le moment était passé, un grand froid la pénétrait, qui ne devait rien aux courants d'air humides et pestilentiels des égouts. Elle resserra la cape autour de ses épaules.

Au détour d'un croisement avec un autre canal, un nouveau danger surgit. Sous la lueur falote des lanternes, une masse grouillante leur barra le chemin, alors qu'au bout des ténèbres se dessinait une ouverture blafarde. Le lac.

— Les rats ! hurla un des prisonniers.

67

Jamais encore Nelvéa n'avait rencontré de rats aussi gros. Le plus petit avait la taille d'un chat. Ils barraient le passage vers l'issue de l'égout, ouverte sur le lac, à peine deux cents mètres plus loin. Des sifflements aigus et inquiétants montaient de la masse de fourrure qui se répandait de part et d'autre du quai, utilisant des poutrelles, des aspérités, des restes d'échelles.

Nelvéa eut un mouvement de recul, qu'elle réprima aussitôt. Elle se concentra. Les animaux lui inspiraient un sentiment bizarre. Elle ne décelait en eux aucune trace d'hostilité, mais plutôt une intense curiosité. Comme une forme d'intelligence différente. Un rat s'avança par petits bonds et s'arrêta à deux mètres d'elle. Elle s'agenouilla et fixa les yeux jaunes du rongeur. Derrière Nelvéa, Khaled, qui portait toujours Astrid à demi inconsciente, et les autres évadés l'observèrent, intrigués.

— J'ai l'impression qu'il essaie de nous dire quelque chose ! murmura-t-elle à l'Ismalasien.

Elle avait l'habitude de communiquer mentalement avec Fearn. Les lionorses étaient les animaux les plus intelligents. Mais, selon les Lonniens, les rats n'étaient pas loin derrière. Surtout ceux-ci. Lentement, pour ne pas l'effrayer, elle s'introduisit dans l'esprit de la bête qui couina d'un air étonné. Elle aurait pu utiliser ses pouvoirs pour balayer d'un coup la horde grouillante. Pourtant, une obscure intuition lui souffla de n'en rien faire. Après tout, ces animaux étaient sur leur territoire. Ils le défendaient, et c'était une attitude honorable, même si leur aspect n'était pas des plus engageants.

S'intégrant peu à peu aux schèmes mentaux de l'animal, elle y découvrit une sorte d'interrogation. Apparemment, les rats de Hackenmahar avaient l'habitude des humains. Obéissant toujours à son intuition, Nelvéa imprima à ses sentiments la volonté de passer, de sortir de l'endroit sans l'idée d'un conflit.

— Nous ne vous voulons aucun mal, dit-elle.

L'animal la comprit-il ? Un long frémissement parcourut la masse des rongeurs et, l'instant d'après, ils s'écartaient, ouvrant un passage vers le lac, vers la liberté.

— C'est... c'est de la sorcellerie, bredouilla un des prisonniers.

Nelvéa le reconnut. C'était un passager du Lörenau.

Prudemment, les fugitifs s'avancèrent en file indienne, prenant garde d'éviter les animaux qui filaient comme des ombres furtives le long des murs. Un silence épais s'était abattu sur les fuyards.

Enfin, ils parvinrent à la sortie du canal. Celui-ci rejoignait un bras du lac à la limite de la ville nouvelle. Des ruines fantasmagoriques, vestiges d'un passé révolu, bordaient les rives jonchées de décombres.

Soudain, une voix étrange résonna près de Nelvéa, et un individu bizarre sortit de l'ombre.

— Que les dieux me grignotent ! Comment avez-vous fait cela ?

L'inconnu s'exprimait dans la langue gutturale de Hackenmahar, mais Nelvéa n'eut aucun mal à saisir le sens de ses paroles. C'était un bonhomme sans âge, vêtu de lambeaux de couvertures cousus ensemble. De ses yeux vifs et enfoncés dans des orbites charbonneuses, il observait le groupe qui se rassemblait sur la grève. Autour de lui, une douzaine de gros rats furetaient, sans songer le moins du monde à l'attaquer. Bien au contraire, il sembla à Nelvéa que les animaux l'eussent agressée si elle avait tenté le moindre geste d'hostilité. Une onde de peur et de curiosité mêlées émanait de l'étranger.

L'un des captifs prit la parole, un petit bonhomme chétif aux yeux saillants. L'homme, rassuré, se mit à émettre des sons informes, ressemblant à s'y méprendre à des couinements de rat. L'instant d'après, la horde de rongeurs s'évanouissait dans la nuit.

Dans son langage rauque, le prisonnier expliqua leur fuite au personnage qui hocha la tête à plusieurs reprises. Un rapide sondage mental confirma à Nelvéa que le bonhomme n'avait plus toute sa raison. Mais il n'était aucunement dangereux. D'ailleurs, lorsque le petit homme maigre eut terminé son récit, l'autre se racla la gorge, grogna, puis, sans plus se préoccuper d'eux, s'accroupit et tira de sa besace un morceau de racine qu'il se mit à mâchouiller consciencieusement. Pour lui, l'événement avait perdu tout intérêt.

Les esclaves, épuisés, s'assirent sur la grève, parmi les débris. Peu à peu, ils prenaient conscience de cette liberté miraculeuse qui leur était soudainement offerte alors qu'ils avaient perdu tout espoir. Le lac s'étendait devant eux. La nuit tissait sur lui un manteau sombre que venaient troubler des ocelles de lumière. La lune triomphait dans un ciel de nuit limpide. Après la puanteur de l'égout, la fraîcheur nouvelle emplissait les poumons des fugitifs.

Nelvéa les étudia discrètement. Aucun d'entre eux ne se posait de question sur l'avenir. Ils étaient libres, et cela seul comptait.

Quant à elle, elle était bien en peine de prendre une décision. Où trouver refuge dans cette cité tentaculaire dont elle ne connaissait rien ? Indiscutablement, ils s'en remettaient tous à elle. Puisqu'elle avait fait preuve de pouvoirs aussi étranges, elle devait savoir ce qu'elle faisait. Elle allait les sortir de là. Donc, pas de soucis à se faire. Ils lui vouaient désormais une confiance aveugle.

Prudemment, elle escalada les monceaux de ruines qui longeaient la rive et se retrouva dans un terrain vague totalement défoncé envahi par une jungle miniature de ronces et de broussailles. Sur son pourtour se dressaient des immeubles lépreux, aux fenêtres aveugles. Elle sonda les alentours. L'endroit était habité, mais les occupants étaient de la même veine que les marginaux rencontrés dans les ruelles obscures de la ville basse. Sans doute s'étendait-elle jusqu'ici. Vers l'ouest, ce n'était qu'un champ de ruines, dont les vestiges inquiétants s'élevaient dans la nuit, souvenirs d'un passé grandiose à jamais disparu. Remontant vers l'est, vers le centre de la cité, elle distingua une lueur mouvante, reflet de l'incendie qui dévorait la maison de jeu.

À présent que le moment de l'action était passé, elle tremblait. Ses pouvoirs enfin révélés l'effrayaient. Elle s'assit dans les gravats, ignorant les ronces qui lui griffaient la peau, et resserra la cape sur ses épaules.

Certaines paroles de son père lui revinrent en mémoire : « Chasse la haine de ton cœur, ma fille ! Détruis ton ennemi si tu y es obligée, sans pitié, mais sans colère. Car tu perdrais alors toute dignité humaine ! »

— Qu'ai-je fait ? Dieux de bienveillance, protégez-moi !

Peut-être à cause de la proximité d'une mort qu'elle refusait de tout son être, ou peut-être à cause de l'expérience vécue au cœur du rocher de la Citadelle, ils s'étaient dévoilés d'un coup. Elle se mit à sangloter.

— Mais pourquoi ? Pourquoi ont-ils détruit ma ville ?

Au loin, très loin d'elle, les flammes infernales redoublèrent d'intensité. Des appels de trompe retentissaient, sans doute lancés par les secours. Des cris de panique s'y mêlaient, étouffés par la distance. Elle imaginait, à l'intérieur, le brasier, l'haleine mortelle refermée comme un piège inexorable sur ses victimes.

Bien sûr, ceux qui avaient péri ce soir ne méritaient pas sa pitié. Elle avait frappé de toutes ses forces, massacré sans remords, sous le coup d'une invraisemblable folie, ivre de sang et de souffrance, comme un fauve longtemps captif et qui, soudain libéré, détruit tout sur son passage.

Mais peut-être y avait-il des innocents parmi eux ? S'il se trouvait un seul homme juste et bon au milieu de tous ces charognards, elle l'avait tué. Elle était une criminelle !

Bouleversée, elle leva les yeux vers la nuit, les étoiles scintillantes, lointaines, inaccessibles, indifférentes aux drames humains.

— Pardonnez-moi, murmura-t-elle, les yeux gonflés. Pardonnez-moi, j'avais si mal…

Si ses pouvoirs s'étaient révélés plus tôt, jamais elle ne se serait abaissée à une telle sauvagerie. Mais elle avait trop souffert. Des images revinrent déchirer sa mémoire. Le visage de sa fille, les yeux de Nielsen, les hurlements de ceux de Vallensbrück. D'autres flammes, et du sang, partout, toujours. L'incendie de sa cité et celui de la maison de jeu se confondirent en un seul. Les hurlements étaient les mêmes. Cela ne finirait-il donc jamais ?

Elle possédait à présent une puissance dont elle ne mesurait pas les limites. Si elle ne parvenait pas à se contrôler, à maîtriser ses pulsions destructrices, elle deviendrait un véritable fléau. Le souvenir des tortures qu'elle avait infligées aux Kaïsords, se tordant de douleur sur le sable de l'arène, la hantait. Avait-elle besoin de mettre le feu à la maison de jeu, d'en bloquer les portes pour y enfermer tous les clients ? Par cet acte de barbarie effrayant, elle s'était abaissée au niveau de ses tortionnaires.

Il restait encore en elle une zone obscure, une sphère noire qu'elle ne parvenait pas à percer. Elle gémit : « Père ! Père, où êtes-vous ? Pourquoi m'avez-vous abandonnée ? J'ai tant besoin de vous ! Que dois-je faire, à présent ? »

Peu à peu, au cœur de la nuit froide, elle comprit qu'il lui restait encore une épreuve à franchir pour découvrir enfin toute la vérité. Une épreuve fantastique, sans doute la plus terrible de toutes. Mais elle seule pourrait lever le voile sur cette tache incertaine qui sommeillait encore en elle.

Soudain, une ombre se dressa devant elle. Khaled. Il s'agenouilla, la prit délicatement dans ses bras. Elle se laissa aller contre lui et sanglota, longtemps.

— Je ne suis pas digne de mon père, Khaled. Ce soir, j'ai laissé la haine me dominer. J'ai tué des innocents. Je suis un monstre, une abomination dotée de pouvoirs terrifiants. Au lieu de les utiliser pour faire le bien, je m'en suis servie pour détruire. Et je… j'y ai même pris plaisir. Maaskar… Maaskar avait raison.

L'Ismalasien essuya d'un doigt les larmes qui ruisselaient de ses yeux. Il attendit qu'elle se calmât, puis il murmura :

— C'est faux, Aïnah Shean ! Ces gens-là t'ont seulement fait trop de mal. Tu as frappé. Tu t'es vengée. Tu connais désormais le goût amer de la vengeance.

Elle leva vers lui des yeux brillants qui reflétaient les étoiles. Il ajouta :

— Tu n'es pas un monstre. Tu sais, ton père a connu lui aussi cette réaction, jadis.

— Mon père ?

— Après une victoire, il ne se réjouissait pas. Il pleurait le sang versé. Mais il ajoutait toujours : « Et pourtant, je suis sûr qu'il y a quelque chose de bon en nous ! Saurons-nous le trouver, Khaled ? » Toi, Nelvéa, tu sauras découvrir ce qui brille en toi. Parce que tu connais déjà tes faiblesses. Tu apprendras à les dominer.

Les paroles du vieux guerrier lui firent l'effet d'un baume. Elle se pressa contre lui et respira longuement l'air de la nuit. Une image lui revint. Une herbe verte qui s'accrochait farouchement à une étendue désolée, détruite par le feu, non loin de la Poczla. La Vie, la Vie éternelle, qui triomphait toujours de la mort. Lentement, elle laissa ses tentacules mentaux s'échapper, se développer. Peu à peu, elle s'imprégna de milliers, de millions de présences, de l'essence même de la cité prodigieuse qui palpitait autour d'elle. Ses habitants ne pouvaient être tous foncièrement mauvais. C'était la tête qu'il fallait supprimer. Les Kaïsords. Mais Hackenmahar était belle, puissante. Elle regorgeait de richesses, de trésors qui ne demandaient qu'à s'épanouir. Elle ne la détruirait pas.

Lorsqu'elle eut retrouvé son calme, Khaled déclara :

— Aïnah Shean, il faut partir d'ici, trouver un refuge où nous pourrons donner des soins à Astrid. Sans un secours rapide, elle ne survivra pas à ses blessures.

Elle le suivit. La petite esclave délirait, frileusement enveloppée dans sa cape. Nelvéa serra les dents. Où pouvaient-ils aller ?

Un homme rampa jusqu'à elle. C'était le petit bonhomme aux yeux de grenouille qui avait bavardé avec l'homme-aux-rats. Il grimaça un sourire et déclara :

— Je te comprends, la fille. Moi aussi je parle l'ankos. Je suis de Lodi. Mon nom est Jasieck. Nous te devons la vie.

— Ce n'est rien.

— Comment t'appelles-tu ?

Elle hésita, puis dit :

— Je suis Nelvéa, princesse de Vallensbrück, et fille de Dorian et de Solyane de Gwondaleya.

— Toi ? Mais...

Il se gratta pensivement la barbe.

— Alors, tes exploits ne m'étonnent plus.

Puis il se reprit.

— Princesse, veuillez pardonner ma familiarité. Mais je vous vois en si piètre accoutrement.

Elle sourit.

— Ici, je ne suis qu'une esclave comme toi. Comment se fait-il que tu t'exprimes si bien ?

Il eut une moue désabusée.

— Il fut un temps où les dieux me furent favorables. Je dirigeais une des plus importantes manufactures de tissus de Lodi. Je fus capturé lors d'un voyage à Hambora, voici de cela une dizaine d'années. Je suis heureux de pouvoir à nouveau utiliser cette langue si belle. Ici, personne ne la parle. Je pourrais vous servir d'interprète.

— Je vous remercie, messire Jasieck, répondit-elle en lui redonnant son titre. Je crois en effet que je vais avoir besoin de vous. Avez-vous une idée de ce que nous pouvons faire à présent ?

Il eut un clin d'œil entendu.

— Je crois que oui. Je connais un endroit où nous serons en sécurité. Le plus dur sera de nous y faire admettre tous.

Il se leva et donna le signe du départ. Guidée par Nelvéa et son nouvel ami, la petite troupe se remit en route. L'homme-aux-rats demeura en arrière, les yeux perdus dans son rêve intérieur.

Trébuchant sur les gravats et les éboulis, ils longèrent la rive, s'éloignant ostensiblement du centre de la ville. Au-dessus d'eux, de hautes colonnes défiaient encore le ciel nocturne ; des poutrelles tordues, rongées par les siècles, recouvertes par une végétation exubérante, bordaient le rivage sur lequel venaient battre les vagues noires. Toute une faune d'oiseaux, de rongeurs, de crustacés terrestres et d'insectes de toutes tailles en avaient fait leur royaume.

Jasieck semblait savoir où il se rendait. Il lui glissa sur le ton de la confidence:

— Il existe à Hackenmahar un endroit où peuvent se réfugier les proscrits. Cette cité a été bâtie sur les ruines d'une métropole gigantesque datant des Anciens. En fait, je pense qu'il s'agissait plutôt de la réunion de plusieurs villes, si l'on en juge par sa dimension. Vers l'ouest, autour de ce lac, elle s'étend sur plusieurs marches. Seule la partie orientale a été renconstruite. Le reste n'est qu'un immense champ de ruines. Mon dernier maître m'utilisait pour porter ses messages avant de me vendre à la maison de jeu. Il estimait que j'étais devenu trop âgé. Pendant les dix années où j'ai travaillé pour lui, j'ai appris à connaître pas mal de choses sur cette cité maudite. Venez!

Il obliqua soudain sur la droite, délaissant la rive du lac. Ils passèrent sous les arches d'un pont élevé, qui avançait au-dessus des eaux pour disparaître à mi-parcours. Plus loin, Jasieck s'arrêta devant des ruines étranges.

— C'est ici, précisa-t-il.

Des chemins avaient été tracés par les pas des miséreux, au travers d'anciennes artères reconquises par la nature. Un bref sondage mental permit à Nelvéa d'évaluer l'ampleur du domaine. S'il ne restait en surface que des amas informes de pierraille et de béton recouverts de végétation, au-dessous du niveau du sol se creusaient sur plusieurs niveaux des galeries oubliées depuis des millénaires. Les proscrits, les marginaux de la cité nouvelle s'y étaient taillé un domaine, un royaume où les citadins ne s'aventuraient jamais. Parfois, les Bakan Gahrs y effectuaient de brèves incursions. Sans succès. Les ruines antiques étaient bien trop vastes, et trop faciles à défendre. Nul ne savait exactement où elles finissaient. Pas même leurs propres occupants.

Soudain, Nelvéa décela des présences autour d'eux. Les nouveaux venus se dissimulaient, mais elle les percevait nettement. Affinant son observation, elle constata que le vieux Jasieck disait vrai. Hackenmahar n'était rien en regard de ce qu'avait été son ancêtre. Seule une petite partie des ruines avait servi de fondations à la cité nouvelle. Des souterrains, des catacombes s'infiltraient partout.

Sur un signal mystérieux, les présences qu'elle avait décelées se manifestèrent brusquement, leur barrant le passage. Les prisonniers reculèrent, effrayés. Jasieck s'avança et fit plusieurs signes de ses mains entrecroisées. Un homme sauta à bas d'une colonne sur laquelle il était juchée. Un énorme sabre pendait à son flanc. Son armement se complétait de deux poignards, de nardres, et d'un curieux gonn à canon court qu'il braquait sur les arrivants. Jasieck palabra longtemps avec l'inconnu, racontant leur aventure par le menu. D'autres silhouettes se matérialisèrent derrière la première, silencieuses comme des fauves à l'affût, et tout aussi férocement armées. Leur accoutrement hétéroclite trahissait la provenance diverse de leur vêture, fruit probable de rapines commises dans la cité.

Là s'ouvrait le royaume des sans espoir, des réprouvés rejetés par la cité haute. Un royaume avec ses lois, ses rites et sa population fantastique sortie tout droit d'un cauchemar.

Guidée par Jasieck et son mentor, la troupe de prisonniers se mit en marche. Peu à peu des hommes, des femmes puis des enfants apparurent, tous unis par la même crasse. Ils ne faisaient aucun bruit, et on eût dit, sous la clarté blafarde de la lune, qu'ils n'étaient que des pierres prenant soudain vie au milieu des ruines. Certains arboraient fièrement des vêtements luxueux mais désassortis. Même ici, il existait une hiérarchie, avec des seigneurs, des maîtres et des faibles. La haie curieuse se rapprocha. Des mains se tendirent, les touchèrent. Nelvéa fut rapidement entourée d'une horde de gamins dépenaillés. Dans leurs yeux transparaissait toute la brutalité des animaux sauvages et indomptés, qui n'attendent rien de la vie, sinon en jouir, et en jouir encore, parce qu'ils ignoraient jusqu'au sens même du mot avenir. Ils lui rappelaient les enfants de ces voyageurs obscurs et démunis qui hantaient les baarschens, prêts à se battre pour un débris de nourriture.

Les bas-fonds de Hackenmahar offraient une image assez proche de ce qu'avait dû être la terrifiante époque du Chaos, immédiatement après l'effondrement de la civilisation antique. Cependant, malgré le dénuement des habitants des lieux, ils furent accueillis avec chaleur. Était-ce dû à leur misère, identique à celle de leurs hôtes, ou bien à la présence de Jasieck dans leurs rangs ?

Les habitants avaient tiré parti de tout pour se constituer des demeures pittoresques dans des endroits parfaitement insolites, d'où sourdaient des lueurs falotes malgré l'heure avancée. Des chiens aboyaient tandis que des chats mystérieux étudiaient les nouveaux venus avec méfiance.

S'enfonçant toujours plus loin parmi les ruines chaotiques, ils furent amenés dans un vaste bâtiment encore à peu près valide, qui avait été consolidé avec des madriers de fortune. La troupe exténuée s'y installa, tandis que de vieilles femmes édentées leur apportaient des couvertures et des bottes de paille. Deux individus muets allumèrent un feu dans un recoin de la salle, près d'une ouverture qui faisait office de cheminée.

L'homme qui les avait accueillis expliqua, dans sa langue rauque, qu'un de leurs chefs viendrait les voir dès que possible. Une curieuse forme de solidarité semblait régner parmi ce peuple démuni de tout.

Bientôt, la plupart des fugitifs s'enfoncèrent dans un sommeil réparateur. Nelvéa prit place à côté d'Astrid. la jeune esclave grelottait de fièvre. De ses plaies suintaient des filets de sang, mais elle n'avait pas perdu conscience.

— Je vais mourir, princesse. C'est mieux ainsi. Toute seule, vous pourrez vous enfuir de ce pays maudit.

— Tais-toi ! Il est hors de question que je t'abandonne derrière moi. Nous allons te soigner. Et tu vas guérir. N'oublie pas que tu es toujours mon esclave. Alors, je t'ordonne de te battre pour rester en vie. J'ai besoin de toi.

Astrid eut un pauvre sourire, des larmes coulèrent sur ses joues. Nelvéa n'avait aucun besoin de l'interroger pour connaître les raisons de sa peine. Myriam !

Elle caressa les cheveux de la petite esclave avec tendresse. Elle comprenait à présent qu'elle s'était attachée à elle beaucoup plus qu'elle ne l'aurait imaginé. Astrid et Myriam n'étaient pas nées sœurs. Mais le Destin les avaient tellement rapprochées qu'elles étaient devenues indissociables, au même titre que des jumelles. Désormais, Myriam avait disparu, et jamais le vide laissé par son absence ne se comblerait pour Astrid. Bouleversée par le chagrin de sa compagne, Nelvéa se pencha sur elle, l'embrassa et murmura :

— Myriam est vengée, à présent. Tu as tué son assassin. Mais je sais ce que tu ressens. Ne crains rien. Je resterai toujours auprès de toi.

Elle lui prit la main, la serra avec force et ajouta :

— Toujours.

Elle fit signe à Jasieck de demander de l'eau et des soins. Si toutefois cela existait ici. L'homme s'en fut. Puis elle examina Astrid sous les yeux attentifs de deux prisonniers qui tardaient à s'endormir. L'un d'eux, timoré, ne cessait de s'interroger sur son sort. Elle comprenait ses paroles, prononcées dans la langue de Hackenmahar. Elle le trouvait stupide. Il désirait retourner chez son ancien maître. Là, pleurnichait-il, il mangeait tous les jours à sa faim. Parce qu'il approchait de la limite d'âge, on l'avait vendu au tenancier de la maison de jeu. Il n'avait que faire de cette liberté dont il ne voulait pas. À la fin, agacée, elle finit par le rabrouer. Alors, il se mit à pleurer silencieusement.

L'autre, un homme jeune et vigoureux, apparemment un combattant, avait de tout autres idées en tête. Il baragouinait un peu l'ankos, à la suite, expliqua-t-il, d'un séjour sur les bords de la Poczla.

— Toi belle fille, dit-il pour conclure. Moi beau garçon. Moi vouloir amour avec toi !

Elle le regarda.

— Mais moi pas vouloir, rétorqua-t-elle sur le même ton. Toi aller te faire aimer ailleurs.

— Quoi ? Toi mieux aimer femme ?

Il désigna Astrid.

— Ça ton amie ? Beuh, toi pas connaître homme. Regarde !

Et, sans pudeur, il se leva, totalement nu, et tourna sur lui-même pour mettre sa musculature en valeur.

Khaled, qui ne dormait que d'un œil, attendait la suite. L'homme dédia une œillade conquérante à Nelvéa qui ne lui accorda aucune attention. Le bellâtre s'approcha et voulut la prendre dans ses bras. Furieuse, elle se dégagea et riposta. L'instant suivant, l'homme roulait cul par-dessus tête dans les bottes de paille. Nelvéa lui décocha un vigoureux coup de pied dans les côtes et déclara :

— Écoute-moi bien, toi ! Je sais ce que c'est qu'un homme, et je n'en ai nulle envie en ce moment. Et si c'était le cas, j'en choisirais un qui sente un peu meilleur que toi. Alors, tu me laisses tranquille ou je te casse un bras.

L'autre, stupéfait, rampa benoîtement dans l'ombre. Nelvéa lui dédia un regard noir, puis se surprit à rire intérieurement. La scène lui en rappelait une autre, beaucoup plus ancienne. Lorik, lui aussi, avait voulu la prendre de force lorsqu'ils s'étaient rencontrés la première fois. Pauvre Lorik ! Où était-il à présent ? Peut-être les gens d'ici l'aideraient-ils à le retrouver ?

Lorsqu'elle revint vers Astrid, elle se trouva face à face avec Jasieck et deux individus aux mines épanouies par un sourire égrillard. Elle avait oublié qu'elle ne portait aucun vêtement. Elle leur décocha un regard peu amène.

— Princesse, je vous présente Bartana, un des fahrens, les chefs du Fond, comme disent les citadins. C'est ainsi qu'ils nomment cet endroit où vivent les reclus. Et voici Horschen, le sorcier. Je lui ai demandé de venir voir votre compagne.

— Je vous en remercie.

Les deux hommes s'inclinèrent. Bartana prit la parole dans un ankos correct.

— Princesse, Jasieck nous a expliqué qui vous étiez. On va vous apporter de nouveaux vêtements. Ils seront sûrement moins luxueux que ceux auxquels vous avez été habituée, mais ils sont offerts de bon cœur.

Nelvéa consentit à sourire.

— Soyez remercié, fahren Bartana. J'ai plaisir à constater que vous parlez correctement notre langue.

— J'ai beaucoup voyagé avant d'échouer ici, répondit-il d'un air énigmatique.

Mais elle devina sans peine son origine. Bartana était un voyageur, un de ces êtres sans racine qui suivaient les caravanes comme autant de parasites. Capturé par les Gris, plusieurs années auparavant, il avait réussi à s'échapper pour rejoindre ceux du Fond.

L'autre, un vieillard sec et ridé comme un pruneau, la salua également en ankos, puis se pencha sur Astrid. Il l'examina longuement, puis donna quelques ordres à deux gamins qui le suivaient comme des ombres. Il assura :

— Il faut rouvrir toutes les blessures et les vider de tout le mal qui s'y est mis. Si le sang n'est pas encore trop pris par le poison, elle vivra. Je ne peux rien dire encore. Sa vie est entre les mains des dieux. Je vais lui donner une tisane calmante.

Nelvéa n'insista pas. Elle avait lu en lui que la petite esclave était condamnée, mais il ne souhaitait pas le lui annoncer d'emblée. Elle serra les dents.

Il ajouta :

— Toi aussi tu es blessée, fillette. Il faut te soigner.

— Ce n'est rien. Je sais me guérir seule.

Cependant, elle se rendit compte que son épaule, déchirée par un coup de Pangarth, la faisait horriblement souffrir. Elle se résigna à accepter les soins du vieil homme.

68

Le lendemain, lorsqu'elle s'éveilla, les yeux de Bartana étaient rivés sur elle.

— Voici les vêtements que je vous ai promis, princesse.

— Merci.

Il était difficile de le rabrouer. Mais elle avait compris qu'il ne s'était pas privé de la contempler durant son sommeil. Elle s'enveloppa dans la cape de toile rugueuse et se rendit auprès d'Astrid. La jeune esclave dormait profondément sur sa litière de paille. Nelvéa posa la main sur son front et constata avec soulagement que la fièvre avait baissé.

— Bartana, vous direz à votre sorcier que ses remèdes se sont révélés efficaces et que je l'en remercie.

Elle revint vers lui.

— À présent, y a-t-il un endroit où je pourrais me laver ?

L'homme fit la moue.

— Vous savez, l'eau, ici… Enfin, nous pouvons nous rendre au bord du lac. Mais vous risquez d'attraper froid.

— Ne vous inquiétez pas pour moi. J'ai vécu de longs mois en forêt.

— Bien, dans ce cas, je vais vous guider.

Il ne se fit pas prier pour la suivre. Nelvéa ne pouvait lui en tenir rigueur. Et, surtout, il pouvait lui apporter les indications nécessaires pour retrouver Lorik. Aussi supportat-elle ses regards appuyés lorsqu'elle se défit de sa cape et se plongea dans l'eau fraîche du lac.

Un peu plus tard, s'étant séchée avec une couverture qu'elle avait pris la précaution d'emporter, elle revint près de lui. Le lac scintillait sous un soleil printanier.

Nelvéa enfila avec un plaisir évident une superbe robe bleue, serrée à la taille par une ceinture de chevreau. Une mante courte et légère lui couvrit les épaules.

— Vous êtes magnifique, dit tout à coup Bartana. Ainsi, vous ressemblez à une jeune fille de la haute société de Hackenmahar. Je sais bien que je n'ai aucune chance avec vous, mais je veux néanmoins vous dire que je vous trouve... très belle !

— Merci, éluda-t-elle. Cependant, j'aurais préféré un sharack.

— C'est un vêtement peu courant par ici. Nous ne sommes pas dans le monde amanite.

— Tant pis. Je me contenterai de cela. Mais j'ai quelques questions à vous poser.

— Je vous écoute, soupira-t-il.

— Je veux quitter cette ville. Ma petite fille Lauryanne n'a pas été capturée avec moi. Je ne sais pas ce qu'elle est devenue. Je voudrais retourner à l'endroit où notre navire s'est échoué. Peut-être retrouverai-je sa trace.

Il baissa la tête.

— Les dieux seuls savent ce qu'il a pu lui advenir.

— Existe-t-il un moyen de quitter cette ville ?

Il ne répondit pas immédiatement. Enfin il déclara :

— Personne jamais n'est parvenu à s'enfuir de Hackenmahar.

— Mais cette cité antique où vous vivez ? Les Bakan Gahrs ne s'y aventurent jamais. Si l'on continuait vers l'ouest, en suivant les ruines, peut-être serait-il possible...

Il l'arrêta d'un geste.

— Vous ignorez ce que sont ces ruines, princesse. Même parmi nous, personne n'en connaît les limites. Elles s'étendent sur plusieurs dizaines de marches. Vers l'ouest, les Kaïsords ont ouvert ce qu'ils appellent les mines. Il est impossible de passer par là. Nous serions tués avant d'avoir fait un pas.

— Les mines ?

— Ce sont des endroits où l'on trouve des gisements de minerais qui proviennent sans doute de la décomposition de la ville des Anciens. Peut-être d'anciennes zones d'industrie. Ils les ont transformés en véritables usines où travaillent des esclaves à qui ils brûlent le cerveau. Nombre des nôtres ont fini ainsi.

Il eut un sourire triste.

— Vous voyez, même nous, nous sommes prisonniers. Ils nous laissent relativement en paix, parce que nous ne sommes pas dangereux.

Nelvéa réfléchit un court instant.

— Je vais tout de même tenter de passer. Mais avant…

Elle se tourna vers lui.

— Connaissez-vous une femme qui se nomme Salind Baruck ?

— Salind Baruck ?

— C'est elle qui a acheté mon écuyer, Lorik. Je veux le retrouver, s'il est encore en vie.

Bartana éclata de rire.

— Alors ne vous faites plus de soucis pour lui. Je connais très bien cette vieille dévergondée qui adore les hommes jeunes et vigoureux. S'il a su s'y prendre, il doit être choyé comme l'enfant de la maison. Elle est réputée pour ça, cette vieille garce. Oh, ce n'est pas une mauvaise femme, malgré son penchant pour les hommes.

— Vous pensez qu'il est encore vivant ?

— Certainement ! Même s'il n'a pas consenti à satisfaire ses caprices.

Elle n'est pas méchante. Elle est la risée de Hackenmahar

à cause de ça. Mais on se moque d'elle par-derrière, car sa fortune est immense. Plusieurs fois, nous avons cambriolé sa demeure. Elle ne s'en est même pas aperçue.

Nelvéa saisit le poignet de Bartana.

— Écoutez, il faut que vous m'emmeniez là-bas. Il faut que je récupère Lorik.

— Par les dieux ! A-t-il une si grande importance pour vous ?

Elle lâcha son compagnon.

— Oui ! Lorik est mon écuyer. Vous ne pouvez pas comprendre. Mais je suis chevalier. La première femme chevalier du monde amanite. Et un chevalier n'abandonne jamais l'un des siens derrière lui. Surtout son écuyer. Alors, je veux que vous me meniez à la demeure de cette Salind Baruck.

69

— La nuit, les patrouilles sont nombreuses, et vous arrêtent sans motif, expliqua Bartana. Nous autres du Fond, nous n'avons pas d'identité. Lorsqu'ils nous capturent, ils nous envoient dans les mines, ou bien nous vendent pour le marché aux esclaves. Mais les Bakan Gahrs n'osent jamais s'aventurer dans les réseaux souterrains qui parcourent la ville. Alors, ils sont pour nous le meilleur moyen de se déplacer. Ce n'est pas pour rien que ceux d'en haut nous surnomment les « Rats ».

Il inspecta rapidement le conduit encombré de pierrailles et de gravats dans lequel ils s'étaient engagés. La lueur de sa torche dansante faisait apparaître des décors fantastiques. Parfois cela ressemblait à une taverne oubliée, une ruelle encore encombrée de véhicules rongés par le temps que la sécheresse relative avait conservés. Plus loin, ils débouchaient sur une place souterraine où prenaient racine les énormes piliers de soutènement de la ville nouvelle. Des musardes inquiètes et des rats curieux suivaient le groupe. Leurs formes furtives fuyaient sous le halo de la torche.

— Ceux du Fond connaissent ces passages depuis des siècles, continua Bartana. Grâce à eux, nous pouvons nous rendre dans n'importe quel endroit de la ville sans être inquiétés. Ces souterrains communiquent avec les caves, les égouts, les catacombes. Nul n'ose nous suivre. C'est un véritable dédale où il est facile de se perdre.

— Mène-t-il jusqu'à la Citadelle des Kaïsords ?

Bartana fit la grimace.

— Non. Il existait autrefois des communications avec elle. Mais toutes ont été bouchées.

Nelvéa regarda autour d'elle avec curiosité. Il ne faisait aucun doute qu'ils parcouraient les artères de la métropole titanesque qui avait précédé Hackenmahar à l'époque des Anciens. Par endroits, ils se heurtaient à des éboulements. Des fondations nouvelles obstruaient la voie. Mais le fahren dénichait toujours une ouverture, une fissure par laquelle ils s'infiltraient. Nelvéa avait revêtu une tenue plus masculine et s'était armée d'un poignard offert par Bartana. Par moments, elle touchait son manche, regrettant la perte de son dayal, volé par les Gris qui l'avaient capturée.

Derrière eux suivaient Jasieck, qui avait tenu à être de la partie, et deux gardes armés jusqu'aux dents. Un cinquième homme les accompagnait, un petit individu chétif semblable à celui qu'elle avait croisé à la sortie de l'égout, trois jours plus tôt. Nelvéa ne comprenait pas vraiment la raison de sa présence. Mais elle ne fut pas longue à l'apprendre.

Par endroits, elle surprenait d'étranges grattements. Il ne s'agissait que de rats qui s'enfuyaient à leur approche. Cependant, plus ils s'enfonçaient dans le labyrinthe plus les rongeurs devenaient nombreux. Nelvéa ne put s'empêcher, comme ceux « d'en haut », de comparer les habitants du Fond à ces animaux dont ils partageaient le domaine.

Et en fait, il existait bien une entente tacite entre les petits mammifères et ses compagnons. Les bêtes ne les attaquaient pas. Elles se contentaient de les observer de loin. Parfois, le petit homme chétif, qui répondait au nom de Czeznon, émettait de curieuses modulations sifflées qui semblaient avoir un effet sur les rongeurs. Depuis trois jours qu'elle vivait au milieu des réprouvés, elle avait à diverses reprises remarqué les mystérieuses relations qui unissaient les deux communautés. Certains vieux avaient apprivoisé des rats qui venaient leur manger dans la main.

Soudain, Bartana s'arrêta et désigna de sa torche un rongeur magnifique dont les yeux jaunes luisaient dans l'ombre. L'animal, qui atteignait la taille d'un petit chien, les étudiait sans bouger.

— Je te salue, ô roi, murmura Bartana d'une voix sifflante.

Il n'y avait aucune ironie dans sa voix. L'homme éprouvait un respect non feint pour le surprenant animal. Celui-ci fut parcouru d'un long frémissement. Avait-il compris ? Il ne semblait pas le moins du monde effrayé. Bartana expliqua :

— Les rats sont comme les hommes. Ils ont eux aussi leurs cités, enfouies sous les nôtres. Enfin, sous les villes de la surface. Parce que nous, les parias, nous vivons en leur compagnie. Ils nous sont beaucoup plus proches que ceux d'en haut.

Ils restèrent un moment à les observer. Les fourrures grises se déplaçaient furtivement, mais il n'émanait des animaux aucune trace d'agressivité. Certains rongeurs venaient même tourner autour d'eux sans méfiance. Nelvéa, pas très rassurée, n'osait faire un geste. Bien sûr, elle aurait pu repousser la horde par influx mental. Mais ses compagnons n'auraient pas compris qu'elle se montrât inutilement violente. Czeznon avait entrepris de caresser les rats qui passaient à sa portée, en sifflant bizarrement, tandis que Bartana poursuivait :

— Ils possèdent leurs royaumes, leurs soldats, leurs

industries. Savez-vous qu'ils sont capables de prévoir la rigueur des hivers ? Ils engrangent des vivres en prévision des mois difficiles. Et ils ne les redistribuent qu'en cas de famine. Si, un jour, l'homme disparaît de la surface du monde, ce sont les rats qui le remplaceront. Les hommes les combattent, mais ils sont trop intelligents. Jamais ils ne seront vaincus. Alors, il vaut mieux s'entendre avec eux. Après tout, qui sommes-nous pour décider que ce monde nous appartient en totalité ?

Il adressa un dernier sifflement au « roi », et reprit son chemin. Quelques rongeurs les suivirent furtivement.

Plus loin, Bartana s'arrêta sous un conduit vertical équipé de barreaux de fortune.

— Nous sommes arrivés. Vous allez passer derrière moi, mais soyez prudente. L'échelle est fragile.

Quelques instants plus tard, ils débouchaient à l'air libre dans un recoin d'un parc immense. Bartana aida Nelvéa à sortir du conduit que condamnait une grille de fer.

— À présent, il ne faut plus faire de bruit. Nous sommes sur le domaine de la vieille Baruck. Elle envoie ses domesses faire des rondes deux fois par nuit. Ils ont des chiens.

— Attendez, je vais m'assurer que la voie est libre, répondit Nelvéa.

— Comment cela ?

Elle ignora la question et se concentra. Affinant sa perception multidirectionnelle, elle sonda mentalement les alentours. Ils avaient débouché le long d'une imposante muraille qui protégeait une immense propriété. Des bosquets d'arbres rompaient, çà et là, la monotonie d'un grand parc orné d'un grand bassin vers le sud. Plus loin, on devinait une perspective magnifique sur un lac aux eaux noires. Une lumière bleutée baignait l'endroit éclairé par la lune pleine. Un vent léger et frais agitait doucement les frondaisons.

Au centre du domaine se dressait une somptueuse demeure de style europanien aux hautes fenêtres protégées par des barreaux. Une large allée menait à un grand portail de chêne près duquel s'élevait une petite maison. Là résidait un couple de gardiens âgés. Nelvéa discerna également deux molosses qui somnolaient. Mais ils étaient trop éloignés pour avoir senti leur présence. Elle localisa son attention sur la grande demeure. Laissant ses sens impalpables errer sur le petit palais, elle pénétra ses murs épais, se glissa tel un fantôme à l'intérieur, explora chaque pièce. Elle repéra rapidement une douzaine de présences endormies et frémit de joie. Lorik était là. Il vivait.

Elle se concentra encore. Apparemment, il était en bonne santé. Il donnait dans une chambre du premier étage, qu'elle situa immédiatement.

— Restez là, Bartana. Je sais où il est. Je vais aller le chercher.

— Mais comment avez-vous pu...

— Je suis la fille de Dorian de Gwondaleya, coupa-t-elle fiévreusement. Il vaut mieux que j'y aille seule. Je ne risque rien. Tandis que vous, s'ils lâchent les chiens...

— C'est trop dangereux. Je veux aller avec vous !

— Faites ce que je dis. Il est inutile de vous exposer. Attendez-moi ici, dans le souterrain.

Bartana n'osa pas insister. Il émanait d'elle une autorité contre laquelle il se sentait impuissant.

Il la contempla, silhouette fragile et furtive, s'éloigner vers la demeure sombre posée au milieu du parc, dans un écrin de charmes et de chênes centenaires.

Parvenue à mi-chemin, elle effectua un nouveau sondage. Seul un esclave fatigué, au sous-sol, triait des marchandises. Elle s'approcha de la bâtisse. La présence de Lorik se confirmait à chaque pas.

Observant les murailles de la demeure, elle repéra rapidement un vigoureux lierre grimpant qui escaladait les trois étages du petit manoir. Il n'était pas étonnant que ceux du Fond l'eussent choisi pour cible. Le lierre facilitait grandement l'ascension... et la fuite, en cas de difficulté.

Elle se hissa silencieusement jusqu'au premier étage et atteignit sans encombre la fenêtre de la chambre où dormait Lorik. Prudemment, elle hasarda un regard dans la pièce. Il était là. Pourtant, quelque chose l'étonna. L'endroit était luxueux, et son compagnon ne semblait aucunement prisonnier.

Cette curieuse vieille dame avait-elle fait de lui son amant ? Ou bien y avait-il autre chose ?

70

Nelvéa fit jouer mentalement le mécanisme de la fenêtre. Celle-ci céda sans difficulté. Elle pénétra à l'intérieur et s'approcha du lit avec circonspection.

Lorik dormait seul. Elle lui effleura l'épaule ; il s'éveilla instantanément.

— Princesse, murmura-t-il. C'est vous ?

Les cheveux ébouriffés, il se frotta les yeux, croyant visiblement à une apparition.

— C'est moi ! Es-tu prêt à me suivre ?

Il secoua la tête pour se réveiller complètement. Nelvéa l'observa. Il n'avait certes pas souffert de son esclavage. Si esclavage il y avait. Contrairement à elle qui avait dû perdre quelques kilos, il semblait en parfaite santé. Il la regarda, les yeux émerveillés, puis saisit la petite statuette qui ne le quittait jamais et l'embrassa avec ferveur.

— Ainsi, Phrydios a exaucé mes prières, princesse ! Cent fois, je vous ai crue morte. Que ce jour soit béni entre tous.

Il la serra dans ses bras à la briser. Avec émotion, Nelvéa répondit à son élan d'affection. Puis elle le repoussa gentiment.

— Mais comment se fait-il que vous soyez ici, en pleine nuit ? demanda-t-il.

— Ce serait trop long à te raconter. Je me suis évadée.

Elle attrapa ses vêtements et les lui tendit.

— Allons, il n'y a pas de temps à perdre. Il faut partir.

— Attendez, dit-il. Il faut que je vous explique quelque chose. Vous ne risquez rien ici. Je veux bien repartir avec vous. Mais j'aimerais que vous rencontriez Salind Baruck.

— La rencontrer ? Pourquoi ?

— Elle est notre alliée.

— Comment cela ?

— Je voudrais qu'elle vous l'explique elle-même.

Nelvéa hésita.

— Tu crois qu'elle appréciera cette incursion chez elle en pleine nuit ?

— De votre part, certainement. Et même, elle en sera ravie. Venez. Il lui prit la main et l'entraîna hors de la chambre. Dans le couloir, ils s'arrêtèrent devant une large porte à double battant. Il toqua discrètement.

— Ne crains-tu pas qu'elle me dénonce ? Les gens de Hackenmahar me croient morte, mais j'ai tué un grand nombre d'entre eux, dont six des Kaïsords. S'ils apprenaient que je suis encore en vie…

Il la contempla avec stupéfaction.

— Vous avez tué six Kaïsords à vous seule ? C'est un point qui vous rendra plutôt sympathique à ses yeux, princesse. Attendez !

Quelques instants plus tard, la porte s'ouvrait sur un personnage qui ne manquait pas de pittoresque. À première vue, Salind Baruck était plus proche des soixante-dix ans que des soixante. Elle portait un léger déshabillé qui laissait deviner un corps âgé, un peu empâté, mais encore remarquablement conservé. De toute évidence, sa propriétaire luttait pied à pied avec les ans pour lui conserver toute la vigueur de sa jeunesse. Si elle avait dû concéder aux atteintes de l'âge quelques flétrissures et une peau un peu ridée, elle présentait toujours un maintien digne d'éloges et une poitrine haute et ferme que n'eussent pas désavouée des femmes beaucoup plus jeunes.

Salind Baruck resta un instant sur le seuil, contemplant d'un œil vif Nelvéa et Lorik. Celui-ci s'avança.

— Madame, je vous présente Nelvéa, princesse de Vallensbrück, et fille de Dorian et de Solyane de Gwondaleya.

La vieille femme demeura un moment interdite.

— Serait-ce possible ?

— Je me suis évadée, madame. Comme je savais que vous aviez acheté mon écuyer Lorik, je suis revenue le chercher. Il a insisté pour que je vous rencontre.

— Par les dieux ! Je n'en crois pas mes yeux. Entre, petite ! Et sois la bienvenue.

Elle manœuvra la lectronne et saisit les mains de Nelvéa pour la contempler à la lumière.

— Il est vrai que tu lui ressembles.

Un sourire joyeux éclairait son visage, qui lui donna soudain l'allure d'une petite fille. Elle éclata de rire.

— Tu ne peux pas savoir, balbutia-t-elle. Mon cœur se réjouit de te voir, d'accueillir sous mon modeste toit la propre fille du plus grand de tous les chevaliers.

Il ne s'agissait pas d'un compliment lancé par politesse.

— Je vous remercie, madame, répondit Nelvéa, intriguée.

— Mais d'où sors-tu ? Nous étions désespérés. Jamais personne n'est ressorti vivant de la Citadelle.

Ils prirent place dans un petit boudoir meublé à l'ismalasienne, et la vieille dame se mit en devoir de préparer un thé aux herbes. Dévorée de curiosité, mais incapable de résister au charme de son hôtesse imprévue, Nelvéa raconta son aventure, jusqu'à l'instant où elle avait investi sa demeure.

— Voilà un exploit que l'on contera sûrement longtemps dans les chaumières du monde amanite, conclut Salind avec un grand sourire.

— Peut-être... si nous le revoyons un jour, fit Nelvéa amèrement. Mais vous, expliquez-moi !

— Eh bien, tout d'abord, il faut que tu saches que je suis moi-même un agent du monde amanite au sein de Hackenmahar.

— Un agent des amanes ?

— Parfaitement. J'ignorais qui était ce jeune homme lorsque je l'ai acheté. Si tu es passée par le Fond, tu as dû y apprendre que j'étais friande d'hommes jeunes et beaux. Cela en fait rire sans doute plus d'un mais, après tout, ma fortune me permet de satisfaire mes caprices et je ne crois pas que mes... euh, protégés aient jamais eu à se plaindre d'être ainsi arrachés à l'esclavage. Que veux-tu, j'aime la vie et l'amour, et ce n'est pas moi qui ai inventé la vieillesse.

Décidément, dame Baruck semblait de plus en plus sympathique à Nelvéa. Celle-ci poursuivit :

— J'ai donc fait l'acquisition de Lorik parce qu'il me plaisait. Cependant, lorsque je l'ai amené ici, il m'a semblé si triste que je ne savais plus quoi faire pour le dérider. Il a fini par me conter son histoire et la tienne. Lorsque j'ai appris qu'il était ton écuyer, je l'ai accueilli comme un hôte, et non plus comme un amant de passage.

Elle versa le thé avec componction.

— Pour bien comprendre, il faut que tu saches ce qu'est réellement Hackenmahar. À l'origine, il n'y avait ici, voici déjà quelques siècles, qu'une de ces cités libres qui avaient survécu au Chaos. Elle était peuplée de gens étranges dont les activités étaient orientées vers la recherche de l'immortalité. Tout autour s'étendait une zone déserte où survivaient quelques peuplades faméliques qui hantaient les ruines de l'ancienne métropole. Au fil du temps, ceux de la Cité libre ont su apprivoiser ces gens. Pourtant, contrairement à ce qu'ont fait les amanes, ils les ont asservis de la manière la plus horrible qui soit. Bien sûr, ils ont apporté avec eux les bienfaits de leurs connaissances technologiques. Mais peu à peu, ils en sont venus à se considérer comme étant d'une essence supérieure. La mégalomanie a fait d'eux des divinités tyraniques. Pour notre malheur, ils ont su appliquer à la lettre ce vieux principe qui dit que pour régner il faut diviser. Ils considèrent que tout ce qui vit à l'extérieur du royaume de Hackenmahar n'est pas digne de l'appellation d'être humain. Et ils ont entretenu cette croyance dans l'esprit des citadins. Ce qui explique les razzias qui depuis des siècles sévissent sur les frontières. Ils ont créé à cet effet une armée de pauvres hères et d'esclaves spoliés, ceux que vous appelez les Gris, qui jouent à la fois le rôle de chiens de garde et de chasseurs. À l'intérieur des murs, ils ont formé une milice fanatisée, les Bakan Gahrs, les gardes noirs, une véritable armée chargée de maintenir l'ordre et de réprimer les révoltes.

— Comment est-ce possible ? Les Kaïsords sont très peu nombreux.

— À peine une centaine à présent. Mais ils sont intelligents. Ils ont instauré un système social assez particulier. Hackenmahar compte plus de cinq millions d'habitants. Elle pourrait être une des cités les plus puissantes d'Europania, et même du monde. Mais, à cause de ces maudits Kaïsords, elle s'est fermée à l'Extérieur. Elle vit en autarcie. Les matières premières sont tirées des ruines de la cité antique.

Celle-ci s'étendait sur une superficie cent fois supérieure à celle de Hackenmahar. Au nord, on trouve des champs cultivés, des prés où l'on élève le bétail. À la périphérie, que l'on appelle la Frange, vit la grande majorité du peuple. Des ouvriers, des paysans, des artisans qui constituent en fait l'élément productif de Hackenmahar. Grâce à une habile propagande, les Kaïsords entretiennent chez ces gens l'espoir de se rapprocher d'eux.

— Comment cela ?

— Oh, par divers moyens. Les Kaïsords sont férus de spectacles en tout genre. Alors, il suffit de devenir artiste, comédien, ou bien d'inventer quelque chose, de créer un commerce florissant, bref, de se distinguer des autres. Il y a beaucoup de candidats. La lutte est serrée, mais tous les jeunes gens tentent leur chance un jour ou l'autre. Cela peut être, par exemple, en participant aux jeux du cirque qu'ils organisent régulièrement. Nombre des participants y laissent la vie. Ceux qui triomphent sont assurés de la gloire, ainsi que leurs héritiers. De cette manière, s'est créée peu à peu une élite, une classe riche qui vit de ses rentes, du commerce, ou des subventions offertes par les Kaïsords. Cette classe, bien entendu, méprise ceux de la Frange, qui n'ont pas accès au confort et à l'étude. Cet antagonisme est entretenu par les Kaïsords qui y trouvent un avantage certain. Mais ce que les gens de la Frange ignorent, c'est que la richesse de la classe supérieure n'est qu'un leurre. En fait, nous sommes moins libres que ces pauvres hères. Plus nous nous rapprochons des Kaïsords, plus nous dépendons d'eux. Ils ne nous laissent pas les rênes du pouvoir. Bien au contraire, ils entretiennent les petites luttes intestines parmi la classe supérieure, afin d'éviter toute cohésion qui pourrait mettre en péril leur suprématie. Cette suprématie, elle serait acceptable si certains d'entre nous n'avaient pas découvert leur secret. Car après tout, de quoi nous plaignons-nous ? Nous avons la richesse, la santé, la gloire… Mais des idées nouvelles ont fleuri chez nombre d'entre nous. À certaines frontières privilégiées, les Kaïsords autorisent les échanges commerciaux avec l'Extérieur. Ces frontières sont le plus souvent situées vers l'ouest. Ces échanges sont le fait de commerçants comme moi. C'est ainsi que j'ai pu prendre contact avec les amanes, voici bien longtemps. J'ai longuement conversé avec eux et j'ai découvert un monde différent. Un monde qui ne vivait pas dans un état d'angoisse permanente. Des empires avec lesquels nous aurions pu développer des échanges commerciaux, culturels et autres. Mais les Kaïsords ont systématiquement refusé toute proposition d'ouverture. Et pour cause. Ces parasites savaient que les amanes les auraient fait disparaître.

— Il fallait vous révolter.

— Crois-tu que nous ne l'ayons pas tenté déjà plusieurs fois par le passé ? Depuis des siècles, il y a eu d'innombrables soulèvements qui se sont tous terminés de la même manière. Bien souvent, il a suffi aux Kaïsords de dresser la Frange contre nous, en nous faisant passer pour des exploiteurs. Ils s'ensuivait une guerre civile dont ils sortaient vainqueurs. Mais il y eut aussi des affrontements plus importants, où la totalité de la population se ligua contre eux et marcha sur la Citadelle.

— Et alors ?

— Alors ? As-tu remarqué notre cou ?

La vieille dame écarta ses cheveux et dévoila une excroissance de chair de la taille d'un petit pois, située à la hauteur de la nuque.

— Ceci est un implant à peine visible qui peut être contrôlé à distance au moyen des vibrilles qui ornent les masques des Kaïsords. Grâce à ces antennes, ils détiennent sur nous le pouvoir absolu. Tu en as vu une manifestation au cours de la vente. Plusieurs de nos amis ont péri ce jour-là. À la naissance, chaque bébé de Hackenmahar, qu'il soit né dans la Frange ou non, reçoit cet implant, qui donne aux Kaïsords tout pouvoir sur lui.

— Je crois comprendre. Ils déclenchent, sur simple pression mentale, une réaction biochimique qui provoque un pourrissement accéléré des tissus organiques.

— Exactement. Ils ne possèdent pas réellement de pouvoirs mentaux. Tout cela est artificiel et provient de leur technologie. Mais ils ont pu ainsi repousser toutes les révoltes. Les rebelles étaient tués avant même d'avoir pu atteindre l'enceinte de la Citadelle. Un jour, le quart de la population a péri de la sorte, sur un simple caprice des Kaïsords.

— N'existe-t-il pas un moyen de vous débarrasser de cet implant à leur insu ?

— C'est impossible. Dès qu'on tente de l'enlever, il s'autodétruit, entraînant la mort de son porteur. Ils ont pensé à tout. Et puis, les gens de la Frange tiennent beaucoup à cet implant, que les Kaïsords leur présentent comme une forme de baptême, une cérémonie religieuse. Pour comprendre, il faudrait que tu rencontres ces gens. Pour eux, les Kaïsords sont de véritables dieux. Les amanes sont parvenus à me débarrasser de cette cochonnerie. Leur science est bien supérieure à la nôtre. C'est pour cela que j'ai accepté de travailler pour eux, voici quinze ans. C'est à cette occasion que j'ai vu ton père, Dorian de Gwondaleya. Il était en visite à Hambora, la grande cité du Nord. Jamais je n'oublierai cette rencontre. C'est lui qui a émis l'idée d'éliminer lentement les Kaïsords. Il estimait qu'un jour Hackenmahar deviendrait dangereuse à cause de leur mégalomanie. Cependant, il était difficile d'envisager le renversement des Kaïsords jusqu'à présent. La cité est puissante et bien armée. Et puis, elle n'était pas véritablement dangereuse pour le monde amanite. Mais ton père ne s'était pas trompé. Depuis quelques années, les prêtres se sont inquiétés de la population grandissante de Hackenmahar. Pour eux, cela signifiait, à brève échéance, ce qu'ils appellent une guerre d'expansion. Ils envisagent d'annexer tous les peuples qui vivent sur les bords de la Poczla. Ceux-ci le souhaitent ardemment, parce qu'ils espèrent ainsi en finir avec les Gris. C'est pourquoi nous avons fomenté un complot qui pourrait permettre aux armées amanites d'envahir la cité. Les mécontents sont nombreux, et prêts à agir. Nos positions clefs nous donnent un avantage certain. Ainsi, tout en feignant d'organiser la défense contre l'envahisseur, nous pourrions permettre à celui-ci de s'introduire dans la cité. Malheureusement, les Kaïsords ont eu vent de notre organisation et recherchent activement les membres de notre groupe par l'intermédiaire de leur police secrète, la terrible Gespol. C'est elle qui a démasqué nos amis, le jour de la vente. Ils auraient pu être arrêtés discrètement. Mais les Kaïsords aiment les exécutions théâtrales. Depuis, j'ai appris par mes informateurs que les amanes ont décidé d'agir. À l'heure qu'il est, leurs armées ont dû se mettre en marche. Pendant ce temps, la Gespol continue ses investigations. Sous la torture, les captifs finissent par dénoncer leurs complices. Chaque jour, plusieurs d'entre nous sont arrêtés. Moi-même je ne suis plus en sécurité. Je ne sais pas si je serai encore là pour voir enfin la libération de Hackenmahar.

— Ne pourriez-vous pas fuir ?

— Cela équivaudrait à un aveu. Et puis, où aller ?

— Dans le Fond, avec mes compagnons !

— Dans le Fond ? Avec ces crapules qui me pillent régulièrement ?

Tu n'y penses pas !

— Je pense au contraire qu'ils vous accueilleraient fort bien.

Dame Baruck fit une moue sceptique.

— J'y penserai le cas échéant. Et toi, petite, que comptes-tu faire ?

— Je dois quitter Hackenmahar. Ma fille Lauryanne a réussi à s'échapper lorsque j'ai été capturée par les Gris. Peut-être vit-elle encore. Je veux la retrouver.

Salind Baruck soupira.

— Il eût peut-être mieux valu pour elle qu'elle fût capturée avec toi. Les dieux seuls savent ce qu'elle a pu devenir.

— Je veux la retrouver. Elle est tout ce qui me reste, dame Baruck. Ensuite, peut-être, je reviendrai pour assister les miens dans la chute des Kaïsords. Ce sont eux qui sont à l'origine de la destruction de Vallensbrück. Cependant, ma fille passe en priorité.

— Alors, j'essaierai de trouver un moyen de te faire quitter la ville. En attendant, si tu le souhaites, ma demeure sera la tienne.

— Je vous remercie, dame Baruck. Mais je ne suis pas seule. Deux de mes compagnons sont restés dans le Fond.

Mon ami, l'Ismalasien Khaled, et mon esclave Astrid, qui est grièvement blessée.

— Alors, va les chercher. Si ton esclave a besoin de soins, ce n'est pas là-bas que tu pourras les lui donner.

71

— Le sorcier dit qu'il a réussi à la maintenir en vie jusqu'à présent, mais il doute de pouvoir continuer. Son sang est déjà trop empoisonné.

Le fahren Bartana écarta les bras en signe d'impuissance. Nelvéa s'impatienta :

— Ce n'est pas possible ! Il doit y avoir quelque chose à faire.

Nelvéa s'agenouilla près d'Astrid et caressa son visage amaigri. L'infection s'était mise dans les plaies. Elle respirait difficilement. À ses côtés, Khaled serrait les dents. Il s'était attaché à la petite Veraskanne. Lorik, accroupi dans un coin, marmonnait des supplications silencieuses à l'adresse de son petit dieu personnel.

Nelvéa sentit une lourde boule se creuser en elle. Peut-être les médecins de Salind Baruck auraient-ils su soigner Astrid. Mais il était hors de question de la transporter. Elle passa sa main sur le front de la jeune femme.

— Si ces chiens avaient nettoyé ses plaies, elle aurait été sauvée. Seulement, la vie d'une esclave ne compte pas pour eux.

Astrid ouvrit les yeux. Des yeux rougis, gonflés par la fièvre.

— Princesse ! Vous êtes là.

Bartana se pencha.

— Elle va mieux. Elle vous reconnaît.

Il haussa les épaules d'un air résigné.

— Je suis désolé. Nous sommes démunis de tout. S'il le fallait, nous pourrions voler les remèdes. Mais voilà : nous ne savons même pas de quoi elle a besoin.

Un frisson parcourut l'échine de Nelvéa. Sa mère, Solyane, aurait eu le pouvoir de guérir la petite esclave. Mais elle n'était pas là. Elle prit la main d'Astrid et la serra entre les siennes.

— Il faut que tu guérisses, ma compagne. Une amie va nous faire quitter cette ville maudite. Nous allons partir à la recherche de Lauryanne. Mais je refuse de t'abandonner. Tu es tout ce qui me reste.

Le regard brûlant se posa sur elle.

— Non, princesse. Il faut que vous partiez maintenant. Je suis perdue. Ce n'est pas votre faute. C'est mieux ainsi. Je vais rejoindre Myriam. Vous, vous avez une mission à accomplir. Embrassez bien Lauryanne pour moi. Je suis sûre que vous allez la retrouver.

— Astrid…

Des larmes glissèrent silencieusement le long des joues de Nelvéa. Une fois de plus, le Sort s'acharnait contre elle au travers de cette fille qu'elle aimait un peu comme une jeune sœur.

Et puis non, c'était trop stupide. Elle sonda Khaled. Il avait lu dans les krehns la mort de leur compagne. Mais elle avait déjà vaincu le Destin. Par la force de sa volonté, elle avait fait reculer la mort elle-même.

Elle prit une profonde inspiration. Solyane savait guérir les malades. Les Lonniens eux-mêmes se révélaient incapables d'expliquer comment elle s'y prenait. Pourquoi ne posséderait-elle pas les mêmes pouvoirs ?

D'une voix sourde, elle murmura :

— Sortez tous ! Laissez-moi seule avec elle.

Khaled lui sourit brièvement. Il se leva et entraîna les autres hors de la petite pièce où l'on avait installé la malade. Passant près d'elle, il lui souffla :

— Je sais ce que tu veux tenter, Aïnah Shean. Alors, n'oublie pas que tu as la force de le faire.

Le sorcier eut un dernier regard pour Astrid. Il avait lu le verdict dans les yeux troubles de l'esclave. Sa maîtresse avait le droit de recueillir son dernier souffle.

Lorsqu'ils furent sortis, Nelvéa se pencha à nouveau sur sa compagne et lui murmura :

— À présent, il faut que tu m'aides. Crois-tu que j'ai réellement le pouvoir de te sauver ?

Astrid hésita, puis lui saisit les mains de ses doigts fébriles.

— Vous pouvez tout, princesse !

La foi inébranlable qu'elle lut dans les yeux de l'esclave conforta Nelvéa. Ce qu'elle voulait tenter était inimaginable. Mais elle sentait qu'elle devait le faire. Comme si une force nouvelle s'était répandue en elle.

Lentement, elle se concentra, se laissa pénétrer de ce qui l'entourait. La pièce sombre, ouverte à la nuit que combattait une pauvre chandelle, se situait au premier étage de l'immeuble en ruine dans lequel on les avait installés. Une fenêtre s'ouvrait sur le lac où se reflétait une lune fuyant des nuages orageux. Au loin, des lueurs vives déchiraient par intermittence les ténèbres. Au rez-de-chaussée, Khaled, Lorik et les autres avaient pris place sur des caisses faisant office de sièges. Personne ne parlait. Une vieille femme muette faisait bouillir l'eau d'un thé aux herbes.

Peu à peu, Nelvéa s'imprégna de la matière environnante, la pierre froide des murs, la glaise tourmentée des rives glauques où grouillait une vie intense faite de larves, de minuscules corps palpitants. Plus loin se dessinait la ville profonde, tumultueuse. Un vertige l'envahit un court instant, qu'elle parvint à maîtriser au prix d'un formidable effort de volonté. Une sensation de dédoublement s'empara d'elle. Elle était à la fois elle-même, et un esprit fantastique, empli d'une force extraordinaire. Elle surmonta l'angoisse qui l'étreignit lorsqu'elle sentit monter en elle une énergie indomptable, hallucinante. Tout cela, c'était elle-même. C'était sa volonté. Une première fois, elle en avait usé sans discernement, anéantissant tout sur son passage, parce qu'elle avait cédé à la haine. Cette fois, ce flot, cette lumière, cette énergie colossale étaient amour.

Elle se concentra encore, et reporta son attention sur le corps étendu. Puis elle ferma les yeux. Ceux-ci étaient devenus inutiles. Elle voyait à présent la petite esclave mieux que si elle avait été transparente.

Elle ne comprit pas réellement ce qu'elle faisait. Sa mère lui avait un jour expliqué qu'il fallait se laisser guider par son instinct, par son intuition. Elle éprouva la sensation surnaturelle de s'extraire de son enveloppe charnelle.

Irrésistiblement, elle pénétra mentalement la chair de l'esclave, plongée dans un semi-coma. Des images cérébrales se formèrent, ténébreuses, incohérentes. De l'esprit malmené de la petite Veraskanne coulait un délire sirupeux dû à la pression fébrile. Lentement, le corps blessé se précisa, s'étira dans l'espace.

S'enfonçant avec précaution au plus profond de la chair, elle sentit autour d'elle palpiter un fin réseau de muscles, de veines, d'artères, de fibres vivantes, torturées, excitées, vibrantes de chaleur. Des champs de force tracèrent des courbes élégantes qui ondoyaient sous l'effet d'une brise immatérielle, constituant une auréole de lumière. Les méridiens de la Vie, chers aux amanes. Un sang généreux puisait tout au long de millions de canaux plus fins que des cheveux. Mais un sang amoindri, qui combattait avec l'énergie du désespoir un ennemi acharné, vorace, inexorable. Suivant son intuition, Nelvéa délaissa les lignes vitales. Le mal était beaucoup plus profond, plus intime. Elle se laissa glisser encore plus loin, plus bas dans la finesse de la trame spatiale, s'intégra à la structure même des molécules de sang. Elle ne réfléchissait pas. Elle ne pensait plus. C'était comme si elle avait pénétré une autre dimension, où le raisonnement devait s'effacer devant l'instinct, devant une puissance supérieure. Au dernier degré de l'ultra-conscience, elle parvint à localiser l'adversaire et comprit qu'elle tenait peut-être le moyen de sauver Astrid.

Briser la chaîne, la structure moléculaire de l'ennemi. Modifier les agents de défense.

Dans un suprême effort, elle isola, puis intégra l'ensemble des molécules adverses. C'était un pari insensé, comme si elle s'était multipliée à l'infini, s'attaquant individuellement à chacun des étrangers qui ruisselaient tel un flot charriant la mort dans les veines de la petite esclave.

Totalement investie par l'esprit de Nelvéa, Astrid avait pris une teinte cireuse. Elle ne respirait plus. Son corps tendu à l'extrême était devenu plus dur que l'acier.

Nelvéa se concentra une dernière fois, inspira...

Et imprima une violente pression mentale.

Instantanément, des milliards de corpuscules isolés dans une gangue de forces immatérielles se brisèrent, se disloquèrent, s'émiettèrent, aussitôt emportés par le flux tumultueux du sang enfin libéré.

Épuisée, Nelvéa tomba à la renverse. Elle demeura sans connaissance une fraction de seconde, puis se releva et observa Astrid. Sa respiration s'était régularisée. Elle ouvrait de grands yeux étonnés.

— Princesse ! Que s'est-il passé ?

— Comment te sens-tu ?

Astrid se redressa sur sa couche.

— Je ne sais pas ! Je..., je n'y comprends rien. J'ai senti mon corps devenir dur comme la pierre. Et puis, il y a eu... un coup de tonnerre en moi. Comme si tout le mal s'en était allé d'un coup.

Elle respira profondément et ajouta :

— J'ai très soif. Et puis, je suis fatiguée, mais ce n'est plus la même fatigue. Comme si j'avais seulement besoin de beaucoup de sommeil. Je crois... je crois que je vais dormir à présent.

Elle sourit à Nelvéa.

— Vous avez réussi, princesse. Vous avez vaincu la mort qui rampait en moi. Je savais que vous pouviez tout.

Elle lui tendit les bras. Nelvéa la prit contre elle et la serra avec force.

Lorsqu'elles se séparèrent, Astrid murmura :

— Vous n'êtes pas comme nous, princesse ! Vous êtes... une déesse. Et vous m'avez sauvé la vie. Je veux demeurer votre esclave.

Nelvéa lui caressa le visage.

— Tu ne me quitteras jamais. Je vais te chercher de l'eau.

Un peu étourdie, Nelvéa sortit de la petite pièce. Ses jambes la soutenaient à peine. Bien sûr, elle avait dépensé une énergie formidable, mais là n'était pas la raison de son épuisement. Ce qu'elle venait de découvrir de l'étendue de ses pouvoirs l'effrayait.

Au degré ultime de la matière où elle était parvenue, elle avait pris conscience qu'il aurait suffi d'une petite erreur pour dissocier totalement les atomes constituant le corps d'Astrid.

Et la transformer ainsi en une incroyable bombe vivante.

72

— Je suis désolée, expliqua Salind Baruck. Les Kaïsords n'autorisent plus aucune sortie de Hackenmahar. Ils ont ordonné à la Gespol d'interdire toute expédition vers l'Extérieur. Une armée ennemie approche par le nord. Sans doute celle d'Hambora. J'ai appris par mes informateurs qu'elle se composait de chevaliers et de dramas. Les amanes semblent vouloir frapper vite et fort. En ce moment même, des orateurs improvisés tentent de soulever la population de la Frange contre l'envahisseur. Ils sont manipulés par la Gespol. Deux de mes amis ont été arrêtés très tôt ce matin et conduits à la Citadelle. Les Kaïsords possèdent l'art de délier les langues. Sous la torture, ils parleront. Et notre groupe sera anéanti.

La vieille femme tremblait. Elle semblait avoir pris dix ans d'un coup.

— Mais ne pourrait-on pas tenter de fuir par l'ouest ? répliqua Nelvéa.

— Plusieurs d'entre nous l'ont déjà fait. Mais les Bakan Gahrs veillent. Ces ruines sont infranchissables. Vous vous y perdriez.

Nelvéa soupira.

— Bartana m'a déjà expliqué cela. Même les gens du Fond ignorent où elles mènent. Et puis, nous avons été capturés sur les bords de la Poczla. C'est dans cette direction que je dois rechercher Lauryanne.

Après sa guérison miraculeuse, Astrid avait été ramenée dans la demeure de Salind Baruck, soutenue par Khaled et Lorik. À part une immense faiblesse, elle ne se ressentait plus de ses blessures. Un long silence s'installa. Soudain, Nelvéa se leva rageusement et gronda :

— Nous ne pouvons tout de même pas demeurer ici sans rien faire, en attendant les armées amanites.

Salind Baruck leva la tête vers elle :

— Si toutefois elles y parviennent. Hackenmahar compte plus de cinq millions d'habitants. Si les Kaïsords parviennent à galvaniser la population, les armées de la Religion vont avoir affaire à forte partie.

— De toute manière, vous ne pouvez rester ici, dit Nelvéa à la vieille dame. Tôt ou tard, on va venir vous arrêter.

— Et mes compagnons ?

— Vous allez les faire prévenir. Qu'ils vous rejoignent. Nous allons chercher refuge dans le Fond. Là au moins, nous serons en sécurité. Les Bakan Gahrs n'iront pas vous chercher là-bas.

— Le Fond ? Mais tu n'y penses pas, fillette ? Chez ces voleurs qui me dévalisent ?

— Eh bien, pour une fois, ils vous protégeront. Si vous demeurez dans votre manoir, vous êtes perdue.

— Quitter tout ça ?

— Cela vaut mieux que de perdre la vie, Salind. N'oubliez pas que, pour les Kaïsords, vous avez commis un acte de trahison.

— C'est vrai ! Tu as raison.

Soudain, elle se leva et appela ses domesses. Quelques instants plus tard, elle avait donné ses ordres.

— C'est fait, fillette. Mes amis vont nous rejoindre. Lorsqu'ils seront tous là, nous agirons comme tu nous l'as conseillé.

Il ne fallut pas trois heures pour qu'une trentaine d'individus, tous les chefs de la rébellion, fussent réunis dans les sous-sols de la demeure. Trois d'entre eux manquaient à l'appel. Ils avaient été arrêtés dans l'heure précédente. Nelvéa ne perdit pas son temps en vaines paroles.

— Vous allez vous munir de couvertures et de vivres. La Gespol sera ici d'un instant à l'autre.

Elle ne croyait pas si bien dire. Tout à coup, une domesse affolée accourut.

— Madame ! Madame ! Les Bakan Gahrs sont là. Je crois… je crois qu'il y a deux membres de la Gespol avec eux.

— Que les dieux nous protègent ! gémit une jeune femme fardée jusqu'aux yeux. Qu'allons-nous devenir ?

— Combien sont-ils ? demanda Nelvéa.

— À peine une dizaine.

— Alors, tant pis pour eux. Salind, vous allez les faire entrer. Nous allons les supprimer.

— Les supprimer ?

— Nous ne savons pas nous battre, pleurnicha un des hommes. Nous n'avons même pas d'armes.

— Cela ne sera pas nécessaire, répondit Nelvéa en serrant les dents.

Salind Baruck hésita un instant, puis déclara :

— J'espère que tu sais ce que tu fais, fillette. Mais de toute façon, il vaut mieux mourir en combattant. Allons-y !

Ils remontèrent. Déjà à l'extérieur, les Bakan Gahrs avaient fait sauter la grille et se hâtaient vers la demeure. Deux individus, vêtus de longues robes noires serrées à la taille, les suivaient. Leurs visages reflétaient une absence totale de sentiments humains. De loin, ils ressemblaient à de sinistres oiseaux de proie fondant sur leur victime. Nelvéa les jugea immédiatement. Des hommes dépravés par le pouvoir ignoble qu'ils détenaient sur les autres grâce à leurs maîtres et qui se délectaient de la terreur qu'ils inspiraient. Des êtres effrayants, auxquels on confiait toutes les basses besognes.

Nelvéa sortit sur le perron. Deux Bakan Gahrs bondirent à ses côtés, croyant avoir affaire à une simple esclave.

— Où se trouve ta maîtresse ? rugit le plus vieux d'entre eux.

Elle ne répondit pas et focalisa toute son énergie sur les deux gardes. Ceux-ci furent projetés à plus de vingt mètres et retombèrent, disloqués, aux pieds de leurs compagnons médusés. Les deux policiers se reprirent plus vite que les autres.

— Abattez cette fille ! aboya l'un d'eux.

Aussitôt, les gardes armèrent leurs pistolasers. Des traits de feu fulgurèrent vers la jeune femme. Mais une barrière mentale arrêta les traits meurtriers plus sûrement qu'une muraille. Nelvéa riposta et, un à un, les Bakan Gahrs s'écroulèrent, le corps brisé. Les deux membres de la Gespol, furieux, voulurent s'enfuir. Ils ne purent atteindre la grille. Un étau impalpable leur broya la nuque, les tuant sur le coup.

L'esprit en feu, Nelvéa contempla le parc par ailleurs si calme.

L'arrivée de la Gespol, puis les hurlements d'agonie des gardes avaient attiré une foule de curieux qui s'amassait devant l'entrée, là-bas, à l'autre bout de l'allée. La jeune femme regarda les corps effondrés dans des poses grotesques. Un froid glacial la saisit. Une fois encore, elle n'avait pu s'empêcher d'éprouver comme une joie malsaine à tuer. Le souvenir du massacre de la maison de jeu lui revint, qu'elle chassa par un effort de volonté. Elle respira profondément et retourna auprès des autres qui avaient suivi la scène, médusés. Salind Baruck balbutia :

— Je savais que ton père avait accompli des exploits similaires, petite. Mais jamais je n'aurais imaginé cela.

— Il faut faire vite, coupa Nelvéa. D'autres vont certainement venir. Et je ne pourrai les contenir ainsi indéfiniment.

— Cela, c'est moins sûr, rétorqua la vieille dame avec un sourire.

Quelques instants plus tard, la petite troupe commençait à s'introduire dans le regard d'égout situé contre la muraille, celui-là même par lequel Nelvéa avait atteint la demeure de Salind Baruck deux jours plus tôt. À l'entrée, la foule de curieux ne cessait d'augmenter.

À peine le dernier homme avait-il franchi le dernier barreau de l'échelle qu'une escouade de gardes noirs envahissait le parc, bousculant les badauds sans ménagement. Nelvéa fit face, projeta sa puissance contre les arrivants, en culbuta six d'un coup. Mais les autres la mirent en joue et tirèrent. Elle parvint à arrêter les flashes éblouissants mais, sans doute épuisée par son combat précédent, elle sentit qu'elle ne pourrait les retenir longtemps. Une onde de chaleur sèche la baigna, l'envahit. Une odeur de chair brûlée lui heurta les narines tandis qu'une douleur irradiait sa cuisse. Un trait de feu l'avait effleurée. Par réaction, elle focalisa sa puissance contre la horde sombre, et frappa. Sous l'impact, plusieurs corps explosèrent, jonchant l'herbe tendre de débris humains. Nelvéa ne prit pas le temps de savourer sa victoire et sauta dans le trou. Elle atterrit, quatre mètres plus bas, dans les bras de Khaled.

— Allons-y, dit-elle. Ils sont sur nos traces.

Au-dessus, des hurlements rauques retentirent, faisant résonner les échos des profondeurs. Nelvéa avait déjà emprunté plusieurs fois le chemin qui menait au Fond et s'en souvenait parfaitement. Elle prit la tête des fuyards et s'engagea dans les ténèbres que perçait seule la lumière des torches dont ils s'étaient munis. Derrière eux, la poursuite s'organisait. Les gravats qui jonchaient les chemins secrets des catacombes entravaient l'avance des fugitifs, trahis par leurs flambeaux. Bientôt, une véritable armée avait envahi les souterrains.

— Ils nous rattrapent, gémit une vieille femme que son compagnon était presque obligé de porter.

Soudain, un hurlement hystérique glaça le sang dans les veines de Nelvéa.

— Les rats !

En effet, un fleuve de rongeurs convergeait vers eux, venant d'une galerie transversale. Nelvéa ressentit comme une onde glaciale le flot d'agressivité qui émanait de l'amas de fourrures.

— Nous sommes perdus, grelotta un homme âgé.

Nelvéa, effrayée, fit face. Les yeux jaunes des animaux scintillaient dans les lueurs des flammes pareils à ceux de monstres de cauchemars.

Curieusement, pas un cri ne montait de la masse mouvante. La jeune femme se prépara à l'assaut. Alors se produisit un phénomène inattendu. Les rats se glissèrent parmi eux, filant adroitement entre leurs jambes sans les attaquer et s'engouffrèrent dans la galerie qu'ils venaient de quitter. Trop épouvantées pour penser même à hurler, les femmes se taisaient, tremblant de tous leurs membres. Personne n'osait plus bouger. Puis le flot se tarit, et disparut dans les profondeurs ténébreuses.

Quelques instants plus tard, des hurlements de panique

leur parvinrent, répercutés par les échos sombres des souterrains.

— Ils attaquent les Bakan Gahrs, dit Khaled.

— Comment est-ce possible ? bredouilla Salind, pétrifiée.

— Je l'ignore, répondit Nelvéa. Mais ceux du Fond ont conclu une alliance avec les rats. Peut-être nous sont-ils venus en aide.

— Exactement ! gronda une voix familière, tandis que des silhouettes sortaient de l'ombre, au milieu de quelques rongeurs attardés.

— Bartana ! s'écria Nelvéa.

— Pour vous servir, princesse. Nous savions que vous alliez avoir des ennuis avec la Gespol, dame Baruck. Nous avons surveillé votre demeure depuis le moment où la princesse Nelvéa vous a rejointe. Nous avons suivi votre combat contre les gardes venus vous arrêter, et votre fuite dans les égouts. Alors, nous avons prévenu nos amis à quatre pattes pour qu'ils assurent votre protection. Ces maudits Bakan Gahrs ne vous auraient jamais lâchées.

Salind Baruck observa le nouveau venu, dont la propreté plus que douteuse ne l'inspirait guère. Mais le danger avait effacé tout ressentiment dans le cœur de la vieille dame.

— Monsieur Bartana, je serais heureuse de vous serrer la main, malgré votre fâcheuse habitude de vous acharner contre ma demeure.

— Que voulez-vous ! Il faut bien que nous vivions, puisque ceux du Haut ne nous laissent même pas la possibilité de travailler pour nous nourrir.

Quelques dizaines de mètres plus loin, un combat féroce s'était engagé. Malgré leur nombre, les gardes noirs ne pouvaient contenir le flot de fourrure hérissée de crocs minuscules et de griffes qui s'enfonçaient impitoyablement dans les chairs.

Bartana, Nelvéa et Khaled revinrent sur leurs pas. Dans la large galerie qu'ils venaient de quitter se déroulait un carnage sans nom, effrayant de sauvagerie. Des corps humains s'écroulaient, submergés par des grappes sifflantes. Les Bakan Gahrs, surpris par cette attaque inattendue, voulurent rebrousser chemin. Mais les rongeurs étaient partout, leur coupant la route. L'étau mortel des égouts s'était refermé sur les gardes.

— Vous comprenez pourquoi nous avons conclu un pacte avec ces rats ! expliqua Bartana à Nelvéa.

Celle-ci ne répondit pas. Elle ne pouvait détacher ses yeux du carnage. Peu à peu, les gardes étaient déchiquetés, dévorés vivants par une multitude de gueules voraces. Elle se boucha les oreilles pour ne plus entendre les hurlements de douleur des malheureux, et se détourna pour vomir.

Parce que la proximité de la mort avait modifié leur notion des valeurs, les compagnons de Salind Baruck, tous hauts fonctionnaires ou riches commerçants, acceptèrent avec résignation d'être logés dans le même bâtiment que les esclaves fugitifs.

Visiblement amusés par les mines de leurs hôtes fortunés, les gens du Fond improvisèrent une petite fête pour les accueillir. L'alcool aidant, un alcool dont l'origine demeurait douteuse, les invités finirent par se détendre. Après tout, la vie était plus importante que tout le reste. D'ailleurs, leurs biens avaient dû tomber entre les mains de la Gespol.

Cependant, Nelvéa ne participa pas à la fête. Khaled lui tint compagnie silencieusement. Ils n'avaient pas besoin de se parler pour se comprendre.

— J'ai peur, dit-elle enfin. Bien sûr, mes pouvoirs se sont révélés. Mais ils m'effraient, parce je ne peux les maîtriser.

— Tu y es pourtant parvenue aujourd'hui, répondit doucement l'Ismalasien.

— Ce n'est pas cela. Il subsiste en moi une zone d'ombre, quelque chose que je ne peux définir. Si au moins Lauryanne était là...

Deux larmes roulèrent sur ses joues. Jamais la petite fille ne lui avait autant manqué.

— Il faut que je la retrouve, Khaled. Il le faut absolument. Parce que je crois... je crois qu'il n'y a qu'elle qui puisse me sauver.

La nuit suivante, elle eut peine à trouver le sommeil. L'écho de la terrible bataille des souterrains résonnait encore dans ses oreilles. Bien sûr, leurs poursuivants ne les auraient certes pas épargnés. Mais leur fin avait été tellement horrible.

Lorsque enfin elle sombra dans l'inconscience, ce fut pour retrouver une nouvelle fois son amant de la nuit, dans ce mélange de douceur et de douleur et le visage de la femme qui tendait les bras vers elle. Elle l'appelait, mais Nelvéa n'entendait pas ce qu'elle disait, comme si un brouillard noyait sa voix dans une musique incompréhensible.

Soudain, il lui sembla étouffer. Un monstre abominable se dressait au-dessus d'elle, l'enserrant dans une multitude d'anneaux énormes qui s'enroulaient insidieusement autour de son corps comme pour la paralyser. Elle gémit, lutta et s'éveilla en sursaut, le cœur battant la chamade. Elle avala une grande bouffée d'air frais.

Et hurla. Le monstre était toujours là, penché sur elle, ses yeux jaunes la guettant comme une proie.

— Eh là ! Est-ce ainsi que l'on accueille un vieil ami ?

Nelvéa recula, se frotta les yeux et balbutia.

— Maaskar !

73

Une fraction de seconde, une sorte de terreur liquide coula le long de l'échine de la jeune femme. Elle se redressa et se recula, remontant sa couverture sur elle.

— Eh bien ! comme accueil, c'est réussi, grogna Maaskar en s'écartant.

— Comment se fait-il que tu sois ici ?

— Je peux repartir si cela t'ennuie !

Elle ferma les yeux et soupira.

— Excuse-moi ! Tu m'as fait peur. Je ne m'attendais pas à te voir ! Si tu m'expliquais...

Il s'assit sur une caisse.

— Oh, c'est une longue histoire. Lorsque tu m'as proprement chassé de Vallensbrück, je suis remonté jusqu'à la piste de Lodi. J'ai passé l'hiver suivant à Hambora où j'ai appris qu'une expédition se préparait contre la cité de Hackenmahar. Les récits qu'en faisaient les conteurs m'ont convaincu d'y participer. Et, surtout, j'ai su que le navire sur lequel tu avais embarqué avait été attaqué par les Gris. Alors, j'ai décidé de venir te délivrer.

— C'est simple en effet ! Comment t'y es-tu pris ?

— Au cours de mes voyages, j'avais déjà rencontré des convoyeurs qui m'ont expliqué que, vers l'ouest, il existait des endroits où il était possible de commercer avec les Gris. Je me suis donc rendu sur place et me suis introduit dans leurs rangs. C'est ainsi que j'ai pu me faufiler dans Hackenmahar.

— C'est courageux, mais tu t'es jeté dans la gueule du loup !

— Tant pis pour le loup, ma belle !

— Et comment as-tu pu me retrouver ?

— Enfantin ! Il n'existe pas de meilleurs lieux pour se renseigner que dans les bas-fonds d'une cité. En faisant parler un curieux bonhomme qui élevait des rats le long du fleuve, j'ai appris qu'une femme d'une rare beauté avait trouvé refuge sur le territoire des proscrits. La description que le bonhomme me fit de la dame était limpide. Je lui demandai donc de m'amener ici. Et me voici !

— Te voici, en effet ! Et que comptes-tu faire à présent ?

Il soupira.

— On dirait que cela ne te fait aucun plaisir de me revoir !

Elle le fixa dans les yeux :

— Je ne peux oublier ton attitude la dernière fois que nous nous sommes rencontrés.

— Parce que j'ai tenté une nouvelle fois de te séduire ? De grâce, ne me tiens pas rigueur d'être encore et toujours amoureux de toi. Je n'ai pas choisi cela, ma belle.

— Chaque fois que je te vois, c'est pour que tu me prédises que le malheur va s'abattre sur moi. Qu'as-tu encore à m'annoncer, cette fois ?

Il se mit à sourire.

— Cette fois, rien de bien grave. Nous allons nous armer tous les deux et attaquer cette maudite Citadelle. Une fois les Kaïsords anéantis, rien n'empêchera plus la Religion d'entrer dans Hackenmahar.

— Tu ne doutes de rien, toi ! Penses-tu que nous soyons assez puissants pour nous risquer à cela ?

— Toi sûrement. Tes exploits ont déjà fait le tour du Fond. Je les connais tous. Avec toi à mes côtés, je ne risque rien.

— Et qui te dit que j'accepterai ?

— Moi ! Parce que j'ai certaines choses à te révéler qui te décideront certainement.

— Tu m'aimes, je le sais ! Mais je ne parviendrai jamais à te pardonner de m'avoir prédit la mort de Nielsen, celle de mon fils, et la disparition de ma fille.

Il sourit de plus belle.

— Pour Nielsen et ton fils, je ne peux plus rien faire. Mais ce que je peux t'affirmer cependant, c'est que ta fille est bien vivante.

— Lauryanne ?

— Bien sûr, Lauryanne ! Il ne me semble pas que tu en aies eu d'autre.

— Mais comment…

— C'est par elle que j'ai appris l'attaque du Lörenau.

Lauryanne est parvenue à s'enfuir avec l'amane Olaf Bergsen et quelques autres, dont ton amie Krissy. Ils furent capturés plus loin par les Pocznans. Mais Lauryanne s'est fait reconnaître par leur roi, Wolforand, qui a conservé des liens d'amitié avec ton frère Palléas. C'est pourquoi il a consenti à les libérer, elle et ses compagnons. Enfin, moyennant une petite rançon.

Une bouffée de joie envahit Nelvéa.

— Celui-là, il ne changera jamais.

— Mais ce n'est pas tout, ajouta Maaskar.

— Quoi encore ?

— Ton lionorse est vivant.

— Fearn ?

— Il a survécu à ses blessures. Après le départ des Gris, Lauryanne et l'amane sont revenus sur les lieux pour porter secours aux blessés. C'est ainsi qu'ils l'ont retrouvé. Il avait perdu beaucoup de sang mais ta fille est parvenue à le soigner grâce à ses pouvoirs mentaux. Tu sais que c'est un personnage, cette gamine ?

— Tu l'as vue ? Comment va-t-elle ? Où est-elle à présent ?

— Holà ! Une question à la fois.

Nelvéa éclata de rire. Maaskar poursuivit :

— Ta fille va très bien. Elle est en ce moment à Hambora où le roi Ludwann l'a accueillie comme sa propre fille. Sais-tu qu'elle est parvenue à monter Fearn ? Cela ne s'était jamais vu auparavant.

— Lauryanne ! murmura Nelvéa.

Elle éclata de rire à nouveau, tandis que des larmes coulaient sur ses joues.

— Ce n'est pas possible ! J'ai eu tellement peur pour elle. Et tu m'apprends qu'elle est vivante ! VIVANTE !

Elle se leva et vint se jeter dans les bras de Maaskar.

— Pardonne-moi toutes les sottises que je t'ai dites ! Je ne pouvais pas savoir !

— Je te pardonne ! Mais tu sais, ce n'est pas moi qui suis

responsable de tes malheurs passés. J'ai seulement tenté de t'avertir. C'est tout !

— C'est vrai ! Tu n'as rien à voir avec Hackenmahar !

— Rien ! ajouta-t-il en écho.

Nelvéa leva les yeux vers lui. Elle ne pouvait se défaire d'un dernier reste de méfiance, mais sa joie nouvelle avait bouleversé toutes les données. Pour la première fois depuis longtemps, les yeux d'or de Maaskar ne lui inspiraient plus d'angoisse, mais un sentiment nouveau. Elle se sentait faible et forte à la fois.

— Quand allons-nous rejoindre Lauryanne ? demanda-t-elle.

— Très vite ! Mais elle ne risque plus rien là où elle est. Alors, ne crois-tu pas qu'il serait amusant d'offrir les clefs de cette cité maudite à nos alliés lorsqu'ils arriveront à ses portes ? Leur armée est déjà en marche et doit mettre à mal les hordes de Gris qui infestent les pays des bords de la Poczla.

— Certainement !

— Et puis, n'as-tu pas rêvé d'anéantir Hackenmahar toi-même ?

— C'est vrai ! Mais ce sont surtout les Kaïsords que nous devons supprimer !

— Alors, qu'attendons-nous ?

Elle le regarda en riant.

— Tu n'as pas changé ! Toujours aussi inconscient !

— Toujours ! Mais le danger pimente la vie, ma belle. Tu ne crois pas ?

— Peut-être !

Elle s'écarta de lui.

— Tu as raison. Nous allons détruire ce nid de frelons. Une fois la Citadelle tombée, la ville suivra. De toute façon, je n'ai plus rien à perdre. Il ne me reste rien.

— Si, dit-il en la reprenant dans ses bras. Il te reste ta fille. Ne l'oublie pas. Grâce à elle, tu triompheras ! et puis, il te reste moi !

— Toi ?

— Tu sais, malgré toute ma bonne volonté, je n'ai jamais pu t'oublier. C'est à cause de toi que j'ai pris le risque de me joindre aux hordes de Gris pour venir jusqu'à Hackenmahar. Je ne pouvais croire que tu sois morte. Depuis que j'ai appris ta capture de la bouche même de Lauryanne, je n'ai pas vécu. Penses-tu que j'aurais pu attendre sans rien faire, au milieu de tous les chevaliers qui marchent sur Hackenmahar ? Je voulais être le premier à te sauver.

Ses yeux se voilèrent.

— Je t'aime toujours, tu sais ! Je n'y peux rien.

Nelvéa fut saisie d'un curieux tremblement. Elle aurait voulu le repousser, lui expliquer. Mais qu'aurait-elle dit ? Du plus profond de sa chair montait un appel qu'elle parvenait à peine à maîtriser. L'apparition de ses pouvoirs avait effacé le souvenir de l'horrible nuit du viol. Elle découvrit avec surprise que la proximité d'un homme ne lui déplaisait plus.

Lorsque les lèvres de Maaskar se posèrent sur les siennes, elle ne résista pas longtemps et s'offrit à son baiser possessif. Un vertige l'envahit, qui l'empêcha de raisonner, et elle se blottit contre lui pour rechercher sa chaleur.

Puis un sursaut de révolte l'envahit, et elle s'écarta presque violemment.

— Excuse-moi ! balbutia-t-elle. Je ne veux pas. Pas encore ! Et pas ici !

Il eut un sourire énigmatique et lui prit la main.

— Pardonne-moi ! Je suis une brute, murmura-t-il. Je connais les épreuves par lesquelles tu es passée. Je les lis en toi. Je saurai me montrer patient.

— Merci, souffla-t-elle.

Vers le soir se tint un conseil de guerre. Curieusement, Khaled et Lorik demeurèrent à l'écart. Ils n'avaient pas modifié leurs sentiments envers Maaskar et ne prononcèrent pas un mot. Derrière ce dernier se tenaient son écuyer, toujours aussi taciturne et antipathique, et Vera, son esclave, jumelle de Nelvéa. Celle-ci dédiait à la jeune femme des regards chargés d'une haine qu'elle ne cherchait pas à dissimuler. Mais Nelvéa n'en avait cure.

— Il faut s'introduire dans la Citadelle, déclara Maaskar. Si nous attaquons depuis l'extérieur, nous laisserons tout le temps aux Kaïsords de s'organiser.

— Il existait bien des souterrains autrefois, dit Bartana. Mais ils ont été comblés, et il est impossible de les dégager.

— Il y a une solution beaucoup plus simple, dit Nelvéa. Puisque les Kaïsords adorent les déguisements, nous allons leur rendre la pareille. Nous pénétrerons vêtus en Bakan Gahrs. Il doit être possible de récupérer des uniformes.

— Tout est possible, princesse. Cependant, vous ne parlez pas la langue de Hackenmahar. Comment ferez-vous pour répondre aux questions ?

— Nous n'y répondrons pas, parce que nous serons muets. Il faudrait nous apporter des uniformes prélevés sur les gardes qui ont été tués par les rats dans les souterrains. Il sera alors tout à fait plausible que le choc nous ait fait perdre l'usage de la parole.

— On vous mènera à une garnison, et non à la Citadelle.

— Vous êtes décourageant, Bartana. Si vous nous rapportez des uniformes d'officiers supérieurs, il devrait être possible de se faire conduire là-haut, non ?

— C'est insensé. Vous n'en sortirez pas vivants.

— Peut-être, répliqua Maaskar. Mais si nous réussissons, combien de vies allons-nous épargner ? La princesse Nelvéa a seule les pouvoirs d'accomplir un tel exploit.

— Et vous, seigneur chevalier ?

— Ne vous tracassez pas pour moi. Je possède également certains talents. Les années passées sur les pistes m'ont beaucoup appris.

La nuit suivante, Nelvéa eut à nouveau des difficultés à trouver le sommeil. Mais cette fois, les raisons en étaient différentes.

À l'impatience de revoir sa fille se mêlaient des sentiments ambigus. Elle avait éprouvé une joie véritable à retrouver Maaskar. Sans doute parce que aujourd'hui il lui avait apporté de bonnes nouvelles, il n'avait provoqué en elle aucune frayeur. Cependant, elle devait s'avouer qu'il exerçait toujours sur elle une étrange fascination. À la réflexion, de quoi pouvait-elle lui tenir grief, sinon de l'avoir poursuivie pendant toutes ces années d'un amour fidèle et exclusif. Pouvait-elle lui reprocher sa personnalité peu commune, insouciante, volontiers provocatrice ? Il semblait d'ailleurs s'être assagi de ce côté. Et puis, n'avait-il pas risqué sa vie à maintes reprises à cause d'elle ? Cette fois encore, il s'était jeté dans la gueule du loup, comme elle l'avait dit, pour venir la secourir. Qu'avait-il fait, sinon tenté de la séduire, de la détourner de Nielsen ? Mais combien de chevaliers n'avaient-ils pas essayé avant et après lui ? Elle ne leur en avait pas tenu rigueur. Cela faisait partie des relations mondaines. Alors, pourquoi cette frayeur passée ? À cause des réactions de ses compagnons et, surtout, de la mise en garde de son frère Palléas ? Maaskar ne pouvait la haïr. Il l'aimait. De cela elle était sûre.

Et elle ? Elle avait peine à démêler ses sentiments. Tout était arrivé trop vite. Et surtout, le fait que Lauryanne fût vivante lui donnait tous les espoirs. Elle triompherait de la Citadelle. Elle anéantirait les Kaïsords, responsables de la disparition de Vallensbrück, de la mort de Nielsen et de son fils.

Toutefois, elle se reprochait d'avoir cédé au baiser de Maaskar. Elle en conservait un souvenir trouble sur les lèvres, et un goût d'inachevé dans le corps. « Tu es faite pour l'amour », avait-il dit autrefois, dans le silence de la profonde forêt Skovandre. Si elle avait résisté ce soir encore, elle savait qu'elle se rendrait bientôt. Seul le souvenir de Nielsen la retenait encore. Mais Nielsen n'était plus. « Il faut laisser les morts en paix, disait souvent Dorian lorsqu'il évoquait Elena. La vie doit toujours triompher. »

Alors, si le Destin, comme il l'avait pressenti lui-même, la liait indissolublement à Maaskar, pourquoi continuer à lutter ? Elle était suffisamment forte à présent pour contrer la fougue de sa personnalité et ses provocations.

Lorsqu'elle glissa dans la nuit, elle ressentit à peine la présence de son amant nocturne. Curieusement, la femme inconnue le dissipa presque instantanément. Jamais elle n'avait acquis une telle présence. À travers la tourmente d'un vent étrange qui couvrait sa voix, elle l'entendit plusieurs fois hurler distinctement son nom et tendre les bras vers elle. Elle eut l'impression qu'elle appelait au secours. Mais les yeux de la femme démentaient cette impression. Elle était là au contraire pour tenter de la protéger. Contre qui ? Elle-même peut-être ?

Le souvenir des traits de son visage demeura gravé en elle lorsqu'elle s'éveilla le lendemain matin. Des traits jeunes, ceux d'une adolescente. Curieusement, elle lui trouva une vague ressemblance avec Lauryanne. Elle secoua la tête pour chasser la brume qui lui obscurcissait l'esprit. Quel rapport Lauryanne pouvait-elle avoir avec cette inconnue qui pourtant lui était si familière ?

Une ombre se profila au-dessus d'elle.

— Alors, tu es prête, ma petite sœur d'armes ?

— Plus que jamais, répondit-elle. Je veux en finir avec tout ceci.

Elle se leva et se dirigea vers une pièce attenante que Bartana avait fait aménager à son intention. Une salle qui contenait une vieille baignoire qu'il avait fait récurer pour elle seule, connaissant son affection particulière pour l'eau.

Maaskar la suivit, amusé.

— Décidément, dit-il avec un grand sourire, n'importe où tu sauras te débrouiller pour être traitée comme une reine.

— Mais je SUIS une reine, mon cher. En doutais-tu ?

— Certainement pas !

Elle se dévêtit et se glissa dans l'eau fraîche.

— Cela me rappelle l'Aiguade, dit-elle en frissonnant.

— Peut-être te prépares-tu à affronter aujourd'hui une épreuve importante ? répliqua-t-il d'un air énigmatique.

— C'est évident. Et si je dois mourir au cours de ce combat, que ce soit au moins après un bon bain. Tu viens me frotter le dos ?

Il n'y avait rien moins qu'une provocation dans l'intention et dans le ton qu'elle avait employés, mais l'heure n'était pas encore aux joutes amoureuses. Alors qu'il la prenait voracement dans ses bras au sortir du bain pour l'envelopper dans une serviette, une silhouette apparut dans l'embrasure de la porte. L'esclave jumelle de Nelvéa.

Celle-ci s'écarta brusquement de Maaskar et commença à s'essuyer nerveusement. Cette fille la mettait mal à l'aise.

— Que veux-tu ? demanda brusquement le jeune homme à la fille.

— Seigneur, messire Bartana vous demande. Tous les deux, ajouta-t-elle.

— Bien, grommela Maaskar en guise de réponse. Dis-lui que nous arrivons.

Nelvéa se vêtit, puis ils rejoignirent les autres dans la grande salle du bas.

— Voici ce que nous avons trouvé, dit triomphalement le fahren. Des uniformes de commandant. Enfin, ce qu'il en reste.

Il exhiba deux oripeaux déchiquetés qui avaient dû à l'origine avoir plus fière allure. Ils étaient maculés de boue, de poussière et de taches de sang noirci.

— C'est parfait ! s'exclama Maaskar. Avec ceci, on nous prendra pour des revenants de l'enfer.

— Mais, lorsqu'ils vous demanderont d'enlever ces vêtements, ils constateront bien que vous ne portez aucune blessure, remarqua le sorcier.

— Nous n'aurons pas besoin de les ôter avant de pénétrer dans la Citadelle. Vous allez nous indiquer la sortie des égouts la plus proche. Ils nous feront entrer, et alors, il sera trop tard.

À l'entendre, on aurait dit qu'il se rendait à une partie de chasse.

Nelvéa le contempla, et éprouva pour lui un brusque élan d'affection qu'elle ne tenta pas de s'expliquer. Maaskar ne changerait jamais.

Quelques instants plus tard, vêtus de leurs dépouilles et le visage maculé de boue et de sang factice, ils s'enfonçaient dans les entrailles de la gigantesque cité à la suite de Bartana et d'un petit groupe qui avait tenu à les accompagner.

74

Sans doute parce qu'elle comportait une part d'audace invraisemblable, la manœuvre réussit parfaitement. Les deux complices émergèrent des égouts au bas de la voie abrupte qui menait vers les hauteurs de la Citadelle. Jouant parfaitement la comédie, ils se hissèrent jusqu'à mi-chemin avant d'être arrêtés par des gardes en cape noire qui les interrogèrent avec respect devant leurs insignes de commandement. Mais leur mutisme, leurs visages maculés de boue et de sang, leurs uniformes déchirés parlaient pour eux. On les introduisit dans la Citadelle dont les lourdes portes se refermèrent sur eux. On les installa dans la petite salle d'un poste de garde où des sentinelles aux regards vides leur servirent immédiatement un bol de thé.

Nelvéa leva les yeux sur son compagnon.

— Devons-nous vraiment les tuer tous ? implora-t-elle.

— Oui, fit-il nerveusement. Pense seulement à Vallensbrück. Ces hommes sont de la même race que ceux qui ont massacré les tiens il y a peu.

— Mais je ne veux pas donner la mort.

— Tu le dois ! Si tu n'agis pas maintenant, combien de guerriers d'Hambora et d'ailleurs vont-ils périr ? Et puis, nous n'avons guère le choix désormais.

— C'est vrai.

Elle se força à repenser à Vallensbrück. Un sursaut de haine l'envahit. Mais il était diffus, sans consistance.

— Ces gens ont tué Nielsen et ton fils ! lui assena Maaskar d'une voix violente.

Elle se concentra. Bien sûr, il avait raison. Mais Lauryanne était vivante. La vie devait triompher. Elle se sentait incapable de tuer de sang-froid. Puis une nouvelle idée la pénétra. Son père lui avait dit qu'elle devait anéantir ses ennemis sans haine, afin de sauvegarder le plus grand nombre. La mort de ces monstres garantirait la ville d'une guerre totale où beaucoup périraient, tant du côté amanite que de celui de Hackenmahar. Et puis, ces Kaïsords méritaient-ils de vivre ? Alors, elle se leva et sortit de la petite salle.

Ce fut un carnage impitoyable, glacé, comme un ouragan titanesque qui ravagea en quelques instants la forteresse réputée imprenable. Désormais, Nelvéa possédait pleinement ses pouvoirs fantastiques. Il lui semblait avancer au milieu d'une armée inconsistante faite de verre fin qu'un simple effort de volonté suffisait à briser. Les murailles elles-mêmes se mirent à trembler. Des murs entiers s'effondrèrent, ensevelissant des dizaines de Bakan Gahrs terrorisés.

Comme d'une fourmilière renversée, des silhouettes grotesques surgirent des profondeurs. Les Kaïsords ! Ils n'étaient plus qu'une centaine, avait dit Salind Baruck. L'une après l'autre, les monstruosités humaines éclataient, broyées par une force colossale qui prenait sa source dans la volonté de la jeune femme. Celle-ci frappait méthodiquement, se forçant à ne pas penser, à ne pas voir le massacre.

À ses côtés, Maaskar repoussait les attaques rapprochées de gardes téméraires. Aucun ne pouvait rivaliser avec lui. Jusqu'au moment où Nelvéa se tourna vers lui.

— On dirait que tu possèdes les mêmes pouvoirs que moi ? s'étonna-t-elle.

Il éclata de rire.

— Bien sûr ! Crois-tu qu'autrement je t'aurais suivie dans une telle aventure ?

— Mais comment se fait-il...

— Cela, je l'ignore. C'est un truc que j'ai découvert il y a quelques années. C'est bien pratique. Attention !

Il détourna d'elle un trait de feu mortel par simple impulsion mentale et risposta. Une tourelle s'effondra dans un grondement de tonnerre, soulevant un énorme nuage de poussière.

Et le combat se poursuivit, inégal, sauvage, impitoyable. Nelvéa avançait, tel un automate, une invincible machine à tuer. Parfois des bouffées d'angoisse l'assaillaient, la torturaient, qu'elle chassait avec violence. Ces êtres étaient nuisibles, ils avaient trop longtemps semé la terreur et la mort au sein même de leur cité. Ils devaient disparaître. Ils n'étaient que des parasites, comme les fourmis ou les cloportes qui hantent les demeures humaines. On n'éprouvait aucune pitié pour ces insectes lorsqu'on les détruisait. Nelvéa se concentra sur cette idée alors qu'elle décapitait un à un chacun des Kaïsords, ces larves démoniaques qui détournaient à leur profit toutes les richesses de la cité. Peut-être n'était-ce pas aussi simple que cela, mais elle ne voulait pas le savoir.

Peu à peu autour d'eux le sol se couvrait de corps détruits, brisés. Les masques arrachés révélaient à chaque fois une horreur nouvelle, des traits flétris, ridés à l'extrême, des têtes de cauchemar soudées à des corps vigoureux, des corps enlevés à des jeunes hommes et des jeunes femmes en pleine santé. Nelvéa serrait les dents pour ne pas vomir.

Depuis combien de temps durait ce carnage démentiel ?

Elle n'aurait su le dire. Deux heures, trois peut-être. La seule issue de la Citadelle était ce grand portail par lequel on les avait fait entrer.

Enfin, un dernier sondage mental leur apprit qu'il ne restait plus rien de vivant à l'intérieur de la forteresse.

À bout de forces et de nerfs, Nelvéa contempla les pavés jonchés de cadavres. Un flot de sentiments lui monta à la gorge et elle sentit des larmes lui brûler le visage.

— Mais qui sommes-nous, Maaskar ? Qui sommes-nous donc pour avoir ainsi décidé de la mort de tous ces gens que nous ne connaissions pas ?

Il lui tournait le dos. Elle tenta de se glisser en lui, mais une barrière mentale infranchissable renvoya ses ondes vers elle. Il fit brusquement volte-face et lui lança un regard dur, les mâchoires serrées. Enfin, il déclara :

— Nous sommes des chevaliers, ma belle. Des chevaliers aux pouvoirs exceptionnels qui viennent d'anéantir le quartier général ennemi et d'éviter ainsi une guerre meurtrière où nombre des nôtres auraient trouvé une mort inutile.

— Des chevaliers ? murmura-t-elle. Les chevaliers ne disposent pas d'armes aussi effrayantes que les nôtres. À nous deux, nous venons de tuer plusieurs centaines de personnes. C'était un combat de lâches, une lutte inégale.

— Peut-être. Mais avions-nous le moyen de faire autrement ?

Elle resta débout, indécise, au milieu des cadavres. Les yeux brouillés par les pleurs, elle regarda ses mains. Des mains inutiles, qui n'avaient même pas effleuré l'ombre d'un adversaire. Maaskar revint vers elle.

— Tu es étrange, petite, dit-il doucement en passant son bras autour de ses épaules. Nous avons triomphé, tu as vengé Vallensbrück et Nielsen, et tout ce que tu trouves à faire, c'est de te mettre à pleurer.

— Je hais la guerre, Maaskar !

— Peut-être, mais celle-ci était indispensable, et tu le sais aussi bien que moi. Alors, oublie tout ça et viens.

— Où ça ?

— Visiter les lieux ! Cela ne doit pas manquer d'intérêt.

Docilement, elle le suivit.

Ils n'étaient pas au bout de leurs surprises. La Citadelle, qui s'étendait sur une sorte de promontoire rocheux dominant la ville, n'était rien moins qu'une cité miniature dont les racines plongeaient profondément au cœur de la roche. Ils errèrent longtemps le long des corridors désormais déserts. Çà et là, des murs effondrés conservaient la trace de récents combats. Ils délogèrent par deux fois des groupes de fuyards qu'ils abattirent sans hésitation. Des Kaïsords qui s'étaient dissimulés. Mais rien ne pouvait leur échapper.

Lorsque enfin ils ressortirent de l'énorme blockhaus, l'attention de Nelvéa se porta sur un étrange bâtiment situé au sommet d'une surélévation, dominant ainsi toute la Citadelle.

— Qu'est-ce que c'est ? demanda-t-elle.

— Je l'ignore, répondit Maaskar.

— Peut-être d'autres Kaïsords se cachent-ils là-bas, émit-elle.

— Je ne crois pas, répondit le jeune homme. Nous l'aurions senti. Viens !

Il lui prit la main et l'entraîna.

Le palais, car c'en était un, ne présentait rien de commun avec l'architecture de la forteresse. Cela ressemblait plutôt à ces demeures cathasiennes qu'elle avait vues sur des gravures conservées par son père depuis la visite de l'empereur Genge Yen Fong.

— Je n'y comprends plus rien, dit la jeune femme. Qui a pu construire cette petite merveille ?

— Nous allons le savoir.

Agrippée à l'extrême limite d'une paroi rocheuse qui surplombait la cité, la demeure paraissait beaucoup plus grande de près que de loin. C'était un bâtiment de forme oblongue, fait de briques rousses et de marbre, dressé sur des pilotis de granit et cerné d'une terrasse qui le contournait entièrement. Un large escalier à double révolution menait à un vaste porche artistement ciselé et décoré de scènes érotiques. Des bas-reliefs de bois peint ornaient les portes et les fenêtres.

— C'est curieux ! On dirait que cette construction est récente, remarqua Nelvéa. Elle ne doit pas avoir plus de quelques années.

— Peut-être un caprice d'un Kaïsord, rétorqua Maaskar. Allons-y !

Ils poussèrent la porte qui céda sans résistance.

Une curieuse impression envahit Nelvéa un court instant. Tout au fond d'elle, une voix hurlait qu'un piège inexorable était en train de se refermer sur elle. Mais c'était flou, inconsistant. Elle chassa ces pensées par un brusque effort de volonté. Pénétrant dans le palais, ils découvrirent un vaste hall dont le plafond était de verre peint.

— Par les dieux ! ils ne se refusaient rien, les Kaïsords, dit Maaskar.

L'endroit était d'une richesse incomparable. Des œuvres d'art couvraient les murs, tableaux, consoles supportant des statuettes élégantes. De part et d'autre s'ouvraient de grandes portes. Maaskar l'entraîna vers la première. Nelvéa le suivit, dans un état second. Il lui prit la main. Elle la retira comme si elle s'était brûlée.

— Eh bien ! qu'est-ce qui t'arrive ?

— Je ne sais pas. Cette demeure me donne le frisson. Comme si quelque chose d'effroyable se préparait.

Il éclata de rire.

— Et que veux-tu qu'il t'arrive ? Nous sommes seuls.

Haletante, Nelvéa s'adossa au chambranle. L'envie qu'elle avait de se blottir contre le corps de l'homme après les épreuves qu'elle avait vécues lui brouillait l'esprit.

Il avait disparu de sa vue.

— Méfie-toi, lui cria-t-elle soudain. Il y a peut-être encore quelqu'un.

— Mais non, répondit-il.

Sans raison aucune, elle eut envie de sortir, de respirer l'air pur. Elle rebroussa chemin et se retrouva dans le petit parc dont les allées menaient vers la forteresse. La fraîcheur du vent printanier lui fit du bien. Son intuition lui enjoignait de fuir, de quitter cet endroit maudit. Mais une force inexplicable la retenait, l'enchaînait, comme un papillon attiré par la lumière qui doit le consumer.

Tout à coup, un cri retentit. Elle bondit à l'intérieur du palais.

— Viens voir ! hurlait Maaskar.

Fébrilement, elle parcourut les différentes pièces. C'était une succession de petits salons, de chambres qui s'ouvraient sur la terrasse. La dernière d'entre elles occupait toute la partie sud du palais et s'ouvrait à la lumière sur trois côtés. Un lit à baldaquin trônait au milieu. Maaskar se tenait près du mur qui faisait face au lit.

— Regarde !

Nelvéa s'approcha. Une collection de tableaux surprenants couvrait les murs. Tous représentaient une femme d'une grande beauté, peinte dans différentes positions, nue ou vêtue de voiles légers. Les teintes utilisées tiraient sur le rouge. Une violence extraordinaire se dégageait de ces tableaux étranges.

Et soudain, un malaise envahit Nelvéa. Le visage de la femme, sur lequel se reflétait une extase profonde semblable à la jouissance amoureuse, ce visage était le sien.

75

— Qu'est-ce que cela veut dire ? balbutia Nelvéa. Jamais je n'ai posé pour de tels tableaux.

— Je n'en sais rien. Mais cette femme, c'est toi. C'est

incontestable. Un homme a vécu ici. Un homme qui était amoureux de toi.

— Ce n'est pas possible.

— S'il s'agit d'un Kaïsord, nous ne pouvons plus le faire parler à présent.

Il s'approcha de l'un des tableaux, l'arracha du mur et le jeta au sol dans un violent accès de rage.

— Ils ont osé te souiller, ces chiens !

Pris d'une colère soudaine, il déchira la toile, la réduisit en charpie. Révoltée à l'idée de voir détruire une œuvre d'art, Nelvéa s'interposa.

— Arrête, Maaskar ! Les Kaïsords sont morts, à présent. Et ces peintures sont belles. Elles ne sont pas responsables de la noirceur de l'âme de leur créateur.

Il leva sur elle un regard à demi fou.

— Parce que tu les défends à présent ?

Il s'approcha, menaçant.

— Mais peut-être ne dis-tu pas toute la vérité. Peut-être connaissais-tu ces Kaïsords mieux que tu ne le prétends.

— Tais-toi ! Tu sais bien que c'est faux.

Elle tremblait à présent. Que signifiait tout ceci ? Elle avait l'impression de vivre un cauchemar ahurissant où les événements se jouaient d'elle sans qu'elle puisse les contrôler.

Maaskar la prit dans ses bras et la berça doucement.

— Excuse-moi ! Ces tableaux me font perdre la tête. Je sais que tu n'y es pour rien. Je suis jaloux. Tu peux le comprendre n'est-ce pas ? En voyant tout ça !

— Mais j'ignore d'où viennent ces tableaux ! Peut-être s'agit-il d'une ressemblance.

— Une ressemblance ? Et ce grain de beauté que tu portes sur l'épaule droite ? C'est une ressemblance aussi ?

— Attends ! La première fois où j'ai rencontré les Kaïsords, je veux dire à l'intérieur de la forteresse, ils ont fait allusion à quelqu'un ! Quelqu'un qui me connaissait !

Elle eut l'impression qu'il se durcissait.

— Qu'est-ce que tu dis ? gronda-t-il.

— Je n'ai pu savoir de qui il s'agissait. Mais ils vouaient à cet inconnu une haine invraisemblable. Ils m'ont amenée dans la ville basse où une sorte de monstre à visage humain devait me dévorer vivante. Ils ne désiraient conserver que ma tête, afin de détruire ce mystérieux individu. J'ai pensé...

— Quoi donc ?

Il paraissait anormalement tendu. Elle s'en étonna.

— Qu'est-ce que tu as ?

— Moi ? Tu te rends compte de ce que tu viens de dire ? Ces monstres voulaient te faire déchiqueter vivante ? Et tu me demandes ce que j'ai ? Quand je pense que tu hésitais à les tuer...

Nelvéa hésita, puis poursuivit :

— J'ai un moment imaginé que cet inconnu pouvait être mon père.

— Ton père ? Je pense que s'il était venu jusqu'ici, il n'aurait pas toléré que ces démons survivent. Il aurait déjà accompli ce que nous venons de faire.

— Mais alors ? Qui a pu peindre ces tableaux ? Maaskar ! J'ai l'impression de devenir folle ! Aide-moi !

Il la regarda longuement de ses yeux d'or qui luisaient étrangement, puis s'avança vers elle.

— Viens !

Il l'entraîna vers le lit, et commença à lui ôter ses oripeaux maculés de sang et de poussière. Elle frissonna, mais elle ne pouvait se défendre.

Elle murmura timidement :

— Quelqu'un pourrait venir !

— Et qui donc ? Nous avons supprimé tous les monstres qui vivaient ici, ainsi que leurs chiens de garde.

— Mais, tous ces cadavres...

— Eh bien ! ceux-là au moins ne risquent pas de venir nous déranger ! Laisse-toi faire, ma douce compagne, j'attends ce moment depuis tellement longtemps.

— Je... je ne peux pas !

— Mais si ! L'amour est le seul remède, le seul rempart contre la folie. Il faut vivre dangereusement.

Elle aurait voulu lutter encore, le repousser, mais il se dégageait de lui une autorité naturelle contre laquelle elle se sentait impuissante. Lorsqu'elle fut nue, il l'allongea, se coucha sur elle comme pour l'éternité. Elle ferma les yeux, secoua la tête, refusant la volupté extraordinaire qui l'envahissait, et l'appelant de toutes ses forces, de tout son corps sevré de caresses. Ce fut un mélange de jouissance et de douleur, d'angoisse et de plénitude qui la bouleversa, la laissa haletante, épuisée, désorientée. Il ne faisait montre d'aucune tendresse, comme s'il avait voulu se venger de toutes ces années où elle l'avait rejeté, où elle avait ignoré son amour passionné. Comme autrefois sous les frondaisons de Skovandre, elle éprouva encore ce plaisir pervers de n'être qu'un objet docile entre ses mains. Ce diable connaissait tous les points sensibles de la femme et savait en jouer. Une fois de plus, elle se maudit de cette faiblesse, de n'être plus qu'une femelle appelant le mâle. Elle aurait voulu retenir ses gémissements, détourner ses mains qui s'agrippaient désespérément aux hanches de l'homme, mais il la dominait toujours. Enfin, anéantie, elle s'abandonna au demi-sommeil, dans la pose charmante et impudique dans laquelle l'avait surprise leur dernière union.

Elle sentit à peine que Maaskar se séparait d'elle. Lorsqu'elle s'en rendit compte, il était débout, et avait enfilé ses vêtements.

— Où vas-tu ? demanda-t-elle en bâillant.

— Chercher de quoi manger. Tous ces exercices m'ont donné faim, pas toi ? Il doit bien y avoir quelque chose à se mettre sous la dent dans cette baraque. Je suppose que les Kaïsords ne se nourrissaient pas de l'air du temps.

Il disparut. Nelvéa s'étira longuement. Son corps gardait encore les traces de leur joute sauvage. Elle sourit à demi. Ce démon n'avait pas changé. Il était toujours aussi peu délicat. Mais il avait raison. Le mystère des tableaux ne l'inquiétait plus vraiment. Il devait y avoir une explication. Ils la trouveraient.

Avec un rire intérieur, elle se dit qu'elle devait être tout de même un peu folle. Après avoir débarrassé Hackenmahar de ses tyrans, elle avait bondi dans le premier lit venu pour faire l'amour à corps perdu avec un homme dont elle ne pouvait savoir si elle l'aimait réellement.

Peut-être avait-il raison après tout. Il ne respectait rien.

Elle eut un geste pour se lever, puis se laissa retomber en arrière. Elle ne parvenait plus à faire le point, comme s'il avait occulté tout sens logique et moral en elle. Elle se souvenait seulement que cela avait été merveilleux.

Pourtant, lorsque les ondes délicieuses qui parcouraient encore ses muscles s'estompèrent, le malaise obscur revint, insidieux. Il planait sur tout ceci une atmosphère indéfinissable. Intriguée, elle étudia les tableaux qui la représentaient. Pourquoi étaient-ils ici ? Et qui les avait peints ?

Elle se leva et s'approcha du mur. Aucun doute n'était permis. Cette femme était bien elle. Et, soudain, son attention fut attirée par un détail, un détail insignifiant au premier abord, mais qui la bouleversa. Sur chaque toile apparaissait un serpent, parfois enroulé autour des bras ou des cuisses de la femme, parfois lové sur son ventre ou ses seins. Sur certaines toiles, la femme tenait la tête du reptile entre ses mains et semblait s'offrir au baiser de la langue bifide, quelquefois la scène était encore plus osée, et empreinte d'un érotisme malsain.

Nelvéa se découvrit soudain l'envie de vomir. C'était comme une terreur revenue du fond des âges qui s'enflait en elle. Une onde glaciale lui parcourut l'échine et elle se mit à grelotter.

— J'ai commis quelque chose d'irréparable, murmura-t-elle pour elle-même. Que s'est-il passé ? Qu'ai-je fait ?

Maaskar était parti depuis plusieurs minutes à présent. Avait-il réussi à dénicher de la nourriture ?

Tout à coup, du bruit se fit entendre dans le palais. Quelqu'un venait. Elle sonda mentalement les lieux. Maaskar ? Mais ce n'était pas lui. Il y avait là deux personnes, un homme et une femme. En toute hâte, elle bondit pour enfiler son uniforme déchiré. Mais il était trop tard. Les inconnus étaient là. Les schèmes mentaux de l'inconnu se dessinèrent, se précisèrent, avant même qu'elle reconnût ses traits. Ce fut comme si le monde basculait autour d'elle. Un mélange de joie et d'angoisse l'assaillit. La femme était l'esclave de Maaskar, cette petite sauvageonne qu'il avait recueillie dans un bordel de Lonodia, ou d'ailleurs, et qui lui ressemblait comme une sœur jumelle. L'homme était pâle et amaigri, couvert de blessures, mais elle ne pouvait s'y tromper. Comme dans un état second, elle murmura le nom du revenant qui se tenait devant elle :

— Nielsen !

76

Abasourdie, Nelvéa n'osait faire un geste. Nielsen n'avait plus que la peau sur les os et tenait à peine debout. Son teint était pâle, presque blanc, et il clignait les paupières comme s'il n'avait pas vu la lumière depuis longtemps.

Puis la vérité se fit jour en elle. Nielsen n'avait pas été tué par les Gris ! Il avait seulement été fait prisonnier. Et il avait survécu tous ces mois au fond d'une de leurs sombres geôles. Ce fut comme si le soleil entrait en elle. Elle se précipita sur lui, le prit dans ses bras.

— Tu es vivant ! Tu es vivant, ne cessait-elle de répéter.

Elle se blottit contre lui.

— C'est fini, Nielsen. Les Kaïsords sont morts. Tu es libre ! Libre !

Elle pleurait et riait à la fois, touchant son corps décharné pour se convaincre de sa réalité.

Pourtant peu à peu, elle s'étonna de ne sentir aucune réaction en lui. Il ne répondait pas à son émotion. Comme si elle avait été une étrangère. Lentement, elle s'écarta de lui. Malgré sa faiblesse, son regard reflétait une dureté qu'elle ne lui connaissait pas.

— Que se passe-t-il, Nielsen. Pourquoi me fixes-tu ainsi ?

— Je ne sais pas. Nelvéa, dis-moi que ce n'est pas vrai !

— Qu'est-ce qui n'est pas vrai ?

— Ce que vient de me raconter cette fille qui te ressemble comme une sœur.

— Mais quoi ?

— Que tu as couché avec ce… ce monstre !

— Quel monstre ?

L'angoisse qui l'avait saisie quelques instants auparavant devant les tableaux l'envahit à nouveau, lui broyant les entrailles. Pourquoi cette fille était-elle ici ? Comment avait-elle pu s'introduire dans la Citadelle ? Et puis, que lui avait-elle raconté ? Elle décida d'user de franchise. Après tout, ils ne s'étaient jamais rien caché.

— Si elle t'a dit que je viens de coucher avec Maaskar, eh bien c'est vrai. Et cela n'a aucune importance. Il m'est arrivé des choses bien pires depuis… depuis la destruction de Vallensbrück. Je te demande pardon, Nielsen. Mais je croyais… je croyais que tu étais mort, que tu avais disparu dans les cendres de notre cité. C'est pour te venger que je suis venue jusqu'ici.

— Ainsi c'est vrai ?

— Mais…

— Et nos enfants ? Notre fille Lauryanne ? Et ce fils que tu portais la nuit où tu es partie ? Qu'en as-tu fait ?

Jamais il ne lui avait parlé aussi méchamment. Elle fit

quelques pas, le cœur battant. Tout allait trop vite. Des larmes lourdes lui brûlèrent les yeux.

— Notre fils, commença-t-elle, notre fils est mort en venant au monde. Les Gris nous poursuivaient ! Sans relâche ! Toujours nous étions obligés de fuir, et fuir encore pour leur échapper. Je suis tombée malade, et... je l'ai perdu. Mais Lauryanne est vivante. Elle se trouve à Hambora.

— En es-tu sûre ? Qui te l'a dit ?

— Mais... Maaskar ! C'est lui qui m'a aidée à combattre les Kaïsords !

— Lui ? Il t'a aidée à massacrer les Kaïsords ?

— Bien sûr. Nous seuls pouvions réussir. Il possède les mêmes pouvoirs que moi.

— Et il les a tués !

À bout de force, Nielsen vint s'appuyer au mur, en proie à une émotion violente. Enfin, il murmura :

— Cet homme est l'être le plus démoniaque que j'aie jamais rencontré.

— Pourquoi dis-tu ça ?

— Parce que c'est la vérité, gronda-t-il sourdement.

— Explique-toi ! implora Nelvéa d'une voix affolée.

— Les Kaïsords avaient un roi. Un homme infernal, vomi par les entrailles de Shaïentus. Un être sans scrupules, à l'esprit machiavélique. Ce roi, c'est lui, ton amant, Maaskar le Maudit !

— Nielsen ! gémit Nelvéa. Ce n'est pas possible.

Elle revint vers lui, mais il l'arrêta d'un geste.

— Je ne veux pas croire que tu puisses être sa complice. Je te demande seulement un peu de temps. Tu as fait l'amour avec l'être le plus immonde que j'aie jamais rencontré. C'est lui qui fut à l'origine de la destruction de Vallensbrück. C'est lui qui donna à ses hordes féroces l'ordre de te poursuivre. C'est lui aussi qui fut la cause de la mort de ton amie Daena.

Ce fut comme si le monde s'effondrait autour de Nelvéa.

Elle tituba et s'appuya contre une table basse. Nielsen était-il devenu fou ? Pourtant, même si son corps était effroyablement affaibli, ses schèmes mentaux demeuraient intacts. C'était la vérité qu'il lui assenait.

— Ce n'est pas possible, émit-elle faiblement. Il n'était jamais venu à Hackenmahar.

Soudain, une autre silhouette se matérialisa dans l'embrasure de la porte. Maaskar !

Nelvéa le regarda comme si elle le voyait pour la première fois.

— Dis-moi que ce n'est pas vrai ! lui hurla-t-elle soudain.

Mais les yeux de l'homme s'étaient fixés sur l'esclave qui soutenait l'assaut sans broncher.

— Qu'as-tu fait, Vera ?

Fièrement, elle fit face.

— Ce que j'ai fait ? J'ai détruit ton œuvre, mon cher seigneur. Jamais tu n'aurais dû retourner vers elle. Je l'avais remplacée ! Et je t'aimais ! Je t'aimais !

— Garce !

Les yeux de Maaskar n'étaient plus que deux fentes luisant d'une haine incommensurable. La petite esclave brava son regard sans faiblir pendant quelques instants, poussée par une fierté indomptable, puis elle céda tout à coup à la panique et se mit à reculer. La muraille l'arrêta, elle s'y plaqua comme si elle avait voulu s'y fondre. Elle supplia :

— Seigneur, ne me tue pas. Je ne voulais pas que tu couches avec elle. C'est moi que tu aimais. Moi seule !

Son cri s'étrangla dans sa gorge. Sa peau se couvrit de sang. Elle se mit à hurler.

Pétrifiée, Nelvéa ne réagit pas immédiatement. Puis elle focalisa toute sa puissance mentale sur Maaskar et frappa. Le jeune homme fut projeté en arrière et percuta le mur opposé. Il s'écroula, assommé par l'impact. La petite esclave glissa au sol. Nelvéa se précipita vers elle, suivie par Nielsen. La fille vivait encore, mais sa peau était brûlante et couverte de filets de sang. Si elle n'était pas intervenue, Maaskar l'eût écorchée vive. Lentement, Vera reprit son souffle et leva les yeux vers Nelvéa.

— Qu'est-ce que tu lui as fait ? gémit-elle. Pourquoi me l'as-tu pris ?

— Je ne te l'ai pas pris. Mais toi, tu vas m'expliquer ce qui se passe !

Je veux connaître toute la vérité.

— Non ! Il me tuera !

— Je te protégerai contre lui s'il le faut.

La jeune femme hésita, puis commença un étrange récit.

— Ces tableaux, c'est lui qui les a peints. Il s'est servi de moi comme modèle, mais c'est toi qu'il représentait.

— Comment a-t-il connu Hackenmahar ?

— Il y a plusieurs années, il a été capturé par les Gris. Ou plutôt, il les a vaincus, et les a obligés à l'amener ici. Il possédait déjà des pouvoirs effrayants. Je n'étais pas avec lui à l'époque, il m'a achetée il y a trois ans. Je ne sais comment il s'y est pris, mais il s'est introduit dans la Citadelle. Et là, grâce à ses pouvoirs, il a imposé sa loi aux Kaïsords. C'est-à-dire qu'il s'est instauré roi de la Citadelle. Il leur laissa cependant le gouvernement de la cité, parce que cela ne le passionnait pas. Mais il s'amusait à les faire trembler. Il menaçait de dévoiler leur visage aux gens de Hackenmahar, de provoquer une guerre civile dans laquelle il se rangerait aux côtés des rebelles. En réalité, il ne l'aurait jamais fait. Mais il aimait qu'on le haïsse.

— Pourquoi ?

— Pourquoi ? C'est toi qui me demandes pourquoi ? C'est à cause de toi qu'il est devenu ainsi. Il t'aimait, et tu l'as repoussé, chassé plusieurs fois. Alors, il t'a haïe, autant qu'il t'aimait.

— Et c'est pour cela qu'il a mené ses troupes sur Vallensbrück, qu'il a tué mon fils à naître, qu'il m'a fait capturer par les Gris ? Il voulait me faire le plus de mal possible.

Des larmes ruisselaient des yeux de Nelvéa, qu'elle ne sentait même pas. Une angoisse brusque lui serra la gorge.

— Mais alors... Lauryanne ? Pourquoi m'a-t-il dit qu'il l'avait vue, qu'elle était vivante ? Il m'a menti, là encore !

— Non, il ne t'a pas menti ! Lauryanne est bien vivante. Ainsi que ton lionorse. Nous nous sommes vraiment rendus à Hambora. Lorsque les troupes de Hackenmahar ont détruit Vallensbruck, il voulait ta mort. Il a dirigé lui-même les troupes d'assaut.

— Voilà pourquoi j'avais senti sa présence, murmura Nelvéa, bouleversée.

— J'étais avec lui, il courait partout, comme un démon. Il était comme fou. Lorsqu'il a capturé le seigneur Nielsen, il a failli le tuer, mais il a préféré le faire prisonnier. Il voulait le voir dépérir lentement, disait-il, parce que tu l'aimais, lui. Il était désespéré, parce que l'on ne t'avait pas retrouvée. Et puis, lorsqu'il a vu ce qui restait de la ville, les incendies, les ruines, les prisonniers que l'on emmenait, il a pleuré.

— A pleuré ?

La petite esclave se mit à sangloter.

— Oui ! À cause de toi. Il a cru que tu avais été tuée. Il s'est fait apporter chaque cadavre, pour vérifier que ce n'était pas le tien. Et puis il se lamentait. Il disait : « Par les dieux, qu'ai-je fait ? Qu'ai-je fait ? » Il avait des remords. Et moi, moi je souhaitais que chaque corps fût le tien.

— Quel salaud ! gémit Nelvéa. C'était un peu tard. Tous ces pauvres gens, morts simplement parce que je lui avais dit non.

— Personne n'a retrouvé ton cadavre. Et pour cause. Tu t'étais déjà enfuie. On est venu lui annoncer que des fuyards se dirigeaient vers le nord. Il les a fait pourchasser.

— J'étais parmi eux, gronda Nelvéa. À cause de cette poursuite infernale, le bébé que je portais est mort.

Vera baissa la tête, et essuya machinalement le sang qui suintait de ses plaies.

— Il ne l'a pas su, poursuivit-elle. Les Trogles vous ont

protégés, et ont anéanti l'armée qui devait vous capturer. Durant tout l'hiver, il était impossible d'attaquer. Mais dès le printemps, il a lancé ses troupes à l'assaut de la vallée. Seulement, vous étiez déjà repartis. Il était désespéré. Il a cru que vous aviez réussi à gagner Hambora, et il a abandonné les Gris, comme il l'avait déjà fait plusieurs fois par le passé. Il est redevenu le chevalier Maaskar. Nous avons, nous aussi, remonté la Poczla. À Hambora, il a rencontré le roi et ta fille Lauryanne. C'est là qu'il a appris que tu avais été prise par les Gris. Alors il a eu peur. Parce qu'il savait que les Kaïsords, s'ils te découvraient, se serviraient de toi contre lui.

— Il ne se trompait pas. Ils m'avaient reconnue. C'est pour cela qu'ils ont voulu me faire dévorer par leur monstre.

— Ils connaissaient ton visage ! C'était le mien. Et ils savaient qu'il était amoureux d'une femme dont je n'étais que la réplique.

— Je commence à comprendre. Il est donc revenu à la Citadelle. Il m'a cherchée. Mais je n'étais plus là. Et personne parmi les Kaïsords ne pouvait le renseigner, puisque j'avais déjà tué ceux qui m'avaient achetée.

— Non ! D'autres Kaïsords lui ont raconté ce qui s'était passé. Ils savaient que l'un d'entre eux avait acquis une esclave qui me ressemblait trait pour trait. Ils savaient aussi qu'il avait voulu la faire dévorer par Pangarth. Mais un tremblement de terre avait détruit la maison de plaisir et enseveli tous ses occupants.

Vera leva des yeux ruisselants de larmes sur Nelvéa. Elle hoqueta :

— J'ai cru qu'il allait sombrer dans la folie. Il hurlait comme un loup. Il pleurait, il se cognait la tête contre les murs. Je ne savais plus quoi faire. Lorsque j'essayais de l'approcher, il me chassait. J'ai cru qu'il allait me tuer. Alors, je t'ai haïe, haïe…

— Que s'est-il passé ensuite ?

— Il s'est rendu dans la ville basse. Il s'est enivré, drogué. Je l'ai suivi. Je ne voulais pas qu'on lui fasse du mal.

— Et c'est là qu'il a rencontré des hommes qui lui ont parlé de moi.

— Exactement ! À ce moment-là, tout s'est transformé pour lui. Il m'a dit : « Le roi de Hackenmahar est mort ! Désormais, je redeviens Maaskar, le chevalier. »

Elle ajouta, sanglotant :

— Il a passé toute la nuit près de moi. Il disait qu'il t'avait fait trop de mal, qu'il regrettait, que désormais il resterait toujours à tes côtés. Combien de fois m'a-t-il dit qu'il t'aimait, qu'il t'aimait comme un fou. Il ajoutait : « Tu peux me comprendre, toi ! » Et moi, je ne disais rien. Je savais qu'à cause de toi j'étais en train de le perdre pour toujours.

Nelvéa caressa le visage de l'esclave.

— Comment peux-tu continuer à l'aimer ? Moi, j'ignorais ce dont il était capable. Mais toi, tu avais vu tous ces morts, toutes ces horreurs !

Vera releva fièrement la tête.

— Moi ? Je ne suis qu'une esclave ! Avant de le rencontrer, je n'étais rien. Tout juste une fille que les hommes se partageaient pour assouvir leurs instincts de bête. Il m'a recueillie, il m'a vêtue comme une reine, il m'a offert un palais. Et il m'a aimée. Je savais que c'était une autre qu'il aimait à travers moi. Mais tu n'étais pas là. Et c'était moi qu'il comblait de ses faveurs. Il me disait les mots qu'il aurait aimé te dire. Et je savais, moi, que tous ces morts n'étaient que le résultat de la haine qu'il éprouvait pour toi. Et plus il te haïssait, plus je l'aimais. Je ne voulais pas que tu me le reprennes.

Elle soupira.

— Mais il a fini par te retrouver. Hier soir, après t'avoir

rencontrée, il a donné ordre à son écuyer de revenir dans la Citadelle et de tuer Nielsen, qu'il conservait prisonnier depuis Vallensbrück. J'ai tout entendu. J'ai compris ce qu'il voulait faire. Il pensait te reconquérir. Si plus tard tu avais découvert le corps de ton mari, tu aurais mis ça sur le compte des Kaïsords. Personne jamais ne l'aurait soupçonné. Mais je savais que tu allais me le reprendre. J'ai vu ses yeux quand il te regardait. Avec toi à ses côtés, il m'aurait oubliée. Sans doute m'aurait-il supprimée également, parce je connaissais la vérité. Alors, j'ai suivi Golien. Il est revenu par un passage secret que Maaskar avait fait creuser pour lui seul. Je l'ai tué. Et j'ai délivré Nielsen. Ensuite, nous nous sommes cachés. Nous avons attendu que le combat soit terminé, et puis nous sommes remontés. J'espérais arriver à temps pour vous surprendre tous les deux au lit. Je voulais... je voulais te déshonorer aux yeux de ton mari, et ainsi détruire tous les plans de Maaskar.

Un bruit les fit sursauter. Maaskar avait repris ses esprits et revenait vers eux. Nielsen s'écarta, prêt au combat. Mais son aspect pitoyable provoqua chez son rival un ricanement sinistre.

Les yeux qu'il braquait sur Nelvéa la firent frémir d'horreur. Cela ne pouvait être le même homme qui l'avait quelques instants plus tôt tenue dans ses bras. En lui vibrait à présent une haine terrifiante, comme si, soudain, le masque était tombé. Il grogna d'une voix rauque :

— Alors, elle vous a tout dit !

Nelvéa se redressa, tremblante. Le serpent-symbole qui marquait son sharack semblait la fixer.

— Maaskar, murmura-t-elle, tu m'as trompée. Tu t'es joué de moi. Tu as tué les miens, tu as tué mon fils. Mais pourquoi ? Pourquoi tant de haine, simplement parce que je ne voulais pas de toi ? C'est absurde.

Il éclata d'un rire sonore, cinglant, méprisant. Puis il la regarda longuement.

— Nelvéa, tout ce que t'a dit cette fille est vrai. Cette... garce m'a arraché la dernière chance de me sauver, d'oublier toutes ces années de cauchemar. Parce qu'elle a raison. Je t'ai haïe, et je t'ai aimée, comme jamais peut-être un homme n'a aimé une femme.

— Mais pourquoi me haïr ?

— Pourquoi ? Parce que tu es liée à moi par un lien que nul jamais ne pourra rompre !

— L'amour que tu me portes ? grinça-t-elle avec mépris.

— Oh non ! C'est bien plus terrible que cela ! Tu es ma sœur, Nelvéa !

77

— Mais je ne suis pas ta sœur ! Et je ne me considère même plus comme ta sœur d'armes ! rugit-elle.

Il fit quelques pas mal assurés et vint s'asseoir en tailleur sur le lit, le visage souriant, comme si tout ceci ne le concernait pas vraiment. Il ricana.

— Peut-être que tu ne veux plus être ma sœur d'armes, ma belle. Il est cependant des liens que l'on ne peut rompre. Tu es réellement ma sœur, parce que je suis moi aussi le fils de Dorian de Gwondaleya.

— C'est faux, répliqua-t-elle furieusement. Tu ne peux pas être mon frère.

— Alors, comment expliques-tu les pouvoirs que nous possédons, toi et moi ?

— Et qui serait donc ta mère ?

Il éclata d'un rire rempli d'amertume.

— Je suis ton frère aîné, le fils que notre père Dorian a eu avec une obscure fille de Gwondaleya, le soir de son Eschola.

— Tu mens ! rétorqua-t-elle d'un ton qui commençait à faiblir.

— Pauvre idiote ! Regarde donc au fond de toi ! Regarde en moi. Tu sauras que je dis la vérité ! Dorian ne l'a jamais su, parce que ma mère a voulu me garder pour elle seule.

Nelvéa, chancelante, les yeux brouillés par les larmes, s'appuya sur le mur.

— Toi, Maaskar, tu étais mon frère. Et tu m'as... tu m'as obligée à accomplir toutes ces abjections... Tu es immonde !

— Peut-être, ricana-t-il. Ma mère savait qu'elle n'avait aucune chance d'épouser Dorian, de devenir la première dame du comté. Il se moquait bien d'elle.

— C'est ridicule. Elle aurait dû se faire connaître.

— Elle l'aimait trop. Elle a conservé pour elle seule le souvenir qu'il lui avait laissé. Moi ! Lorsqu'elle a su qu'elle était enceinte de ses œuvres, elle a même quitté la ville. J'ai été élevé à Burdaroma, au milieu d'une foule anonyme. Ma mère a toujours refusé de m'avouer la vérité. Mais mes pouvoirs psychiques se sont développés, et j'ai fini par comprendre. Alors, je vous ai haïs, tous autant que vous étiez. J'étais l'aîné des enfants de Dorian. C'est à moi qu'aurait dû revenir la couronne du comté.

— Parce que tu estimes que le pouvoir est un dû !

— J'étais son premiers fils ! Mais j'étais un bâtard ! Et je resterai toujours un bâtard, le fruit d'une liaison éphémère dont il ne s'est jamaïs soucié. Cependant, je possédais déjà une puissance phénoménale. Dès que possible, j'ai appris le métier des armes. Je suis devenu le meilleur. Je demeurais volontairement dans l'ombre. J'ai hésité longtemps, et puis ma mère est morte, presque dans la misère. Alors, j'ai décidé de me présenter à l'Eschola.

— Tout cela est horrible et stupide. Si elle était revenue à Gwondaleya, elle aurait vécu parmi nous, et toi aussi. Notre père vous aurait accueillis à bras ouverts.

— Elle ne l'a pas fait. Parce que Dorian l'aurait méprisée.

— C'est faux ! hurla Nelvéa.

— Il ne l'aimait pas, répliqua Maaskar sur le même ton. Il ne se souvenait même pas d'elle. Il n'avait d'yeux que pour Solyane. Sa propre sœur.

— Elle n'était pas vraiment sa sœur, elle.

— Non, c'est vrai. Mais toi, tu étais ma sœur. Palléas était trop fort pour moi. Je ne pouvais rien tenter contre lui. Il restait toi, ma petite compagne. Toi, si fragile, qui portais au fond de ton âme une malédiction plus terrible que la mienne.

— Parce que je n'étais pas vraiment la fille de Solyane ? Personne ne le savait.

— Tu te trompes ! J'ai compris rapidement que ta mère était la première femme de Dorian, Elena. Tu étais pour moi comme un livre ouvert. J'ai même découvert des choses que tu ignores encore.

— Lesquelles ?

Il éclata de rire.

— Tu tiens vraiment à les connaître, ma petite sœur incestueuse ?

— Ne m'appelle plus jamais comme ça ! J'ignorais qui tu étais. Et tu en as abusé.

— Avoue que cela te plaisait !

Elle respirait de plus en plus difficilement. L'horreur était toujours là, tapie dans l'ombre, près de fondre sur elle. Mais elle ne pourrait vivre sans connaître toute la vérité.

— Continue, grinça-t-elle.

Il eut un sourire plein de cynisme.

— Je t'ai tendu piège sur piège. Voyons, par où commencer ? Disons, au moment où je t'ai laissée avec cette maudite chasseresse dont tu avais fait ta maîtresse.

— Daena n'a jamais été ma maîtresse ! riposta Nelvéa, furieuse.

— Oh ! cela, je n'en jurerais pas. Et je te connais bien.

Nelvéa serra les dents et cracha :

— Daena était seulement mon amie !

Il allait la rendre folle. Il avait à présent l'air de s'amuser franchement.

— Donc, je t'ai quittée, ou disons plutôt que tu m'as odieusement chassé. Ce n'était pas la première fois. Je ne suis pas parti immédiatement. Je suis resté dans les parages. Je cherchais un moyen de me venger. Je me suis donc arrangé pour te frapper par l'intermédiaire de Daena. C'est moi qui ai investi l'esprit du kherilan. Une bête superbe. Je l'ai lancé à la poursuite de ta chasseresse. Et je l'ai tuée.

— Salaud ! Et dire que j'ai eu pitié de toi. Je t'imaginais grelottant de froid, perdu dans les tempêtes de neige. Ywaïhn, c'était toi !

— C'était moi, en effet ! Mais tu as raison. J'ai eu froid, et faim. Seule la haine qui me tenait me permit de survivre. J'aurais voulu que tu sois mienne, que tu m'aimes. Alors peut-être aurais-je oublié.

— Mais j'étais ta sœur. Si tu me l'avais avoué la première fois que nous nous sommes rencontrés, je t'aurais aimé, tu le sais.

— Ouais ! Comme un frère. Mais ce n'était pas cela que je voulais. Moi, la première fois que je t'ai aperçue, j'ai compris que j'étais condamné. Parce que tu m'as rendu fou. Pour moi, tu étais la plus belle de toutes les femmes. Une sœur, c'est une fille que l'on a connue enfant, un autre soi-même, avec qui l'on a tout partagé. Tu n'étais rien de cela pour moi. Lorsque je t'ai découverte, tu étais déjà une femme. Une femme que je voulais haïr, détruire. Une femme aussi dont je suis tombé amoureux.

Il demeura un long moment silencieux, puis reprit :

— Lorsque tu as quitté Czernova, j'ai perdu ta trace. Mais l'isolement, le froid, la faim avaient fait naître d'étranges réactions en moi. Je me suis découvert des pouvoirs singuliers. J'ai compris alors que j'étais bien le fils de

Dorian de Gwondaleya. Par désespoir, je me suis lancé sur l'ancienne piste Smolenska. Une troupe de Gris a tenté de me capturer. Ces pauvres imbéciles ignoraient à qui ils avaient affaire. Les survivants me menèrent jusqu'à Hackenmahar. Je ne fus pas long à comprendre comment la ville était gouvernée. Je réussis à m'introduire dans la Citadelle sous un uniforme de Bakan Gahr. J'ai compris le parti que je pouvais tirer des Kaïsords. Ils étaient à ma merci. Alors, je devins leur roi. Ces pauvres bougres s'imaginaient être des dieux parce qu'ils détenaient certains secrets de la Connaissance. J'ai pensé les supprimer tous et les remplacer. Mais il m'aurait fallu gouverner à leur place et cela m'ennuyait. Alors, j'ai conclu un marché avec eux. Je leur ai laissé le pouvoir, à condition qu'ils me considèrent comme leur suzerain. Cela comportait quelques avantages. Ils ont vite compris ce qu'était un véritable dieu. Ceux qui n'étaient pas d'accord ont tenté de comploter contre moi. Je les ai fait disparaître, et les autres finirent par m'obéir. Tu ne peux pas savoir ce que c'est amusant de posséder le pouvoir absolu, le droit de vie et de mort sur tes sujets.

— Tu me répugnes, Maaskar. Jamais tu n'as été digne de devenir chevalier.

Il éclata à nouveau d'un rire sonore.

— Cela prouve que le système des amanes n'est pas sans failles.

Pauvre idiote ! Je n'ai eu aucune difficulté à triompher de vos épreuves stupides. Et cet imbécile de Jelweyn !

— Jelweyn ? C'est toi aussi qui l'as tué, n'est-ce pas ?

— Oh, si peu !

— Que lui as-tu dit, exactement ?

— Rien de bien grave ! Je lui ai dit de bien faire attention à lui ! C'est la vérité.

— Mais ce n'est pas tout !

— Non ! J'ai ajouté qu'il aurait dû abandonner, parce qu'il n'avait pas la force suffisante pour dominer un lionorse.

— Et cela a suffi pour le perdre !

— Bien sûr ! Ce crétin m'avait pris Klarene. Cette fille était sans importance, mais elle faisait remarquablement bien l'amour. Et elle s'était détournée de moi pour cet imbécile.

— Tu es immonde.

— Attends, je n'ai pas terminé. Je suis resté pendant deux années à Hackenmahar. Et puis, j'ai eu envie de te revoir. Alors, je suis reparti. Je ne savais pas ce que tu avais pu devenir, et j'étais loin de me douter que tu avais échoué à Vallensbrück, dans les bras de cet individu.

Il désigna Nielsen. Nelvéa tourna les yeux vers son compagnon. Celui-ci écoutait son rival avec attention, sans manifester le moindre sentiment.

— Mais tu avais disparu. Longtemps, je t'ai crue morte, dévorée par un migas dans les profondeurs de Narushja. Alors, j'ai partagé mon temps entre Hackenmahar et le monde amanite, jusqu'au jour où, à Burdaroma, j'ai rencontré Rono, qui me raconta que tu t'étais installée à Vallensbrück, dont tu étais devenue la châtelaine. La suite, tu la connais.

— Oui, je la connais. Tu es revenu immédiatement pour tenter de me détourner de Nielsen.

— Et une nouvelle fois tu m'as repoussé, malgré mes avertissements.

— Bien entendu. Je ne t'aimais pas, mon pauvre Maaskar. Je ne t'ai jamais aimé. Même si tu as réussi à me duper plusieurs fois. Mais toi, tu avais beau jeu de me prédire toutes sortes de malédictions, puisque c'était toi qui en étais à l'origine.

— En es-tu si sûre ?

— C'est toi qui as déclenché la destruction de notre cité, simplement parce que je t'avais éconduit. Tu as lancé tes hordes sur nous, et tu as détruit une des plus belles cités du monde.

— C'était facile. Lors de ma visite, au printemps, j'avais

laissé des hommes de confiance parmi vous. Ils ont vite appris comment neutraliser vos défenses.

— Salaud !

— Tu te répètes, ma chérie.

— Je me souviens, murmura Nelvéa d'un ton glacial. J'ai senti ta présence cette nuit-là. Mais c'était tellement… invraisemblable.

— Tu aurais dû écouter ton instinct. De toute façon, il était déjà trop tard.

— Trop tard, oui. Et, parce que je n'ai pas voulu de toi, tu as fait massacrer toute une population qui t'avait accueilli à bras ouverts. Mais quel homme es-tu donc ?

— Tu aurais dû me suivre lorsque je te l'ai demandé, à Vallensbrück. Mais tu m'as préféré ce, cet individu. Regarde-le à présent !

— Tu ne l'as pas tué.

— Non ! Cela m'amusait de le voir s'affaiblir de jour en jour. Il a la vie dure. Il a survécu.

Nelvéa aurait voulu éprouver de la colère, de la haine, mais elle ne ressentait qu'une profonde tristesse, et un dégoût insurmontable.

— Tu es un monstre, Maaskar. Tu me fais pitié.

Il réagit soudain avec violence, comme si elle l'avait insulté.

— Pitié ? Je me fous de ta pitié. Tout cela est de ta faute ! Ne crois pas t'en tirer comme ça, ma belle. Parce que c'est toi qui m'as rendu fou. Je voulais te haïr. Toute ma vie n'a été qu'une longue vengeance que j'ai dirigée contre toi et contre ton frère Palléas. Mais je me suis pris à mon propre piège. Je suis tombé amoureux de toi. À cause de cela, je voulais te faire le plus de mal possible. Et je l'ai fait. Seulement, toutes ces souffrances que je t'ai infligées, je les ai partagées. Parce que j'aurais voulu te sauver, te protéger, te faire mienne. Pourtant, à chaque fois, tu me rejetais comme un amant vulgaire et sans importance. Oui, je porte une malédiction en moi ! Mais tu la partages. Nous avions une chance d'être sauvés. Nielsen mort, tu serais revenue vers moi. Et j'aurais peut-être pu changer, oublier tout cela. Mais cette femelle ridicule a tout gâché.

Il tendit la main vers son esclave, et serra lentement les doigts comme s'il avait voulu la saisir et la broyer lentement. Mais il n'acheva pas son geste.

Nelvéa, abasourdie, ne savait plus quelle contenance adopter. Enfin, le monstre avait jeté bas le masque. Ywaïhn n'était qu'une invention de son cerveau dérangé. Un calme immense descendit en elle. Elle éprouvait pour toutes ces horreurs un immense dégoût. Cependant, la seule vérité qu'elle retenait de tout cela, c'était que Nielsen était en vie. Elle revint vers lui et lui prit la main. Il se laissa faire.

— Nous allons partir, Maaskar. Reste avec ta conscience. Je me moque de ce que l'on pourra penser de moi. Nielsen a survécu, et cela seul compte. Dis-toi que tu ne fais plus partie de la Chevalerie. Les nôtres te jugeront. Ils sauront te retrouver, où que tu puisses t'enfuir !

Il éclata de rire.

— Mais ce n'est pas moi qui fuis, princesse. C'est toi. Parce que nous sommes de la même race, ma petite sœur. Tu portes toi aussi ta malédiction. La plus abjecte, celle que tu refuses de voir au fond de toi. Parce que tu es doublement incestueuse, Nelvéa. Et Palléas le savait.

— Il ne s'est jamais rien passé entre Palléas et moi. Je l'aime d'un amour fraternel, et seulement cela. Il vaut cent mille fois mieux que toi. C'est un vrai chevalier, lui.

— Je ne parle pas de lui.

— Et de qui donc ?

— De celui qui hante tes nuits depuis toujours ! Celui que j'ai surpris au plus profond de tes rêves, lorsque nous dormions ensemble, sous les étoiles de la forêt Skovandre.

Une angoisse indicible envahit Nelvéa. L'autre poursuivit.

— Là est ta vraie malédiction, Nelvéa. Tu pourras me

tuer ensuite si tu le désires, mais jamais tu n'échapperas à ton destin.

— Qui est-ce ?

— Ton propre père, Dorian de Gwondaleya !

78

Maaskar eut un sourire mauvais.

— Il existe, enfoui au plus profond de ton âme, une envie innommable, un rêve inachevé, qui revient régulièrement te hanter. Et même s'il ne s'agit que d'un phantasme, il existe. C'est à cause de lui que j'ai su que tu étais de ma race. Celle des dieux de l'ombre.

— Ce n'est pas vrai ! hurla la jeune femme en tremblant de rage et de peur. Jamais ! Jamais je n'ai eu de telles envies !

— Eh bien ! regarde ! Regarde en toi les traits de son visage, ma belle !

Alors, lentement, la vision de la jeune femme se dédoubla. Elle aurait voulu la refuser, mais il était trop tard. Le souvenir de son amant nocturne se précisa, dessinant dans son corps des ondes d'angoisse et de sensualité confondues. Maaskar la devinait comme s'il avait été dans son propre corps. Avec un sentiment d'horreur la plus totale, elle vit le corps de l'homme immatériel se séparer d'elle et lui sourire. Le brouillard s'estompa et elle reconnut, au comble de l'abjection, les traits de son propre père, Dorian de Gwondaleya. Elle ouvrit la bouche, mais l'air lui manqua. Elle chancela, puis avança d'une démarche hésitante sur Maaskar.

— La vérité est difficile à supporter, n'est-ce pas ? Tu es maudite, Nelvéa. Comme moi !

Il éclata d'un grand rire sonore, triomphal.

— Tu aurais pu vivre dans l'ignorance de ta nature réelle, et renoncer à devenir une déesse. Mais il fallait que tu affrontes la réalité. Tu comprends à présent pourquoi je voulais que tu sois ma compagne. Nous nous ressemblons trop !

Nelvéa se mit à trembler. Elle aurait voulu hurler, dégorger le poison insidieux qui lui rongeait les entrailles. Tout ceci n'était qu'un cauchemar dont elle allait s'éveiller. Mais le visage de Dorian était gravé en elle. Elle fixa Maaskar comme s'il s'était agi de Shaïentus en personne. Une horreur sans nom se peignit sur son visage.

— Et pendant toutes ces années, tu as su ce qu'il y avait au fond de moi.

— Je le savais, comme Palléas d'ailleurs, et sans doute ta propre fille, Lauryanne.

— Lauryanne...

— Bien sûr ! Elle est née plusieurs années après le départ de Dorian, mais elle l'a reconnu dans tes propres souvenirs. Lorsque je lui ai parlé de toi, à Hambora, j'ai vu son visage devenir triste. J'ai pensé que c'était la séparation. Je lui ai dit que j'allais tenter de te sauver. Sais-tu ce qu'elle a répondu ? « Si elle peut réellement être sauvée ! »

Lauryanne avait deviné en toi ce que tu n'as jamais su voir. Ou peut-être ce que tu as toujours refusé d'admettre.

Elle répondit faiblement :

— Ma fille n'a pas pu dire ça... Tout ce que tu dis n'est qu'un tissu de mensonges.

— Ah oui ? Alors, pourquoi, bien avant que l'on se rencontre, as-tu éprouvé une telle jalousie envers ta véritable mère, Elena ? Pourquoi as-tu fui ton père lorsqu'il est revenu de son expédition dans le Nord ? Tu avais peur ! Peur de céder à ta folie !

Nelvéa recula, incapable d'articuler un son. Un flot de haine bouillonna en elle. Il la contraignait à le regarder en face, sous son vrai jour. Elle le haïssait, autant qu'elle se haïssait elle-même à présent. Ses yeux se portèrent sur les tableaux, sur son corps aux poses lascives, mêlé au serpent conquérant qui nouait ses circonvolutions glacées à ses membres entravés. Dans un brusque accès de colère, elle focalisa son énergie sur les toiles. Un souffle de chaleur emplit soudain la chambre, puis des flammes apparurent, qui embrasèrent les peintures avec des crépitements rageurs. Une épaisse fumée se dégagea, accompagnée d'une odeur acre. Vera poussa un cri de détresse et tenta de se relever. Nielsen, accroupi à ses côtés, ne savait plus quelle attitude adopter. Maaskar avait gardé la flèche la plus terrible pour la fin. Il se savait perdu. Alors il avait pris le temps de la décocher, traîtreusement, sachant par avance qu'elle était suffisante pour détruire son adversaire. Car si ce qu'il affirmait était vrai, Nelvéa ne s'en remettrait jamais. Et s'il n'avait reconnu lui-même le visage de Dorian dans l'esprit fragile de sa compagne, il aurait hurlé au mensonge. Il aurait voulu se lever, la rejoindre, la protéger. Mais comment protéger une déesse ? Et puis, l'aimait-il encore ? N'avait-elle pas couché avec cette bête immonde, cette abomination aux traits humains ? Pourrait-il lui pardonner cela ?

Il comprit que oui lorsqu'elle s'effaça, à reculons, et s'enfuit en gémissant comme un fauve blessé à mort à travers le dédale des couloirs du palais. Abandonnant la petite esclave terrorisée, il se traîna à sa poursuite, luttant de toute sa volonté contre la faiblesse qui lui entravait les membres. Sur le pas de la porte, il se retourna, fixa Maaskar et dit :

— Pauvre aveugle ! Tu n'as su voir en elle qu'une malédiction qui n'existe pas, mais tu as été incapable de discerner la vérité en toi. La seule qui aurait pu te sauver !

Puis il se tourna vers la petite esclave à qui il dédia un long regard, et sortit.

Maaskar eut un moment d'hésitation, puis se rua derrière lui. Au passage, il le bouscula sans ménagement, le projetant violemment contre une console, et bondit vers l'extérieur.

Un hurlement démentiel vrilla les oreilles de Nielsen.

— NELVÉAAA !

Le prince se releva en serrant les dents. Jamais il n'aurait assez de forces pour affronter son rival. Il se hâta jusqu'à la terrasse. Bien plus bas, Nelvéa marchait comme un automate en direction des ruines fumantes de la Citadelle. Maaskar la suivait. Alors, le temps sembla s'étirer, se ralentir. Il était trop tard pour intervenir. Nielsen s'appuya contre la balustrade, épuisé. Il n'avait rien mangé depuis plus de trois jours.

Là-bas, Maaskar avait presque rattrapé Nelvéa. Soudain, un cri terrifiant déchira l'air épaissi. Maaskar se figea sur place, pétrifié. L'instant suivant, un fracas épouvantable retentit, tandis qu'un nuage de poussière et de flammes jaillissait des fenêtres de la chambre aux tableaux. L'aile sud du palais s'embrasa comme de l'étoupe, noyant le hurlement d'agonie dans un grondement d'enfer.

Nelvéa se retourna, les yeux hallucinés. Maaskar la fixa une dernière fois. Il tremblait. Puis il fit volte-face et bondit vers le palais.

Comme un fou, il escalada les degrés de l'escalier à double révolution et s'engouffra dans la fumée épaisse qui avait envahi les couloirs. Déjà des flammèches léchaient les bas-reliefs du hall d'entrée.

Nielsen descendit l'escalier, s'écarta de la bâtisse. Plus loin, indifférente, Nelvéa s'était remise en route, comme si tout cela ne la concernait plus. Nielsen la vit enjamber des cadavres de Kaïsords décapités, des pans de murs effondrés.

Il aurait voulu la rejoindre, lui dire qu'elle n'était pas responsable de cette malédiction qu'un autre avait fait peser sur elle. L'étrange apparition de Dorian dans ses rêves secrets avait certainement une explication. Bien sûr, elle avait toujours éprouvé pour son père une admiration sans bornes. Durant toutes les années qu'elle avait passées à Vallensbrück à ses côtés, elle l'avait souvent évoqué. Mais jamais il n'avait discerné en elle la moindre pensée équivoque. Maaskar n'avait pas dit toute la vérité. Derrière lui, l'incendie s'étendait. Une onde de chaleur le baigna, un vertige le prit. Il dut s'appuyer à un muret pour ne pas tomber. Il eut à peine la force de murmurer :

— Nelvéa !

Mais celle-ci avait déjà disparu au milieu des décombres. Il ferma les yeux, respira profondément.

Soudain, un fracas assourdissant réveilla les échos des montagnes méridionales. Le magnifique palais cathasien sembla se dissoudre, dévoré par une fleur de feu géante. Une nuée de cendres et de fumées sombres s'épanouit, couronnant l'éminence rocheuse de son haleine de mort. Des flammes jaillirent, hésitèrent, puis explosèrent à l'air libre, défiant la lumière d'un soleil de printemps indifférent.

Quelle dérision ! Rien ne semblait logique dans cette histoire, se dit Nielsen. Si au moins il y avait eu une tempête, un violent orage. Mais la ville autour de la Citadelle, et les forêts au loin, l'univers entier ignorait tout du drame qui se jouait. Sans doute cela n'avait-il pas vraiment d'importance. Le monde ne s'arrêterait pas de tourner pour autant.

Pourquoi était-il si faible ?

Puis il y eut, au cœur de l'incendie, comme un remous incandescent. Une silhouette de chair et de flammes se dressa, chancela, puis s'arracha du cœur de l'enfer.

Nielsen ressentit presque physiquement les efforts mentaux que la torche humaine faisait pour s'extraire de l'étau mortel qui tentait de se refermer sur elle. Dans un dernier sursaut de volonté, Maaskar éteignit les flammes qui se volatilisèrent pour disparaître dans la lumière du ciel. Il ne resta plus qu'un spectre noirci, sanguinolent, qui se laissa lourdement glisser au bas de la terrasse et s'avança en titubant dans sa direction.

Un regard d'or se fixa sur lui. Un regard d'agonie, cerné de douleur, un regard dont toute arrogance avait disparu. Les deux hommes se dévisagèrent longuement, les yeux chargés d'une quantité de choses inexprimées, douloureuses. Puis Maaskar murmura, la voix déformée par la souffrance :

— Elle est morte, Nielsen. C'est moi qui l'ai tuée.

— Ce n'était qu'une esclave, Maaskar. À peine un animal de compagnie. C'est bien ainsi que tu la traitais, n'est-ce pas ?

— Une esclave ! Une esclave qui aurait pu me sauver. Et je ne l'ai pas compris. Je ne me suis pas rendu compte. Il est trop tard à présent.

— Il est trop tard pour tout le monde, rétorqua amèrement Nielsen.

— Non ! Pas pour elle.

Il désigna les ruines de la Citadelle, voulut tendre une main calcinée vers l'endroit où avait disparu Nelvéa. Mais il s'écroula soudain sur les genoux.

Nielsen n'osait faire un geste. Maaskar n'avait plus figure humaine. De ses vêtements ne restaient que des lambeaux collés à une chair noircie sur laquelle s'écoulaient des rigoles de cendres et de sang. Son abondante chevelure claire n'existait plus. Une abominable odeur de chair brûlée empuantissait l'air. Le moribond sembla ramasser ses dernières forces, puis il dit :

— Tout est fini pour moi. Mais pour elle, j'ai menti.

— Cet homme est pourtant son père, le comte Dorian de Gwondaleya, rétorqua Nielsen, intrigué.

— Bien sûr, c'est notre père. Mais il y a quelque chose qu'elle ignore. Quelque chose… qu'elle doit découvrir.

Une main noirâtre, déformée par les flammes, s'agrippa soudain au bras de Nielsen, brûlante comme de la braise.

— Il faut que tu la sauves. Rattrape-la ! Dis-lui qu'elle doit aller au-delà de cette vision. Parce qu'elle n'est pas de ma race. Si elle le croit, elle va vouloir se détruire.

Les yeux d'or luirent une dernière fois, la griffe de chair trembla sur le bras amaigri de Nielsen.

— Elle va se détruire par ma faute ! Ma faute !

Et soudain l'étreinte se relâcha, les yeux s'accrochèrent, suppliants, à ceux de Nielsen, jusqu'au moment où un voile terne leur ôta toute vie. Le corps de Maaskar bascula en avant, aux pieds de son rival.

Celui-ci demeura un moment indécis, puis se lança à la poursuite de Nelvéa.

Il franchit différentes enceintes, enjamba des corps effondrés, disloqués, brisés. Mais la jeune femme avait pris trop d'avance. Et surtout, il était trop faible. Lorsqu'il parvint enfin, au prix d'efforts surhumains, devant le gigantesque portail blindé qui gardait l'entrée de la Citadelle, celui-ci n'existait plus. La haute muraille avait été éventrée, pulvérisée. Les deux lourds vantaux avaient basculé dans le vide, au bas de la pente qui menait vers la ville. Nelvéa avait déjà quitté la forteresse.

À bout de souffle, il se traîna jusqu'à une colonne effondrée et s'assit. La lumière le faisait souffrir. Il se découvrit l'envie de pleurer. De rage, d'impuissance, de lassitude, de désespoir. Jamais Nelvéa n'accepterait de tomber dans le piège des Forces du Néant. Parce qu'elle savait qu'elle pourrait les utiliser pour semer la mort et la destruction, ses pouvoirs lui faisaient horreur. Alors, elle allait se détruire. De cela il était sûr. Et il ne pouvait rien faire pour l'en empêcher. Il demeura longtemps ainsi, prostré, l'esprit fiévreux, n'ayant plus ni le goût, ni la volonté d'entreprendre quoi que ce fût.

Vers la fin de la journée, alors que le soleil déclinait à l'horizon, un nouveau bruit lui fit relever la tête. Là-bas vers l'ouest, à la lisière de la ville tentaculaire s'élevaient des fumées. Ailleurs, des explosions assourdies par la distance déchiraient le silence du soir.

Il comprit que l'armée amanite avait commencé à envahir les faubourgs de Hackenmahar.

79

Une rumeur sourde tira Nielsen de sa méditation. Il se leva, lutta contre le vertige et se dirigea vers les ruines du portail. La rumeur devint grondement. Au bas de la route en lacet qui conduisait à la Citadelle se pressait une foule vociférante d'où montaient des relents de panique. Un cordon de Bakan Gahrs tentait vainement d'endiguer le flot humain survolté par l'angoisse. Au loin, vers l'ouest, les lueurs des explosions déchiraient le crépuscule. Sans doute Nelvéa s'était-elle enfuie avant l'arrivée des citadins.

Résigné, peut-être indifférent, Nielsen attendit. Bientôt, le tumulte dégénéra en une véritable bataille. Les Bakan Gahrs durent céder le pas. Ceux qui s'obstinaient à résister furent balayés, massacrés par la foule. La barrière policière céda, creva comme un barrage pulvérisé par un torrent furieux. Une marée humaine se lança à l'assaut de la pente escarpée. Mais, sans doute impressionnés par la majesté du lieu mystérieux ou épuisés par la raideur de la côte, les citadins ralentirent après quelques centaines de mètres.

La nuit était presque tombée lorsque les premiers d'entre eux parvinrent à l'entrée de la forteresse. Nielsen n'avait pas bougé. Dans ses haillons déchiquetés, souvenirs du vêtement de combat qu'il avait endossé de nombreux mois plus tôt à Vallensbrück, il pouvait passer pour un esclave rescapé de l'enfer.

Derrière lui, les lueurs des incendies qui ravageaient les ruines de la Citadelle illuminaient les murailles de fleurs mouvantes. La foule s'arrêta, intriguée par la silhouette noire qui semblait les attendre. Nielsen parlait couramment la langue de Hackenmahar qu'il s'était fait enseigner par les multiples prisonniers capturés au cours des siècles. Il décida de tenter de prendre la situation en main. Il ne risquait plus grand-chose. Rassemblant ses forces, il leva les bras et clama :

— N'allez pas plus loin, gens de Hackenmahar ! Ce lieu est maudit. Impressionnée, la foule marqua un recul. Nielsen poursuivit :

— Les Kaïsords ne sont plus !

— Mais… que s'est-il passé ? hasarda un gros homme richement vêtu. Sans doute un notable.

Nielsen s'écarta et désigna d'un geste ample les décombres sur lesquels planaient de lourdes fumées noires. La foule hésita, puis, lentement, investit la Citadelle. Mais les plus audacieux reculèrent devant les cadavres mutilés et décapités qui jonchaient le sol.

— Il a fallu une armée puissante pour accomplir un tel massacre, balbutia un homme maigre. Où est-elle à présent ? Nous n'avons rien vu.

Nielsen répondit :

— Ce n'était pas une armée !

Il s'appuya au bras d'une grosse femme compatissante et clama :

— Gens de Hackenmahar, écoutez-moi ! Les Kaïsords ont voulu vous faire croire pendant des siècles qu'ils étaient des divinités. Ils vous ont asservis, ont vécu du fruit de votre travail, détruit ceux qui osaient se rebeller contre leur autorité. Mais ils n'étaient que des hommes. Des hommes malfaisants qui ont irrité les dieux véritables. Une déesse est venue. C'est elle qui les a anéantis.

— Une déesse ? reprit le gros homme, incrédule.

— Qui d'autre qu'un dieu aurait pu vaincre la puissance des Kaïsords ?

— Mais vous, qui êtes-vous ?

— Je suis Nielsen d'Hoffengart, prince de Vallensbrück, capturé par les Kaïsords l'année dernière. La déesse m'a délivré. Je suis le seul survivant.

— Où est-elle à présent ? demanda une femme.

— Je l'ignore ! Elle est partie.

Il leur montra le portail éclaté, les cadavres mutilés, les incendies qui ravageaient divers endroits de la Citadelle.

— Voyez son œuvre. C'est elle qui a provoqué tout cela. Demain, il ne restera rien de cette orgueilleuse forteresse.

Comme pour confirmer ses dires, une violente explosion déchira l'air. Une gerbe de feu jaillit, illuminant la nuit naissante, tandis qu'un gigantesque pan de mur s'éboulait à quelque distance. Impressionnés, les citadins reculèrent. Certains commencèrent à rebrousser chemin, en proie à la panique. D'autres se regroupèrent autour de Nielsen.

— Mais pourquoi a-t-elle fait cela ? demanda une jeune femme.

— Ne vous a-t-elle rien dit, seigneur Nielsen ? insista une autre.

— Elle m'a transmis un message pour vous.

— Lequel ?

— Elle a dit : « J'ai délivré cette cité des faux dieux qui la tyrannisaient et la menaient à sa perte. À présent, Hackenmahar doit cesser de combattre les royaumes qui l'entourent. Qu'elle s'ouvre à leur civilisation ! La colère des hommes qui l'attaquent aujourd'hui est justifiée. Mais ils ne veulent que la paix. Dites aux gens d'ici qu'ils déposent les armes. Sinon, je reviendrai, et ce sera la ville entière que j'anéantirai ! »

— Qui est-elle ? D'où venait-elle ?

Un homme intervint.

— Je le sais, moi ! Je suis maître Falken, trésorier de la Compagnie des mines. J'étais au marché aux esclaves, voici trois semaines. Une femme, une esclave, s'est suicidée sous les yeux de tous parce qu'un Kaïsord l'avait achetée. Je crois qu'elle s'appelait Chris. Avant de mourir, elle a parlé. Elle a dit que les Kaïsords seraient détruits par une femme qui était déjà dans nos murs.

— C'est vrai, renchérit une femme âgée. J'étais présente.

Il y eut un vaste mouvement de foule, des murmures qui se transformèrent en grondements. Nielsen, la tête bourdonnante, s'appuya sur le bras de sa compagne inconnue. On se tourna vers lui. Le gros homme prit la parole.

— Que devons-nous faire, seigneur Nielsen ?

Le prince reprit son souffle.

— Déposez les armes. Agissez comme elle l'a dit.

— Savez-vous qui elle est ?

Il hésita, puis répondit :

— Je l'ignore, tout comme vous. Qui peut savoir ce qu'est vraiment une déesse ? Mais je pense qu'il n'y a pas d'alternative.

Les citadins, bouleversés par le spectacle de la Citadelle détruite, avaient visiblement décidé de s'en remettre à lui. Il se redressa. La partie était gagnée. Il fallait seulement tenir encore un peu.

— Qui combat l'ennemi ? demanda-t-il.

— Les Bakan Gahrs, Seigneurs ! Le peuple ne possède aucune arme.

— Qui commande les Bakan Gahrs ?

— Leurs capitaines et, au-dessus, les Kaïsords.

— Les Kaïsords sont morts. Il faut que les gardes cessent le combat s'ils ne veulent pas être massacrés. Laissez entrer l'ennemi. Il ne vous fera aucun mal si vous ne résistez pas. Menez-moi vers lui. Je vais tenter de parlementer.

La nuit était tombée lorsque les combats cessèrent. On avait emporté Nielsen sur les lieux. Depuis des siècles, les citadins de Hackenmahar ignoraient jusqu'à la signification du mot guerre. Ils ne comprenaient pas vraiment le bouleversement qui les atteignait. Bien sûr, certains d'entre eux conservaient chez eux des armes qu'ils cachaient jalousement. Mais il n'existait aucun meneur, aucun chef suffisamment puissant pour les réunir et constituer une phalange de défense. Les Bakan Gahrs, privés de leurs dirigeants et harcelés sur leurs arrières par des citadins qui leur criaient de cesser les hostilités, lâchèrent bientôt leurs armes.

Les premiers moments de confusion passés, Nielsen put

enfin s'avancer au-devant des envahisseurs. Des dramas, des chevaliers, des guerriers l'entourèrent. Il exigea de se faire conduire devant leurs chefs.

Épuisé par l'effort surhumain qu'il venait de fournir, il n'eut que le temps de pénétrer sous une tente immense dressée dans la plaine proche. Lorsqu'il reconnut, parmi les capitaines ennemis, la silhouette de Palléas, il éprouva un immense soulagement. Il lui tendit les bras, et s'évanouit contre la poitrine de son beau-frère.

Il faisait grand jour lorsque le prince reprit enfin conscience. Le visage inquiet de Palléas était penché au-dessus de lui.

— Hal Weya, Nielsen ! dit ce dernier avec un sourire.

— Hal Weya, mon frère ! répondit-il.

Les deux hommes s'observèrent un long moment. Un courant de chaude amitié passa entre eux. Nielsen saisit la main de son compagnon et la serra avec force.

— Cela va mieux, affirma le prince. Où en êtes-vous ?

— La ville s'est rendue pratiquement sans combat. Les gardes noirs ont déposé les armes presque partout. Nous avons été accueillis comme des libérateurs. En ce moment, nos agents de l'intérieur tentent de constituer un gouvernement provisoire avec l'aide des amanes qui nous ont accompagnés. Je pense que le peuple de Hackenmahar en avait assez du despotisme des Kaïsords.

— Je le crois aussi.

Palléas sourit.

— Tu ne sembles pas étonné de me voir ici, remarqua-t-il.

— Non ! Tu savais que Vallensbrück avait été détruite par les Gris, et que ta sœur avait été capturée. Alors...

Nielsen se redressa sur sa couche.

— Où est-elle, à présent ?

— Je l'ignore ! Personne ne l'a vue !

Le prince soupira. Sa tête rebomba sur l'oreiller.

— Il s'est passé quelque chose de terrifiant.

— Je sais.

— Que va-t-elle devenir, Palléas ? Elle a été victime de la vengeance d'un homme qui la haïssait et l'aimait à la fois. Parce qu'elle l'a repoussé, il a tout tenté pour la détruire. Elle l'a fui. Mais il a su refermer son dernier piège sur elle. Je crains qu'il ait réussi à la rendre folle. Jamais elle ne se pardonnera ce qu'elle vient de découvrir.

— Et pourtant, elle n'est pas vraiment responsable.

— Tu sais, toi, ce que signifie cette vision.

— Bien sûr.

— Pourquoi ne pas le lui avoir dit ?

— Jamais elle n'aurait cru une chose pareille. Il fallait qu'elle la découvre elle-même, et seul un choc violent pouvait l'y aider. Pourtant, il faut qu'elle aille au-delà de cette vision. À ce prix seulement elle sera sauvée. Mais en aura-t-elle le courage ?

— Que va-t-elle faire ?

— Nous combattre, peut-être. Mais plus sûrement se détruire.

Palléas serra les dents pour ne pas pleurer.

— Tout ceci est… tellement stupide. Ce qu'elle porte en elle n'est même pas mauvais. Bien au contraire. Mais pour un être aussi fier, et parce qu'elle sait que tout est vrai, il ne peut y avoir de pardon.

Il soupira.

— Tout aurait été si simple si Maaskar n'avait pas existé.

— Il était votre frère.

— Je l'ignorais jusqu'à aujourd'hui ! Je viens de le comprendre à travers tes souvenirs. Si j'avais su cela plus tôt, bien des malheurs auraient pu être évités. Mais ce démon m'a toujours fui. Non sans raison.

Nielsen reprit la main de son beau-frère.

— Il nous faut aider Nelvéa. Tu dois faire quelque chose !

Soudain, un homme pénétra sous la tente. Marvel, l'écuyer de Palléas.

— Djihad !

— Que se passe-t-il ?

— Fearn a disparu !

— Fearn ! Son lionorse, murmura Nielsen.

— Je l'avais amené, expliqua Palléas. Il aura flairé la présence de sa maîtresse. C'est pour cela qu'il s'est sauvé.

— Il a brisé sa longe, ajouta Marvel d'une voix embarrassée. Personne n'a pu l'empêcher de s'enfuir.

— Quelle direction a-t-il pris ?

— Le sud de la ville.

— Le sud ?

Palléas médita quelques instants.

— Il faut tenter de la rattraper, affirma Nielsen en se dressant sur le lit de camp.

— Cela ne servirait à rien, rétorqua Palléas. Elle nous rejetterait, toi comme moi.

— Mais nous ne pouvons tout de même pas rester inactifs, alors qu'elle risque de se donner la mort. Il faut agir.

Nielsen avait presque hurlé la dernière phrase.

Soudain, le visage de Palléas s'illumina.

— Ne t'inquiète pas ! J'ai deviné l'endroit où elle se rend. Et je sais ce que nous allons faire.

80

Du haut d'un promontoire, Nelvéa contemplait la vaste étendue sans vie qui s'étirait jusqu'à l'horizon. À présent, toute haine avait fui son cœur. Elle s'était diluée au long de la course effrénée qui lui avait fait franchir, en quelques jours, les plaines d'Europania, puis le massif de l'Hercy, la forêt de Narushja.

Elle avait évité les ruines de Vallensbrück, le village de Norskynn, Veraska. Elle ne voulait plus se mêler aux hommes. Dans la journée, elle chassait. Elle se nourrissait le soir des animaux qu'elle avait abattus. Elle dormait à peine, redoutant de retrouver dans son sommeil l'image angoissante et sacrilège de son père penché sur elle. Pourtant, pas une fois il ne lui apparut.

Parfois, des maraudiers audacieux et inconscients tentaient de lui barrer la route. Mais personne n'eût été suffisamment puissant pour arrêter sa course folle vers le sud. Elle écartait ses agresseurs sans y penser, culbutant les malheureux comme de vulgaires fétus de paille.

Lorsqu'elle avait quitté la Citadelle des Kaïsords, abandonnant derrière elle des ruines fumantes et son ancien compagnon, elle avait erré sans but dans les rues de Hackenmahar. Déjà une foule curieuse se rassemblait, intriguée par les fumées qui s'élevaient de la forteresse seigneuriale. Personne ne lui avait prêté attention. Elle n'avait pas pensé un seul instant à retourner auprès de ses compagnons qui l'attendaient dans les ruines de la cité antique. Elle avait dormi quelques heures dans une cour oubliée de la ville basse. Le lendemain, elle avait repris sa marche sans but dans l'immense métropole, jusqu'au moment où une silhouette gigantesque s'était précipitée vers elle. En un instant, toutes ses angoisses avaient fondu au soleil printanier.

Son lionorse, le fauve superbe qu'elle avait cru mort, était revenu la chercher. Elle n'avait pas tenté d'expliquer ce miracle. Cela n'avait aucune importance. Il était là, et tout était bien. Ignorant l'étonnement des badauds qui l'avaient entourée alors, elle avait sauté sur l'échine du lionorse et s'était élancée vers le sud de la ville, sans trop savoir pourquoi elle prenait cette direction. Une cohorte de gardes noirs avaient tenté de l'arrêter. Ils n'avaient même pas ralenti sa course.

Malgré sa résistance exceptionnelle, le pauvre Fearn avait eu peine à soutenir le train d'enfer imposé par sa maîtresse.

Cependant, au fil des jours, la présence de l'animal avait calmé la jeune femme. Parfois, elle s'arrêtait, se blottissait contre le fauve et pleurait.

— Tu es mon seul ami, sanglotait-elle. Tous les autres m'ont rejetée. Nielsen ne me pardonnera jamais mon aventure avec Maaskar. Et Palléas ! Il connaissait la vérité. Il n'osait pas me l'avouer. Même ma fille, Lauryanne, m'a abandonnée.

L'une des dernières phrases de Maaskar la hantait. « Si elle peut encore être sauvée », avait affirmé la fillette. Avait-elle réellement prononcé ces terribles paroles ? Pourquoi pas ? Elle savait déjà, elle, la malédiction qui pesait sur sa mère.

— Mais pourquoi ? Pourquoi ? Que m'est-il arrivé ?

Le soir, elle restait de longues heures assise, contemplant les flammes de son feu de camp et parlait à l'animal. Faisant appel à toute sa lucidité, elle tentait de faire le point. Fearn l'écoutait gravement, ses yeux en amande posés sur elle, attentif au son de sa voix, comme s'il comprenait la détresse qui habitait sa maîtresse.

— Je ne suis pas folle ! affirmait-elle. Je suis Nelvéa de Gwondaleya et de Vallensbrück. Ces visions ne m'appartiennent pas ! C'est Maaskar qui les a mises en moi. Jamais je n'ai pensé à cette horreur !

Mais elle était obligée d'admettre que ses rêves ambigus dataient d'avant sa rencontre avec son demi-frère.

Le fauve se couchait à ses côtés, glissait son museau de félin sous son bras et la bousculait gentiment, en quête d'une caresse. Lorsque le feu faiblissait, et que ne subsistaient plus que les braises, elle s'enveloppait dans sa cape déchirée et se couchait entre les pattes de son compagnon pour se réchauffer à sa fourrure.

Au fil des jours, elle s'était débarrassée de la gangue poisseuse de l'inceste qui l'avait unie à ce demi-frère dément. Elle comprenait mieux à présent le sentiment de malaise qui la saisissait chaque fois qu'elle se trouvait en sa présence. Sans doute avait-elle toujours su que leur sang était commun. Mais l'autre l'avait aveuglée. Elle était tombée dans un piège dont elle ne pouvait soupçonner l'existence. Par bonheur, elle n'avait jamais porté d'enfant de lui. Il avait pourtant tenté de le lui faire accepter. Heureusement, elle avait refusé, de toutes ses forces.

Elle ignorait s'il était encore en vie. De toute façon, cela n'avait plus guère d'importance. Il avait voulu la détruire, et avait triomphé. Bien que le visage désormais connu de son amant nocturne eût cessé de la tourmenter, elle redoutait de fermer l'œil. Le visage ricanant de Maaskar se penchait sur elle, la dominait, la torturait. Alors, elle s'éveillait, le cœur battant la chamade, et hurlait.

Il ne lui avait pas fallu plus d'une semaine pour atteindre les limites des Terres Bleues. À présent, elle contemplait le vaste panorama, l'esprit vide. Le mal qu'elle sentait vibrer en elle devait être anéanti. Elle avait trop peur de verser définitivement du côté de la haine. Elle devait quitter la vie. Pour cela, il n'existait pas de meilleur endroit que celui où son père avait disparu des années plus tôt.

Elle mit Fearn au pas et s'engagea sur la pente douce qui menait à la lisière du désert de mort. Il lui sembla revenir une éternité en arrière. Depuis sa première visite, rien n'avait changé. Les Terres Bleues n'avaient pas cédé un pouce de terrain à la forêt Skovandre. Devant elle, les arbres s'espaçaient, faisant la place à des buissons torturés, blessés, sur les branches desquels suintait la sève maudite, le poison qui tuait quiconque le touchait.

Le soir tomba, annonçant une nuit de printemps riche de senteurs nouvelles. Mais elle ne les percevait plus. Au loin, le soleil se posait sur un horizon sans vie, où brillaient çà et là les lueurs diffuses d'affleurements de lave. Un faible souffle de vent agitait les branches de la forêt encore proche. Peu à peu l'haleine infernale qui coulait du désert de mort l'enveloppa. C'était une chaleur sèche, destructrice, qui lui coupa un instant le souffle.

Elle mit pied à terre et ôta la selle et le harnachement de Fearn. Une dernière fois, elle se blottit contre la fourrure soyeuse du fauve. Celui-ci feula doucement, comme s'il sentait la séparation qui se préparait.

— Éloigne-toi à présent. Rejoins les tiens ! Je ne peux pas t'emmener là où je vais ! Tu dois vivre, Fearn !

Elle sentait à peine les larmes qui coulaient de ses yeux. Elle posa longuement ses lèvres humides sur le museau du fauve, promena ses mains sur le pelage, les joues du lionorse, et le repoussa lentement, comme on s'arrache à son passé. Le fauve ne bougea pas. Ce fut elle qui recula, sans cesser de le regarder.

Puis elle lui tourna le dos et marcha résolument vers le désert. Parvenue à la limite des derniers buissons à la sève maudite, elle s'agenouilla. Elle dormirait là. Demain, elle s'avancerait au cœur des Terres Bleues et attendrait que la Malédiction la prenne. Comme son père avant elle. Et tout serait fini.

Lentement, elle se coucha sur le sol pierreux, les yeux perdus dans les étoiles naissantes. Une soif nouvelle l'envahit, qu'elle ne chercha pas à étancher. Si la mort avait pu la prendre là, doucement, sans bruit, sans heurt…

Tout à coup, elle ressentit comme une présence.

La nuit était totalement tombée. Elle se redressa sur un coude, et observa les alentours. Le lionorse avait disparu. Cependant, au loin, une petite silhouette se dirigeait vers elle d'un pas assuré. Un génie, ou peut-être une déesse ?

81

Elle ne la reconnut pas immédiatement. Puis son cœur bondit follement dans sa poitrine. C'était comme un songe qu'elle avait fait, bien des années plus tôt. Des yeux limpides qui la contemplaient, dans lesquels elle lisait tout l'amour du monde. Un amour inconditionnel, indifférent aux folies des hommes. Un amour qui seul encore pouvait peut-être la sauver.

— Lauryanne !

— Mère !

La fillette s'approcha d'elle lentement, puis tendit la main. Nelvéa la saisit, doucement, comme si elle avait craint que la vision ne s'estompât dans le néant. Mais la chair tiède des doigts de la fillette s'incrusta dans ses paumes, lui communiquant une nouvelle chaleur, un réconfort inespéré. Elles demeurèrent longtemps ainsi, immobiles, prises dans un rêve qui ne voulait pas finir, chacune tentant de comprendre, d'apprivoiser l'autre. Les yeux de Nelvéa se brouillèrent de larmes.

— Ne pleurez pas, mère, je suis là !

— Tu es là, ma belle petite princesse.

Soudain, elle se jeta dans les bras de Lauryanne, enfouit sa tête contre la frêle poitrine de l'enfant pour s'y noyer, s'y blottir, tout oublier. La fillette caressa la lourde crinière, tendrement, d'une main maternelle.

— Que dois-je faire, ma petite fille ? Que dois-je faire ? Tu le sais, toi. Tu sais toujours tout. Tu es si pure…

D'étranges paroles, revenues du fond des temps, se dessinèrent dans l'esprit enfiévré de Nelvéa. Des mots magiques, venus d'une légende oubliée, qui affirmaient que seule une jeune vierge pourrait approcher l'animal fabuleux qu'était la Licorne.

— C'était toi, murmura Nelvéa.

Elle se rendit compte qu'elle aurait tué quiconque aurait osé l'aborder à présent. Sauf elle, Lauryanne.

— Que dois-je faire ? répéta encore Nelvéa.

La petite fille leva sur elle un regard d'un bleu semblable à celui du ciel le plus limpide.

— Mère, il n'y a aucun mal en vous. Il y a seulement quelque chose que vous devez découvrir. Quelque chose d'extraordinaire.

— Tu sais ce que c'est ?

— Oui ! Mais je ne peux vous le dire. Personne ne le peut. C'est comme... lorsque l'on apprend à lire. Ceux qui savent ne peuvent lire à la place de ceux qui ne savent pas. Il faut que vous recherchiez seule la vérité. Elle est différente pour chacun de nous. Vous croyez qu'une malédiction pèse sur vous. Mais ce n'est pas exact. C'est seulement l'apparence d'une malédiction.

— Lauryanne, c'est la mort que je sème autour de moi. Et puis, il y a cette vision atroce. Tu comprends ce qu'elle signifie !

— Je le sais. Mais vous ne devez pas revenir en arrière. Si vous le faites, la mort vous prendra. Définitivement. Allez au-delà de cette folie qui vous tient. Laissez-la venir à vous et percez son mystère. Alors seulement vous serez sauvée.

Nelvéa regarda longuement les Terres Bleues, sur lesquelles planait une lueur irréelle, faite de reflets d'azur et de sang.

— Si je m'enfonce dans ce désert, je vais mourir, tu sais cela ?

— Vous ne mourrez pas, mère ! Vous ne mourrez pas si vous acceptez d'aller au-delà des apparences.

Nelvéa aurait voulu la croire. Sans doute la fillette avait-elle raison. Mais comment franchir cette barrière innommable, abjecte, qui sommeillait en elle et sur laquelle veillait un démon dont les yeux jaunes luisaient comme ceux d'un serpent.

Lauryanne lui prit la main.

— Je vais rester près de vous cette nuit.

Avec des gestes doux, elle se défit de sa cape et se blottit contre sa mère. Elle posa sa tête contre la poitrine de la jeune femme, et enserra son cou de ses petits bras. Nelvéa sentit sa chaleur se répandre en elle. Un grand calme l'envahit.

Elle ne tentait pas de s'expliquer la présence de Lauryanne en ce lieu. Sans doute était-elle en train de rêver. Mais elle aurait voulu que ce rêve ne s'arrêtât jamais. Depuis longtemps les événements se jouaient d'elle, ne lui apportaient que mort et désolation. Pourquoi sa folie ne lui aurait-elle pas également suggéré l'image de cette enfant si belle et aux pouvoirs si singuliers ? Elle ferma les yeux et se laissa glisser dans le sommeil.

Un rideau de flammes l'entourait. Des flammes éblouissantes, comme jamais encore elle n'en avait vu. Elle les connaissait pourtant. Elle les avait déjà approchées, peut-être des siècles auparavant. Une vague de souvenirs lui revint. L'Astina, cette épreuve de l'Eschola où elle avait cru pouvoir saisir la vérité dernière, mais qu'une femme inconnue, issue de ses rêves, lui avait ravie.

Au prix d'un effort violent, elle parvint à ouvrir les yeux. Le soleil du printemps inondait le paysage dantesque. Elle se redressa. La mémoire lui revint. Elle chercha Lauryanne. Mais l'enfant avait disparu. Ainsi donc, elle avait rêvé ce crépuscule étrange où sa fille l'avait rejointe. Elle scruta la lisière de la forêt, appela. Seul le vent répondit à son appel. Fearn lui-même n'était pas revenu. Un vide incommensurable se creusa en elle. Puis une paix étrange lui succéda, faite de résignation et de plénitude. Plus rien n'avait d'importance à présent.

Elle jeta un dernier regard en direction de la forêt, et se

dirigea vers le désert d'où soufflait toujours un vent violent et chaud, presque brûlant.

— J'arrive, mon père, murmura-t-elle. Attendez-moi !

Elle franchit la limite des Terres Bleues et commença une longue marche.

82

Cela faisait trois jours à présent qu'elle marchait. Un vent brûlant soufflait en permanence. Parfois des tornades de poussière la contraignaient à s'abriter derrière un rocher.

La nuit, elle dormait à même le sol, enroulée dans sa cape, ruisselante de sueur à cause de la chaleur étouffante qui sourdait des anfractuosités de la roche. Plusieurs fois elle dut contourner des ravins rougeoyants d'où montait une haleine grondante et infernale.

Elle n'avait emporté aucune boisson, aucune nourriture. Elle attendait que la mort vienne, la redoutant et l'espérant tout à la fois. Cependant, rien ne se produisait. À sa grande stupéfaction, elle ne ressentait ni faiblesse, ni malaise.

« Vous ne mourrez pas », avait dit Lauryanne. Mais cette apparition n'était qu'un rêve. La fillette avait disparu au réveil. Elle était en sécurité au sein des murs épais d'Hambora. Elle n'avait pu se trouver auprès d'elle trois jours auparavant.

Et d'ailleurs, où était la réalité ? Cette marche insensée au cœur d'un désert de mort n'était-elle pas, elle aussi, le fruit de son imagination ?

Elle commençait à perdre la notion du temps et des choses.

Une nouvelle nuit vint, l'enveloppa, puis un nouveau matin, fait de pluie et de vent. Et une autre nuit encore.

Il y avait peut-être dix ou douze jours qu'elle avait quitté la lisière. Sans pouvoir vraiment s'expliquer pourquoi, elle suivait la direction du soleil couchant. Peut-être parce qu'elle menait vers le cœur du désert.

Le paysage ne variait guère. Elle marchait, marchait, indifférente aux pierres qui écorchaient ses pieds. Elle ne voulait plus penser à rien. La cape déjà déchiquetée que lui avaient donnée les gens du Fond n'était plus qu'un haillon innommable, sans couleur, maculé de poussière et de sang séché. Elle n'avait même pas songé à se procurer des vêtements lorsqu'elle avait fui Hackenmahar. Elle s'en moquait. Sans doute était-elle déjà morte au-dedans.

Parfois une étrange fatigue la prenait. Alors, elle s'agenouillait, reprenait son souffle, et se redressait.

Elle ne comprenait plus rien. Depuis son départ, elle n'avait absorbé aucune nourriture ni une seule goutte d'eau. Elle aurait dû s'effondrer de faim et de soif depuis longtemps déjà. Pourtant, elle ne souffrait ni de l'une ni de l'autre. Seule sa gorge sèche lui rappelait douloureusement la réalité.

Sur sa peau, nul signe n'annonçait la Malédiction bleue. Cela surtout l'angoissait. Il naissait parfois en elle des sentiments d'incompréhension, de colère, de révolte ainsi qu'une terreur proche de la folie.

L'image transfigurée de son père la hantait, lui déchirait la chair. Elle aurait voulu souffrir, expier le crime qui vibrait en elle. C'était pire. Elle ne ressentait aucune douleur, n'éprouvait rien, sinon une atroce sensation d'étouffement, d'incompréhension, de vide. Le soir, elle bivouaquait, sans doute par habitude de la nuit qui interrompait toutes les activités humaines. Mais elle glissait dans le sommeil sans réelle fatigue.

Un matin enfin, le paysage se modifia. Vers l'ouest apparut une sorte de montagne dont la douceur bleutée tranchait sur les ocres et les gris métalliques des Terres Bleues. Une vapeur diaphane l'isolait du sol. Elle semblait flotter au-dessus du monde comme un rêve inaccessible.

Intriguée, elle accéléra le pas. Elle marcha longtemps, sans s'arrêter, ignorant le soleil torride qui avait succédé aux pluies torrentielles du début. Elle ne savait plus depuis combien de temps elle avait quitté la lisière. Peut-être des mois, des siècles auparavant. Le temps n'avait plus aucune signification dans cet univers irréel. Le soir, elle avait peut-être parcouru plus de dix marches. Cependant, la montagne bleue ne s'était pas rapprochée d'un pas.

— C'est impossible, murmura Nelvéa, les lèvres écorchées par le vent sec. Cette fois, je suis folle !

Dans la lumière rouge sang du crépuscule, elle observa longuement l'horizon escarpé que baignait une étrange lumière intérieure.

Elle tomba à genoux et murmura :

— Mais qu'est-ce qui m'arrive ? Qu'est-ce qui m'arrive ?

Lorsque le disque flamboyant sombra derrière l'île du Ciel, elle connut un moment de désespoir infini. Sans doute avait-elle imaginé cette montagne. Ce n'était peut-être qu'un nuage à la forme curieuse. Puis elle rejeta cette hypothèse avec violence. Elle existait. Mais où se trouvait-elle réellement ?

Soudain, une idée effroyable se fit jour en elle. Une sueur froide lui coula le long du dos.

La Mort !

Elle l'avait frappée alors qu'elle passait la première nuit au cœur des Terres Bleues. Elle avait cru se réveiller le lendemain matin, mais son corps devait être en train de se dessécher, quelque part non loin de la lisière.

Alors ? Que faisait-elle ici ? Jusqu'à quand devrait-elle errer ainsi, à la poursuite d'une mort devenue impossible ?

Elle s'écroula sur le sol et se mit à pleurer doucement. Une image effrayante se forma en elle, lui révélant le visage triomphant de Maaskar qui riait, de son rire acide et dévastateur. Sa voix lui parvint, déformée : « Palléas était trop puissant pour moi. Toi, tu étais plus tendre, plus fragile. Je savais que je parviendrais à te détruire, à t'avilir. Tu es maudite, Nelvéa, nous sommes de la même race. Ta seule chance était de t'unir à moi ! Tu es perdue, Nelvéa ! »

PERDUE !...

Peut-être était-elle devenue folle ! Mais la folie elle-même était une aberration. Elle avait franchi la mort, une mort stupéfiante qui avait toutes les couleurs de la vie.

Il lui fallait réagir. Tout cela devait avoir une explication. Lorsque les Kaïsords l'avaient isolée au cœur du massif rocheux que couronnait la Citadelle, elle avait combattu la folie par la douleur. Elle s'était griffé les paumes, mordue au sang pour trouver dans la souffrance la seule défense contre l'angoisse insidieuse qui s'infiltrait en elle. Dans un accès de rage et de révolte, elle empoigna une pierre anguleuse et se lacéra le ventre. Une violente douleur irradia ses entrailles. Du sang se mit à couler.

Hébétée, elle regarda le liquide écarlate ruisseler, dessiner sur son ventre des traînées hésitantes et tièdes. Elle n'était pas morte. Les morts ne souffrent pas. Ils ne saignent pas.

Alors, que lui était-il arrivé ?

La nuit était tombée à présent. Dans un effort de volonté surhumain, elle était parvenue à calmer son esprit au bord du délire. Des images, des mots, des visages passaient dans sa mémoire, s'entremêlaient dans une symphonie hallucinante et tragique.

« Si la découverte de la vérité risque de te blesser, ne la refuse pas pour autant. Aie le courage de poursuivre jusqu'au bout, même si elle te fait horreur. Souvent le charbon le plus noir renferme en sa gangue les diamants les plus purs ! » avait dit Palléas.

Le cristal !

« Mère, il n'y a aucun mal en vous. Il y a seulement quelque chose que vous devez découvrir. Quelque chose d'extraordinaire ! » avait confirmé Lauryanne.

« Va jusqu'au bout de ta folie ! », gronda la voix de la sorcière, remontée du fond des âges...

La folie !

La folie, c'était cette union contre nature avec cet amant nocturne, qui l'avait hantée pendant toutes ces années sans jamais dévoiler son visage. Un amant merveilleux, mais qui était aussi son père.

Jamais elle ne pourrait aller au bout de ce cauchemar. Elle était sa fille. SA FILLE ! Pas une fois elle n'avait nourri pour lui de sentiments équivoques. Elle n'avait jamais éprouvé la moindre jalousie envers Solyane.

Des larmes lourdes et brûlantes glissèrent sur ses joues.

Désespérée, l'esprit vide, elle resta longtemps affalée sur la roche aride, laissant la nuit d'encre l'envahir. Au loin rougeoyaient quelques affleurements de lave. Vers le sud scintillait une lueur plus vive, d'une inquiétante couleur blanc-bleu.

Lorsque enfin elle cessa de résister au sommeil, elle glissa instantanément au cœur de son cauchemar. Le visage émerveillé de Dorian la contemplait, baigné d'amour. Elle cria, s'éveilla, le cœur battant à tout rompre.

— Jamais ! Jamais je ne céderai ! hurla-t-elle.

Les échos reprirent son cri à l'infini, l'assourdissant presque. Son hurlement s'affaiblit, devint sanglot.

Elle lutta jusqu'au matin contre le sommeil, de peur de faire à nouveau le cauchemar innommable.

Au matin, les yeux rougis, elle observa la montagne bleue que le soleil levant parait de couleurs qui n'appartenaient pas au monde humain. Ce n'était pas un nuage. Cette montagne était réelle, à la fois proche et lointaine. Inaccessible.

Rageusement, elle reprit sa marche. Ses bottes n'avaient presque plus de semelles et ses pieds saignaient de multiples écorchures. Au soir, elle s'étonna à peine de ne s'être pas rapprochée d'un pouce.

Elle touchait le fond du désespoir. Peut-être était-ce là l'expiation que les dieux lui avaient réservée. Marcher ainsi jusqu'à l'infini des temps, hantée par son crime. Un crime qu'elle n'avait jamais commis qu'en rêve.

Alors, après tout, était-elle si coupable de quelque chose qu'elle n'avait pas consciemment désiré ?

Lentement se fit en elle un étrange travail. Elle était stupide. Il y avait une explication derrière tout cela. Une vérité qu'elle devait faire sienne, une vérité que personne ne pouvait lui avouer, parce qu'elle ne l'aurait pas crue.

Peu à peu, elle admit que la seule manière d'extirper le mal en elle, c'était d'aller au bout de cette démence qui hantait ses nuits. La sorcière, sa fille Lauryanne, et son frère lui-même ne lui avaient-ils pas expliqué tout cela ?

Qu'avait-elle à perdre désormais, si c'était là l'unique manière de sortir de ce labyrinthe infernal ?

Il fallait qu'elle sache.

83

S'allongeant sur la roche, elle attendit la nuit, se laissant envelopper lentement par le crépuscule. Les ombres des rochers déchiquetés par les vents s'étirèrent, s'allongèrent lorsque le soleil sombra derrière l'horizon de la montagne. Les yeux perdus dans l'infini du ciel, elle vit s'allumer une à une les étoiles scintillantes, tandis qu'un croissant de lune timide inondait le désert d'une sombre clarté bleue. Par endroits, des brasiers souterrains illuminaient la pierre de leurs taches inquiétantes. Curieusement, les vents s'étaient calmés, comme s'ils attendaient quelque chose.

Nelvéa ferma enfin les yeux et appela de toutes ses forces le rêve maudit. Une nouvelle fois elle éprouva dans sa chair l'empreinte merveilleuse que l'homme imprimait en elle de ses reins puissants. Une nouvelle fois ses pensées chavirèrent, se troublèrent pour la porter vers un sommet de plénitude, de jouissance extraordinaire. Elle maîtrisa à grand-peine un ultime sentiment de répulsion. Ses mains, qu'elles ne contrôlaient plus, se perdirent dans le velours soyeux du torse masculin, humide des perles de sueur que l'amour y avait fait naître.

Le visage de Dorian se dressa au-dessus d'elle, lui sourit. Elle voulut fermer les yeux, nier cette vision d'angoisse et de bonheur intense. Mais elle se contraignit à le contempler, à répondre à la tendresse qui coulait de son regard de nuit. Elle fit soudain une constatation singulière. Le déroulement de cet acte d'amour semblait immuable, comme figé pour l'éternité. Comme s'il ne s'agissait que d'un souvenir.

Alors s'accomplit un phénomène curieux, une sorte de dédoublement, de déchirement. Elle eut l'impression qu'une force surgie du plus profond de son être la rejetait au loin, tandis qu'une autre elle-même se développait, la remplaçait. Puis sa honte disparut, elle n'avait aucune raison d'être. Elle avait le droit d'aimer cet homme ! Parce qu'elle n'était pas sa fille, mais sa femme. SA FEMME !

Ce fut comme si un voile se soulevait sur un passé disparu. Un flot de souvenirs perdus remonta du fond de sa mémoire, une mémoire mystérieuse, revenue d'outre-tombe, qui ne lui appartenait pas en propre. Les traits de Dorian se diluèrent dans le néant. Un vieux château, dressé comme une sentinelle au sein des brumes du Nord, à la lisière des steppes. Un vieil homme qui était son père – son père ? – lui apprenait à monter à cheval. Elle était toute petite. Des jeunes garçons aussi, plus âgés qu'elle, ses frères, lui enseignaient l'art de la chasse. Une odeur depuis longtemps oubliée lui revint, la senteur des plaines immenses qui menaient là-bas, loin vers le nord, jusqu'à une capitale mythique où régnait l'empereur d'Ukralasie.

Le nom de la forteresse des brumes lui revint : elle s'appelait Shalbatena. D'autres souvenirs affluèrent encore, merveilleux et nostalgiques à la fois. Le vieux château s'estompa, remplacé par l'image d'une ville immense, Burdaroma, la capitale d'un royaume, où son père l'avait amenée pour participer à la fête donnée en l'honneur du héros de la guerre ismalasienne, le légendaire Arnaud de Gwondaleya. Des rues interminables, éblouissantes, bordées de demeures vastes et décorées, un palais bâti sur deux collines dont les jardins en terrasses épousaient les formes, un lac scintillant sous la lumière de la lune.

Elle s'était abritée derrière un buisson pour tenter de décoincer une boucle de soulier lorsque le regard clair d'un homme au sourire moqueur s'était posé sur elle. Le roi Pillat de Burdaroma en personne l'avait aidée à remettre sa chaussure en état. Un homme aux yeux sombres l'accompagnait, un homme fascinant, au charme irrésistible. Elle l'avait aimé immédiatement, sans doute. Elle avait cru s'évanouir lorsqu'elle avait reconnu le héros de l'Ismalasie, le grand Arnaud de Gwondaleya lui-même.

Il avait remporté le lendemain le tournoi donné en son honneur, dans un cirque immense, rempli de dizaines de milliers de spectateurs. Une image lui revint, plus belle que toutes les autres, teintée d'une émotion indicible. Ignorant les appels des femmes de la cour, qui rivalisaient de beauté et de charme, il s'était approché d'elle, monté fièrement sur son lionorse couleur de nuit, et l'avait choisie, elle, la petite inconnue descendue des plaines du Nord. Alors qu'il lui tendait les bras pour la hisser sur l'encolure du fauve, une goutte de sang était tombée sur sa robe. Même dans ses souvenirs, cet instant conservait toute l'irréalité d'un songe.

Le lendemain, le roi donnait une partie de chasse. Elle avait suivi Arnaud, n'osant croire au rêve qui se poursuivait. Son insouciance avait failli la perdre. Une blaireaude défendant ses petits avait manqué de l'égorger. Arnaud s'était interposé pour la sauver. L'animal s'était défendu, et avait rouvert les blessures reçues par le jeune homme au cours du tournoi.

Pendant plusieurs jours elle l'avait veillé, bravant son père, et ignorant les ragots de cour. Elle épongeait son front couvert de sueur, lisait, le contemplait pendant des heures, redoutant l'instant où il serait à nouveau sur pied. Mais il s'était relevé, et l'avait demandée en mariage.

Un mariage grandiose, où elle avait cru mourir de peur. Les yeux d'une foule innombrable s'étaient fixés sur elle, la détaillaient, la déshabillaient, l'évaluaient. Elle était devenue le centre d'intérêt de la ville gigantesque. Mais à ses côtés marchait l'homme qui avait étendu son bras protecteur sur elle. Un homme puissant, admiré, respecté, qui l'avait aimée merveilleusement au cours de nuits trop courtes.

Un homme frappé aussi dans ce qu'il avait de plus cher, une sœur jumelle tendrement chérie, que des vauriens avait enlevée. À leur poursuite, elle l'avait suivi au cœur d'un empire démentiel, envahi par les monstres, habité par des peuples au mœurs étranges. Ensemble ils avaient affronté la jungle bouillonnante, des déserts de sel, les tempêtes, la soif et la faim. Mais elle avait aimé passionnément ce voyage qui l'avait révélée à elle-même, parce que les nuits les rapprochaient. Des nuits au cours desquelles elle avait connu les plus belles étreintes dont une femme puisse rêver. L'une d'elles en particulier lui restait en mémoire : celle au cours de laquelle ils avaient sans doute conçu l'enfant qu'elle avait porté de lui.

Elle l'avait soutenu lorsque le découragement le gagnait. Elle avait connu la jalousie aussi, parce que la reine d'une île mystérieuse l'avait invité dans sa couche. Mais il était revenu vers elle. Elle avait tremblé pour lui lorsqu'il l'avait quittée pour aller combattre l'empereur de Bahiskra, Hadran le Terrible. Il avait triomphé et ramené cette sœur qu'il aimait d'un amour de légende. La plus belle fille du monde, à qui l'on avait brûlé les yeux. Une femme inoubliable, qu'elle avait aimée elle aussi comme une sœur malgré l'amour équivoque qui la liait à Arnaud.

Elle avait connu un moment de joie immense quand il s'était confirmé qu'elle attendait un enfant de lui. Puis elle avait compris qu'Arnaud et Isabelle, ou plutôt Dorian et

Solyane, n'étaient pas de simples mortels. Ils étaient des dieux. Alors, elle avait bravé les interdits et s'était rendue dans les marais de Sirigath, où un seigneur vêtu de sombre avait juré leur mort. Il avait failli triompher. Mais elle s'était interposée et avait arrêté la balle qui devait le tuer, lui, son mari tant aimé. Elle avait donné sa vie sans remords, parce qu'elle constituait un obstacle à leur union.

Un phénomène mystérieux s'était produit alors. Arnaud l'avait accompagnée mentalement dans sa chute vers le néant, vers la lumière. Il avait mêlé son esprit au sien, refusant de se séparer d'elle. Au moment ultime, il lui avouait ainsi qu'il l'avait aimée, elle aussi, qu'il refusait de la perdre. Alors que déjà ses souvenirs commençaient à se diluer, un cri de femme l'avait arraché à elle. Un cri de détresse lancé par Solyane, sa sœur, sa compagne. Elle, Elena, était restée entre deux mondes, ni morte totalement, ni vivante. Elle avait cessé de respirer. Mais sa conscience était demeurée intacte. Elle avait erré dans les limbes, égarée, envahie par un sentiment d'injustice, de perte irréparable. Elle n'avait pas compris ce qui lui arrivait. Dans un état de supraconscience, elle avait vu Arnaud écroulé sur son corps sans vie, elle avait éprouvé sa douleur, son désespoir. Puis Solyane l'avait attiré contre elle. Comme dans un rêve, elle revoyait l'amane Markus penché sur elle, tailler dans sa chair glacée et en extraire une goutte de matière couleur de rubis.

Puis tout se brouillait, se diluait dans une torpeur indicible. Jusqu'au moment où une lumière aveuglante l'avait frappée de plein fouet, tandis qu'un froid inexprimable l'envahissait et qu'un feu d'enfer lui dévorait les poumons.

Haletante, Nelvéa roula sur elle-même. Elle resta longtemps allongée sur le sol rocailleux, ne sentant même pas les multiples blessures qui lui vrillaient le corps.

Tout s'éclairait à présent. Jamais elle n'avait nourri de pensées incestueuses envers son père. Ce n'était pas à elle que s'adressait le sourire de Dorian, son inexplicable amant nocturne, mais à une autre qu'il avait aimée autrefois, une autre qui avait été sa mère, une autre qu'ELLE AVAIT ÉTÉ DANS UNE VIE ANTÉRIEURE ! Une inconnue qui s'était réincarnée, guidée par un amour merveilleux, dans le corps d'un être proche de l'homme qu'elle avait aimé.

Elena survivait en elle, et se manifestait dans ses rêves, exprimant ses souvenirs teintés de nostalgie.

C'était sur cette ambiguïté, qu'il avait devinée en elle alors qu'elle ne pouvait elle-même la soupçonner, que Maaskar avait fondé sa vengeance.

Une sensation de soulagement l'inonda.

Alors, dans ce lieu mystérieux qui n'appartenait ni au rêve ni à la réalité, elle ouvrit les yeux. Ce fut comme si les songes qui la hantaient depuis son adolescence prenaient soudain corps. La femme inconnue s'avançait vers elle, une femme aux yeux verts, dont la mèche folle lui retombait sur les yeux, une femme sur le visage de qui elle pouvait enfin mettre un nom. Elle semblait si jeune, si fragile. Elle se redressa et lui ouvrit les bras.

Ce fut une curieuse impression. Comme un miroir qui n'aurait pas réfléchi la même image.

Nelvéa comprenait mieux à présent pourquoi elle avait ressenti une telle aversion pour cette mère qu'elle ne connaissait pas. Une mère qui dénaturait les sentiments qu'elle éprouvait pour son père. Elle avait été Elena. Mais Elena était différente d'elle. Sa personnalité était autre. Elle avait aimé Dorian jusqu'à donner sa vie pour lui. La totalité de sa mémoire lui revenait lentement, par bribes, fascinante, illuminée par cet amour inconditionnel qui l'avait liée à un homme hors du commun. Un homme auquel une volonté inconsciente l'avait ramenée par le truchement de sa fille.

Sa fille ? Non, pas exactement. Nelvéa n'était pas directement la fille d'Elena. Si cela avait été le cas, un tel phénomène n'aurait pu se produire. Nelvéa était le clone du bébé que portait Elena au moment de sa mort. Ainsi avait pu s'opérer le transfert.

Elle aurait voulu parler, mais les mots ne signifiaient plus rien. Leur esprit était unique. Leurs pensées étaient communes. Alors, parce qu'elles eurent l'impression d'un curieux narcissisme, elles éclatèrent de rire toutes les deux, et retombèrent dans les bras l'une de l'autre.

Nelvéa ne tenait pas à s'expliquer cette présence insolite, cette chaleur vivante au creux de ses bras. Tout cela ne pouvait appartenir qu'à un rêve. Mais elle se sentait parfaitement bien.

Puis tout bascula. Autour d'elle, une lueur nouvelle naquit, le désert s'embrasa. Un mur de flammes d'une hauteur inimaginable se dressa, se rapprocha.

« Le dernier cercle ! », songea-t-elle.

Elle aurait dû éprouver de la peur. Mais étrangement, sa frayeur se dilua dans la lumière. Elle serra le corps d'Elena encore plus fort contre elle, ferma les yeux, et sombra dans un tourbillon sans fin.

84

Sa première impression fut une épouvantable fatigue. Un frisson l'envahit. Alors qu'elle aurait dû sentir la morsure des flammes, elle n'éprouva au contraire qu'une délicieuse et étonnante sensation de fraîcheur. Dans ses bras noués, elle tenait toujours le corps fragile d'Elena. Elle s'éveilla et ne put maîtriser un cri de surprise. Elle était étendue sur un lit d'herbe épais et humide. Elle se frotta les yeux, incrédule. Le paysage avait totalement changé. Elle ne se trouvait plus au cœur des Terres Bleues, mais à leur lisière, en limite de la forêt Skovandre.

Alors, tout ceci n'avait été qu'un songe ?

Elle se redressa. Un vertige la saisit. La faim lui rongeait les entrailles. Elle n'avait pas mangé depuis plusieurs jours et la nature avait repris ses droits. Abasourdie, elle contempla le désert de mort. Puis son attention se reporta sur sa compagne. Mais ce n'était pas Elena.

— Lauryanne !

— Mère !

La fillette se jeta dans les bras de Nelvéa et l'étreignit.

— C'est fini, mère ! Vous avez triomphé. Personne désormais ne pourra plus rien contre vous.

Stupéfaite, Nelvéa n'osait plus réagir. Elle demeura un long moment silencieuse, puis la vérité se fit jour en elle. Jamais elle ne s'était réellement rendue dans les Terres Bleues. Seul son esprit avait effectué le voyage fantastique qui lui avait permis d'aller au bout de sa folie, de la dépasser, de la vaincre. Et cette mère enfin retrouvée, qu'elle avait cru tenir dans ses bras, c'était sa propre fille, Lauryanne. Lauryanne, qui ne l'avait pas quittée durant son épreuve.

Elle s'agenouilla et embrassa la fillette avec tendresse. Un sentiment nouveau l'envahissait peu à peu, celui d'un incomparable triomphe. Elle ne sentait pas les larmes qui ruisselaient sur ses joues. Elle n'éprouvait plus qu'une immense sensation de bien-être, de plénitude. C'était comme si le printemps était entré en elle. Toute peur, toute angoisse l'avaient fuie.

Elle ferma les yeux et inspira l'air du matin comme un nectar. Elle était libre ! LIBRE !

— Combien de temps suis-je restée ainsi ?

— Plus de quinze jours !

— Et tu m'as veillée durant tout ce temps ?

— Oh, je n'étais pas seule ! Lorsque mon oncle Palléas et mon père ont compris que vous vouliez vous détruire en vous enfonçant dans les Terres Bleues, ils ont emprunté un aérodyne dramas et sont venus me chercher à Hambora. Ils m'ont expliqué que j'étais la seule qui pourrait encore vous approcher. Nous sommes venus ici. Et je vous ai retrouvée. Je ne vous ai pas quittée pendant que votre esprit errait dans les Terres Bleues. Mais ils sont là, eux aussi, Tous ! Regardez !

La fillette s'écarta et fit de grands signes en direction de la forêt. L'instant d'après, des silhouettes surgirent des fourrés. Nelvéa reconnut aussitôt Nielsen, Palléas et, derrière eux, Khaled, Lorik, Astrid, Krissy et sa fille. Puis d'autres qui surgissaient d'un peu partout. Elle discerna le capitaine dramas Vahren Baast, qui avait accompagné son père à Ghandivar, onze ans plus tôt.

Et soudain, une masse bondit des sous-bois, galopa vers elle.

— Fearn !

L'animal lui fit fête comme un jeune chien, la poussa du museau, la bouscula. Elle éclata de rire.

Puis elle dut subir l'assaut de tous, s'offrir aux bras qui la revendiquaient. Des mots tourbillonnaient autour d'elle, des ondes d'amitié, d'affection, qui lui ouvrirent les yeux sur ce qu'elle n'avait jamais su voir auparavant. Elle aussi possédait ce don d'amour qu'elle avait toujours envié à sa mère Solyane. Mais jamais elle ne s'était rendu compte de son existence.

Enfin, les effusions se calmèrent. Elle reprit conscience, étourdie, dans les bras de Nielsen. Elle caressa doucement son visage, et constata avec joie qu'il avait perdu son aspect décharné.

— Palléas m'a confié aux soins des médamanes, avoua-t-il. Ils ont fait des miracles. Le cauchemar est terminé.

— Oui, tout est fini.

Il observa un moment de silence, puis déclara :

— Maaskar est mort !

— Je le sais ! Je l'ai lu en toi.

Elle soupira :

— J'ai été stupide. J'aurais dû deviner toutes ses manigances avant.

— Tu ne pouvais rien faire. Souvent, un seul arbre nous cache la forêt. Il est mort. Que les dieux le prennent en pitié. Je pense qu'il aurait pu survivre s'il l'avait souhaité. Son corps possédait sans doute les mêmes ressources que le tien. Mais il s'est laissé mourir.

— Je crois que c'est mieux ainsi.

Ils restèrent un moment silencieux, puis elle ajouta :

— C'est étrange, je ne parviens pas à lui garder rancune de tous les crimes qu'il a commis. Peut-être sa mort les a-t-elle rachetés.

— Lui aussi a été victime de son aveuglement. Il n'a jamais su voir ce que Vera représentait pour lui. Il l'a compris seulement à l'instant de sa mort.

Elle leva les yeux vers lui.

— Me pardonneras-tu cette... faiblesse qui m'a poussée dans ses bras, à Hackenmahar ?

— Je n'ai rien à te pardonner. Tu as agi en suivant ton instinct. C'est la grâce, je crois, de toutes les femmes. Et puis, tu ignorais que j'étais encore vivant.

Il l'embrassa tendrement.

— Il faut oublier tout cela. Cela ne sera plus bientôt qu'un mauvais souvenir. Nous avons une ville à reconstruire. Et je puis t'assurer que jamais elle n'aura été aussi belle.

— Mais tous les habitants de Vallensbrück ? Que sont-ils devenus ?

— Oh ! à l'heure actuelle, ils doivent déjà avoir commencé les travaux.

— Comment cela ?

— Nous avons libéré tous les prisonniers détenus à Hackenmahar. Les Kaïsords n'avaient pas encore eu le temps de pratiquer la spoliation. Ils sont retournés à Vallensbrück. Ils nous attendent.

Elle voulut répondre quelque chose, mais les mots ne franchissaient pas ses lèvres. Après les cauchemars, c'était trop de joie d'un coup. Elle se jeta dans les bras de Nielsen. Celui-ci ajouta :

— De plus, j'ai réussi à sauver la ville souterraine.

— La ville souterraine ?

— Oui ! Lorsque nous nous sommes séparés, la nuit de l'invasion, j'ai fait sauter les accès aux salles contenant l'héritage des Anciens. Les Gris n'ont pu les investir. Tout est intact. C'est du moins ce que m'ont affirmé les nôtres.

— C'est fantastique.

— Oui, peut-être ! Mais je crois que j'aurais préféré que tout fût détruit et que les miens fussent épargnés. Ainsi était écrit le Destin, sans doute.

Plus tard, après avoir enfin dévoré un copieux repas, Nelvéa fit quelques pas en compagnie de Palléas. Elle prit les mains de son frère et dit :

— Toi aussi, tu dois me pardonner. Si je t'avais écouté…

— Lorsque les choses démoniaques se mettent en chemin, tout est faussé ! Mahel a dit : « Méfie-toi de tout, même du sourire de ton ami ! »

— C'est vrai !

— De toute manière, m'aurais-tu cru si je t'avais révélé la vérité, lorsque tu me la demandais ?

Elle secoua la tête.

— Je ne pense pas ! C'était tellement… invraisemblable.

En elle passèrent une foule d'émotions inexprimées, de souvenirs. Puis elle demanda :

— Que devient Hackenmahar ?

— Nous faisons toujours figure d'envahisseurs. Mais depuis que nous avons anéanti les hordes de Gris, et surtout les Bakan Gahrs, la ville ne peut se révolter. Les habitants découvrent qu'il est beaucoup plus facile de vivre sans les Kaïsords. Nous avons mis en place un gouvernement provisoire composé des notables rebelles, de chevaliers et, bien sûr, d'amanes. Ton amie Salind Baruck a pris la tête de ce gouvernement. Bien sûr, les difficultés sont innombrables. Mais d'ici quelques mois, Hackenmahar deviendra un royaume europanien à part entière. Des marchands issus de tous les empires voisins sont déjà en route. La vie va se transformer dans cette région.

— J'en suis heureuse !

— Tu le peux ! Si cette guerre s'est terminée aussi rapidement, c'est grâce à toi. C'est toi qui a supprimé les Kaïsords. Sans ton intervention, les dieux seuls savent combien des nôtres auraient perdu la vie. Peut-être même aurions-nous été vaincus.

Elle eut un sourire désabusé.

— Avec toi dans les rangs amanites, permets-moi d'en douter.

— Oui, peut-être ! Mais combien de morts inutiles as-tu évitées ?

— Je ne sais pas. Cela me console des massacres que j'ai commis.

— Tu ne pouvais les éviter. Dis-toi que cela aurait pu être pire.

Elle revint à la lisière des Terres Bleues et contempla l'horizon désolé. Palléas la suivit. Ils demeurèrent un long moment silencieux, puis elle dit :

— Lors de ce voyage étrange, j'ai tenté d'atteindre une montagne, située au centre de ce désert. C'est là-bas qu'ils vivent, n'est-ce pas ?

— Ils ont voulu se construire une demeure, en un lieu où personne jamais ne viendrait les déranger. Pouvaient-ils rêver mieux que Syrdahar, cette cité où ils sont nés ?

— Que leur est-il arrivé ?

— Lorsque notre mère a affronté le Prophète à Ghandivar, elle n'a pas disparu. Elle avait appris à maîtriser la matière. C'est l'énergie contenue dans son propre corps qu'elle a utilisée pour combattre ce que les Lonniens appellent le pré-trou noir. Mais elle avait conservé dans sa mémoire la structure de son enveloppe charnelle. Il lui est possible de la reconstituer lorsqu'elle le désire. Ce qui explique leurs apparitions de la forêt Skovandre et d'ailleurs. Elle a instruit notre père lorsqu'il l'a rejointe.

— Ainsi, je ne m'étais pas trompée. Par deux fois, Solyane est venue me visiter. J'ai cru qu'il s'agissait de songes. Mais elle était là, bien réelle.

Elle releva les yeux vers lui.

— Et toi, tu le savais. Lorsque je t'ai retrouvé, à Gwondaleya, ils étaient là, n'est-ce pas ?

— C'est vrai.

— Mais pourquoi ne reviennent-ils pas parmi nous ?

— Ils sont devenus trop différents. Ils ont atteint un stade supérieur à la vie. Elle ne représente plus rien pour eux. C'est le sort qui attend l'humanité entière.

— Comment cela ?

— L'homme est condamné à disparaître. Bientôt, nos descendants s'uniront, ils donneront naissance à une espèce nouvelle. Des êtres qui ne redouteront plus la mort, parce qu'ils sauront la dominer, comme ils sauront dominer la matière.

Nelvéa demeura un instant songeuse, puis déclara :

— Voilà donc la dynastie que je dois engendrer.

— La dynastie de la Licorne, et celle du Lion, dont l'union conquerra le monde. Une conquête pacifique, qui s'étendra sur des dizaines de milliers d'années. Nous ne sommes que deux actuellement. Mais nous avons déjà des enfants.

Nelvéa eut un sourire triste.

— J'aurais tellement aimé les revoir.

— Tu les reverras. Lorsque nos descendants auront commencé à se multiplier, lorsque nous ne serons plus seuls à leur ressembler, ils nous rejoindront.

— Tu le crois ?

— J'en suis certain.

Il lui prit la main et l'entraîna vers les autres qui les

attendaient. Ils avaient encore tellement de choses à découvrir, tant de projets à réaliser.

Ils ne virent pas, au sommet d'une éminence lointaine, perché à la lisière de la forêt, un couple qui les observait.

ÉPILOGUE

Solyane se blottit contre Dorian et essuya deux larmes furtives. Elle aurait aimé rejoindre sa fille, la serrer dans ses bras, lui dire qu'elle l'aimait. Mais leur place n'était plus parmi les hommes. Dorian et elle étaient devenus trop différents à présent. Leur monde était tellement plus vaste, plus profond. Lorsque Nelvéa serait remise de son épreuve, ils lui rendraient visite, lui parleraient. Il fallait attendre encore un peu. Elle regarda la petite troupe disparaître dans les profondeurs de la forêt Skovandre et sourit à son compagnon.

Puis, avec un ensemble parfait, ils se fondirent dans la lumière du soleil et disparurent.

Solyane se laissa glisser, emporter par le courant tumultueux du torrent. Intimement mêlée à l'eau tourbillonnante, elle s'accrocha aux rochers, s'insinua au creux des plus infinies rigoles, suivit simultanément une multitude de ruisselets, jouant avec les chevelures d'algues ondoyantes, les poissons bondissants. Elle sentait, en elle, et autour d'elle, la présence mentale de son compagnon, son frère, son autre elle-même. Dorian n'avait pas été long, lorsqu'elle l'avait retrouvé, à comprendre les mécanismes de leur nouvel état. Par jeu, elle résista à la puissance de l'eau, créant de multiples tourbillons, pour se laisser enfin entraîner vers une cascade dans un grand éclat de rire. Un spectateur n'aurait entendu qu'une voix claire et chantante, née des vibrations joyeuses de l'air. Il n'aurait rien perçu d'autre. Ils étaient l'eau et la roche, et la montagne environnante. Éblouie, fascinée par l'enivrante sensation de vitesse, Solyane bondit par-dessus les éboulements de pierres frangées de mousse, dévala un flanc escarpé, puis jaillit dans le vide, plana un instant, une éternité, dans l'air vif pour ressentir la gifle violente de la chute, lorsque l'eau aérienne vint éclater bruyamment sur le lit de roche inférieur. Plus loin, le torrent s'engouffrait dans la gueule noire d'une caverne. Tous deux se laissèrent aspirer par des maelströms ténébreux qui torturaient la roche pour y tailler des marmites de géant. Au cœur de la montagne s'étendait un lac magnifique que l'homme ne découvrirait jamais. Faisant naître par simple concentration mentale une symphonie de lumières irréelles au sein de la caverne profonde, Solyane fit jouer pour le plaisir des ombres fantastiques et multicolores sur tout un peuple de stalagtites et de stalagmites marbrées de reflets d'oxydes métalliques. Jamais elle ne se lasserait de ces spectacles éblouissants.

Enfin, saluant d'une trille de notes joyeuses, elle s'intégra à nouveau à l'eau furieuse et disparut avec elle dans un gouffre géant. Dorian la suivit. À la résurgence, quelques marches plus loin, ils explosèrent en fines gouttelettes irisées d'arc-en-ciel dans la lumière du soleil retrouvé. À l'endroit où le torrent s'assagissait, la rive ignorée s'élargissait d'une petite clairière d'herbe tendre et humide que le matin avait perlée de rosée.

Abandonnant l'état liquide, ils se posèrent sur la berge, reconstituant leur corps en une fraction de seconde. Comme à chaque fois, ils éprouvèrent la curieuse sensation d'enfiler un vêtement trois fois trop petit. Puis, par simple fixation mentale, la restriction perceptive s'estompa, et tout rentra dans l'ordre.

Nus comme au premier jour du monde, ils s'allongèrent

sur la mousse et respirèrent longuement les odeurs enivrantes des sous-bois proches, mêlées aux senteurs aquatiques. Solyane, par taquinerie, promena ses doigts sur la peau délicate du ventre de Dorian, dessinant les courbes des muscles puissants, tirant avec malice sur les poils rudes et frisés. Il finit par la faire rouler sur l'herbe, puis se coucha sur elle. Leur union passionnée où se mêlaient la tendresse la plus pure, la complicité due à une connaissance parfaite des désirs et des points sensibles de l'autre, et aussi la férocité de deux fauves décidés à s'offrir toujours plus, fut un hymne à la vie, cette vie parfaite qu'ils avaient atteinte à présent.

Lorsque leurs sens furent enfin calmés, ils restèrent longtemps dans un état de semi-conscience, étendus dans les bras l'un de l'autre, laissant vagabonder leurs pensées entre ce monde qu'ils percevaient tout entier et celui, inconnu des vivants, où palpitaient les racines profondes de la vie, celui qu'ils avaient nommé l'Univers bleu. Le temps ne comptait pas pour eux. Il ne compterait plus jamais.

À l'endroit où autrefois s'était élevée la glorieuse petite cité de Syrdahar s'étendait à présent un parc empli d'arbres extraordinaires, de plantes multicolores, ordonnés autour de bassins garnis de rochers. C'était l'heure vespérale où les animaux venaient boire. Ils distinguèrent, parmi les cerfs, les daims, les castors et autres loutres argentées, les silhouettes familières d'Aram et de Swenna, leurs montures.

À cette heure, la population humaine de Syrdahar s'était égaillée dans les champs et les prés qui prolongeaient le petit lac vers l'orient. Seuls quelques artisans travaillaient dans leurs échoppes, attendant la fin de la journée, celle où la petite communauté aimait à se retrouver dans l'unique auberge du village pour bavarder et boire.

Lorsqu'ils étaient revenus sur les lieux, dix années auparavant, Dorian et Solyane avaient découvert que les villages extérieurs, protégés par des surplombs rocheux, avaient en partie échappé à la destruction. Mais leurs malheureux habitants, profondément atteints par les ondes radioactives, se mouraient lentement. Utilisant leurs pouvoirs, ils les avaient soignés, guéris. Convaincus d'avoir affaire à des dieux, les paysans s'étaient offerts à les servir, ce que Dorian et Solyane avaient accepté. Et depuis plus de dix ans, la petite population miraculeusement rescapée entretenait la cité de leurs seigneurs, et surtout le petit palais qu'ils avaient bâti sur l'emplacement même de l'ancien. C'était là que vivaient Keral et Eylia, les deux enfants qu'elle avait réussi à sauver malgré la terrible épreuve de Ghandivar.

Solyane n'avait pas su immédiatement qu'ils avaient survécu. Il lui avait fallu plusieurs semaines d'errance avant de trouver l'énergie de reconstituer son corps. Au bord d'un lac inconnu des confins de la Skandianne, elle avait patiemment reconstruit son enveloppe charnelle. Pour découvrir avec stupéfaction que les embryons, gravés dans la trame de sa mémoire, avaient été reformés eux aussi. Elle avait alors lancé vers le ciel un fantastique cri de joie. Les deux petites âmes, blotties, protégées par la sienne, avaient suivi son périple, l'avaient assistée sans qu'elle s'en rendît compte.

C'était ici, à Syrdahar, qu'elle avait accouché.

Dorian et elle avaient longuement hésité avant de prendre une décision à leur sujet. Devaient-ils les conserver auprès d'eux ? Ou bien les confier à la garde de leur frère aîné, Palléas, afin qu'il les élève au milieu des hommes ? Mais ils n'avaient pu se résoudre à s'en séparer. Malgré leurs pouvoirs extraordinaires, ils demeuraient un homme et une femme. Ils avaient besoin de la chaleur d'une famille. Nelvéa et Palléas étaient adultes désormais, et suivaient leur propre chemin. Keral et Eylia étaient venus les remplacer. Ils les élevaient au milieu des petits paysans dont ils ne se différenciaient pas vraiment. Pour la plus grande joie de leurs parents qui retrouvaient l'atmosphère qui avait régné à Syrdahar au temps de leur propre enfance.

Plus tard, ils leur feraient découvrir le monde, un univers différent, bien plus vaste que celui des hommes.

Soudain, Solyane sursauta et regarda autour d'elle. Ils se trouvaient sur la berge d'un bras ignoré du lac de Syrdahar.

— Il se passe quelque chose, Dorian !

— Je le sens également.

Mais il n'y avait nul endroit où porter les yeux, vers où orienter l'esprit. Seulement la sensation d'une présence. Une présence étrange, bouleversante, immense, peut-être infinie. Solyane se mit à trembler. Sa voix résonna dans l'après-midi de soleil, empreinte d'une émotion incontrôlable tandis qu'elle traduisait timidement les images étranges qui s'imposaient à eux.

Ce ne fut pas à proprement parler des paroles qui les atteignirent, mais plutôt un voile, un dernier voile qui se déchira sur la lumière, l'ultime vérité.

— Les plus brillantes connaissances humaines ne sont qu'un jeu de cubes pour enfant, comparées à la complexité de l'univers. Parce que nous avons compris comment faire tenir quelques cubes les uns sur les autres, nous nous imaginons être les maîtres de ce monde. Mais nous ne sommes qu'une étape dans l'évolution de la Vie. Si nous avons su nous élever, grâce à une intelligence incomplète, au-dessus des animaux, nous n'avons jamais su voir la beauté de l'empire dont les dieux nous ont fait don. Une planète minuscule, un grain de poussière perdu dans l'Infini, dont seule une fine pellicule, en surface, offre asile à toute la vie connue. Superbes d'inconscience et d'orgueil, nous l'avons pillée sans discernement, saccagée, presque anéantie, sans songer à ce que nous léguerions à nos descendants.

« Nous nous sommes inventé des dieux, des divinités bienfaisantes ou malveillantes pour satisfaire notre soif d'absolu, pour conjurer notre angoisse de la mort. Mais tout est faux. Nous n'avions pas compris que nous faisions partie d'un tout, d'une harmonie. Nous avons percé nombre des secrets de la Nature. Et nous n'avons pas su les interpréter.

« Et pourtant, la réalité nous crevait les yeux !

En effet, d'où venait que la vie n'avait cessé d'évoluer, depuis près de quatre milliards d'années qu'elle était apparue sur cette boule de roche en fusion ? Quel esprit supérieur avait ainsi stabilisé la salinité des eaux océaniques, eaux dont on avait dit que le sang humain leur ressemblait ? Qui avait régulé les climats, transformé le désert originel en un paradis où s'épanouissaient les formes d'existence les plus diverses ?

Un début de vérité commença à se faire jour en eux. Solyane se souvint de l'impression étrange qu'elle avait éprouvée lors de son voyage inimaginable au-delà de la mort, cette quête insensée qui avait fait d'elle un être supérieur. Il lui avait semblé qu'une main immatérielle l'avait saisie pour la faire remonter jusqu'à l'origine des temps.

— Elle » est revenue, Dorian. « Elle » est là !

Elle s'agenouilla, imitée par Dorian, et lui prit les mains.

— Montrez-vous ! implora-t-elle. Voyez ! Nous sommes nus devant vous. Nous voulons savoir. S'il vous plaît...

Elle ne sentait pas les larmes qui ruisselaient de ses yeux. Pourtant, il n'y avait nulle angoisse en elle, seulement un sentiment de plénitude totale. Jamais elle ne s'était sentie aussi bien.

Alors, de la rivière, du lac, de la forêt, des collines autour d'eux, et du ciel même, émana une lumière extraordinaire, un mélange étrange d'azur et d'or, comme si le monde des esprits qu'ils avaient découvert au-delà de la mort avait voulu se mêler à celui du réel.

— C'est vous qui m'avez aidée, voici bien des années, lorsque j'ai franchi le seuil de la mort. Vous êtes... la Terre elle-même.

À l'époque des Anciens déjà, des visionnaires avaient émis une telle hypothèse. Les Grecs avaient même baptisé cet être supérieur : Gaea. Mais cette croyance était tombée dans l'oubli, chassée par d'autres qui avaient engendré bien des massacres.

Hallucinée, Solyane poursuivit son monologue, au fur et à mesure que la vérité l'envahissait, l'imprégnait.

— Nous sommes... nous sommes vos derniers-nés, votre dernière création, la seule digne d'avoir conscience de votre existence. Un premier homme et une première femme destinés à engendrer les deux dynasties qui un jour domineront ce monde. Nous serons vos yeux, votre esprit, un esprit qui enfin pourra communiquer avec les autres... les autres Gaea de l'univers.

Un flot de satisfaction inonda Dorian et Solyane. Un flux d'acceptation, de reconnaissance, parce qu'ils avaient triomphé de l'adversité, parce que leur fille Nelvéa avait surmonté les doutes et la folie que les Forces du Néant avaient semés dans son esprit.

Puis ce fut le silence, la paix totale, un instant de béatitude absolue. Lorsque la lumière d'azur et d'or déclina, Dorian et Solyane tombèrent dans les bras l'un de l'autre, riant et pleurant à la fois. Ils venaient de découvrir qu'il existait, autour d'eux, et en eux, une chose fabuleuse qui les dépassait, qui les protégeait, qui les aimait.

Nus comme au premier jour du monde, ils revinrent lentement vers le village.

Gaea se moquait bien de cette adoration que les hommes vouent aux divinités. Elle les avait dotés de la vie et de la conscience. Il leur appartenait d'en faire le meilleur usage possible, de cultiver le plaisir, le bonheur, l'amour, de rejeter la souffrance et la destruction.

Au loin, les paysans rentraient des champs. Keral et Eylia les accompagnaient, riant et chahutant avec les autres enfants. Plus haut, sur sa colline, la petite cité s'éveillait de la torpeur de l'après-midi, reprenait vie. Une goutte d'humanité perdue au milieu du désert, qui ignorait encore tout de la réalité du monde.

Mais le voile avait commencé à se déchirer. Les hommes allaient devenir adultes, et leur histoire ne faisait que commencer.

REPÈRES CHRONOLOGIQUES

Ère chrétienne	*Ère amanite*	*Événements*
		PÉRIODE DITE DE L'ÂGE D'OR
2097	—	Découverte de la propulsion tachyonique par Albert C. Lonn, un savant au mauvais caractère exilé sur une base lointaine de Pluton.
2102	—	Organisation d'une course de vaisseaux autour du système solaire. But : tester des navires spatiaux équipés de la technologie lonnienne.
2107	—	Course dite « Le Grand Tour ».
2112	—	Construction du premier vaisseau intergalactique, le *Centaure*.
2115	—	Lancement du *Centaure* en direction d'Alpha du Centaure, où l'on a repéré une planète dont les caractéristiques semblent proches de celles de la Terre. Le *Centaure* mettra 60 ans pour parvenir à destination.
2175	—	Arrivée du *Centaure* en orbite autour de la quatrième planète de la constellation

		d'Alpha du Centaure. On la baptise Lonn en l'honneur de l'inventeur des voyages intergalactiques. Le *Centaure* effectue une exploration qui dure quatre ans. Hormis la ceinture équatoriale où règnent des températures trop élevées, Lonn se révèle parfaitement habitable pour l'organisme humain.
2239	—	Retour du *Centaure*. Les Nations terriennes unies décident la colonisation de Lonn.
2258	—	Construction du second navire, l'*Orion*.
2265	—	Lancement de l'*Orion*. Il emporte deux cent mille personnes.
2325	—	Arrivée de l'*Orion* en orbite de Lonn. Début de la colonisation. La nouvelle du succès de l'expédition ne parviendra que 4 ans et demi plus tard sur Terre, en 2329.
2344	—	Lancement du *Pégase*. Il emporte 300 000 personnes. Date d'arrivée prévue : 2404.
2381	—	Lancement de l'*Osiris*. Il emporte 10 000 personnes. Date d'arrivée prévue : 2441.
2421	—	Lancement du *Thésée*. Il emporte 400 000 personnes. Date d'arrivée prévue : 2481.
2435	—	Lancement de l'*Alcyon*. Il emporte 200 000 personnes. Date d'arrivée prévue : 2495.
2450	—	L'*Osiris* n'arriva jamais sur Lonn. Attendu pour 2441, il fut considéré comme perdu à partir de 2450. Cette disparition provoqua l'arrêt des chantiers de vaisseaux intergalactiques pendant 49 ans. Un septième vaisseau, l'*Antarès*, fut mis en construction, qui ne quitta jamais la Terre. Il fut détruit à l'époque du Jour du Soleil.

LA PORTE DE BRONZE

Ce roman est relié à l'univers de Phénix. Le vaisseau Osiris *fut lancé en 2381 de l'ère chrétienne. Il devait, après une escale sur Lonn, se lancer à la conquête de nouveaux systèmes. Sa propulsion à base d'un moteur de fusion matière-antimatière, en faisait un navire capable d'effectuer un trajet très long, s'étalant sur plusieurs générations. Son principe était différent de celui des autres vaisseaux, dont les passagers voyageaient en état de vie ralentie par cryogénie. Tombé sous le contrôle d'Ykhare, le concepteur de l'ordinateur vivant équipant le vaisseau, l'*Osiris *connaîtra sa propre aventure, relatée dans la Porte de Bronze.*

PÉRIODE DITE DU CHAOS

---

24 juin 2484	—	Jour du Soleil

LAURYANNE

Ce roman, inspiré très librement du mythe de Pygmalion et Galatée, raconte l'aventure d'un homme qui crée une femme artificielle. Cette femme sera à l'origine d'une catastrophe sans précédent qui déclenchera ce qui, plus tard, sera appelé le « Jour du Soleil ». Roman non encore écrit.

2484-3787	—	Période obscure, durant laquelle la civilisation antique s'effondra, pour laisser la place à une mosaïque de petites sociétés humaines retournées à la barbarie. En quelques décennies, l'espèce baptisée *Homo Sapiens* disparut, emportée par des maladies incurables, et fut remplacée par deux nouvelles espèces. L'une, mutation de l'Homo Sapiens, en conserva toutes les caractéristiques, avec cependant une plus grande résistance aux maladies. L'autre fut une dégénérescence de l'espèce humaine, vouée à l'extinction au fil des siècles, et connue sous le nom de Garous, ou de *weres*. Pour donner une idée de l'ampleur des événements, il faut savoir que, sur

		une population de plus de vingt milliards d'individus, seuls une quarantaine de millions de mutants survécurent, soit un homme sur 500. La population des Garous, au début, à la fin du XXVIᵉ, est estimée à environ 300 millions. À notre époque, 3 500 ans plus tard, elle n'est plus que d'une dizaine de millions.

ÈRE AMANITE

3787	0	Naissance du fondateur de la Religion amanite, Charles Commènes, dit Kalkus de Rives.

LE ROMAN DE LAKOR

Vers 4000 après J.-C. Un peu plus de deux cents ans après Kalkus de Rives. Ce roman retrace la vie du fondateur de la cité de Gwondaleya, Lakor, dont la légende fera plus tard un dieu. Obligé de fuir la cité de Gwonda, il parviendra, après de multiples aventures, à nouer des relations avec les amanes, qui l'aideront à revenir dans sa ville en triomphateur. À paraître en 2006.

4724	937	La religion amanite s'est implantée sur l'ensemble du monde.
4925	1138	Avènement du premier Commandeur.
5717	1930	Landius devient Grand Initié.
5760	1973	Aurélios devient Commandeur.
5772	1985	Mort d'Aurélios. Son fils Darios lui succède.
5781	1994	Assassinat de Darios et de son épouse, Lyanea.
5914	2127	Naissance de Dorian et de Solyane.
5925	2138	Destruction de Syrdahar.
5934-5	2147-8	PHÉNIX

5936	2149	Naissance de Palléas, fils de Dorian et de Solyane.
5940	2153	Naissance de Nelvéa, la "Licorne", fille de Dorian et de Solyane, et également fille clonique d'Elena, première épouse de Dorian.
5956-8	2169-71	GRAAL
5958-70	2171-83	LA MALÉDICTION DE LA LICORNE

LEXIQUE

ADOL : Jeune lionorse de trois à six ans.

ALLIENNE : femelle du lionorse.

ANDES : herbe de Médhellenie dont la fumée éloigne les parasites. On la fait brûler dans des sortes de calebasses nommées kagandès.

AMANE : prêtre. Les amanes étaient divisés en cinq grandes familles :

— les théolamanes, responsables de chaque phalange, assuraient l'éducation religieuse.

— les physiamanes contrôlaient le niveau technologique des appareils utilisés par les citadins.

— les médamanes avaient la responsabilité de l'hostal, partie réservée du temple où l'on soignait les malades.

— les biolamanes dirigeaient tous les travaux touchant aux substances chimiques, aux engrais et aux sources d'énergie.

— les astrolamanes étaient à la fois prédicateurs, responsables des communications et météorologues de la Phalange.

ANKOS : langue universelle de la religion amanite. Créée de toutes pièces par Kalkus de Rives, elle utilise des racines issues des langues antérieures au Jour du Soleil, notamment les idiomes indo-européens. L'ankos fut un facteur décisif de l'extension et par la suite de la cohésion des dix-sept empires.

ANTIALPHE : appareil créant un champ de force canalisant les particules alpha, destiné à isoler ainsi une portion de l'espace de la radioactivité.

ARSHEVEN : dans une caravane, endroit réservé où les guerriers d'escorte peuvent louer les services de filles de bonne volonté. La fidélité des femmes des convoyeurs était légendaire, mais les mœurs libres qu'elles pratiquaient n'incitaient pas les guerriers à la sagesse. Aussi l'arsheven était-il très fréquenté.

ASTINA : épreuve de l'Eschola.

BAARSCHEN : vaste zone aménagée, le plus souvent située en dehors des villes, destinée à accueillir les caravanes. Véritable centre où se regroupaient ceux de la piste, il y régnait toujours une animation incomparable dont les manifestations les plus spectaculaires étaient les « marchés sauvages », où les voyageurs et autres individus louches se livraient à de multiples trafics, allant des esclaves volés à la drogue, en passant par les objets scientifiques interdits par la Religion.

BACHELIER : jeune noble aspirant à la chevalerie.

BAGUE ORSAF : détecteur de radioactivité miniaturisé.

CHALQUEVERRE : alliage à la transparence bleutée, utilisé pour les lames des dayals en raison de sa résistance et de sa légèreté. Antérieur au Jour du Soleil, il fut employé autrefois dans la construction des superstructures des vaisseaux spatiaux.

CHARRODE : plaque portante à écrans répulsifs. Utilisée pour le transport des matériaux lourds ou délicats, elle était préférée aux chariots classiques à cause de sa plus grande maniabilité.

CONTEURS : individus colportant les légendes amanites d'une cité à l'autre. Caste semi-mystique créée à l'origine par Kalkus de Rives pour préparer l'arrivée des amanes, ils avaient fait vœu de ne rien posséder. Pourtant, ils vivaient bien au-dessus du niveau des sapienniens. Les princes les accueillaient en hôtes de marque pour la richesse de leur esprit, leur offraient le gîte et le couvert. Assimilés parfois à des comédiens ambulants, ils s'en démarquaient toutefois par leur appartenance à la Religion. Une sous-caste vit le jour au fil des siècles, celle des gazetiers dont le rôle consistait à transmettre les nouvelles d'un royaume à l'autre.

COURRE : cellule familiale chez les lionorses.

CRILL : ver mutant des eaux de la Médhellenie.

DAYAL : sabre long et courbe dont la lame était coulée dans le chalqueverre. Le dayal était l'arme du chevalier par excellence. Remis au cours d'une cérémonie rituelle après l'Eschola, le dayal était fabriqué par les amanes et adapté à la main du chevalier. Nul autre que lui n'avait le droit de l'utiliser. À sa mort, le dayal était brûlé avec lui.

DIADESVEN : fête de l'équinoxe d'automne, à Gwondaleya, qui coïncidait avec la célébration du vin de l'année.

DJEHAL : titre réservé à un empereur.

DJIHAD : titre réservé à un roi.

DOMESSE : serviteur libre des nobles dont les tâches multiples vont de l'entretien jusqu'à la pure et simple compagnie.

DORIER : panthère mutante géante dont l'organisme était capable de résister à une radioactivité élevée.

ESCLAVAGE : contrairement à ce que l'on a cru, les amanes ne furent pas à l'origine de l'esclavage. Il faut remonter à la période du Chaos pour en comprendre les causes. Habitués depuis des siècles à l'utilisation d'androïdes qui les dégageaient de toutes servitudes, les survivants du Jour du Soleil répugnèrent à se soumettre à leurs contraintes. Réduites à se combattre pour survivre, les différentes communautés prirent rapidement l'habitude de transformer leurs prisonniers en esclaves. Afin de les rendre plus dociles, on leur cautérisait une partie du cerveau, ce qui leur ôtait toute personnalité. Cette opération s'appelait la « spoliation ». Par tradition, on « spolia » également leur progéniture, ce qui procura une main-d'œuvre à bon marché.
Cet usage de l'esclavage était entré dans les mœurs lorsque les amanes conquirent la planète. Ils durent s'accommoder de cette coutume, se contentant de s'approprier la pratique de la spoliation qui coûtait la vie à plus de la moitié des enfants traités.

FAYADS (FAYADS AR DENN) : guerriers fanatiques, issus des populations non amanites soumises par le Prophète. Nommés également Skrulls dans le nord de l'Europania.

FERROSKOS : soldat esclave ayant subi la spoliation.

FIDÈLE : mâle reproducteur chez les lionorses.

GAROUS : mutants humains survivants du Jour du Soleil. On crut longtemps que seule la radioactivité était responsable de leurs malformations. Une étude approfondie révéla qu'elle y tenait une faible part. Les pollutions chimiques des grands centres urbains disparus, la résurgence des déchets de toutes sortes contribua beaucoup à leur état. Atrophiés physiques, débiles mentaux plus ou moins profonds, les garous se livraient parfois à l'anthropophagie, terrorisant les villages isolés. Vivant souvent à proximité des Terres Bleues dont ils craignaient peu la radioactivité, ils donnèrent naissance à une légende, la Malédiction bleue, qui voulait que quiconque les touchait se transformât en garou à son tour. Les Lonniens prouvèrent que cette légende n'était pas fondée.

Une étude complète démontra en effet que la disparition de la civilisation antérieure avait été occasionnée par l'apparition de virus inconnus provoquant des malformations cellulaires. Une partie de l'humanité survécut grâce à une mutation de l'organisation nucléaire. Chez certains individus, la mutation s'effectua d'une manière incohérente. Ainsi apparurent les garous. Pourtant, certains mutants se révélèrent plus fragiles, et un contact prolongé avec un garou pouvait déclencher une réaction nucléaire ressemblant à un cancer généralisé. De là naquit la légende de la Malédiction bleue.

GAVEL : sorte de trompe recourbée servant aux différents appels de chasse.

GEDOKOS : sorte d'héloderme mutant des hauts plateaux de la Médhellenie.

GHELAH : sacrifice religieux de la religion amanite. Ce sacrifice différait sensiblement d'un royaume à l'autre, et s'adaptait aux divinités locales. En général, le théolamane évoquait les différents événements, puis terminait par une légende.

GOLIEUTHES : sorte de mammifères géants issus du croisement génétique entre les bovins et les proboscidiens. Seules les défenses et une courte trompe rappellent leur parenté avec les éléphants. Les femelles fournissent un lait qui constitue l'aliment principal des convoyeurs de caravanes. Ce lait s'appelle le shaleck.

GONN : fusil électronique, de fabrication amanite, réservé généralement aux nobles. Redoutablement efficace, il était capable de tirer jusqu'à vingt balles d'affilée. Acceptant différents calibres grâce aux réglages des champs magnétiques, il pouvait tuer des migas ou des doriers. Certains fusils à poudre furent utilisés par les chasseurs d'Europania ou d'Ukralasia, mais leur efficacité était loin d'égaler celle des gonns.

HONGRES : mâles castrés par ses congénères chez les lionorses. On ne sait toujours pas en vertu de quels critères les fidèles acceptent ou refusent les jeunes mâles parmi eux. Certains deviennent fidèles sans même livrer combat. D'autres, par contre, sont impitoyablement castrés, voire tués et dévorés. C'est parmi les hongres que les chevaliers choisissaient de préférence leur monture.

HIPPODIONIS : sorte de chevaux géants utilisés par les saf'thérans, et issus de manifestations génétiques datant des Anciens.

JACONDAS : arbre de Médhellenie, surnommé arbre-bouteille en raison de sa forme et dont l'écorce contient un suc rafraîchissant.

KHADAR : dignitaire sapiennien siégeant aux conseils comtaux de Gwondaleya.

KOMAT : dans une caravane, désigne l'endroit où se réunissent les notables pour traiter les affaires importantes. Par extension, on appelle ainsi l'auberge ambulante où ils prennent leurs repas.

KRANKETT : fièvre mortelle des marais médhelleniens, issue d'une mutation du virus de la malaria.

LANGOUSTE TERRESTRE (RASSAS) : langouste mutante des hauts plateaux de la Médhellenie.

LECTRONNE : système d'éclairage utilisant le flux lectronique, l'électricité. Considéré comme une énergie dangereuse, le flux lectronique fut conservé secret par la Religion. Elle n'en fit bénéficier que les rois et les empereurs, sous le contrôle de paranes spécialisés. Pourtant, après le règne de Dorian et de Solyane, le flux lectronique commença à se démocratiser. (À noter : lectronne s'écrit avec deux *n*).

LIONORSE : on a longtemps cru que le lionorse provenait d'une mutation génétique naturelle du cheval, survenue après le Jour du Soleil. Or, il a été établi qu'il avait été créé de toutes pièces en laboratoire. Les manipulations génétiques représentent une activité de pointe de la technologie des Anciens. Si la plupart de leurs créations restaient stériles, certaines pouvaient cependant se reproduire. Ainsi le lionorse provient du croisement amélioré du chat, du guépard et du cheval. L'animal obtenu présentait de telles qualités que l'on entreprit d'en « fabriquer » plusieurs exemplaires. On estime que le troupeau originel comptait une douzaine de têtes. Le lionorse véritable apparut cependant plus tard, lorsque les originaux s'accouplèrent avec des chevaux redevenus sauvages. Contrairement à la plupart des créations génétiques, le lionorse était biologiquement stable. Il se multiplia, traversa le Chaos sans dommage et conquit pratiquement la totalité du monde. Il est le seul animal en dehors de l'homme noble à être doté du shod'l loer. Cette qualité apparut spontanément chez lui, déconcertant les chercheurs. C'est sur son modèle que les amanes eurent l'idée de doter certains humains de ce shod'l loer, créant ainsi une nouvelle race. Bien plus, autrefois animal sauvage impossible à approcher, il put enfin être « dominé » par ces mêmes nobles et devint ainsi la monture exclusive des chevaliers. Plus intelligent encore que le dauphin ou le chimpanzé, le lionorse est en général un peu plus grand que le cheval dont il conserve l'apparence. Ses jambes se terminent par des griffes rétractiles, héritées de son ascendance féline. Il lui doit également ses yeux effilés aux pupilles en amande.

Sa mâchoire est pourvue de crocs puissants, armes de combat redoutables. Comme le cheval, il possède une crinière fournie qui descend jusqu'au milieu de l'échiné.

Il a hérité du guépard une vitesse de pointe qui fait de lui l'animal terrestre le plus rapide, avant même son ancêtre nogafrikain. Mais il peut maintenir très longtemps une allure soutenue, grâce à une résistance extraordinaire et à une pulsation cardiaque exceptionnellement basse (vingt battements à la minute).

De régime omnivore, il se nourrit aussi bien de baies, de feuilles que d'animaux. Il chasse souvent en solitaire, contrairement aux autres grands fauves. Curieusement, il n'attaque jamais le cheval avec lequel il lui arrive même de s'accoupler, donnant naissance à des bâtards stériles.

MAHAHI EBE MAHAHI : surnommé arbre-pieuvre. Variété mutante d'algues arborescentes dont les branches plongeant dans le sol donnent naissance à un nouvel arbre.

MANDRORE : reptile géant, rappelant le tricératops, obtenu par croisement du crocodile et du lézard cornu.

MARAUDIERS : pillards survivants de l'époque du chaos. Ils vivaient dans les immenses territoires séparant les cités.

MARCHE : unité de distance valant environ sept kilomètres. Distance parcourue par un homme en une heure.

MARONCLE : sanglier géant des forêts d'Europania et d'Ukralasia.

MIGAS : monstre issu des manipulations génétiques des Anciens. Croisement d'un ours et d'un varan du Nil.

NARDRE : arme de jet à trois pointes recourbées. Héritée des convoyeurs de caravane.

OBS : partie du temple réservée à l'astrolamane.

OUVROK : esclave spolié, plus particulièrement utilisé dans les cités pour les différentes tâches de nettoyage ainsi qu'au déchargement des navires ou des chariots.

OWIL : pétrole. Les exploitations pétrolifères avaient disparu bien avant le Jour du Soleil. Seules subsistent encore quelques nappes de surface dans le désert profond de Nogafrika. Mais elles sont inexploitables et les sorciers de ces pays les utilisent surtout pour confectionner des remèdes médicaux.

PANTHAEN : vaste ensemble de bâtiments du baarschen réservé aux notables de la caravane qui abritait également les agences des différentes compagnies d'assurances ainsi que des auberges et galeries marchandes. Les plus importantes tractations commerciales se traitaient dans le Panthaen, au cours des « marchés muets » où les différents marchandages se faisaient grâce à des signes de main et inclinaisons de tête.

PARANES : assistants des amanes.

SAF'THÉRANS : terme désignant les convoyeurs de caravanes. Peuple à part, les convoyeurs n'appartenaient, par tradition, à aucun domaine. Véritables seigneurs des pistes, ils pratiquaient, à l'inverse des citadins, une forme particulière de monogamie. En effet, il n'était pas rare que deux ou trois saf'thérans s'associassent, afin de diviser les frais d'entretien. Ils devenaient alors affrats, ou frères, et partageaient leurs biens ainsi que leurs épouses. Par ailleurs, il était fréquent, lors de rencontres de bivouac, que des convoyeurs échangeassent leurs compagnes. Les enfants nés de ces unions étranges étaient considérés comme sacrés, parce qu'ils symbolisaient l'unité de la Piste.

SAPIENNIEN : par opposition, désigne l'ensemble des humains non nobles. Mot issu d'un terme plus ancien : *homo sapiens*.

Il n'existait cependant pas de véritable différence de classes entre les deux familles humaines. Les unions étaient courantes entre nobles et sapienniens et encouragées par les amanes. Les gènes nobles dominaient le plus souvent, améliorant ainsi l'espèce.

SEHAD : titre réservé aux amanes. Alsehad : Grand Initié. Inhad : Parane.

SHALECK : lait de golieuthe, constituant la base de l'alimentation des convoyeurs.

SHARACK : veste d'entraînement au combat, faite de lanières de cuir tressées autour de fils métalliques.

SHAYAL : poignard long et courbe, arme seconde des chevaliers, coulée également dans le chalqueverre.

SHERAF : titre désignant le responsable d'une caravane, équivalent au titre de roi dans une cité.

SHOD'L LOER : littéralement issu de la racine anglo-saxonne : *Soul Power*, pouvoir de l'âme. Il constitue la principale différence entre nobles et sapienniens, avant même la durée de vie. Toujours par manipulations génétiques, le shod'l loer fut hiérarchisé en fonction du rang.
Landius approfondit les recherches dans le domaine délicat de la télépathie. Il démontra qu'elle n'était pas une hérésie en créant Darios et Lyanea, puis Dorian et Solyane.

SHOTS : péjoratif. Désigne les Ismalasiens, ches les Ukralasiens.

SOKONGAS : variété mutante de pieuvres arboricoles, en Médhellenie.

SOMBRES : habitants des régions du nord de l'Europania, et plus particulièrement des côtes du golfe Botsnian. Guerriers farouches, ils n'acceptèrent jamais la religion amanite, préférant l'indépendance que leur conférait la piraterie.

SPOLIATION : opération du cerveau consistant à abolir la volonté. Pratiquée sur les prisonniers de guerre ou les hors-la-loi pour en faire des esclaves.

STYLS : armes de jet. Pointes d'acier très courtes capables de percer les os du crâne.

SYRLD KHALID : équivalent d'un roi en Ismalasie.

SZILOVE : épouse des amanes. Nullement tenus au célibat, les prêtres avaient chacun une ou plusieurs épouses, les sziloves, réunies dans un bâtiment proche du temple. Les paranes étaient recrutés le plus souvent parmi leurs enfants. Fines, élégantes, cultivées, les sziloves étaient appréciées du peuple pour leur dévouement. Il leur arrivait souvent de servir d'intermédiaire entre la Phalange et les citadins pour certaines questions délicates.

TENARTE : esclave spolié employé par les paysans pour les travaux des champs.

TRIVE : lance à trois lames utilisée surtout par les guerriers sapienniens.

TROLLS : aussi appelés danobes. Chiens de grande taille redevenus sauvages après la chute de la civilisation. Plus dangereux que les loups, ils symbolisaient souvent les divinités du Mal.

VORANE : variété mutante du varan du Nil.

DU MÊME AUTEUR

Aux Éditions du Rocher

LA TRILOGIE DE PHÉNIX

PHÉNIX (Folio Science-Fiction n° 224)

GRAAL (Folio Science-Fiction n° 236)

LA MALÉDICTION DE LA LICORNE (Folio Science-Fiction n° 242)

LA PREMIÈRE PYRAMIDE

LA JEUNESSE DE DJOSER (LA PREMIÈRE PYRAMIDE, I) (Folio n° 3193)

LA CITÉ SACRÉE D'IMHOTEP (LA PREMIÈRE PYRAMIDE, II) (Folio n° 3194)

LA LUMIÈRE D'HORUS (LA PREMIÈRE PYRAMIDE, III) (Folio n° 3370)

LES ENFANTS DE L'ATLANTIDE

LE PRINCE DÉCHU

L'ARCHIPEL DU SOLEIL

LE CRÉPUSCULE DES GÉANTS

LE SECRET INTERDIT

LA TERRE DES MORTS

MOÏSE LE PHARAON REBELLE (Folio n° 4159)

ANTILIA

LA PORTE DE BRONZE

LE ROMAN DE LA BELLE ET LA BÊTE

LA LÉGENDE DE LA TOISON D'OR

LA LANDE MAUDITE

LA FILLE DU DIABLE

Aux Presses de la Cité

LES TIGRES DE TASMANIE

LA DAME D'AUSTRALIE

Pour en savoir plus, vous pouvez consulter
le site officiel de Bernard SIMONAY :
www.simonay.com

Composition IGS.
Impression Société Nouvelle Firmin-Didot
à Mesnil-sur-l'Estrée, le 28 février 2006.
Dépôt légal : mars 2006.
Numéro d'imprimeur : 78210.

ISBN 2-07-030654-2/Imprimé en France.

133863